竜の世界

安松研二

ブックコム

目次

太初《はじめ》に言葉あり
言葉は神と共にあり
言葉は神なりき
新約聖書 ヨハネによる福音書第一章一節

神もなくしるべもなくて
窓近く婦《おみな》の逝きぬ
白き空盲《めし》いてありて
白き風冷たくありぬ

「臨終」中原中也

北の国から紅葉のニュースが耳に届き始める頃、ぼくは十七歳にして大きな転機を迎えた。

プロローグ

十七歳、ぼくはそこかしこにみられる、ありふれた高校二年生だった。

そして十七歳の終わり、すべてにおいて異なった(十七年生きて、その間に経験したことのない)、想像(想像することは経験に裏打ちされることが往々にしてある)することさえ不可能な。

それはまた、人生は自ら獲得《つかむ》ものと考えなかった謂いでもあるが・・・人生を余儀なくされた。

なす術もなく、蹲《うずくま》る・・・・・ぼくがいた。

第一章

崩落

透明な空が山の稜線をくっきり映していた・・・秋日和。

柔らかな太陽が燦々と凪の海にふり注いでいる！　洗濯かごに山となすショーツにブラ、ブラウスに布団カバー、見るだけでうんざりするけど・・・。それに掃除機もかけなくちゃ！　忙しさにかまけて、いい加減に過ごしてきた罰。ほら、室内を移動するだけでフィルターの汚れた自動車さながら埃をもうもうとまき散らす。それと湿気のこもった嫌な匂いが鼻を衝く。

ああ　今日は良い天気だ
緑の下では蜘蛛の巣が、心ぼさそうにゆれている・・・

中原中也の「帰郷」を口ずさむ。

〝掃除すませて、洗濯が終わったら青い空の下、近所の公園へ散歩がてら紅葉でも・・・〟

トーストとスクランブルエッグ・サラダの後、コーヒーを飲みながら一日の計画を空想しつつ、TVニュースをやぶにらみしつつ、新聞のタイトルに流し目をくれる。私に与えられたささやかなコーヒタイムに浸っていた。

この幸せなタイムをぶち壊すかのように、センターテーブルの携帯が〝ぶるぶるぶる・・・〟とテーブルと合唱するかのように喚き始める。

こんな時、誰から？

携帯を掴み画面を見る。誰かな～？　と呟き画面を覗く。

「あっ！　竜くんから・・・」

家族の告別式から音沙汰の絶えていた、竜くんからのメール。彼からのメールに茫然自失、握っていた携帯がするりと手から離れ床に落下！〝こつん！〟と素足の裏に響く。幸いカーペットに落ち、携帯に異常は見られない。ホッとした私は携帯の画面を開いた。

メールの冒頭
「先生、俺の耳、壊れちゃった！」短い文字が画面に揺れている。
・・・耳が壊れた？　思考が混乱して文章の意図が私にはさっぱり分からない。
・・・耳が壊れた？　もう一度呟く。
・・・音を聴きとれなくなった？
人の会話、鳥の囀り、波の音などなど・・・聞けなくなった？
・・・どうして竜くんが？
テーブルに片肘をついて携帯を持ったまま液晶画面を眺めても埒《らち》が明かない。先ず、竜くんに会って聞かなくちゃ、時によっては励ますことが先決。

携帯のキーを操作、竜くんにメールを送る。

「竜くん、メールだけでは分からないので、これから会って話しましょう。待ち合わせ場所をメールして頂戴！」

これだけ打って送信ボタンを押す。携帯をエプロンのポケットに落とすと、洗濯物を干しに洗面所へ急いだ。

幹線道路は休日とあってかなり混んでいた。洗濯物を干して鏡に向かっている時、竜くんから自宅にいるとメールが届く。慌てて化粧したからチョット気になって仕方がない。前の車が停車する都度バックミラーを覗く。

神経性難聴・突発性難聴？　聴覚に関して貧弱な知識さえ持ち合わせない私は、「先生、俺の耳、壊れちゃった！」竜くんの絶望的な叫びに答える術《すべ》がない。新聞から収集した貧弱な情報をもとに、「一時的突発性難聴」であれば・・・と悲観的な考えを排除、少しでも楽観的な方向へ自身を導こうとする。

一人ぼっちになった竜くん。相談する家族を一瞬にして喪失《うしな》い、崖淵を、微妙なバランスを保ち、辛うじて命の炎を維持しているのかしら？　彼のことを思っても、対処の方法が私の内臓を裏返しても探しあてることが出来ない。

「誰か教えて！」と、わめきたくなるけど・・・。

メールの告白を（これも一種の告白だよね）一読した時、励ましの言葉が崩落《くずれて》、頭を抱える体たらくの自分が恥ずかしい。

大学の教育課程四年を何とか修了。現在《いま》、私立高校で教鞭をとっているが・・・。勿論、大学に在籍していた四年間、特殊教育についてある程度学び単位も取得した。しかし、竜くんから送られて来た〝先生、俺の耳が壊れちゃった！〟の文章を前に、私は聴覚障害の概念を露ほども理解していなかったことを思い知る。特殊教育も細分化し、聴覚障害もその課程に含まれ、単位取得は時代の流れ（私が在籍した教育大学は）でもあったのに。

言い訳めいているが、特殊教育コースを選択しなかった私は、聴覚障害について通り一遍学んだ（真面目に講義を聴講する学生でもなかった）に過ぎない。そんな私が、聴覚に障害を負う生徒（休学中）からメールを受け取るとは想像外の出来事。

それも、よりによって竜くんから・・・。

研修を終え、配属された高校で初めて担当したクラスに彼はいた。長身で体格もがっしりしていたが、万事において控えめな彼は、正義感のある生徒でもあった。黒い瞳の輝き、太い眉、鼻筋の通った端正な顔、柔和な微笑から育ちの良さがうかがえた。成績も上位を維持しているにもかかわらず、けっして驕らない。

彼が担当するクラスにいたおかげで、初めての教員生活を乗り越えることが出来た。

中央高速道路渋滞にあって停車中、大型トラックに追突され乗っていた竜くんの家族三人が帰らぬ人となった。一瞬にして天涯孤独に突き落とされたのが二年前（このことは竜くんを思い出すたびに必ず記憶が再生される）。一人残された竜くんが、雑多な整理に追われているだろうことを、私は理解しているつもりだった。でも、一週間が経ち二週間を数えても彼の机は花が活けられたままだった。

一ヶ月過ぎ、半年、一年と時間が流れても、机に座って微笑を浮かべる彼を二度と見ることはなかった。テニスで赤銅色に陽焼けして周りをパッと明るくしていた彼、溌剌と試合に臨んでいた彼は、私たちの前から忽然と消えた。

竜くんの家族の遺体に対面（教頭の懇願がなくても駆け付けたけど）、通夜、告別式の出席は校長が代表して出席するから、塙先生は行く必要はないでしょうと、最後まで反対する教頭を説得。竜くんに最後まで付き添った（一度に全てを失えば、どんな怪物でも一人で耐えるなんて出来やしない。教頭は面倒を私に押し付けながら、肝心のところで手を引けと言う。教頭にそんな資格なんてないと思う）。式後の整理も終わり、親族関係者が引き払ったリビングで、竜くんと私は向き合っていた。

「色々とやること、整理することがあるでしょうけど、終わったら学校に来て下さいね」竜くんの正面に座って私は励ますように言った。

「・・・・・」彼は唇を噛んでうなずいていたけど・・・。

「困ったことがあったら、私に相談してね！」

話の途中から、私の肩に頭をあずけた彼は、嗚咽を漏らしていた。

家族の遺体との対面から一度も涙を流さなかった彼が初めて流した、熱く苦悶を内包した涙。頭に手を添えた私は、肩を震わせ嗚咽する彼を抱きしめていた。

私たちに時が停まり、ただ、彼の嗚咽する時間だけがあった。空に月が出ているだろうか？　森に囲まれた広大な敷地の芝生に立って天空を眺めていたら、モンゴルの大草原に瞬く夜空と錯覚するだろうか？

「ごめん、泣いちゃって！　先生の服も濡らしちゃって・・・」

私の腕から離れた彼が赤く充血した眼を上げていった。

私は玄関の重いドアを外側に押して外に出た。広大な庭は深い闇に覆われていた。竜くんがスイッチを押したのか、芝生に設置された電灯がパッと灯り、周りをぼんやり照らした。闇に霞む二本の丸太の門まで、玄関から大理石の踏石が点々と蛇行しているのがぼんやり浮かんでいた。踏み石の一つ一つに嵌めこまれた電球が小さな光を放っていた。樫の木で作られた門燈が夜霧に浮かぶ灯台のように周囲を照らしていた。和風平屋は鬱蒼とした公園の森に囲まれ、寂静《しじま》の眠りに沈んでいる。

私を見送りに出てきた彼が、覆いかぶさる森に気おされ、立ち竦《すく》む私に「先生、暗くて危ないから駅まで送るよ」と言って、玄関のドアを開けるとスニーカーに履き替えた。

「そんなのいいわよ!」幾分ホッとして私は言った。

「いいえ、後で後悔しては困るから!(少し、張りのある声で、自分に納得させるように・・・)マウンテンバイクを持ってくるから、チョット待っていて下さい」

駆け足で倉庫に向かう彼の背中を見送り「ありふれた言葉だけど、希望を持つのよ!」と心から願った。

あれから二年。

彼のメールに狼狽《うろ》たえ、右往左往することしか出来ない私。

答えはどこに・・・?

今の私は、思考停止に陥っている。

二年前、竜くんのご家族が亡くなった時、力になれなかった無力感で自身を責めていたあの時・・・。

現在《いま》も、自身の無力さに空を仰ぐ・・・。

三人の遺骨をひとかけら、ひとかけら骨壺に納めた日から、父の書斎にこもったぼくは、暗黒の底で悪寒にガタガタ震えていた。

父が読書、ある時は仮眠に愛用していた革張りのベッドに、寝室から持って来た毛布を、ぼくは蛹《さなぎ》のように体に巻き、芋虫のごとく縮こまっていた。万力で締め付け、割れるような頭痛が容赦なく襲いかかり、頭蓋が〝パカッ!〟と陶器のごとく割れるような激痛が走る。全身は悪路を走行する車のごとく間断なくガタガタガタと震えが襲う。耐え難い痛みに意識が朦朧《もうろう》とし、そのまま失神。ふと我に返った刹那、ぼくはどこに? と、首をひねり〝キョロキョロキョロキョロ〟迷子のように周りを見渡す。

拷問の失神から覚醒したぼくは、悲しみより静かな休息を切に望んだ。

波の満ち引きのごとく、寄せては引く断続的な責苦と悪寒はぼくを操つり弄《もてあそ》ぶ。

やがて悪寒の波が沖に去ると、肉体の全ての毛穴から汗が噴き出し、唐突に耳鳴りが襲う。太初は春風のような穏やかな音楽が、草原に奏でるかのような耳鳴りが、唐突に牙を剥き、闘いの太鼓が耳を聾《ろう》する。シャイアンのリズミカルな闘いの太鼓が頂点に達し、怒涛のごとく人馬が一体となり騎兵隊に突撃！　蟀谷《こめかみ》が激しく震え、頭蓋は万力で締め付けるかのごとくな激痛が走る。毛布をスッポリ被ったぼくは七転八倒する。

意識は霧に覆《おお》われ、肉体は防御態勢に・・・だけど、精神はすでに崩壊に向かって奈落に落下しつつあるような、意識下で朧《おぼろ》に悟っていた。意識下において、暗黒の宇宙に塵のごとく漂うことを、朧な意識の中でぼくは切に懇願していた・・・と思う。

岸壁に砕ける波濤もいつか水平線に消え、寂静《しじま》が肉体と精神を抱擁する。幸いというのか、ほんとうに奇蹟が起こったのか、ぼくの意識は静かな回復に向かっていた。お父さんのベッドに横たわっていると、お母さんの羊水に抱擁されていた朧《おぼろ》な記憶をぼくにもたらした。お父さんお母さん、陽子の魂に励まされて、この世に杭を打たれるように。

ぼくはシャワーを浴び、浴槽にゆったりと体をゆだねた。四肢を思い切り伸ばしたぼくは、窓ガラスを紅に染める空を眺める。森の梢は赤く染まり一日の終わりを懐かしむかのように揺れている。ちょうど熟した柿が枝から落ちる寸前の熟柿色。浴槽の淵に首を乗せたぼくは、四肢を限界まで伸ばして湯船に浮かんだ。臍《へそ》のあたりから密集した草叢《くさむら》、その草叢に見え隠れする主を失ったようなペニスが湖に漂う朽ちた木切れのように揺れていた。

ぼくは熟柿色の空を子供のようにいつまでも眺めていた。お父さんが風呂に入るとき、陽子とぼくは競争して風呂場に駆け込んでいた。

「お父さんは疲れているからお母さんと入りましょうね」風呂場まで追いかけてきたお母さんが言うと、「いいんだよ。お母さんは台所で忙しいだろうから」と、父はお母さんを気遣う優しい父だった。

三人で夜空を眺めたのは幾つまでだろうか？　ペニスの周りに叢が生え始める前から陽子と競争しなくなったと思うが、ぼくと陽子と両親の四人で入るのが定番だった微かな記憶も甦ってくるけど、もはや継ぎ接ぎだらけの記憶でしかない。

浴槽から上がったぼくは、体をバスタオルで拭きながら鏡に映した。長い蝕《しょく》と弱々しく戦ったけど、闘い以前の筋肉は鏡を見る限り維持されている。お父さんお母さん、陽子の励ましがあったからだろうと思う。ただ、ここでは特定出来ないけど、ぼくの体から何かが失われ、変容したらしいと朧に思う。

そうだった、すべてがいちじに来たのだった。

戦争も不幸も夢も青春も、そしてその総てを胸の底深く沈めたのだった。

後でもいい、何時かきっと目覚める時が来ておくれ！！
・・・と

デヴィット・サモイロフ（ロシア詩人）

新聞の文芸欄で見つけた言葉。

ぼくは十七歳にすぎない。

いつか目覚める時が、来るだろうか？

その時まで精神《こころ》が耐えられるだろうか？

津波に攫《さら》われるかのように、「あっ！」と、次の言葉を叫ぶ寸前、波に飲まれる。かけがえのない（今、切に意う）父母と妹を一瞬にして失ったぼくに・・・・・。

この瞬間！　ぼくは生きる意欲も意思も全て喪失《うしな》われ、・・・ただ、茫然と立ち竦《すく》む・・・。

なぜかって、ぼくの満たされていた十七年の人生に、予期せぬ出来事が、想定外のことが襲うなどと、誰が予測出来るだろうか？

ある面、厳格な父と、限りなく優しい母、利発で可憐な妹の陽子。なにひとつ不安もない家族との生活を与えられながら、今告白するけど、ぼくは将来の目標も夢も展望も何ひとつ考えていなかった。大学の受験勉強（決して苦痛と言えない）を控えながら、部活や仲間と他愛のないお喋りに流される、特徴のない凡庸な十七歳だった。


書斎にこもり、芋虫のごとく喘いでいたぼくは、時間の感覚が意識から喪失《きえて》いた。

雨戸を下ろし、黒地のカーテンを引いた書斎にこもっていると、日中なのか、それとも夜？　陽が燦々と庭の芝生に降り注いでいる？　木曜日、いや月曜だったかなあ・・・。生きることを放棄した刹那、時間は塵のごとく破棄されていく。否、時に否定されるのだろう。

胃の腑にいつごろミルクを？

生理現象の記憶は？
・・・誰か、教えて！

清楚で、凛とした母を空中でなぞると涙があふれた。

ぼくの行くところに、まとわりついていた陽子を思う都度、愛おしさに、涙は頬を濡らした。体の不自由な人に蔑みの眼を向けたり、言葉の暴力に父はことのほか厳しかった。

「なあ、慎一」ぼくが高校に進学した日曜日のある朝。裏庭の県立公園の森や庭の欅が萌黄色に染まりつつあった。トーストとサラダの朝食を食べたぼくは、裏庭の丸太で作ったベンチでテニスマガジンをパラパラめくっていた。春の嵐は悪戯がすぎて、公園と庭を隔てる森を、上昇気流に乗った桜の花びらがベンチで読書するぼくのところまで飛翔、ぼくの足元に鮮やかなピンクの絨毯を敷いた。年輪の刻まれた銀杏のテーブルの上に置かれた楕円形のガラスに木漏れ日が蝶のようにひらひら舞っていた。

ぼくを呼ぶ声に振り返ると、マグカップを両手に持った父が立っていた。右手のマグカップをぼくの前に置くと、ぼくと向き合ってベンチに腰かけた。マグカップから苦みを含んだ香りが陽炎のように上っていた。父は脇に挟んだ分厚い本をテーブルに置くと、栞《しおり》を挟んだページを静かに開いて読み始めた。ぼくは本の背表紙をチラッと見てからマグカップのコーヒーを飲んだ。背表紙の文字は金箔が施され、「カラマーゾフの兄弟」と刷り込まれていた。あの時、どうして父がマグカップを持ってぼくのところに来たのか、その時は深く考えなかった。

「なあ、慎一」ぼくの眼を見つめながら父は言った。

ぼくはマグカップを持ったまま少し緊張して次の言葉を待っていた（長い時間待ったのか、特急電車がホームを通過する時間より短かったか忘れたけど）。だけど、父は後の言葉を忘れたかのように「カラマーゾフの兄弟」に没頭した。

「私は、戦争が終わったときに十五歳であった者の一人である。十五歳、―であって、十八歳でも二十歳でもなかったということには、大きな意味がある」

「われら不条理の子」（P・V・Dボッシュ）を、父がいなくなった後、不思議に導かれて棚からこの本を抜き取った。

早生まれのぼくは、高校に進学したとき十五歳だった。「われら不条理の子」を、ぼくは父の椅子に包まれて一気に読んだ。

「竜くんのお父さんはどんな人？」と問われると、ハタと考えこんでしまう。「失われた時を求めて」のプルーストではないが、いざ、父の記憶を辿っていると鰻のようにするりと逃げてしまう。

「お父さん、おはよう！」ダイニングの戸を開けたぼくが首を出して挨拶すると、椅子に座って新聞を読んでいた父が、新聞をテーブルに置き「やあ慎一、おはよう！」とニコニコと微笑を浮かべていた。父はいつもぼくたちの傍らにいる、それに安住して、ぼくから話しかけることも、相談を持ちかけることもしなかった。

父がコーヒーの入ったマグカップを持って、さりげなくぼくにコンタクトしていたけど、鈍感なぼくはテニスマガジンに夢中だった。

テーブルを挟んだ向こうで、小脇に抱えてきた「カラマーゾフの兄弟」をぼくの傍らで開いたことも含めて、高校に進学したぼくに読書の楽しみをコンタクトしていたのでは・・・と今になって思う。

「誠に汝らに告ぐ、一粒の麦、地に落ちて死なずば・・・」

（ヨハネ伝第十二章二十四節）

ドストエフスキーは、冒頭の言葉をもとにカラマーゾフの兄弟の執筆を始めた？　完成することなく生涯を終えたが、「悪霊」を超える物語の予感をはらむ作品と言われている。

長い蝕の後、いったん生理現象をすませたぼくは椅子に腰を下ろし、父が愛用していた黒檀の机を見渡した。裏庭のベンチで父が読んでいた「カラマーゾフの兄弟」が読みかけのまま机の端に放置されていた。正直に言って、ぼくは小説と名称の付く本の類を（絵本の類は陽子にせがまれた母が読む傍らで、ぼくは玩具をいじりながら聞くともなく聞いていた。決して良い読者ではなかった）、教科書以外自分から興味を持って読んだ記憶がない。ぼくが高校に進学した機会に、父は、ぼくが本に興味を持つことを渇望していたのではないか。新聞を手にすることもなく、社会の出来事をＴＶニュースで事をすまそうとするぼくの姿勢に哀しみを抱いていたのではないか？

あの日、本を小脇に抱えた父がマグカップを二個持って、日向ぼっこをしていたぼくの前に黙って置いた。それから向かい側のベンチに座って小脇に抱えた本を読み始めた。「なあ、慎一」と言ったきり父は一言も言わなかった。ただ静かに「カラマーゾフの兄弟」を読み始めた。だけど、父の行動の意図が今になって分かる。

ああ、精神《こころ》が壊れる、肉体《からだ》が朽ちていく！

このまま狂《ち》がったら、どんなにか楽だろう・・・。

蕾の開花を誰もが待ち望んでいた妹の美しい肉体《からだ》は、無残にも白い欠片《かけら》となって小さな骨壺に収まった。妹の欠片はぼくに何事も語らない。額縁に入れられて暖炉の上に置かれた三人の写真（ぼくが撮影した）は、今にも額縁から飛び出すかのごとく満面の笑みぼくに向けている。だけど・・・欠片は、啄木の詠む一握の砂のごとく指の間から落ちる。

命なき砂の悲しさよ
さらさらと握れば指のあひだよりおつ

焼却炉から搬出されたお父さんお母さん、それから妹の、美しい肉体の痕跡は、戦争で破壊されたコンクリートの残骸。灰色の骨の欠片は、浄土と化した残骸のごとく無残な形骸をさらしていた。骨の欠片は、ぼくの貧しい想像力を駆使しても造型は不可能に見えた。それらの骨片を、叔母に急かされ、ひと欠片ひと欠片、ぼくは箸で拾っては骨壺に入れた。記憶は朧に浮かんできもするが、それらの行為を具体的に思い出すことを、ぼくの心は今もって拒絶している。

家族の死を現実として捉えられなかったぼくの指は、欠片を挟んではポトリと落とした。ぼくの背後に並んだ親族が次々とぼくの脇を通り抜けていった。とうとう叔母と焼却炉の職員に急かされて、ぼくはひと欠片ひと欠片指でつまむと骨壺に入れた。涙はどこへ遁走したのか、一滴も落ちなかった。

父や母、妹の肉体は焼却炉に焼き尽くされ、ぼくから永遠に消えた。

叔父は辛くても〝現実を受け入れる、それが亡くなった三人の希望だよ・・・〟と諭すが、それらの言葉は霞のごとくぼくを通り抜けた。

遺体対面から告別式の時間は、死者の魂との別離《わかれ》と共に、残された者が生きる心の準備をする期間、これは仏の教えでもある、と。だけど、どんなに長い猶予を与えられても、神（存在するとして）のいう試練は人間が耐えうる限界を超えている、とぼくは思う。

事故の日の朝、家族といつものように四人揃って朝食をとった映像が今も鮮明に浮かんでくる。


書斎にこもった日から、父の幻は生きていた時と寸分違わない姿で現われ、ぼくを俯瞰する。

３Ｄ映像のように・・・・。

否、実像と見まがうばかりの姿で現れ、あるいは書架の上からぼくを俯瞰する。簡易ベッドで海老のごとく縮こまっていると、哀愁の表情で見つめる。いつもは書架の隅の天井あたりからぼくの一部始終を俯瞰しているが・・・。机に突っ伏してぼくが咽《むせ》び泣くと、机の向こう側から励ましの声（音声のない）でぼくに囁く。だけど父をつかもうと腕を伸ばすと、ぼくの体は父を透り抜け虚しく宙を彷徨《さまよ》う。

来る日も、明日も明後日明々後日・・・（記憶が混乱しているのかしら）、だらしなく椅子に座るぼくの前にスーッと姿を見せる。壁際で膝を抱えて貝のように縮こまっていると、膝をついてぼくを覗き込む。

時には、慈しみに満ち、それでいて言いしれない困惑した複雑な表情も映す。

ただ、父の幻は怒り、蔑み、失望、落胆・・・ぼくの心臓をえぐるような姿を映すことはなかった。十七年間、ぼくら家族と共にあった、いつも厳格で包容力にあふれる父がそこにいた。哀しみを湛えた瞳でぼくを見つめるお父さんが・・・。


父が残した家は、深い公園の森を背後に抱き、広い庭の境に沿って欅が植えられ、奥に建つ和風建築は静謐《せいひつ》な佇まいを醸していた。外部からの雑音がほぼ遮断され、都会でありながら郊外の田園に暮らす趣があった。庭の右側を縦断する公園の泉から流れ込む細い小川に川魚の〝ぴちぴち〟跳ねる長閑《のどか》な音が聞こえ、家族団欒に静謐な日々を供してくれた。小鳥や鷹の羽ばたきは、下界と隔絶されているかのような趣を家族は共有していた。ただ、虫の姦しい求愛の鳴き声に安眠を妨害される贅沢な悩みも・・・。

父がどんな経緯からこの土地を購入し、京風の家を建てたのかぼくは知らない。広いリビングにキッチン、ぼくと陽子の個室。北側にある父の書斎、隣接する父と母の寝室。来客用の寝室。地下は防災を兼ねる空間があり、和洋酒棚が、大型冷凍庫に魚や肉のブロックが常備、万一にそなえて、家族四人の命を保つ食糧も兼ねる。家族四人には広すぎる家と考えないでもないが、家具や間接照明、ヨーロッパ風のシャンデリア、北欧家具が調和良く配置され違和感は少しも感じない。ぼくと陽子は、父母が寛ぐ空間を決して侵略しなかった。それだけに父と母を中心（当たり前のことだけど）とした家族の存在は、森閑《しんかん》な住まいと調和して平安な日常生活を営むのに最適な環境を備えていた。

母が丹精を込めた夕食時、陽子がその日の出来事を語る時、母の肩に手を添えて聞いていた懐かしい映像に〝フーッ〟と頬が緩む。

女性と交際したこともないぼくが言うのも笑止だろうが、〝父と母は一卵性双生児じゃない？〟と思うほど理想の夫婦だったと今は思う。

そんな家族に囲まれ、満ち足りて（失って初めて後悔の念を抱く愚かなぼくだけど・・・）平安を謳歌する凡庸なぼくがいた。

母は美しく優雅で限りなく優しい母だと今も思う。

母に叱られた記憶も、「慎ちゃん！」と、庭をランニングしていたぼくを呼ぶとき以外、鼓膜が震えることはなかった。陽子の小学一年生の入学式に参列するため支度していた時の、優雅な和服姿の母が、今もありありと蘇る。

夕食後の団欒《だんらん》の時、寛《くつろ》ぐ母の居場所はいつも父の傍らだった。父に話しかけるでもなく父に寄り添うように座り、ぼく達を慈しみの眼で見つめていた。

陽子は、まだあどけなさが残っていたが、母に似て目鼻立ちが整い、背中まである黒髪の中学三年生。あと二、三年後には美しい女学生に花開いたことだろう・・・。高校入試を来年に控えていたが、両親は何も言わず本人に委《ゆだ》ねていた。

陽子が勉強をしている背中をチラリとでも見たことはなかった。中学二年の頃、テニスの練習から帰ったぼくがリビングに入ると、ソファーに座って読書する陽子がいた。

「陽子ちゃん、ただいま！」

「あっ、お兄ちゃんお帰りなさい」本から目を離した陽子が笑顔をぼくに向けて言った。

「熱心に読んでいるようだけど・・・」ぼくが聞くと「ヘルマン・ヘッセ『知と愛』よ」表紙をぼくに見せながら言った。

「ずいぶん難しい本を読んでいるね！」

「そうでもないけど・・・。この岩波文庫はクラスメートに借りてきたのよ」ちょっと困惑顔で言った後「この本を貸して下さったクラスメートに比べれば、私の読書なんて可愛いものよ」と俯《うつむ》いた。

〝私なんて可愛いものよ！〟と言っていたが、陽子は三年間、成績は学年でトップを維持していた。県でも有数な進学校に確実に入れると担任が語ってもいた。

ぼくは当時、岩波文庫もヘルマン・ヘッセという作家も作品も知らなかった。

かけがえのない家族は、ぼくが十七歳の夏の終わり、ぼくの前から忽然《こつぜん》と消えた。周りを鬱蒼《うっそう》と茂る木々に囲まれた京風の家を残して。

その時、ぼくは・・・。

日曜日の昼下がり。勉強に飽《あ》いたぼくは、リビングのソファーに頭をもたせかけ、TVのニュースをぼんやりと見ていた。

大きな窓ガラスを通して、残暑の名残の陽光が、きれいに刈込まれた芝草を照らしている。明け方、鳥や虫の囀《さえず》りの姦《かしま》しさに閉口するが、紅梅が咲く頃、どこからともなく飛来する鶯の泣き声には〝ホッ！〟と心が洗われた。

六十平方メートルもの広いリビングのエアコンが静かに冷風の循環を繰り返していた。革張りのソファー、樫材のセンターテーブル、壁にかけられた水車の風景十二号画。正面の壁に70インチのTVが架けられたシンプルなリビングルーム。

受験勉強に疲れた体を休めるのに、こんなに好ましい場所はない。

ニュースは中央高速道路下り車線の追突事故を、女性リポーターが淡々と解説していた。リポーターの背後に事故の模様が映し出されていた。横転したトラックの積み荷が路面に飛散する場面が流れ、大破したトラックの凄惨な事故の模様をカメラは執拗に追っていた。トラックは追突のはずみか路肩の斜面に乗り上げL字型に曲がっていた。追突された自家用車は原形をとどめないほど（運転席と後部席の輪郭はかろうじて保たれている）無残に破壊され、中央分離帯のガードに叩きつけられていた。ここまでは、ありふれた追突事故のニュースと、ぼくは見ていた。カメラが後部の金色のベンツマークを捉えた時、「あれっ、父の車・・・」ぼくはセンターテーブルに両手をついて改めて画面を凝視した。その刹那「ジリジリジリ・・・」と電話が喚いた。

翌日の朝刊には、わずか三行の報道。

「運転手の居眠りか？　大型トラックが渋滞に巻き込まれ、停車中の自家用車に追突！」

渋滞に巻き込まれ、最後部に停車中の○○さんの自家用車に大型トラックが追突。乗車中の家族三人が即死。警察はトラック運転手を逮捕、調べています。

「竜くんが聞こえなくなったって、どういうこと？」

私は自問しもするけど、メールの文だけでは彼の真意を把握出来ない。理解出来ないのに誤解を招くメールをしても、かえって竜くんが落ち込んでは取り返しがつかない。

「先ず、竜くんに直接会ってみなくては・・・」

告別式の終わった次の日から、愛しい方へダイヤルを回すように受話器を耳にあてていたけど、私は虚しく受話器を置いた。携帯からメールをしてみたけど、竜くんからのメールが来ることはなかった。竜くんと仲の良さそうな生徒に尋ねてみても、「メールしたけど携帯に返信はなかったよ！」と異口同音に言う。

仕事を終えると彼の住まいに、私は幾度となくハンドルを握ったことだろう？　まるで恋人に逢いに行くように、電車の吊り革を掴んでいたことだろう。

鬱蒼と茂る公園を横目に見ながら微かな期待を持って歩き続けた日。玄関に立っておそるおそる（なんでおそれる・・・）呼鈴を押す時の胸の高鳴り。物音ひとつ聞こえなかった時の失望。それでも・・・・・・。

「どうして？」と、問われても私にはどのような言葉も浮かばない。竜くんの担任だから？

「それも理由の一つからかしら？」

新米の私を助けてくれたから（これは本当！）？

「とにかくメールを・・・」

返事が送られてくるか分からないけど・・・。


握り締めていた携帯が〝ぶるぶる・・・〟震える。

「竜くん、メール読みました。私に出来る事があれば相談に乗ります。どこへでも、竜くんが指定する場所へ向かうから、メールちょうだいね！」

懐かしい先生からのメール。

あの頃（家族がいたころ）、先生とたまに電話で話すことがあったけど（メールで連絡する事も）、音を失った現在《いま》、メールの他に、連絡する手段をぼくは持たない。

これから社会で聞こえないことを学ぶたびに、否応なく、聴覚障害者が隔絶されていることを理解していくのだろう。レンガを積み重ねていくように語彙を、言葉を、知識を重ねていたら、ぼくは絶望から解放されるのだろうか？

「先生は理解してくれるだろうか？」

どうしたのかしら？

メールは届いているはずなのに・・・。

とりあえず私の好きなメロディー♪を聴きながら掃除と洗濯をすませておこう・・・。

ある日（家族が消えて、時の流れを自覚出来ない）、父の簡易ベッドから抜け出したぼくは、トイレに立った後、リビングに歩いて行った。リビングのカーテンは幕が下りて闇に近かった。カーテンの隙間から漏れる光を道標《みちしるべ》に、窓まで手探りで歩いた。カーテンまでどうにか辿りついたぼくは、スカートを捲り上げるようにカーテンを上げて潜り込むと、ガラス越しに外を眺めた。赤茶けた芝生に霧のような雨が降り、あたりは夕暮れのように沈んでいた。カーテンを全開してガラス戸をゆっくり開けたぼくは、素潜りから海面に出た海女のように外界の空気をぎこちなくすい込んだ。新鮮な空気が肺にドッと流れ込む。もう一度深呼吸したぼくは、ゆっくり肺に空気を送り込んだ。ぼくは、両手でガラス戸の桟を掴んでふらつく体を固定して、新鮮な気持ちで庭の芝生を眺めた。それからガラス戸を閉めてソファーまで歩いて行った。テーブルの上にひっくり返ったリモコンを掴んだぼくは、テレビの電源を入れた。

小高い山にぐるりと周囲を抱かれた農村風景が映っていた。旅番組なのだろうか？　音楽が流れ、琥珀《こはく》色の髪を肩で内側にカールした女性アナウンサーが、視聴する人に語りかけているのだろう。だけど、狂ったぼくの耳は「私の耳は貝の殻　海の響きを・・・」音を忘れてしまったのか、鼓膜を通過しても蝸牛《かたつむり》まで届かない。

音から見捨てられ、聴能に障害を背負った人たちは、音のない画面を見て何を思っているのだろうか？

壊れる前、意識することさえしなかった音の生成を、失われたことでぼくは悩み考えるようになった。ぼくが地上《ここ》に存在するものを意識して呼吸しないなら、すべては陽炎のようなものであると。

家族をも、愚かなぼくは陽炎のように意識の外に置いていた、のではないか・・・。

あの頃、ぼくは愚かで、無知で世間知らずな人間だったと今は思う。

壁の時計を見上げると午前十時を少し回っていた。

サンダルをつっかけたぼくは、濡れた石畳みを踏んでポストまで歩いた。丸太の門柱に造られた庇付きの大型ポスト。柱の下に誰が置いたのか、段ボール箱にビニールがかけられ、中には色褪せた新聞がうずたかく積まれていた。ポストの中から郵便物と新聞をかきだすと段ボールに積み上げたぼくは、両手で抱え家に戻り段ボールを玄関の横に落とした。ぼくの抱えてきた段ボールの重さが、すなわちぼくの苦悶の時間を物語っている気がした。

新しい新聞の日付を見る。

今日は一九九五年十二月十三日。段ボール箱の底にある濡れて色あせた新聞は、一九九五年九月二十三日。ぼくは約三ヶ月、土中で芋虫のごとくもがいていた、ということだ。

・・・とりあえず、風呂に入ろう！

何ヶ月ぶりかの湯船は、山奥の温泉に浸る心持ちへぼくを誘う。浴槽の淵に背中をあずけ、ガラス越しに屏風のように覆いかぶさる公園の森を眺める。霧雨の水滴の重みに垂れた樟《くすのき》の枝々。霊山の森もこんな風に暗く、葉の重みに垂れているのだろうか？

タオルでこするとポロポロポロポロ雲母のような垢が落ちる。強くこすりすぎたのか、皮膚が火傷したように赤くなってヒリヒリ痛む。さらに、ぼくはきつく絞ったタオルでこする。垢がポロポロ、悪夢が剥がれるようにタイルに積もっていく。

「慎一！　君の座る場所は、この小さな船のどこにもない」白い衣を羽織ったお父さんは、哀愁を湛えた顔をぼくに向け、断固とした意志を持ってぼくに告げた。

お父さんの断固とした物言いとは裏腹に、海溝よりも深い哀しみを内包していた。お父さんの傍らに同じ衣をまとったお母さんと陽子も、お父さんの言葉にうなずいていた。お母さんには哀しみと、ぼくに対するいつもと変わりない愛情にあふれていた。

・・・慎ちゃん、あなたはもう大丈夫！　と、無言で語りかけているように思えた。陽子は母のそばに寄り添い、名残惜しそうにぼくを見つめていた。いよいよ、船が岸を離れるとき、妹は体を震わせて涙を流していた。小さな笹船は静かに音もなく遠ざかっていった。

川の流れに足を入れたぼくは、追い縋《すが》ろうとしたが、岸に枷《かせ》をはめられたように足は一歩も動かなかった。やがて三人を乗せた笹船は霧に包まれフーっと消えた。

「お父さん、お母さん、陽子ちゃん・・・」ぼくは声の限り叫んだ！

意識が戻ったぼくは、ベッドに座って闇を凝視していた。

・・・ぼくは再生出来るだろうか？

闇に向かって、声にならない呟きを漏らしていた。

足元に、小皿を裏返ししたような、こんもりと積み上がった垢をぼんやり眺めた。体を洗い終わったぼくは、湯船から桶で湯をすくって水垢離《みずごり》するように頭からぶちまけ、タイルに積もった垢と一緒に流した。垢の被膜がなくなった肌は、夏の海で焼けた跡のように赤く染まりヒリヒリする。ぼくはお湯をすくっては何度も頭からかぶった。足元に積み上がっていた垢の石墳がいつの間にか綺麗に流されていた。

ぼくは湯船に首まで浸かると、欅がガーデンライトの光を受けて霧雨にボワーと浮き上がり、ガラスを透し幻想的に映るのをぼんやり眺めた。欅の向こう側の黒い森が雨に煙っていた。

風呂から上がったぼくは、腰にバスタオルを巻いたまま、冷蔵庫から取り出したペットボトルの水を飲んだ。冷水が喉を通り腸に直かに流れるのが感じられた。それから水を入れたケトルをコンロに置くとガスを点けた。お湯が沸く間、更衣室に行ってトレーナーに着替えた。キッチンに戻ったぼくは、コーヒー豆を挽いてコーヒーペーパーに落とした。お湯が沸くとケトルを高く掲げ、フィルターのコーヒー粉に注いだ。程なく、フィルターから濾過された琥珀色の液体がドリップに〝ぽとんぽとん〟と落ちてきた。コーヒーに含有する苦みの芳香がキッチンに漂い、ぼくの鼻孔を優しく愛撫する。最後の一滴が落ちきると、微小な波紋がドリッパーに広がる様をぼくはゆったりした気持ちで眺めた。ドリッパーの取手を握って、温めたマグカップにコーヒーを注いだ。出来上がったコーヒーの香りを堪能しつつぼくは静かに口に含む。コロンビアの熱い香りが口腔一杯に広がり待ち焦がれる胃に落ちていった。

それから淡く栗色に焦げたトーストの上に、賞味期限がとっくに切れたハムとチーズを挟んで一口頬張ばり、ぼくは牛のように咀嚼した。その刹那、血流が内臓から全身へ、ほうれん草の缶詰を飲み込んだポパイさながらに、エネルギーが全身へと行き渡り始めた。

ぼくはマグカップを掲げて書斎に入ると、カーテンを開けた。霧雨に煙る淡い光が部屋を照らし、ペルシャ絨毯の重厚な模様を浮き上がらせる。

ぼくは改めて部屋の隅々に目を凝らす。いつものことながら本が津波のごとく迫り圧倒される。壁全体に隙間なく収まった書籍。父を理解しようとする心がぼくには欠けていたと改めて思う。窓側に作られた棚に大小の木彫りの仏像が置かれ、陶器やガラスで作られた猫の置物（多分お母さんの趣味？）も。壁にかけられたゴッホの「ひまわり」の模写。黒い輪郭で描かれたルオーの自画像。壁に取り付けられたフックには美しいトローリング竿が数本。ゴルフバックでなく釣竿を見つけた時、なんとなく晴朗な気持ちが湧いて来る。お父さんの隠れた一面を発見したように思う。だけど、不思議なことに、お父さんっ子の陽子が、トローリング竿を書斎の壁に飾ってある経緯を、お父さんに尋ねなかったのは、何故だろうか？

定期的に購読していた「経済界」の雑誌が色とりどりの背表紙を見せる棚。ＩＴ業界誌、時事月報が机（窓を背にして置かれている）の左側の書架を占領。机と対峙する棚に、会社経営と無縁の現代日本を代表する作家の単行本がぎっしり並べられ、収まらない本は横に積み上げられている。右側から筑摩書房日本古典、現代日本文学全集、世界文学全集が占領、下段は小林秀雄全集。小豆色の唐草模様背表紙の夏目漱石全集。ベージュ色の背表紙は太宰治全集。安部公房全集の隣に大江健三郎全集。谷崎潤一郎全集はあるが、川端康成と三島由紀夫全集はどこにもなかった。

ぼくが高校のとき現代国語の授業で太宰治の「走れメロ

ス」を読んだが、テニスの練習に明け暮れていたぼくが太宰治のパンドラの箱を開けることはなかった。

　後の話になるが、大学に受かり、聴覚障害者のための手話通訳・要約筆記文・養成運動に携わっていた先輩（聴覚障害者）に、「竜くん、日本文学を専攻する君が太宰治を知らないなんて・・・」と、絶句する言葉が投げつけられた。

先輩とは、それから親友まで発展したけど。彼は当時アメリカ文学を専攻していて、「ヘミングウェイ、マーク・トウェイン、「白鯨」を著したハーマン・メルヴィル等々外国作家と作品に見識が深い・・・」等を彼に教わった。

　森の頂を熟柿色へ染めて太陽が森の壁に没するまで、ぼくは椅子に座って背表紙を眺めていた。森の頂に陽が隠れた時、〝ハッ！〟と現実に戻ったぼくは部屋を見渡した。椅子を庭に向けて〝くる〟っと回転した刹那、首がギシッと歪む音を聞く。

　昼間の常緑広葉樹の木々は濃緑色の壁のように聳え、お父さんとお母さんが、「この城をあなたと私の終《つい》の棲家としましょう！」と語り合って、記念に植樹した欅はすでに落葉、部屋からの明かりに影絵のように浮き上がっていた。これを幸いというのか、アイロニーか、父と母が指切りしたそのまま、二人の終の棲家となり、陽子もそれに加わった。

　椅子から立ち上がったぼくは、壁のスイッチを押して書斎の電気を点けた。それから窓をロックすると二重カーテンを閉めた。窓際にそのまま立ったぼくは、改めて書架全体を眺める。右側の棚から一冊の背表紙を冬の湖水に漣《さざなみ》と戯れる鴨を数える猟師のごとく目を通していった。

　右側から日本文学、世界文学全集が収められ、開高健とほぼ同年代の大江健三郎、安部公房、江藤淳の全集が収まっていた。ほぼ中央の上段に小林秀雄全集、ドストエフスキー、プーシキン全集及び単行本。沢木耕太郎、村上春樹の単行本は下段に窮屈そうに挟まれていた。

　壁一面を占領した書架をパノラマ映画のように眺めると、ロシナンテに跨るドン・キホーテが巨人に立ち向かうより、愚かな行為なのでは・・・と、ぼくは自身に呟いた。

　・・・子は親の背中を見て育つ

諺にあるけど・・・。あの頃、父の背中を追うなんてことを、ぼくは考えもしなかった。両親からさずかった肉体をグラウンドに叩きつけることに費やし、ただただ無為に生きて来たと今は自戒を込め思う。

「失われた時を求めても詮無いことだよね！」自分に言い聞かせるとドアに歩いていった。ドアの取手を握ったとき、ぼくは得体のしれない何かに惹かれ、下段の棚に挟まれた分厚い黒背表紙のファイルに釘付けになった。しばらく立ち尽くした後、ぼくは腰を落とすと棚からファイルを引き抜こうとした。だけど片手で持ち上げるには重すぎた。ぼくは絨毯に膝をついて、ファイルを床に置き背表紙を眺めた。

「御巣鷹山生存者の記録」ぼくが出会った記念する日。

・・・ずいぶん分厚いようだけど・・・。

ぼくは古文書を発見した学者さながら、好奇心にかられファイルを抱えて机に行った。乱雑に積み上げられた単行本や辞書、ノートを脇に追いやると、空いたスペースにファイルを置いた。プラスチックの表紙を開きながら、〝選ばれてあることの恍惚と不安との二つ我にあり〟（太宰治「葉」・ベルレーヌ「叡智」）の心境に陥る。

表紙を開いた瞬間、日本航空機事故の凄惨な写真が飛び込んできた。航空機事故の惨酷さをクローズアップするのに充分な被写体。

新聞のゴチック見出し、【ボーイグ747R—46ジャンボジェット機が御巣鷹山に激突！】下段に、「一九八五年八月十二日（月）十八時五十六分、定期123便ボーイング747R—46ジャンボジェット機が御巣鷹山に激突。奇跡的に生存した四名（他紙では、実際はもっと生存者がいたという報道）が航空機事故の凄まじさを突き付ける。我が国の航空機事故の犠牲者五百二十名は単独航空機事故としては史上最悪となった。（　）かっこの添え書きは万年筆で父が書き加えたと思われる。

片手で持つのに苦労する分厚いファイルは、新聞の切り抜き、週刊誌や雑誌からの切り抜きと、父が書店に足を運んで探した本からのコピーも含まれ、ブリタニカ百科事典一冊をゆうに超える重さがあった。所々、赤い傍線や書き込み（父の筆跡）があり、頻繁に調べたのか手垢や破損が痕跡としてところどころに残っていた。ぼくは椅子を引き寄せると腹をくくって読み始めた。分厚いファイルを手で触りながら、父が書き込み（注）と記している箇所と傍線を引いた部分を意識しながら読んでいった。

「生存者はすべて女性、一人は当時十二歳の女の子。家族（父・母・妹の四人）で祖母の住む関西へ向かう途中の惨事」十二歳の女の子について解説する文章に傍線「家族を一瞬にして亡くし、たった一人取り残された十二歳の女の子に同情しても詮無いこと。ただ、強く生きて欲しいと願う！」と記者のコメント？　が書き込まれている。

・・・ファイルの分厚さから、資料収集と作成にかなり時間を割いていると察する。ぼくの類推にすぎないが、父も似たような体験をしたのだろうか？

ぼくは開いたファイルを左手で押さえると考えこんだ。

・・・これって、ぼくが実際に体験した（異なることを抜粋すれば、飛行機と車、十二歳と十七歳、女の子は飛行機に家族と同乗して直接恐怖を体験、ぼくは蚊帳の外・・・）ことと同じ状況と考えるのは不遜だろうか？

ぼくは開いたファイルに左手を重鎮代わりに置いたまま呆然としていた。

・・・ぼくの知る範囲からの類推と断った上で、お父さんは自身の生い立ちを家族団欒の場所で、ぼくと陽子に語ることはなかった。

陽子とぼくは「お父さんってルパンのように謎に包まれているね！」と囁きあったこともあったっけ・・・。

「お母さんは知っていらっしゃると思うけど・・・」と陽子。

「でも、子守歌がわりに話すことではなかったわ。お母さんは詮索する人ではないし、同情すると相手が傷ついたり痛手を負うと理解していたから・・・」

ぼくの浅慮な考えだけど、父は日本航空機事故の新聞報道、あるいはＴＶニュースを見ても青木ヶ原を彷徨っているような、〝もわ～っ〟と霧の中を彷徨《さまよ》う心境だったのではないだろうか？

「真実はどこに？」自分の疑問を打ち消すために、資料作成にかかったのではないか・・・と。そこから、この資料をコツコツと収集してきた、と。ぼくの類推に過ぎないが・・・。

父は、一〇〇〇人を超える企業の代表として多忙な日々を送っていた。それでも、喉に刺さった棘を抜くべく、日本航空機事故解明に時間を割いてきたのだろう。父は真実に辿りついたのか、この重いファイルを、ぼくが重箱の隅を穿《ほじく》るように調べなければ、父がたどった真実を解明出来ないと思う。ただ、父はこのファイルの存在を、川を渡る寸前までぼくを資料に導くため気力を絞っていたのだろうか？　あるいは、父の予想を超えた事故の複雑な展開に、本人が一番痛恨の思いを持って川を渡っていったのだろうか？

この時、ひんやりとした風が頬を通り抜けて行った。ぼくは周囲に精神を集中して父の幻を探したが、壁のように聳える森の梢が風と戯れているだけだった。

「お父さん～」と、自分に向かって叫んだ。

・・・お父さんの生きた証の本と共にぼくは生きていくだろう。お父さんの歴史そのものの本に導かれ、生きる励ましとするだろう！

あの日、残業続きでへとへとに疲れていた私は、太陽がすっかり昇るまでベッドで布団をかぶっていた。鶏は役目を果たしたといわんばかりに餌をあさっていた。枕の上に投げ捨てた携帯が、不機嫌な赤ん坊のごとくわめき立てた。手探りで携帯を掴んだ私は、ベッドから起き上がるとレースカーテンを左右に開いた。一瞬、眠りから覚めたばかりの私を強烈な太陽が射抜く。初秋とは思えない太陽の輝きに〝クラッ〟とする。しばらく窓から東京湾の輝く水面を眺める。携帯に着信があることを忘却していた。

まだ顔も洗っていない。

・・・朝っぱらから、誰から？

携帯のボタンを押して耳にそえる。

〝もしもし、どなたでしょうか？〟

「漸《よう》く起きましたか！　教頭の鬼木巖です」いきなり濁声が耳に突き刺さる。朝っぱらから、よりによって土曜日に何事？　せっかくの休日、雑用を押し付けられては・・・。

「はい、先ほど起きたばかりで朦朧《もうろう》として申し訳ありません・・・」駄々子のように言った。

「それは仕方がないとして、癇癪《かんしゃく》をため込んだ蜂のような声でぶんぶん言わないで下さい」

人の思惑に疎い教頭でも、私の思惑は洞察するんだ！　気をつけなくちゃ。

「すみません！」と電話に向かって頭を下げる。「ところで、こんな時間に連絡されるのは、よほど切羽詰まったご用件？」

「初めからそうおっしゃれば時間が省けるのに・・・」終わりの部分に険がこもる。

「本題に入ります。塙《はなわ》先生のクラスに、竜慎一くんという生徒がいましたね。その竜さんのご家族が、中央高速道で追突事故に遭われ甲府市の病院へ運ばれたと警察から連絡がありました。警察の話では事故の詳細は省かれて『病院に運ばれました』と、告げただけで電話を切られました」

教頭の濁声が唐突に切れ、咳をする音がしばらく続いた。ヘビースモーカーの喘息持ちが記憶の片隅に浮かんだ。でも、こんな時に嫌味をいっても詮無い。

「申し訳ないが、塙先生、確認のため病院へ行って下さい」

「えっ！　竜くんのご家族が事故に・・・」怒鳴るように言って、〝しまった！〟と臍《ほぞ》を噛んだ刹那、「そんなに吠えないで下さい！　私の耳は怒鳴られなくても聞こえます」

でっぷり太って、酒焼けの赤ら顔のくせに意外と耳ざとい。

「すみません・・・。それで、具体的な・・・」舌がもつれ、ようやく言葉が口に上った。

「塙先生！　年寄りを虐《いじ》めないで下さい。警察では詳しい事は何も説明がないと先程いいましたね。あなたが病院へ足を運んで確かめて下さい。交通費は学校で負担します。せっかくの休日に申し訳ないが、緊急を要しますので・・・。それから、結果は必ず報告して下さい」

〝ガチャン！〟と通話は唐突に切られた。でも、不愉快な気持ちはなかった。それより、竜くんのご家族のことが心配。

甲府へは、新宿で乗り換え快速に乗ると三時間と少しで着いた。準備もなにも、Gパンに水色のシャツ、昨年の秋、紅葉狩りで着た厚手のセーターを羽織っただけ・・・。それでも甲府は千葉より気温が低いのか肌寒い。

甲府駅に着くと早くも薄暮が下りて街灯が灯っていた。病院へ行くバスがあるように聞いていたけど、せっかちな私はタクシーに乗った。受付の窓口で塙淑子と名前を告げ、Y高校の名前と竜さんご家族の病室を尋ね、案内をお願いした。

「待合室の椅子に座って少々お待ち下さい」四十代後半の看護師はモスグリーンの椅子を指して私に言った。

看護師に告げられるまま私は待合室の椅子に座って待った。合成皮革の椅子は氷のように冷たく、冷気がお尻から体全体に這い上ってきた。光源が弱められた待合室で、手術が終わるのを待つ家族のように、竜くんのことに思いを馳せた。

教師となった私が初めて赴任したのがY高校だった。辞令を受けた担当クラスに竜くんがいた事もあって、新米教師で右往左往する私は随分助けられた。卒業前の研修は剣道で例えれば竹刀のお手合わせに過ぎないと思い知らされた。赴任して教壇に立った時、四十数人の顔、顔、顔が、刀をかざして私のぽかを虎視眈々《こしたんたん》と窺っているような錯覚に足が竦《すく》み、声が喉につかえた。毎日、地獄の針山を彷徨《さまよ》っているようで、精神が不安定な状態に陥り、疲労と睡眠不足が重なって私を蝕《むしば》んだ。疲労困憊の体をベッドに横たえ芋虫のようにのたうち回った。肌も目に見えて荒れて来た。朝、念入りにシャワーに打たれても、肌に潤いが戻ることはなかった。

洞察力の鋭い加納桜子さんは、必死に崖をよじ登る私にさりげなくザイルを落として道筋をつけてくれた。加納さんの行動をそれとなく観察していた竜くんも、万が一、加納さんの手元が狂わないよう、腕を通したザイルを背負いストッパーの役目を果たしてくれた。

私は二人の尽力のおかげもあって、夏休みを迎える頃、崖をどうにか登攀《とうはん》する術をマスターすることが出来た。

「塙様、お待たせしました」冷たい椅子に座ってまとまりのない想いに遊泳していた時、名前を呼ばれた気がして顔を上げた。正面に若い看護師が厳しい顔で私を見下ろしていた。

「塙様ですね！」看護師は事務的に、念を押すように尋ねた。

「はい、塙です。竜ご家族の安否確認に参りました」

「それではご案内します。忘れ物のないようにご確認お願いします」看護師は私の返事を待たず向きを変えると先に立って暗い廊下を足早に歩き出した。

私は、看護師の背中を追いながら、より照度が落ちた暗い階段を下りて行った。階段のフロアに緑の非常灯が不気味に灯っていた。階段を下りて、さらに階段を下りきると、紡錘型を横に置いたような暗い廊下が現れた。私は、看護師の後ろから海兵隊員の地獄の訓練よろしく息を切らしてついて行った。三つの非常灯を数えた時、突然振り返った看護師が奥のほうを指して言った。

「突き当たりの戸口から光が漏れているでしょう。あそこが竜家ご家族の控室です」事務的に説明すると看護師は背中を見せて階段を駆け上がっていった。

片側引き戸のガラスに「竜家ご遺体安置所」と筆で書かれた紙がテープでとめてあった。

〝遺体！〟その刹那、私は棒立ちになり、「崩れ落ちる兵士」さながら、凍りついたリノリウムの床に崩れ落ちた。

私はしばらくその場に蹲《うずくま》っていた。壁に寄りかかった私は、乱れる呼吸をあやしていたけど、教頭の赤ら顔は全く思い浮かばなかった。ただ、竜くんと、いつも凛《りん》として、麗《うるわ》しく聡明なお母様がぼんやり浮かんできた。

　誰かに肩を揺すられているような・・・それからおぼろげに、ぽっ、ぽっ・・・と、私の脳のどこかで、囁くような声・・・。

「どうしました?」

　決して強くはない、むしろ労《いた》わるような・・・羽毛のような柔らかい声。私の耳元に潮の満ち引きのごとく、寄せては引くように届いた。私はその声の誘惑に引き寄せられて顔を上げた。

　私の涙で濡れて霞んだスクリーンの先に、竜くんのお母様が慈愛に満ちた瞳を私に向けていた。「嗚呼！　お母様！　竜さんのお母様ですね?」私は目を見開いて叫んだ。私の嬌声に一瞬たじろいだ女性は、「あなた、チョット誤解されて・・・。私は、慎一くんの叔母の瀧田ですが・・・」私の錯覚?　見間違いなんてありえない。竜くんのお母様は、一瞬、私の顔から血が引いた。彼女は訝しげに私を見つめた。瀧田と名乗った女性はしばらく思案に暮れていたが、座り込んだ私の前に膝をつくと自分の名前を、改めて諭すように私に告げた。私は瀧田と自己紹介する女性を呆然と眺めた。その時点で混乱した私に正常な判断を求めるには無理があった。私は冷たいリノリウムの床に正座して、瀧田さんという方を虚ろな目で眺めるしかなかった。しばらく呆然と座り込んでいた私はようやく心を決めると、「失礼しました。余りにも竜くんのお母様に似てらっしゃるので、お母様か・・・と」と言った。瀧田さんは私の言葉を静かに聞いていた。徐々に平静に戻った私は、改めて自己紹介する。

「先ほどは混乱していて失礼いたしました。私は竜 慎一くんの担任塙 淑子です」私は丁寧に言った。

「あら、慎一の先生がここに座り込んで・・・」

　語り口も、身のこなしも、竜くんのお母様と瓜二つ・・・。

「入口にテープでとめてある〝竜家ご遺体安置〟の文字を見た刹那、気が動転して・・・」

「まあ、中にいて全然気がつきませんでした。ごめんなさい！」

　竜くんのお母様が忽然と蘇り、瀧田さんに憑依、私に語りかけているようでした。それから私が立ち上がるとき手を差し出して下さった。私の手を握ったまま遺体の横たわる場所まで案内して下さった。

「慎一さん！　塙先生がおいでですよ」瀧田さんが竜くんに声をかけた。

　窓ガラスに顔をあてて、暗闇を凝視していた竜くんが、瀧田さんの声に物憂げな顔を私に向けた。焦点の定かでない空虚な眼。彼の能面のように陥没した眼を捉えた刹那、〝あっ！〟と、私は、喉元からあふれそうな悲鳴を、涙で濡れたハンカチで咄嗟に塞いだ。彼に「絶望」という言葉をあてはめる余地さえないように思えた。岩と格闘するシジフォスに絶望という言葉をカミュは刻印しなかった。塵のように極小な希望であっても・・・と、カミュは考えた？　でも、いまの竜くんを裏返しにしても、彼から希望という言葉は探しあてられないだろうと・・・。

私は自分の未熟を恥じる。私たちが呼吸する空間に、深海のごとくな沈黙が霧のように拡散していった。瀧田さんも、一歩部屋に足を踏み入れた時から、言葉を閉じ込めた檻に鍵が下りているかのよう・・・。彼女の連れ合いらしい男性が、瀧田さんに近寄ってきたが、その男性も沈黙の渦に巻き込まれた。

私は、瀧田さんに従って一歩足踏み入れた刹那、棒立ちになり足が竦《すく》んで一歩も踏み出せなかった。白布で覆われた遺体が三体、窓際に頭をそろえ置かれていた。ちょうど竜くんが立つ傍らに・・・。私は白布の遺体が視界に入った刹那、錯乱してとるべき次の行動が分からなかった。かろうじて棒立ちから解放した私は、遺体に手を合わせた。

遺体は右端からお父様、お母様・・・妹さんの順に横たえられていた。お父様のお顔の前に立った私は、両手を合わせて黙礼した。追突事故の遺体にしては、美しい穏やかな死に顔をされていた。私は、順番に両手を合わせ、黙祷の後、竜くんの傍らに行った。私の気配に振り返った竜くんは、私を捉えた刹那、瞳にわずかな光が射したように見えたけど、物憂げに背を向けると再び闇と対峙したまま動かなかった。窓ガラスに闇を凝視する竜くんの青白い顔が映っていた。竜くんの顔は、死病に憑かれた人のように私に映じた。

踠《もが》き

・・・どこから語れば・・・

・・・耳が壊れたぼくは、語る言葉を解せない異国人・・・

異邦人？　そうだ、ぼくは異邦人なのだ！

「御巣鷹山生存者の記録」のファイルを机に置くと、テニスコートに立つ時より緊張する。父の魂に導かれ、自身の再生のためでもあるが・・・。

座卓より大きいサイズの机に「御巣鷹山生存者の記録」を、手元に広辞苑・漢字源をそれぞれ左右に配置して読み進めた。

記録は主に新聞の切り抜き、抜粋。週刊誌や月刊誌からも収集していた。こられの解説や論説の隅にボールペンや鉛筆で父自身の見解、疑問点が簡明に記してあった。時には、克明に記した紙片をのりで貼り付けたページも往々にしてあった。

仏典（読んだことはないが）あるいは聖書に対峙している

ような厳粛な気持ちを抑えられなかった。ある時点まで、ぼくは惜しみなく記録を読むことに時間を浪費した。日にちは飛ぶように流れていった。生まれてこの方、これほど真剣に言葉と向き合ったことはかつてなかった。

言葉 言葉 言葉・・・人間がというと、仰々しいと思う人がいるだろうけど、言葉はすべてである、と十八年間生きて初めて自身で確認することが出来た。ぼくの前から忽然と消えた家族とひきかえに・・・。それから、お父さんの残した本は、ぼくの道標《みちしるべ》となった。お父さんが座っていた革張りの椅子に抱かれて・・・。また、お父さんが疲れたとき肉体と精神を慰労した簡易ベッドに横たわり、フォークナーの「死の床に横たわりて」を耽読したことも。

難解な漢字、初めて遭遇した語彙は、広辞苑や辞林を駆使して、時刻表を調べ、旅行の計画を立てるように、一つ一つの言葉の意味を調べ自分の血肉としていった。深夜まで参考書に没頭していた中学受験時代、その頃から、ペニスの周りに得体の知れないものが生えてきた事とともに懐かしく思い出す。「われら不条理の子」P・V・D・ボッシュ　加藤周一訳、「望郷と海」石原吉郎著を、一ページめくる度に日が昇り、欅の幹や枝を紅に染めて太陽が没する時刻を過ぎてもページをめくった。その時、不思議なことに時間を浪費している、などとはこれっぽっちも思わなかった。

庭が雪化粧した朝、ジャージに着替えたぼくは、時計回りに雪の上を走った。淡い緑色に庭がぽつぽつ染まり始める頃、逆回りに喘ぎ喘ぎ家の周囲を駆け抜けた。昨日今日明日と降りしきる雨に、萌黄色から新緑に染まり始めた欅の枝々がしなって首を垂れる横を、時計回りに水しぶきを上げて駆け抜けた。爽やかな海の季節が訪れる頃、どうにか「望郷と海」を読み終えた。ぼくの生活する空間に、至る所に本がうず高く積まれていった。リビング、ダイニング、トイレの棚、床に・・・。便座で、ロダン彫刻「考える人」のごとく言葉を求めた。

卯の花の香りに、鼻の奥がムズムズ疼く真夜中、倉庫から持ち出したマウンテンバイクに跨ったぼくは、騒音が途絶えたアスファルトを、ピューマのように目の前を横切る猫に急ブレーキをかけつんのめり、萌黄色から緑に変容する銀杏並木を並走した。帰りは空っぽのリュックサックが、ヨットの帆よろしく背中で膨らんでいた。腹の虫が喚き始めると、蜩《ひぐらし》が腸に住み着いているかのように臍《へそ》のあたりがシクシク震える。蝉時雨《せみしぐれ》の喚き声のように五月蠅《うるさ》くてたまらなかったあの頃の淡い記憶が朧《おぼろ》に蘇った。ぼくは、読みかけの本を親指で挟むと、冷蔵庫に走って隅々をあさる。買い溜めから間があれば余裕が持てるが、そうでない日には、冷蔵庫の中にチーズの欠片さえ見当たらず、冷蔵庫の下に座り込んで呆然とすることが往々にしてあった。こんな時に限って、ぼくのお腹は、餓鬼《がき》のごとく悲痛な喚き声を立てた。

父の蔵書と向き合っていると、時折、お父さんと直接会話しているような錯覚に陥ることが・・・。手垢で汚れ、表紙も擦り切れた単行本を抜き取ってページをめくると、お父さんの読書傾向がおぼろげながら理解出来るようになった。個人全集では、夏目漱石が頻繁に読まれていた痕跡があったことで、ぼくもほかの本に一区切りがつくと、時間を割いて（休学しているぼくには、時間は無限にあったけど・・・）夏目漱石を中心に読んでいった。だけど、漢詩は難解でぼくの手に負えなかった。

お父さんとお母さん、陽子がぼくの前からいなくなって一年と六ヶ月の時間がぼくから消えていた。全集は開高健の単行本にようやくたどり着いた。リビング、ダイニング、トイレと、ぼくの行動するところには本が乱雑に積み上げられ、誰かがひとめ見るなり、「空き巣にやられたの？」と問われても反論出来ないだろう。いつしか、書架の棚は老人の抜け落ちた歯茎のように隙間が目立つようになっていた。

あれから、二年が経過した。

ぼくは十九歳になった。
・・・十七歳のぼく、十九歳を迎えたぼく。窓から見える欅のごとく、ただ、図体だけ大きくなったのだろうか？
・・・ぼくには分からない！
・・・父そのものの書籍と向き合って二年、爪の垢ほどでも良い、砂上に（たとえ風が吹けば跡形も無く消えさるようであっても）ぼくの内に痕跡が記されればと願いつつ・・・。
大江健三郎の著書に、「・・・たとえ短い命であっても、地上《ここ》に生きていた証が記される」と。

砂漠で一本の針を探すごとく、ぼくは新聞を丹念に読んだ。社会面に印刷された活字（言葉）から人間の暮らしを学び、政治と経済面から、この国の動脈と静脈の流れを理解していった。大海原を超えて世界の扉の向こうを砂粒のように小さき事で在っても、テニスに明け暮れていたあの頃、考え思いもしなかった、世界には現在も戦場があり・貧困・抑圧・難民が至る国で起こっている事を、知識でなく現実のこととして知ることとなった。食料を大量に破棄する国の裏側で、日々の食糧に窮する国が今なお存在することも・・・。

だけど、目まぐるしく変化する情報社会に、壊れた耳を背負ったぼくは対応出来るだろうか？　ぼくの乏しい知識から、ぼく自身の立ち位置を、世の中の在りようを読み解くことが可能だろうか？

ぼくはリビングのソファーの肘当てを枕に、カミュの「ペスト」を読んでいた。突然、腹を空かせた赤ん坊のように胃のあたりに巣食った虫が喚き出した。朝起きがけに、一切れの食パンにハムを挟みコカ・コーラで胃に流し込んだきり、一滴の水も補給しなかった。とりあえず腹の虫の癇癪《かんしゃく》を静めなければ一行も頭に入らない。キッチンに行きかけ、この家にパンくずさえ残っていないことに思い至った。

　ぼくは親指と人差し指に挟んだ「ペスト」に栞《しおり》を挟みセンターテーブルに置いた。ソファーに投げ捨てたヨットパーカーを掴んで玄関に向かった。帽子かけのフックに吊るしたリュックを肩に、乱雑に脱いだシューズを突っかけ、ぼくは重いドアを外側に開けた。いきなり冷たい風がぼくをすり抜け、廊下に積もった埃を舞い上げた。一瞬、ぶるっ、と身震いしたぼくはパーカーのフードで顔を覆う。「パーカーでは寒いかな・・・」玄関の石段に足をかけてチョット思案したけど、「まあ、バイクを飛ばせば汗をかくだろうから・・・」と自分を納得させるように車庫に駆けた。車庫の扉はすでに上がっていた。三台納車出来る車庫の中に、ドイツの高級車とお母さんの外車がうっすらと塵化粧していた。二台の外車を横目に、ぼくはマウンテンバイクに跨《また》がり、三日月が浮かぶ庭に出て車庫のスイッチを押して扉を閉めた。

　初秋の空は透き通り、三日月の照《ひか》りがなければ、檀一雄がモンゴルの大草原で見上げた満天の星に伍するだろう・・・。夏の夜、背後に鬱蒼《うっそう》と茂る公園の森、通りの街路樹に囲まれた庭に立って夜空を見上げると、ドキュメンタリー映画で観た眩い星の瞬きに伍する星空を拝められるが・・・。

　経済の発展は、道路に光の洪水をもたらした。歓楽街にネオンがあふれ、街灯はローマへの道となった。ぼくの星空は失われ、天体望遠鏡は、倉庫の片隅で墓標となった。それでも、マウンテンバイクをひいて土手を歩きながら天を眺めていると、淡い星の瞬きがぼくの心を癒してくれる。

　雲は静謐《せいひつ》に停滞していた。光を透さない川は黒く濁り、時折、ボラの跳ねる飛沫が月光に瞬いて見えた。土手を下ったぼくは、街路に敷かれた石畳の振動を両腕に吸収しながらペダルを漕いだ。幹の陰になった暗い場所で、歩道にはめ込まれた点字ブロックにハンドルを取られ転倒しそうになった。目の見えない人の道標の点字ブロック。肢体不自由者の車椅子走行に支障はないのか？　新聞の社会面に掲載されていた記事を思う。

「竜さん、あなたは張子の虎ですね！」かつて、ホームルームで加納桜子さんに指摘され、一瞬、〝エッ！〟と叫び、赤面した日のことが蘇る。あの頃のぼくは、社会に関心を払わず、ひたすらラケットを振り回していた。新聞はスポーツ面と三面記事にざっと目を通す、不純な読者と指摘されても反論出来ない。

「陽子、ちょっと来て！」と叫んでも「お兄ちゃん、ちょっと待って・・・」と、打てば響く声も今はない！

　ぼくは長い蝕のあと、冬眠から醒めた羆《ひぐま》のように雪解けの凍る水で泥を落とした。だけど、冬眠から醒めた羆が獲物を求めてテリトリーに戻るように、ぼくは学生に戻ることはなかった。浴槽の淵に背中をあずけたぼくは、壁一面に防弾ガラスをはめ込んだ窓から、劇場のスクリーンを鑑賞するように、森の頂上に沈む腐った柿のような黒紅《くろくれない》の夕陽を眺めていた。

「お兄ちゃん！　風邪ひくよ・・・」

ガラス戸の隙間から、陽子の悲鳴が、闇の世界から木霊に伴われてぼくの耳に微かに聞こえたような気がして、ハッ！と我に還ったぼくは、湖に沈没する寸前のボートのように顔が浴槽に沈んでいた。パニックに陥ったぼくは、足が滑ってブクブク沈んだ拍子に浴槽の湯をしたたか胃の腑に送り込んだ。両腕をバシャバシャ叩いていたら偶然浴槽の淵に手に触れて、どうにか膝で体を支え、ぼくは淵にしがみつき誤飲した湯をタイルに嘔吐する。

危うく浴槽に溺死体をさらすところを・・・陽子の木霊に救われる。

この日を境に隅々まで新聞に目を通すようになった。テレビもバラエティ中心から政治経済、ドキュメンタリー番組にチャンネルを切り替えた。地球半周くらいの迂回になったけど、加納さんが指摘した「竜さんは、張子の虎ですね！」の言葉を噛みしめ、一生に一度あるかないかの犠牲の上に理解した。懺悔とともに・・・。

ぼくはペダルを漕ぐ。ヨットパーカーは帆のように後方に膨らみ、ぼくの大腿の血管は破裂するかのごとく膨張、悲鳴を上げる。額から噴き出た汗が頬を流れ首筋をミミズのごとく伝い落ちる。一瞬！　初秋の風がサアーと頬を払い、首筋にピリッと冷気が駆ける。

「ハッカを口に含んだように気分が爽快！　一つ先の駅まで行こう！」銀杏並木を走っていた時、パッ！　と思いついた。少し遠いかな・・・と考えるが引きこもり状態のぼくに、今のところ未来も漠然として定まっていない、まあいいか・・・。くの字に流れる河と逆方向にマウンテンバイクのハンドルを切った。夜明けまでたっぷり時間は残っていた。土手を走る獣も人らしい影も映らなかった。脇道から大通りに出ると想定していた車も人間も野良猫も影さえ見当たらなかった。鼻から肺に至る空気も清涼に感じられる。駅に近くなるに従って周りの風景が何だか明るく感じる。駅前のロータリーは若者（ぼくも若者の一人だけど）がたむろしていたが、勤労者らしき人間はいなかった。ぼくは若者を避けるように迂回、コンビニの壁にマウンテンバイクを止めると入口に向かった。

世界中のどこにでもあるコンビニ店内の風景。特徴のない陳列棚。狭い空間に目一杯品物を押し込んだ陳列棚はカタログを見ているよう。ハリーがバーガーを頬張り、銃身の長いＭ２９を胸に吊るしたケースから抜取りドアからヌ～ッ現れそうな店内。買い物する人間（ぼくも同類だけど）も扉を押して中に入った瞬間、ハリーのような個性は失われ風景に埋没する。

雑誌コーナーで漫画を立ち読みする若い男女。弁当売り場には折り目の崩れたスーツを着た夜勤帰りの独身男性？　厚化粧が無残に崩落した水商売風の女性はかごをさげて棚とにらめっこしている。ぼくが立つ店内に、長身のハリーが出現しても違和感を覚えないだろう。ぼくも同化、その中に溶けているのだから。

人は黙々とサンドを買い、おにぎりを、コカ・コーラをかごに入れ出て行く。ドアは音もなく閉まり、人が闇に消え、しばらくの間、ドアは一服するように物音を立てない。

物音一つしない。

この時、二人の若い学生（雰囲気から学生と・・・）がお喋りしながら入ってきた。ぼくは自然に無関心を装い聞き耳を立てる。

「・・・・・？」無声映画を観ているように声が聞こえない。
・・・おかしいな～？
隣に来た若い男が飲料ケースの扉を開けて、コカコーラを一本抜き取り、清算をすませると風のように去っていった。
・・・バタン！　ぼくの鼓膜が銅鑼のように震えた、ような気がする。
・・・大丈夫！　問題はない。
幕の内弁当、菓子パン、ポテトチップス、カップラーメンなどを手当たり次第かごに詰めた。飲料ケースでコカ・コーラを半ダースかごに入れた。ぼくは満載したかごを持ってカウンターに歩く。カウンターに誰も並んでいない。ぼくがかごをカウンターに置くと、バイトの若い女の子が幕の内弁当のバーコードを機械で読み取りながら「・・・・・」と口をパクパクする。ぼくに質問しているらしいが、無声映画を観ているよう。女の子の声はぼくの鼓膜に反応しない。ぼくの背中からジワーッと汗が噴き出す。少し上唇がめくれ上がった女の子のパクパク上下する唇を茫然と眺める。腋から汗が噴き出る。額に水滴があふれ、皮膚が引きつり能面のような顔をさらしぼくは突っ立つ。ぼくはしどろもどろに首を横に振ると支払いをすませ、買物袋を鷲づかみにしてドアに突進する。マウンテンバイクのサドルにリュックとビニール袋を無理に押し込む。リュックを背負いバイクに跨った。

その時、バイトの女の子がドアから飛び出し、叫びながらぼくに向かって駆けて来る。息せき切ってぼくの前に立った女の子は、握った紙幣と小銭をぼくの顔に突きつけ「お釣りですよ！」喘ぎ喘ぎぼくに言った。

入口前にたむろする若者たちが、サーキットの観衆のようにぼくと女の子に視線を向ける。女の子の右手に握られた紙幣から、全てを理解したぼくは、羞恥心と哀しみが全身を駆け抜ける。ぼくの掌に置かれた紙幣と小銭がぼくの現状を表していた。涙腺が決壊したかのごとく瞼《まぶた》から涙があふれ、ヨットパーカーを濡らした。涙で霞んだ街燈が傘を差した月のように見えた。

　鍵を回してドアを開け、中に転がり込んだぼくは、鍵をかけると大理石の床に崩れ落ちた。恐怖と羞恥心が追い打ちをかけるようにぼくに襲いかかった。

　・・・どうして、どうして？　神はヨブに与えた仕打ちを・・・死の淵から芋虫のように這い出て、ようやく光明をとらえた、ぼく・・・・・いっそ心臓を悪鬼にくれてやりたい！

「先生、ぼく、耳が壊れちまった！」

　・・・どうして？

　返事は？　もう一度送ってみよう。

　手に握りしめた携帯が〝ブルブル〟と震える。

　懐かしい先生からのメール・・・・・あの頃（学生時代）と変わらない、優しいことば・・・。

　・・・躊躇《ためら》っている場合？

　どこかで声が（闇を透かして音のない声が・・・）。

　錯覚ではない、〝トントントン・・・〟胸に響くやさしい音・・・・。

　思いは、線香花火のごとく、支離滅裂に駆け巡る。携帯を握り締めたぼくは、先生からのことばを、耳にささやく声のように読む。涙がとめどなく頬を流れ大理石を濡らす。

　漸《ようや》く決心したぼくは、携帯に訴えるように言葉を打つ・・・。

「先生、ごめん。どうすれば、いつになったら、暖かい曙光がぼくを包むのだろうか・・・ぼくには分からない。耳が壊れたと知った今、外に出るのが途轍もなく恐ろしい・・・・・」

　ここまで言葉を紡ぐと迷える仔羊のように言葉が一行も生まれない。

　ぼくは送信ボタンに手をかけた。

　携帯を握り締めたぼくは、大理石の床にだらしなく尻餅をついて待っていた。太陽は天空にあるだろうか？

　・・・ポァンポァンポァン、設定した音楽が掌に奏でる。

　バイブが震えながら、哀愁に満ちたメロディーが鼓膜に反響する。着信ボタンを押した私は、竜くんから届いたメールを開く。

「〝ごめんネ！〟そんなこと良いのよ！　これから竜くんの家に行くから待っててね！」前置きを端折って送信する。

　私はてばやく身づくろいをすませると、車のキーを掴み、階段を駆けおりて地下駐車場へ向かった。

　地下駐車場の出口を右折、ビルの谷間を徐行運転する。幹線道路に入る手前で慎重に左右を確認し車の流れに乗った。

日曜日の下り線は空いていた。これから先、渋滞に遭遇しなければ、竜くんの家まで三十分ほどで着くだろう・・・と予想しながらハンドルを握る。朝、カラッと晴れていた空は、「女心と秋の空・・・」のたとえそのまま灰色の雲に覆われていた。雨は降らないよね・・・と一人で呟き、慎重にハンドルを握る。竜くんの受けた突発的な体験を考える時、私ならとても耐えられない！　と思う。教職に就いてから二年は、瞬きする間もなく流れた。少しずつ仕事に慣れて来もしたけど、人を恋する思いは露ほどもなかった。学生の頃、恋だの愛だのにうつつを抜かしていたのが、遠い昔の事のように思われる。でも、竜くんを思う時、歳の差があるのに心が騒ぐ。

「あっ、信号が赤に変わった！」咄嗟にブレキーペタルを踏む！　けたたましい抗議のクラクションが後続車から鳴り響く。
・・・竜くんに対する気持ち？　指折りするまでもなく、家族が唐突に亡くなって一人ぼっちになったこと。私が初めて赴任、いきなりクラス担当を任じられて棒立ちの私を案じた加納さんと竜くんが、クラスをまとめて負担を取り除いてくれたことなど。あれこれ思案していたら、後ろからクラクションがけたたましく鳴った。
「あっ、信号が青に変わっているわ！」慌てずゆっくりスタート、窓を開けて手を降り、気が付かなかったことを後続車に謝罪する。幹線道路を左折、単線道路をしばらく走ると、県立公園の広大な森が左に広がってきた。公園にそって緩やかなカーブを描くように走ると、森をえぐり取ったような広場が現れた。アメリカ南部の邸宅に比肩する面積の奥に、重厚な和風造りの豪邸が私を出迎える。小豆色の瓦《かわら》が街灯に鈍く光っていた。広大な敷地には芝生が植えられ、芝生のほぼ真ん中に一本幹の太い欅が四方に枝を広げていた。私は朧《おぼろ》な記憶を頼りにノロノロ運転で入口を探した。庭の途切れたところに車庫入口を見つける。引き戸式の柵があるが、あいにく柵は閉まっていた。ハンドルを操作すると街路と柵の隙間に駐車した私は、外に出ると扉に接触していないか確認した。後ろは街路に少しはみ出て、頭隠して尻隠さず！　だけどこの際無視することにして、ポールの隙間を通り石畳を踏んで玄関へ急いだ。

二年ぶりに訪れる竜くんの家。玄関に立って呼び鈴を押してみたが応答はない。繰り返し呼鈴を押していた時、ハッ！と気がついた。・・・馬鹿な私！「ぼく、聞こえなくなった！」とメールを受け取ったばかりなのに、呼び鈴に手をかけるとは・・・。反応がないので送信済のメールを開いて、再送信を繰り返し、合間に玄関のドアを叩き続けた。やみくもに叩いていたら、突然ドアのノブが動いた。私は咄嗟にノブを掴んで外側にドアを大きく開いた。開いたドアの横に、竜くんが壁にもたれてタイルにしゃがみ、首をねじるように私を見上げる。泣いていたのか瞼が赤く腫れていた。フルマラソンを走ったランナーのように疲労困憊、憔悴しているように見える。

・・・今の彼には、どんな言葉も意味をなさないと咄嗟に悟る。玄関は冷えるから、とりあえず彼の体を温めなくちゃ・・・・。

「上がって良いかしら?」竜くんと眼を合わせて、身振りを交えて伝える。

「・・・・・・・・・・」

「私の言うこと分かる?」竜くんは首を縦に振ってうなずく。

「玄関は寒いでしょ・・・。このままでは風邪をひくよ!」

私は、竜くんの腕をとると大理石の床から引き剥がした。身長が一八五センチを超える竜くんを立たせるにはかかなりの腕力を必要とした。立ち上がって私と向き合った彼は、見上げるほど大きかった。「さあ、上がりましょう!」竜くんの背中と言うより腰のあたりを押して上がり框に立たせた。竜くんの後から上がった私は、彼のシューズと靴を揃え真ん中に並べた。彼の靴と並べると、私の靴は子供のように見えた。

リビングの引き戸を(今どき珍しい!)開けると一瞬、小さな公園に立った錯覚を覚えるほど広かった。窓は広く、紺色系のカーテンが天井から床まで下りている。正面に70インチはありそうなTV、輸入品のゆったりしたソファー。縄文杉のセンターテーブル。煌《きら》びやかにともるシャンデリアが天井から下がり、壁一面の間接照明が灯り、宮殿の広間に立っている趣があった。ソファーに彼を座らせると、私も横に並んで座った。

竜くんの家族の告別式以来だから、彼に会うのは二年(?)ぶりになる。少し痩せたような感じもするけど、体格は以前に比べて引き締まっているように思う。身長も向き合うと見上げる感じ。坊ちゃん〱していた顔が、チョット二枚目俳優のように目鼻立ちがきりっとして、佐田啓二の息子に似ている(?)。眉がキッチリしているのはお父様から受け継いだように見てとれる(慰安室に横たわるお顔を拝見しただけだけど・・・)。お母様の凛《りん》として寛容なお姿が見て取れ、優しい雰囲気も漂っている。

「私の話、分かる?」彼の瞳を覗きながら尋ねた。

「ん、先生の唇の動きから少し・・・」困惑気味に肯定する。

「ああ、読唇ね!」

「・・・・・・・・・・」こっくりする。

「じゃ、唇の動きをつかみ、単語を並べていけば分かるのね。分からない時、くり返し〱するから・・・それでも分かりにくい時は筆談しましょうね」私が言うと、表情が少し明るくなる。

「ご両親が亡くなって二年、その間どうしていたの? あなたが学校に来ないから、授業が終わると何度も玄関のベルを押したのよ」

竜くんの顔に哀しみが漂う。涙が瞼を覆い、瞬く間にあふれる。馬鹿な私、まだ癒されてないのに・・・。加えて、音を失うアクシデントに見まわれているのに・・・。

「ごめんなさい！」涙声で謝る竜くんのにぎりしめた拳に掌を重ねた私は、涙に濡れた彼の手を包む。俯く彼の眼から大粒の涙があふれ、重ねた私の手の甲を濡らした。

まだこんな話は早いのね！

私って、なんて馬鹿なんだろう。

彼の肩に手を添えて覗き込むように
「竜くん、ごめんね！」と囁く。
彼の肩に手を添えて覗き込むように「竜くん、ごめんね！」と繰り返す。涙をいっぱい溜めた眼を私に向けてうなずいた。竜くんの顔を私の胸に引き寄せた刹那、肩を揺すり号泣する。
・・・先生、ぼく駄目だよ！
大粒の涙をぽたぽた落とし、絨毯に大きな染みを描いていた。だけど、無知な私にはどんな言葉も・・・ただ、彼の頭をやさしく抱き寄せる他に慰める方法を知らない。私は、彼の胸の鼓動が森に囲まれた湖水のように寂静《しじま》を取り戻すまで強く抱き寄せていた。


私は夢を見ていた。

セーラー服のスカートを風に戯れるままたなびかせて、河原の土手を歩いている。勝ち気で、いつもツンとして人を寄せ付けない雰囲気をまき散らし、どんどん歩いている。平日の午後の昼下がり、土手は人影がまばら。時折、ランニングする初老の夫婦とすれ違う。

下駄箱に男のラブレターを見つけた時、みんなの視線が私の手元に釘付けの（多分、投函した男も見ていただろうと予想しながら）ところでビリビリ引き裂いて屑かごに棄てた。

大学が決まって東京へ行く日、母が上がり框に正座して「お父さんに挨拶してちょうだい」私の腕を掴む母の腕を振り切って玄関の戸をぴしゃりと閉めた。駅に向かって歩きながら、父に対して申し訳ない・・・の言葉は私のどこを探しても見当たらなかった。その頃の私は、自分の性格を「高慢ちきで嫌な女！」と思うことは終《つい》ぞなかった
大学生活を始めて程なく、私は、独りよがりな恋をして入れこんだ挙句棄てられた。棄てられ、夢から覚めて、自分自身を〝どうしようもなく愚かな、鈍感で身勝手で、嫌な女！〟と、自己嫌悪とともに理解した。この年、上京以来帰省していなかった実家に帰り両親に両手をついて謝罪した。

あれから五年、「恋」の言葉を忘れ生きてきた。

これからまた、恋をしたいな～！

ここで目が覚めた。

竜くんが、私の顔を覗き込んでいた。

「あら、恥ずかしいわ！」と彼をにらんだ。

「先生は美しい人です。研修でぼくのクラスに来た時、思いました」

「あら、私のことよりあなたが元気になって嬉しいのよ」

「泣いたりしてごめん！　耳が壊れちゃって、ぼくは積み木のようにばらばらに崩れ落ちそうで、誰に相談すれば良いか分からなかった」

「いいのよ！　私でも同じ経験をしたら壊れていたでしょう。本当にここまで頑張ってきたね！」

ガラス戸を見ると、陽が沈んでカーテンの向こうは闇に覆われていた。竜くんは、私が寝ているのに気を使って間接照明に切り替えたのだろう。居間は鈍い光源に落とされ靄《もや》に包まれているように感じた。

「今、何時かしら？」周りを見回して時計を探す。

きょろきょろしている私に、「からくり時計はそろそろ六時を指します・・・」微笑を浮かべながら壁を指さした。

「リビングが余りにも広くて時計を探すのに苦労するわ。広さはどのくらいあるの？」苦笑しながら尋ねる。

「家族の団欒を大事にする父と母が話し合って設計したと、父がいつだったかぼくと妹に語ってくれました。キッチンとダイニングが二十畳くらいとして、リビングはその倍くらいかな・・・」私に話しながら家族と過ごした在りし日のことを思い出しているのだろう、彼の瞼にうっすら涙が浮かんでくる。まだ、哀しみの揺り戻しに絶えず襲われるのだろう。

「これから食事に行きましょう！」快活さを前に出して私は言った。

彼はチョット思案していたけど、「ハイ！」と元気な声が返ってくる。


「竜くん、〝聞こえ〟の医学的なことは私もよく分からないから、調べて対策を考えましょうね。『情報不足では戦えない』と諺（？）にもあるでしょう。今夜は時間的に無理だから、機会を作って私のところで食事しましょうね」と言った。

竜くんは私の唇の動きから情報を読み取るように凝視していた。真剣に見つめられ、私の唇は恥じらい紅く染まってくる。


先生の運転する助手席に座って、ぼくは薄暮の街を窓ガラスに額を押しつけて眺めていた。ユッタリ暮れて行く街の風景。忙しなく行き来する人々に、銀色の紙吹雪が降り注ぐように視覚に映る様を、虚ろな心で、ぼくは眺めていた。

車のウインドウ越しに夜景を眺めるのはいつの日以来？

後部座席に並んで座った陽子は無心に夜景を眺めていた。珍しい風景があるのでも、車の窓から夜景を眺めるのが久しいのでもないのに、陽子はいつもウインドウ越しに弧像のような姿勢で風景に見入っていた。

「陽子は車に乗ると木像のように静かだね・・・」ぼくが言うと、「運転するお母さんの気を散らしてはいけないでしょ」父と母の主語が入れ替わるが、同じ言葉を繰り返した。あの時も、後部座席に座ってガラス越しに疾走する風景を眺めていたのだろうか？

それから・・・。川の流れのような断片的な映像（ぼくの空想に過ぎないけど）がガラスに幻燈の映写のごとく浮かび上がると、錯覚・幻想に過ぎないと理解しても、現に起こっていることのように思えたりする。緊張してハンドルを握る先生の横顔をチラリと眺めていると、ウインドウを走る風景に茫漠《ぼうばく》たる思いに至る。

結局、耳が壊れた原因（自分でも分からない）を語ることは出来なかった。口を開くと哀しみと、未来への悲観的な現実が洪水のようにあふれて言葉にならない。家族が忽然《こつぜん》と消えてから経験した残酷な悲哀、というより悲嘆に潰れ、父の簡易ベッドにうつぶせに倒れた。北ベトナムの戦場で家族にはぐれた裸の少女が泣きながら親を探し歩いている写真が脳裏に張り付くのを必死に掃《はら》っていた。だけど、耳が壊れちまった現実は、悲嘆の湖水に突き落とされると例えるより、未知の怪物が襲いかかる恐怖の様相を呈していた。

神の説く言葉は、貧しい民衆に心地良く響いたことと想像する。神は、「神の言葉が全能」と説いていた時代、文字（神は文字を作り忘れた？）のなかった時代。文字が民衆に広く流布されなかった時代。正確に語るなら、学者・聖職者が文字を支配していた時代。民衆は文字の存在さえ知らなかった。神が語る蜂蜜のように甘い約束の言葉を永遠に記憶にとどめることは難しい。神はくり返し民衆に語りかけなければならなかった。それと共に、神は弟子たちに契約ごとを語り、神に代わって弟子は真摯《しんし》に伝道していったと。

さて、弟子たちが神の言葉を伝道していく路々、目の見えない者、歩けない者に混じり、耳の聞こえない子供も密かに母に手を引かれてゴルゴタの丘を登っていたことだろう。神の言葉も民衆の騒《ざわ》めきも、風の音・梢のこすれあう音も彼には届くこともなく、静かな湖の底よりなお沈黙する世界で、母の手を握りしめていたのだろうか？　音のない寂静《しじま》の世界への導き、魂を抱擁《つつむ》不可思議な平安を母の傍らに座り感じていたのだろうか？　音を知ることなくこの世に生を受けた彼は、虐げられ、隔離され、存在さえ忘れられた命を、二十世紀の夜明けまで、生きる意味さえ知らなかったのだろう。

天地を創造した神も・・・。

その日も父の椅子にもたれ、考えるともなく漠然と蔵書を眺めていた。ふとしたことからぼくの手に届く本を一冊抜き出した。パラパラめくると父の痕跡がページのそこかしこに見い出された。傍線や書き込みのあとを発見したとき、父の温もりが励ましとなり、生きる意思がぼくに忽然《こつぜん》と湧き上がってくる。

新聞の切り抜きを整理した冊子を手に取り、御巣鷹山航空事故で家族全員を喪い、たった一人生き残った少女の記録(父が御巣鷹山の新聞切り抜きをファイルした意図は分からないが)を読み、強い衝撃を受けた。丹念に整理されたファイルのページをめくりながら、社会の出来事に無関心に生きた十七年間を悔やむ。沖縄の基地問題・戦争について国に都合の良い歴史を学んできたが、ぼく自身のこととして真摯に考えることはなかった。沖縄から遠く離れていても、ある日、ぼく自身の生活の中に戦争と基地がずかずか乗り込んでこない保証はない。愚かなぼくは、今にしてしっぺ返しを喰らっている。父の書架にある大江健三郎「沖縄ノート」。原爆を扱った「黒い雨」井伏鱒二。ハンセン病を患い療養所で生涯を終えた北条民雄「いのちの初夜」も書架に眠っている。シベリヤ抑留を体験した石原吉郎の「望郷と海」。これらの作品群を前にしてぼくは慙愧《ざんき》の念と共に考える。父になり代わってそれらの本を開き、父の生きて来た道標を辿ろう。その先に何があるか分からないが。父の道標(書籍群)を辿る事で、ぼくの生きる指針が見つかるだろう?

ぼくは、杜子春のごとく、天上の小さな光を仰ぎつつ、父の蔵書に辞書と首引きで向き合う。言葉や語彙の壁に突っぱねられながら、少しでも父に近づこう、知識を深めようとページをめくる。それでもぼくの限界が見え始める。教科書以外、本を開くことのなかった因果応報をいま受けているように思う。カミュをどうにか読めてもサルトルはお手上げの状態。大江健三郎の「個人的な体験」をどうにか理解しても、安部公房「箱男」は繰り返し読んでも作者の意図がサッパリ分からない。「箱男」の開いたページに、頭をかきむしった残骸のフケが堆積するのを呆然と眺めながら虚しく天を仰ぐ。「そうだ、大学に行こう!」誰もいない部屋でぼくは自分に呟く。それからハッとする・・・。高校を休学、そのまま卒業しなかった。これでは大学受験の資格がない。

・・・先生に相談してみよう・・・。そう思い至ったぼくは、善は急げ! とばかり必要なものをリュックに詰め、マウンテンバイクを駅へ漕ぎ出した。久し振りに切符を買ったぼくは、改札口を通りホームの階段を一気に駆け上がる。二年前の記憶をたぐり寄せながら映画の画面を見入るようにホームを踏んだ。忙《せわ》しない人間の往来する風景、ぼくはホームを夢遊病者のように踏みしめた。この時、唐突に奇妙な感覚に襲われホームにしゃがみ込んだ。その刹那、冷汗が全身から滴《したた》り落ちた。ポケットからハンカチを取り出すと同時に、背後から腕を掴まれホームの中央まで引きずられた。その瞬間! 快速電車が目の前を通過、突風が〝ザァー〟っと、ぼくに平手打ちを喰わせる。

蟻《あり》のように小粒になり、ぼくの視界から消える電車を呆然と凝視していた。電車が視界から消えると、犬に咬まれたような痛みを腕に感じた。ぼくは腕を掴んで離さない相手を確かめるべく振り向いた。ＪＲの腕章をつけた憤怒の形相の赤鬼がぼくを睥睨していた。だけど、ぼくの周囲は奥深い森のように静寂《しじま》に支配されていた。通学していた頃聞き慣れた、駅員のがなり声も電車を待つ人々の喧騒も、無音の世界にいるようにぼくの鼓膜は振動しない。

この時、ぼくの耳が壊れたことを、確信する（ことに気がついた）。

気を使っているのだろう、先生はあえてぼくに尋ねることを封印していた。緊張しているのか、先生はこわばった顔でハンドルを握っていた。駅から近いコイン駐車場に車を停めると、ぼく達は夜の喧騒の姦《かしま》しい雑踏の流れにゆだねた。

「何を食べたい？」先生は、立ち止まるとぼくの正面に立って尋ねる。

「エッ、食べたいもの？　何でもいいです」食べるより、こうして歩いていることのほうが、ぼくに平安を与えるように思えた。

先生は唇を噛んだまま、ぼくの額を人差し指で軽くつついた。それから「困った！」と呟く。そして唐突に「竜くん、幾つになった？」と言った。全然繋がりのない会話に「今、何と言いましたか？」と聞き返した。「話が飛んじゃうと、言葉の選択が難しい・・・」ぼくが言う。

「アッ・・・ごめんね」先生は唇を押さえた。

「いや、先生は悪くありません。ぼくの読唇が稚拙だから、予想外の課題に話が及ぶと言葉が咄嗟に浮かばない」とうなだれる。

先生はバッグから手帳を取り出すとボールペンを走らせた。手帳に「竜くん幾つになりました？」目の前に差し出された手帳に殴り書きされてる言葉。ぼくは咄嗟に「十九」と答えた。そのあとチョット思案すると「来月、二十歳」と。

「二十歳！　竜くんの担任を任じられてから三年も経つのね・・・」ぼくを見つめながら囁く。

それから酔客の増えた夜の街をぼくと先生は黙って歩いた。先生は腕を絡《から》め意思を放棄したかのように俯き、ぼくに引きずられるように足を運んでいた。

「竜くん・・・お酒飲めるの？」ふと立ち止まって言った。

「アルコール？　少しだけど、父のバーボンを・・・」

「バーボンウイスキー？」

「アメリカのウイスキー・・・？」

「でも、どうしてバーボン・・・」先生はチョット思案していたが「このまま歩いても果てがないから、お酒でもとふと思ったの・・・」

「あ、そうか・・・」と。「でも、未成年に見られないかな・・・」とぼくが聞いた。

「そうは見えないけど、あとひと月かしら・・・」先生はぼくを見詰めるとハムレットのように呟いた。

「それなら悩むことはないと・・・」断定するようにぼくは言った。「恋人を装えば大丈夫かしら・・・」「・・・・・・」先生はチョット黙ると、「じゃ、先生の言葉は禁句、淑子と言うのよ！」と、躊躇しながらも崖から飛び下りる人のように言った。

「呼び捨てはチョット、淑子さんで・・・」ぼくが言う。

「まあ、我慢するわ」と、いきなりぼくの腕にぶら下がって控えめに言った。

ぼくらは雑踏の中に溶け込み、ウィークを楽しむ人々の流れにゆだねた。ぼくの左腕に淑子さんの温もりがセーター越しに伝わってくる。ぼくらの足は自然に脇道を選んだ。明るい本流から支流に足を踏み入れると、トンネルを通過する時のように薄暗い路地があった。古ぼけた赤提灯の行列、酔客や学生の哄笑も悲鳴も嘆き声も、ぼくの壊れた耳には幻のようにかき消え、無言劇を観ているよう。

〝焼き鳥〟と書かれた提灯を通り過ぎようとしたとき、ぼくの左腕が急に重くなった。

「焼鳥はどうかしら？」先生が赤提灯を指して言った。

「ん、構わな・・・」

返事を待ちかねるかのようにぼくの腕を引っ張り、暖簾をかき分けた。ぼくらの靴音に振り返った店員に未成年と見抜かれないかチョットびくびくしていたが、店員はちらっと先生を見ただけで、先に立つとぼくらは衝立に仕切られたテーブルに案内された。

テーブルに座った先生は、懐旧の念にふけるように周りを見廻していた。テーブルに向き合って座った先生は、「まず、生ビールで乾杯しましょう！」ぼくに相槌をせかし、店員に指を二本立て生ビールを注文した。

「・・・・・」ぼくは異邦人のように先生をポカーンと見つめる。

ベンチに座った先生はラックから抜いたメニューをぼくに押しやって、「竜くん選んで！」と言った。

ぼくはメニューを受け取りながら別人を見るように先生を見つめた。「赤提灯なんて初めてだから、二人で選びましょう！」と呟くようにぼくが言った。

「そう・・・」と、ぼくを見つめ「そろそろ生ビールが来る頃だから適当に見繕いましょう」

「うん・・・」ぼくはメニューを開き、カラー刷りの写真に見入った。

先生とぼくは額をくっつけて、もつ煮込みと焼き鳥、野菜サラダを選んだ。注文する料理を決めた時、ちょうどビールが運ばれてきた。先生は二人で選んだ料理を店員にてきぱきと注文した。注文を受けた店員が背中を見せて去ると、ぼくらはジョッキを合わせて乾杯した。「乾杯の言葉は・・・」と、先生に言われたけど咄嗟なことで言葉が浮かんでこなかった。初めて飲む生ビールの味は、ぼくを切ない気持ちにさせたが、飲んでしばらくすると高揚感が巡ってきた。先生は、ジョッキの半分近くを一気に飲みジョッキをテーブルに置いた先生の口元に細かい泡がこびりついていた。

ぼくと先生は、焼き鳥ともつ煮込みを食べ、しばらく寂静《しじま》を楽しみつつ時を忘却の彼方に追いやった。先生の他愛ない思い出話の中で、ぼくの同級生の進路をさり気なく語った。学級委員長を三年間務めた加納さんは現役で東大理Iに・・・。「竜さんの後、テニスのキャプテンになった吉田くんは、一年留年して運動部推薦枠でマンモス大学に」。

先生は回想に耽りながら両手を組んだ掌に顎を乗せてぼくを見つめていた。その逆に、足を組み変えジョッキを口に運ぶ忙《せわ》しない先生を見ていると、衣を脱ぎ捨てた一人の女性を見る思いがした。

「あなたが（初めてぼくを呼んだ・・・）登校しなくなって半年経った頃、教頭に呼ばれたの。でっぷり太って、酒焼けなのか首筋が赤くて、面と向かっていると柑橘類の腐った臭が〝ツーンー〟と鼻を衝《つ》くの」喉が渇いたのか、先生は残り少なくなったビールに口をつけた。それから・・・。「こんな話は止めましょう」と寂しそうに言った。

ぼくたちはカルデラ湖のような寂静《しじま》に浸った。ぼくはバーボンウイスキーのグラスを手のひらで円を描くように回して口に運んだ。お父さんのバーボンウイスキーを初めて飲んでから、二年の歳月が流れていた。初めて口に含んだ時、喘息の発作を起こしたように激しく噎《む》せたことを、今は懐かしく回想しつつ、マーク・トウェインの国のバーボンを、ぼくは飲む。

ようやく自己嫌悪から解放された先生が、「竜さん、強いのね。顔色が全く変わらないわ」と言った。

「そうかな・・・体は熱を帯び、心臓がバクバク喘いでいるけど・・・」と、ぼくは言った。嘘ではなく、こめかみに指をあてると、〝どくどく〟とモールス信号を打つのが分かる。

先生とぼくは、とりとめのない会話と沈黙に時をやり過ごし、もつ煮込みを食べキュウリの朝鮮漬（これは美味しかった）などを追加した。先生は生ビールのお代わりを三回して、ぼくはダブルを二杯飲んだ。巡り巡ってぼくのことに辿りつく頃、先生の瓜実顔にほんのり紅が差していた。先生はボンヤリ見つめていても美しい女《ひと》と思う。その顔をぼくに向けて、

「竜さんのことだけど・・・、私、考えていたの。大学に行かない？」ぼくの傷（家族を失ったことを傷と言えるなら）に触れないように先生はさり気なく語る。

「私が、竜さんの担任を受け持って一年と少し。あなたは学年でもトップクラスでしたね。ご家族のことがなければ、国

立大に現役で合格出来ると私は思っていました。高校は二年間でよほどのアクシデントがなければ単位を終え、三年生は受験に向けての準備期間と知っているでしょう。竜さんの中退扱いに教頭と対立しましたが、竜さんに復学する意思があるなら教頭に直談判するつもりだけど・・・」先生は並々ならぬ決意を自分に課すように言った。先生の額に玉のような汗がぽつぽつ浮かんでいた。「私の唇は読めたかな・・・」先生は、ぼくを凝視して言った。

酔いの回った先生の蠱惑的《こわくてき》な唇に見惚《みと》れ、つい読み落とす言葉がままあったけど、部分的に拾った言葉を繋ぎ合わせることで一つの文章が完成出来た。

ぼくはタバコを一服する時を考えにあてた。頭はずきずきしてくるし、案内されたとき、「ちょっと冷房が効きすぎかな・・・」と思っていたが、なぜか脇は汗で濡れていた。

「うまく説明出来ないけど・・・」ややあって言葉を慎重に選びながら、ぼくは語り始めた。「ぼくは、仲間が消えたクラスに異邦人として机に座ることあり得ない。でも、父の書籍やファイルを読んでいて壁に立ち塞がれることが往々にしてあり、大学進学を考えるようになっていた。高校中退のぼくに受験する資格、諸々の問題などを含め、先生に相談することを考えていました」と一区切りつけ、肘をついて空のグラスと戯れる先生を眺めやりながら、ぼくは氷山の溶けたバーボンを飲み干した。

「まだ続編があるのでしょ！」先生は相変わらずグラスを弄びながら言った。

「淑子さん、なんだか疲れているようだから」

あなたの言葉の杜切れ間を
月は聴き耳立てるでせう

先生は中原中也の「湖上」を歌うように言った。

それから、空《から》のグラスを掲げると、「お代わりしましょう！久し振りに楽しい・・・」と言って、「でも、竜くんの語ることを上の空なんてことはないからネ！」と、先生は左指でボタンを押した。

店員が来るまでの間、ぼくらはお互いを見つめ合い、湖水のような優しい沈黙と向き合った。ビールとバーボンが運ばれてくると、ぼくらはそれぞれ満ち足りた心で向き合った。先生が肘をついて、ジョッキと戯れるのを合図にぼくは再び語る。

「どこまでだったかな?」

「大学の受験のイロハまで、でしょ・・・」先生は酔っているのか歌うように言った。

「ああ、そうだっけ・・・」ぼくも真似てメロディーを奏でるように答えた。

「考えつくと、〝善は急げ!〟とばかり倉庫からバイクを引き出し、先生のもとへ・・・ロードレーサーのごとくペダルを漕いだ。切符を買ってホームに立った時、〃ぐらっ〃と来てホームに蹲《うずくま》った。刹那、腕を掴まれホームの端まで引きずられる。腕を掴まれ・・・引きずられる直前、ぼくに襲いかかるごとく風圧を従えた快速電車が通過した。風圧によろけたぼくは尻餅をつき遠ざかる電車を呆然と見送った。コンクリートに座り込んだまま襟を掴んだ相手を見上げると、茹で蛸のように顔を真赤にした駅員がぼくを睨んでいた。不思議なことに駅員の声も、反対車線を通過する電車の音も　拡声器の声も、ぼくの耳は森の湖水のような寂静《しじま》に浸っていた。いつも思うのだけど、五月蝿《うるさ》いホームの喧騒もぼくの耳には空洞のようだった。何も捉えなかった。〃おかしいな～？ぼくの耳はどうしたんだろう・・・〃この時、ぼくは耳の異変を朧に悟った」ここで言葉を切ると、ぼくは残りのバーボンを煽り、「ふ～～」とため息をついた。それからぼくは再び語り始める。先生は聞く態勢を整えるかのように両肘をつき、胸のあたりで両手を交差した。

「聴覚の異常に気がつくまで、先生に善後策（大学受験について）を相談するつもりでいた。でも、耳が壊れ、大学の問題より眼前に聳《そび》える壁を前に立ち尽くした。考えることが山ほどあった。耳の異常はマッターホルンの壁のごとくぼくに立ち塞がった。これから踏み出す社会が・・・。駅のホームでぼくの腕を掴んだ駅員の蔑《さげす》みの視線を拭い去るのに、どれほどの歳月を要するのだろうか・・・」ここまで語ったぼくは吐息を漏らした。

ぼくの語るに任せていた先生は、ぼくの口が閉ざされ、沈黙が忍び足で現れるまで、身じろぎもせず、グラスの底に沈殿する泡を眺めながら耳を傾けていた。それから空になったジョッキの泡を一滴でもと口に落とした。「ちょっと、みみっちいわね・・・」自身を蔑むように呟いた。それからぼくの瞳にピントを合わせると、一語一語言葉を選び、「私も音のない世界は理解の範疇《はんちゅう》を超える世界なので・・・。私の唇読める？」

ぼくは頷き、先生の唇を凝視した。

「分からない時は分からないと・・・」念を押すように言うと、ほんのり紅みがかかった瓜実顔をぼくに向けた。

「さっき、竜さんが言った〃二度と高校に戻らない。大学受験検定試験を受けて大学へ・・・〃。その決断を絶対忘れないで欲しい。音を失ったことで学生生活にどんな影響があるか、まじめな学生でなかった私には分からない。分からない私が偉そうな事を言うのは場違いだけど、道はどこかにあると思うよ」先生は慎重に言葉を選んで言った。

「どんな道が開ける・・・」ぼくは呟くように言葉を吐いた。それから、こめかみあたりを人差し指で押し、在りし日のことが苦渋と共に漣《さざなみ》のごとくぼくに還ってくるのを静かに受けとめた。

「私が言うと皮肉っぽく受けとられそうだけど、大学の講義は専門的で難解な言葉や語彙がポンポン飛び出すから、私の唇を読むようにはいかないと思う。それに教授と講師が竜くんのために正面を向いて講義するとは限らないから」語る間に酔いが冷めたのか、先生は空のジョッキを端に寄せて布巾でテーブルを拭いた。

ぼくに未来がある？

聴覚障害者になったぼくに・・・。うなだれて先生の顔を見る。先生とは別の世界の住人になったと改めて思う。開店間際に入った時、テーブルに空席が目立っていた店内も、勤め帰りのサラリーマンや学生コンパなのか満席に近い状態に変わって、酔客の喧騒で姦しい筈なのに、ぼくの鼓膜は湖水のように微動もしない。

いつの日か、壊れた耳に同化出来る・・・？　否、食堂の会計で、病院の窓口で、人と接する都度、耳の壊れた現実と向き合い奈落の淵に立つことだろう・・・。

「帰りましょう・・・」先生は自身に呟くように言った。それからぼくの手を握って「帰りましょう・・・」と囁いた。

先生の咄嗟の機転にぼくは頬を緩める。

勘定は先生が払った。ぼくの分は払うと抗議したけど、〝竜くんはこれからお金がかかるから〟と、とりあわなかった。悪い意味に受けるのは止めよう。社会人ではないのだから、と自分に言い聞かせる。

ぼく達は腕を組んで雑踏に紛れ駅に向かった。駅が近くなると、ぼくの袖を引いて「これからどうする？」先生が言った。

「出迎えのない家だけど・・・」哀しみが喉を上ってきたが、「今夜は帰ります。心配かけてすみません」と礼を言った。

「そう、帰るの・・・。シェイクスピアのセリフを羅列しても、竜くんの心に平安を差し上げられないと思うから。でも、何時でも受けとめるからメールでも、家にでも・・・」

「はい、ありがとう！」涙が零《こぼ》れそうになるのを隠すように先生の腕を引っ張った。

先生は販売機で買った切符で通り、ぼくはスイカで通り抜けた。ぼく達は電車がホームに入るまで黙って並んで立っていた。時折、先生はぼくの腕にぶら下がり戯れる。チョット子供っぽい仕草に、腕に軽い鈍痛を感じたが好きなようにさせていた。ぼくらの手前に停まった電車からどっと人が吐き出され、突進するように人が乗り込んだ。ぼくらは意図的にしんがりを選んで乗り込むと、閉まったドアのそばに向かい合って立った。ぼくの下車駅は瞬きする間もなく着きドアが開いた。先生の生活拠点は二つ先の駅にある。ぼくが遥《はる》かな昔、テニスに明け暮れた高校はその一つ先にあった。先生が今も勤務する学校だけど。ぼくが降りようとすると、体を太い幹に縛りつけられたように動かなくなった。

「どうしても帰る？・・・」先生が上目遣いにぼくを見て言った。

「今夜はありがとう・・・」先生の絡んだ腕をほどきながら言った。

ドアが閉まり電車が豆粒ほどになるまで、ぼくはホームに佇んでいた。

先生と別れて改札口を出ると自転車置き場へ歩いた。自転車置き場から帰宅する人たちに紛れ、歩道の脇を自転車を押しながら歩いた。街灯は駅から遠ざかるにつれて間隔も広がり薄暗くなった。彼らの疲れた足音も息切れする鼓動も、ぼくの鼓膜は振動を忘れたかのように漣《さざなみ》さえ起きなかった。ただ、深い闇と底知れない深淵にローレライの囁きのごとく、ぼくを魅惑の底へ誘う。ぼくは石畳を踏みしめながら別れた先生のことを想っていた。先生はドアの車窓に顔を押し付けんばかりにして語りかける素振りをしていたが、ドアは無情に閉まり、電車は瞬く間に点となりぼくの視界からフーッと消えた。ただ、眉間を寄せて訴えるように唇を動かす様が脳裏に引っかかる。

どうして・・・。ぼくが心配だから?・・・、でも、それだけで我が子を奪われる母のように悲哀に満ちた表情をするの・・・？

「整理することが沢山あるでしょう。でも一段落したら学校に戻ってね！　困った時は私に相談してね！」ぼくの肩に両手を置いて懇々と母親のように諭された記憶が甦える。女性に恋した経験のないぼくには未地の世界。でも、さっきの先生の行為は師弟間の様式から常軌を逸しているように感じるのは、ぼくの穿《うが》ち過ぎだろうか？

黄金色に染まり始めた銀杏の並木道をマウンテンバイクのペダルを漕ぎながらスローで走る。街路樹を隔てた片側二車線の道路を法定速度オーバーの自家用車が疾走する。五年前、駅前のロータリーから距離にして一・五キロの直線道路が造成され、都市高速と接続した。歩道も自転車専用道路と線引きされ、休日にはサイクリングする人達で賑わっている。

開発前は、なだらかな丘陵に鬱蒼とした森を貨物専用鉄道が縦走する辺鄙《へんぴ》な町村に過ぎなかった。一九六〇年から七〇年にかけて、社会が騒然とした安保闘争も学生の敗北に終わり、日本経済が上昇カーブを描くと同時に都市人口の爆発が顕著になった。新たな住宅需要から貨物鉄道を一般鉄道に切り替え、住宅開発と一体の政策が決定された。村の中心から離れた東京湾に隣接する場所にJR駅が出来ると、市議会はいち早く条例を定め景観を重視した開発を推進した。道路はゆったり造られ、駅を中心に碁盤目状に開発された。都心へ快速で一時間弱のアクセスにもかかわらず、美しい街並みと緑豊かな地方都市が出来上がった。

父は社会人になると同時にいち早く現在の土地を購入したような事を、家族団欒の時に聞いた朧な記憶はあるが、はっきりした事は今となっては分かりようがない。鬱蒼とした公園の森が背後から覆いかぶさる豊かな自然の森が広がる広大な敷地に、母と結婚を機に父は純和風平屋の家を建てた。ぼくがまだ幼い頃、妹とおやつを食べながら母から教わった。グラウンドがすっぽり入る広い庭に芝生が敷かれ、楠の木が一本、庭のほぼ真ん中に植えられた。もともとあった楠の木を伐採せずに残すよう建築士に依頼したと父から聞いたように思う。剪定せず自然に育った楠は枝の広がりもあって、暑い夏の日でも楠の木の中はヒンヤリして涼しかった。読書やハンモックを吊るして昼寝にもってこいの場所となった。休日に家族でバーベキューすることもあった。

広大な敷地、豪壮な家に、ぼくはいまたった独り・・・。

玄関の鍵を内側から下すと居間のソファーにズックを放り投げた。ソファーに体を投げ出し、ＴＶのリモコンを操作して電源を入れる。壊れた耳は深海の沈黙の世界。スイッチを操作、音量を最大に上げると微かに地鳴りのような振動が、ソファーにもたれたぼくの背中に響く。だけど・・・鼓膜でなく足元から、皮膚が触れる肉体からバイブレーターのような振動音が脳に未知との遭遇のごとくコンタクトする。

これが音・・・?

ＴＶのニュースアナウンサーは、無声映画の声優のごとく発声が正確である条件の元に選定される。発声の正確さは唇の動きと連動する。だけど、アナウンサーの唇をどんなに擬視しても、塙先生の唇から言葉を紡ぐようにはいかない。ぼくが学生だった頃、段階を踏むに従い、教師のほとんどは生徒と向き合わなかった。大学の講義風景をぼくは知らない。だけど想像するが、教授は専門書に恋焦がれ、学生と向き合おうとしないのだろう。大学に入ったは良いが、講義の時間は耳の壊れたぼくには地獄ではないか?

ぼくの耳はどこにいったんだろう・・・。

「岸壁の母のように電話に呼びかけたのよ!」と、先生は言ったけど・・・。

父の部屋に蟄居《ちっきょ》していたとき電話の叫びは届かなかった。叔母にも「頻繁に電話したのよ!」と、愚痴られたけど・・・。電話は一時期鳴りっぱなしだったらしいけど、父の簡易ベッドでのたうち回るぼくには届かなかった。

いつか誰もいなくなった。

玄関のホーンも囀《さえず》らなくなった。

独りの生活を余儀なくされた当初、銀行員や保険会社が頻繁にインターホーンを叩いていたが、それも消えていった。

だけど、囀らなくなったと思ったのはぼくの錯覚? その頃からぼくの鼓膜は徐々に溶け始めていたのではないのか?

「人は自分の肉体が壊れたことを、他人に指摘されるまで気がつかない」何かの著作で読んだ記憶が朧に甦ってくる。ホームで襟首をむずっと掴まれ引きずられ、「お前、聴こえないのか！」と怒鳴った駅員の棄て台詞、蔑む眼差しにぼくの未来が刻印されたように・・・。

　嗚呼、未来永劫ぼくはこの記憶に支配されるのだろうか？〝ぼくには分からない！〟だけど、鼓膜も三半規管も壊れちまったのは紛れもない現実！　考えるのに疲れたぼくは、風呂場に行ってシャワーを浴びる。熱めのシャワーが〝トットットッ・・・〟と頭を叩く。

　目を瞑《つむ》りリズミカルに頭上を打つお湯を受ける。このひと時、ぼくを忘却の彼方へ誘う。シャワーを浴びたぼくはバスタオルを腰に巻いて居間に戻る。携帯を掴み画面を見る。先生のメールが着信していた。ボタンを操作して開く。長いメールが二通。携帯を持ってキッチンに行くと冷蔵庫の扉を開ける。ビールのほかに炭酸飲料などが点々と無造作に置かれ、めぼしい食い物は棚のどこにもない。

　製氷庫から氷を掴んでグラスに落とす。〝カラン！〟掌に響く鋭利な音が・・・。これからあらゆる場面で、ぼくは全身の触覚から音を聴くのだろう。ぼくはグラスを下げてリビングに行くと、ボードからバーボンを取ってテーブルに置いた。ソファーに座りグラスの半分ほどバーボンを注ぎ、グラスを乗せた掌で円を描く。回転木馬のように・・・。

　家族の告別式の後、先生を駅まで送り、銀杏並木の石畳を涙で濡らしながらマウンテンバイクを漕いだ。満月は傘を被り霞んでいた。玄関のカギを入念にかけたぼくは、あの時も掌でグラスを回した・・・。

　お母さんが氷とバーボンを入れたグラスを、お父さんは掌でゆっくり回した後、瞼を閉じてバーボンの香りを吟味し、数滴喉に落とし瞑目していた。一つの儀式が終わると、お母さんに幸福な微笑を送っていた。妹はそんな画面をうっとり夢見るように眺めていた。

　シャンデリアを消し、間接照明を灯した薄暗いリビングで、初めて呑んだバーボンに、ぼくは激しく咽《むせ》た。涙と涎《よだれ》にシャツが濡れるに任せたままぼくは、ソファーを相手に駄々をこねた。

　氷とバーボンが調和良く攪拌《かくはん》された液体を、ぼくはお父さんを思いながら口に含み、しばらくおいて胃の腑に落とした。顎鬚《あごひげ》が生え始めたばかりの頃のように咽《むせ》ることもなく喉を落ちていく。しばらく余韻に浸っていたぼくは、テーブルに置いた携帯を掴んだ。

　メールが二通届いていて、どちらも先生から・・・。

「竜くん。あれから無事に帰宅しましたか？

　竜くんに会って、私もほんとうに久しく忘れていた生ビールの味を思い出して、はしたなく三杯もお代わりしました。少し酩酊しています。私の顔、紅くなっていませんでしたか？　竜くんは酔っていませんか？

　お店の暖簾をくぐる手前でチョット立ち話しましたね。アルコールは、お父様の洋酒をちびちび飲んだ位・・・と言っていたけど。大ジョッキを空けてもほとんど素面《しらふ》のようでチョットびっくり。でも、竜くんと差し向かいで飲んだ生ビールは格別（なんて年寄りのセリフを使っちゃって）、本当に楽しいひと時でした。また一緒に飲みましょうね！

前置きを長々と並べて、本題に入るのを躊躇っています。あの時も、言葉が出てこなくて・・・。どうして、と問われると、あなたが体験したことは、私がかつて読んだ大江健三郎著「個人的な体験」よりもなお深い体験だろうと考えてみもするからです。あなたと異なるのは、大江健三郎氏は息子さんが障害者としてこの世に生を受け、父として悩む話（?）でしたネ。

長い人生の間に、誰もがあなたと同じ体験をする？　そんなことは決してあり得ないでしょう。バイクロードワーク中に事故後、一生ベッド生活。谷川岳登攀中ザイル切断転落事故で死亡。彼らには、彼ら自身の選択の結果であって第三者とは無関係だと思うから。竜さん、ご家族の追突事故、精神的打撃・蟄居生活による神経性失聴（?）はあなたの意思とは無関係に牙をむきました。ほんとうに神も仏もいない！とはこのことでしょう。

私の両親は今も健在ですが、私は幼い頃から両親を困らせる難しい子供でした。今顧みるに、父母は優しく、私のことを慈しんで育てて下さった。みなさんが帰ってから、あなたに送られて駅に向かう銀杏並木を歩いている時、私が行った父母に対する仕打ちに慚愧の念から、涙がポロポロと足元を濡らしました。私が両親に対して行った仕打ちを責めました。

あなたに見送られて改札口を通り、険しい山を登るように階段を登りながら泣きました。その夜は悶々と夜明けを恋い願いました。

竜くんが、現在《いま》どんなことを考え、意《おも》っておられるのか、私の乏しい想像力では解き明かせません。

竜くん、覚えていますね！　告別式が終わって、誰もいなくなったリビングであなたと話したことを。でも、よく考えてみると私は文部省指導要綱に沿って言葉を羅列していたにすぎないと。改めて私の想像力の貧しさに、あなたの居なくなった机を眺めるたびに恥じました。自分を咎めていしました。

『ごめんなさい！』

地震で家族を一瞬にして喪い、津波に音を浚《さら》われた竜さん・・・。これからの迂遠《うえん》な人生において、良い時も、逆の時も、様々な不条理に遭遇するでしょう。良くも悪くも色々な体験を重ねるかも知れませんが、その道程に於いて、あなたの想像力を超える理不尽な差別・不条理・スポイル・・・マッターホルン絶壁よりも険しい壁が聳えるでしょう。でも、ありふれた言葉ですが「人は命のある限り生きなければいけない。それが地上《ここ》に生命を与えた神（宇宙の絶対存在＝存在するのか分からないけど・・・)、宇宙のどこかであなたに限りない愛を注ぐご両親・妹さんに対する責務と、私は思います。

竜くん、いつどんな状況にあっても私はあなたの盾、人生の伴走者でありたいと意《おも》います。そして、私も音のない世界にかかわり、学び、あなたの理解者でありたい・・・。だから、急峻な壁に足踏み、呻吟・苦悩・絶望にあっても　地上《ここ》から〝さようなら〟する言葉をノートに記してはいけない。私の胸で良ければ訪《おとな》って下さいね。

字数オーバー！　このまま電波に乗せるね。

考え考え・・・、言葉を探し、取捨選択しつつキーと格闘しています。

焼鳥屋であなたが語った話の中に、魚の骨が喉に刺さったような語り口・・・

『太初に言葉あり 言葉は神と共にあり 言葉は神であった』

新約聖書ヨハネによる福音書　第一章一節

あなたは、ヨハネの言葉と・・・。

私が初めて接した言葉（聖書は読みません）。お父様の書架に挟まれていた、聖書を奇しくも手に触れて先の個所に辿りついた、と。

書店の陳列棚に聖書の金色の背文字が目に留まっても通り過ぎていた私が、「新約聖書 ヨハネによる福音書　第一章一節」など知る由もありません。聖書は古典文学、世界七不思議の書と言われます。これから語ることは一時期キリスト教に帰依、その後、何らかの理由で信仰を放棄した友人の告白です。だから竜さんの参考になるか分かりませんが・・・。

・・・・・・・・・・・・・

ヨハネ福音書「太初に言葉あり・・・」。宇宙進化過程に於ける太陽系の誕生。太陽系譜の一個の地球（まだ名前はない）。惑星間を放浪していた幼い神は、進化の過程で内部爆発を繰り返す地球を俯瞰しながら「太初に言葉あり　言葉は神とともに・・・」と、内部爆発が活発な地球に呟いた。幼い神が、あまたある惑星の中から地球を安寧の地と白羽の矢を打ちこんだのか、幼い神の意図は謎に包まれる。それは脇において、幼い神は戯れに溶岩に覆われた地球に針を刺すほどにも小さい透明なドームを溶岩に被せる。

幼い神は言った。「宇宙とドームの境界を「天」溶岩台地を「地」と命名。闇に光あれ・・・「闇を夜」「光を昼」と命名、一日を終える。ドームで覆った溶岩を地底へ、地底からあふれドームを満たす湖《みず》を「海」、海に点々と隆起する地を

「大地」と命名。朝となり夜となり二日目・・・。天に鳥を、大地に草木果実・動物《いきもの》。海に魚を・・・。幼い神は気まぐれに次々と物を創造した。だけど・・・鳥が天を飛翔《とび》、大地に緑が茂り、獣は地を駆け、海に多種の魚、海豚が海を跳ねるさまを俯瞰しても、なにゆえに孤愁の支配から逃れられない。幼い神は惑星間をやみくもに飛翔する。百億光年彼方の惑星へワープも試みる。「だけど、精神の静謐がいまだに我に訪れない・・・」疲れ果てた幼い神は、数百億年存在した惑星を休息地に求めた。水もなく凹凸もなく、ただ土塊が地表を覆っている。数年後無残に崩落し、宇宙を塵となり浮遊するだけの残骸。幼神は腕を枕にあおむけに横たわり、暗黒の宙に煌めく幾多の銀河に見入っていた。宇宙誕生の瞬間！　ぼくは暗黒に存在、暗黒の世界と共に幾億光年・・・。一個の惑星のごとく、爆発し消滅する幾多の惑星間を漂い、ぼくは自身の存在を考えた。「ぼくって何、ぼくって誰・・・？」自問しつつ暗黒の宇宙を彷徨う・・・。

「そうだ！　ぼくと交信可能な命を、あの大地に・・・」

ドームに帰還した神は、土塊から交信可能な物体の制作に没頭する。だけど「これ！」と満足する形状がなかなか出来ない。惑星間を放浪中無意識のうちに描いた形の記憶をたぐり、遡り土塊と格闘する・・・。幼い神は木陰に座って瞑想に入る。陽が昇り、夜が降り・・・、雨と風が頬を叩いても眠るがごとく座っていた。小鹿が草をはみ、鳥が草陰の虫をつついても幼い神は瞑想をとかなかった。宇宙で幾多の爆発があり、惑星が至るところで誕生していたけど・・・。瞑想から明けたとき地球年で三年過ぎていた。命の形骸はいまだに訪れない。幼い神は、とぼとぼと波打ち際に歩くと岩に腰かけた。漣の海に太陽が燦々と反射、海は宝石をちりばめたごとくギラギラ輝いていた。やがて陽が陰り宝石の輝きが失われ、海の表層が透明な蒼に変貌していくと、海は周の稜線や草原、木々草木を鮮やかに写した。幼い神は岩に座ったまま刻像のごとく考えに耽った。なだらかな山の連なり、緑鮮やかな広大な草原にぼんやりと見入り、水平線に飽いた幼い神が足元に視線を移した刹那、青い透明な海面に奇妙な未知の物体・・・が。肩まで垂れた焦げ茶色の髪、幾億光年彼方の宇宙を彷徨う碧い瞳。鼻筋はやや高く先端が少し鷲の嘴のごとく曲がっていた。唇は薄く上唇が少し上を向いている。幼い神は茫然と海面の物体に惹き付けられた。やがて陽が陰ると物体は跡形もなく消滅していた。「あれは何だろう・・・」物体が忽然と消えた水底を覗きながら呟いた。岩から起ちあがった幼い神は砂浜に寝転がると、今しがた海に消えた物体と、暗黒の宇宙に煌めく惑星群に思いを馳せながら考えていた。「そうだ！　あの物体に似せた命を創ろう・・・」幼い神はややあって自身に決意を込めて呟いた。

土塊をこね、顔の造形から取りかかった。記憶の鮮明な間に生命の基礎となる瞳の造形に集中した。「ぼくが暗黒の宇宙に漂い〝我考えるがゆえに、我在り〟と、つぶやいた刹那、暗黒の宇宙が爆発・・・惑星の誕生をみた。幾億年の爆発につぐ爆発が暗黒を煌びやかな宇宙へ、と考えたが、暗黒はどこまでワープしても暗黒であり､宇宙もまた果てしなかった」。ぼくは広大無辺の宇宙に塵のごとく漂う微小な存在に過ぎなかった・・・。

光と暗黒があり一日の終わり、幼い神は六回目暗黒を経て物体、人間の始祖アダムを創造する。雌雄のイブを創りあげ命を吹きかけ草原に放った。神は七日かけて創造した空・地・海・・・それから人間を完璧な作品と自画自賛。欠陥品の（耳・肉体の壊れた）物体など存在しない。なぜって、地球を想像した神は完璧で欠陥のあるものを創る謂われがない、想像さえしなかっただろう」友人の告白はここで終わる。

岩波文庫「不思議な少年」を学生の頃読みました。マーク・トウェイン　アメリカの作家が著した本です。マーク・トウェインは敬虔なクリスチャンでした。作中、不思議な少年（悪魔）は自分が造った小人が気に入らないからといって子供たちの目の前で踏みつぶしてしまう。それを見た少年が「可哀想！」と叫ぶ。

「ふん、人間の良識とやらは・・・」と不思議な少年が言う。

作者は作品の中で、神（悪魔）は幼いがゆえに良識を不条理で理不尽と（私の解釈ですが）。逆説的に言うと、良識の言葉でもって真実を隠蔽する人間社会を批判・・・？

神は幼く、自分の創造した人間（物）に欠陥はない!?　自身の創造する者（物）は完璧な、と思いあがる神（人間）を、マーク・トウェインは慈愛と皮肉を込めてペンを走らせた？　チョット矛盾した言い方かな～？　だから気に留めなくて構わない・・・。

私の乏しい知識に冷や汗を流す思い・・・。

混迷

シャワーを浴びると、森林浴に浸ったような晴朗な気分になった。バスタオルを腰に巻いたままリビングに行く。テレビ番組は二時間ドラマを放送していた。サイドボードのグラスとバーボンウイスキーのボトルをセンターテーブルに無造作に置いた。それからテレビの画面をやぶにらみに眺めキッチンに歩いた。棚から取り出した氷ポットを持って冷蔵庫の製氷皿からやや丸みを帯びてきた氷をすくってポットに入れた。氷が満杯のポットを下げてリビングへ競歩のごとく駆けた。四人で生活していた頃は考えもしなかった家の広さが、独り身になって実感する。リビングからキッチンまでがやけに遠い。

〝バーボンウイスキーを恐る恐る口に含む。体験したことのない奇妙な香りと刺激に口の中が破裂しそうになる。棘に刺されたようなピリッとした刺激が舌を駆ける。口の中が飽和状態になってきてたまらず嚥下する。呑み込んだ刹那、激しく咽び、右手に持ったグラスを離しそうになる。心臓が機関車のごとく〝どくどくどくどく〟太鼓を打つ！　ぼくは、ソファーの肘に体を投げ棄て動悸が鎮まるまで待つ。〟

カーテンに閉ざされたリビングにも深夜の気配が漂い始める。公園の森に囲まれた一軒家。独りぼっちに堕《お》とされ、先生を駅で見送ってから、門の手前に立って家を眺めると、童話に出てくる古城の佇まいのごとく見えて恐怖を覚える。初めてバーボンを飲んだ時のことが、グラスを掲げることでぼくを包む。荒れ狂った戦いが休戦を提案する頃合いを見透かすかのように、テーブルの携帯がぶるぶる泣き喚《わめ》き、テーブルの上をネジ巻きおもちゃのように転がる。「こんな時間に誰・・・」壁のからくり時計は一日の終わりをとっくに過ぎていた。「あっ、先生からだ。追いかけるようにもう一通」自身につぶやき携帯を掴み、ボタンを押す。


「先生、お帰りなさい。

ぼくの愚痴を、精神医のように口を挟まず聞いてくれてありがとう。

疲れませんでしたか？

〝酒は静かに楽しい気分で飲む。それが正しい飲み方だよ！〟父が生きていたとき、みんなが揃った食卓で時折ぼくに言いました。母はほとんど飲めませんでしたが、小さなグラスに父が注いだビールを美味しそうにちびちび飲んでいました。

でも、先生と飲んだビールの味は一生ぼくの記憶にとどまるでしょう。

『ありがとうございます！』

長い長いメール、じっくり熟読した後、ご返事します。

〝先生、おやすみなさい！〟」


「あら、まだ起きていたの!?

先生と呼ぶのはご法度の約束でしょ！

淑子と呼ぶんだぞ！（笑）

私は、これからお風呂。

明日は授業があるから、メールは頻繁に送れないけど、何かあったら連絡してね。

遅くなるからお風呂に入ってくるね。

おやすみなさい！」

メールを送ると風呂場に向かった。まだ酔いが少し残って体が火照っている。〝嘘つけ、酔いだけ・・・〟どこかで囁く声がする。

先生からのメールを見ながらバーボンをチビチビ飲んだ。グラスにまだ半分ほど残っているが、ジワリと酔いが血流に運ばれ体を駆ける。ホテルのフロアほどもあるリビングは、壊れた耳だけでなく家族の気配が消えて底知れない静寂が忍びよる。テレビから漏れる灯りが荒れ果てた樹海のように荒涼としている。

父は身長が一八〇センチを優に超え、眦《まなじり》は太く鼻梁も気品があり、カーク・ダグラスに似た精悍な顔立ちをしていた。ソファーに寛ぐ父の存在は、広いリビングの空間に違和感もなく自然に溶け込んでいた。ぼくの体格も遺伝なのか、上背は父と拮抗して学年でも背丈の高い方だった。ただ、父と異なり性格は母に似て柔和、クラスでは〝竜くんは優男〟と噂されていた。

父は強靭な意思を持っていたとぼくは思う。うまく説明出来ないけど、帰宅が連続深夜に及んでも、ぼくが朝ダイニングのドアを開けて顔を出すと、昨夜、父と顔を合わせないままベッドに潜りこんで、いつ帰ってきたのか分からず突っ立っているぼくに、新聞から目を離した父が、「おはよう！」と言う。母も振り返って「慎ちゃん、おはよう！」と続く。

あの時、家族というものの存在を深く考えなかったぼくは、世間知らずの愚かものだった。疲れていただろうに、決して顔に出すこともなく、慈愛に満ちた態度で家族と接していたお父さん・・・。

携帯が震え着信ランプが点滅！

携帯を見ると先生からのメール。

「これからお風呂」にズキン！

どうして？

ぼくのペニスが熱を帯びる。

テニス練習後のひと時、「夢精あったか？」、誰が口を開いたのか、記憶は遥か彼方だけど、初めて耳にした「夢精」の言葉に狼狽した。後で知ったが、ぼく以外の部員はすでに夢精を経験して、女性と手を握ったとか、より発展した部員は女性と接吻、肌に触れたという仲間も少なからずいた。あの頃、女性を貶《おとし》めるような会話にどこかで不快感を覚えていた。しかし、不快感を覚えた会話に、体がムズムズと反応する自分の肉体に狼狽《うろた》えた。でも、彼らの猥談に加わることは全くなかった。これも父の影響かも、と思う。優しい父であったが、女性を貶めたり、ないがしろな言動や行動にことのほか厳しかったと思う。

高校に進級して、あれは梅雨の季節だと思う。父が庭の手入れをしていたから、日曜か土曜日の週末だろう。ぼくが落としたのか、忘れたのか記憶にないが、同級生の女の子が自宅までノートと教科書の入ったナップサックを届けてくれた。彼女とそれほど親密ではなかったと思う。なぜ、彼女が忘れ物を届けてくれたのか分からないまま玄関先で受け取り見送った時、厳しい顔をした父がぼくのそばに来て、「慎一、家に上がってお茶ぐらい差し上げないと。それから駅まで送って行く。せっかくの休日に落とし物を届けて下さった相手に対する礼儀だと考えないのか？　慎一は女性に対する配慮を備えないと・・・」

ぼくに注意した父は、歩きかけた彼女を呼びとめ、「少しお茶でも如何ですか？」と、躊躇する彼女を引き留めて奥の母を呼んでいた。

父に叱られたのは後にも先にもこの時が初めて。母（女性）を常に思いやる父の心を改めて考えた。彼女は渋々ながら父と母、陽子の引留めに折れて家に上がった。

彼女は母と妹の質問攻めにもじもじと答えていた。彼女（加納桜子）は髪を背中あたりで内側にカールしていた。クラスでも美しく、控えめでおとなしい女性だった。成績はクラスでも常にトップレベル、ぼくの歯の立たない一人だった。控えめだから影が薄い印象は否めないが。

加納さんは一時間ほどコーヒーを飲んで帰っていった。勿論、ぼくが駅までしっかり送ったけれど。でも、彼女に対してぼくの心がつゆほども漣が立つことはなかった。彼女がぼくに対してどんな思いを持っていたか、あの時は考えもしなかったけれど・・・。

だけど、先生の言葉にぼくの心はどうして漣が立つのだろう？

先生が入浴する前、シャカリキに打ち込んだのだろう言葉を読む。速読で一気に読み、その後、言葉を一語一語吟味する。幾つかの点で矛盾や疑問に思うところもあるが、ぼくを励まし、真剣に向き合おうとする気持ちが言葉の端々から伝わる。そこには様々な受け止め方もあるが、今は素直に受容しよう。

ただ、マーク・トウェインは「不思議な少年」で、ぼくの読後感を言うならば逆のことを書いたと解釈したいと思う。即ち少年を通して人間社会、人間の考え方の愚かさ、卑劣さを批判しているのではないか。慣習や習慣に固執、その場の雰囲気に迎合、追従する。自分の保身のため正義に目を背ける。そう・・・マーク・トウェインは不思議な少年を書いたのではないか？　晩年、社会の愚劣さに憤り新聞の発行や著作を発表したが・・・。

先生は、人間社会の視点で少年（悪魔↕神）を見ることで、少年の幼さを指摘したのだろう。確かにぼくたち人間の視点で見れば、欠陥だらけで常識の欠片もなく行動する。憐憫の感情もなく冷酷に、少年自身が創造した命を平然と弄ぶ。悪魔に残酷という言葉はない？　人間の命に無関心。慣習や習慣で成り立つ人間社会。常識・慣習が人間一人ひとりの正義を往々に抑圧、虐げる様に眼をそむける。多勢の、あるいは一人の暴力に立ち向かう勇気もなく遠巻きにする。自身の良識とは逆の行動をぼくたちは往々にして行う。我々人間を俯瞰する少年は、そんな慣行を愚かしく考えに値しない存在だと。

「初めに言葉ありき　言葉は神と共にありき」神が民衆に語る時、ぼくらのように耳の壊れた者の存在を神は憶《おも》いもしないだろう。自身が土塊《つちくれ》から創造《つくった》人間に欠陥があるなど神は露ほども考えない。戦場における四肢の裂傷、眼球喪失することがあっても、古代の戦場で耳が壊れることは皆無に近かったと想像する。火薬が発明された近代の戦場で、大砲の点火、爆発、砲弾の衝撃音によって鼓膜の破損、聴能が破壊されることが顕著になったが・・・。太古の時代、ろうあ者は存在しない者として社会から抹殺されていた事だろう。

外見でろうあ者と判断するのは至難の業。そこに差別・スポイルが生まれ不条理が増殖する。

壁のからくり時計に眼を移す。午前二時少し前を指していた。もう、こんな時間。王子様とお姫様が演舞しつつ舞台の袖に出てくる合間に柔らかなメロディーを奏で、時を知らせる。今も律儀に奏でるようだけど、ぼくの壊れた耳は・・・貝の殻　海の響きを・・・懐しみさえしない。社会を経験しないぼくにどんな壁が聳えるのだろうか？　マッターホルン北壁の急峻な壁を見上げ、ぼくは己れを鼓舞し、岩に張りつくだろうか・・・。

グラスの氷は跡形もなく溶け、グラスの表面に微細な水滴が張り付いていた。今のぼくに微睡《まどろ》みの誘惑さえ訪れない。ポットの氷山は温暖化の影響か、きれいに消滅していた。ぼくはグラスを持ってキッチンに行くと、冷蔵庫の製氷皿から氷をグラスに落とし、リビングに戻った。携帯をズボンのポケットに突っ込み、リビングの照明を落とすと薄暗い廊下を書斎へ歩いた。足元を照らす小さな非常灯を頼りに酩酊気味の足を運ぶ。

風呂からあがってキッチンの置時計にチラリと目をくれる。時計の針は二時十五分を差していた。長い入浴ではなかったが、思ったより時間は進んでいた。酔いは汗と共に蒸発しているよう・・・。生ビールをジョッキで三杯飲んだけど、少し飲み過ぎかなと思うが、二年もの間、音沙汰のなかった竜くんに会って、精神的に回復しつつある矢先の失聴・・・。彼の告白に耳を傾けながら、愚かな私は自身を裏返しても彼を勇気づけ励ます言葉はどこにもなかった。生ビールを煽るように浴びても微醺《ほろよい》の手招きは私に訪れなかった。裸のまま鏡台の椅子に座る。化粧水で顔を軽くマッサージしながら鏡に映る自分の裸体を眺める。肌は母に似て白く艶やかさを維持し、乳房の張りも二十歳の頃とほとんど変わらない。そう言えば、帰省して母の背中を流し、一緒にバスタブに入ったとき、母の乳房は少し崩れていたけどお椀型の美しい乳房だった。乳房を凝視する私に「いやらしい子ね！」と、タオルで胸を隠した母の仕草は女の私でさえ、〝ゾクッ！〟とするほど艶っぽかった。そんな母に少なからず嫉妬したことを、鏡に映る自分の乳房を眺めながら思い浮かべていた。

湯上りの火照る体をなだめ、裸体をベッドに横たえる。キッチンから持ってきた携帯を開く。竜くんから「おやすみ！」のメールが入っていた。私もお休みのメールを送り、布団をかけて目を瞑る。まぶたを閉じて眠りの世界へ入りたいと切に願うけど、こんな時に限って迎えの馬車の蹄の音は聞こえない。どうにもならないので瞼を開けて天井を眺める。月光にボーッと霞む、コンクリートにベージュのペンキを吹き付けた、それだけの代わり映えのしない天井、じっと眺めていると塗り落としや凹凸が浮かび上がる。蛍光灯から垂れ下がった紐に、小さな蜘蛛がせっせと巣を編んでいるのを眺める。せかせかと勤勉にして合理的な足運び。蜘蛛が幾何学的な図面を描く様を眺めていると、蜘蛛と正反対に憔悴した竜くんの顔が浮かんでくる。彼より五年長く生きて来た私だけど、彼が身をもって経験したことを思う。戦争のない平和な（？）日本に住んでいる限り肉親を銃弾で失うことも、飛来した破片で私の片足が吹き飛ばされることも今のところあり得ない。そういう状況に遭遇して呆然と立ち尽くす私を想像することも・・・。

職場で茹で蛸教頭になじられても、長い人生を考えれば些細なことに過ぎないと思う。

竜くんのことを考えるとき、張子の虎に過ぎない私を恥じる。

ドアを開けて中に入ると、冷たい空気が蔵書の匂いと重なって流れてくる。ぼくは右手を壁に這わせてスイッチを探し、書斎の明かりを点ける。皮張り椅子の縫い目の溝に父の頭髪を見つけたけど、ぼくがドアを開けても、本の世界に没頭していた父はもういない。

「おとうさぁ～ん！」自然に声が出そうになる。

みんなが喪失《きえて》から、長い間、書斎のドアを開けるたび、ぼくはないものねだりをする子供のようにドアのノブを掴んでいたことを思う。

耳が壊れてから、父の椅子に体を委《ゆだ》ねる都度、ぼくの精神《こころ》は回復不能な状態に朽ちていくように思う。寂静《しじま》は闇の深淵に似て底なしの空洞。空洞に〝ぐい！〟と、片足を死神にがっちり掴まれ、奈落の底へ引きずられるのかと感じる。こんなときぼくは震えながら椅子にしがみつき、闇の底に肉体が埋没していくのを必死に拒む。淵のへりに狂気のごとく爪を立てしがみつく。

机に積み上げられた本を開き、ぼくは活字をひたすら追う。内容なんてどうでも良かった。活字を追うことで父を感じ、父が追い求めた思想なり考えを引き出そうと・・・。傍線やマーカーで印をつけた箇所は念入りに繰り返し読む。蔵書に傍線や書きこみを発見したとき、父と対話する心地と、父の温もりに抱擁される。ぼくにとって傍線や父の言葉は暗闇《やみ》に灯る小さな道標《みちしるべ》でもあった。音のない世界で苦悩と孤独を前にしたとき、父の椅子に体を沈め活字に没頭することでしか、心の崩落を防ぐ手立てはないとぼくなりに思う。

　時間の観念が失われつつあった。

　目覚めたとき心は喪失し、飢えや生理現象もただ肉体の要求にすぎなかった。瞼に重しが乗っかれば椅子やソファー、和室の畳に、あるいは父の椅子にと、所かまわず朽ち果てた倒木のごとく肉体を投げだした。腹の虫が餓鬼のように喚くと冷蔵庫の残飯をかき込んだ。冷蔵庫が空になったとき、働き蜂が襤褸雑巾《ぼろぞうきん》のように鼾《いびき》をかき始める深夜、リュックを背負ったぼくはマウンテンバイクに跨《またが》り、深夜営業の店舗を探しにペダルを漕いだ。それは必然的に下界との繋がりを自ら断ち切ることを意味した。電話も取れない、来客を告げるインターホーンが喚いても、壊れたぼくの耳は馬耳東風。周囲に人家の見当たらない森の中の一軒家。叔父や叔母が訪ねて来ただろう。級友やテニス部の先輩後輩も狂ったようにインターホーンを叩いただろう。

「雨にも負けず　風にも夏の暑さ・・・宮沢賢治の詩ではないけど、ホーンを叩いて家の周りをぐるぐる回ったのよ！」

店員を三回呼んだ後、空のジョッキを握りしめて先生は初めてぼくに愚痴った。

「長い穴倉からどうにか抜け出し、すきっ腹をなだめに、ぼくはマウンテンバイクのペダルを漕いだ。肌寒かったけど河原の風はぼくを優しく慰撫する。だけど、コンビニにたむろする若者から、〝君、聴こえてんの・・・〟と指摘され、ぼくの耳は壊れちゃった・・・」と、死刑を宣告された日のことが甦る。あの日どうやって家に辿りついたのか記憶が抜け落ちて思い出せない。「だから、先生が家の周りを短距離ランナーのごとく駆けていた足音は・・・ごめんね！」と謝るしかない。

　先生から「おやすみ！」とメールが届いてから、寂静が霧のようにぼくを覆う。先生と赤提灯で飲んだからでもあるが、単純に精神面の不安が少し払拭されたように思う。お父さんとお母さん・・・妹が消え、茫然自失の状態からなんとか回復してきたけど、「壊れた耳のことも克服出来るだろうか？」

ある期間（喪失した精神が生きる執着を持つに至るまで）、ぼくの背後にお父さんお母さん、そして妹の気配を常《いつ》も感じていた。ときには、温かい抱擁に包まれて、ぼくは平安な眠りに入ることも・・・。心地良い目覚めに浸り、淹れたてのコーヒーの香りと共にお父さんの蔵書を開き、ファイルのページをめくり、お父さんの足跡を辿れるまでの回復を、ぼくは自覚するようになった。

　その道すがら、「御巣鷹山の記録」に辿りついた。御巣鷹山に日空機が激突！　同乗した四人家族の中で唯一生き残った小学生の少女の記録に励まされ、生きる希望がぼくの中に芽生える頃、背後から母と妹の気配が薄れていった。この時期から、風呂を使い規則的に食事をとるまでに回復した。気が向くとマウンテンバイクに跨り河原に遠征するまでに回復すると、お父さんの気配がぼくの背後からフーッと消えていた。

　本に没頭する時間は、確かなことにぼく自身の中に組み込まれて習慣化されていった。気晴らしに料理（簡単な炒め物やサラダ）をする時間も加わった。凝った料理でなくとも美味しい！　と言えるようになっていた。それに伴って言葉の一つ一つに時間をかけ、難解な漢字、意味不明な言葉は端折《はしょ》っていたが、積極的に辞書を引くようになった。ただ、ちょっと長い文章に遭遇すると、バンザイする程度の知識がないと自覚するようにもなった。難解な語彙、作家の独特な言い回しが壁となって、往々に足踏みする。英文で表記された文章に辞書をかき回しても翻訳することが出来なかった。二行の文章に悶々と時間を費やすことも。初めの頃は難解な本を避けていたが、一冊の本から、その本に関連する書籍が次々に押し寄せてくるとお手上げの状況。高校で天狗になっていた報いを、こんな形でしっぺ返しされるとは想像さえしなかった。

「そうだ、大学に行こう！」突然、ぼくは閃《ひらめ》いた。

　それからのことは前に書いた。大学に行くための善後策を相談しようと先生のところに、ツールド・フランス選手のごとくマウンテンバイクのペダルを漕いだ。

　ぼくの壊れた耳は、第三者に恫喝（指摘）されることで「嗚呼！　ぼくの耳、壊れちまったんだ・・・」と初めて自覚する。音のない世界を、人を介することによって認識したことでダメージはより強くぼくを追い詰めた。

「音を失った人は、人に教わるか、さりげなく注意されることで、初めて自身の聴覚機能の変調に気がつく。一人暮らしの場合や、周りが無関心であり自分の殻に閉じこもることを余儀なくされた状況下（あるいは孤独であることを選択）に置かれた場合、自分が聴覚障害者になったことに気が付くことはまれである。どうして？　と問われれば聴こえの自覚症状に全く気がつかないからだ、と」

　人は音を失ったことに自身は無頓着？　自覚しない（出来ない）状況下に自身で鍵をかけて閉じこもると、音が聴こえなくなったとしても、それが普通の状態と思い込む。社会とのかかわりが途絶すれば、無音の世界それ自体を苦痛に感じることはない。会話する相手がいなければただ孤独を感じるだけなのだ。ぼくも家族全員を事故で一瞬にして失い、否応なく一人荒野に投げ出され、悲痛と孤独の殻に隠《こも》っていた期間、音それ自体を考えることは全くなかった。

音を考えないことは精神的に壊れつつあったのだと想像する。ぼくの場合、心の破壊を免れる代償に聴能が破壊されたのだろうか？　精神に障害を負うことと聴覚障害を負うことのどちらかを選択するかと問われたら、今のぼくには答えを導くことは出来ない。

〝障害者懇親会に出席したとき、懇意な視覚障害者代表から「視覚障害と聴覚障害いずれを選択する!?　問われたら、私は視覚障害を選びます」と言われたけど、ぼくは今以って解らない〟

朝起きると枕もとの携帯を見る。竜くんからメールはなかった。どうしたのかしら？　胸騒ぎはするけど五月蝿いアブを追い払うように支度をする。顔を洗ってポットでお湯を沸かしてお茶を煎れる。朝起きると私はお茶を飲むことを習慣にしている。熱い湯のみを持って窓際でお茶を飲みながら東京湾を眺めるのが好き！　起きがけに顔を洗って鏡に見入る。昨夜、帰宅が深夜に近かったけど、隈《くま》もなく肌に艶のある顔を不思議に思い眺めていた。アルコールを飲むと、翌朝肌が荒れて隈が出来るのに、と。ちょっとルンルン気分で朝食のトーストを焼いて牛乳を温める。トーストを齧《かじ》りながら新聞にサッと目を通す。多忙な朝、タイトルを拾い、めぼしい情報を探し、外の風景に目を移す。カーテンを開けた向こう側に高速道路が走り、その先の海側にＪＲの高架線が走る。晴れた日には朝日が射し込み、海面の反射でよりいっそう空が明るく輝いて見えるが、今朝は生憎《あいにく》の曇り空。重い雲が空を覆い雨が降りそうな気配が漂っていた。

私は三年前、ここを下見に来て、業者に室内を案内されながら、「嗚呼、ここも惹かれるものがないなあ・・・」と舌打ちしながら内覧していると、業者がキッチンのカーテンを左右に開けた。その刹那、水平線に広がる東京湾の風景が飛び込んできた。室内の設備はありふれていて好感度はイマイチだったが、ベランダに広がる景観は高速道路とＪＲ線が交差していても東京湾の水平線が見られる、それだけで自分自身を納得させ契約書に捺印させる確かな風景がそこにあった。「景色が良いでしょう。難点は、風の強い日、潮をタップリ含んだ湿気が屋内に侵入する点です。年中ではありませんけど・・・」中年を少し過ぎた女性営業員が私の傍らで説明していたが・・・。景観だけでここに住み着いたせっかちな私を思い出し、〝フー〟っ、とため息をつく。

「アッ、もうこんな時間！」お皿とマグカップを流しに置いた私は、化粧台に向かった。鏡に映る顔を見ながら、まだ若さが保たれている・・・と呟く。今朝は少し丁寧に化粧する。あまり派手に装うと赤ら顔の教頭が顔を真っ赤にして飛んでくる。でも、きょうは精一杯おめかしする。そんな自分の心の変化を不思議に思いながら・・・。

家を出る前、竜くんにメールを打つ。

「竜くん、おはよう！　これから学校。何かあったらメール頂戴！」

目覚めの気分を言葉に替えると、〝攫《つか》みどころのない霞に覆われ〟心が振り子のごとく揺れる。しばらく簡易ベッドに横たわり天井を眺める。カーテンを閉め切った書斎は、外光が漏れず闇に近かった。卓上時計の文字盤がボーッと光を放ち、ＰＣの電源ランプの光芒から辛うじて机や椅子がぼんやり浮き上がっている。昨夜、バーボンを煽り、軽い休息のつもりで父の使っていた長椅子にふだん着のまま寝てしまった。だけど・・・電気スタンドのスイッチをひねった記憶は完全に抜け落ちていた。ぼくは枕元に置いた携帯を手探りで探し着信ランプを見た。淑子さんからメールが・・・。「これから学校よ！」と。淑子さんは仕事なんだ。長く閉じこもっていると時の感覚が失われる。日にちの感覚も目標のない生《せい》を生きていると喪《うしな》われて行くと、改めて自覚する。それと共に耳が壊れた現在《いま》、ぼくは未来がいまだに描けない。何故って、音のない世界なんていままで想像したことさえない。そんな世界は、壊れたコンパスを片手に富士樹海、アマゾン熱帯雨林を彷徨《さまよ》うに等しい。

無音の世界に閉じ込められ家の戸締りに神経をすり減らした。強盗に包丁で脅されないか、後ろから羽交い絞めにされないか？　熟睡中泥棒に荒らされないか、考えるといやでも戸締りに神経をすり減らす。門・玄関・街灯は常時点灯。生活臭を絶たないよう気を付けた。テレビの音源を絶やさず在宅中は強調に努めた。家族がぼくの前から消えてからＴＶをほとんど見なかったぼくは、家にいるとき必ずＴＶを点けた。だけど駅員の恫喝、あれだけはぼくの記憶から消去するのは当分の間、否、永久に越えられない壁だろう。

大学検定試験、大学に合格したのは良いが、ぼくの壊れた耳で講義についていけるか、今のところ分からない。大学を無事卒業、さて就職出来る会社があるだろうか？　聞こえないことで職種がぐんと狭められ、選択出来る職種は限られるだろう。悲観的と言われてもそれくらいぼくにも分かる。聴覚に問題があると電話を取れない、コミュニケーションが困難。企画・営業会議から爪弾きされ、差別にスポイル、入社早々窓際に追いやられる？　だけど今からあれこれ未来のことを思っても詮ないこと。まず大学検定を目標に掲げて鉢巻きを締めなおす。それから運転免許を取ろう（マウンテンバイクでは大量の買い出しが難しい。それと、先生に逢いたくなったら・・・）。

「おはよう！」先生にショートメールを送る。

ぼくは、鏡に映る滴がへばりついた顔をしばらく眺めていた。家族がいなくなって鏡に顔をさらすことを極力避けて来たけど。今朝の目覚めが特段爽やかとは言い難いけど、何だか自分の顔と対面したい気分だった。コックを下げる前、鏡の顔と対面する。地下水の冷気を含んだ水を両手で受けて顔に浴びせた。陶器ボウルの端を掴んで上半身を支え鏡と対峙する。かつての童顔は失われ、頬がややコケ（誰の遺伝だろう・・・）、いつのまにか不精髭が顔半分を征服していた。三船敏郎「赤ひげ」の髭型になりつつあった。ぼくはしばらく鏡と対面していた。髭にたまった滴がボウルにぽとぽと落ちていた。濡れた指で寝癖を整えると、ぼくはリビングに歩いた。リビングに入ったぼくは真っ先に遮光カーテンのボタンを押した。ボタンに触れたままにしていると、〝ギリギリ〟歯車の噛み合う振動が指先に伝わってくる。正確な音を言葉に出来ないけど、これから、ぼくはこんな風にして音を記憶し言葉に替えてゆくのだろう。

カーテンが左右に開放され、どす黒い雲に覆われた空がガラス戸に張り付き、いまにも雨が落ちそうな気配。庭の芝生も植え込みの雑草も手前勝手に命を育んでいた。庭の真ん中に植えられた欅は枝を自由に広げ、落葉は欅の根元を覆い寒気に備えるごとくこんもり積もっていた。二年の歳月は欅を太く、たくましく大地を征服する歳月でもあった。春ともなれば裏の公園から飛来する鳥の囀《さえず》り、夏は姦しい蝉と昆虫の合唱団に安眠を妨げられていたけど、耳が壊れ鳥の囀りも、昆虫の合唱も懐かしく思ったりするが、森の湖水のような寂静《しじま》に閉ざされた無音の世界へそれらの全を否応なく受いれざるを得ない。

壊れるとき、崖から突き落とされた衝撃に聴能が砕けたのだろうか？　音もなく、砂時計の砂が〝スーッ〟と細い管を抜けて落ちるように壊れたのだろうか？　ぼくが、第三者に恫喝されたとき、ぼくの耳はすでに壊れて機能が完全に停止していたようだが・・・。あの時、自分に１＋１＝２と納得させる時間が必要だった。

時は容赦なく過ぎさり耳が壊れたことを、ぼくが真実納得した頃、「竜くん、君の聴能は生涯元に還ることはありません。聞こえに異常を感じたとき直ぐ検査を受けていれば、補聴器を装着する条件つきだけど、ある程度の聴能を維持出来たと思う」と附属病院耳鼻科の医師は言った。

壊れた耳の回復が絶望的になると、静寂に佇む父の邸宅は、恐怖の館に変わり果てた。ドラムを鳴らし、嬌声を発しても眉を顰《ひそ》める隣人はなく、行き交う車も無関心を装うだろう。ベルリンの壁ならぬ、森の壁に閉ざされたこの邸宅に抗議に来ることも石を投げつける輩もいない。逆に、ぼくの邸宅に強盗が侵入、強盗との闘いに疲弊したぼくが【ＳＯＳ】を声高に叫んでも、ハーレーダビッドソンに跨り月光仮面が飛んでくるだろうか？

四百メートルトラックがすっぽり収まる庭を眺める。手入れが放棄（手が回らない）された芝生は雑草が生い茂り、素人目にも自己流で雑草を刈っても、緑の絨毯の復活は無理だろうと思う。草ぼうぼうの芝生を歩いていると、芝生そのものもさることながら、土台の養分が瓦礫化寸前では、芝生を剥がし、土を全面的に入れ替えなければ緑の絨毯は再び蘇らないのではないか。穴倉で芋虫のごとくのたうっていたころ、肉体が意識下において優先事項を放棄したのかもしれない。父が懇意にしていた植木屋に依頼してみよう。父の引き出しを探せば連絡の控えがあるだろう。

とりあえずシャワーでも浴びて腹ごしらえといこう。

シャワーを終えたぼくは、キッチンで母が考え事をするときに使っていた椅子に座って、バターをつけたトーストを齧り牛乳で呑み込んだ。３４インチのテレビは朝のニュースから、ワイドショーに移っていた。選局ボタンを使って局を次々に変更してみるが、教育チャンネル以外、どの局もワイドショーのオンパレード。アナウンサーがパネルの映像を指し事件の顛末《てんまつ》を語り、専門家を自認する参加者に意見を求めているが、ぼくの壊れた耳はなにごとも語らない。いい線をいっていると自認する読唇もお手上げ状態で、無声映画を観ているよう。

聞こえていた頃、日曜洋画劇場の画面の白抜き字幕を煩わしく思っていたが、西部劇はさておいて、キャサリン・ヘップバーン主演「旅情」のように対話と回想シーンが主体の映画を観ていると、壊れたぼくの耳は哀しみと絶望を呼び寄せる。ＴＶは音声と映像によって政治から気象、緊急報道などリアルに市民に届けられる。地震発生から津波の有無、台風にともなう大雨洪水警報・堤防崩壊。避難情報などが報道されるが、聴覚に障害を背負った人にとって、アナウンサーの声が届かない弊害は命にかかわると思う。音を失って現実に直面するまで、想像さえしなかった愚かなぼくに今更ながら愕然とする。無音の報道は聴覚障害者には無声映画のごとく意味をなさない。

ＴＶニュースを見る。ゲリラ豪雨に堤防が決壊、住宅地に濁流があふれる様子を実況している。ショートカットの女性（三十代後半？）アナウンサーがモニターを指し日本製アニメのごとく口をパクパクしていた。ぼくは、リモコンを操作、ボリュームを目いっぱい解放した。突如！　コンクリートをドリルが破砕する濁音が波動となって襲いかかる。ぼくは慌ててリモコンを操作、音量を正常（どこまで・・・？）まで下げた。リモコンを持ったまま呆然と立ちつくす。体（血液・神経・肉体）の欠損（詳細であれ）がどれだけのハンディをその人にもたらすか考えるに至らなかった。想像さえしなかった。

お父さんお母さんに守られた森に佇む湖水のごとく平安な生活。空気のように無意識に平和を享受していた自分を恥じた。社会の動向に無関心・考えることもなく漠然と学生生活を送っていた。ある時「障害者の問題」をテーマにホームルームで提案され、学級委員がぼく（みんなぼくのことを誤解していた）に意見を求めた。委員に指名されたぼくは、天と地が逆転するほど狼狽《うろた》えた。

「足の悪い人、眼の見えない方の白杖は障壁を回避行動する上でのコンパス」。ぼくはしどろもどろに答えた。

「そのほかに意見のある人は・・・」委員の質問に沈黙が流れた。「障害者の問題は考えることではないと私は思います。皆さんが日常生活の中で必然的にあるいは偶然見かけ体験したことを、みんなで話し合うことで障害者の求めていることをひとつひとつ理解していくのではと思っています」委員長は静かに語った。

深く考えることもなくお座なりの意見しか述べなかったぼくは恥ずかしかった。

「車椅子障害者は社会生活する上で、どんな障壁があるか？」などテーマごとにグループで話し合った時、曖昧な受け答えでお茶を濁し、討論に加わることもなく後ろに控えていた。この時、忘れたノートをぼくの家まで届けてくれたクラスメート（確かに加納桜子）が、「竜さん、あなたは随分幸せな人ですね！」と、皮肉たっぷりに捨て台詞を投げられた記憶が甦る。耳が壊れ社会に否応なく障害者の烙印を〝ポン！〟と捺《お》された時、加納桜子さんが指摘する通り、社会の片隅でいわれなき迫害と差別・スポイルされる人の存在を、学生生活を謳歌、彼らの苦難に想像力を働かせなかったぼく自身を恥じる。

ぼくの母は【障害者】の語彙の使用を厳しく規制した。「可哀想・不憫・痛ましい」などの言葉も。但し、「喧騒から歩道の信号判別が困難・電車のホーム停車位置と点字プレート位置のズレなどの場合、積極的なアドバイスを・・・」と。

加納桜子さん！　どうしているかなあ・・・。

家族を失って・・・壊れたぼくの耳。だけど引き換えなんて言ったら笑われるだろうけど、社会を観察、考え、分析、物の見方を教示された、と。皮肉なことに、家族を喪い耳が壊れた・・・引き換えに？　社会観察・ものの見方考え方にわずかながら目覚めた、と。そしてあの時、加納桜子さんに言われた「竜さん！　随分幸せな人ね！」の言葉を改めて噛みしめる。なんというアイロニカルな響・・・。だけど、今のぼくはお手上げ状態。自分のことさえ持て余している身には他の障害者のことを考える余裕さえない。

とりあえず「大学入試検定」をインターネットで調べよう。それから壊れた耳を考慮に入れてＰＣのスキルも磨かなくては。職業選択を広げるためにタッチタイプの習熟。ワード・エクセルの基礎も・・・。

「忙しくなるな〜」

パソコンで大検日程を調べると、今年度後期大検の締切りはすでに終了していた。前期は来年の春まで待たなければならない。とすると大学受験は再来年になるのか!?　まあ、浪人したと思えば良い。予備校に入り基礎から学んでみるのも悪くない。その間、教習所に通い運転免許証取得を目指そう。

　パンと牛乳の簡単な朝食をすませたぼくは、リビングから掃除機をかけていった。書斎、ダイニング、キッチン、洗面所から廊下と来客室を抜いてくまなく掃除機を引きずった。自慢じゃないが十九の歳まで掃除をした事がなかった。掃除機をかけるのとかけないのではひと目で歴然、あたりを見回しても清々しかった。脱衣室の掃除に取りかかろうとしたとき、Ｇパンの尻ポケットに突っ込んだ携帯が叫び始めた。先生からのメール。壁の時計を見ると十二時チョット。昼休みの時間と見当をつける。

「どうしているかな・・・と」

「初めて掃除機をかけた。ほんの少し綺麗になった（苦笑）」

「あら、竜くんが掃除機をかけるなんて・・・」

「おちょくらないで！」

「ごめん！　でも自分から掃除機をかけるのは、気持ちが前向き、生きる気力が湧いてきたからだと・・・。今夜は少し遅くなるけど、どこかで外食しましょうね！」

　ぼくは少し思案して「ハイ！」とメールした。

　マグカップに淹れたコーヒーを右手に、ぼくは長い廊下を歩く。書斎のドアを手前に引くと、掃除機をかけた時に開け放たれたままの窓に紅葉の壁が、さながら劇場のスクリーンを観るような趣があった。ぼくは椅子に腰かけ、右手に持ったマグカップのコーヒーの香りを嗜《たしな》みつつ口に含む。キリマンジャロを背景に踊るサバンナの香りが口腔を慰撫《いぶ》する。コーヒーの嗜み方を、ぼくが高校に進学した時、キッチンで豆を挽きながらお母さんが教えてくれた。「陽ちゃんは少し早いけど・・・」陽子に諭しながら「二人の、コーヒー事始めよ！」と言った。

　紅葉に染まった森の壁を、ぼくは椅子に座ってぼんやりと眺め、回想に浸っていた。それからガラス戸を閉めてＰＣを開きキーボードを操作、脳裏に浮かぶままの言葉を打つ。まとまりのない文章。だけど語彙は川の流れのようにあふれてきた。

　独り残されて二年と少し経過していた。今顧みても、砲弾にさらされ傷だらけのビルのごとく、崩落しなかったぼく自身を不思議に思う。その間、ローレライの詩《うた》の誘惑《さそい》に抗《あらが》い、精神崩壊との攻防でもあった。だけど、辛うじて命を保ち、今ぼくはＰＣに言葉を打ち込んでいる。「どうして・・・」疑問をぼく自身に問うても詮無いけど、これもまた現実《ほんとう》だと・・・。だけど精神崩壊を免れ、音を喪失、それだけで地上《ここ》に立ち尽くすぼくは僥倖《ぎょうこう》・・・ではないか!?

　耳が壊れたことのダメージ（影響）を、今ここに箇条書きにするのは不可能と思う。だけど・・・繰り返しになるが、精神《こころ》と肉体の崩落を免れたのは、お父さんお母さん・陽子の愛と励ましがあったから・・・。ぼくが書斎で蹲《うずくま》り長椅子から身を乗り出し、穴の淵を憧憬していたとき、ぼくの背中に覆いかぶさり、愛を、励ましを・・・だからこそ穴の淵から転落しなかったのだろう。ほんとうに三人が甦り、ぼくを包み、抱擁し、励まされたことで生を受け入れたのだろう。余りにもリアルな抱擁に、一瞬！、振り向いたぼくは周りを凝視しもした。だけど、本棚の金色の文字が霞んでいるだけで、陽子もお父さんもお母さんも影も形も見えなかった。

自立に向けて精神が、ぼくの意識にほのかな光が灯りつつあることを察した陽子は、川に浮かべた笹船が川を下るように、ぼくの前で次第に淡《うすれ》、霞《かす》むように〝ブーッ〟と消えた。陽子がぼくの前から消えた後、ぼくは、ガラス戸の桟に立って森の壁の頂に沈む夕日を眺めていた。肌寒さを感じたぼくは、ガラス戸を閉めるとカーテンの開閉のボタンを押した。ガラス戸の柱に右手を押しつけ滑車の回る音を掌で聞いていた。掌に五感を集中して滑車の出す音を記憶から呼び戻そうと努めた。だけど、音の記憶は既にぼくから雲散霧消、音に言葉をあてはめるのは適わなかった。耳が壊れて一年も経たぬ間にドレミファソラシド・・の音の記憶はぼくから消滅していた。音がぼくから忘却《うしな》われるのは時の問題だと思う。寂寞《せきばく》たる思いに包まれるが、上を向いて生きなければ・・・、と。

母は寂静《しじま》にまとわれぼくを抱き上げた。羊水にキラキラ反射するぼくを、ふくよかな腕でぼくを包む母の無限の愛。幾千万の言葉の羅列をもってしても表現《あらわす》ことの適わない愛がそこにある。ぼくとの永遠の別れを心に秘めた母は、羊水に浮かんでいた頃のぼくを、そのままの愛情を燦々《さんさん》とぼくに注いでいた。地上《ここ》に生まれた瞬間《とき》（！）の記憶はぼくに刻印されていないけど、フィードバックした母から与えられた愛の記憶。母は永遠《ながい》ときを（一瞬の時が永遠に感じる）希求していたのか・・・。それと共に、抱擁することも時間を静止することもかなわないと理解した上で初めてぼくを抱き上げた、あの時の心のままに佇《たたず》んでいた。母の輪郭が、なだらかに広がる紅葉の風景に同化、消滅する寸前、お母さんの頬からひとしずく涙が流れ落ちる・・・。

お父さんは、ぼくの背後から抱擁するようにまとわりついた。ぼくは微動だにせず、お父さんの抱擁を受けとめていた。微かな、淡いぬくもりをぼくに残して・・・。ぼくが振り向いたとき、母が同化した紅葉の山並みに深紅の太陽が没しつつあった。

ぼくの中に生の渇望が芽生えた刹那、ぼくの意識下のところで耳は壊れていたのだろう。だけど今、岐路に立ったぼくに、笹船で黄泉の国へ逝ったお父さんお母さんそして陽子は、ぼくが叫んでも笹船に乗って遡ることは永遠に・・・ない。

「一人で立ち向かうんだ！」

そんな言葉がぼくの周りに浮遊《うかんで》いる？　それもぼくの錯覚

であって誰も囁いてはいないのだろう・・・。ぼくに最後の別離を告げ、永遠に逝ってしまったお父さんお母さん、陽子。ぼくの耳が壊れたことは、タイムマシンに乗って、時空を超え時間を巻き戻さない限り、再成することはない。虫けらと蔑《さげす》まれてもかまわない、生きる渇望が塵ほどでもあるなら地上《ここ》に留まるべきだろう。

ＰＣに疲れると、椅子にもたれ目を閉じると考えに浸たった。「望郷と海」石原吉郎著をめくり、「一九六三年以後のノートから」の箇所を開く。鉛筆で父が引いた傍線に釘付けになる。

〝耐えることは、【なにかあるもの】に耐えることではない。【なにもないこと】に耐えることだ〟

なんとなく分かる。でも、ぼくの知識程度では漠然とした文章・・・。ただ、この言葉に父が傍線を引いたときの心の重み、ぼくが向き合い理解に努める〝言葉〟。そこには天と地ほどの差異があると。この差異を自覚したとき、父の深淵が、背負ってきた時間を理解出来ると・・・。だけどそこに至る、支柱となる何かが欲しい！

先生の姿が、お母さんと重なってくる・・・。

記憶を遡り、先生が赴任した日のことを思い浮かべる。

全校生徒が集合する朝礼。チャップリンの鼻髭をたくわえた校長の長く退屈な訓話が終わると、「昨年研修を終えられ我が校に赴任された先生を紹介します」校長は後ろに控える新任の先生に目配せする。先生は一歩前に出ると校長に並んで立った。「塙淑子先生です」校長は横に立った濃紺のベストとスカートの女性を紹介する。校長は立ち位置を女性に譲り、挨拶を促した。紹介された新任の先生は一歩前に出るとスラリとした肢体を臆することなく全校生徒にさらした。

「先ほど校長先生からご紹介いただきました、塙淑子です。先生と肩書をつけて紹介いただきましたが、卵から孵《かえ》ったばかりのヒヨコ、右も左も分かりませんがよろしくお願いします」

詩を朗読するような発音で挨拶すると、全校生徒が一斉に拍手。校長の隣で見ていた赤ら顔の教頭は茹蛸《ゆでだこ》のごとく顔を一層紅く染め〝やめなさい！〟と叫んだ。

先生は両掌を揃えると落ち着いた動作で生徒に一礼する。それから美しい足を優雅に運び台から降りた。その刹那、春風がサーっと流れる、それに伴って美しい発声は全校生を釘付けにする。ポカーンと口を開けた隣の級友が、「すげえボディライン。胸が大き過ぎるのか、ベストの寸法を誤った（？）か、今にもボタンが弾けそうな・・・」と、嘆息した。だけど、先生を清純で美しい女性と形容する以外の表現をぼくは知らない。

あの頃のぼくは、女性と語り合うこともなかった。並んで歩くことさえ経験しなかった。女性を観る視点も級友と全く異なっていた。スタイルだの胸の大小、美人不美人などと思うことも想像するのは論外。ぼくの女性観は、一番目に母を、二番目に妹の陽子を基準にしていた。クラス一美人と噂されたMさん。Mさんが通りかかると級友は釘付けだったけど、ぼくにはMさんの魅力がどこにあるのか全く分からない。母と陽子に比べ（比べるのは失礼だけど）、Mさんは月と鼈《すっぽん》と思っていた。父が家にいるとき、母は父の一挙手一投足を心得たごとく自然に寄り添っていた。だけど、父と母を見て、「男尊女卑」などと考えもしなかった。第三者が異なる角度から眺めてもお父さんお母さんは、お互いに愛を糧として支えあっていたと思う。

朝礼が終わり、教室に戻ると級友が新任先生の評価をしていた。ぼくは低俗的な話の輪を避け自分の机に向かい、椅子に座ってぼんやり校庭を眺めていた。桜はすでに散って、バトンタッチされた萌黄色が芽吹き始めていた。校庭の隅の三本の欅も新緑が芽吹き陽光を浴びて眩しい。

授業の前に担任の挨拶と出席点検が習慣となっている。だけど、肝心の担任がなかなか教室に現れない。それを良いことに、教科書やノート、筆記用具を机に並べ、小人数の即席集団が作られ噂話に余念がない。ぼくは誰もいない校庭を飽きもせず眺めていた。天井の角に取り付けられたスピーカーから歳婦《としま》の声が唐突に教室に流れた。「二年A組の担任が、本年赴任された国語専任の塙淑子先生と決定しました」

校内放送の途中から教室は万歳三唱、ハイタッチが響いた。入口のドアが開き、塙先生が教室に入ってきた。班長の号令でみんなが一斉に起立、塙先生を拍手で迎えた。先生は一瞬、〝ビクッ!〟と入口の取手を押さえ立ちすくんだ。しばらく同じ姿勢で竦んでいたが、何事もなかったかのように、先生はベストに手を添えると教壇へ歩いた。

「みなさん、おはようございます」教壇から一歩下がった先生は深々と一礼した。肩の中ほどもあるコーヒー色の髪が一礼した刹那、すだれのように顔を覆った。だけど顔を上げると漣のごとくサラサラと波打っていた。それから白墨《はくぼく》を取った先生は黒板に「塙 淑子」と、やや右上がりの美しい書体で黒板に書きこんだ。

「これから一年間、みなさんのクラスを担当することになりました。朝礼でお話したように、私の教師人生のスタートです。卵から孵ったばかりのヒヨコ。皆さんに迷惑をかけるかもと思いますが、よろしく!」

塙先生の挨拶に、クラスに再び拍手が繰り返された。先生は一人ひとりの氏名と出席を確認しつつ出欠を取った。出欠を終えた先生は教壇の隅に名簿を置くと、「これから大学受験に向けてテスト漬けの一年間と予想されます。当校の方針は調べないと、新米の私には分かりません。でも、学校を特急通過駅などと考えず、知識を蓄え、友情を育み、未来の夢を築き上げる時期と思っています。大学受験に向かう、就職する、それぞれ異なる路を選択しても、このクラスで学び、友情を育んだ記憶は失わないで欲しいと願っています」

話し終えた先生は、みんなに一礼して、名簿を左手に教室を退出した。女優のように少しグラマラスで雅《みやび》やかな姿は、ぼくたちの記憶に鮮明に埋め込まれた。先生が教室から消えたあと、ラベンダーの微かな香りがぼくの鼻腔に漂ってきた。確かにラベンダーの香りが・・・。

十六歳にして、女《ひと》に恋しました。

キーボードを操作、言葉 言葉 言葉 言葉。思いつく限りの言葉をパソコンの画面に羅列する。中原中也詩集を開き「憔悴」を打つ。

秋空は鈍色《にびいろ》にして
黒馬の瞳のひかり
水涸れて落つる百合花
あゝ　こころうつろなるかな

神もなくしるべもなくて
窓近く婦《おみな》の逝《ゆ》きぬ
白き空盲《めし》ひてありて
白き風冷たくありぬ

かけがえのない家族が、逝きて還らぬ存在となり果てた時、ぼくは溺れる人のごとく藁をも掴む思いをもって父の書斎に救いを求めた。中原中也詩集は書架の上から三段目、右隅に佇んでいた。岩波文庫（ぼくは岩波書店の存在を知らなかった）。中原中也詩集をどうして選んだのか、ぼく自身にも分からない。詩集を開き、文字をなぞり、たぶん無駄な時間を費やしていると思っていたが。二日と半日、中原中也詩集と過ごし、大岡昇平の解説を読み終え、文庫本を閉じた時、窓から眺めた森の天辺が紅に染まっていた。充足感とは別に、なんとなく悲しみに満ちているなあと考えていたら、腹の虫が〝ぐうぐうぐう！〟と泣いた。

ぼくは足を引きずり、壁を伝いキッチンへ歩いた。キッチンのドアを開けて冷蔵庫にたどり着いたぼくは、取手にもたれ、動悸が鎮まるのを待った。芋虫のごとく、ベッドでリビングのソファーで肉体を唾棄するがごとき、ぼくの生活態度に筋肉は退化、崩壊寸前の状態まで墜《お》ちていた。耐用年数を超過した滑車のごとく腐蝕が進行していた。動悸は執拗にして、ぼくの心臓と肺に休養をもたらさない。しばらくお母さん専用の丸椅子に座って動機が治まるのを待った。長距離を走り抜けたランナーのごとく、キッチンの調理台にもたれて腹式呼吸のまねごとを行う。お母さんの椅子から不思議、ほんわりと温もりが立ち昇って来た。動悸の治まる気配を胸に当てた掌に感じとった。ぼくは緩慢な動作で椅子から立つと冷蔵庫の取手に手をかけた。観音開きにされ、中身をさらされた庫内は、昨夜胃の腑に収まったハムを最後に、竹輪一本、パン一切れも残っていない。体が支柱を抜かれた積木のごとくぼくは腰から床に崩れ落ちた。こんな現象に直面する時、死霊がどこからともなく現れ、人間に憑《と》りつく。樫材の凍りついた床は、湖が濃霧に侵食されるがごとくぼくの肉体を氷らせる。

「お父さんお母さん、陽子！」ぼくは悲痛に叫んだ。叫び声は森の壁に跳ね返り木霊となって、冷蔵庫にもたれるぼくの背中、尻餅をついた床を通り微かな漣《さざなみ》となって流れた。

「お父さんお母さん、陽子ちゃんはもういないんだ・・・」

ぼくに「生きる」心の萌芽を・・・微小《ちい》さな炎が灯ったことを・・・。ぼくの表情《かお》に森の泉のごとく、こんこんと湧き出る血潮を確認出来たから・・・。

　永遠の旅立ちに、笹船とともに昇天《のぼ》って・・・蝋燭《ろうそく》の炎がフーっと消えるように・・・。

　ぼくの行くところ陽子はいつもまとわりついていた。ヨチヨチ歩きから学校にあがる頃まで、ぼくのズボンの裾を掴み、小学校から中学一学年の夏休みの終わりの頃まで。ぼくの横に陽子はいつもいた。ぼくが中学に進学しテニスを始めると、コートから離れたベンチに座って黄色い声を上げていた。陽子の監視のおかげ？　ぼくに求愛行動をとる大胆な女学生は一人もいなかった。その頃から陽子の傍らには、どこから持ってきたのか本が置かれるようになった。ぼくから卒業した陽子は本格的に読書に集中するようになった。秋が訪れる頃、陽子は父の書斎に入り浸り本を読んで過ごしていた。

　いつもまとわりついていた陽子。自我に目覚め、ぼくから距離を置くようになった頃、ぼくは飽きもせずコートに立ち、相手のボールを打ち返した。打ったボールがラインぎりぎりに突き刺さった刹那、陽子と過ごした十二年が走馬灯のように流れた。陽子の幻が霞みと同化した時、後悔と共に自責の念が波濤のごとく襲いかかる。ぼくは窓際に立ち尽くしたまま、森の頂が闇に包まれ、周囲が深い闇に覆われていく様を飽きずに眺めていた。

　どれほどの時間を回想していたのだろう。お腹の虫が〝ぐう！〟と喚《わめ》いた。

　ぼくは、ヨットパーカーを頭から被り、リュックを肩に車庫へ走った。腹の虫が情けない声で叫ぶ！

　下界はすっぽりと闇に覆われていた。アーケードのような銀杏のたわわに広がる枝は街路灯の光を遮り、富士樹海のごとく闇に閉ざされていた。マウンテンバイクの灯火では充分な道案内の役目を果たさない。田舎の細道のごとくすれ違う人間の少ない時間帯だけど、時折、闇の中からヌ～ッと帰りを急ぐ勤労者に出くわし冷や汗をかく。ぼくは腹の虫をなだめつつ前方を凝視、ペダルを漕いだ。脇道を抜けると片道二車線道路にヘッドライトが濁流のように流れていた。駅に続く歩道は帰りを急ぐ群衆であふれていた。ぼくはマウンテンバイクから降り、ガード下のコンビニまで押して行った。

「ここの教習所では、聞こえない方の受講は初めてです。従って申請の可否は私には出来ません」チョットそばかす顔の中年女性は困惑顔で言った（意思疎通は唇の動きで辛うじて判断出来た。だけど唇を歪める歯茎には閉口する）。

「私は中途失聴者です。受講出来ますか？」自動車教習所の窓口に申請書を渡したとき、遠まわしに拒絶された。惨めさよりも、悔しさと哀しみがまさった。これでは門前払いされる都度、うなじを垂れる癖が身についてしまう。ぼくは意を決し再度窓口に行った。

「ぼくの耳は壊れてしまったけど、受講の出来ない理由をメモにでも書いて説明して下さい」平日で窓口が閑散としていて幸いだ。

　そばかすの浮いた女性は「困ります」とボソボソ言いながら、メモ用紙にボールペンで乱雑に書くとぼくに見せる。

「少々お待ち下さい。上司と相談します」

　メモを読んだぼくが頷くと女性は、窓を背にパソコンを凝視する責任者の所へ小走りに行った。女性は時折ぼくのほうへ眼を向けながら責任者に説明していた。小走りに来た責任者は、ぼくを睨《ね》め付けるなり早口でまくしたてる。失礼だけど、責任者の乱喰い歯に閉口しながら必死に唇を読み取るが限界があった。

「申し訳ないけど、聞こえないから書いて下さい」

「俺の話が分からん？」軽蔑するような顔をぼくに向ける（この頃、人の表情をうかがう癖が身についてきた）。

「あなたは受付担当から、ぼくが聞こえない事で相談を受けた。ぼくのように聞こえに障害がある者も受講出来るのか？　受付の女性ではにっちもさっちもいかない。だから上司に相談と考えた。だとしたらぼくに対して筆談が一般だと・・・」ぼくは、少し語気を強めて言った。

　ぼくの抗議に青筋を立てた責任者は、隣でもじもじする女性に一言指示して席に戻り始めた。

「なぜ駄目なのか、筋の通った説明をして下さい！」ぼくの存在を頭から否定する責任者の背中に向かって言葉を投げた。存在を否定された悔しさと怒りがぼくを突き動かす。

「・・・・・・・・・」責任者はぼくの抗議に振り返ると、憐れむかのようにぼくを睨み、女性に代筆させる。

「聴覚障害者は道交法で免許を交付出来ない」女性が代筆したメモ用紙をぼくの目の前に突きつける。

　メモをチラッと見た刹那、ぼくの動悸は早鐘を打ち、足がガクガク震え、冷や汗がドッと吹き出てきた。「どうして・・・」その場にへたり込むのを辛うじて踏みとどまる。

「分かったか、文句があるなら国に言え！」冷ややかにぼくを睨みつけると、棄て台詞を残し、回れ右をして勝ち誇るように自席に去った。

　ぼくがメモ用紙を片手に受付の手前にしゃがんでいると、黒いダブルスーツを上品に着こなした長身の紳士が通りかかつた。三十代後半だろうか、近寄ってくると受付の女性に問いただし、自席に戻った責任者を手招きしていた。

応接室に通されたぼくは、くだんの紳士とソファーに座って対面した。紳士の後ろに控えた責任者が肩を落として控えていた。ぼくの隣に秘書とおぼしき三十代の女性が着席した。膝のボードにコピー用紙を挟んでいた。紳士は秘書らしき女性が用意した名刺をぼくに差し出し、「先ほど係長が、竜さんに暴言を投げたそうで申し訳ない」と一礼した。ぼくの隣に座った秘書がコピー用紙に美しい文字で筆記する。秘書の書く文章を横目に、ぼくは掌の名刺に素早く目を通した。

「取締役専務　樫木 総一朗」と印刷されていた。

「竜さん、耳が聞こえない事で不自由されて来たと推察します。簡単な会話は読唇出来ると受付担当に聞きました。少し込み入った会話は困難なご様子。秘書の津末が代筆しますのでご安心下さい」樫木さんはぼくに語りながら、隣の女性を紹介する。

「ありがとうございます。感謝します」懇切な説明にぼくは感謝の気持ちを伝えた。

「先ほど、係長が竜さんに対して無神経な態度をされたことを謝ります。それと、係長が受付に代筆を命じた『ろうあ者に自動車運転免許証の交付は出来ない』は誤りがあります。**「一九七五年（昭和四十八年）道路交通法施行規則二十三条により、ろうあ者は補聴器を着用する条件で自動車免許交付を改定」**されました。

但し、全ての聴覚障害者に適用されない。私の考えは欠陥改定とも思います。だけど・・・一歩前進の改定とも考えます。通知は都道府県知事から自動車教習所に文書で通達されました。当所も通達を受け取りながら仕事に忙殺され職員に訓示しなかった私の責任です。申し訳ありません！」樫木さんは立ち上がると係長とともにぼくに頭を下げた。

「お二人とも顔を上げて下さい」ぼくは、樫木さんと係長の謝罪を制するように言った。

「・・・・・・・」

「自分の耳が壊れたことで、世間から〝ろうあ者〟の烙印を押され、ぼくの眼前に突如万里の長城が聳えたような思いがしました。愚かなぼくは、耳が壊れたことで障害者の存在に初めて気がつきました。音を失い社会の理不尽に呆然と立ち尽くし、今になって抗議するとは、ぼく自身の無知を恥じています。しかし、こうも考えます。肉体と精神に障害を負っても人間です。差別、すなわちその人の障害ではなく、人間性・人格を否定すると同義ではありませんか？」樫木さんに言った。それから**「知らないことは悪いことではない！」**これをぼくの教訓としています、と樫木さんに言った。運ばれてきたコーヒーを一口飲み、ぼくがカップをテーブルに置くのを待って秘書がぼくにボードを差し出した。

「不躾《ぶしつけ》な質問と思われますが・・・。竜さんが音を失うに至る経緯をお聞かせいただけませんか？」コピー用紙に、柔らかい書体の文字で書かれていた。

樫木さんは、ぼくが読み終わるのを辛抱強く待っていた。ぼくは、膝に置いた拳《こぶし》を凝視、眼前にスクリーンが映り、幻灯機の映像が走馬灯のように流れる。その刹那、ぼくの瞼からあふれた滴が拳にポトンと落ち、拳の上で弾けた。樫木さんの問いに顔を歪め思案していると、「不躾な質問をして申し訳ない。無理して返答しなくても構いません」

ぼくは少し沈黙した後、「自動車教習所は、過去の自動車事故記録を収集・配布・保管していると思いますが・・・」

「竜さんの話は、過去の自動車事故のデータを収集・ファイル化している、ということですね？」ぼくがうなずくのを確認すると樫木さんは言った。

「千葉県下において事故が日常的に頻発しています。当社は自動車運転教習所と並行して、事故啓発も主な目的としています。また講習で使用するために年度ごとにファイルを保管します。それと警察署からも提供されます」ぼくの質問の意図を図りかねた樫木さんが首をかしげながら答えた。

「樫木さん。二年前、東北から紅葉南下ニュースが流れ始めた中秋の季節、週末の午後。中央高速道で渋滞に巻き込まれ、停車中の外車に大型トラックが追突。外車は弾みで中央分離帯に激突、乗車していた家族三人が即死、のニュースを記憶していますか？」


樫木さんは秘書と目配せて、記憶をたぐる仕草をしていた。

「追突されて亡くなられた家族は、ご夫婦と娘さんの三人。受験勉強で留守番の高校生・・・確か男の子が難を逃れた（新聞記事）ニュースですか？」

「そうです。一人取り残された高校生がぼくです」

記憶がまた振り出しに・・・。

一瞬、樫木さんの顔が蒼白になった。秘書は指に挟んだボールペンを落とし慌てて拾っていた。

「残念な結果に言葉もありません」しばらくして樫木さんが言った。

所長室に森の奥に佇む湖のごとくな寂静《しじま》が流れた。

「・・・・・・」

秘書の指から離れたボールペンは〈コキン カラカラ・・・〉多分そんな音〈振動〉が空気を透過、靴底から微かな振動が・・・。沈黙が始まる。紛い物の静寂を、ぼくは切り離さなければ・・・。ぼくの手は、抗い難い何かに促され、カップに手を伸ばしコーヒーを流し込む。香りが失われ、哀しみにまとわりつかれた苦味が舌に絡みつく。

「それ以後のことは樫木さんに想像出来るかと・・・。赤の他人に唐突に指摘され、自分の耳の壊れた事を懐疑と絶望の中で理解しました」肉体の障害を語る事がこれほど困難なのかと思う。カップの底のわずかなコーヒーを喉に落とすと、ぼくは再び語り始める。

「耳鼻咽喉科を受診、突発性神経性難聴が壊れたぼくの耳につけられた病名」

「・・・・・・・」沈黙。

「トラックに追突され家族を失ったショック。耳が壊れたことを赤の他人に指摘され、障害者の烙印を押される。閻魔大王にどちらか選べ、と命令されたとしても選択は不可能と思う。家族を一瞬にして奪われ芋虫のごとくのたうっていた時、お父さんお母さん、妹が生きていた頃の姿で現れ（みなさん半信半疑に思われるだろうけど・・・）、ぼくを励まし生還の道標《みちしるべ》となってくれた」ここまで語ったぼくは、湯飲みの底に残ったお茶を飲んだ。

「あの日、勉強に疲れたぼくはソファーにもたれ、テレビのニュースをぼんやり観ていた。午後二時を少し回った頃、画面にテロップが流れた。

【中央高速道路下り線で渋滞で停車中の自家用車に大型貨物自動車が追突。自家用車は追突の弾みで中央分離帯に激突、車中の家族三人が即死】

画面は事故現場に移動。道路中央に大型トラックの残骸。破損したフロントガラス、ガラスが飛散する運転席。ふと画面の右端に視線が釘付け。フロントバンパーがV字に変形した自家用車。車体後部は圧縮機で潰されたごとく潰れ、事故の凄惨さを語る。テレビカメラは執拗に被写体を追う。レンズが、ベンツマークを捉える。「あっ！」、ぼくは無意識に叫んだ。画面のナンバープレートに釘付け。「習志野・・・」ゴチック文字。擦過傷、汚泥に辛うじて判読。車体の塗装も擦過、汚泥に辛うじて判別、メタリックシルバーは間違いなく父の車。

「ナイアガラの瀑布の壮大な落下。地球が創造した雄大な風景は家族四人に感嘆の言葉はいらない。ただ、地球が造り上げた造形美に畏敬の念を抱き、人につつかれて横を向いたとき、お父さんお母さん、妹がかき消えていた」こんな映像に絡めとられたぼくの二年間。

遺体置き場での対面。通夜から告別式に至る間、ぼくの涙腺は干上がった河原のように一滴も頬を濡らさなかった。その日から父の書斎。一年と半分の歳月を生と死の境を放浪。家族を亡くしたこと、耳が壊れたことの深浅《しんせん》を比較するのは浅慮と思う。人間は忘却する生物《いきもの》と思うが、ぼくは家族のことを、死の床に横たわるまで忘却することがないだろう」

語りおえたぼくは、心身に深い徒労感が波濤のように襲いかかった。

「・・・・・・」

ぼくのかなり長い言葉の羅列に、三人に暫くの沈黙が流れた。葉巻をゆったり味わう時が静かに通り過ぎた。

樫木さんがソファーに座りなおし、ぼくを見つめ躊躇し、ようやく口を開いた。

「竜さんが、実際に経験し、これから経験するだろうことを基に語ったのだろうと考えます」ここで話を切ると、湯飲みの温くなったお茶を飲んだ。「竜さんの語ることに、言葉が浮かばず・・・。また誤解を招くような言葉を発すると、同情からと思われ、失礼にあたらないか・・・。私に出来ることは、竜さんの語られた言葉の一つ一つを噛みしめ、これからの私の人生の糧にしなければと思うことです」樫木さんはそう言うと、両手を膝の上に揃えてため息を漏らした。ぼくの隣で一部終始を見ていた秘書も話の区切りに座り直した。「私がお手伝い出来る範囲は限定的ではと思います。それでも、竜さんが当所において訓練される気持ちを失っていないようなら、竜さんが思い煩うことなく、訓練出来る環境を整備しておきます。例えば、講義をパソコンに入力する。秘書のように読み易い文字、内容を適確に要約出来る社員を選び竜さんの担当に、竜さんのように聴覚にハンディのある方は初めてですが試行錯誤を繰り返し外濠を埋めていきます。そうする事で石器時代に制定された障害者の法律が改定され、ハンディを克服する方々の社会進出が増えるでしょう。法律が変われば社会の状勢も変えなければいけない。竜さんのことを試金石に、当所も環境整備を整えていきたいと思います。竜さん。是非当教習所への入所をお願いします」樫木さんは両手を膝に置いて深々と頭を下げた。秘書は、樫木さんの語ったことを要約したメモをぼくに差し出した。〝私からもお願いします〟と、隅のほうに一筆入れた。

入所に必要な身分証明（健康保険証・パスポート）、住民票などの書類を申請書と一緒に窓口に提出して下さい、と秘書と責任者から説明を受けた。入所するかどうかの判断は後日連絡（ＦＡＸ・知人に電話依頼）することでその日は帰宅した。

自動車教習所は比較的自然に恵まれた立地にあった。窓から見える実技練習場も広い敷地に余裕を持って造られていた。センターライン、横断歩道の白いラインが陽に反射して眩《まばゆ》い。それらを一望する窓からガラス越しにぼくは眺めていた。市街地に似せて設計された訓練道路に、トヨタマークの教習車がノロノロ走っていた。S字カーブを曲がれない教習生がバックと前進をくり返すのが見えた。自宅の車庫に眠ったままのお父さんの外車。お母さんのオープンカーはあの車に比べてひとまわり大きい。教習所の車で練習して免許取得後、外車を乗りこなせるかチョット心配になる。

ぼくが外車のハンドルを握って街を走ったら、曇の上からお父さんはどんな顔をするだろう？　追突され大破した外車は、年式が新しい事から新車と交換され車庫に眠っている。ぼくが免許を取得しても、当分の間、お父さんの外車には怖くて乗れないだろう。

教習所から出ると眩い陽光の洗礼に一瞬足が竦む。だけど季節は確実に冬に向かって、深海を潜航する潜水艦のように深く静かに移り変わっているだろう。遠くの山並の所々に紅葉が点々と映え、忙しない人間の知らぬ間に麓《ふもと》へ下り、じわじわと浸蝕しているのだろう。

ぼくは教習所から駅に向かうなだらかな道を下って行った。講習を終えた学生らしい若者や女性がはしゃぎながらぼくの前を歩いていた。ぼくの横をすれ違う人は、これから講習を受けるのだろう。アスファルト舗装を灰色の建物に向かって上って行く、彼ら彼女たちは会話に余念がない。だけど、ぼくの壊れた耳には、枯葉のように風に吹かれて空中へ拡散していく。教習所の路から県道に入ると、街路に敷き詰められた銀杏の葉が歩道を金色の絨毯に豹変させていた。駅まで一直線の歩道は晩秋の陽を浴びて金粉を撒き散らしたように見えた。耳が単なる飾り物になる前、気にも留めなかった街を闊歩する人たちの会話や、自動車の駆動音、商店から流れる音楽を今は懐かしく（失意とともに）思う。失われ初めてかけがえのない、途轍もなく大切な存在であったかを・・・。ある日、忽然とぼくの前から喪失《きえた》、お父さんお母さん、陽子も生きてい頃、愚かなぼくは、地球の存在や空気のごとく当たり前と思っていた。ぼくの前から忽然と失われるなど想像もしなかった。

「慎一も高等部に上がったから、いつでも書斎を使いなさい」ぼくがキッチンのドア越しに「おはよう！」と挨拶すると、新聞から目を離したお父さんが（諭すように）言った。

また別の日に「慎一さんの人生にお母さんは干渉しません。テニスのプロを目標に掲げるのも良いでしょう。でも、学生の本分は学問すること、とお母さんは思います。肉体の衰えは慎一さんが想定するより早い。例えば、テニスのプロとなった慎一さんが引退する時を、三十七〜八歳とする。でも、寿命が飛躍的に延びている現実を思うと引退した後の人生は、倍以上あるでしょう。一歩立ち止まって考えると学生時代に学んだことは、その後、慎一さんの人生選択に無限の可能性を保証してくれると、お母さんは思います」キッチンの椅子に座って、お母さん手作りのポテトパイを食べながらの自然な優しい会話・・・。隣に座ってポテトパイをほおばる陽子が「そうよ、そうでしょ！」と相槌を打っていたのを懐かしく思う。

ぼくの命はまだ緒についたばかり。

教習所からの帰宅途中、デパート地下街で買った幕の内弁当を食べながら・・・。

父の残した財産（膨大な書籍も含めて）には、言葉で表せない程感謝している（家族に勝るものはないが）。例えぼくが七十まで生きても築くのは無理だろう（税理士と話し合わないと正確に分からない・・・）。お父さんお母さん、陽子ちゃんの命と引き換えの棚ぼたの財産。大検に受かり、大学四年間の学費（予備校・大学院？）・生活費を足しても有り余る。大学を出て就職しなくとも、堅実な生活設計を立てるなら資産だけで生きていける（ぼくの甘い試算？）だろう。サルトルのように資産を喰いつぶしても・・・。

　だけどぼくはサルトルように思想も才能も頭脳も持ち合わせていない。積み上がる書籍、論文、雑文さえ記録していない。これからだ・・・と、二十歳を前に自分を鼓舞しても、ぼくには誇るべき能力も知能も知識の蓄積さえない。

　幕の内弁当の焼き鮭をほぐしながら、缶ビールを飲む。シャワーを浴びる前、缶ビールを冷凍庫に入れておいた。凍る一歩手前の冷えたビールが喉にピリッと走る。これから初冬へ向かう季節。キッチンに敷き詰められたクルミ材の床から、冬の到来を告げる冷気が忍びより、裸足のつま先に軽い痺れが走る。それにもかかわらず、ぼくは凍る寸前のビールを喉に流し、箸でつまんだ海老の天ぷらを喰う。海老の尻尾を咀嚼しながら考える。今から就職のことに思い煩う時間を費すより、一冊の本を読むほうが意義があるのではと考えたりもする。大検を受ける以前に、苦手な英語・数学の基礎をマスターしないと、大検はおろか大学の合格も覚束《おぼつか》ないと思う。大検準備の合間に予備校に通うのも一つの方法だろうが、

『問題は・・・ぼくの壊れちまった耳』

　幕の内弁当を食べ終わったぼくは、レジ袋をぶら下げてキッチンに行った。弁当のトレーを流しに置き、袋は分別容器に入れた。お母さんに分別するイロハを教わったことをふと思い出しながら。環境問題に厳しく、裕福でありながら無駄な電気の浪費は許されなかった。弁当のトレーは洗って分別容器に入れる習慣も・・・。独りになってもこれらのことは生理現象と同じように習慣化していた。トレーを洗い終わったぼくはコーヒー豆を擦り、お湯を沸かしドリップをセットする。数分後、キッチンに漂う香りを嗅ぎながらアフリカに聳えるキリマンジャロに思いを馳せる。

　大学に入れたのは良いけど、眼の前に一ノ倉沢に比肩する難問がぼくを阻むだろう。一つは言うまでもないが壊れた耳では講義に対応出来ない。二つ目は、一番前の席に陣取っても教授が顔を横に、下を向いてしゃべられては唇を読むのは不可能。三つ目が肝心だけど、読唇に必須の語彙・四字熟語・古典熟語などなど・・・同年代の受験生より劣っているのが自分でも理解している。小説などを教科書で読む程度のぼくは、新聞もスポーツ欄のタイトルをざっと眺めるだけだった。政治や社会の情勢に無頓着に生きて来たぼくは、居酒屋での先生との会話も他愛のない話に終始した。会話の範囲も狭く日常会話に毛が生えた程度に終わった。先生とぼくが使った単語も語彙も耳垢に毛が生えた空疎な会話だったと今思い出しても赤面する。先生の唇の形状を捉えた刹那、ぼくの脳は電算機の速さで単語を選択出来た。だけど未知の単語に遭遇した途端、ぼくの脳は「これかな？　否、この形状に当てはまるのはこの語彙・・・」確信が持てずぼくの脳はパニックに陥る。分からない時、「先ほどの部分、分からなか

ったからもう一度・・・」と教授に直訴出来るか自信がない。頭脳明晰な教授でも、度重なる訴えに辟易して匙を投げるに違いない。

長い地下道を歩いて、東京駅から京葉線に乗った。ＪＲ京葉線は東京駅から地下を水雷艇のように潜航し、有明の手前で浮上。東京湾臨海工業地帯へ半円を描き蘇我駅に至る。元々、京浜工業地帯川崎から京葉工業地帯木更津を結ぶ国鉄貨物線として昭和時代に開通。首都の人口が膨張するに従い京葉エリアはベッドタウンとして開発された。

車窓から眺める風景は灰色の工業団地群が新木場あたりまで続き、葛西臨海公園駅から東京ディズニーランド舞浜、新浦安駅に至る湾岸の風景は美しく、潮風に吹かれて爽やかな海の香りが車窓の隙間から入ってくる。東京湾を埋立て造成された浦安市は大きく変貌を遂げようとしていた。時折、凪に運ばれる砂混じりの風。小型漁船が三角帆に風を受け凪の海に魚網を流していた。塩浜を通過する間、遠くの幕張メッセ高層ビル群が海から立ち昇る靄《もや》に砂上の楼閣のごとき映像を醸していた。これらの風景をぼんやり眺めていた時、ぼくの中で何かが弾け飛んで心が軽くなるような、なんだかフワッと心が癒される心持に包まれる。それから思考はからくり扉のごとくくるりと反転、家族と積み重ねた十七年の歳月に思い至り心が沈んでくる。過去に遡る事なんて出来ないと分かっているけど・・・。雲間からわずかに漏れる陽にやすらぎを求めると小さな灯がぼくの中でポッと灯る。

最後尾の乗客が下車する背中を追ってホームを踏んだぼくは、改札口に向かいながらデジタル掲示板の時刻を見た。ちょうど13：15の数字のところで点滅していた。

告別式から二年の歳月が流れていた。先生に再会するのに二年の歳月が流れた。駅で待ち合わせたぼくと先生は、アーケードをぶらぶら歩いて喫茶店で向かい合って座りコーヒーを飲んだ。喫茶店のコーヒーは母が淹れるコーヒーと、ぼくが豆を挽いて淹れるコーヒーと比べても飲むに耐えられなかった。ぼくらは黙って不味いコーヒーを飲み、ありふれた白い陶器のカップと戯れた。だけど、少しも退屈なんて思わなかった。二年の歳月は先生を学生から、ぼくが言うのはなんだけど社会人として相応しい女性に磨き上げていた。先生がぼくのことをどんな風に見ているかぼくは知らない。多分、ぼくの壊れた耳のことが一番気がかりなのだろう。言葉の選択に思い巡らせているのではないか？　ぼくらはどちらともなく腰を上げ喫茶店を出た。アーケードを歩き、横路に入った。横路に入ると雰囲気ががらりと変わり、なんだか照明も暗くなったような気がした。少し歩いていくと赤提灯を軒に吊るした飲み屋が増えてきた。右に「鮮魚料理」、左に「大衆酒場 達磨」看板の前で立ち止まった先生が、ぼくの腕を掴むと、「竜さん、お腹が空いていませんか？」ぼくを真正面に立たせて言った。

「はい、少し・・・」

「ビールは飲める・・・?」恐る恐るぼくに胸襟を開いて尋ねる先生の表情に心が和む。

　ぼくらは「鮮魚料理」の暖簾をくぐった。

「鮮魚料理」で先生と飲んだ次の日、会計事務所に行くことを思いつき、東京行き電車に飛び乗ったけど。

『郷田会計事務所所長　郷田 功《つとむ》』告別式の後で渡された名刺に印刷してあった。

「竜社長のこと、お悔やみ申し上げます」三つボタンの喪服を着こなした四十代前半の男性がぼくに向き合うと深々と頭を下げた。紳士は櫛代わりに指で髪をかき上げる癖があるのか、落ち着かなげに髪をかき上げていた。坂口安吾のようなぼさぼさの頭髪。眉は太く鼻筋の通った二枚目。昔の俳優でいえば佐田啓二の頭にぼさぼさ鬘《かつら》を乗せたよう。挨拶のあと彼とぼくは言葉を交わすこともなく見つめあっていた。ぼくはチョット唇を噛んでいたかも・・・。

「竜社長には生前、大変お世話になりました。突然の訃報に一時期仕事を秘書に丸投げしていました。貴方も独り残されて・・・」郷田さんは苦渋に満ちた顔をぼくに向けて言うと、周りを警戒するように左右を見回した。それからぼくに向かって「生前、竜社長から、土地権利書・株などの財産目録保管を託されております。それとは別に、ＩＴ会社の会計、役員にも選任されています」ため息まじりに漏らした。

「・・・・・」告別式の時、郷田さんのお悔やみの言葉を、ぼくは、歯を食いしばって聞いていた。

　郷田さんは終わりに「困ったことがあったらいつでも訪ねて下さい」と続け、名刺を手渡された。

　告別式の日、郷田さんから手渡された名刺をもらった記憶を辿るが、記憶に靄《もや》がかかり思考を巡らせるほど遠ざかる。喪服のポケットかと考え、ロッカーから喪服を取り出しポケットを探ってみたが、名刺は見当たらなかった。自分の雑な性格を考えテレビ台座の引き出し、書斎の机、本棚の桟などを引っかき回したが見つからない。二時間ほど闇雲に探し、結局、匙《さじ》を投げた。ソファーに体を投げ出し探索跡を眺めると空き巣に入られた惨状のようになっていた。

　会計事務所に面会の予約を入れないまま東京行きの電車に飛び乗ったが、受付嬢の冷淡な態度に身の置き所もなかった。

「郷田所長は外出中で帰社は未定です」と、つれない返事。

　せっかく東京まで来て手ぶらのまま帰るのは癪だけど、受付で粘っても仕方がない。「連絡は必ずＦＡＸでお願いします」としたためたメモを受付に託した。

　ＪＲ京葉線東京駅までの長い地下道を、ぼくは敗残兵のようにとぼとぼ歩いた。朝食を抜いて電車に飛び乗ったぼくの腹は餓鬼のごとく悲鳴を上げていた。部屋に隠《こも》っていた頃、朝はおろか昼も夜もない生活を送ってきた。だけど久し振りの外出に腹の虫が餓鬼のように泣き喚く。駅前ロータリーに沿って商店街が軒を連ねる一角、深紅に金色文字「マクドナルド」の看板が見えた。ぼくはロータリーを迂回しマクドナルドを目指した。マクドナルドの前で青春を謳歌する若者たち、子連れの女性、高校生らしき男女が雀のようにおしゃべりに余念がなかった。ぼくはそれらの若者の列を辿り最後尾に並んだ。ぼくは手持ち無沙汰に店の奥のメニュー板を眺めながら思案していた。マクドナルドに並ぶのが初めてならマックを喰うのも・・・。コーヒーは別にしてカタカナオンリーの飲物はちんぷんかんで戸惑う。行列はなかなか進まない。待ちくたびれて腹の虫が悲鳴を上げる寸前、ぼくに順番が回ってきた。カウンターに貼り付けたメニューを人差し指でキーボードを打つ塩梅に「ビーフマック」「マックシェイク」を注文する。耳が壊れたぼくにはメニューを指さして注文出来るのは有難い！

「お持ち帰りですか？」チャーミングな女性店員の質問に辛くも唇を読んだぼくは「いいえ、店内で・・・」と答え支払いをすませた。店員からマックとマックシェイクを乗せたトレー受け取る。空いた席を探して座ったぼくは包み紙を剥がし、初めて食べるビーフマックに齧り付いた。パンは軟らかく、ハンバーグに挟んだレタスがシンプルに絡み合ってすきっ腹には美味しかった。母が生きていたら、多分社会人になるまで食べる機会はなかっただろう。マックを口いっぱい頬張り咀嚼する。マックシェイクをストローで飲みマックを胃の腑に送り込む。ガラス越しに見る忙しなく駅に向かう人々。洋装店のウインドウに顔を押しつけるように覗き込む年増《としま》婦をぼんやり眺める。手持ち無沙汰に蛇行しながら歩く老人。ガラスの向こう側に映る人生の並木道を眺めマックを・・・ぼくは喰らう。

ジーンズのポケットに入れていた携帯が唐突にメロディーをバイブレーションで奏でる。一瞬〝ビクッ〟とし、両手に持ったトレーを落としそうになる。

「どうしてる？　授業の合間に雑務を処理したので少し早目に抜けられそうです。どこかで待ち合わせしましょう」

先生のメールに戸惑い、少し考えてから、「良いですよ。ぼくの方は時間がたっぷりあるから近くまで行きます」マックをほおばりながら送信ボタンを押す。

「学校を出る頃メールするから待っててね！」

「ＯＫ！」と打って送信する。

マクドナルドを出たぼくは、アーケード街をあてどなく歩いた。本屋を見つけ中に入った。書店の奥行はかなり広かった。だけど本より音楽ＣＤや貸ビデオが主。書籍コーナーもコミックに占領され新刊も雑誌が主体、単行本はわずかしか置かれてなかった。文芸書は端の方に追いやられていた。辞書コーナーで棚を見たが低学年の辞書ばかりで種類も少なく購入意欲が湧いてこない。雑誌コーナーで「群像」「すばる」の新刊を見つけ「文学界」と「群像」を買った。

本屋から出たぼくは、買った雑誌を小脇に挟みあてもなく歩いた。喫茶店に入り奥のほうに座った。コーヒーを注文し、買ってきた雑誌をテーブルに置いて、初めて買った「文学界」を手にとって表紙を眺めた。表紙をめくり袋綴じの目次に見入った。目次に印刷された、あの日から手に取った作家の名前を食い入るように探した。ぼくの知る作家の名前は掲載されてなかった。次ページの袋綴じに「大江健三郎」の活字が目に留まった。ぼくの記憶が確かなら本棚の太宰治全集の隣に大江健三郎全集もあったと思う。ぼくの読書歴は諸についたばかり。哀しいかな、見知らぬ作家を前にして慚愧の念に陥る。お父さんが生きていた頃、それとなくぼくにコンタクトしていたけど・・・ぼくは無関心を装うか逃げていた。テニスに明け暮れ学生の本分を果たさなかったぼくにすべての責任がある。ぼくは「文学界」をテーブルに置くと、温《ぬる》くなった琥珀色の液体を流し込んだ。本を袋に入れ、椅子の背もたれに体を沈め、腕を組み、目を閉じる。ほどなくして微睡《まどろ》みの湖に墜ちていった。

微睡《まどろ》みから覚めて腕時計を見る。時刻は五時二十分を指していた。黄昏はもう少し先だろう・・・。先生は慌ただしく机を整理しているのかな・・・。先生の気持ち次第だけど、ぼくの家で一緒に食事出来れば良いなあ・・・と考えていた。だけど・・・冷蔵庫の中も地下の食糧貯蔵庫も、あるのはアルコールだけ。二年に及ぶ蟄居の間にほとんど喰い潰した。いずれにしても食材は補充しなければ、カレーひとつ作れない。即席のレトルトとかカップ麺類をお母さんは忌み嫌っていた。そんなものはキッチンを引っかき回しても出てこない。思案に蹲《うずくま》っていると、携帯が突如悲鳴を上げた。〝グサッ！〟心臓をナイフで抉《えぐ》られるような衝撃にぼくは立ち竦む。いまだに携帯のバイブレーターに慣れない。居酒屋で先生と飲んだ日、買ったばかりだから・・・。

「学校の駐車場からメール。待ち合わせ場所メールしてね！」

「N駅の近くにいます。ぼくの家に来ませんか？」これだけ送信。

「良いですよ。車で行くから待っててね！」一分も待たずにバイブが喚く。

「ハイ！　ハチ公のように待っています」と打つ。

学校から車・・・？　渋滞に遭遇しなければ十五分くらいか・・・。車なら家から近いスーパーで、ついでにまとめ買いでもしょう・・・。先生が来るまでバス停のベンチに座って乗客を装い、ぼくの前を通りすぎる人々をぼんやり眺めていた。てのひらに握った携帯は沈黙していた。所在無げに紙袋から「群像」を取り出し表紙をめくりかけた時、視界に白いボディの車がロータリーに入るのが見えた。ぼくの前に停まると助手側のウインドウが下り、先生がかがんでウインドウ越しにぼくに手を振った。ぼくもウインドウを覗きながら手を上げた。緊張してハンドルを握る先生に、ぼくの日常生活のあれこれを面白おかしく語り続けた。先生は事故で亡くなったぼくの家族の記憶の扉が、ぼくに会ったことで開いてくるのか、スーパーの駐車場に停めるまで緊張から解放されなかった。助手席に座っていると先生の緊張感がぼくにも伝わってきた。

「そんなに見つめないで！」先生がぼくを睨《にら》みながら呟いた。

「あ、ごめん！　先生が美しく変貌してるから・・・」ぼくはスーパーの屋根を見上げながら言った。

「あら、竜くん、いつからお世辞が言えるようになったの？」ぼくの顔を覗き「私も今の職場に勤務して三年・・・皺《しわ》も白髪もこんなに増えて」と、呟くように言った。それからぽつんと「気を使わなくていいのよ！」と気を取り直して言った。

　玄関脇に車を停め、ぼくが玄関の鍵で解錠ドアを開く間、先生はトランクを開けてぼくの買った食料品と自分の袋を仕分けしていた。ぼくは大量に買った袋を持って上がり框に置いた。主に保存がきく冷凍食品とカップ麺類など。運転免許を持たないぼくがまとまった買物するには、今のところ先生に頼む以外に方法がない。ぼくが食品を冷蔵庫にしまっている間、先生はステーキの準備に取りかかっていた。

「フライパンは？　包丁、塩、粒胡椒は・・・」引き出し、戸棚と引っかき回し、ぼくの腕を掴んで急かした。女性は女性同士、心得たものなのかカウントするまでもなく、キッチンにビーフの香りが充満してきた。

「先生、ワインは・・・」ぼくがテーブルを拭いてランチョンマットの上にナイフとフォークを並べながら、レタスやパプリカ、トマトなどをガラス器に盛りつける先生の背中に声をかけた。

「えっ！　ワイン・・・」振り向いた先生は、ちぎりかけたレタスを手に「着替えもないし、車だから・・・」と言った。

「ちょっとこちらに・・・」先生の腕を取って両親の寝室に連れていった。

　ノブを回してドアを開くと、スイッチを押して明かりを点けた。間接照明の灯が中央の木製のベッドを淡く照らした。床も壁も天井も、部屋全体が明るい杉材をふんだんに使っているらしく、森林に寛ぐ趣を醸していた。部屋は広く、防弾ガラス越しに県立公園の広葉樹の壁が聳える。天井に触れるゴムの鉢植え。床には観葉植物がところせましと置かれ、高原に寛ぐ心持ちにさせる。ＩＴ会社を経営する父の安眠を願う母の愛情がこもっていると改めて思う。先生はドアを背にして木彫り像のように呆然と立ちつくしていた。ぼくは先生の手を握ってクローゼットの方に連れて行った。

惑い

ぼくの「耳が壊れちまった！」自分に納得させられないまま、それでもマウンテンバイクに乗って車道を走ることに、今までにない恐怖を感じていた。〃ゴーッ〃自転車を漕ぐぼくの横を津波が襲いかかるごとくハンドルに伝わる地響きと風圧。ぼくの横を擦過するバイク。音の強弱で方向・距離を予測出来なくなったぼくは、小型のミラーをハンドルに取り付けるが、恐怖を弱めるにはちゃちな補助でしかなかった。あの日を境に、ウォークする人々の横を避けながら歩道を徐行して走るようになった。銀杏の落葉をタイヤが通過する時〃キュキュ〃とハンドルに伝わる、あるいは〃パシッ〃と押し潰す音を掌に受けながら・・・。

独り無音の世界に耽溺《たんでき》している時間。哀しみは執拗にぼくにまとわりつかなくなったけど、人混みをそぞろ歩きしていると、深海に漂う寂静《しじま》のごとくな哀愁がぼくにまとわり絡みついて、ぼくは地の底に引きずり込まれるような心に陥る。だけど生きている以上、修練僧のような生き方など自分には不可能と理解している。否応もなく社会の不条理に対峙しなければ、と。だけど強靭な意思などぼくのどこを探してもない。あの日「そして誰もいなくなった」家に独りポツンと残された日から、遅れてきた青年のごとく、淋しくもあったが「それがぼくなんだ・・・」と。精神の自己破滅を辛うじて免れ、荒野を彷徨《さまよ》う敗残兵に陥らなかったのは、単なる僥倖にすぎなかったと、今は思う。だから、暗闇から抜け出した時、知識（言葉）で武装をする、それを精神の支柱に・・・と思い至った。

庭の芝生に積もった落葉が風と戯れ、音楽を奏でるように舞い上がる。庭の落葉樹がわずかな葉を梢につけて風に揺れている。建物と並行してそそり立つ欅、その下に置かれた焦げ茶色の木製ベンチ。数百年の歴史を刻むテーブルの年輪の文様。休日、家族でバーベキューを囲んだ光景。ベンチをぼんやり眺めていると、悲しみと懐かしさが共に瞼に浮かんでくる。星空の下で陽子との他愛ない会話。お父さんの焼く羊肉と玉ねぎの辛子を伴った匂い。父と母が肩を寄せ合ってグラスを触れ合わせる黄金色のビール。ぼくと陽子が父母を真似て、グラスをかち合わせたオレンジの甘酸っぱい香り。すべてが現《うつつ》となり果てた風景を、ぼくは書斎の窓辺に腰かけて想いに浸る。

二年にわたる芋虫のごとくのたうつ歳月。哀しみは執拗にまとわりつき、ぼくを虎視眈々と深淵に引きずりこもうとする、あの日の悪意は希薄になりつつあるが、そのことを自分でも不可思議に思う。耳が壊れた衝撃はいまに至ってもぼくにまとわり内戦状態にある。だけど、危なっかしいながら均衡を保ち、辛うじて生かされている。いつ何かのきっかけで堕ちるか、ぼくに予測不能だけど・・・。森に囲まれ（自分ではそう思うが）、ほぼ社会と隔離されたここで生きていることから、どうにか精神の平衡が保たれている。これから大学検定（あるいは浪人・予備校）、大学進学と環境が激変する時、嫌でも社会と深いかかわりに置かれるだろう。その時、未知の世界の不条理を前に、呆然と立ち竦むか、克服する対処を考えるか、今のぼくには分からない。心の問題を電算機のごとく、たちどころに解答を望むのは無理な相談だと思う。だけど、自身の心に確信（掴みどころがないが）を植えつけるためにも本を読もう。

それから、やや一方的だけど、先生に恋する高揚感がわずかであるがぼくの中に萌していた。

答案チェックのミスを犯した。生徒に指摘されミスに気がつく愚かな失態。生徒に謝り、ホームルームで改めて全員に謝罪した。

「先生もミスを犯す！」。

ある生徒から、「石の上にも三年。先生も人の子。三年経って気の緩み？　受験を控えた私たちのためにシャンとして！」など、揶揄と非難の怒号が、速射砲のように浴びせられ、私はただ頭を垂れるしかなかった。

「先生も人間だもん！　ミスくらいあるでしょう・・・これから気を緩めることなく頑張って下さい」クラス委員の竹林留理さんのとりなしでようやく非難から解放された。教室を出ると冷や汗がどっと流れた。

一応、学年主任に報告しなければ、教頭の留守を見計らっていたがこんな時に限って「茹蛸教頭・・・め！」は席を立たない。不貞腐《ふてくさ》れた私は、次の授業の準備に没頭する。「なんで私があんな単純ミスを・・・」嘆くが、考えは霧に霞み曖昧模糊と思考が停止状態。先週から今週にかけて、特別これといった用件も、深夜に及ぶ資料整理に追われたわけではない・・・。単純に疲れからとは考えられない。したがって、幼稚で単純な採点ミスを犯した理由は・・・、クラスの一人がいみじくも吐き捨てた、気の緩み？　だけど、こんなことで躊躇《ためら》っては、亀のようにちっとも進まない。完全に払拭出来ないにしても、これ以上雑草の茂るままにしておくと勤務に支障が出る。ぐずぐず愚痴っても詮無い・・・想念を中断した私は、椅子から中腰になって職員室を探すように見回した。先生は授業に出払っているのか物置のようにがらんとしていた。背筋を伸ばした私は学級主任の東田先生をキョロキョロと探した。東田先生は本を読むのが教員本来の姿勢・・・と公言するごとく、山と積まれた資料の陰に隠れ読書の最中。時折、ツバメの巣そのままの頭髪をかき上げていた。幸い茹蛸はどこかで油を売っているのか教頭席は蛻《もぬけ》の殻。私は席を立って東田先生の方へ走った。東田先生はいつものごとく泰然と難解な本に没頭していた。私は燕の巣に向かって声をかけた。私の父と同年齢かしら？　本当にツバメの巣は白髪に覆われていた。

「東田先生、読書中に申し訳ありません。少し時間をいただけませんか？」頭上の声に〝ビック！〟と私を見上げる。

「ああ、塙先生・・・」顔に垂れた白髪をかき上げながら私を見上げる。

東田先生は美術担当だからか比較的時間に余裕があり、受け持ちのない時間はいつも読書に没頭していた。絵画教室管理の傍らキャンバスに向かってデッサン、シュルレアリスム油彩画（小耳に挟んだ同僚の噂話・・・）創作に打ち込んでいるらしかった。壁にかかった、ゴッホ「麦畑」の模写を見たという同僚もいた。東田先生と廊下でバッタリ鉢合せた時、「塙先生、本を読みますか？」と唐突に尋ねられ、咄嗟に「近代日本文学、主に古典を授業の参考に・・・」と答えた。

「一般的に教師は読書を仕事にかこつけるのがほとんど・・・。だけど・・・読書は自身の知的渇望、研鑽のためにとぼくは思います。立ち話ではなんですが、ぼくは確信を持っています」東田先生は前に垂れた髪をかき上げぼそっと呟いた。

東田先生が小脇に挟んだ新書よりやや幅広の本を指して、

「その本は・・・」と私は問いかけた。

「これですか？」小脇に挟んだ本を私に差出し、「塙先生、読みましたか？」東田先生が少し揶揄するように呟いた。

〝むっ！〟として差し出された私は本の表紙をチラリと見た。

【「われら不条理の子」P・V・D・ボッシュ　加藤周一訳】

「難解な本を読んでいらっしゃるのですね」東田先生に本を返しながら、私は皮肉を込めて言った。

東田先生は、私の皮肉をサラッと聞き流すと「残念です」と一言言うと、本を小脇に挟み何事もなかったように離れて行った。短い立ち話だったが、同僚が〈赤〉と非難しているのは的外れで、私の見た東田先生は一つの考えに固執しない誠実な方と思った。

職場に慣れた頃、私は向かいの同僚が隣の同僚と他愛ないおしゃべりを続けるのを聞くともなく聞いていた。

「東田先生に〈赤〉の噂が口伝えに流れているけど・・・。知っている？」

私は咄嗟に書類の山に顔を伏せて聞き流した。噂の話を整理すると、主任会議の席上、教育指導方針について、ある男性教師が「文部省指導要綱」に沿って進める方針云々と述べたところ、東田先生が「文部省指導要綱に沿って指導することも大事ですが、生徒の自主性を考え決めるべきであって画一的な指導方針を好ましいとは私は考えません。生徒の自主性を伸ばす指導こそ民主主義に合致した教育と思います」

東田先生が意見を述べて着席する間を置かず、「東田先生は〈赤〉の思想を持論としている噂があります！　我が校を赤で染めるつもりですか？」と周りに同意を求めるよう吹聴する。東田先生は同僚の非難を無視、泰然と座っていた。それ以後も言葉の応酬が延々と続き、我慢の緒が切れた教頭が会議の終わりを告げた。件の教師は「〈赤〉だ！」と喚くが中身は伽藍洞《がらんどう》。東田先生は論理的に筋道を立て終始一貫した意見を述べておられた。噂の真贋は別として東田先生らしいと、私はその時は思った。

「ちょっとご相談があります。時間をいただけませんか・・」

両手を揃えて私は言った。

「ぼくに・・・それとも学級主任の・・・」ツバメの巣をかき上げながら、東田先生は上目遣いに私を見て言った。教頭は私の体を上から下までなめるように視線を這わすけど、東田先生は読みかけの本を伏せ、私の視線を逸らすことなく話を聞いてくれた。

「学級主任の東田先生に」ちょっと詰まり気味に返事をする。

「塙先生の深刻な表情を見ると、人に聞かれては困ることですね。ここではなんだから、会議室に行きましょう」

何時もながら、的確な洞察力に言葉がない。先に立って会議室に向かう東田先生の後ろに従いながら思った。

私は会議室で東田先生と向かい合うと経緯を話した。

「塙先生の説明で大筋が大体分かりました。構内に噂が流布しない方法。校長と教頭の耳に入らない解決方法を教えて欲しい。要するに自己保身ですね」そんなことは一言も口に出さなかったけど、私の言ったどの部分を抜粋し、導き出したのだろう・・・。私は自身を裏返しにして内臓を覗かれたように返答に窮した。東田先生はつくづく恐ろしい人と思う。

「はい・・・」私は俎板《まないた》の鯉のごとくうなずくしかなかった。

「塙先生、人の噂に閂《かんぬき》をかけるのは難しい！　ウイルスのようにアッ！　と声を上げる間もなく伝播していきます。こんな常識的なことは言わずもがな・・・塙先生も分かっておれる。ここは腹をくくり対処するのが一番・・・。教頭の耳を塞ぐなんて誰にも出来やしません。広まった後、弁解したとして、塙先生の思惑通りになるなんて、天才をもってしても逆転は望めません」

「一刻の猶予もなく教頭に報告する？」

「当然！　ペストが蔓延してから対処すると手遅れなことは、カミユの「ペスト」のごとく歴史が証明しています」

「でも・・・あの茄蛸はどうも苦手！」

「アッハッハー！」東田先生の哄笑に私は一瞬〝ムッ！〟とする。

「ああ、笑ってごめん！　塙先生があまりにも子供じみたことをおっしゃるから・・・。教頭のこと、塙さんと意見が合いました。教頭に好意を持つ手合いは腰巾着。今回は目をつむり自分の落ち度に対して頭を垂れれば・・・」東田先生は諭すように言った。

「東田先生にはかないません。これから茄蛸のところへ行ってきます」私はうなだれて言った。

「アッハッハー！　塙先生、戦場に駆り立てられる兵士のような悲壮感は不要です。落度程度で死にやしません・・・」

東田先生は細い眼を一層細め励ますように言った。


「なんだって！　困りましたね・・・」教頭に報告すると、案の定、茹蛸のごとく顔を赤く染め私の体を舐めまわす。「処分のことは校長と相談・・・追って通達します。その間、いつもの通り授業に出て下さい」私に告げた教頭は、私の存在を無視、書類に目を落とした。

「申し訳ありません。どんな処分でもお受けます」私は一礼して教頭の席から離れた。自分の席に戻る道すがら、教頭の視線が私の体を蛞蝓《なめくじ》のように這いずり、背中を痴漢される感じがぬぐえなかった。その日は一日中不快感（自分が蒔いた種でも）に耐えた。


駅から競輪選手のごとくペダルを漕いだぼくは、家にたどり着くと頭から水を浴びたように汗で濡れていた。太腿《ふともも》もパンパンに張ってしばらく痺れに耐えた。家族が事故に・・・警察から連絡を受けた時、駅まで闇雲にマウンテンバイクを漕いだ・・・日以来だろうか？　あの頃、虐めぬかれていた大腿は、絶望に暮れる心と裏腹に平然としていた。すべてにおいて順風満帆の日々を、愚かなぼくは空気のごとく浪費していたのだろう。いつの日か、父を助手席に乗せて深夜のドライブに誘っていた母のことを、ちょっと立ち止まって考えていたら・・・と後悔する。

ぼくは濡れた汗を流しに脱衣室に行った。Tシャツを脱ぎ捨てGパンを洗濯機に投げ入れ裸になった。鏡にさらした自身の裸体を眺める。長い引きこもりの果てに辛うじて生還してから、裸体を鏡にさらすのは初めてだった。筋肉の退化を予想していたが、意に反して脂肪だけ喰われたのか体重の減少にかかわらず筋肉は少しの衰えも見せていない。むしろ成長期特有の筋肉が随所に盛り上がり二年前より引き締まっていた。

シャワーを浴びたぼくは、腰にバスタオルを巻いてリビングに行き冷蔵庫のポカリスエットを抜き取った、窓際へ行ってカーテンを目一杯左右に開いた。初秋の寂寥《せきりょう》感をともなった陽がフローリングの足元に射し込む。公園の常緑林の梢の葉が優しい風を浴びて漣のようにそよいでいた。眺めているぼくも穏やかな心持ちに誘《いざな》われる。ガラス戸の取手を掴んで開けるときコロコロ疑似音が伝わって来る。密集する公園の森の木々の間から、濃厚な森の香りを乗せた微風が屋内の沈滞した空気を入れかえる微かな振動音がぼくの裸体を愛撫する。耳が壊れてから振動を感じる触覚が鋭くなったように思う。

「先生から連絡はまだこない・・・。食事はどうするのだろう？　遅くなるようなら外で、と言っていたよう曖昧な記憶。メールが来るまで掃除機をかけよう・・・」

両親の寝室は次の機会に、自分に納得させつつ掃除機をフル稼働する。リビングは丁寧に掃除機をかけ、雑巾を使って埃が溜まりそうなところは丁寧に拭いていった。書斎に入るとカーテンを開けた。電灯の照明では読めない天井に近い蔵書の背文字もクッキリ見える。父愛用の椅子に腰かけたぼくは、椅子を回転すると190度ぐるりと見渡した。改めて多岐にわたる蔵書の数に圧倒された。しばらく椅子に座ったまま眺め、書架の掃除にとりかかった。棚はナイロン刷毛で丁寧に埃を払っていった。

掃除を終えたぼくは、居間のソファーに座って庭を眺めた。芝生に落葉した欅の落ち葉が優しい風と戯れていた。庭を囲む木々の影が中秋の穏やかな風景を映していた。あの頃、毎朝起きがけに庭を走っていた。ランニングシューズで剥がれた芝生の跡が再生してきたのか消えていた。来年の春シューズの跡はきれいに失われるだろうか。それとも雑草のように背伸びをして靴の跡をきれいに覆い隠すのだろうか・・・。空気もなんだか冷たくなってきたように感じる。

「もうこんな時間」壁の時計を眺めて一人呟く。

あと二十分ほどで五時、何かに熱中していると時間の経つのが早い。センターテーブルに置いた携帯を覗いてみるがメールは入っていなかった。ガラス戸を閉じて施錠、壁のボタンを押してカーテンを閉める。滑車の音に引きずられ、舞台の幕のようにカーテンが左右から中央によって来る。壁に手を当て滑車の音を聴く。

「はて、滑車の音は・・・」〝ウィーン？〟、否、これはモーターの音。〝コロコロ？　シャー？〟壁に手を押し付け、感覚に集中する。だけど失われた音の記憶は、小説から拾った音の模倣に過ぎないと思う。聴覚神経が壊れるのと前後して音の記憶も失われたのだろう。かつて、陽子や母がカーテンの開閉ボタンを押す都度、否応なく耳に入ってきた滑車の音が、今では途轍もなく懐かしい！　だけどそんな失意とは裏腹に音の記憶は完全に喪失してしまった。

ドレミファソラシド・・・を聞き分ける機能が壊れ、TVのボリュームを最大限にしても、〝ギガガガッ・・・〟と、怪獣の唸り声が聴覚を占領する。

ある日、地下鉄ホームで電車を待っていたぼくは、急に嘔吐感に襲われ到底我慢出来そうにないと悟り、ホームから少し身を乗り出した刹那、暴力的に襟首を掴まれ後ろに引きずられた。その瞬間、ぼくは横顔《よこづら》を張られるような風圧に尻餅をついた。ぼくは腰を落とした姿勢のまま快速電車の通過を茫然と見送っていた。自失から我に返ったぼくが、鷲づかみされた襟首から開放するべく振り向いた刹那、赤鬼のごとく仁王立ちの駅員と眼が合った。

「★★★★★！」駅員は猛犬のごとく吠えかかる。

だけど、駅員の怒鳴る形相から、あの時、ぼくが線路に向かって嘔吐していたら、快速電車にぼくの頭は粉砕されていただろう。だけど・・・鬼の形相で怒鳴る駅員に申し訳ないが、耳に神経を集中してもぼくの耳は壊れた集音器「★Φ▲◎・・・」

駅員に怒鳴られ自分でも耳が変だな～と思い、帰宅するとTVの前に胡坐をかき、リモコン片手に音量調整ボタンで聴こえのテストを試みた。

数日後、近くの耳鼻咽喉科で、聴音検査と内耳の診療を受けた。老齢の医師は看護師に筆記させながら、難しい顔をしてぼくに矢継ぎ早に質問した。ぼくは問われるまま、家族の亡くなったこと、二年近く引き隠《こも》っていたことなどを話した。ぼくの話を聞き終えた医師は、看護師の筆記したメモ用紙をぼくに差し出し、大きな病院で精密検査を受けるよう勧められた。

個人病院と異なり大学附属病院の待合室は人いきれでムッとしていた。看護師に予め、ぼくは聴こえない事を伝えて順番が来たら教えて欲しいと念を押した。それなのに手違いからか（看護婦は忙殺から忘れた?）、四時間も待たされた。診療の結果「両側神経性難聴」と断定され、追い打ちをかけるように「治療を行ってもあなたの聴能が回復する望みはありません」と宣告された。渡されたメモに書かれた文字を読みながら涙が止まらなかった。

病院を出たぼくは、マクドナルドでマックとコーラを買うと駅から近い公園のベンチに座って、ボロボロ涙を落とし、（涙が勝手に・・・）マックをコーラで胃の腑に押しこんだ。目の前をゾロゾロ行き交う人々が、ぼくを訝しげに眺めても気に掛ける気力もなかった。味も香りもしないマックを噛み砕き嚥下しながら淡い青空を眺めた。「上を向いて歩こう。涙がこぼれないように・・・」坂本九が歌った歌詞を思い、上を向いたけど、涙はとめどなく落ちて石畳を濡らした。

考えに耽っていたらサイドテーブルの携帯が横滑りを始める。

「遅くなってごめんね、六時頃、慎一くん宅へ・・・その後は相談・・・」

先生のメールに、いつもと異なる響きがぼくの胸を打った。晴れ間に湧き出た雨雲のような、ちょっぴり深刻な何か・・・が、先生に起きた?　とりあえず出掛ける準備だけでもしておこう。ぼくは寝室に行くとバッグに必要なものを詰め、クローゼットからジャンパーを取り出した。スニーカーを履きドアを大きく外側に開いた刹那、冷気を含んだ風がぼくの頬を打った。ノブを掴み押すようにドアを閉め、玄関の冷たい階段に腰を下ろして先生を待った。

庭の芝生は黄土色に染まり冬支度を始めていた。お父さんとお母さんがここに住むと決めた日、記念に植えた欅の幹は、抱えられないほど太くなって、勝手気ままな枝々は四方に伸びていた。夏になると広大な日傘となって、ランニングに疲れたぼくを癒してくれた。陽子が「お兄ちゃん！」と叫びながら、冷たいペットボトルを持って駆けてきた。空想と現実の境目に遊んでいたぼくの前に白いボディカラーの車が門の前に停まり、先生がドア越しに手を振った。ぼくは立ち上がりGパンの埃を払った。車から降りた先生が歩いてくるのだけど・・・いつもと違って肩を落としているように見える。

ぼくと向き合った先生が、〝フッ〟と、ため息を漏らした。疲れているのか眼の周辺にうっすらと隈が出ていた。

「先生、疲れているようだけど・・・」心配して言った。

「あら、分かるの？」

「ん、顔と体全体から・・・魂を剝がされたような感じがする」

「その話は後にして、これからどうする？」

先生はキャパの【崩れ落ちる兵士】さながらぼくの肩に頭をつけた。それから顔を上げると「どうしましょう・・・」と囁いた。

ぼくは玄関の鍵をかけて先生のそばに行った。先生はぼくの腕を抱擁するように絡んできた。先生の行動を訝しく思いながらもぼくは黙ったまま、一連の行為を先生らしくない・・・と思いながら、ぼくの腕に絡んだ腕を引き寄せた。ぼくたちは街路に敷き詰められた金色の絨毯を踏みながら夜の街へと歩いていった。淡い街灯の灯に浮かび上がる銀杏の葉を踏みしめぼくらは黙々と歩いた。結局、先生の手料理は次回に持ち越しと暗黙の了解になった・・・。

ぼくの腕にぶら下がるように絡む先生の肌の温もりは、厚手のジャージを透過してぼくの五感を刺激した。ぼくの動作と連動するように背中に張り付く下着がヒンヤリする。ぼくらは公園から駅に至る森の脇道を歩いた。冬空にぽつんと星が煌めき、梢のすき間から鎌のような細い月のぞいていた。

ぼくらは駅から続くゲートをくぐり抜けて商店街へ、体を寄せ合い・・・先生を引きずるかのように歩いた。このままどこまでも行くのではと思いつつ・・・。二人に静かな時をもたらす店を果てしなく探し歩いた。結局、ぼくらはゲートが途切れるところまで歩き、顔を見合わせ、〝どうする!?〟と、お互いを見つめ合った。結局もとの道を辿り、チェーン展開する居酒屋の暖簾をくぐった。ブラック企業と一時社会問題化して新聞に大きく掲載された時期もあるが、店内はサラリーマンでいっぱいだった。働く店員のことが気にかかるが自分とは無関係と考えているのだろうか、若者の無関心が気にかかるがそうつぶやくぼく自身も、かつて社会に関心を払わなかった。ぼくらは店員の案内する小さなボックスに押し込められた。店員は学生なのだろう、少し疲れているように見える。ぼくたちは生ビールを頼み二、三品の惣菜を先生が選んだ。

「学校で嫌なことが・・・!?」店員が消えてから尋ねた。

「分かる?」先生は怪訝そうにぼくに顔を近づけると囁くように言った。

「ん、なんとなくいつもと異なる世界を背負っているよう」

「そう・・・いつからそんな観察力を身につけたの!?」少しびっくりした顔をぼくに向けた。

「まだ漠然としていてまとまりのない観察だけど、叱られた女の子のような顔をしているよ・・・」

「・・・・・・」駆け巡る想いにしばし沈黙していた先生が言葉を紡ぎ始めた。「あなたの洞察力に感心したわ・・・。私って、あなたに対して誤った観察をしていたのね。あなたを担当した二年の間、それと途中から休学もあって二年に満たなかったけど。誤解のないように言うけど観察力が備わって来たと思いもしなかった。ごめんなさい」

「・・・・・・・・」

「それから私の唇から言葉を紡ぐなんてことが・・・」普段見慣れた先生に甦って言った。先生の甦りを待ちかねたようにビールが運ばれてきた。タイミングの良さに互いに微笑を浮かべた。

「あなたの未来に乾杯!」ジョッキを掲げた先生が言った。

「二人の未来に乾杯!」ぼくもジョッキを持って言ったら、「チョット・・・」狼狽《うろた》えつつ頬をほんのりと紅く染めた先生はぼくを睨んで呟いた。

彷徨い続け、渇ききった果ての冷たいビールは喉にやさしい潤いをもたらした。先生はもやもやした気分を転換するかのように飲み干したグラスをテーブルに置いた。唇についた微細な泡を手元のおしぼりで拭いながら、「これから竜くんと私は友達になろうね」と囁いた。「何故って、大検を受けるんだから、復学の意思がないと分かったから・・・」淋しそうに呟いて、しばらく思案してから「これから敬称は使わないようにしようね」と言った。先生は手元の空になったジョッキを恨めしそうに眺め「さっき竜くんが言った〝二人の未来に・・・〟の言葉、嬉しいけど・・・歳が離れすぎてるから」淋しそうにつぶやく。

「・・・・・・・・」

「あなたは二十歳。私は二十五歳よ。職場で〝塙さん若くていいわね!〟と囃《はや》されるけど、あなたが大学を卒業する頃は三十歳。ここだけの話だけど、どんなに肌の手入れに気を使っても、五年経てば肌の艶も失われて、顔中に川が彫られていくのよ。あなたにだけは幻滅されたくないの・・・」先生は空のジョッキを弄《もてあそ》びながら言った。

「先生・・・否、敬称は使わないという事で、塙さんらしくない。年齢なんてどれほどの意味がある。プロ野球選手、芸能人に年の離れた夫婦は数え切れない。耳の壊れたぼくにこれから先、塙さんのような方に巡り会えるとは考えられない。中高一貫校に五年近く在校していたけど真の友情は築けなかった。多分、大学四年、社会人になっても、中途半端（手真似を知らない）なぼくに健聴者（この言葉は後日教わる）はおろか、手真似をコミュニケーションとする彼らと親交を築けるか今のぼくには想像出来ない」言葉を慎重に選びながらぼくは言った。

先生は組んだ手の甲に顎を乗せて耳を傾けていた。ぼくが話している間、焼鳥とゴボウサラダがテーブルに並べられた。先生のジョッキは泡の一粒も残っていなかった。先生は、と見ると眼を細めてぼくを見つめていた。不安と困惑・寂寥感に混じって欣喜が紅い唇に現れていた。

「おかわりは？」やや唐突にぼくが尋ねた。先生は、遠くへ放浪していたところで、唐突に現実に引き戻された人のような怪訝《いぶかしげ》な顔をぼくに向けた。

「あっ・・・どうかした・・・」質問の要点が掴めず狼狽気味に言った。

「空のジョッキを弄んでいるけど・・・」

「ああ、空のジョッキ・・・ああ、いいわ・・・」先生は鸚鵡《おうむ》返しに呟き、そこはかとない言葉をプツンと並べた。

「塙さん・・・」ぼくが言うと、「えっ、何か言いました・・・ああ、ビールね」正気に返ったようにハッ！　とする割に言葉はしどろもどろ鸚鵡返しに呟く。

タバコを一服吸い終える、二、三分間の沈黙、言葉は空中を彷徨っていた。テーブルにジョッキと淡い琥珀色のグラスが置かれた。琥珀の液体に透明な塊が三個揺れていた。ぼくが生ビールを先生に渡すとグラスを手前に引き寄せた。お父さんが好きだったバーボン。長い引きこもりから芋虫のごとく這い出た時、リビングのソファーに体を沈めたぼくは初めてバーボンを口に含んだ。喉から食道に落ちる刹那、海老のように跳ねまわり咽《むせ》て、ぽたぽた落ちる涙で絨毯を濡らしたことを昨日のことのように思い出す。

「ごめんね！　あまりにも小さな笹の舟、慎一が座れる場所はどこにもないの・・・」お父さんと陽子もお母さんの言葉の一区切り一区切りに沈黙していた。永遠の別れと知りつつ三人ともにこやかに笑みを湛えていた。お母さんの言葉が途切れる頃、笹舟は護岸を離れ靄に包まれフーッと見えなくなった。

「ぼくらの学校に赴任され、塙先生が演壇に立たれたとき美しい女性と思いました。母と妹（中学に上がってから）を心から女性として美しいと信じていた。正直に告白するけどクラスの女性に異性を感じた事はありません。ぼくが、塙先生を女性と見た初めての人です」

ここで言葉を区切ったぼくは、バーボンを口に含んだ。先生はジョッキを両掌で包むように持ってぼくの話に聞き入っていた。

「あの日から二年経ちました。ぼくと向かい合う塙さんは、あの日のぼくの脳裏に焼き付けられた塙さん。より美しく脱皮、知性を備えた女性としてぼくの前にいる」

先生は眉を寄せてぼくを見つめる。ついさっき運ばれたジョッキには、底の方にわずかに残った泡が弾けながら消えていた。

「塙さん、ビールは?」と、グラスを指して言った。

「・・・・・・・」

焦点の定まらない塙さんを見かねて肩を軽く叩いた。肩を叩かれハッとした先生は「話は良いから食べましょう! 折角の肴が冷めてしまう・・・」先生はどこか別の世界から帰還した人のように狼狽《うろたえ》、空のジョッキを弄ぶ。それから、心を決めた人のように口を開いた。「そうね〜。複雑に考えるなんて私ってどうかしてる。竜くんはこれから大学に・・・まだ先のことだもんね」自分に囁くように・・・。

先生は生ビール、ぼくはバーボンロックを注文した。もつ煮込みと枝豆を追加する。先ほどまでうなだれ蒼白な先生の顔にほんのり血色が甦ってきた。〝血色が戻ってきましたね!〟ぼくが掌で頬をさしながら言うと、「大人を揶揄《からか》って、いけない人!」唇をすぼめてぼくを睨んだ。

ジョッキが運ばれ、ぼくたちは他愛ないおしゃべりに花を咲かせ。焼き鳥をほおぼり、煮込みを食べた。焼き鳥も煮込みも初めて口にした。そう言うと、「家ではどんな料理を食べていたの?」とためらいつつ聞かれた。

「どうだか・・・記憶がぼやけ咄嗟に浮かんでこない。でも、刺身とかお寿司を行きつけのお寿司屋に注文する以外、お母さんが料理していた。豆腐もそのまま食卓に並べられた記憶はないけど」

「私は料理が苦手、お母様のように美味しい料理を竜くんに出す自信はないわ!」ジョッキの取手を握って困惑していた。

「また落ち込んじゃった。塙さんの得意な料理があれば充分。ぼくは好き嫌いがないから」

「〝不味い!〟って、卓袱台を引っ繰り返さないかしら?」と顔を曇らせる。

「アッハハハ! 塙さん、戯言《ざれごと》も言うのですね」暴風雨が遠くへ去った後の森の湖のように穏やかな心に戻った先生は「竜くん、まだ酔っていないでしょ」ぼくを見つめて言った。

「それほどでもないけど・・・」グラスを回し氷の弾ける音を掌で聞きながら言った。

「それならもう少し飲みましょう」

「構わないけど、良ければぼくの家でどう?」ぼくが言った刹那、〝ビクッ〟と、顔をこわばらせた。

帰りは赤提灯が軒を連ねる細い路を、酔客を避けながら駅に向かった。先生はぼくの腕に絡みついて「こんなことって・・・」とぼくを睨みながら囁いた。

「先生、寒くない？　ぼくのジャージを貸しましょうか？」先生がもたれかかる腕に合図を送った。先生の瞳は遥か彼方へ、焦点が定まらず虚空を彷徨《さまよ》っていた。ぼくらはアーケードを通り抜けロータリーを駅と逆の方向に歩いていった。終電に間がある駅前は、雑多な若者に占領され姦《かしま》しい。ぼくらは若者たちの横を通り酔客を避け、駅から市内を縦貫する大通りの銀杏並木の回廊をゆっくり歩いた。いつもマウンテンバイクで通る歩道は石畳が敷き詰められ、にわか造りの都市にしては景観もそれなりに整備されてきた。しばらく歩くと大通りから公園をぐるりと囲む細い脇道に入る。街灯は間隔が広くなり、公園の楠の大木や楢の梢が道路に覆いかぶさるように枝を伸ばしていた。闇が深まってくる。雲が飛ばされ濃紺の夜空に消え入りそうな、篝火《かがりび》のような星が梢の隙間から零《こぼ》れていた。石畳を踏みしめる都度、蛇のように絡みつく先生の右腕がこすれて肌の温もりがジャージからじんわりと伝わってくる。動悸が微かな信号を伴って腕に伝わる束の間、ぼくの下腹部に熱い血潮が流れる。腕を引き寄せられ振り向く。

「タクシーを呼ぼうかしら・・・」と、疲れ切ったように呟く。ぼくが気のないフリをすると、回り込んで前を塞いだ先生が「あら、私を無視するの・・・」むくれる束の間に、先生を引き寄せ唇を押しつける。先生と初めての接吻。一瞬、電流が体を駆け、陶酔と気怠さ、哀しみと至福、体が麻痺して膝が諤々《がくがく》震える。それからの記憶は・・・ぼくのどこを探しても見当たらない。短いのか長いのか・・・時はぼくらのためにあった。

先生の唇が開くと、柔らかな熱を帯びた舌先は蛇が獲物を狙うように、ぼくの唇をこじ開ける。陶酔感は熱き血潮となってぼくの全身を駆ける。軛《くびき》を解放された先生の舌は、それ自体が生き物のごとく、隙間から侵入する。ぼくの舌に絡み弄び、ぼくを蹂躙する。「狂おしく・・・たとえようもない陶酔と哀愁の混沌とする未知の領域へ誘《いざな》われる・・・」

ぼくから唇を解き放った先生は、ぼくの腰に回した腕に自身を託し、ぼくの胸に顔を埋めて喘ぐ。涙で潤む瞳をぼくに向けると「帰りましょう・・・」と唇を窄《すぼ》めて囁いた。

薄暗い街灯の下に火照《ほて》りの帯びた表情をぼくに向けて、「私を軽蔑しないでね・・・」と呟く。先生の言葉に、ぼくは言葉を探しあぐねる。その時、ぼくに出来ることは、先生の肩にそえた掌に想いを託して引き寄せるだけだった。ほどなく家の門柱に笠を被った月のような灯りが見えた。門から玄関に至る飛び石。飛び石に沿って埋め込まれた誘導灯。ぼんやり浮かぶ鯱鉾《しゃちほこ》。ドアに立ったぼくはポケットから鍵を取出し解錠する。この時、〝カチッ！〟と鍵の解除される音が指先に伝わった。〝カチッ！〟と響く音が今は途轍もなく懐かしく思う。小学高学年になった日、父から渡された鍵。鍵を渡された日は親から解放される日でもあり、自分のことは自分で責任を持つ、約束の日でもあった。

ドアを開けたぼくは、先生を先に入れドアを閉めた。鍵はホテルのようにカチリと音を立てて自動的に閉錠《へいじょう》する。以前からセキュリティ会社と契約していて防犯の心配はないが、契約した経緯を父から説明されることなく父は逝った。だけど耳が壊れ、万全な防犯設備に守られていることに今は幸いと思う。県立公園の森に囲まれ、都会へ電車で一時間足らず。都会の喧騒とは無縁の環境。但し、日が暮れると人通りが途絶え陸の孤島に成り下がる。陽子の下校時間が遅れる時、母は大通りから脇道に入るところまで迎えに行っていた。だからこそ家族を第一に考え、父はセキュリティ対策に万全を期したのだろう。耳の壊れたぼくには途轍もない安息をもたらす。いまさらだけど父に感謝したい。

上がり框で案山子《かかし》のように視線を空中に漂わせる先生にスリッパを履かせ、手を握ってリビングに連れていく。先生をソファーに座らせるとぼくはキッチンに足早に駆ける。コーヒーポットに水を入れＩＨクッキングヒーターに電源を入れる。お湯が沸く間、ミルに入れた豆を挽く。ミルのハンドルを無心に回すけど、その夜に限って心は創世記の宇宙のごとく混沌としていた。ぼくはミルにそえた掌に伝わる豆が粉砕される音を捉えることに集中する。

背後からヌ～ッと腰に腕が絡み、ぼくの背中に柔らかな何かが被さり鼓動が背中を打つ。無意識にミルから手を離したぼくは、腰に回した腕を掴み先生の向きを変える。先生は脅えるような物腰で後ろに体をそらせ、覗くような表情でぼくを見つめる。瞼に潤《うる》みを湛える先生の腰に腕を絡め、ぼくの胸に抱き寄せる。胸に杭を打ち込み防御するかのように先生は掌でぼくの胸を抑える。ぼくの腕に抗い、体をよじり抵抗する。ぼくの囲いの中でもがく先生は、無駄な抗いと諦念、ぼくの胸から杭を外した掌は、それ自体が命を備えているかのごとく妖艶に腰に絡まり豊満な胸を押し当てる。

戯れに軽く接吻する。接吻を切望していたかのように唇を開き挿入する。ぼくの舌を弄び蹂躙《じゅうりん》する。哀しみと懐かしみに暫し眩暈《めまい》に襲われ・・・銃弾に倒れる戦場の兵士さながら二人とも床に崩れる。肉体は精神から離脱・・・ぼくは羊水に漂い平安のうち陶酔に抱擁される。ジーンズに拒まれたペニスは未知の世界を希求し、湖水に浮かぶ木の葉のように漂う。柔らかく冷ややかな掌は蛇のごとく淫靡《いんび》に情愛を注ぐ。刹那・・・ジーンズから卯の花の香りが広がり碧い布地に地図を描く。刹那、脳髄からつま先に痙攣が駆ける。気怠さと懐かしみを笹舟に乗せて卯の花の香りはぼくの遠い記憶を呼び覚ます。

ソファーからずり落ちる彼をどうにかソファーに引き上げ

る。しばらくすると彼の微かな寝息が聞こえてくる。私はバスルームからタオルを持って来ると、彼のズボンのベルトを緩めてパンツの隙間からタオルを入れ元通りベルトを締める。彼の傍らに正座するとソファーに横たわる彼の寝顔を見つめる。理知的で鼻筋が通った端正な顔。まだ幼さの残る横顔。家族を失い悲嘆の地獄を覗き見て、音を失った喪失感を垣間見せる竜くん。彼に唇を押し当てられ、つい昔の記憶を呼び覚まされ反応してしまったけど、何故か後悔の心は私のどこにも見当たらない。彼が時折見せる闇の世界を覗き見るようなしぐさ、行為から悲嘆の深浅は理解出来ないけど・・・私は自分の心に語りかける。「竜くん、君が好きだよ！　あなたに求めるなんていけない事と解ってるけど、こんなこと矛盾しているけど君を離したくない。でも、あなたが放り込まれた世界。私があなたと手を取り合って生きる、今の私は混乱して論理的に説明出来ない。でも誤っていると思っています。あなたのお母様に、担任の頃お会いしたことがあります。お母様にお会いした刹那、私には敵わないと瞬時に悟りました。清楚で、優雅で、頭脳明晰なお方でした。話し方も理路整然と筋道を立て、凛としてどんな場合でも静かに語りました。そして、あなたを、あなたの家族を包み込む広大な心を備えておられることも・・・。お母様のお話ですが・・・あなたのお父様に出会い、自身のキャリアを胸に留め、お父様と生きる決心をされたと、さり気なく語っておられました。私はお母様に比肩するなどおこがましい。最愛のお母様、お父様、妹さんが居眠り運転の追突事故によってお亡くなりになられたのは、かえすがえす残念で、正直言ってとても悔しいです」彼のそばに正座して眺めていると、理由は説明出来ないけど自然に清々しい気持ちになる。私が生きて来た汚点に満ちた歳月を思うと慚愧の念に駆られるけど、それも私の人生の一部だから。

彼の胸に手を添えて抱擁する。

胸を圧迫されるような感覚を覚えて目が覚めた。一瞬、ここはどこ・・・。キョロキョロと周りに視線を移す。天井から下がるシャンデリアにボーっと明かりが灯っている・・・。ああ、リビングのソファー・・・と。胸に手を這わすと、軟らかな髪に触れる。窮屈な姿勢からどうにか上体をもち上げる。ぼくの胸を枕に平安な横顔の先生。しばらく先生の寝顔を眺める。鼻の頭にうっすら汗が浮かんでいる。閉じられた平安な眼、長い睫毛、やや大きめの唇。上唇が少し上に反っているのはどんな性格・・・？　先生の唇を飽かずに眺めていたら、昨夜、接吻からお互いを求める激しい抱擁。その後、ぼくがジーンズに射精したおぼろな記憶が甦った刹那、ぼくはジーンズに手を当てた。それからの記憶が呼び戻せない。

何となく首を傾げて壁にかかったからくり時計を見る。三時を五分過ぎ、王子とお姫様の舞踏会は終わり城の扉は固く閉じられていた。眠りの世界に漂う横顔はさながら眠れる森の美女。ぼくの腕を枕に微かに開いた上唇から正確な呼吸をしていた。タオルケットに潜りこんだ掌が何げなく胸に触れる。息を吸う動作にあわせ掌に鼓動が伝わる。しばらく繰り返される呼吸運動の感触に浸る。慎重に枕代わりの腕を首から引き抜く。眠りの底に遊泳する先生の体は、予想にたがわず重みがあった。

先生から離れると下腹部に違和感を覚え、ジーンズの上から触れた。チャックの周りがヒンヤリ濡れた痕跡に冷汗が流れる。右手をソ〜っとズボンに挿入する。ゴワゴワとした手触り、トランクスの手触りとは明らかに異なる感触を掌に感じた刹那、ありありとあの時の情景が甦ってくる。アルコールの酔いに委ね先生と濃密な接吻している時、勃起したぼくのペニスが開いた先生の太腿の間に挟まれた刹那、ズボンの中に射精していた。その瞬間！　中等部三年の終わり、初めて夢精した衝撃とは明らかに異質な、例えれば平安な静謐《せいひつ》さ、夢うつつの記憶とは真逆の世界に誘《いざな》われる感覚。

寝室から毛布を持って来ると、ソファーにもたれて眠る先生の背中にかける。それから脱衣室に行くとジーンズのチャックを下げトランクスを覗く、タオルがおむつ代わりのようにペニスに当てられている。全てを脱衣かごに脱ぎ捨てたぼくは風呂場に行くと、浴槽に張ったお湯を洗面器にすくい頭からかぶった。立て続けにお湯をかけたぼくは、ボディソープを掌に落として泡立ててからだを洗う。下腹部は丹念に洗い、顔を洗ったついでにカミソリを顔にあて、鏡を見ながら綺麗に剃り上げる。二年前に比べて髭の生える面積が拡大され毛根が太く濃い。あの頃、鏡に映る自画像を今夜のように直視することはなかった。あれから二年、鏡に映る二十歳の顔を今改めて正視する。頬が少しこけているが父譲りの太い眉、黒い瞳、やや高い鼻梁、ちょっぴり上に反った唇は、お母さんの優雅な唇を継いでいるかなと思う。だけど、少し盛り上がる顎は誰からの遺伝だろうか・・・。

ぼくは湯船に体を沈め、瞼を閉じる。湯船は広く、ぼくに陰毛が生え始める頃まで、四人が湯船に浸かっても窮屈に感じることはなかった。あれこれを想いながら灯篭の灯る庭を飽きずに眺める。窓は湯船と直径が同じ大きさの防弾ガラスが嵌められ、県立公園造成のため県と交渉の結果やむなく土地を売却。境界線が引かれると同時に植えた欅は屋根を優に超えるほど天を望み、四方に大きく枝を拡散する。公園側も境界線に沿って常緑広葉樹を植林、樹壁となり、視界を遮断。結果、周囲の視界を遮りハンモックに半裸で寝転がっても周囲を気にすることもなく欅のある風景を眺められた。剪定しなかった欅は自然に天空に自由奔放に枝を広げていた。境界線の森の壁と競合するかのように、欅は小さな森の趣があった。夏、太陽がジリジリ芝生を焦がす時、欅の下で陽子と涼み、ハンモックを吊るして昼寝、読書やあやとりに付き合ったりしもした。突然の夕立に襲われ欅に駆け込んだことも・・・。濡れたワンピースを透してチョッピリ盛り上がっていた陽子の乳首を懐かしく思う。

走馬灯のごとく駆け巡る想いは微睡《まどろ》みに流され、目を開けるとガラス窓に絵画のような朝焼けが昇りつつあった。湯船から上がったぼくは、ふやけた体をバスタオルで拭きながら鏡に映る裸体を眺める。二年にわたる芋虫のごとくな時間は体重の減少をもたらしたが、四肢の筋肉に影響は及んでいなかった。テニスとダンベルで鍛えていた筋肉に衰えがないことに幾分ホッとする。ロッカーに吊るしたバスローブを羽織って廊下を歩いた。ドアのノブを回して中を覗くと、先生が元の姿勢で眠っている。冷蔵庫から持ってきたポカリスエットをソファーに座って飲む。湯上がりの火照った内臓に冷えたドリンクが脳天から爪先まで駆ける。先生のそばに座って寝顔を眺める。眼を閉じて眠る横顔に思慕の念がこみ上げる。時折、苦悶の表情を浮かべ、また穏やかな顔に変わる。眠りを妨げないよう傍らに座ったぼくは、リモコンのボタンを操作する。TVは消音設定にしてあるから先生の眠りを妨げることはないだろう。壁にはめ込まれた70インチの画面にモーニングニュースが流れる。リモコンを操作してチャンネルを変えるが字幕の画面は見当たらない。美しいアナウンサーでも字幕付きでないと人間に似せたロボットに見えるのが如何とも可笑しい。

ぼくは、サンダルをひっかけ新聞を取りに外に出た。初冬の冷えた空気がバスローブの胸元から、袖から、足の脛から一気に全身を凍りつかせる。空は、湯船から眺めた朝焼けの残像が東の空を染めていた。「朝焼けは天気が崩れる予兆・・・?」幼い頃、母が朝食の支度をしながら語った、そんな断片を思いながら門柱の郵便ポストまで敷石を踏んだ。家族旅行（父はぼくらが生まれるまで母と頻繁に旅行に出掛けたらしい。ぼくらが生まれても習慣は変わらなかった）などで家を数日空けても、郵便物がポストからあふれる事がないように下段に新聞専用のポストも取り付けてあるが、独りになっていつか新聞も郵便物と同居するようになった。もっとも、二年間の引きこもりの間、満杯になったポストの根元に誰が置いたのか色褪せた段ボール箱が置いてあったが（古い郵便物、新聞が段ボールに突っ込まれていた・・・）。多分この家を設計した建築士に、郵便物の多いことを見越して父が依頼したのだろうけど。それでも丸太の支柱に取り付けたポストは、デッサンも良く周りの風景に溶け込んで違和感はなかった。ただ、防犯面を考えると開放しすぎの感は否めないが・・・。

広大な庭の周りは低い丸太の柵で囲い、公園の森を背後にしたがえて和風平屋造りの家は古都のようにひっそりし佇ずんでいた。家の左右と庭の中ほどに欅が五本植えられ、枝を自由に広げ夏の盛りには鬱蒼《うっそう》と茂る小さな森に変わる。落葉はすでに終わり来年の春に向けて養分を蓄えているのだろうか。夏の暑い時期、日差しを遮り涼しい風をぼくらに流していた面影はもうない。だけど、枝々の隙間から冬の柔らかな陽光をリビングやダイニングに導き、家族に優しい寛ぎをもたらしてくれていた。「だけど・・・リビングにもキッチンもダイニングにも庭にも・・・ぼく一人だけで誰もいない」と一人呟く。

目覚めた先生を一人にしては心細いだろう。戻らなくては・・・。

リビングに先生はいなかった。毛布はきれいにたたまれソファーに置かれてあった。

「淑子さん！」と呼んだ。しばら待っていると、頭にタオルを巻いた先生が、洗顔の途中だったのか顔に雫を垂らしてリビングに現れた。

「目が覚めたら竜くんがいないから、カーテンを開けて外を眺めたの。そしたら門に向かって駆けて行く竜くんが見えたの。新聞を取りに行ったのだろうと予想していたけど」顔から流れ落ちる雫を手の甲で拭いながら、化粧っ気のない顔を俯けて言った。

「俯いたら、昏が読めないでしょう。それと今日は日曜日。ユックリと出来ませんか？」

「でも、化粧っ気のない顔を見られたくないから」頬を膨らませた。

「化粧していない淑子さんの顔も素敵だよ。それに昨夜は風呂にも入っていないでしょ。風呂で昨日の煩《わずら》いを洗い流しては？　自動洗浄機能付きだからいつでも入れるように清潔なお湯が満たされているけど・・・」と言って、「ああ、それから母が揃えた着替えの買い置きがあるから、こだわりがなければ使ってね」先生の手を掴んで脱衣室のロッカーへ引っ張って行った。脱衣室のロッカーに入ると、〝パッ〟っと自動的に電灯が点った。六畳ほどの広さ、ドアを入ると正面に棚があり、右から順に「父」「母」「槙」「陽子」と浮き彫りの木札が貼り付けられていた。ぼくは、「母」の棚に先生を引っ張って、「良ければ母のストックを使ってみて」と言った。「淑子さんの好みに合う保証は出来ないけど・・・。柄とかサイズがどうもと思ったら、陽子の棚も見てね」これだけ言うと先生を残してロッカーを出た。

竜くんの背中を見送って、私は茫然と立ち尽くしその場を動けなかった。しばらく躊躇《ためら》っていたが腹をくくって着ているものを脱ぎ捨てた。浴室のドアを開ける。畳一枚がすっぽり入りそうな浴槽。窓いっぱいの常緑広葉樹の壁。一枚ガラスの窓から見る風景は湖水のふちに佇み眺める景色さながらの趣。浴槽のふちに背中をあずけて家族とともに眺めていたことだろう。お父様とお母様がこの地を終の棲家と決め、思い描いていたのだろう。

お父様のことは知らないけど、進路相談でお会いしたお母様の聡明で理知的な話しぶりから、この森閑とした浴室も・・・。公園の森（森林の向こうは県立公園の森、と竜くんが言っていた）、欅の大木。丸太で作られたテーブルとベンチ。それらの風景を湯船に浸かって眺めていたことを想像すると神は余りにも無慈悲としか表現出来ない。

シャワーのコックを捻り熱いお湯を頭から浴びる。煩悶を振り切り、シャワーで全てを洗い流し、新生を祈りながら・・・。小さな（とは言えない）ミスで穴に嵌り消沈する自身を恥じる。裸体を浴槽に沈め、縁に頭を乗せて肢体を解放、水圧に潜水艇が浮上するように裸体を水面にさらす。お椀を伏せた形の乳房、恥毛が水面の漣に呼応して水草のごとく揺れる。時は規則正しく進み、いつしか窓ガラスが水滴に覆われ浴室が薄暮に変わる。遠くから〝淑子さん！〟木霊が聴こえるような錯覚を聞く。

体を拭き終えた私は、ロッカーから慎一さんの白いワイシャツをハンガーから外し、戯れに素肌のまま羽織ってみた。大柄な彼のワイシャツはダブダブだけど、裾が大腿の中ほどまであり、下に何も着けていなくてもワイシャツが私の恥毛を隠してくれる。私としては大胆な行動だなあと思いながら・・・。買い置きだからと彼は言っているけど、お母様の下着を着けるのは、うまく説明出来ないけどはばかれる。


鏡の前で髪をとかす自分の姿に見入る。ずいぶん前に観た「ブリット」のシーンを思い浮かべてほくそ笑む。キッチンのドアからソーッと覗いて見たけど、音量を落としたTVが朝のニュースを放送しているだけで彼はどこにも見あたらない。私は入口に突っ立ったままアナウンサーの口元を凝視する。でも、アナウンサーの唇から言葉を読み取ることは出来ない。素人の私が読唇出来ないのは当然としても、では彼のように人生の途上、突然、あるいは徐々に耳の機能が壊れた人は、音のない世界も読唇も未知の領域にあるのではないか？　彼は完全とは言わないまでも私の唇なら言葉を紡げると言っているけど、私に気を使って読めると言っているのではないだろうか？　彼が、私に嘘を言っているとは考えられないけど、このままではいずれにしても彼とコミュニケーションに不都合を来たし、彼も悩むだろう。お互いの意思疎通に不具合が生じると、私と彼の間に亀裂が入らないとも限らない。居酒屋で彼と話していて会話にズレは感じなかったけど、私が話す内容を１００％分かっていたのだろうか。長い話の途切れ間、「私の言っていること分かりますか？」と、聞いていたけど・・・。このままではいけない、何か方法を考えなくては。そんなことに思いを巡らしていると、ダイニングからコーヒーを淹れる香ばしい匂いが漂ってきた。

ダイニングへ戻り開け放しのドアを覗くと、彼が忙しなく何かを準備している。近寄った私がそーっと彼の顔を覗く。

びっくりして振り向いた彼は、だぶだぶのワイシャツを着た私の姿に目を白黒させる。

「それって、ぼくのワイシャツでしょ」呆然と突っ立ったまま私を眺める。

「そうよ、おかしい?」戯れに言った。

「別におかしいとは言わないけど」困惑顔でつぶやく。

「でも、似合うでしょう!」踊るように〝くるっ!〟と彼の前で一回転する。

「チョット刺激が強過ぎるよ!」

「年上の裸なんて慣れてくればどうってことないから」悪戯っぽい言葉のやり取りをしていたら、恥ずかしいけど濡れて・・・。慌てて椅子に座って脚を組み太腿をきつく締めた。

「チョット待って!　コーヒーを淹れるから」

「私に手伝うことは・・・」彼の顔を覗くように言った。

「淑子さんはお客さん・・・」彼はカップのお湯を捨て、コーヒーを注いでくれる。

淹れ立てのコーヒーの上品な香りが私の鼻腔をくすぐる。

私が陶酔している間に、カリカリに焼いたベーコンと目玉焼き、レタスのボールがテーブルに並んだ。トーストを重ねた小皿、ガラスの器に入ったバター・・・。

「好きなだけ・・・」

「ハイ!」と言って、器からバターをすくいトーストに塗った。バターを塗ったトーストを彼の小皿に置いて、別のトーストにバターを塗り終えた時、コーンスープの入ったカップが私の前に置かれた。

「さあ、食べよう・・・」手を合わせて「いただきます!」と言うと、スプーンですくったコーンスープを口に入れ、「ん、まあまあだな・・・」と冗談めかして言った。

「いつもこんな食事をするの?」

「いや、今朝は特別。いつもはパンを牛乳で流し込むだけ」屈託なく笑いフォークとナイフを巧みに使いベーコンにほぐした目玉焼きを乗せて口に運ぶ。

「こんな朝食を食べるのは久し振りよ!」

「ぼくもあの日以来だな〜」ぽつりと言う。

「あら、思い出させてごめんね!」と謝る。

「別に構わないよ。考えてもどうにもならないから。それより冷めないうちに食べましょう」

お互い他愛のない言葉のキャッチボールを投げながら、ナイフとフォークを動かした。二人で食べる朝食は美味しかった。コーンスープはコーンの缶詰をミキサーで砕いたようだけど微かな歯ごたえがあってインスタントよりコクもあった。時折、彼の視線がワイシャツから見え隠れする谷間にチラリと流れる都度、体を捩《よじ》る仕草をしてからかった。

「今朝の淑子さん、チョット挑発的・・・」レタスをフォークで口に入れながら言葉を投げる。

「挑発!　私が・・・」あからさまに胸をさらし艶っぽくぼ

くに言った。

まだ童貞かしら・・・彼にはチョット刺激が強すぎたかしら・・・。テーブルの下に隠れた彼の左腕がぎこちない動きをしていた。忙しなくスープを呑み込んだ彼は「ごちそうさま・・・」ぼそっと呟くと食器をシンクに持って行った。私も追いかけるように食器をシンクに持っていって彼の顔を覗きながら、「私が洗うから・・・」と肘でつつき彼と入れ替わった。スポンジに洗剤を垂らし手早く洗う。

カップの縁に口を付け、ワイシャツの裾からのびるほっそりとする太腿をチラッと視姦する、彼の視線を意識していた。潤んだ膣からあふれた愛液が太腿をつたって踵を濡らす。ワイシャツに乳首が擦れ、やや開き気味の太腿の隙間からひんやりした冷気が忍びより私を姦淫する。太腿をねじり彼の視姦に呼応する。〝そこではないの・・・乳首を・・・〟囁いたところで我にかえる。

食器を洗い終わった私はシンクの中もクレンザーをつけて綺麗に磨く。洗い終えた私はシンクの縁に腰を凭れ彼を見る。新聞から目を離し私を見つめる彼の視線をそらした時、背後から抱きしめられていた。

天井の四角の間接照明が霧にたたずむ刻像のように二人を照らしていた。彼は両手をダラリと垂れてうつむいていた。両手で彼の顔を優しく包み私は囁いた。「私を見て！」「・・・・・・」涙に濡れた黒い瞳が私を見つめていた。「あなたは優しいからわかるよね。女性には優しく、いたわるように接するの。乱暴に扱ったり、がつがつして相手の嫌がる行為をしないようにね」諭すように伝える。

彼の顔に両手を添え優しく唇を塞ぐ。彼の手をワイシャツに導き「ボタンを外して」と言った。彼がボタンを外していくのに呼応するように、膣に愛液がにじみ、私の太腿をスーッと流れた。ワイシャツのボタンが外される様を俯瞰しながら自身が解き放たれていくのを覚える。彼のTシャツをまくり上げる。二年に及ぶ蟄居生活も成長途上にある彼の筋肉に影響を及ぼさなかった。胸の筋肉は盛り上がり、腹部の筋肉はボクサーのように絞り込まれていた。彼の足元に膝まずきGパンのチャックを引き下げる。黒地に赤の縦縞模様のボクサーブリーフから布地を突き破るごとく彼のペニスは天を衝き、たくましく勃起していた。

「ワイシャツを脱がして・・・」立ち上がると彼に言った。

ワイシャツを脱がされてお互いの裸をさらして向き合う。彼の手を乳房に導き「優しく触って」と言った。ブリーフから解放されたペニスが私の茂みをこする。彼を導きベッドに上がる。耳の壊れた彼との行為は、私も初めてのことで戸惑もあった。

「乳房を掌で包んで・・・乳首に軽く歯をあてて・・・」

行為の都度、向き合わなければ意思疎通に齟齬を来たす。昇りつめる寸前中断すると気持ちが萎えそうになる。でも、今までにない新鮮な気持ち。言葉の代わり彼の手に手をそえて膣に導く。彼の指の動きに私は再び上昇気流を描く。熱く屹立する彼を私の中に誘導する。

「嗚呼・・・」陶酔感が私の唇からあふれた刹那、呻き、私は私の襞が収縮・膨張が風車のごとく回る様を自然の摂理と認識する。〝ドクンドクン・・・〟彼の胸に耳にあてて波濤が岩を砕くごとく伝わる鼓動に歩調を合わせ、私の陶酔を彼とともに共有す・・・。

われ知らず微睡《まどろ》みに陥っていたのだろう。顔を覆うほつれ髪をかき上げ、隣に眠る彼を眺める。彼の右腕を枕替わりに頭をあずけ天井を眺めしばらく考えに浸った。それから半身を起こした私は彼の顔を覗き「つい眠ってしまって・・・重かったでしょう。ごめんなさい」と言った。

「いいえ、自分勝手でごめんね！」

「いいのよ・・・」

「それから、淑子さんに導かれて・・・と、言っちゃ迷惑でしょうけど、新たに生きようと思うようになった」

「命を絶つことを考えていたの・・・」慌てて言うと、「たぶん言葉を羅列しても誰にも理解出来ないと・・・淑子さんに言うのは失礼と分かっている。だけど、耳が壊れたことを他人に指摘されてから、ぼくに憑りついて夜な夜な誘惑されて」ここまで語った彼は言葉を断ち切るとため息を漏らした。

「お父さんとお母さん、妹を奪われた時、絶望、否、底のない穴に〝ドン！〟と、背中を突かれどこまでも落下していくぼくを、別のぼくが眺めている。『嗚呼、ぼくも逝くのだ』と、哀しみよりも孤独から解放されて嬉々としていた。だから通夜、告別式と涙は一滴も落ちなかった。親類関係者が引き上げ、先生の胸でボロボロ涙を流したけど、駅で別れてからソファーに座って死者を待っていた。だけど使者はその夜も、それ以後も訪れなかった。それからぼくは仕方なく、書斎にこもり生理現象以外動くことを拒否して過ごした。防音措置を施された書斎にこもっていると電話の音も玄関のコールもぼくの耳に届くことはなかった。先生もクラスの誰もが玄関に立ってコールをしただろう（ごめんね！）。大型冷蔵庫の中身を喰いつくすと、地下室の食糧保管室にあるジャガイモ、薩摩芋、麺類、大型冷凍庫にギッシリ貯蔵された牛肉の塊で喰いつないだ。これらの食糧で一年間生きていた」竜くんは冷蔵庫からペットを持ってくると喉仏を動かし半分ほど一気に飲んだ。彼の一連の動作を、私は空になったペットを弄び聞いていた。ペットの水を美味しそうに飲んだ彼はふたたび語り始めた。

「パソコンの電源ランプがポ～ッと蛍のように灯るところが幻想的な雰囲気を醸していた。ぼくは、生理現象と固形物を口に入れるとき以外簡易ベッドから動かなかった。トラブルに遭遇、長い旅を終えた宇宙からの帰還者のごとく、時間を遡行する記憶が抜けていた。その時ぼくが覚醒していたのか、微睡《まどろ》みと熟睡をシシフォスのようにくり返していたのか、今となっては記憶が曖昧模糊《あいまいもこ》として言葉に詰まる。

どこか・・・から〝お兄ちゃん～！〟と、囁く声が・・・。少し遠くから〝慎ちゃん！〟懐かしいお母さんの声・・・。上体を起こしたぼくは闇を凝視する。靄《もや》に閉じられたような闇の向こうに、白い布をまとった三人が朧に霞んで見えた。闇の中に三人を捉えた刹那、ぼくのために魂はここに彷徨っているのだろうか？　あの日から考えることを放棄していた。だけど、この瞬間、ぼくは徹底して考えようと・・・。

〝慎一〟三人の中で大柄な一人がぼくに向かって言った刹那、嗚呼！　懐かしい・・・お父さんの声が・・・ぼくの耳に響いて来た。この時を境に生への渇望が・・・。

淑子さんがシャワーを浴びている間、コーヒーを淹れリビングでTVを観ていた。ぼくのワイシャツを着た淑子さんがリビングに入ってくるのを見たぼくが「棚にあるのを使えば良いのに」と言った。

「ごめんね、今のところお母様と妹さんの下着をお借りする心境ではないの」と呟き、「竜さんも浴びていらっしゃい！」と、はぐらかした。

コーナーソファーを動かして淑子さんとテーブルを挟み、対面形式にしてコーヒーを飲んだ。淑子さんが体を動かすとシャツがよじれて胸の谷間が大きく開き、ぼくの下半身が鎌首をもたげそうになった。お互いの他愛ない話が巡り巡ってぼくの未来に舵が切り換えられた。

「竜さん・・・あなたの耳が聞こえなくなったこと、私の採点ミスなどがあって、あなたから送られてきた［大検のことで相談したい］っていうこと、あれからどうなりましたか？」困惑顔でぼくに尋ねた。

「ああ、ずいぶん前の話だけど・・・。大検よりぼくの耳が壊れた衝撃の方が強くて、回復まで時間を要しました。家族を亡くしたとき、家族三人が幻（眉唾のような話だけど）となって、ぼくが新たに生きる道標へ導いてくれました。ただ、ぼくが立ち直ったとき、三人は小さな笹舟に乗って黄泉へ旅立ちました。だから耳が壊れた衝撃から立ち直れたのは、淑子さんの励ましによると思います」ぼくは、頭を垂れた。

「私は何もしていないけど・・・」

「淑子さんがぼくの傍らにいる。それだけで・・・」ぼくは、心臓のあたりに手をそえて言った。

「そう、私はそこまで思い至らなかったけど、私で良ければ・・・」慎重に言葉を選びながら言った。

それから、大検のこと、大学入試のことなどを語り合った。二年間の空白がぼくにしこりとなって、岩石のように圧《の》しかかっているけど考えないようにしていることなど、途切れ途切れに話した。

「ところで、ちょっと不躾な事を聞いて良いかしら？」淑子さんは、迷いに迷って言葉を漏らした。

「ン、何でも聞いて良いよ。淑子さんに隠すことはないから・・」

「じゃ言うね。居酒屋で私の分まで支払って、一緒に料理する材料費もあなたのカードで引き落としたでしょ！　まだ、浪人の身で・・・。これから予備校・大学と万札に羽が生えて飛んでいくよ・・・」淑子さんは言葉を選び慎重に言った。

何故か分からないけど、淑子さんは前かがみの姿勢から、ぼくを下から仰ぎ見ながら話す。そんな動作をするから、ワイシャツの襟がよじれて胸の谷間が露わになる。淑子さん自身、悪戯心からぼくをからかっているようには思えないけど。ぼくが顔をそむけるとワイシャツの袖を引っ張り挑発行為に及ぶ。二年前、ぼくらに教鞭をとっていた先生からは想像出来ない。

「淑子さん、ちょっと良い？」と言って、彼女の腕を掴んでリビングから廊下を通り裏口に向かった。廊下の突当りに樫材の重いドアがぼくらの前に立ち塞がっていた。ドアを開けると車庫は闇に沈黙していた。コンクリートの壁に手を這わせてスイッチを入れる。蛍光灯が瞬きアメ車が四台駐車出来る車庫内を明るく照らした。車庫内の手前からクラウン、ベンツSL、英国製コンバーチブルが整然と並んでいた。三台は新車の輝きを放っていた。ぼくは、リモコンでシャッターを上げると淑子さんを先に降ろして、ぼくも続いてサンダルを履くとコンクリートを踏んだ。時折、初冬の冷たい風が枯葉を運んできた。先に立った淑子さんはベンツのボディに軽く触れてはため息を漏らした。奥に停めた深紅のコンバーチブルが鈍い輝きを放っていた。経営していたIT企業に神経をすり減らす父の疲労を誰よりも理解していた母は、父の疲労を見極めるとマフラーとオーバーを父に着せ、コンバーチブルの助手席に父を乗せてドライブに行く習いになっていた。

淑子さんは、コンバーチブルの車内を窓に顔を密着させて覗いていた。ぼくは彼女のそばに立って「これはお母さんの車だけど、お父さんを慰労するドライブ専用車とも言える。会社経営の激務、疲労、憂悶《ゆうもん》をぼくと妹には理解出来なくても、お母さんは理解していたのだろう。父を誘って夜のドライブに行っていました」

「あなたの言うこと分かるような気がします。お母様はとても聡明なお方だと、家庭訪問や進路面談でお話して、私にはとても敵わないと悟りました」淑子さんは、車の幌の感触を確かめながらしんみり言った。

淑子さんが裸と変わりないワイシャツ一枚、風邪を引かれてはなんだから、彼女だけ先に引き上げてもらった。ぼくは、シャッターを下ろし電気を消してリビングに戻った。部屋に入ると淑子さんがソファーの上に横座りしてTVを見ていた。

寒いのか両腕で体を抱きかかえ丸くなっていた。ぼくは、淑子さん近づいて、黙って腕を取ると両親の寝室に引いていった。クローゼットを左右に大きく開けると「意地を張らずに選んでね！」と言った。それから、妹の部屋に行くとクローゼットを開けて吊るしてある服をより分け、毛糸のカーディガンを三着選んでから淑子さんのところに持って行った。淑子さんは同じ場所に立って吊るされた服とにらめっこしていた。

「淑子さん！」背後から声をかけると一瞬、びくっとした淑子さんは、ハンガーに吊るされた中から透明に近いブルーのワンピースを抜き取ってぼくにかざした。スカートの部位に淡いオレンジに近い黄色のバラのカットが染められていた。

淑子さんが着替えている間、ぼくはキッチンに行ってコーヒーの準備をする。テーブルでお湯が沸く間、豆を挽いていると、淡い紫色のカーディガンを羽織った淑子さんが入ってきた。ぼくらは淹れ立てのコーヒーを飲みながら向かい合った。淑子さんは、暖かくしてからいつもの淑子さんに戻ってきた。

「毎月の生活費は、生前父が委託する会計法人からぼくの口座に生活費が振り込まれます。社会保険・納税などはぼくが成人する日まで会計法人が処理する契約を結んでいます」淑子さんはカップを両手で包むように持ってぼくの話を聞いていた。ぼくは淑子さんの眼を見つめながら話を続けた。「両親が残した貯金、生命保険、毎月支払われるオーナー報酬。遺産相続、株の配当、銀行預金の管理などもぼくが社会人になるまで、弁護士と会計士が告別式を終えた数日後締結しました」ここまで話すとコーヒーで喉を潤した。

「今の話からだいたい納得出来るとして・・・。音を失ったあなたに、これからどれだけ急峻な壁が立ち塞がるか私にも想像出来ません。大学を終えて希望する会社に就職出来るかも分からない。あるいは、入社試験以前に門前払いにあうかもしれない。私の唇読めたかな～？　分からなければ筆談にしましょうか？」彼を見て言った。

「大丈夫。淑子さんの唇は読みやすいから・・・」

「そう・・・。話は飛ぶけど、同僚と竜さんのことが話題になって、それから聴覚障害は福祉制度の対象で障害の軽重によるけど『障害年金』を受給出来るそう。障害福祉課に障害者手帳を申請して聴能検査に適合すると、偶数月毎に年金が振り込まれるそうです。勿論、検査でふるいに落とされる場合もあるけど。どうしますか？」

私の話に、彼はしばらく思案していた。「自分を障害者と認めることに正直いってまだ躊躇《ためら》いがある。普通に生きていたぼくが、朝起きると異次元の世界に隔離されていた。そんな変更は誰も承認出来ないと思う。淑子さんはぼくが飢えないかと心配と理解するけど・・・」と、うなだれて言った。

「ごめんね！」彼の手を取ると私の掌で包むように言った。

「淑子さんの考えは誤っていない。だけど耳が壊れた事と、家族がぼくの前から唐突に消えた衝撃と恐怖は言葉に出来ない。急流を筏《いかだ》で下るような試練に、ただ歯を喰いしばって耐えている。淑子さんがぼくを考えての言葉と理解しているけど・・・」終わりは言葉にならなかった。

いたたまれなくなった私はいざって彼の傍らに行くと膝に手をそえた。「竜さん、ごめんなさい！　浅慮な私を許して！」涙がとめどなく流れて彼のズボンに染みを描く。

壁のからくり時計が刻々と秒針を刻んでいた。だけど時に全てを委ねるには余りにも想像力の及ばない世界。肉体の機能を喪失する事態は私の想像力なんて歯牙にもかけない。一過性の問題であれば軽くいなしても良いけど、彼の命の炎が絶えるまで背負う、辛さって私には考えの及ばない世界。

耳鼻咽喉医院の医師は検査を終えたあと、コピー紙を診療台においてぼくに向き合い、筆談で説明してくれた。

「検査の結果を医学的に言えば、『両側神経性難聴（神経が壊れ音を脳に伝達出来ない）』。将来に渡って回復の望みはほとんどありません。貴方の神経性難聴は補聴器・人工内耳などの補助機器も効果はありません。音が補聴器を通して耳に入っても音声を選択する機能、つまり音（あ・い・う・え・お）をより分けられない。五十音を脳に伝達する機能が壊れています。一過性の難聴は１００％と言えなくても回復する可能性があります。しかし、竜さんの聴能神経、神経の損傷が酷く回復が望めません。突然、家族を失われた事が引金になった可能性が考えられますが、社会との繋りを遮断《たち》、暗い部屋に蟄居、人とコミュニケーションを自ら拒絶すると、たった一人無人島に漂流したように、音や言葉の忘却が往々に起こる。しかし私の検査が１００％完全と確信出来なければ総合病院か大学付属病院の紹介状を渡すので詳しい検査を受けて下さい」

受け取った紹介状は行き場を失ったようにぼくの机の引き出しに眠っている。いずれ行かなければ（自動車運転免許証取得に障害者手帳が必要）ならないが、最後の審判に躊躇う。神経性難聴と診断された時、早急に治療を行えば回復の可能性があると本で読んだような気がするけど・・・。

ぼくの膝を枕に、淑子さんは泣き疲れたのか濡れた睫毛のまま眠っている。ぼくは眠れる淑子さんを俯瞰していた。化粧っけのない肌理《きめ》の細かい肌は若々しい。計算すると五歳離れている勘定だけど、彼女の行動から幼い印象がたまに放たれるのをいつも摩訶不思議に思っていた。初めて淑子さんに誘われ肌を触れ合った時、未知の世界の入口へぼくを誘惑する妖艶な表情に〝ゾ〜ッ〟と魅惑された。これから淑子さんとどのように進展する？　と問われたら、正直「分からない・・・」と、答えるしかない。でもと、どこからかぼくの影が囁く。「いつの日か、淑子さんと共に生きていくだろう・・・」と。

父と母の出会った経緯を今となっては知る由もない。父か母が日記かパソコンに書き込みをしているかも、あるいは交換したラブレターがどこかに保管していたとしたらいつの日か知ることも出来るだろうが!? お父さんとお母さんは子供のぼくから見ても理想の夫婦だといつも思っていた。ぼくが今まで女性に惹きつけられなかったのも母の存在が大きかったからだと・・・。高等部に進級してからラブレターを上履きに入れられることが往々にしてあったけど手にとって開けることはなかった。いつも隣の下駄箱か駅のゴミ箱に捨てていた。だけど、校長に紹介されて台に上った先生を見た刹那、先生に恋をした。二年の空白があったけど・・・気持ちは今もって変わらない。

光源を落とした間接照明の下に裸体をさらした淑子さんの立像はギリシア彫刻のように美しかった。ぼくの手を自身の乳房に導いた彼女は「やさしく触ってね」と言う。マシュマロのような乳房に触れた刹那、めくるめく恍惚にぼくは唇を咬む。裸体をぼくにさらし、ハイド博士のごとくガラッと変貌した淑子さんは巧みにぼくを弄ぶ。骨抜きにされたぼくは彼女の従順なしもべ、胸を押されベッドにバウンドする。

淑子さんの中に誘導された瞬間! 羊水に抱擁されていた記憶が蘇りめくるめく平安な心へと誘われ、刹那、耐えていた堰が洪水に崩壊する。呼吸が短距離ランナーのごとく忙しなく喘ぎ、このまま逝けたらと祈念する。

今も先生が好き! あの日から変わりなく(二年の空白があったけど・・・)「淑子さんを好きでいられる・・・?」と問われたとしたら「はい!」と。

分岐点

一九九五年東京のW大学文学部入学。講義を受講するのがぼくの生活になった。通学に少々難儀するが、W大学在学中の聴覚障害者が社会科学・理工・芸術など多岐にわたり在学していると知ったことは一つの収穫と思う。従って聴覚障害を理由に入学を拒まれることがなかったのは僥倖と言わねばならない。只々先達に感謝しながら講義を受けている。それでも教授の唇は読み難くノートがまっさらのまま教室をすぐすご後にすることが続いていた。淑子さんは時間を調整して同席してくれることもあったが、彼女にも仕事があり二足の草鞋は履けない。意を決してぼくの隣に座った学生に「ぼくは耳が聞こえません。ご迷惑でなければノートを見せていただけませんか?」と頼むと「構いませんよ」という理解のある学生（なぜか女性が多い）もいるが、「何で私があなたにノートを見せなければいけないの？」という学生もいた。ぼくの隣に座った学生は三割の確率であったけど・・・ぼくの頼みを聞き入れてくれた。勿論、話の途中からあからさまに軽蔑した顔をぼくに向ける学生もいたけど・・・、無視されることも経験した。だけど三割の確率でも許可をもらえるのは有難かった。男性よりも女性の方が優しかった。

GWが終わって大学にも慣れた五月晴れの日、キャンバスを歩いていたら、面識のない女学生に肩を叩かれた。

「私たちW大学手話サークルのメンバーです。私の名前は三井たか子。こちらは同じメンバーの柘植奈保子です。私の唇読み取れましたか？」ロングヘアーの三井さんがぼくを正面から見つめて言った。

ぼくが戸惑っていると「唐突に声をかけてごめんなさい」と三井さんが謝った。「竜さん、と言いましたね。あなたが受講する『日本古典文学』クラスに私の知人がいて、竜さんが聴覚障害者と教わって声をかけました」

ここまで語った三井さんが眼にかぶさった黒髪を無造作に左手でかき上げた刹那、袖がめくれて白い肌がむき出しになった。えくぼがあって美人と形容するより少し幼さの残る可愛い女性。それらの一連の流れのあと、ぼくらの空間に静かな時が流れた。三井さんの額に結露のような汗が浮いていた。一瞬！　校舎と校舎の隙間から爽やかな風が戯れに吹いて、柘植さんのスカートの裾とじゃれあい通り抜けた。

「竜さん、五時から手話サークルの集まりがあります。都合が良ければご一緒しませんか？」柘植さんがくるくる動く透き通る瞳をぼくにさらして言った。「竜さんと同じように耳の聞こえない仲間も出席しますけど・・・」

二人の懇願に白旗を掲げたぼくは手話サークルに出席すると伝えた。集会所は北校舎にあるということで、ぼくらは楠の鬱蒼と茂る石畳の道を並んで歩いた。時折、柘植さんがぼくの前に立って「竜さん、お住まいは？」と聞く。三井さんは自分の耳を指して「聞こえなくなったのは病気？」と言った。ぼくが首を横に振ると、「では、先天的？　でも、竜さんの声は濁りがないから・・・」と、首をかしげた。

「耳の壊れたことは話せば長くなるので・・・」と、ぼく・・・。

柘植さんも三井さんもそれ以上尋ねなかった。五月の爽やかな風が頬に触れる夕暮れの路を、ぼくらは黙々と歩いた。ぼくに気を使って二人は囁くことも話すこともせず、時折、上を見上げて新緑の枝々を眺めながら歩いていた。集会所に着く頃、西の空が茜色に染まりつつあった。校舎の赤煉瓦はところどころ欠け落ちていた。青年将校による二・二六事件が実際にここで起こったのだろうか？

手話サークルはそれほど広くない会場で行われた。手真似は波踊りを踊るように両腕が空中で舞っているようにぼくには見えた。手真似（手話ともいうらしい）を実際に目の当たりにするとどうしても心のざわめきを抑えることが出来なかった。高等部に進学してからホームルームで「障害者の問題」をテーマに話し合うことになった。手話サークルに通っているクラスメートが座長を務め、両手を使って表す単語を初めて教わった。耳の聞こえない人たちが両手を駆使して言葉を紡ぎ、コミュニケーションを図っていると、座長を補佐する加納桜子さんが説明していた。だけど、実際に目の当たりにすると良くも悪くもただ呆然自失して言葉にならない。なぜって見知らぬ国にポトンと落とされたような戸惑い。ぼくは、口をあんぐり開けて立ち尽くしていた。

あとで教わった事だけど、聴覚障害者が初めてW大学に合格したのは、大学闘争で全校舎が闘争に明け暮れていた六〇年代。勿論すんなりと入学出来た訳ではない。大学側は書類審査の時点で門前払いの意向であったが、在学生の署名運動や上部団体（聴覚障害者）の支援もあって入学出来たと、「音のない世界に生まれて」という冊子に記録されていた。だけど当時、学生のロックアウトもあり、講義自体休講が多くバイトに明け暮れる毎日とも・・・書かれてあった。激動の六〇年・七〇年代に生きてきた聴覚障害の先輩にぼくは白旗を掲げるしかない。何故なら、六〇年から七〇年代のろう教育は小等部の三年間、文部省指導要綱に従い口話教育を実践。発声・読話訓練を基本方針としていた。したがって高等部三年終了時点で義務教育程度の学力では、大学合格は奇跡でも起きない限り不可能だから。先達の苦難は想像するに難くない。

ぼくは教授の唇が読めないことは別にして講義に出席する事は楽しかった。隣に座った学生に懇願してノートを拝借するか、パソコンに保存したフロッピーディスクを借り、ダウンロードさせてもらうかして乗り切った。時々、先生が授業を調整してノートテク、速記（かなり乱雑な速記）を後でまとめたりした。これらの協力もあって学生生活は思いのほか順調に送ることが出来た。文学同人誌に加わり短編を投稿したり、コンパにもたまに呼ばれて参加した。これらの会合でサークルの女性に口説かれることもあったが、途中からか、サークルが終わる頃、先生が合流することが往々にしてあり、口説かれることも自然に立ち消えた。しばらくして「竜くんは、年増の紐付き！」の噂が仲間内に拡散していたが気にしなかった。

採点ミスで進退を教頭に問われていた先生は、校長の「問題なし、以後注意するように」と通達され進退は問われない事で幕引きとなった。伝達役の教頭は不機嫌な顔を隠そうとしなかったが、「私は気にしなかったよ！」とぼくに報告するのを笑って流した。先生とは時間の許す限り、食事やドライブ（ほとんど淑子さんの運転。郊外で運転を代わることもあるが）に行ったりした。お互いの住まいに泊まって料理を作り品評会を二人だけで開いたりも・・・。先生が忙しくて遅くなる時、ぼくが食事の準備（出前もあったが・・・）をして待つこともあった。また睦愛の手ほどきを受けることも・・・。ぼくらの愛情は静かに雪が積もるように深く潜航していった。初めの頃退いていた（年上女性）先生も、この頃から口にすることもなくなった。

　ある時、インターネットを検索していて、「指文字」記号を使って中途失聴・難聴者（この言葉も初めて）同士がコミュニケーションしているコラムを偶然目にした。

「聴覚障害者のコミュニケーションに「手話」の他、「指文字」がある。しかし、中途失聴・難聴者同士は大抵「口話」や「空書き」「筆談」のコミュニケーションが主流で、身振り・手真似をコミュニケーションにする者は少数派である。ひとつに手真似を使うことに躊躇う（拒絶）中途失聴・難聴者が存在していたことも記しておきたい。ぼく自身がかつてそのような拒否感を持っていたから。しかし、口話で確実にコミュニケーションがとれるか疑問に思う難聴者も間違いなく存在する。中途失聴・難聴者は人生の途上で音を失い精神的に大きなダメージを負い、心の崩壊を招く人も多い。ある日突然、言語の異なる国にポンと追放されることによる精神的なダメージは他者には想像出来ない領域であり、精神面に個々人に異なった楔《くさび》を打ち込む。また、個々人によりダメージに深浅があり回復（精神的）が長期間に及ぶ人もいる（一生引きずる中途失聴・難聴者も存在する）。ろうあ者（ろう者）と枠をはめられることに普通の人には想像出来ない抵抗感が強く、「中途失聴・難聴者イコールろうあ者・聴覚障害者ではない」と反発する。従って、公衆の面前で手真似を使うことに抵抗感（嫌悪）が特に強い。失聴から立ち直り手真似を学ぶことの拒絶感（近年、日本語対応手話が中途失聴・難聴者に普及しつつある）が強く、また肝心の手話教室が周りに無く、手真似習得は困難であり、手真似習得に時間を要するのも敬遠された理由の一つだろうと思う。家庭を持ち子育て中に何らかの形で中途失聴・難聴者になった人はより困難を伴う・・・」

「先天性失聴＝生まれつき、また、生後三歳に満たない頃、発熱などで音・発声機能を失った場合、手真似でコミュニケーションを行う。生後、取得した言語記憶蓄積能力は個人差もあるが三・四歳以後であり、この歳以前に音を喪失した場合、言葉の記憶も失われるのが一般であり、発声記憶が失われた場合、聾唖（現在はろう児あるいは単に「ろう」）と診断される。育った環境によって「日本手話」「日本語対応手話」「中間型手話」に分類された手話を取得する。手話は聾学校では「日本手話」が一般で、先輩から教わるか、仲間と集団行動することで自然に学習していく。但し、手話の語彙が少ない問題が言葉（日本語）の取得の妨げになっている感が否めない。学習指導は文部省聾教育施策により「口話教育が」中心であるため、読話未取得児は学習能力に差が生じる場合もある。読話取得には言葉（語彙）の理解が必須条件は当然であるが、母親（父）の関与の有無によって読話・言葉の取得に大きな差異が生じる。語彙が豊富であれば唇の動きから言葉の選択が容易に出来る。しかし、すべての児童が完全に読話を取得出来ると考えるのは、日本人が英語を学習すれば完全に英会話が出来ると考えるのと同義ではないか。」

それから、ぼくと淑子さんは「指文字カード」を印刷、どっちが使えるようになるか競争した。キッチンの壁、トイレ・浴室はセロファンで包み指文字カードをベタベタ貼った。淑子さんも職場の机や本立てにクリップで留めて暗記していったと・・・。

「自動車のハンドルにも貼ったよ！」と聞いたときは流石に剥がすように言った。「大丈夫よ！」とすねたけど「駄目だ！この上、淑子さんまで事故を起こされたら、ぼくは本当に壊れてしまう」と、断固反対した。一瞬、身を固くした淑子さんは瞼にいっぱい涙を溜めて、「ごめんなさい、ごめんなさい！」と謝っていた。

ぼくは淑子さんの肩に手をそえて「怒鳴ったりしてごめん」と、謝ったけど・・・。

週が明けると、まだぎこちないけど指文字を使えるようになってきた。ぼくと淑子さんは唇を塞いで指文字だけで何とか語り合えるようになった。だけど、指文字で相手に伝えることは出来るけど、問題は相手が繰り出す指の形から言葉を組み立てるのに苦労した。指文字を記憶しても読み取るのは難しい。何事も習熟を要する。

「ねえ、今のところもう一度お願い！」「ちゃんと見てよ！」「あら、慎一さんって意外に冷たいのね！」じゃれあいながら、ぼく達はお互い唇を閉ざしてひたすら指を操り指文字で言葉を紡いでいった。

愛し合うぼくらが一番悩んだのは、お互い抱擁しあっている、裸で絡み合っている時の愛情表現。抱擁の只中、唐突に「チョット待って！」「なあに？」では、ガクンと来る。一息ついてからお互いの背中に、〃よしさん、すき！〃〃あいしているよ！〃ひらがなを書いたけど、愛情表現はいまだに未解決。これだけは二人の愛に委ねるしかなかった。

運転免許取得は合宿か通所にするか迷ったが、大学に合格した余裕から長野県自動車免許合宿センターに入所。一発で免許を取ることが出来た。淑子さんは逢えなくなるから嫌！と反対していたけど、メールで話せるから・・・となだめ納得させた。適応能力はテニスの経験からぼくにも備わっているだろうと密かに思っていたが、講義の内容が理解出来たのはわずか3％に過ぎなかったのは少なからず失望。自動車運転教本は寸暇を惜しみ（淑子さんにメールが来ないと愚痴られたけど)、内容の理解と記憶に努めたこともあって同期終了メンバーと共に取得出来た。自動車運転免許取得後、車庫から母の車を庭に出して丁寧に磨いた。それから幌を格納して庭の周りで練習した。おかげで芝生が轍で無残なありさま。幌を解放したコンバーチブルは視界が広く運転が楽しかった。時々、泊まりに来た淑子さんの運転で深夜ドライブにつれだった。淑子さんのハンドルさばきはノンプロドライバーと遜色がなく、S字カーブをスムーズなハンドル捌きで走り抜けた。外車のハンドルは重く、高速自動車道での安定感は日本製と比べ物にならないが、坂道のカーブを下るときハンドル操作はかなりの熟練を要する。それでも淑子さんは巧みにハンドルを操り下り坂を疾走する。淑子さんの学生時代のことは全く知らない。問いかけても首を振って語らない、むしろ避けているような気がする。ぼくは敢えて問うことは控え、淑子さんが語るまで静かに待ち続ける。

お母さんがオープンカーを選んだ経緯をぼくは知らない。お父さんを誘って深夜のドライブに出掛けるのは決まってコンバーチブルだったけど。助手席にお父さんを乗せて雪が降りそうな夜ふけでも、二人共白熊のように毛皮オーバーを着て屋根を格納すると寝静まった街に・・・。母の運転は法定速度をキッチリ守ってハンドルを握っていただろうと想像する。

食後のデザートが終わると書斎にこもる父が、ぼくたちの会話をソファーに体を沈めて聞くともなく目を閉じているとき、ぼくらの前に来て「これからお父さんと出掛けて来るから戸締りをして先に休んでいてね」と、お母さんは二人のオーバーを両手で抱え、ぼくと陽子に言った。二人の間に暗黙の了解があるのか、渡されたオーバーを羽織るお父さんの顔にわずかだけど紅味が走った気がした。ぼくらが幼い頃も、二人はぼくらを寝かしつけるとドライブに夜の街へ出掛けたのだろうか? ある時、ぼくは宿題があって遅くまで机に向かっていた。ドアの閉まる音に玄関へ行くと、出掛ける前と見間違えるほど血色の良くなったお父さんが、お母さんの後ろから「まだ起きていたのか?」と、笑みを浮かべていた。

淑子さんの運転で夜のドライブに出掛けるとき、お父さんお母さんの懐かしい記憶が甦ってくる。多分、精神的な疲労(ぼくと陽子には判断出来ない)が顔に蓄積《たま》ってきたお父さんを解放させる慰労のドライブだったのだろう・・・と今は思う。母が誘う深夜のドライブを父は一度も拒まなかった。むしろ幼い子供のように欣喜していたことから・・・。

ぼくの学生生活は失われた時を求める再生のようでもあった。大学に学ぶことでエベレストのごとく聳えていた、お父さんの蔵書も一歩一歩克服していった。

在校する仲間に誘われ、聴覚障害者団体、中途失聴・難聴者の集会に行くようになった。聴覚障害者の集会に初めて行った時の衝撃の記憶は、一年の時を経ても昨日のことのように甦る。全身を使いコミュニケーションを図る彼ら彼女らを、異質な存在と思うより深い感動を持って受容するぼくの心象の変化を訝《いぶか》しみ・・・、彼らのコミュニケーションを呆然と見ながら、教わりたいと切に願った記念する日でもあった。両手と表情、手真似を使い全身を駆使しつつ仲間と話す彼らを先生と並んでポカーンと眺めていた。「あれの動きは何を表現しているの?」淑子さんと額を寄せて彼らが繰り出す手のひら・腕・上半身の動作・顔の表情・唇の動き・両足を使うことも・・・などなどを凝視、想像し、あてはまる言葉を思案していた。

「これから仲間と飲み会をやるけど一緒に来ないか?」次週の予定などを担当者が説明を始めた時、肩を叩かれびっくりして振り向いたら岡本英介くんがぼくの目の前に立っていた。岡本くんとは、大学手話サークルに初めて誘われて行ったとき柘植さんに紹介された。岡本くんは経済学部を専攻するぼくの一年先輩と柘植さんは話していた。彼はW大学手話サークルを立ち上げ、手話指導の傍らに聴覚障害の後輩のために(自身のためでもあるが)、講義に要約筆記・手話通訳者派遣制度化を大学当局に対し設置運動を行ってきた。これらの趣旨に賛同する仲間を募りW大学自治委員設立にも奮闘してきた。岡本くんは低学年の頃、原因不明の高熱を発して死線をさ迷い、どうにか生還したと。

「命とひきかえに聴覚機能を失った。県立聾学校、区立中学から都立高校へ。一浪のあとW大学に合格した。だけど音を失った現実に直截に向き合えるようになったとき、社会に立ち塞がる壁は彼の想像すら出来ないほど難攻不落に聳《そび》えていた。授業中、先生の話が全く分からない。学年が上に行くほど教師が黒板に書くことが減少していった。ろう者はクラスの中では塵にすぎなかった。たまにノートを貸してくれる級友もいたが、高校では懇願しても見せてもらえなかった。音を失う前、気にもしなかった行動や言葉が、音を失って差別言葉になってブーメランのように戻ってきた。愚かなことに、戯れに使っていた言葉が人を侮辱する言葉になりうると初めて理解した。そこから戦いを・・・」と、岡本くんは語った。

「淑子さん、どうする?」隣でキョロキョロする先生に声をかけた。

「なぁに・・・ああ、飲み会ね。竜さんが行くなら・・・」ぼくの腕にすがって言った。

「じゃ、二人でね」言ってから岡本くんを探した。

数分後、岡本くんを先頭に数十人の仲間が、薄暮の街をぞろぞろ歩いていった。手真似で話す人、指文字で語り合う人、指文字と手真似でコミュニケーションとる彼らを後方から見つめながら先生と並んで歩いた。いつの間にか先生はぼくの腕に手を回していた。横から流し目をくれると悪戯っ子のようにチョット舌を出して含羞《はにか》んだ。

場所を探しに行ったのか、傍らを歩いていた岡本くんがいつの間にか消えていた。仲間たちは空間に言葉を描きながらあてもなく歩いているようでも、目的に向かって歩いているようでもあった。時折、先生がギューッと絡んだ腕を締め付ける。ぼくらは人気のない湖畔を歩いているような錯覚を覚えた。柘植さんに背中をつつかれて振り向くと、柘植さんがまっすぐ腕を伸ばしたさきで岡本くんが大きく腕を振っているのが見えた。岡本くんが立つ頭上にチェーン店の煌々と輝く看板が見えた。ぼくらは急ぎ足に岡本くんを目印に歩いた。

「人数分の場所があったからここ（店）に決めた！」岡本くんはぼくが分かるように口話と指文字まじりに話してくれた。

「君が消えたからどうしたのか心配していた」ぼくが言うと、

「ごめん、店の確保は大抵ぼくが担っている。お店の名くらい聞いたことがあるだろう」初冬のコートが手放せない季節に入っていたけど、岡本くんの額には細かい水滴が噴き出ていた。

「ＴＶで流れていたコマーシャルを見て知っていたけど、入るのは初めて」労いながら肩を叩いた。

「メンバーは苦学生が多い、社会人も少し混じっているけど、飲み代は安いに越したことはない」岡本くんはしんみり言った。

「本当に岡本くんらしい、ぼくはどこでも構わないが・・・知人は君だけだから。今夜は皆さんの手真似を観察して手真似のポイントを覚えたい」と、ぼくは言った。

　岡本くんは先に立って入口付近にたむろする仲間たちの所へ歩いた。

　案内された部屋は狭く薄暗かった。

　先生とぼくが入ったとき、細長いテーブルを囲んで手真似が姦しく交差していた。ぼくと先生は奥の席に並んで座った。

　みんなが席を塞いだのを確認した岡本くんが両腕を広げて「こっちを見て！」と手真似で【おいでおいで】と身振り。その手真似はぼくにも何となく理解出来た。

「今夜はセットを頼みました。料理は七品くらい。アルコールは（ビール、サワー、ジュースなど）飲み放題。一人三五〇〇円。これで良いですか？　集金はＭさんが担当します」小指を顎に当てて叩くような仕草をして確認を取った。

「これから飲物の注文を受け付けます。メモ用紙を配るので、各自希望する飲み物を記入して下さい」岡本くんは、手真似と口話、指文字を交えて説明した。用紙は二枚準備され左右周りに配られ、各自希望する飲物を書くように指示していた。ぼくは岡本くんから離れていたから唇が読み取れなくてチョット分かりにくかった。隣の先生が指文字と口話で通訳してくれた。

「竜さんのお友達は発音が正確で聞いていて私たちと変わらない。お友達は中途失聴ですか？」

「そうだね、岡本くんは低学年の時に音を失ったと言っていた。唇の動きがスムーズなことからして・・・」と言った。

メモ用紙が回って来ると先生と打合わせて〝生ビール（大）Ｊ〟と記入。サインも書いた。ビールや飲物が運ばれてくる間、家や職場で手真似を使う相手がいない鬱憤を解放するかのように手真似が空中を乱舞していた。店員が運んで来たジョッキやグラスのジュースがテーブルに並ぶと、岡本くんが音頭を取って乾杯！　ぼくは隣の女性とジョッキを合わせ、先生と乾杯したあと生ビールの半分近くを一気に喉に送りこんだ。ビールはよく冷えて喉を滑り落ちていく様が心地良かった。まもなく大皿に盛られた大根サラダに焼き鳥、牛肉と竹ノ子細切り炒めなどが運ばれてきた。先生は料理を小皿により分けて周りの人に配る手伝いで忙しそう。ぼくは向かいに座るろう者と隣の人（友人か同級生なのだろうか、久し振りに会ったらしい!?）の手真似で話す手の動き（唇も）に目を凝らしたけどサッパリ理解出来ない。手が空いた先生に「向かいの人の手真似が分かる?」と聞いたら「私も分からないのよ！　でも、発声（正確ではないけど）が聞こえるのでどんな話をしているか推察しながら見ている」二人は同郷らしく、仕事（!?）の話をしているらしい（?）と・・・。

肩を叩かれ横を向くと肩までの髪を根元でカールした、細面の女性がいきなり手真似で質問してきた。「□◆†∀◎★♀♂」体を揺すり手真似と一体となって・・・語りかけてくる。二十歳を少し越えたくらいだろうか？　鼻梁が整い上唇が少しめくれているが瓜実顔にバランスよく収まっていた。眼窩の黒い瞳は彼女の個性が疑縮しているように見える。【右手の親指と人差指を合わせ、眉間にふれて手刀を下ろすような仕草。次に、左掌を立て、右手の親指と人差指で二本線を上から下に引き、人差指をワイパーのように動かす】だけど、女性が懸命に語りかけても手真似が全く分からないぼくはただ困惑して見ていた。指文字を使ったら相手に通じるか分からないけど・・・。

「申し訳ないけど、手真似は全く分かりません」指文字でユックリ表していたら、都合よく岡本くんがビール瓶を持ってぼくのところに来て座った。

「ちょっと待って・・・」と、岡本くんがビール瓶をテーブルに置くと、ぼくを指さして「彼の名前は、竜さん。彼は四年前、失聴したから手真似は全然ダメ。彼と話すときは指文字と口話で」岡本くんは、ぼくにも分かるよう巧みに手真似と口話を操って女性に伝える。それから隣の女性を指して「彼女は、明石恵子さん」と紹介してくれた。ぼくは、明石さんに向き直って「竜慎一です。よろしくお願いします」指文字と空書きで自己紹介する。明石さんは首を捻ってから左掌をぼくに突き出すと、掌に書いてと口をもどかしく動かし身振りを交えて言った。

耳が壊れる前の習慣とか常識・道徳など通用しない世界に

ぼくはワープしたのだと落ち込む。これから岩を登るように、ろう者の社会規範を理解していかなければと思う。

躊躇《ためら》ったけど、彼女の掌に〝竜 慎一です〟と人差し指でなぞった。明石さんの掌はほのかな温もりがあって、つきたての餅のようにふんわりしていた。隣でぼくらのやり取りを見ていた岡本くんが巧みに手真似と身振りで明石さんに通訳していた。彼女のことは岡本くんに委ねて、ぼくは残り少ないジョッキのビールを飲む。背中に視線を感じて先生を見る。先生は空になったジョッキを握り、今までになく憔悴した表情をぼくに向けていた。ぼくは通りかかった店員に生ビールを二杯追加する。

「やつれた顔をしてどうしたの？」ぼくが聞く。

「・・・・・」先生の視線は空間を彷徨っていた。

「黙っていては分からないよ・・・」この時店員が生ビールを運んできた。泡が縁からずり落ちそうなジョッキを先生の前にずらして「そんな顔は引き出しにしまって、乾杯しましょう！」やや強く言ったぼくは、ジョッキを先生の目の前に掲げた。

「ごめんなさい！　私ってどうかしているわ・・・」瞼に滴を留めて泣きそうな顔をぼくに向けた。

「淑子さんは、この頃、謝ってばかり。教壇に立って教えていた頃の先生はどこへ・・・」終わりの言葉は苦い薬のようなビールを放り投げるように飲みこんだ。

みんなおしゃべりに余念がなかった。セットの料理はテーブルに置かれた刹那、瞬く間にみんなの胃袋に収まった。異なる言葉からコミュニケーションの壁に阻害され〝なに？〟と、淋しいけど尋ねることも出来ない。片手でも両手でも顔の表情一つで会話する世界。マイノリティの彼ら（ぼくも仲間入りしたが・・・）に制限を加える社会で生きるろう者にとって、同じ言葉（手真似）で仲間と過ごすひとときは、人間に還る至福《しふく》の時間《じかん》なのだろう。

大皿に盛られた焼きうどんがテーブルに三皿並べられる。女性たちが小皿により分け周りの人に配る。さっきまで憔悴していた先生から苦悶の表情がかき消えてニコニコと箸を動かしうどんをより分ける。時折ちらちら先生に流し目をかけていた斜め向かいの男性がぼくを手招きして指文字で聞いてきた。

「失礼！　ぼく福永武雄と言います。現在K大学文学部に在籍しています。あなたの名前は？」紺のブレザーに臙脂《えんじ》色のネクタイを締めた好青年がぼくに問いかける。

「自己紹介？・・・。ぼくは、竜 慎一」

「珍しい名前・・・不躾なことを聞いても構いませんか？竜さんは難聴？」

「難聴？　違います」

「ろう者？」

「中途失聴。でも、両耳とも全く聞こえないから難聴とは言えない」

「失礼ですが、隣の美しい女《ひと》、竜さんの恋人？」先生を指さして真顔で言った。

「どう思いますか？」指文字と空書きを併用して意地悪な逆質問を投げかけ、左手で髪を抑え焼きうどんを食べる先生を肘でつついた。

「斜め向かいの福永さんが、淑子さんに聞きたいことがあるそうです・・・」

「私と話したい？」先生は訝しげに福永さんに視線を移して軽く挨拶する。

　ぼくたちのつつきあいに流し目をくれていた彼は、先生が自分と目が合うのを待ちかね先生を手招きする。

「ぼくは福永武雄です。よろしくお願いします」指文字と口話を交えて先生に言った。先生は相手のスムーズな音声に耳を傾けていた。

「私、塙淑子です。こちらこそよろしくお願いします」先生は静かに指文字と口話で答えた。

「失礼ですが、塙さん難聴者？」

「いいえ、違います」

「健聴者!?」

「・・・・・」先生はこくりとうなずく。

「不躾ですが、竜さんと塙さんはどんな関係でしょうか？」

「竜さんと私の関係？」ぼくを指しながら言った。

「そうです」

「どうして・・・」訝しげに尋ねる。

「失礼なこと尋ねて気分を壊したならごめんなさい！」福永さんは頭を下げて言った。

「気にしていませんけど・・・。四年前、竜さんが高校の時の担任です。私と竜さんの関係は私からお話することはありません。ごめんなさい！」福永さんに丁寧に頭を下げた。

「どうして、意味がよく分かりませんけど」

　ぼくは二人の会話を横から見ていたけど、チョット執拗に絡み始めたので先生に助け舟を出した。

「塙さんのことは、さっき言ったと思うけど、塙さんとぼくは教師と生徒の関係」ひと呼吸おいて「ぼくが四年前聴覚に障害を負ってから、塙さんには相談や分からない教科があれば教えてもらっている。それから付け足すと、ぼくらは恋人同士。福永さんには申し訳ないけど、塙さんは諦めて下さい！」と念を押した。

　先生を見ると頬を紅く染めていた。背中をつつかれ後ろを見ると冷酒とグラスを持った岡本くんが立っていた。ぼくと先生の間に座りながら〝どうした？〟と怪訝な顔で聞かれた。岡本くんからグラスを受け取ると聞かれるまま、さっきの事をかいつまんで語った。

「そうか、塙さんのことは君からちょくちょく聞いていたけど恋愛中！　ふうーん・・・」グラスに自分で注いだ冷酒を呑みながら言う。

「ん、先生であり相談役であり、ぼくの大切な女《ひと》。これからもよろしく」ぼくはグラスを掲げた。

「よろしく、と言われても・・・二人とも立派な成人だろう」微笑を浮かべぼくの肩を叩く。「話は変わるが、先ほど君と話していた明石さん。彼女は国立大学に籍があるけど、熱心なクリスチャンでもある。君に声をかけたのは、二つあると思う」一息つくと冷酒をぐいと飲む。それから先生の方をチラッと見た。「一つは、竜くんの雰囲気。世辞でなく百人が百人とも竜くんのことを好青年と思うだろう・・・。二つ目は、キリスト教への勧誘に間違いない。明石さんは、いろいろな集まりに参加しては勧誘している噂がある。それに明石さんは美人でスタイルも良い。クリスチャンである事を別にすれば人垣が出来るくらいだよ」立て続けにグラスから冷酒を飲み、ため息をつき冷ややかに笑った。

「フーン・・・。だけど明石さんも難聴と聞いている。神父さんの説教はどうやって聞くの？」

「竜くんは情報不足だな！」やや皮肉を込めて言い、続けて「明石さんたちが中心になってキリスト教独自の手話を開発しているらしい。勿論、基礎となる手話は日本手話だけど」話し終えてフゥ～！　と、かれはため息をついた。

「フ～ン、キリスト教会独自の手話？　手真似が分からないぼくが言うのもなんだけど。キリストが虐げられた民衆に語りかけていた時代。ろうあ者は社会から疎外されていたと思う。それと、ヨハネによる福音書　第一章一節に〝**初めに言葉ありき　言葉は神と共にありき　言葉は神であった**〟と記載されている事からイエス・キリストの語る言葉、話し言葉を聞けなかったろうあ者はどうしていたのだろう？　岩だらけのゴルゴダの丘に母と並んで座り言葉を理解出来ないまま、イエス・キリストの姿を仰ぎ見て何を思い考えていたのだろうか？」聖書の言葉は間違いのないように指文字を使った。

「君は聖書（全てでなく興味を引きそうな箇所（間違ってたらごめん！）を読んだ。それで、イエス・キリストに見棄てられた（君が考察した）ろうあ者がキリスト教を信仰する事に違和感を覚える、そうだね」岡本くんは、グラスに冷酒を継ぎ足して不味そうに飲む。

「ん、大体において君の解釈に近い。家族の全て（前に話したね）を失った時、父の書斎に長いことこもっていた。書斎には様々な分野の書籍が部屋を取り囲む全ての壁に収まっていて、たまたま手に取った黒革表紙の本が新約聖書。筑摩書房世界古典文学全集にも「聖書」が収められていて、釈迦の仏典を知らなくても聖書の存在を知らない人はいないのではないか？　キリスト教の信仰を父が持っていたとは考えられないけど、聖書をパラパラとめくっていくと棒線が引かれたヨハネによる福音書　第一章一節が眼に入った」岡本くんをチラリと見て溶けかかった氷の浮泳するバーボンを飲む。

しばらく静かな沈黙が流れた。先生はこちらを向いて熱心に聞き入っている。岡本君は思いついたようにポケットから煙草を取り出すと、「吸って構わないか・・・」と、こちらの返事を待たず火を点ける。煙を深く吸い込み息を停滞して静かに紫煙を吐き出した。吐き出された煙はぼくの顔を素通りしてから煤けた天井に昇っていった。

「竜くん、君の言いたいことは理解出来る。ただ、聖書の言葉をそのまま受容した場合に限る。聖書を（誰だか思い出せないけど）勧められて読んだが、多分、君と五十歩百歩だと思う。だけど信仰を持たない者が聖書を開いて、自分勝手に解釈しても意味不明だし説かれた真意は分からないと思うよ」

「そうだろうか・・・」

「俺も詳しいことは知らない。でも、宗教の教典は師に教えを請う事を基本に書かれてあると思う。イエス・キリストが弟子に教え、弟子が伝道することで世界に根を張っていったのだろう。だから、聖書を一般の書籍を読むようにしても神の教えの真意は理解出来ない。だけど、竜くんが先ほど言った、イエス・キリストが生きていた時代、キリストの教えを理解出来たろうあ者はいなかっただろうという解釈は誤っていないだろう。彼らがキリストの教えを言葉として知る時代は、印刷技術が発明され文字として聖書を学ぶ機会が始まる十八世紀後半から十九世紀の初頭まで待たなければならなかったと思う」語り終わった岡本くんは、混とんとした顔で二本目を咥えて火を点ける。「だけど、こんな時に聖書を持ってくるなんて不味いアルコールを無理やり飲まされた気分・・・」煙を吐き出して苦い顔をする。

「すまないことをした。ハシゴするなら付き合うよ」彼の肩に手を置いて謝る。

一九九八年大晦日。淑子さんとお節に悪戦苦闘した。お節は重で買うからと言ったけど、作ると意地を張って台所に立った。楽しそうに励んでいたが、携帯が喚くたびに淑子さんは顔をしかめ携帯に向かって怒っていた。お節が一段落してきたのは新年を迎える一時間を切った時。台所で洗い物をする淑子さんの横で、ぼくは年越しそばの準備をしていた。新年を迎えるTV放送を見ながら、リビングのソファーに並んでそばを食べた。

時計の針が十二の数字に重なって一九九九年の年が明けた。「明けましておめでとう。今年もよろしく」ぼくらは絨毯に正座して挨拶を交わした。

元旦の朝、風呂から上がって真新しい下着（母の揃えた下着がまだ残っているけど淑子さんは持ってきていた。このことはあえて尋ねなかった。ただ、母の好み（父の好み？）と彼女の好みが正反対なのが気にかかるけど・・・）を身に着けた。

淑子さんはお節や煮物などを温め、テーブルにはあの日以来のご馳走がならんだ。お節の他、ブロックで買い置いたブリの刺身が大皿に盛り付けられている。ぼくの好きな数の子と酢蛸も添えられていた。

明けましておめでとうございます。今年もよろしくお願いします。

ぼくらは改めて挨拶を交わし、徳利に容れたお神酒（淑子さんが仏壇に供えた）を二人で分け合って飲んだ。薄化粧をした淑子さんは殊のほか美しかった。ひと眠りした夕方、淑子さんは実家に帰っていった。

「慎一さんも一緒に来ませんか!?」

彼女に誘われたけど、ぼくが固辞すると電車の入口付近に立って悲しみに満ちた顔をぼくに向けていた。

一月の半ば、深夜から降り始めた雪が庭を白一色に染めた日、講義を欠席したぼくは一日中書斎にこもっていた。昨年の師走、岡本くんに誘われた手話グループ忘年会で、ヨハネ伝福音書の冒頭についてふとしたことで彼と議論する羽目になった。ぼくが聖書の扉を開いたのはごく最近のことで、それも父の蔵書で偶然目に留めたに過ぎない。黒革表紙に金文字で「聖書」と刻印された分厚い本。探し物のファイルの棚に忘却された者（物）のごとくひっそり挟まっていた。

「日本航空123便墜落事故・御巣鷹山の記録」を、父が個人的にファイルを作成するに至った理由を今となっては知る由もない。ぼくの関心はファイルそのものであるが、ファイルに寄り添うかのごとく聖書がひっそり佇む事由が分からない。この事柄は端折って、ぼくは今まで聖書をパラパラ拾い読みしてきたが、齧《かじ》った程度ではヨハネ伝福音書について、例えば明石さんのようにキリストを信仰する人に面と向かって論争あるいは反論するなんて失礼に当たると考えたからに他ならない。振り返って、新聞やTVの情報だけで政治、社会、経済を識《し》ったことにならないのと同義と思う。理解するとは、情報とかかわりのある文献などを個人的に調べ、自分なりに考察、自身の血肉にしないならば歳月とともに忘却され、知識の基盤たり得ないと考える。聖書もまたしかり・・・。

四年前、一九九五年一月十七日、阪神・淡路大震災が起こった年、父がハンドルを握る自家用車が渋滞する高速道路に停車中、大型貨物自動車に追突され同乗する母と妹も亡くなる事故があった。

その日、ダイニングのドア越しに「おはよう！」とぼくが挨拶すると、食卓に新聞を広げた父が「やあ、おはよう・・・」と言う習慣が今朝に限って異なっていた。父の返事を不自然に感じたぼくがダイニングに足を入れて覗き見ると、三人の視線は40インチTVに映し出される地震速報に釘付けになっていた。TV画面の映像は市街地から真っ赤な炎が昇り、高速道路の落下した橋げたは巨大なニシキヘビが斜面を這うようにくねくね捩《よじ》れ倒壊していた。ぼくは三人が喰い入る画面を妨げないよう迂回して三人の背後に立った。「震源地は淡路島沖明石海峡マグニチュード七・三」白抜き文字が画面上部に流れていた。ただ、当時社会に関心を持たなかったぼくは、画面を見ながら絵空事のように感じていたと思う。燃え盛る炎に助けを求める人々、瓦礫に埋もれ小さくSOSを発信する震災者のことに思いたる想像力がぼくには欠けていた。だからこそNHKニュースや新聞の情報を鵜呑みにして、埋没する細部を考察する考えに思い至らなかった。震災で五千〜六千人の方々が亡くなっただけでなく、震災に遭われた方は四年後の現在も仮設住宅生活を余儀なくされている。

　表面的な情報に安住してきたぼく自身の生き方を改めて問う。家族が乗った自家用車に大型貨物自動車が追突、三人が即死した連絡を電話で受けた時、茫然自失とともにしっぺ返しを受けたのだろう・・・と。ドイツ製の頑丈な車に乗車し、三人共シートベルトを着用の状態で搬出されたにもかかわらず。安置室で対面した死に顔に傷一つなく眠っているようでもあったけど、三人はぼく一人を残して永遠に逝った現実に変わりはない。車は修復不可能ということから新車と交換され車庫に眠っているが、こんなぼくがドイツ車に乗る相応しい社会人になれるだろうか？

　書斎の椅子に座ると三方の棚をぐるりと眺めることがぼくの習慣になった。それと並行して、あの日から閉ざされていた瑠璃《るり》色のカーテンも、淑子の放つ清涼な風が書斎に漂う頃、澱んだ空気を追いはらうかのように左右に大きく開放された。猛々しい冬、雲の隙間から太陽が射し始める日はガラス戸を開放、鬱蒼と茂る公園の森と庭の境界に自由奔放に幹から枝へ伸びた欅を穏やかな心のまま眺めるようになった。庭に面したガラス戸以外、すべての壁に書棚が嵌めこまれ蔵書がギッシリ収まり、窓を背にした正面の書架は、二重の書架、滑車に乗ってカラカラと左右に移動する構造になっていた。奥の書架は日本古典文学・世界文学全集、小林秀雄全集、夏目漱石全集などが収まっているが、なぜか村上春樹の単行本は隅の方に追いやられているのがぼくにとって、今もって謎のまま。「ねじまき鳥クロニクル」一九九五年を最後に村上春樹の書籍は途絶えていた。これからの村上春樹作品は父の意思を継いでぼくが揃えていこうと思う。村上春樹の意図をどこまで把握出来るかは、これからのぼくの成長にかかわることだろうけど・・・。

　W大学の桜が散り始める四月。ぼくは三年に進級する。そろそろ進路の事も考えなければと思う。ぼくの心境はいまだに霧に覆われ霞んでいる。あれから五年、障害者に対する社会環境が劇的に変化しているとは思えない。ぼく自身、壊れた耳の呪縛から解放されたと胸を張って宣言出来ないでいる。

異次元の世界と現実の世界とバランスを取りながら危なっかしく生きている。

岡本くんに言わせれば「竜くんは生きる覚悟が希薄だったと思う。まあ、ボン育ちの君に覚悟なんて言うのは酷だろうけど・・・」と手厳しい。「だがなあ、考えてみたまえ。ぼくらの仲間に加わる以前の君と以後を比較すれば進歩の跡が歴然としていると分かるだろう」と、岡本くんはずけずけと言う。「日常生活の買物、公的機関でも、君とは住む世界が異なり高飛車な態度を示すことが往々にしてある。その他にも数えきれない差別にスポイルも存在する。ぼくらに対する固定観念を改めるには迂遠な時間を必要とするだろう。だけど自分のために放棄しちゃいけない。自分のためであると共に仲間のためだから」と諭すように言った。

これらの考えに導かれて、一つは聾學校で教鞭をと考えているが・・・、大学院に進級もと漠然とした気持ちも湧いてくる。この事に関連があるかどうか分からないけど、父が代表を務めた会社の弁護士から、三年に進級したら一度面談の席を設けたいとＦＡＸが届いた。この時点でぼくが音を失ったことは伝えていない。弁護士と会計士は家族が亡くなった時、父が残した資産、支払われた生命保険にかかる税金、事故当事者に対する賠償などでお世話になった。現在も社会人になるまでの資産管理を弁護士と会計士に委ねている。月々銀行に振込まれる生活費以外、大学の授業料・公共料金など全て引落とされるよう手続きをしていただいた。

面談の返事はまだしていない。音を失ったことは、しばらく時間を置いて先生に電話で伝えてもらった。双方とも驚愕《びっくり》してショックを隠せない様子だった。この時も会って話したいと先生を通して連絡があった。創設したＩＴ会社の株を父はかなり持っていて、資産価値は億を下らないと、それとなく言われたことがある。当時、ぼくは家族の死のショックに立ち直れず全てが自分の中で停滞、精神的にも無理な状態であった。それと成人に達していなかった事もあり、弁護士と会計士の連名で資産管理契約書が書留で送付されてきた。あれから五年、十月を迎える頃、ぼくは二十一歳になる。

大学に入学した日、先生の運転する車で隣の市に住む叔父の家を訪ねた。先生を伴ったのは葬儀のとき叔父と面識があることに加え、会話を筆記してもらう意図もあった。

叔母に入学の報告と来宅いただきながら居留守した失礼を詫びた。ぼくの耳が壊れて、電話とインターホーンの音が聞こえなくなっていたことも。それでも叔母は、「折に触れて訪ねたのよ！」と愚痴っていたけど・・・。多分その頃、ぼくの聴能は徐々に低下していたと思う。インターホーンと電話の利便性もぼくには猫に小判となり果てた。叔母になじられても喚かれてもないものねだりと諦めていただくしかない。耳が壊れたことを打ち明けた刹那、叔母の態度がガラリと変わったのを見逃さなかった。会話が途切れた。岡本くんやその仲間から投げかけられなかった豹変を叔母から受けたダメージに、ぼくはしばらく呆然としていた。駅員・病院・売店などいろいろな場所で豹変を見てきたが・・・。でも、母に連れられて叔母の家を訪ねたことは数えきれないだけに、叔母の豹変から受けたショックは底なしの井戸に突き落とされたかのごとく長くぼくの心に沈殿していた。

叔母の住まいはかなり広い敷地にやや凝った平屋和風住宅。最近建て替えたらしく、建材にヒノキをふんだんに用いて贅《ぜい》を尽くしているように見受けられる。叔父の実家も似たり寄ったりだけど、会社勤めの身では身分不相応ではないかと思われる。父が生きていた頃、叔父も叔母も頻繁に父母を訪ねて来た。ちょうど建て替えの時期と重なることを、床の間を眺めている時思い出した。

叔父の家を訪ねた時、和室に酒席が整えられていた。叔父はぼくに熱燗を注ぎながら〝聞こえなくなって残念で言葉もない！〟と、オウムのようにぼくに言いながら他人事のように「納得出来ない」と呟いていた。一緒に夕食を勧められたが先生の落ち着きのなさを見て固辞した。

叔母から近況を知らせるようＦＡＸが送られて来たけど、返信では具体的なことは省いた。後から会計士と弁護士から、事故で亡くなった家族の告別式を終えた翌日、遺産分割の要求が双方からあったことを知った。ぼくが耳の聞こえなくなったことを説明して電話連絡はしないよう頼んだ時も、禁治産者制度を盾《たて》に叔父叔母が家庭裁判所に準禁治産宣告を申請する要求を突き付けられたが拒否した旨、会計士から連絡があった。

帰り道、「ひどい人たちね。怒り狂う腹の虫をなだめる方法教えて！」淑子さんは、心底ぷんぷんしていた。

「耳が壊れた、ただそれだけでしょ。お母さんの妹がいとも簡単に豹変するとは神様はどこへ・・・」ぼくは言った。

淑子さんとぼくの足は、どちらともなく駅前のアーケードから赤提灯の揺れる細道に向かった。

四年になる前でも構わないから、弁護士と会計士の連名でぼくの資産管理継続について話し合いの席を設けたい旨、簡易書留が届いたけど、ぼくは気持ちの整理がいまもってついていない。いつになるか分からない。

あれから瞬きする間もなく一年はあっという間に通り過ぎていった。

四年に進級が決まった日、淑子さんが祝ってくれた。

「フランス料理店を予約しましょうか？」とメールが来たけど、洋食より和食が良いとメールしておいた。

つい最近までショートメールで淑子さんと連絡を取り合ってきたけど、文字数に制限のない携帯の普及・販売が開始された。新しい機能が加わった携帯の発売と同時にぼくは機種変更した。淑子さんと連絡だけでなく、エッチな会話を携帯ですするようになっていた。

　ぼくらは週末、家から一つ目の駅で待ち合わせ、淑子さんが予約した「割烹わだ」へ。夕焼け空を仰ぎながらぼくらはアーケードへ腕を絡めて歩いた。この頃、淑子さんは教師として女として妖艶さを放っていた。彼女はぼくの腕に寄りかかるように腕を絡めて雲の上を歩くように足を運んでいた。割烹料理ということもあって淑子さんはコバルトブルーのワンピースの上に毛糸のカーディガンをはおるラフな服装をしていた。琥珀《こはく》系に染めたセミロングの髪を微風になびかせ、薄く化粧した先生は初めて会った頃より若々しい感じがしていた。

「ルンルン気分のようだけど、何か良いことでもあったの?」組んだ肘で脇をつついて聞いた。

「ううん、慎一さんが、春に四年に進級するから嬉しい!」顔をぼくの正面に持ってきて囁くように言った。

「それだけで・・・おかしな淑子さん」

「留年する人結構いるのよ」

「まあそうだけど・・・講義をすっぽかし、バイトや雀荘に入り浸れば」とぼくは言った。

「でも、それだけではないわ。何をおいても図書館で調べ、様々な書籍を読み研究心を持続しなければ・・・」淑子さんは遠くを見るように指文字で呟いた。「私が慎一さんを見ていて意《おも》うのは、ある日突然、家族も幸福も跡形もなく失われ、それに加えコミュニケーション手段が壊れたにもかかわらず克服し、生きて未来を見ていること。私にはあなたの困難・苦悩・絶望は想像出来ないけど・・・」淑子さんはしんみりと言った。

「淑子さんはぼくの救い、それと共に雲間から細い糸のように射す曙光《しょこう》、と想っているとしたら手前勝手な、と思われるだろうけど・・・。先生がぼくの学校に赴任してこなかったら、担任でなかったら、多分こうして温かい肌の感触を得ることはなかった。淑子さんには感謝の言葉もない」淑子さんの両腕を掴んでぼくに向き合わせると静かに言った。

「そんなことしないで・・・。他人行儀な言葉より、慎一さんが生きる意志を持ってくれたことが私には一番嬉しい・・・。それより急ぎましょう!」淑子さんはぼくの手を握って足を速めた。

　街からかなり離れた閑静な住宅地の奥まったところにある「割烹わだ」の暖簾《のれん》をくぐった。案内された和室は六畳半ほどの広さ、くすみのある漆喰の壁に水墨画が吊るされ落ち着いた佇まい。おしぼりと一緒に運ばれてきた生ビールでぼくと先生は乾杯する。待つまでもなく大皿に盛られた刺身がテーブルに置かれた。「勘八・アオリイカ・ウニ・赤貝・鯛」おかみさんが一つ一つ指さして淑子さんに教えていた。淑子さんはいちいちうなずき、その都度、指文字で教えてくれた。

ぼくと先生は脇目も振らず食べることに熱中した。刺身はどれも新鮮で歯ごたえもあって美味しかった。伊勢海老のグラタンも美味しかったが、広島から取り寄せた（という触れ込み）生牡蠣に、橙《だいだい》を絞って醤油を少し垂らし口に入ると至福が口一杯に広がった。

生ビールを空けたぼくは、毛筆で書かれた和紙作りのメニューから山口県の銘酒【獺祭】を選び「冷で」と言った。「淑子さんは？」目配せすると「慎一さんと同じ」と指文字で答える。

「このお店よく来るの？」

「いいえ、初めて」

「刺身はどれも美味しい！　誰かに聞いたの？」淑子さんは首を振って「ネットで調べてみたの。半信半疑だったけど美味しいと言われてホッとしているわ」

「話が変わるけど、最近の淑子さん、会うたびに若返ってきていますね！」淑子さんを見つめて言った。

「唐突に、大人をからかってはダメよ。十一月で二十九歳の年増！」哀しみを湛えながら呟く。

「そんなこと・・・。恥ずかしいけど最近、年齢、身体的欠陥など様々な理由で人を判断しないよう心がけるようになった。耳が壊れたからと言うのでないけど、肉体的に様々な障害があっても素晴らしい才能を発揮する人の存在を知りました。そして、聴覚に障害を負ったぼくを一般的な慣習で判断されるのはすごく淋しい。この淋しさがあるから、ぼくは自身の言葉で人を中傷しないよう生きていかなければと考えるようになった」

「私も同感よ。人と交流する、親密になりたいと考えるとき想像力を養い自分を律することが大切と・・・。慎一さんから細やかでもあり基本的な言葉を聞く機会が持てて私は嬉しい！」

それから、私も慎一さんから学んだとも付け加えた。会話が一段落すると、淋しそうに顔を伏せる。

「いつもの淑子さんはどこへ行ったのでしょうか・・・」少し声を上げて言った。

「・・・・」

「キャッチボール出来ないとせっかくの料理が・・・」

「何でもないから・・・。それより料理を食べましょう」ジョッキを口に運びながら囁いた。

「淑子さんらしくないなあ・・・。多分、ぼくの想像だけど、ぼくが離れるんじゃないかと思ってる、歳のことからの連想だけど・・・」淑子さんの眼を下から覗き見ながら言った。

ぼくが覗くと彼女は余計に俯いた。「あなたは、区切りが見えた頃、ぼくが離れていくと根拠もなく思っている。正直に言って、ぼくは歳の差なんて思い浮かべもしなかった。これは本当の気持ち。ぼくの学校に淑子さんが実習に来られた時、女《ひと》に焦がれたことのなかったぼくが恋焦がれた初恋の人。肌を合わせてからも淑子さんを恋《こ》がれる心は変わりなくぼくの胸に燃えている。より強くなることはあっても衰えることはぼくの辞書にありませんよ」

あまりにも説教めいた言葉の羅列を気にして淑子さんを見る。ぼくの話にハンケチを目頭にあてていた淑子さんは、姿勢を正し「歳の差なんて気にもかけないと、慎一さんに言われて嬉しい。でも、通夜のあと初めて慎一さんの住まいに足を入れた時。二人で作った料理に箸をつけ酩酊して引き止められ、着換を探しにロッカーに連れていかれてお母様が整理されたロッカーに足を踏み入れた時。あなたがソファーに眠る姿を俯瞰しながら私は心に誓ったの。

担任の時、お母様とお話したことがありました。美しく、清楚で、優しくて、頭脳明晰なお方だと話し始めてすぐ分かりました。話の内容も深い教養に裏打ちされ、筋が通り凛《りん》としていました。そして、あなたを、あなたの家族を包み込む広大な心を備えておられました。そのとき私にはとても敵わないと悟りました。慎一さん、あなたをとても好き！ あなたを愛しています。だからこそあなたを私だけが独りで独占してはいけないと・・・。哀しくて淋しく、悔しい。でも、あなたから離れていても見守ることが私の愛のあり方と・・・」

あふれる涙を瞼に溜めていた淑子さんは、語り終えた刹那、ハンカチで顔を抑え、肩を揺らして嗚咽を漏らした。ぼくは立って淑子さんの傍らに座るとぼくの胸に引き寄せた。淑子さんは嫌々としばらく抗っていたがいつかぼくの胸にもたれて肩を揺すっていた。嗚咽は波のように打ち寄せては引いていった。

個室から嗚咽が漏れるのを不審に思った店長が障子を少し開けて覗くように顔を見せたけど、目配せすると開けた障子を閉めて去っていった。やがて嗚咽も波が引くように静かになった。だけど淑子さんが離れるまで姿勢を崩すことなく抱きしめていた。涙に濡れた胸のあたりのTシャツがヒンヤリとしていた。それからも長くもあり短くもある時が流れた。

しばらくしてぼくから離れた淑子さんは、赤く充血した眼でぼくを見つめて〝ごめんなさい・・・〟言ってお手洗いに行った。

残されたぼくは微温《ぬる》くなった獺祭をグラスに継ぎ足して喉に流し込んだ。吟醸酒と異なるような、とろりとした液体が舌に絡みつき喉に送られた。和風料理が獺祭の良さを引き立てるのが本来だけど、なぜか哀愁の味が口一杯に広がる。何故、淑子さんがかくも慟哭したのか疑問に思った。だけどどちらか一方の責任でもない。強いて言えば、時を考慮に入れなかったぼくの思慮の深浅の問題だろう・・・。

淑子さんを愛している？ と問われたら、〝そうだ！〟と確信を持って宣言することが出来る。だけど学生の分際で全てを負う自信も責任も持ち合わせていない事も真理と思う。

〝そんなことは詭弁！〟と耳の奥で、声のない声が囁く。

障子を開けて薄化粧をほどこした淑子さんが入ってきた。座るなり泡が失われ微温くなったビールを飲み干し、空になったジョッキを静かに置いた淑子さんの表情に諦念が陰るのを、ぼくは見逃さなかった。だけどかける言葉をぼくは知らない。

帰る時、どちらともなく「家に来ない？」と誘いあったが、二本の線路が並行してぼくらを隔てるホームで別れた。

新年度が始まった。就職活動に余念のない同級生を横目に、講義のない日は図書館で一日を過ごした。「割烹わだ」で別れてから淑子さんとは連絡を取り合っていない。メールを送れば返信は来るけど、新年度に新しく担当するクラスにかかりっきりで忙《せわ》しない様子（それだけではないと思うが）。岡本くんも就職に奔走しているらしい。メールを送っても、〝会社の面接が複数予約があって忙しいから・・・〟とメールが来る。手持ちぶさたのぼくは、聴覚障害学生懇談会や中途失聴・難聴者「楓の会」に一人で顔を出してみた。だけど手真似も読話もいまだに中途半端の体たらく、では話し相手にならない。心を決めて、指文字を使って話しかける。だけど、相手の指文字を読み取るのに難渋する。万策尽きて隅っこに座り、手真似と読話と指文字が速射砲のごとく繰り出される仲間たちの会話を眺めるしかない。岡本くんがいみじくも言っていた言葉を思い出した。〝竜くん、手真似を覚えようなんて考えるのは愚の骨頂！　覚えるより慣れることだよ〟と言っていたことを。だけど、そこが難しい。何度か顔を出して眺めていると内容が漠然と読めるようになってくるが障子に映る影絵を眺めるよう。

ある時、昨年の暮れ、飲み会の席でぼくの隣に座っていた明石恵子さんに肩を叩かれた。

「失礼だけどどなたですか？」指文字と身振りを使って尋ねたら、

「あら、忘れちゃったの・・・。去年の忘年会であなたの隣に座った明石恵子よ。失礼しちゃうわ！」拗ねるような言いぐさの言葉とは裏腹に微笑んでいた。襟にフリルの白いブラウス、紺のスーツから明石さんも就職活動をしているのかなと思った。

「今日は面接の帰り？」

「はい、そうよ。でも、聴覚障害者の就職は壁がとても高い・・・」ブツブツいいながら別段困っているように見えなかった。

「そう、大変ね」我ながらありきたりの言葉。

「私ね、大学就職支援課で国家公務員と都公務員の受験を勧められているけど、試験問題集を見ると難しい。一応受けてから『障害者就職フェアー』に行くつもりです」

「凄い！　明石さんなら国家公務員試験も合格は確実でしょ

う」ぼくが指文字と身振りを使い何とか伝える。

「あてにできない保証を言われても・・・」ちょっと顔をゆがめて「話変わるけど、竜さんは就職活動していないようだけど・・・」

「ぼくのこと・・・。ぼくはもっと勉強しなければ明石さんに適わないから、大学院へと考えている」

「いいなあ、竜さんお金持ちなのね。羨ましい！」

「・・・・・」本心からでない事は表情を見て分かった。

「忘年会で岡本さんから聞いたけど、家族を交通事故で亡くされて天涯孤独になられたそう。今は遺産で生活しているって噂だけど本当はどうなの？」

話が少し長く複雑になって来た。指文字と口話と空書きでは覚束《おぼつか》なくて、ぼくはカバンからノートを取り出して筆談を始めた。勿論、明石さんの許可を得てからだけど。書き終えてノートを明石さんに渡した。ノートに目を通した明石さんは、〝ノートに書いても良い？〟と目で許可を求めて書き始めた。

――竜さんのご家族が交通事故でお亡くなりになられた事は、どんな言葉を羅列しても、竜さんの心を癒せないでしょう。それに加えて耳も聞こえなくなって・・・まるでヨブが現世に甦った思いがします。竜さんの苦悩する胸の内を、今の私に推し量ることはできません。でも、ヤハウエはお救い下さるでしょう。


明石さんの文字は少し丸みを帯びているが正確な字体をしていた。ぼくはノートを受け取り（時間はたっぷりあった）、ゆっくり一読した。それからぼくは考えを巡らせペンを走らせた。

――誤解のないように言いますが、明石さんと信仰について語ることに躊躇《ためら》いがあります。書斎で聖書をパラパラめくってきただけのぼくが、キリスト教を信仰される明石さんと深く語ることに無理があります。ただ、明石さんは幼いころから母の腕に抱かれ教会に通い、学校に上がる前に（飴玉を与えられるように）洗礼を受けられた、と。キリストもあまたある思想の一つとぼくは考えているから。世界には多様な人種が存在します。多様な人種と共に宗教も多様に発展して来たとぼくは考えます。考えも定かでなかった幼い明石さんが、親の意のままキリストの思想に染まる、そのことを（失礼な言い草だけど・・・）ぼくは悲しい人と思います。

中断して横からノートを覗く明石さんを見つめる。

――洗礼を受けた信者は、教会（聖書）の教えに疑問を挟むこともなく、キリストの教えに従う。何故ならば、【旧約聖書・新約聖書】は神と人間の約束。従って、キリストの信仰を持たないぼくの意見など見向きもされない。だけど、あなたの言う神が存在するとして最愛のぼくの家族を死に至らしめ、それだけで飽き足らずぼくから音を奪い去った神の存在を肯定するには無理があります。

〈「太初に言葉あり　言葉は神と共にあり　言葉は神なりき」新約聖書ヨハネ福音書　第一章一節〉を考える。洋画の「天地創造」を観ましたが、混沌とした宇宙に神の言葉が流れる。洋画だから字幕が付いていたけど・・・。創世記の時代、ろうあ者はどんな方法でもって天からの神の言葉を聞いたのだろう？　文字は人類の誕生から何万年という時を経て、絵文字・楔型・象形文字と進化してきた。イエス・キリストが生きていた時代、貴族階級・学者・聖職者・筆記者以外、民衆は文字の存在さえ知らなかったことだろう。この時代、ろうあ者は地上《ここ》に命の証を刻み、社会から忌み嫌われ、塵芥のように死んでいったのだろうか・・・。

【今のぼくに信仰の「信」の文字なんて存在しない】

　ここまで書いてざっと目を通してからノートを明石さんに渡す。彼女はノートを受け取り、眉間に立て皺を寄せて読み始める。目の動きから速読しているようにも見える。読み終え、ため息をつくと初めから念を入れて読み始めた。明石さんは読み終えるとノートを閉じ、足を組み替えると膝の上にノートを置いた。足を入れ替えるとき偶然目に入った羚羊《れいよう》のようなほっそりした脹脛《ふくらはぎ》に魅せられた。明石さんはぼくの思惑に気がつかぬげに眼を閉じて俯いていた。

――紀元前の太古、同胞が社会からどのような仕打ちに耐えて命を守って来たか私の乏しい想像力では考え及ばないところです。彼らが肉体に欠陥を背負って地上《ここ》へ、自分が望みもしない命を背負い、無限に聳える壁を前に錯綜する想念《おもい》から絶壁を見上げ「神ちゃま・・・」と叫んだのか、私の想像力の及ばない時代のことです。片輪として産まれ落ちた我が子を塵芥のように棄てた母（二十世紀の今も・・・）がいなかったなどと断言しません。父に隠れて我が子を慈しみ見守った母もいたでしょう。それとも信仰に篤い母が、何らかの形で我が子を育て神へと導き、信仰心に篤い子に育てたのではないか・・・と考えてみもします。

　神の声（言葉）を直截に聞くことから見捨てられたろうあ者が、信仰の路へ至る、そのことに竜さんが不信感と疑念を持つことに、未熟な私が竜さんを導くなどだいそれたことは難しい。それで私の友人のことを語りたいと思います。

「私の友人は眉目秀麗マリア様のように美しく清らかな心を備えた女性。幼児の時に風邪から高熱を発症、死線から生還したとき聴脳神経が壊れ永久に音を失いました。子供のころから美しかった友人は耳が壊れたことから男女を問わず格好の虐めの対象になりました。成績優秀なことも虐めに拍車をかけ、言葉の暴力、学用品紛失、年齢が上がるにつれて肉体にまで害が及ぶようになりました。担任に幾度も駆け込み訴えをしましたが、指導力不足の指摘を恐れた担任は臭い物に蓋をしました。中学生に上がるとスポイルされ自分の存在を否定、心の病を患い壊れる寸前、書店の片隅に見捨てられた（友人のように）聖書が偶然目に留まり立ち読みから購入を決意した友人はお小遣いをためた貯金箱を割って小銭を集めると本屋で聖書を買いました。お小遣いはギリギリでした。購入した日から寸暇を惜しまず旧約聖書創世記・新約聖書ヨハネの黙示録を読み終えた時七日を数えていた。一日休み次の日から熟読を始める傍ら教会を探してさ迷い歩きました。知り合いの少ない駅の向こう側を中心に教会を探しました。教会は駅からかなり離れた小さな公園に隣接する静かな場所にひっそり建っていました。日曜礼拝に欠かさず通い、高校合格発表の日、両親に秘密のまま洗礼を受けました。友人は島原キリシタン信者のようにひっそり生きてきました。高校生活は平安に過ぎ、一学期を終えるころ友人に初めてささやかな仲間が出来ました。受験勉強から解放もあったのでしょう。それでも礼拝は欠かさなかった。仲間との親交が深まるにつれて神父様の声が彼女の心にとどかない事に、神は本当に存在するのか？　と悩み眠れない日々、仲間の存在に心が揺れ動き、一時教会から疎遠の時期もありました。そのころ手話通訳者も派遣制度もなかったので、神父様が聖書に沿って語る、それに合わせて隣の人が神父様の語る箇所を指でたどって下さったことでわずかな安堵感をもたらしたけど、それでも神に対する疑問、疑念は深淵から悪魔の囁きを増幅、友人は不眠に苦しみました。友人は信仰を離れても折に触れ聖書を開き、言葉を丹念に精読していました。人間は弱い存在と悟るまで揺籃は友人を精神破壊のいっぽ手前まで堕としました。ながい蝕のあと神の存在を少しづつ受け入れ、再び信仰の路を・・・、と語ってくれました」。

　どうして？　と問われても私には応えることは出来ません。洗礼は神との約束、と悟ったとのでは思います。

　書かれたノートをぼくに渡し、明石さんはため息をついた。白い額にうっすらと汗の玉が浮き出ていた。ぼくはノートを受け取りながら、明石さんを眉目秀麗な人としみじみと思う。それから明石さんに向かって口話を混ぜながら指文字で語りかけた。

「一読して失礼とは思いますが、現状では平行線のまま永遠に言葉を紡ぐだけでしょうね。改めて、聖書関連の書籍（教会出版でない）をぼくなりに調べてみます。その上でまたお話しましょう」

　話し終えると疲れがドッと襲いかかってきた。帰って熱いコーヒーを淹れて飲もうか、それともバーボンをロックでと考えてみもする。或いは図書館に足を運び卒論の資料をと考えてみもする。だけど明石さんがぼくを離さないのでカバンから「一瞬の夏（下）」（沢木耕太郎著）を出して読む。

「今夜飲み会に誘われているけど淑子さんも来ませんか？」

　明石さんと信仰について長い筆談を開始する前、先生に送ったメールの返事がまだ来ない。あの日、料亭でちょっと問題があったにしても五ヶ月の空白がどういうことなのだろう・・・。年齢の差なんて少しも気にしてないのに。

家族が消滅した時、ぼくの若い!? 精神力（お父さんお母さん陽子の亡霊に励まされてだけど）と、それとお父さんが収集した「御巣鷹山飛行機墜落事故の記録」に、家族全員を亡くし、たった一人生き残った少女のTVニュースを観て、それを励ましとしてぼくは克服してきた。だけど、追い打ちをかけるかのごとく難聴という異次元の世界に突き落とされた。家族の消滅からどうにか抜け出ることが出来たぼくには、壊れた耳に戦いを挑む気力はぼくのポケットを裏返しにしてもコイン一個残っていなかった。たとえ戦いを挑んだとしても蟷螂《とうろう》の斧《おの》でしかなかっただろう。ぼくの気力が喪われるのを待機していたかのごとく、死霊がぼくにとり憑き、全てを破壊すべく空爆のごとく睡眠妨害を開始した。残虐な睡眠妨害との闘いは死との戦いでもあった。この時点でムイシキン侯爵のように苦痛のない自殺の方法を考えもした。自死に白旗をかかげる寸前、藁にもすがる意《おも》いからぼくは救いを先生に求め、見放された場合に備えて車に排ガスを引き込む計画を準備もした。

ぼくが大学院へ行くとして、社会人になるのは落第を回避出来ても三年後、ぼくは二十五歳。淑子さんは二十九歳。そのあと確実に就職出来るかぼくには分からないが・・・。

「三年経ったら私は二十九歳になるのよ！」顔をゆがめて言う。

「まだ三十一歳。淑子さんは美しいよ！」

「竜さんって残酷なことを言うのね！ そんなこと竜さんの視点なのよ・・・」と淑子さんは・・・言うのだろうか!?

竜さんからのメールが・・・。授業中にポケットに入れた携帯が〝ぶるぶる〟振るえてドキッとしたけど無視する。休息の時にポケットから携帯を出しながら、どうして？ 動悸が止まらない！

竜さんの家で、ソファーに横たわる彼を俯瞰しつつ自分に言い聞かせ、誓ったのに。料亭の化粧室で鏡に顔を晒しながら涙をぼろぼろ流し誓ったけど、竜さんのメールで脆く崩れてしまいそう。唇を噛んでどうにか耐えてるけど・・・。でも、彼のお母様には私が逆立ちしても到底太刀打ち出来ない思いは今も変わらない。彼にふさわしい、私より若くて聡明で容姿端麗な女性がどこかにいると考えてみたりもする。彼から離れるのは切なくて歯嚙みしたいほど苦しく耐え難いけどふり返って見ても最良な選択と思う。

でも、苦しくて、切なくて、富士樹海を彷徨《さまよ》うほど淋しい！ 私のこの心の持って行き場がない。誰よりも彼を、代替えできないほど愛していると自分で理解している。私が高校の時に親をないがしろにしたしっぺ返しをいま受けていると。大学時代、碌《ろく》でもない男に金魚の糞のごとく従っていた愚かな私の過去。どれほど後悔しても払拭しきれない。せめて、彼のお母様が一般的な女性であれば、と切に願ったことだろう。

「ごめんなさい！　授業の準備などが山積、手が離せません」涙で霞む液晶を見ながらメールを打つ。机の上の雑多な資料が山積する陰に隠れ口を塞いで泣いた。

　職場を離れたのは八時過ぎ。心は揺りかごのように揺れて駅に向かう足元が覚束ない。いつしか彼の家に足が向かう。ホームに滑り込んだ電車に乗り込み入口のドアに凭れる。車窓を流れる風景に額を窓ガラスにおしつけて高層マンション群の間から見え隠れする漁火を自分の心象風景と思い、家々に灯る冷ややかな光に心は千々に荒れて漆黒の海を漂う。電車が止まり改札口へ向かい、引きずられるように商店街を歩き、県立公園を囲む道路をフラフラと歩いて行く。

〝淑子、いけないよ！〟どこか遠くの方から囁き声が、静謐な音楽の旋律のように脳の深層から私の心に奏でる。〝このまま堕ちてしまいたい！　でもそんな勇気なんて私のどこにもないほど、慎一さんを愛してしまったの。お母様、ごめんなさい！〟

　心で許しを請いながら竜さんの家へトボトボ歩いて行った。

　並木道が開けると懐かしい竜さんの・・・。広い庭の奥に和風平屋の重厚な住まい。向かって右側に自由奔放に枝々を天に向け鬱蒼と茂る欅の大木。一本の欅の樹木は小さな森のごとく佇む。入口から玄関まで敷き詰められた石畳の隅に灯る光が足元を照らす。乾いた石畳を覚束ない足を運びながら、〝塵芥のように扱われてもいい、慎一さんのそばにいたい！〟と自分に囁く・・・。


　飲み会は二〇時に解散した。残業で遅れてきた岡本くんと二次会の計画をぼそぼそ話していると、明石さんが同年代の女性と腕を組んでぼくらの方へ歩いて来た。岡本くんのいうところによると石田由美さん、明石さんの先輩。教会で聴覚障害者の信者をまとめる指導的な立場の方と・・・。今年の四月からT損害保険会社に就職。残業続きにいささかうんざりしているとも付け加えた。

「私と石田さんを二次会に加えてね、良いでしょう！」明石さんが岡本くんに手真似で言った。

　岡本くんが明石さんの手真似を口話と指文字でぼくに説明する。

「どうする？」決定は君に任せると責任放棄!?　訝しい態度に首をひねったけど、君が良ければ構わないと答えた。

　チラッと覗《うかが》っただけで勝手な判断はどうかと思うけど、明石さんを陽とすれば、石田さんは陰。彼女はどこか影があるように、ぼくは思える。そのことはさておき、石田さんと明石さんは甲乙付け難い、知的で平均値よりボリュームアップ、容姿端麗・・・。美女は美女に魅かれるのか、とくだらない考えに浸りながら先を歩く岡本くんと石田さんの後方を歩いていった。二人の両手が四方八方に飛ぶ手真似の動きから言葉を推理するが・・・両手でV型を作り首を横に傾げる（サッパリ分からない意）。残業で遅れた岡本くんと石田さんが空腹という事で、場当たり的に選んだ居酒屋の暖簾をくぐった。ボックス席に案内されて岡本くんと石田さんが向かいに座り、ぼくは明石さんの隣に座った。案内した店員に生ビール四杯と岡田くんが注文したけど、ぼくは冷酒に変更して貰った。明石さんも冷酒を飲むというのでグラスを二個頼む。お腹が空いて倒れそうと言う岡本くんと石田さんは頭をくっ付けんばかりにメニューと首引きしていた。餃子二皿、牛肉とピーマン細切り炒め、硬焼きそばを店員に告げる。

　注文を終えた岡本くんが「改めて自己紹介を・・・」と、話の途中から「賛成！」と石田さんが手を挙げる。「じゃ、石田さんから・・・」岡本くんが隣の石田さんを指名する。石田さんは勢いよく立ち上がると「石田由美です。今年から損保会社に就職した新米です。損保会社で事務をしているけど、トイレに行けないほど忙しい職場とは・・・。でも、仕事はそれなりに楽しい！」簡潔に言って座った。陰の面も見え隠れするけど春風のように爽やかな印象も残した自己紹介だった。次は岡本くんが立ち上がる。「岡本の名前は食傷気味だろうけど我慢して下さい」石田さんと明石さんは口を抑えて笑った。「岡本英介です。現在就職活動にこま鼠のように駆け回っている。一般入試（試験はまあ悪くないと考えてるが念のため、障害者就職フェアーも）は受けたが・・・。大学を出ても聴覚障害者の就職は厳しい。視覚・身体障害者に比べて聴覚障害者は特に選別に仮借ない印象を受ける。履歴書に聴覚障害者と記入しているけど、〝電話出来ますか？〟と聞く面接官には腸《はらわた》が煮えくり返る」と怒りが収まらない、らしい・・・。

　次に明石さんが立ち上がる。立ち上がった刹那、風をともなって微かな香水の匂いが鼻腔をくすぐる。「明石恵子です」指文字と空書き。ぼくに対しての配慮に感謝する。「私も就職活動の真最中。国家公務員中級と地方公務員上級を受けた。発表待ち・・・」話の途切れ間に石田さんが怪訝そうな顔をぼくと明石さんに向けて、「ちょっと、今のは何ですか？　指文字と空書きを使って・・・」憤懣やるかたない表情・・・。

「あなた手真似を忘れたの？　それとも、竜さんでしたね。失礼だけどあなたは手真似を使えないの？」詰問口調で問いただされタジタジ・・・。

　この時、ビールと冷酒がテーブルに置かれた。

「とりあえず手真似の問題は横に置いて乾杯しよう！」岡本くんが石田さんをなだめるように言う。

「じゃ、四人の健康と明るい未来に乾杯！」明石さんがジョッキを両手で持って女性らしい身のこなしで掲げた。ぼくが最後に石田さんとグラスをガチンと合わせた刹那、石田さんのウインクにドギマギする。

「ラストは竜くん、自己紹介を・・・」ジョッキの半分を飲み干した岡本くんが言った。

「ぼくのことは、岡本くんが道すがらだべっただろうから、簡単に・・・」と言いかけると「私は見てないわ！」石田さんの横やりを無視して「ぼくの名前は竜 慎一。五年前、父と母と妹が中央高速で渋滞停車中、大型トラックに追突され、全員即死。ぼくは十七歳にして天涯孤独となった。二年間芋虫のごとくのたうち、立ち直った矢先、急性神経性難聴を患い聞こえなくなった。愚かなことに今以て自分を聴覚障害者と認められないでいる」これで良いかな!? 眼で三人に尋ねる。

「それだけ？ これからは？・・・」すかさず、石田さんが指文字で揶揄《やゆ》する。

「紹介はあれで充分とぼくは思うけど。岡本くんと明石さんは就職活動に四苦八苦している。ぼくは親の遺産を喰い潰しながらダラダラの日々。二人には申し訳ない・・・」ぼくが語り終えてグラスに残った冷酒を飲み干すのを待って、明石さんがぼくの肩を叩き「そんな事、誰も気にしていないよ。大学院に進むと言ってたけど、大学院でどんな研究するの？」

「えっ！ 大学院に・・・凄い！ 尚更みんなに話さなくちゃ」石田さんが煽る。

「明石さんも口が軽いね。大学院は考えている段階。現在、ロシア文学に興味があってドストエフスキー「悪霊」を読み始めたばかり。外国文学は聖書を主題にすることが、或いはテーマにした作品が多い。ドストエフスキーの他、アンドレ・ジッド「狭き門」、ヘルマン・ヘッセ「知と愛」は西洋の神、キリストを主題に創作された作品とぼくは思うけど間違っている？」石田さんを横目で見ながら言った。「信仰云々より、聖書について学ばなければドストエフスキーや先ほどの作家の作品を理解出来ない。だから原文を読むためにもロシア語を一から始めなければならないけど・・・」ここまで話して一息ついた。喉がカラカラに乾いていた。三人は身じろぎもせずにぼくの話を聞いている。空になったグラスに冷酒を注ごうと瓶に手を伸ばした時、石田さんが一瞬早く取り上げてぼくのグラスに注ぎ先を急《せ》かす。鞄からドストエフスキー「悪霊」を抜き取るとテーマの箇所を開いて岡本くんに差し出した。

『悪霊』はルカ伝第八章三二節〈ここに多くの豚の群れ・・・〉をテーマに書かれていると思うのだけど・・・。普通に解釈すれば、悪鬼に取り憑かれた豚の群れが崖より湖に落ちて溺れる。この事に聖書の知識がない人は疑問を持つのではないかと考える。どうしてかと言うと、豚は農家にとって命と同等な家畜。悪鬼にとり憑かれた人々から悪鬼を追い出し、豚にとり憑く許可を与えたイエスを人々はなぜ崇めるのか？ このテーマを前にして幾度も考えたが聖書の知識が乏しいぼくには難しい。知人を介して牧師さんに尋ねもした。尋ねた牧師さんから納得出来る答えを引き出せず途方に暮れている。結局、父の蔵書からユダヤ人は豚を食しないからと理解する。でも、疑問が払拭出来たとは言い難い・・・」ここまで語ったとき、石田さんが手をつき出してぼくの話に割り込んできた。「ごめん、まだ途中なので・・・」石田さんに断りを入れた時、岡本くんが〝まあまあ〟とやんわり石田さんを制止する。それを横目にぼくは渇いた喉を冷酒で潤す。「さっき集会所で、石田さんが来る前だけど・・・明石さんとノート筆談で聖書について話したけど、明石さんから何も聞いていませんか？」石田さんに問いかけるように言った。石田さんは首を横に振った。「石田さんも信仰の道は長いと聞きました。ぼくも聖書に興味はあるけど、古典文学として聖書に対する興味であってキリスト教の信仰とは、ぼくにとって別問題だと思う。極端に言えば聖書の研究にのめり込んでも洗礼を受ける確率は限りなくゼロと確信している。脇道から戻って、大学院の選択をどこにするか考えているところ。調べたところW大学にもロシア文学部があり、聖書・キリスト教研究会なるものはあるらしい・・・」

今までにない疲れを感じた。だけど不快感は少しもなかった。石田さんに視線を流すと、ジョッキを握って深刻な顔をぼくに向けていた。それからぼくだけを見るかのようにぼくに焦点を絞ると語り始めた。石田さんの手の動きはパントマイムを演じるかのように指先から腕までしなやかに言葉を紡いでいた。それに加えて顔かたちを変化自在にあやつり言葉を紡ぐ。手真似の分からないぼくでさえ、無言劇を鑑賞しているかのようにおぼろに理解出来るのを不思議に思う。

「竜さんが話している途中、割り込んだ事は謝ります。竜さんの「聖書」の言葉の解釈に明石さんでは手に負えなくて私あてに〝ＳＯＳ〟を発信した理由がいまになって理解出来ます。それで迷い（苦しさ辛さ懐かしさ・・・）を断ちここに合流することにしました。明石さんから私あてのメールの問題は、さっき竜さんが語った内容とは少し異なりますが・・・。竜さんが持ち出した問題は日を改めて、なぜならここで論争出来る問題ではないから・・・良いでしょうか？」石田さんの熱い視線にどぎまぎしつつ「それで構わないでしょう。それまで【ルカ伝第八章三二節〜第三七節】を熟読しなければ・・・」とぼくは言った。

「でも、竜さんの指文字と口話と空書き・・・眼も頭も肉体も精神も疲れるわ、もっと手真似を上達して下さい！　竜さんが構わなければ私が教えてあげる」石田さんがゾクッとする妖艶な表情で宣言する。

「ええっ！」ぼくがビックリして言うと、「私が竜さんに手真似の手ほどきをすると・・・」平然と宣言する。

岡本くんと明石さんは口をあんぐり開けて石田さんを眺める。

「石田さん、有り難いけど、就職したばかりで仕事優先でしょう！　残業ばかりとこぼしていたから・・・」

「そうだそうだ・・・」岡本くんと明石さんが口を揃えて言った。

「手真似に慣れるまで竜さんは私のカバン持ちよ。都合の付く日に私の会社の前で待ち合わせるの。ひと月もすれば簡単な手真似の会話位マスター出来る」石田さんは表情も変えず平然と言った。

　三人揃って石田さんの話を呆然と見つめていた。

「そんなの嫌よ！」突然、明石さんがたまりかねて言った。

「どうして・・・もしかしてあなた、竜さんが好きなの!?」石田さんは訝しげに明石さんを問い詰める。

「エッ!?　そうよ。竜さんが好き！　ええそうよ！」顔を赤らめ明石さんが狼狽えながら告白する。

　今度はぼくがビックリする。

「分からない女《ひと》ね！　恵子さん。あなた、手真似を教えたの誰だったか忘れたの!?　大事なことは、竜さんが一日でも早く私たちの仲間になることでしょ！」石田さんは蔑むよう吐き捨てる。

　石田さんにそんな一面があることを・・・。だけど二人の、と言うより石田さんの滑らかな両手の動きを凝視していると手真似を知らないぼくでも会話の内容が朧に分かるのが不思議・・・。手真似って教わるよりも、手と連動する体の動作、表情と一体となった喜怒哀楽、それも一つの手真似言葉なのだと・・・。岡本くんはジョッキの取手を掴んだままムスッとして石田さんの高飛車な論法を眺めていた。石田さんが話を打ち切る頃、みんな酔いが醒めた顔をしていた。石田さんだけが静かに残り少なくなったビールを飲んでいた。

「話が横道にずれちゃって酔いが醒めたね。明日から、いや今夜から週末。どこかで飲み直さないか？」ぼくがぎこちない手真似で提案すると、三人で額を突き合わせて静かな手真似と目配せの即席会議をしていた。

「どこで？」石田さんが急かすようにぼくに言った。

「ぼくの家で良ければ・・・アルコール類は何でもある。ここからならタクシーで二十分とかからない。ぼくの家だと終電を気にせずに飲めるだろう・・・脛《すね》かじりもいることだし」ぼくが言うと、額を寄せて小刻みな手真似で相談していたが、結局ぼくの提案に賛成多数で可決したらしい。岡本くんと明石さんは家にメールを送っていた。

「脛かじりは余計だよ・・・」メールを送った岡本くんがぼくの脇をつついて呟いた。

　簡単な夜食を作り、リビングとダイニングに掃除機をかけて壁時計に目をやる。ほんのりと額に汗が浮いているのが鏡を見なくても分かっていた。ここに来る決心をした心が平静になるにつれて、〝やっぱりいけないこと！〟と自分に冷たく言い放った。

彼から大学院で研究したいと相談された時、言葉で「良いことよ！」と言いつつ、あと三年と、自身の年齢を素早く数える自分に嫌気がさした。彼と別れてから電車の窓ガラスに顔をあてて、どっぷり暮れた街並みを逆走する風景に重なる私の顔を見つめながら〝私って嫌な女！〟と呟いていた。「ここにいては駄目よ！　直ぐ帰らなくては。彼が戻って来る」と自分を叱咤する。手早く帰り支度をする。ガスの元栓と電気を消灯して鍵をかけると逃げるように彼の家を出た。石畳を小走りに駆け抜け、駅につながる脇道を俯きながら歩いていると、青いランプを灯したタクシーが前の方から徐行運転でゆっくり近づいてきた。私はタクシーのライトを避けるように街路樹の陰に身を隠した。その刹那、偶然、後部座席にもたれる彼の顔をとらえた。慌てて視線を逸らし逃げるように駅の方に向かう。胸は早鐘を打ち動悸はブラジャーの留め金を締め付ける。悲しみと苦しみに耐え難く街路樹にもたれた。駅から帰宅する酔ったサラリーマンが怪訝そうに私を覗き見る。面倒ごとにかかわりたくないと露骨に嫌な顔を私に向けて、避けるように遠回りする帰宅途中の勤労者。

タクシーが私の潜む街路樹とすれ違う一瞬、暗くてよく見えなかったけど、竜さんの傍らに若い女性が寄り添うように座っていたような気がする。追いかけてこの目で確認したい衝動を私は歯を食いしばって耐えた。

タクシーは門と並行するように停車した。三人を追い出すとぼくは支払いをすませしんがりに下車した。タクシーはUターンすることもなく、トンネルのように街路樹の幹が覆う闇の中、紅い尾灯を灯し曲がり角でフーっと消えた。

広大な庭に沿って、石畳の片側に設置された誘導灯の奥に、街灯に照らされ朧に浮かび上がる豪壮な和風の家をボーゼンと眺める三人を残して先に立った。

「こんな所に突っ立っていないで家に入ろう、親の置き土産でぼくが建てたわけではない」と三人の傍らに立ち、平屋建ての家を指しながら言った。

「それはそうだろうけど・・・すごい豪邸！」と岡本くんが言う。

「本当に広い庭ね！　四百メートルレーンがすっぽり入る。サッカーも出来るわ・・・」石田さんと明石さんが驚嘆、眼が飛び出すしぐさをする。呆然と見入る三人をあとに残し、ぼくは石畳に沿って玄関に向かった。大理石の階段に足をかけると明かりが点灯《とも》り玄関の周りを煌々と照らす。ポケットから鍵束を取り出してマホガニーの扉を開いた瞬間、懐かしい香りが鼻穴をくすぐる。「やっぱり淑子さんだ」暗い街路樹の陰に背を向けて立つ女《ひと》をチラリと見た刹那、ぼくは記憶の残像をたぐり寄せていた。

「考えごと・・・いいえ、何かをたぐろうとする意思をあなたに見たわ・・・どうしたの？」いつの間にかぼくの傍に立った石田さんに言われて狼狽《うろたえ》、ぼくは咄嗟《とっさ》に平静を装うと、「何でもないよ。ふと母を思い出したから・・・」としらを切った。それにしても石田さんは鋭い。気をつけなくては内《な》臓《か》を裏返しにされそう・・・。

ドアを大きく開けて三人を中に入れる。玄関は広く造られていて四人が並んでも余裕がある。感嘆・驚嘆・嬌声それらのパントマイムを無視してぼくはスリッパを上り框に並べる。正面に年輪の刻まれた屋久杉の衝立。廊下の中ほどの左に無垢材の引戸のドア開けてリビングを開放する。広いリビングに呆然と立ちすくむ三人を残して、ぼくはキッチンに駆けて行った。「ぼくのいない間、淑子さんは来ていたんだ」調理台の上に淑子さんが準備した料理に白い布がかぶせられている。どうして、ぼくが帰るまで待たないの!?

「外出から帰ると手と顔を洗い、うがい専用液で喉をすすぐのがこの家の不文律。女性は手洗いとうがいでも構わない。それからみんなと一緒に地下室へワインとハムなどの肴を探しに行こう」

「えっ！　地下室もあるの・・・」明石さんが両手を使い目玉が飛び出す動作をする。ああ、びっくり！　の手真似なんだと・・・。

ぼくは明石さんの驚きを無視して三人を洗面所に案内する。彼らが洗面する隙に、ロッカーに積み上げられたタオルを人数分抜き取った。壁一面に取り付けられた鏡、大理石の台に二個の陶器ボールの洗面台。日常的に頻繁に使う場所は特殊な技能を備えた職人が設計段階から参加、父と意見交換、設置された棚や器のバランスは絶妙で芸術的。それらに触れたり、さり気なく視線をあてたりする度に優しい記憶が蘇る。

三人を洗面所に残して、ぼくはキッチンに行くと冷蔵庫を開けた。淑子さんが作ったマカロニサラダがガラス容器に収まっていた。ステーキを焼く予定なのかトレーにステーキ用牛肉が二枚、調理が施されラップがかけられている。トレーに収まる二枚の牛肉を見ていると淑子さんに対して哀しみと怒りの複雑な感情が渦巻くのを抑えられない。近頃、淑子さんの話を見て（聞く）いると生煮えの料理を食べるようで煮え切らなかった。人の心を覗くことが未熟なぼくは、淑子さんの胸の内を推し量ることは控えていたけど、どうして待てない!?　一人で思い沈んでいると後ろに人の気配を感じて振り返った。

「あ、岡本くん・・・」考えていたことを悟られないようトレーを冷蔵庫に戻した。

「君がフロントガラスからチラッと視線を流したのは君の彼女だね」岡本くんがぼくが考えていたことをさり気なく突いてくる。岡本くんの洞察力に冷や汗をかきながら「みんなが揃ったら地下室に行って好みの酒を選ぼう。牛肉を食べるなら石田さんにでも焼いてもらうよ」ぼくは狼狽をはぐらかすように言った。この時、女性がダイニングを覗きながらキッチンに歩いて来た。二人とも顔を洗ったのかスッピンの顔をさらして平然としていた。それもそのはず、二人とも肌理《きめ》の細かい素肌をしていた。

「二人が来たから地下室に行きましょう。好きな飲み物を選んでね」

「わぁ！　地下室も・・・。竜さんってとてもお金持ち！」明石さんがはしゃいで言った。

「金持ち連発はやめて！　ぼくが惨めになる・・・」呟くように言うと「ごめんなさい！」明石さんが頭を下げた拍子に黒髪が簾《すだれ》のようにはらりとずり落ちて顔を隠した。

「わかればいいよ。さあ、地下室へ行こう！」明石さんのちょっと艶かしい動作にどぎまぎしながらぼくが言った。

地下室は、ダイニングの片隅に地下室に降りる頑丈な防火扉がある。防火扉を開くと地下室へ通じる階段があり、扉を開くと自動的に電気が点り、コンクリートの階段を照らした。階段を岡本くんがおそるおそる降りたあと石田さん明石さんが続いた。階段は広くなだらかに造られて天井は一八五センチあるぼくが屈まなくても降りられるほどゆったりした造りになっていた。空調設備が施され、湿気も温度も食料品の保管に最適な気温に設定されていた。

珍しさにキョロキョロする三人に「リビングの真下が地下室」とぼくが言うと〝ポカーン〟と口を開ける三人を急かし酒瓶の並ぶ棚に案内していった。

「奥の方にジュース類もあるから飲みたいものを選んでね。石田さん、リキュールが好きならジュース棚の近くにあるから・・・」と奥のほうを指さして言った。あれこれと迷う三人を残して大型冷蔵庫まで行ってサラミソーセージと生ハムを選んで横の台に置いた。冷蔵庫の中を探検、おわりにチーズを取り出してドアを閉めた。ハム、サラミ、チーズを両手に抱え、腕を組んで考える人のように決めかねる岡本くんを肘でつついた。岡本くんは、【ダニエル】バーボンウイスキーを片手に思案するのを横目に「アメリカウイスキーは旨いよ！」とアドバイスしていたら、石田さんと明石さんが手提げかごにジュースなどを入れて戻って来た。

キッチンに入った石田さんは、明石さんを手足のように使い大皿に切ったチーズやハムなどを手際よく盛り付けていた。岡田くんとぼくはグラスや小皿などをリビングに持って行ってテーブルに並べた。淑子さんが作ったマカロニサラダも・・・。冷蔵庫から牛肉が入ったトレーを石田さんに渡したらにっこり笑って「私が焼きます。下処理がされているので直ぐ焼けるわ！」と、ぼくからトレーを取り上げウキウキしていた。

石田さんが焼き上がったばかりのビフテキをテーブルの真中に置いてビールで乾杯。壁時計は一時近くを指していたが女子陣ははしゃいでいた。熱々のビフテキをレタスで包むと大口を開けて恥じらいもなく食べる石田さんを眺めつつ、人を外見で判断するのは誤っているなあと自戒する。ステーキを頬張った石田さんが〝わぁ〜美味しい！〃と、ステーキを頬張ったまま感に堪えない身振りで叫んだ。こんな時手真似は便利だな〜と、一人で合点する。石田さんの真似をして明石さんと岡田くんも石田さんに倣《なら》ってステーキを口いっぱいに頬張る。ぼくも一切れフォークに刺して食べた。ちょっと焼きすぎかな〜!?　と思うけど上品で旨かった。淑子さんが二人のディナーに奮発したことを考えると物哀しい！

ぼく達は明け方近くまで飲み明かした。宗教関係の話は俎上《そじょう》に上らなかったが個人的な体験（みんなまだ若く体験に乏しいが・・・）や将来の展望など話は尽きなかった。

石田さんの話は特に感銘を受けた。親の離婚なんて二十一世紀にはありふれた言葉になっているけど、両親を離婚させた張本人は私と語る石田さんの話をぼく達は身じろぎもせず聞いていた。

【石田由美の話】

両親は恋愛結婚と聞きました。母の実家は資産家で、祖父は都市銀行頭取まで上り詰めた厳格な人と、母の受売りですけど・・・。愛し合う二人が結婚の承諾を得るため実家に行ったところ、玄関に立ち塞がった祖父は娘が連れてきた相手を睥睨《へいげい》、敷居をまたぐことを拒否しました。だらしなく勤勉さの欠片《かけら》も持ち合わせない父の性格を寸時に見抜いたのでしょう。祖父は二人（すでに同棲して生活を共にしていた）を追い出すと、秘書に父の身元調査を命じました。数日後に調査報告書を読んだ結果、祖父の第一印象に間違いのないことを確信しました。祖父は懇意の弁護士に頼み、娘に結婚を翻意するよう依頼しました。祖母も娘に会って別れるように懇願しましたが、箱入り娘として育った母の恋は盲目的で引き離すことはかないませんでした。

祖父が見抜いた通り、母と結婚（婚姻届だけ）したその日から父は本性を剥きだし、定職に就かず収入を全く家に入れませんでした。母はパートをかけ持ちして生計を立てましたが、私の出産費用は祖母に泣きつき援助を乞うたそうです。私の出産後、父は何かと理由をつけては母に暴力をふるい実家に金の無心を強要するようになりました。母は勘当の身ではお金の無心は出来ない、と泣きながら訴えましたが、父は聞く耳を持たず暴力、金の無心を強要しました。私はもの心がつき始める頃から、泣きながら父にむしゃぶりつき母への暴力を必死に止めました。ある時、暴力をふるう父に突き飛ばされテーブルの角に後頭部を打ち昏倒しました。救急車で病院に運ばれ一週間の入院。三歳の夏の終わりでした。後頭部の打撲は鼓膜破損と聴覚神経を傷つけ、私は音を失いました。音を失った事は自分では自覚出来ないものです。ある日、母は私の担任に指摘されて、初めて音を失った事を教わりました。

　私の打撲の箇所と母の説明に疑問を持った医師の通報で父は逮捕されました。父は母に対するたび重なる暴力と私に対する傷害罪で禁固刑を受けました。

「お母さん。お父さんと離婚して頂戴！」担任から聴覚に障害があることを指摘された日、私は泣きながら母を説得しました。母は、〝嫌々！〟と駄々をこね、幼女のように泣き伏しました。小学生の私が母を説得するなんて笑われるかもしれませんが、その時、私は真剣でした。数年に渡る暴力に変わり果てた母に向き合いあの手この手で説得しました。鏡の前に立たせ、変わり果てた母を（結婚してから化粧品を揃えられず・・・）鏡の前に連れていって「お母さん、自分の顔を見て！」と言いました。母は肩を揺らして嗚咽するばかり、私の提案を呑むまで丸一日かかりました。母の説得を終えた私は布団に潜り声を押し殺して泣きました。母を説得したあと、難関の父の問題が残っていました。離婚を訴えても金蔓《かね》を失いたくない父は印鑑《はんこ》を押さないだろうと、父の性格から分かっていました。思いあぐね、母の祖父に相談する事にしました。

　母の実家は白い塀、樹木に囲まれた奥にかなり年期を経た純和風檜造り平屋建がありました。私は呼び鈴を押して暫く待っていると引戸が開いて、六十代後半と思われる和服姿の、物腰の柔らかな女性が訝しげに私を見下ろしました。女性の顔に若いころの母の面影が見てとれました。私は母の名前を告げて訪ねた経緯を話すと祖母の顔から不信感が消えて喜色の表情に変わりました。祖母は私を手招きすると「良くおいで下さいました」とにこやかに言われ引戸を大きく開けて中に入るよう即されました。玄関を入って廊下を少し進み装飾付きの引戸を開くと洋風造りの客間がありました。ベージュ系のソファーを勧められ待つように言われました。私はソファーに座って珍しさからキョロキョロ周りを見回し〝広い部屋、この部屋だけで今住んでるアパートと同じくらい広い・・・〟と一人で呟きました。程なく、お菓子とジュースをのせたお盆をもって祖母が戻ってきました。

「よく来てくれました。娘（母）がどんな暮らしをしているか、片時も忘れていません。娘が出産費用の無心に来たとき、変わり果てた娘の容姿から暮らしぶりが心配で胸が張り裂けそうでした。産後のひだちの合間、娘を訪ねて説得しましたが、あの人（父のことをあの人と・・・）の呪縛から解き放たれていなかった」

「・・・・・」私は黙ってみていた。

「娘、いや、あなたのお母さん、変わりはありませんか？」

「・・・・・」私は何も言えなかった。

　お母さんの近況、私の年齢など矢継ぎ早に質問攻めにあいました。祖母の唇は読みやすく会話に支障はありません。

（音を失ってから、母はパートの掛け持ちで疲れていても、暇さえあれば私の前に正座して読唇訓練に努めた。そのかいがあって私は年齢相応の語彙は読み取れる)。母の事を根掘り葉掘り尋ねられるたびに、私は問われるまま「はい」「いいえ」と返事しました。祖母は、矢継ぎ早に質問しつつハンカチで目元を拭っていました。自分の娘を心配する親の心が祖母に重なり私も涙が出ました。その時の時間の流れは、今まで経験したことのない優しい時間に感じられました。ジュースを一口飲んで喉を潤したとき祖父が引き戸を開けて私の横を素通り、私と向き合い正面から私を見下ろした。

「あなた、美千代の娘、私達の孫よ」私のことを祖父に教えていた。

祖父は七十代前半、身長一七三センチ位のがっしりした体躯で濃紺の背広にネクタイ姿。ソファーに座らず私を見おろしているのが分かりました。上品な顔に似合わぬ厳しい視線で私を見つめていました。

「用件は何か?」祖母にでもなく私にでもなく呟きました。

「あなた、まだ何も聞いていませんけど」祖母が伝えると、祖父は私の正面のソファーに座って私に視線をあてました。

〝ああ、祖父は今もって母を許していないのだ!〟と瞬時に悟りました。覚悟を決めてここに来た以上、すごすご帰ることは出来ない。祖父から目を逸らさず、今までの経緯を話し援助を頼みました。

「由美さん・・・、ばあさんが急かすから話を聞くけど、幾つ!?」祖父は警戒心をちょっぴり緩め優しい声で私に質問しました。

「私・・・。九歳。十月で十歳になります」

「その歳で、由美さんはお母さん、俺の娘でもあるが・・・離婚させる方法を相談したい?」祖父は言葉を選びながら言った。

「はい・・・」

「お母さんは離婚を承諾したの?」先ほどより優しく尋ねた。

「はい、私があの手この手を使って説得して離婚を承諾させました」私が回想するように話すと、祖父母も口をあんぐり開けて私を見つめました。落ち着いた居間に静かな時が流れました。

「それで、どうして欲しい!?」湯呑のお茶を飲んだ祖父が言った。多少ぶっきらぼうな口ぶりでしたが、最初のつっけんどんな言いぐさが消えて、かすかな光が点《とも》りホッとしました。

「具体的に、どのようにお願いすれば良いか私には分かりませんが、弁護士を立てて離婚調停をしていただくとか・・・」

「具体的とか、離婚調停とか小学三年で難しい言葉を知っているね・・・」祖父は驚きの表情を私に向けながら聞いていました。でも、段々難しい言葉がポンポン出て来て語彙を読み取れても一つの文章に組み立てるのが難しくなってきました。このまま続けては話がかみ合わなくなる。覚悟を決めた私は祖父の話をいったん止めて「いままで隠していてごめんなさい。母に暴力をふるう巨人の前に立ち塞がった私はあえなく弾き飛ばされ卓袱台の角にしたたか頭を打ち失神しました。救急車で運ばれた病院で聴能神経が壊れて音を失い・・・」途中で涙声になって終いまで言えませんでした。

「・・・・・」

「私が聞こえなくなったことを知った母は、大学病院を駆けまわりました。最後の病院で「あなたの娘さんは聴能神経が壊れ現代医学では治療の方法がありません」担当医の最終宣告を受けた日、母は「由美ちゃん、ごめんね！」私に謝りました。それから「由美ちゃんが生きるために一番大事なことは【言葉】よ！　耳から言葉を学べない由美ちゃんは、目から言葉（本・新聞・漫画→会話の方法）を記憶、使い方（方法）を学ぶの。もう一つは会話。お母さんの唇の動きから言葉を読む（読話訓練）練習をする」と言われました。でも、私が母から、読書から学んだ語彙・言葉の範疇を超えると、唇を読めても、例えば〈は・ん・ち・ゅ・う〉言葉を記憶の倉庫を探しても倉庫が空っぽだと、言葉をあてはめ、意味を加えることが難しくなります。小学三年生の限界です。二人の唇の動きから語彙・言葉・意味が分からない（読唇出来ても）場合、もう一度と催促します。それでも語彙・話の内容が難しい場合メモにでも書いて下されば・・・」と、説明しました。

「・・・・・」私の話に祖父は腕を組んで考えこみました。


祖母はショックに居場所を探すようにオロオロしていました。

「由美さん・・・由美さんは私たちが授かった初めての孫ですよ。こんな形で逢えるなどと、ばあさんもぼくも夢と現実《うつつ》の境に狼狽《うろた》えている。それなのに由美さんが音の無い世界に生きている・・・何と言えば・・・かける言葉がない。それにもかかわらず美千代を救おうと頑張る由美さんに、頭から湯気ばかり出していた自分が恥ずかしい。本当に申し訳ない」祖父は両手を膝に揃えて私に頭を下げた。「ところでお母さんの離婚問題ですが、会社の弁護士に相談して由美さんの希望に添うよう頼んであげます。爺の言うこと分かりましたか!?　分からなければ祖母さんに書いてもらうよ」と言った。

「ありがとうございます」祖父が自分のことを〈爺〉、と言ったことが嬉しくて、ソファーから立ち上がった私はお辞儀して感謝の気持ちを伝えました。かがんだ拍子に涙がひとしずくポトンと落ちて絨毯を濡らした。耐えてきた涙が堰を切ったようにとめどなく絨毯を濡らしていった。いつしか嗚咽を漏らしていた。

「泣かなくてよいのよ」祖母が私の肩に手を置いて言った。お母さんと祖母は一卵性双生児と見間違うほど似ていて唇は読みやすかった。

　祖父に連絡先を聞かれて答えようとしていると横から祖母が「私が知っているから・・・」と言うと、祖父がむくれたのが微笑ましかった。暇乞《いとまご》いをつげると食事してから帰りなさい、と祖父に言われたけど、お母さんが待っているからと・・・お暇《いとま》しました。帰り際、祖母がピンク色のリュックサックを私に見せながら「これは美千代のリュックよ」と言って、食品や果物、お菓子を詰めてくれました。祖母は「〝ちょうど、今の由美ちゃんくらいの時、娘が遠足で使ったの、気に入ったら使ってね！〟」私にリュックを背負わせながら言いました。

家に帰ると母は黙って私を迎えました。背負っていたリュックを母に渡すと、板の間に座り込んだ母はお菓子などをリュックから取り出してはすすりあげ、ひき出してはボロボロと涙で板の間に水溜りを作りました。私は椅子に座って母の手の動きをぼんやり眺めていました。取り出した品物は板の間に小さな山を築きました。母がリュックを逆さまにして振った時、板の間に白い封筒が落ちてきました。封筒を手にとった母はあわてて封筒の中身を確かめると嗚咽を漏らし〝お母さん！　心配させてごめんなさい！〟と、私の前もはばからず泣き伏しました。

しばらくして母の離婚が成立しました。離婚後、弁護士を通して一緒に暮らしませんか、と祖父から連絡がありましたが、母は「由美が高校を終えるまで」と、丁寧に断っていました。

離婚して生活は少し楽になったけど中学・高校と上がるにつれて厳しくなりました。高校に進学すると学校の許可を得てバイトを始め学費の足しにしました。祖母から学費援助をさせて欲しいと母を通してありましたが、母に援助を受けないように私は厳しく伝えました。大学は公立一本に絞り猛烈に勉強しました。豆単をポケットに忍ばせ暇を見つけては暗記しました。推薦入学を勧められましたが通学出来る国立と公立に絞り隣県のY国立に受かりました。通学に多少難がありましたがなんとか乗り切りました。授業料を無利子の奨学金とバイトのかけ持ちで支払ったこと。最後の学年は精神的に崩壊寸前で頻繁に街を彷徨っていました。

ある日、通りすがりに目に留まった教会の扉を開けて中に入りました。誰もいないがらんとした小さな教会、擦り切れたベンチに座って正面にかかげられた十字架磔刑のイエス・キリスト像。私がキリストの眼に魅せられていると忘却はあらゆる物事に及びました。やがて時間が静止し、心が形容しがたい何かに包まれ、平安が私に訪れていることを認識しました。私は手を組み合わせ静かに祈りました。ふと肩に温かい体温を感じて振り向きました。神父様が革表紙の聖書を左手に持って傍らに立っておられました。私の肩に手をそえられ、慈愛に満ちた優しい眼で私を見つめておられました。神父様は一言も言わず私に向かって十字を切って下さいました。神私は冷たい木の床に片膝を付いて神父様の十字を受けました。

私と神父様はベンチに並んで座りました。神父様は話しかけて下さいましたが、お話の内容が私の能力を超えて唇を読むことがかなわず困りはてていました。

「どうなされましたか？」心配した神父様は私に問いました。

私は幼い頃、音を失って神父様のお話が理解出来ないことを話しました。神父様は表情一つ変えず別室に案内して下さり、筆談で私の話を聞いて下さいました。やや長い私の話を表情一つ変えず穏やかな表情で聞いて下さいました。私は初めて直截に体験する神父様の穏やかな表情に見惚れていました。

「あなたの語ったことは、私を通してイエス様に届きました。でも、期待したり、待ち焦がれて心を乱してはいけません。イエス様は必ずあなたに平安な心をお与えになります」

別れ際、新しい革表紙の聖書を渡されました。それから、いつでもお祈りに来て下さいと・・・。私は時間の許すかぎり教会の扉を開き十字架に磔刑されたイエス様にぬかずいていました。跪《ひざまず》きお祈りすることで平安な心が私を包み、現実の困難に耐えることが出来ました。神父様が聖書を開いてお語りになられるとき、事前にお話になられる箇所を教えて下さいました。

音を失ってから、十二年の歳月が流れていました。

損保会社に内定した日、駄々をこねる母を説得、母の実家を訪ねました。インターホーンを押して玄関で待ちました。ドアが外側に開かれた瞬間、私の後ろに隠れる母を一目見るなり、祖母は変わり果てた娘の姿に驚き、しばらくその場を動けませんでした。リビングで祖父と祖母に就職の報告と、祖父と母の和解を願いでました。祖父はいっとき、かたくなな態度を崩しませんでしたが、祖母と私のタッグで少しずつ軟化していきました。最後は母の謝罪の言葉ですべてを水に流し、祖父母と母は手を取り合って暫し涙の合唱となりました。

一人娘の母は、祖父母への罪滅ぼしもかねて、祖母の懇願を聞き入れ同居することに決めました。私は今まで通り母と暮らしたアパートに残りました。

会社の仕事に慣れてきた連休明けに洗礼を受けたました・・・」

谷川を流れる清水のように、清涼な手真似（言葉）を駆使した石田さんの物語でした。

終わりに石田さんはこうも語りました。「私はキリスト教の勧誘を一切しません。ミサへの誘いもしません。同行することを拒みませんが、聖書を指導することもしません。人生経験（生きる困難・苦悩・呻吟・悲哀・落胆・裏切り）の乏しい人は、容易に神を信じ、安易に信仰を棄てる。信仰はその人の心の問題と私が思うからです。私と明石さんは神父様のお言葉が聞こえません。神父様のお話になる短い時間も、音の無い世界に生きる私たちには迂遠な時間に感じるでしょう。でも、キリスト磔刑の十字架に跪きお祈りするとき、神父様が私に語って下さった言葉を心の拠り所にお祈りしています。何かを期待することもなくお祈りする、言わば、心を空にする（仏教の悟りに似ていますが・・・、雑念を振り払い純粋な心持ちで）事が大事ではないかと私は思っています」

語り終えた石田さんは、明石さんとチラリと視線を這わせて、〝ふぅ！〟とため息をついた。

「竜さんが提案した課題はまたの機会で良いでしょうか？私は言葉を覚え、手真似を生まれつきのろう者（医学的に先天性失聴と定義）から手真似の手ほどき（見よう見まねをしたにすぎないけど）を受けました。でも、私の見解にすぎませんが・・・手真似で聖書の言葉を表現する（翻訳する）ことは難しいと考えます。但し、教会内において約束ごとの手真似の場合、その限りではありませんが・・・。それと、明石さんとは見解が異なりますが、聖書冊子の無い時代のろうあ者は神の言葉と言うより、神は無縁の存在であった、と私は思います。従って預言者の言葉は尚更と・・・」ここまで語った石田さんは静かに手真似をおさめた。

カーテンが茜色に染まり、朝暁けが広がっていた。

岡本くんがあくびを噛み殺し、「そろそろ終わりにしょう。竜くん、眠りたいけど、案内してくれないか？」と言った。

「良いよ！　石田さんと明石さんはどうしますか？」

「竜さん、お風呂に入りたいけど構いませんか？」石田さんに尋ねられた。

「構いませんよ。湯加減は大丈夫だと思います」

ソファーで舟を漕ぐ明石さんの肩を叩き、「岡田くんはこれからおやすみ。石田さんは風呂。あなたはどうする・・・」指文字と口話を交えてぼくは言った。

「えっ！　石田さん・・・お風呂？」寝ぼけ眼で明石さんが言う。ソファーに胡坐をかいて思案していた明石さんは「一緒でも良いかしら・・・」と、石田さんに尋ねていた。

「どうして私と入りたい・・・」石田さんは腕組みして明石さんを睨んだ。それからぼくに向かって「浴槽は二人で浸かれる・・・？」と聞いた。

「大丈夫！　見れば分かります・・・」ぼくは笑いながら言った。それから寝室に案内するからと、リビングから来客用寝室へ通じる廊下を歩いて三人を案内した。

岡本くんは廊下の突き当たりの部屋へ案内する。ドアを開けてスイッチを押すと、パッ！　と部屋に明かりがともった。中央にセミダブルとシングルベッド。ぼくはドレッサーからパジャマを取ると「これを使ってくれたまえ」と岡本くんに渡した。

岡本くんはためらいがちにぼくが差し出すパジャマに手をのばすと「いいのか・・・」と聞く。ぼくが「誰も気にかける者はいないんだから・・・」と言って、「困ったことがあったら向こうにいるから」と言い、岡本くんを残して、石田さんと明石さんを隣の部屋に案内した。この部屋は少し広く壁は檜板で化粧され落ち着いた雰囲気を醸している。

「ここは来客夫婦専用の部屋。ドレッサーには浴衣・パジャマがあるから使って下さい」ぼくが観音開きのドアを開けながら説明する。それから脱衣室に案内、浴室のドアを開けて二人に見せる。浴室は大理石をふんだんに使い、浴槽もお相撲さんが二人全身を解放しても余裕のある造りになっていた。中を覗いた二人は口を揃えて、〝ホテルに来たようね・・・〟と手真似ではしゃいだ。それから脱衣室添え付けのロッカーを開くと棚に積み重ねた袋入りの母と妹の下着を指し「どれでも構わないから好みで選んで・・・着る人もいないから遠慮なく使ってね。使い終えたら廃棄するか、そのまま使っても・・・」ぼくは少々感傷的に伝えたけど・・・二人が真意を理解したかどうかは、どうでもよかった。

　それからくつろいでと言って〝ポカーン〟と口を開けてぼくを見送る二人を残して着替室のドアを閉めた。

　テーブルに乱雑に置かれたグラス・小皿・ハム・ステーキなどが盛られていた大皿をキッチンに運びシンクに置いた。箸をつけていないハムなどは小皿に移しラップで覆って冷蔵庫にしまった。大皿、グラスなどを洗ったぼくは、氷を落したグラスを持ってリビングに戻った。グラスにバーボンを注ぎ、センターテーブルに雑然と積みあげた本の中から、ジッド「狭き門」を手にとった。ソファーに背中をゆだね、氷の浮いたバーボングラスを、円を描くように回した。カラン・カチン・・・氷とグラスのかち合う尖った音を聴きつつバーボンを喉に落とした。もぎたてのトウモロコシを齧ったような香りが微かに口腔に拡がる。グラスの氷を廻しながら先生のことを考える。先生とぼくの未来が狭き門になるなど考えもしなかった。だけど、先生は何かに怯え、狭き門の前で喘《あえ》いでいるように思う。でも、先生は口を閉ざしたまま真意を語ろうとしない。ぼくの胸をこじ開けて覗き見ようともしない。

第二章

惜別

いつの間に眠ったのだろう。胸を圧迫する柔らかな重みに眼を開ける。バスタオルを胸に巻いた石田さんのゾクッとするほど妖艶な顔がぼくを俯瞰する。ぼくは、絶句して言葉が出ない。起き上がろうともがくが、細い体に似合わずぼくに覆いかぶさる石田さんはビクともしない。諦めて力を抜くのを見透かすように、〝静かに！〟と人差し指をぼくの唇に押しつけて呟く。

テーブルに転がったリモコンを操作してリビングの光源を落とした石田さんは、ぼくを征服した女王のごとく悠然とぼくの着衣を、生皮を剥がすように脱がしていく。最後の着衣に手を掛けた彼女は〝私の好きにさせて！〟カーテンの閉じられたうす闇の中で、彼女は狩りとった獲物をいたぶるかのように、人差し指を突き立てぼくの胸に文字をなぞる。その刹那、淑子の幻影がフーッ！　浮かび上がっては、フッ！　と闇にとけこんだ。いつの間にか絨毯に正座する彼女は、Gパンのチャックを外し、隙間からしなやかな掌をブリーフに挿入する。消し忘れたTVの光が彼女の横顔をときおり浮かび上がらせる。妖艶な表情から刹那的な哀愁の影が浮かび蝋燭の炎がフーっと消えるように喪失する。ブリーフに侵入した蛇は獲物を執拗に弄ぶ。柔らかな掌に弄ばれつつ、ぼくは夢幻の波間を木の葉のように漂う。彼女に手を掴まれギリシア彫刻のごとく芸術的な乳房に導かれる。乳房は喩えようもなく熱を帯び、掌にふれる乳首は固く勃起、ぼくを桃源郷に誘う。ぼくのペニスは彼女の奴隷のごとく弄ばれ、征服され欣喜の悲鳴を洩らす。彼女に唇を塞がれたぼくは、侵入する蛇のような舌に弄ばれる。

バスタオルをはらりと足元に落とし、美しい裸体をぼくにさらし屹立するペニスに舌をからめ執拗にいたぶる。ペニスを咥えた彼女は妖艶な眼をぼくに晒し、ぼくの腰を腕で囲い自《みずから》の咽頭を愛撫するかのごとくペニスを咥える。

カーテンの隙間から漏れる細長い光線が彼女の滑らかにくねる裸体を照射、瞬く間もなく、フーッ！　とかき消える。妖艶な裸体を蛇のごとく腰をくねらせ欣喜の嗚咽を漏らす。霧のかなたにボーっと陽炎のように揺れる裸体を頂天に登りつつあるぼくは幻影を見つめるかのごとく目を凝らす。ぼくに跨り貪欲に四肢を揺らし恍惚にひたる女《そのひと》は、神のみ前にぬかずき平安を願うあの女《ひと》と重ね呆然とする。恍惚の底を極めるごとく腰をくねらせ夢幻境地に陥る。ペニスを咥え、腰を巧みに操る女《ひと》に神は忘却の彼方に存在《あり》、あの女に弄ばれつつ、ぼくは恍惚と静《じょう》の境界を往還しつつ彼女を眺めるぼく自身を嫌悪する。瞬時の正気、瞬時の陶酔、宇宙空間を彷徨う彼女の精神往還に嫉妬を覚えつつ・・・。

　陶酔の残り火に揺籃しつつ、〝おねがい・・・このまま〟乱れる髪をぼくの腕枕に、指文字で囁きぼくに肢体を貼りつけたまま・・・。やがてかすかな眠りに陥る。

　ぼくが惰眠から覚めた時、腰にバスタオルが掛けられ、裸体を貼り付けたまま眠りに落ちた彼女は跡形もなくかき消えていた。濃紺のカーテンの隙間から漏れる光が絨毯に射していた。腰にバスタオルを巻いたぼくは通りすがりにガラス戸からキッチンを覗いた。石田さんはどこから持ってきたのか妹のエプロン姿でレタスとトマト、ブロッコリーをガラスの器に盛り付けていた。ぼくはドアを開けて石田さんのところに行くと肩に触れて「おはよう！」両手の人差し指を対面、手真似の挨拶をおくった。

「竜さん、おはよう・・・」ふり向いた石田さんはバスタオルを腰に巻いたぼくを見た刹那、ポッ！　と顔を赤らめた。

「眠りましたか？」

「少しだけど、湖底の静寂《しじま》に抱擁されているような深い眠りでした。本当に久し振りの・・・」漆黒の濁りの無い瞳をぼくに向けて言った。「それとシャワーを浴びて妹さんの下着を拝借しました。後でお返ししますね」

「いいえ、処分するなりして下さい。でも、履いて下されば妹も喜ぶでしょう」

「それと、どの部屋も整頓されていて、あなたのお母様はとても立派な方と分かります。私にはとても適わないと思いました」

「どうして？」

「清潔な浴室、ロッカーの整頓された衣類を拝見して、家族の事にとても愛情を注いでいる（現在形ですが）のが分かります。私の拝見した範囲ですが、義務感からでも自分の役目と諦観しているのでもないと思いました。あなたに失礼と思いましたが、あなたが眠っているのを確かめてからお部屋を少し探検しました。お母様の部屋もお父様に劣らず、蔵書がギッシリあるのを発見、自身に対して失望しました」

　話を打ち切った石田さんは、休めていた手をサラダの盛りつけに向ける。石田さんの肩にどこか寂寥感が漂っているのが見て取れた。火を点けたコンロの上の鍋に卵が四個踊っていた。

「竜さんに初めてお会いした時、この人は私の伴侶になる方と、ヒラメキました。可笑しいですね」と泣き笑いの顔をぼくに向けていた。

「授業料のためバイト漬けの大学生活。時間があれば参考書を買うお金がなくて図書館に入り浸った日々。男友達はおろか恋人とデートする時間さえ惜しみました。竜さんが初恋の人、初めて肌を触れ合わせた人・・・。でも到底かなわないと確信しました。一緒に暮らしたらお母様の亡霊に戦いを挑み撥ね返されるのが目に見えます」

石田さんは、悄然《しょうぜん》と話を打ち切った。それからゆで卵の殻をむき始めた。ぼくには言うべき言葉がなかった。奔放な肢体と、石田さんが今告白した落差に、ぼくは思考の整理がおいつかない。

壁のからくり時計がお昼を遥かに過ぎた時をさしていた。岡本くんが目をこすりながらキッチンに入ってくると「おはよう！」と片手を上げて言った。

「おはようございます」石田さんがにこやかに手真似で返した。岡本くんは片手を上げて「・・・・・」と含羞《はにかむ》。

「シャワーでも浴びればスッキリするよ。替えの下着は、父かぼくの棚にあるから好みで・・・」と言った。

「ん、シャワーを借りるよ」岡本くんは、眠り足りないのかよろけるように洗面所のほうへ消えた。

石田さんは岡本くんを見送ると、艶めかしい顔をぼくに向けて「バスタオルを腰に巻いただけの竜さんに岡本さんが変な憶測をしなければよいけど・・・」それからぼくのバスタオルに初めて気がついたように「気にしなくて良いの。初めは痛かったけど私も充分楽しんだから。竜さん、素敵だった！」うるんだ瞳で囁いた。

「・・・・・」ぼくは返す言葉がなかった。


朝食は、パンと石田さんが準備した野菜サラダ。ぼくが豆を挽いて淹れたコーヒーがステンレスサーバーにたっぷり入っている。ミルクポットも置かれてあった。岡本くんがシャワーから上がる頃、きれいに化粧した明石さんが「おはようございます」と手真似で挨拶、にこやかにリビングに現れた。食卓に四人が座ると明石さんがお祈りを始めた。石田さんを横目に、〝いただきます〟とだけ言った。ぼくらは黙々とサラダを食べパンをちぎって食べた。

「このサラダ美味しいけど・・・」岡本くんがレタスにハムを挟んでほおばりながら言った。

「昨夜の残り物を並べただけ・・・」と石田さん。「冷蔵庫にしまってあったの・・・」

「ああ・・・宴のあと始末のついでに残ったハムなどを冷蔵庫に入れただけ」ぼくが言った。「でも、残り物だけど盛り付けた石田さんのセンスが光っている」とぼくは付け足した。石田さんは少し頬を紅くしていたけど何も言わなかった。

ぼくらはどうしてか凪の湖水のように手真似が空中を舞うこともなく静かに朝食を楽しんだ。咀嚼する音もコーヒーを飲むときの音もなかった。庭の木々に囀《さえず》る鳥のコーラスも聞こえなかった。でも、仲間たちといると、耳が壊れたことを指摘するコンビニの店員、地下鉄の混雑するホームで駅員に首根っこを掴まれ、引きずられ恫喝されることも、異次元の世界に突き落とされ絶望の淵に立っていた、あの日の記憶が蘇ることもなかった。

みんなが帰る準備をしているとき、ぼくが車で送ろうか、とぎこちない手真似とハンドルを操作する身振りをすると、「わぁ、嬉しい！」と石田さんが全身で喜色を表して言う。

車庫は家と一体に造られ、正面から眺めても車庫とだれも思わなかった。ボタンを押すとヒノキ作りのシャッターが上り、陽光が車庫内を照らした。誰ともなく、〝すごい！ベンツSLよ！〟三人の讃嘆と羨望を無視し、ぼくはコンバーチブルに乗り込みエンジンを吹かした。定期的に始動させているエンジンは力強くモーターの回転がハンドルから伝わる振動で感じられる。四人では少し狭いだろうけどベンツに乗る気がわかない。社会人になったら考えも変わるだろうけど・・・。今のところベンツのハンドルを握る機会は当分ないだろうと思う。

みんなの乗車を待って門まで徐行運転する。屋根をオープンか、格納か意見が半分に割れたが、「ドライブにオープンカーの幌を格納しなくちゃ、オープンカーじゃなくなるわ」と石田さんの無難な意見が通った。助手席に明石さんが乗り込もうとした時も、石田さんの主張に明石さんはすごすご矛を収めた。何かに付け明石さんは石田さんに太刀打ち出来ないように見える。昨夜、石田さんが語った子供の時の奇妙（小学三年に満たない年齢で両親の離婚を決断する行動を指しても良いなら・・・）な行動力が深淵に根を張り巡らしているように思う。

コンバーチブルにまつわる話を少し。

新車が届いた庭先で、父がエンジンを点火した瞬間、四方に爆音が響きわたった。幸い敷地も広く周囲に住宅が一軒もないことが幸いした。それに加えて県立公園に隣接する環境も。それでもターボーエンジンの爆発音は主婦が日常的に運転するには環境に相応しいとは思えない。納車した営業マンにマフラーの交換を指示した・・・と団欒の時、父が語ったことを、忘却していた記憶がこんな形で蘇える。

「天気も崩れそうにないからドライブでも行かない!?」

後部座席で明石さんとだべる岡本くんに、背もたれに身を乗り出した石田さんが聞いた。石田さんの質問に素早く反応した明石さんが「行く行く・・・」と歓声を上げげた。助手席に座りなおした石田さんが「竜さん、運転している時、後ろを振り向いたりしては危ないよ！　後部席に伝達したければ私に言ってね！」と険しい顔を向けて言った。家から湾岸線に合流するまで慎重にハンドルを握り、湾岸線に乗り入れるとスピードを上げ中央走行車線に割り込んだ。助手席の石田さんが手真似で、〝スピード！　スピードダウン！〟と幼児帰りのように囃《はや》す。石田さんの豊かな黒髪が風にあおられて後方に流れる。トリートメントの残り香も風に運ばれ、後ろでだべりあう二人の鼻腔をくすぐる。

「石田さん、マンゴーのような芳醇な香りが鼻を衝く！」岡本くんが石田さんの肩をつついて言った。


ああ、昨夜も眠れなかった。

竜くんの家からの帰り道、すれ違ったタクシーの後部座席に座っていた竜くん、暗くてチョット見え難かったけど私の眼は確かに捉えた。彼に寄り添うように座る、美しく肉感的な魅力を備えた若い女性も直感的に捉えていた。あの夜から深い睡眠に見放されて、眠りに落ちても、得体の知れない夢に翻弄され断続的な眠り中に疲れた肉体をトドのごとくベッドに投げ出し、けだるい精神《こころ》のままにぼんやり窓を眺める。微光はカーテンに映え、淡い紅の空を刻々と描く。微睡《まどろ》みは疲労を増幅、波のごとく寄せてはひく浅い眠りにかえって疲労が蓄積する。私は気合を入れて起き上がってみたものの、立ち上がった刹那、萎えた心の重みに筋肉が悲鳴をあげる。足を引きずり洗面に立つと琺瑯《ほうろう》の台に両手をつけて鏡台に淑子の顔をさらす。鏡に映る疲労困憊の顔に愕然とする。目を凝らすと顎の赤いブツブツに呆然と立ちすくんだ。

「化粧でごまかすしかないか。親の話しを無視した高校時代。金魚の糞よろしく、碌でもない男に入れ込んでいた大学時代。思い返すたびに赤面するけど、少しの事ではへこたれない性格と自負していた。でも、今回の事で、私の心臓は毛が生えているどころか、いかに脆い精神しか備わっていなかったと・・・」

顔を念入りに洗ってキッチンに行った。テーブルの腕時計を見る。眠れなかった代償と言えば苦笑ものだけど、出勤までの時間はたっぷりある。

〝朝食はご飯を・・・〟決断すると後先を考えないのが私の特技。米を研ぎ電気釜をセット、スイッチを入れる。野菜かごから玉ねぎ、冷蔵庫から底に潜っていた油揚げを味噌汁の具にする。小鍋に水を入れて頭を取りぬいた煮干をひと掴み入れる。煮立ってくる頃、お玉でアクを取り、一旦火を止めると煮干をすくい取る。再び火を入れて玉ねぎと油揚げを加えて、沸騰してきたら弱火にして味噌をこす。卵焼きを手早く作り、レタス・ピーマン・細切りニンジンをガラス皿に盛りつける。

炊き上がったご飯をお椀によそい、卵焼きに納豆を加え、味噌汁を食卓に並べる。ご飯を箸ですくい、味噌汁のお椀を手のひらにささげ、心の平安を希求しつつ、味噌汁を一口含んだ。味噌と煮干しから染み出た味と香りが口の中を満たし、ささやかな至福感を心に刻むように・・・。

パンとコーヒーだけの朝食だと何かに追われるような気持ち。でも、ご飯の朝食は主菜に副菜を二、三品添えればゆったりした心持ちになれると納得する。

食器を洗って洗面所で鏡を見ながら歯を丹念に磨いていると、今朝の苦渋に満ちた顔が消えて、いつも見慣れた私が映っている。顎の吹き出物も心なしか小さく見える。

「ねぇ、淑子！　あの時決心したでしょ。竜さんを陰ながら見守るって。だから、竜さんに恋人が出来たら潔く身を引いて祝福してあげなくては・・・」

授業は淡々と進んだ（不思議と思われるが、教科書通りに、横道にそれることもなく）。新入生の担当は未知数な点が山ほどあるが不安はなかった。生徒の内申書と成績に関しては、それぞれ出身校から提出を受け、机に山積みしてあるが、いまだに目を通していない。生徒を主観的な評価で一括りにする横暴な教師が存在することも、私が内申書を遠ざける遠因と思う。

〝新参者の頃、教頭に相談すると「新入り教師が生意気な・・・」と怒鳴られた〟苦い思い出として残っている。その時から、生徒を公正に評価（言葉は嫌だけど）する基準を自分なりに設ける。それに伴い自身に対する評価・観察力も備わってきたと思う。

まだ二ヶ月、ゆったり生徒に接していこう。

今日は湖畔に佇むように漣《さざなみ》が立つこと事もなく一日が終わった。帰りに買物でもして、今晩は美味しい料理を作って、ワインでも飲みながら過ごそう。ベランダのそばにテーブルを移動して林立するビルの隙間に沈む夕日を、街の灯を・・・東京湾にぽつんと浮かぶ漁火を観ながらワインを飲むのも悪い趣向ではない・・・。

一人で考えに浸っていると、幸せな気持ちが私に甦ってくる。

突然、バッグの携帯が震える。

〝お願い！　竜さん、メールを送らないで！　でないと、私は壊れてしまいます〟車を道路わきに停め、ハンドルを握りしめる両手の上に顔を伏せて咽び泣いた。

着信拒否設定を考えもしたけど彼の境遇を思うと（嘘つけ！）決断出来ない。穏やかで平安な家庭を・・・唐突に失った彼は、精神の崩壊から辛うじて這い出た。それと引き換えに聴能が壊れ、「あ」と「い」の区別が困難になり、言語が手真似を基本とするマイノリティへと追放された。普通の人・・・社会は、彼らを区別する。区別されることによって彼らマイノリティはあらゆる場面で差別・スポイルされる。耳が壊れても生きることに渇望しつつある彼に、受信拒否と残酷な仕打ちに踏み切れないでいる。自分に寛容な面が韜晦《とうかい》されていることを暗示してくれた・・・彼。でも、こんな私を「塙さんはもともと寛容な方ですよ」と言ってくれるでしょうか!?

泣きはらした顔を上げるとフロントガラスが鮮やかな茜色に染まっていた。夕焼け空を美しい・・・と思う心を切に願望しながら泣き濡れた眼で真赤に染まる西の空を眺める。

母は台所に立って野菜を刻みながら、時折、茜色に染まる西の空を窓越しに眺める後ろ姿を目撃し、あの頃の私は〝グズで、鈍臭い！〟と非難の眼差しを投げていたけど、今は母の気持ちが理解出来る。

「そうだ、母と暮らそう！」バッグからハンカチを取り出して涙を拭いた。バックミラーを覗き目元を確かめる。少し腫れぼったいが気にしない事にした。ウインカーを入れ、車を静かに発進させた。茜色に灰色が混在する頃、空は釣瓶落としに暮れていった。


七月初旬、沖縄県で梅雨明け宣言がされ、追いかけるように九州も三日後梅雨が明けた。今週あたり本州に梅雨明け宣言が出されるだろう。木々草木は萌黄色から濃緑色に染められ、晴れた日はカラフルな日傘がそこかしこに湧き出てくる。陽光は既に夏を告げているかのように燦々《さんさん》と降り注ぐ。

就職活動も終盤を迎えつつあった。岡本くんや明石さんの就職はどうなったのだろう？　二人から連絡はまだない。長い人生を考えれば就職活動が頓挫したとしても、焦る必要はないと考えたりもする。この事を岡本くんに話したら、「母が苦労して大学に行かせてくれたんだから、一日も早く就職して安心させなければ申し訳ない！」暗に君とは条件が違うよ！　と非難めいた口調で言われた。


夏休みが近いせいか講義も少ない。今日も図書館にこもり社会科学の参考書、聖書関連の本を借りてテーブルに積み上げているが一向にはかどらない。すべて淑子さんの事に尽きる。四月の終わり、留守中に訪ねてきて部屋の掃除と、ステーキを二人で食べるつもりで買ったらしい牛肉の下拵《したごしら》えをすませて冷蔵庫に入れてあった。皿に並べてラップした牛肉を見たけど、一目で奮発した牛肉と見分けられた。下拵えまでして帰った淑子さんの心が今もって分からない。

その夜、岡本くんと明石さん。それと初めて紹介された石田さんにぼくを入れて四人。意気投合して三度目のはしごはぼくの家でということで・・・。「淑子さんも合流しない!?」とメールを送ったけど返事はなかった。掃除して、ステーキの下拵えまでしながら忽然と消えた。

心当たりは、ぼくが四年に進級したとき淑子さんは料亭を予約してお祝いをしてくれた。この席で、大学院で学びたいと伝えた。その時は喜んでくれたけど、しきりに自分の年齢を気にする話がポツンと出た。年齢なんてぼくは気にしていないのに、急に泣き出して、「淑子さん、どうして泣くのですか？」と難詰しても〝嫌々！〟と駄々をこねるだけで要領を得なかった。

そのあとメールを送っても〝ごめんね・・・仕事が忙しいの〟これだけで・・・一段落したらメールするから・・・と、いつもならあったけど。それもなくなった。

こんな事情もあって、石田さんから〝竜さん、お元気？今夜定時に帰れそうなの・・・どこかで食事でも〟と、連絡があると都合がつけば待ち合わせるようになった。居酒屋で差し向かうこともあれば、石田さんの仲間と合流（連れてくることも）して合コン、カラオケ（石田さんのカラオケ評点数は五段階の四をキープ）に繰り出すことも・・・。あの夜、ぼくを翻弄した妖艶な肢体をさらして以来、服のまま抱き合うことも接吻さえしない。聖書の話題も何となく避けているような、あまり話題に乗せたがらない。何となく、弄ばれているような・・・。但し、手真似の指導は厳しかった。

だけど、石田さんの誘いを拒否することなど思いもしなかった。まあ、淋しかったこともあったけど、都合のつく限り誘いを受け、居酒屋の暖簾をくぐった。「良いこと、私といる時間は手真似の勉強よ。指文字も口話もご法度。分かる！」の通り、ぼくらは手真似を使って語り合った。初めの頃、ぎこちなかったぼくの手真似も石田さんのスパルタ教育で日常会話に困らないほど上達していた。

二人きりで飲んでいると、いつも石田さんの知人や会社の同僚、明石さんが合流してきた。明石さんは都の公務員二類に合格、面接も終わり通知を待つだけと・・・。仲間たちは、〝都二類なんて、すごいね！〟と巷の雀のように囀るが・・・本人は平然としていた。改めて合格祝いをすることに決め、とりあえず乾杯となった。

「竜さん、岡本さんの就職どうなったか連絡ない？」ビールを飲んでいると唐突に明石さんが手真似で言う。最近、指文字も口話もほとんど使わない。明石さんの手真似を読み取れるほどぼくは上達していた。

「いや、あれっきり連絡がないけど・・・岡本くんのことだから心配ないだろう」と楽観的に言った。

「岡本さんのことは脇において、竜さん、最近手真似が上手になったよ！」明石さんが横から言った。

石田さんは明石さんの話を微笑ながら見ていた。

「彼と初めて会った頃、手真似を全く知らなかったでしょ。でも、最初の頃は粗削りだった手真似も整ってきたでしょ。私とラブラブする機会はいくらでもあったけど、敢えて私の友人や同僚（会社の同期や先輩）を誘って手真似に慣れる機会を与えたからよ・・・」

「あなたがそんな設計図を描いていたなんて全然知らなかった。私に隠れてラブラブしていると疑っていたの・・・ごめんね！」明石さんは驚きながらも、疑惑が氷解して泣き笑いの顔をさらしていた。

「私は、竜さんと二人で過ごしながら手真似を教えても構わないと、最初は考えていた。私の場合はそうして教わったから・・・。でも、それでは教える側と教わる側になって、手真似が教科書通りになって、ぎこちなくて変化の乏しい手真似をマスターするだろうと考えたの。そこでみんなを呼んで

〝ワイワイ！〟だべったり、食べたり飲んだりする事で、自然に命の吹き込まれた手真似が身に付くのでは・・・との結論に達したの。それで彼と待ち合わせするたびに、彼の知らない人ばかり集まるから困った顔をする竜さんに申し訳ないと思っていたけど・・・。でも、ふたを開けると竜さんの手真似は、私もびっくりするほど確実に上達していくので私の考えは間違がっていなかったと。もう少し上手くなったら聖書のことなど・・・」と石田さんは、笑みを浮かべながら言った。

「そんな意図を隠していたなんて・・・弄ばれていると誤解して・・・ごめん！」石田さんを見ながらぼくが言った。

「そんな風にかしこまられては、照れちゃうよ！」石田さんが掌を突き出して言った。

ちょっとむくれ顔で言う石田さんを可愛いと思う。だけど・・・。

ぼく達は週末ということで「梯子する!?」と額を突き合わせて相談していた。

手真似の世界と異なった社会で過ごさざるを得ないと（口話が出来る人でも）、普通の人（健聴者）には理解し難いストレスが溜まってしまう。マイノリティの宿命でもあるけど・・・。梯子の話がまとまりかけてきたので、岡本くんと淑子さんにメールを打った。待つまでもなく携帯のバイブが震えた。岡本くんからメールが・・・。

『今日、第一志望の電機会社から採用通知が来たよ。報告が遅くなってすまない。出先が房総方面で今帰宅途中、参加するとしたら君の家が一番近い。この間も、今夜も待合所のように君の家を使わせてすまないが、やるなら必ず行くから。勿論、全て割り勘で・・・』

石田さんに携帯を見せると、岡本くんのメールを眉間にしわを作って睨んでいた。それから石田さんは困惑した顔を隠そうともしないで、「竜さん、あなたそれで良いの？」と言った。

「みんなが良いというなら構わないけど。石田さんは反対!?」

「大きな家に独りで暮らしていて誰に気兼ねすることもないから、気持ちの上では解放されるわ。でも、慣れてくるとタダより安い物はないからと溜まり場になるのは良いと思わない・・・。竜さんは大学院で研究する目標を掲げているなら、少なくとも誰にも邪魔されない環境の保持は大事なことでしょう・・・」石田さんは言葉を選びながら忠告してくれた。

「ありがとう！　そこまで考えに至らなかった。自省します。今回は岡本くんの就職祝いを兼ねて・・・」あとの言葉はのみこんで言った。

石田さんが渋るのを説き伏せ、ぼくの家で二次会と決まった。明石さんも石田さんに倣って渋い顔をしていたけど、ぼくは素知らぬふりをしてやり過ごした。岡本くんには〝OK！〟の絵文字を送っておいた。会計は「私たちに任せて！」と石田さんと明石さんの二人が言うのでしぶしぶ従う。駅から近いスーパーで買物する前に石田さんと並んで歩きながら「ビール・ワインなどアルコール類は家にあるから・・・買わないよう」と念を押した。

石田さんは渋面を作りながらも、〝ありがとうございます。お言葉に甘えて・・・〟と、かしこまられたのには閉口した。

買物をすませたぼくを加えて六名は二台のタクシーに分乗、自宅に向かった。銀杏並木のトンネルを抜けると芝生の庭の奥に和風造りの家が見えた。家が見えるたびにお父さんお母さん、陽子が「がんばって！」とささやく声が聞こえる。耳が壊れてからは鮮明に声にならない声が聞こえてくるように思う。

玄関まで伸びる石畳の横にタクシーが停車すると、玄関の石段に座ってタバコを吸っている岡本くんが見えた。タクシーの支払いをすませて下車したぼくは、両手を大きく振りながら大声で叫んだ。三度叫んだとき岡本くんがぼくを見つけて片手を上げた。ここに来るのが初めての三人は、〝ビックリした！〟〝驚いた！〟と、上半身をフルに使って手真似で叫んでいたけど黙って横を通り抜けた。

ぼくが玄関を開錠、ドアを大きく開けると、買い物袋を下げた石田さんが先に上がり明石さんが続いた。口をあんぐり開けて学校のように広くて長い廊下に〝ポカーン〟と眼が空中を彷徨う三人の肩を叩いた石田さんが、「世界の終わりのような顔をしてないで手伝いなさい・・・」と言ってキッチンに追い立て、お酒のつまみを作り始めた。ぼくと岡本くんは地下の酒蔵に酒を探しに降りていった。ぎっしり詰まった棚の前に立ったぼくは岡本くんと向き合い、「就職おめでとう！　お祝いに君の飲みたいと思う酒を選んで・・・」と言った。

「ありがとう！　今夜は日本酒が飲みたいけど・・・」

「じゃ、日本酒の陳列棚に行こう」ぼくは彼の背中を押して、日本酒の棚に歩いた。

「それにしても・・・日本酒の棚を見上げる都度圧倒される」岡本くんはため息を漏らした。

岡本くんは大型冷蔵庫から新潟酒造の冷酒を取り出し、陳列棚から北陸の吟蔵酒を抜き取った。

「君に勧めたい日本酒を挙げるとしたら、長野県【真澄】だけど・・・今夜は君の就職祝い。君の好きなもので構わない」と言った。

石田さんと明石さんのために五年物赤ワイン、去年製造の白ワインを選んでリビングに戻った。キッチンでは石田さんの指示で四人がてきぱきと動いていた。リビングのテーブルには野菜サラダや生ハム、ウインナーソーセージが盛り付けられていた。どこで見つけたのか大皿にビーフステーキが五枚横たわっていた。グラスと皿なども体裁よく並べられていて、石田さんの指示の的確さに感心する。最後に、明石さんが大皿に盛られた焼きうどんをテーブルの中央に置いた。

「岡本さんと明石さんの就職を祝って乾杯しましょう！」

みんながテーブルを囲むと、ぼくがビール瓶の栓を開けて石田さんに渡し、二人で手分けしてビールをみんなのコップに注いでいった。注ぎ終わったところで、「私で良ければ乾杯の任を引き受けたいけど・・」と石田さんがコップを掲げて言うと、石田さんの同僚が〝賛成！〟と手を挙げてはやした。石田さんには、明石さんもそうだけど人を惹きつける、捻じ曲げて言えば、石田さんに逆らわない暗黙の了解事項が刻印されているような印象を受ける。と言って、石田さんが強権的とまでは思わないが・・・。

「それでは私が乾杯の音頭を取ります」石田さんはコップを置いてソファーから立ち上がると、「この場所と飲み物を提供して下さった竜さんにお礼を言います」ぼくを一瞥しつつ一礼する。「挨拶は端折って、明石さんが都庁公務員内定、岡本さんが大手電機内定おめでとうございます！　具体的なことは各自に質問いただくとして、先ずは乾杯と行きましょう！」石田さんがコップを掲げると一斉に〝乾杯！〟とコップを合わせた。

岡本くんはTVを背にしてぼくの正面に、岡本くんの隣に明石さん。ぼくの左に石田さんが座を占めた。石田さんの同僚はそれぞれ好き勝手に座ってビールを飲み焼き肉をほおばっていた。乾杯のビールを飲み干した石田さんに、労いの言葉を言って空になったコップにビールを注いだ。

石田さんが小皿に焼きうどんをよそってぼくの前に置いた時、岡本くんがチラッとぼくと石田さんを交合に眺め、素知らぬ風に目を背けた。ぼくは見ないふりをして、「焼きうどんだけど、石田さんが作ったの？」とさり気なく聞いた。

「そうだけど・・・口に合いませんか？」

「いや、ソースの味がほど良く絡んで美味しいから・・・。石田さんはてきぱき指示して、短時間にこれだけの料理を準備する、お世辞でなく特別な才能だと思いますよ」

「ありがとう！　自慢するようだけど、自分でもそう思い、お店を持つことも考えたけど、でも家庭料理の知識だけで商売出来るほど甘くないので・・・聴覚障害者でも構わないというスポンサーが現れれば別ですけど・・・」石田さんは淋しそうに呟いた。

「本気で考えてるなら、方法はあると思うけど・・・」ぼくが言うと「本気にするなんて、竜さんって純情ね！　今の仕事は気に入ってるから辞める気なんてあり得ませんよ。残業ばかりだけど・・・」石田さんは微笑みながら言った。

明石さんの友人にビールを勧められて、石田さんとの話は打ち切られた。注がれたビールを一気に飲み干したぼくは、グラスを替えバーボンを掴んだ。石田さんが気を利かせて氷ポットから塊を二個グラスに落としてくれた。父の好きだったバーボンを、いつから口に運ぶようになったのか記憶も曖昧になって来た。そんなに歳月が過ぎたわけではないけど、生きる希望が湧いてくるとともに、どうでもよい記憶が消滅、登山家がマッターホルン北壁征服の次は、と考えるように新たな目標がわいてくる。ぼくにとって家族は何物にも代え難い存在であった。バーボンを喉に落とす都度、父に対して感謝の念が抑えがたい（たまたまそこに置かれてあったとしても）。ぼくが社会人となり、父と差し向かいでバーボンを飲む可能性は、今となっては想像すること自体が愚かなこととしても、訪れる機会は限りなくゼロに近いだろうが・・・。焼却炉から骨の欠片《かけら》を骨壺にひと欠片入れた瞬間、後ろからポンと父に肩を叩かれる錯覚を往々にして感じていた。

スコッチの上品な香りと異なり、バーボンは野生の香りが口腔一杯に広がっていく。父の書斎で正気を保つため飲むことが多かったけど、居間のソファーに体をあずけレンタルの西部劇を観ながら飲むことも。淑子さんがぼくの肩にもたれかかる時、ハリウッドの恋愛モノを観ていたけど・・・。淑子さんもぼくに倣ってバーボンをチビチビ飲みもした。ぼく達は夜が更けるのを忘れて色々な事を話しもした。だけど、あの女《ひと》は、ぼくのそばから陽炎のごとく消えてしまった。

岡本くんはN電機の一般入社試験を受けてトップに近い成績で合格したけど、面接で聴覚障害者と伝えた刹那、一転人事課長の態度がコロッと変わり、「不正をしたのではないか？」と執拗に問われた。挙句、当日の試験官を面接室に呼び押し問答に時間を費やした。採用は決まったけど通知では準社員扱い。仕方なく大学の就職担当に相談、担当がN電機に抗議したところ一週間待ってやっと正社員採用の通知を受け取った。岡本くんは憤慨遣る方ない態度を崩さず、「ぼく自身は勿論、仲間が社会的差別を受けないように頑張って来たけど、社会は障害者を一緒くたにしか考えようとしない。特に、ぼくたち聴覚障害者に対して酷い。彼らにとって耳が聞こえない、それだけで同類と決め付ける。そこでは人格なんて忖度《そんたく》する必要がないと言う固定観念があると思う」吐き棄てるように言う。

岡本くんの憤懣は、ぼくが自動車教習所で受けた仕打ちからでもよく理解出来る。彼らは固定観念に凝り固まり、想像力に欠け学ぶ努力をしないところにある。入社選考過程の不都合は岡本くんにN電機に対する不信感を植え付けるだろうけど、彼はそれほど愚かな人間ではない。これをバネにまた一段の飛躍をしていくだろう・・・と、岡本くんの横顔を見つめながら考えていた。これから半世紀にわたる人生をN電機で送る岡本くんは、大学で実践した不都合に対する怒りを、日本を代表する企業でも静かに実践していくだろうと・・・。

隣の明石さんが岡本くんに日本酒をお酌しながら慰めたり、励ましたりしていた。ともあれ、大学の四年間、聴覚障害者の情報保障を大学当局に対して孤軍奮闘して来た岡本くんなら、会社でも別の形で自分の立ち位置を形成していくだろう。
岡本くんの問題について不思議なことに、石田さんは一言も語らなかった。同情も同意も同感の姿勢も声明する態度を表さなかった。無関心は装わないまでもわれ関せずの態度を不思議に思う。石田さんは、五年物ワインを自分でグラスに注ぎ（ぼくも気がついたら注いであげた）、レタスに生ハムとサラダを包んで静かに口に運んでいた。自分で料理した焼きそばを湯気が消えない前にひと皿盛り付けると二度と箸をつけなかった。時折、ぼくの肩に触れ、〃このワイン美味しいわ！〃と、囁きながらグラスをぼくに掲げた。

午前をかなり過ぎた頃、石田さんの同僚が、お風呂があるなら入りたいけど・・・周りに気を使いながらぼくに尋ねた。ワインのグラス越しにぼくらの会話を察した石田さんが、ぼくの許可を求めて同僚を浴室に連れていった。明石さんの知人も一緒に入りたいわと言って、明石さんも渋々ぼくの許可を求めて石田さんのあとを追った。結局、女性四人が洗面所に消えた。案内に立った石田さんも戻らなかった。

「君は大学院に行くって言っていたが、決心は変わらないのか？」女性が風呂場に消えて二人だけになると話題を変えて尋ねる（二人だけで話すのは久しい）。手真似の喧騒が消えたリビングで、開高健が絶賛した「真澄」を飲みながら岡本くんがぼくに問いかける。

「その前にもう一度、就職おめでとう！」とぼくが言った。

「ん、ありがとう。気をもませたようだけど・・・」しんみりと感謝を込めて言った。

「母子家庭育ちの君が、お母さんのことを考え勉強してきた結果だから、心からおめでとう！　と言うよ」

「ありがとう！」と、岡本くんは頭を下げた。

「質問の件だけど、チョット長くなるけど・・・いいか？」

「いいよ！」小指の腹で顎を二度叩き手真似で応えた。

「大学院の事は、まだぼくの中で確定していることではないが、それに沿って考えてもいる。大学も地球が一周するだけの時間が残っているから熟考するに充分と思うが・・・。奇妙な（と言えば怪訝に思われるだろうけど）運命に翻弄（最近そう考える）され、だだっ広いこの家に独りとり残されて・・・耳も壊れてしまった。父母と妹がいなくなって、音を失って異なった世界（ろうあ者の知識も、存在さえ知らず）に墜ちて（揶揄的な言い草だけど）も、ぼくが救いを求めるのは神でなく地上《ここ》に存在する命のある人間なのだと。

それまで神の存在（信仰）なんて考えもしなかった。何故って、考える余地なんてどこにもない平安な家族があったから・・・。繰り返しになるが、天涯孤独の身にドン！　と突き落とされてから、父の書斎に二年近く芋虫のごとくこもっていた。カーテン（遮音と防音を兼ねた）を締め切った書斎には闇があった。だけどぼくの心は書斎の闇よりもなお深く、暗黒の森を彷徨っていた。ある日（いつのことか記憶にない）、淡い光が書斎の闇に灯った。一瞬の事なので目の錯覚か、幻影の兆候が表れ始めたのか？　ぼくの視線が光を捉えるまで時間的余裕を与えられたのか、今となっては分からない。ぼくは手探りでスタンドを探しスイッチを押すと、光の灯る方にスタンドを照射した。光があたる書架の上段に宗教に関連する書籍がびっしり並んでいた」

　ここまで語ったぼくはカラカラに乾いたのどを潤すべく、氷の溶けかかったバーボンを放り込む。岡本くんは真澄のグラスを両手で包むように持って、ぼくの手真似と指文字（手真似で表現する言葉を知らないとき）を黙って見つめていた。

「書架には聖書から仏典、コーランなどが、ギッシリ収まっていた。解説書、参考資料類も・・・。父が収集した宗教関係のファイルも整頓されて並んでいた。聖書関連の文献が多くを占め、「創世記」「出エジプト記」「ヨハネ黙示録」などは単行本（文庫本も含む）化された書籍が占めていた。ぼくは黒革表紙のぶあつい聖書を机に置くと光に導かれるまま読んでいった。ただ、聖書の教え、独特の言い回しに難渋する事で、父が聖書関連の専門書を揃えてきた理由をぼくなりに理解（本当の真相は分からないが）するようになった。ぼくなりに解釈すると、父が教会や寺社の教えに類することなく独学で研究（なぜと問いかけても・・・）していたことを想像する。なぜかって浅慮なぼくには推し量れないから。それら専門書の出版社を調べると教会関係の出版社は「聖書」以外一冊もないことからそれほど誤った解釈ではないと。具体的に上げれば、岩波書店、中央公論社など大手出版社の刊行がほとんどを占め、有名作家の手になる「歎異抄」、「シッダールタ」「狭き門」ヘルマン・ヘッセ、「ダライ・ラマ対話集」も書架に並んでいた。「創世記」「出エジプト記」「ヨハネ黙示録」を読み、「シッダールタ」を読みながら「神」についてぼくは様々な角度から考もした。聖書は、古典文学としては世界で一番（教会の配布する聖書も含め）読まれた書籍と、理解するに至る。また、聖書は朗誦《ろうしょう》、すなわち読み聞かせることを基本としている。牧師が信者に対して神に代わり朗誦する。キリスト教信者の石田さんは朗誦が聞こえない事から、牧師さんに予《あらかじ》め示された箇所を暗誦する事で、石田さんと教会は辛うじて一体感を保ち、信仰を可能にしてきたと思う（音を失った者にこれ以上を求めるのは酷ではないか？）」

　石田さんから受けた手真似特訓が結実した結果、ここまで指文字交じりで話すことが出来た。ただ、慣れない手真似を使うことで肩に少なからず疲労を感じた。これは生来のろう者、手真似を言語とするろうあ者には起こり得ないと、後で認識することになるが・・・。ぼくは空になったグラスに氷を落としバーボンを継ぎ足した。

「チョット外の空気を吸ってくるよ」ぼくは言った。

「俺も一緒に・・・」岡本くんは立ち上がりながら言った。

彼は立ち上がった拍子によろけてぼくの肩を左手で掴んだ。外に出ると透き通った空に数えきれない星が煌めいていた。ぼくはジャンパーのポケットからショートホープを取り出し、一本口にくわえてジッポで火を点けた。やすりと石が摩擦する小さな擦過音、点火するときの発火音が掌に伝わり、アルコールの微かな匂いが漂う。

「いつからタバコを・・・」暗闇に浮遊する紫煙をチラッと追いながら岡本くんが言った。

「もう二年になるかな・・・」門柱に灯る光が靄に包まれピント外れの白黒写真のように浮かんでいた。寒さが厳しくなる季節には裏の公園から靄が音もなく侵入してくる。吹きかけた煙が靄に吸収され喪われていくさまを見ながら「君は・・・」と聞いた。

「言わずもがな・・・吸っていたら母に対する背徳だろと言うのは嘘だ。隠れて吸ってるよ!」岡本くんは無声映画の俳優のように頭をかいた。

寒さにガタガタ震えながらリビングに戻ったぼくらは、あらかじめセットされた家具のごとく同じ位置に収まった。岡本くんは時折、手真似の誤りを訂正する以外、氷ポットに挿した「真澄」をグラスに継ぎ足し、黙々と飲んでいた。

「明石さんの教会では、牧師の語る聖書の教えを、手話通訳者がろうあ信者に手話通訳。牧師→手話通訳者→ろうあ信者と言葉を訳(聖書の言葉→手話言語)する行程で、牧師の語る教えが要約(一語一句手話で表現することは不可能だと思うから・・・)される。聖書独特の言葉の翻訳から手話表現することで、ろうあ信者に歪められ伝道《つたわる》のではとぼくは考えるが・・・。聖書については分からない事が多過ぎる。まあ、聖書を熟読しないぼくにも責任の一端はあるが・・・」ここで話を区切った。女子連の入浴は長いと噂で聞いていたが、それにしても・・・。

「ぼくの資産のことは今のところ知らない。独りになった時、ぼくは未成年だったから。父は起こりうる様々な面(戦争・原爆・自然災害・家族の事故など)を想定、用意周到に弁護士と遺言を作成していた。地下室もその中に入ると思うが・・・。遺言作成の過程で委託先の会計事務所も加わったと考えられる。父が若くしてここまで想定しなければ平安をもたらさないと考えたのは、成長の過程で父が被った突発的な出来事があり、父に消し難い傷をもたらしたことから、家庭を作ることで突発的な現象に備えたのだろう、と・・・。告別式の日、『生活のことは心配しなくて良いから勉強に集中して下さい』と会計士に伝えられ、銀行カードを渡された。生活費は口座に振り込まれ、学費は会計事務所が振り込んでいると思う。父が起業した会社の株も過半数あり、父が事故(病気)にあった場合に備え、自動的に家族へ移譲されるように公証へ提出されていたのだろう。ぼくの順位は母に次いで二番目だけど、母も亡くなったのでぼく一人が相続人となるけど・・・」

「・・・・・・」

「話が横道にそれた。大学院で「聖書」研究会に入ると考えもするが、信仰に入ることはない。君に言わせれば金持ちの道楽と思われるだろうけど、ぼくの混沌とする心を整理するまで、ほかの選択肢は考えられない」

　いつの間にか石田さんが妹のパジャマを着て、ぼくの手真似に見入っていた。

「みんな長風呂に疲れたのか、眠りたいというので、私が部屋を割り振りしました。勝手にやってごめんなさい・・・」

石田さんは俯き加減に言った。

「いいえ、ありがとう！」石田さんにお礼を言った。ついでに「岡本くん、風呂はどうする？」岡本くんの膝をつついた。

道程

　岡本くんが風呂場に消えると、ぼくは、宴の名残の片付けに取りかかった。グラスや皿をお盆に入れてシンクに運んでいると、歯を磨き終えた明石さんが腕まくりをして「私たちが洗うから」と、明石さんは石田さんに同意を求めるようにウインクした。シンクを二人に任せたぼくは、リビングに戻った。サラダ、ハム、焼き肉など残り物はタッパに移して冷蔵庫にしまった。普段買ったことがないポテトチップス、パイなどはまとめて袋に入れ、明日（もう朝だけど）解散の時、希望者に配ればと思いながら袋に詰めた。リビングの片づけが終わる頃、岡本くんが風呂から戻ってきた。洗髪したらしくバスタオルで頭髪を拭いていた。

「ぼくの部屋だけどこの前泊まった部屋で良いか？」

「部屋割りは石田さんに聞いて・・・」とぼくが言うと、

「石田さん？　君たちいつ婚約したの・・・」と、皮肉っぽく言葉を端折った岡本くんは廊下を歩いて石田さんを探しに行った。石田さんもどこかの部屋に入ったのか、キッチンは小さな電気だけ灯って薄暗かった。ダイニングに置いた携帯を開いてみたが着信はなかった。先生からメールも届かなくなった。

　ぼくは冷蔵庫から缶ビールを取るとプルタブを開けて一気に飲み干した。これだけではモヤモヤした気持ちの治まりようがないと自分でも分かっている。いつからか、淑子さんのことになると、ぼくは感情の起状が激しくなってきたように思う。以前はそうでもなかった。この現象をなんと説明する？

　寝室のドアを開けると壁際の間接照明が点いていた。今朝確かに消したはずの照明が・・・。目が暗闇に慣れるまで間があった。でも、薄闇の中でも見慣れた部屋の異変は即座に分かった。ベッドのかけ蒲団がなだらかな丘陵を作り、微かに動いていた。人間が一人横たわるように・・・。ぼくはベッドに近寄って刑事のように覗き込んだ。石田さんは、泣き濡れた顔をぼくにさらしたまま、あふれる涙で枕を濡らしていた。

「どうして泣いているの?」ぼくがベッドの端に座って聞いた刹那、堤防が壊れたように肩を揺すって嗚咽を繰りだす。石田さんは泣きはらし、涙であふれる顔をぼくにさらしたまま静かな沈黙に入った。

「・・・・・」かけ蒲団を静かに開いた。石田さんは裸で横たわっていた。肢体を美しく魅せる技巧を凝らして横たわっているかのようでもあった。

「ねぇ、どうして・・・」と、問いかけるぼくの身振りを遮り、ぼくの冷たい手のひらが肌をなぞる感触を待ち望んでいるかのように、両腕が蛇のようにぼくの首に絡まり彼女の胸の谷間に導かれた。ぼくらはお互いの唇を餓えた獣のごとく求め、激しくむさぼりあい、舌を絡めて愛撫しあった。

彼女の中ではてた刹那、彼女は腰に四肢を絡め、最後の一滴を絞るかのように締めつけた。

ぼく達は手真似を交わすことなく体を重ねていた。抱擁の名残が点々と滴となって背中に噴き出ていた。ややあって、ぼくから離れた彼女は毛布を引いて胸を被うとポーっと上気した顔をぼくに向けて語り始めた。

「竜さん、初めてお会いしたとき、あなたが好きになりました。〝何故、好き!〟と問われてもあてはまる言葉を私は思いつきませんが、あえて例えれば、イエスの引き合わせ、と答えるでしょう。この確信は今も変わりません。

でも、竜さんに、私が逆立ちしても太刀打ち出来そうにない女《ひと》がいると、最近確信を持ちました。あなたの気持ちを私に振り向かせよう、あなたの心の中にある愛(それは愛とは異なると思いますけど・・・)を引き剥がそう! 気が狂いそうな思いを日夜夢に見たことでしょう。でも、戦う前から分かりきった事と理解しました。きっと私の知らない特別な・・・、多分愛とは別次元の、竜さんの歴史と深くかかわりのある事柄だろうと・・・」

「・・・・・」今度はぼくが黙り込んだ。

「竜さんに初めてお会いして、お宅にお邪魔した時、話したことがありましたね。家庭の普遍的な存在を妨げる元凶の父を、母から引き剥がし追放したことを・・・。父母が揃っていた家庭も貧しかったけど、追放することで貧困のドン底に墜ちました。背丈は中学に上がった私は年齢を偽りバイトに明け暮れました。背丈は中学生として大きい方でした。父を追放する戦いから表情も歪み子供っぽさが失われ、そのおかげもあってか、どこでも二つ返事で働かせてくれました」

ここまで語った石田さんは水差しの水をコップに注ぐと一

気に空け、それから息を整え両手で顔を覆い隠した。次の言葉を模索するかのように。

「あなたと向き合って話すのが辛い。聞こえれば後ろを向いて語ることが出来るのに、こんな時ろう者って不便ね！」彼女は呟くようにいった。

　相槌を願っているように見えるけどぼくは黙って、石田さんの手先と表情に集中していた。沈黙のあと間を置いた石田さんは再び語り始めた。

「バイトは大学を卒業して入社式の前日まで続けました。だから人を恋する時間をひねりだすのは、私にとってパズルを解くより難しい問題でした。竜さん、あなたは初恋も加えて私の初めて愛した方。手真似を知らないあなたに、手真似に慣れていただくためとはいいながら私って駄目ね！　ごめんなさい。でも、あなたを強引に誘惑したことはこれっぽっちも後悔していません。それとともに、あなたも、こと性愛に至ってはどこにでもいる男《ひと》と思いました。だって、愛する女がいるのに誘惑に乗るなんて・・・」石田さんは拗ねるような困惑した顔をさらして言った。

「あなたのおっしゃる通り、誘惑にひれ伏して彼女を裏切りました。だけど、あなたのような麗しい乙女に誘惑されて拒むことが出来る男《ひと》がどこに・・・」

「・・・・・」

「石田さんの洞察力にはかないません。彼女は高校の恩師。恋愛対象と意識するようになって一年と少し。耳が壊れ、精神の崩壊の危機に瀕し、ぼくの心がぼく自身からが遊離《はなれ》、漂流の瀬戸際に陥ったころ、家族を交通事故で喪《うしな》い、遺体安置室から葬儀まで励ましてくれた先生（最近まで彼女を先生と呼んでいた）に無意識に救助を求めました。あなたの言うように、これは愛の形ではないかも知れません。でも、今もこれからもぼくには大切な女に変わりありません」

　ぼくの弁解じみた語りだけど、これで完了とは思わないが・・・。石田さんの表情から説明不足だと思うけど、これ以上ぼくに何が言えるだろう。

「竜さんのお話は、私にはとても残酷です。そして、私の初恋は今夜で終わりました」

　彼女は唇を〝ぎゅーっ〟と噛むとベッドを離れ、ジュータンに脱ぎ捨てたガウンを拾って静かに部屋から出ていった。ぼくは石田さんを追いかけるか躊躇したけど金縛りにあったようにベッドから離れることが出来なかった。

　その夜は一睡もしなかった。

　四月、大学四年に進級した。

　その日、進級して最初の講義を受けるために大学の門をくぐった。明治時代に創立されただけあって玄関口のロータリーに植えられた欅、校門まで伸びる道路の左右に並ぶ銀杏の木々は幹が太く、枝も四方に広がり小さな森に佇んでいるかのような趣が確かにあった。大学の校歌に都西北の森と詠《うた》われる木々の新緑が眩しい。新入生が校門を背に母親と撮影する風景。学ラン帽をかぶる田舎から大志を抱いて上京した新入生。門の奥の古ぼけた木造校舎に見入り闘志を燃やす新入生。ぼくはそれらの光景を横目に、講義が開かれる奥まった校舎へ石畳を踏みながら歩いて行った。

この大学で知遇を得た岡本くん。岡本くんを介して知り合えた手話サークルのメンバー。講義の時、筆記通訳してくれた先輩たち、ぼくら交友のあった友人達はみんな就職して社会人となった。満員電車に悪戦苦闘している噂が時折流れて来るが、聴覚障害者の故に、謂われなき差別、スポイルに悔し涙を流す先輩の事も往々に情報が流れてくる。

希望する職種に配属されず、グラウンドほどもある広い倉庫の管理に汗だくで走り回る毎日に不満を爆発させて辞めた猛者の噂も・・・。彼らに様々な壁が立ち塞がっても、容赦なく彼らから時を奪っていく・・・人生の時を・・・。彼らは健聴者を超える学力を、鉛筆を握る掌から血を流し勉強してきた聴覚障害者も。障害者の現実がそれだ、と決めるには余りにも不条理ではないのか!?

社会人になった岡本くん、明石さんの入社祝いを石田さんと計画した。メンバーは石田さんが声かけを引き受けてくれた。石田さんとは、私的な関係が終わっても、岡本くん、明石さんの入社祝いは別の問題と割り切り熱心に賛同者を集めた。ぼくは先生を誘ったけど波紋は届かなかった。ぼくらの間にぽっかり穴が開いて時間の経過とともに修復が絶望的になっているのがハッキリしてきた。石田さんは知的で、麗しく聡明な女《ひと》と理解しているが、ぼくはあえて好意のそぶりは示さなかった。なぜと問われても答えられないけど・・・。

ぼくはインターハイに向けて集中して練習していた頃のように、閉館間際まで図書館にこもり日本古典文学資料の山と格闘した。その時間は、淑子さんのことも石田さんのことも思うことも、考えることもなかった。

就職祝いからひと月経った頃、岡本くんから「新宿で飲もう!」と連絡があって待ち合わせの場所に行くと、岡本くんの隣に明石さんが紺のブレザーとスラックス姿でニコニコ手を挙げていた。二人の交際は飲み会からかなり進展しているように察せられた。会社の同僚と並んで顔を見せた石田さんに、ぼくが「やあ!」と手を挙げると、立ち止まった石田さんはスカートに両手を重ね、「お久し振りです・・・」と、腰をかがめて挨拶し、そのあとはニコリともしなかった。

あの日宣言した通り、石田さんは頑《かたく》なだった。

岡本くんと明石さんは、ぼくの家で梯子して以来、親密さが加わった様子が二人の会話や素振りから見て取れた。冷ややかと思われそうだけど、ぼくは特に評価も批評も加えなかった。ただ、石田さんが二人に対して注ぐ冷ややかな眼差しが少し気にかかりもするが。明石さんも岡本くんも英語が堪能で、入社試験の成績は群を抜いていたと聞くが、岡本くんは入社早々、文書課配属が決定。一般入試で合格した彼の心中をぼくは推し量れないし、考えようとも思わない。ただ、障害者枠で入社した社員の配属先である文書課に、一般入試で入社した岡本くんの配属先が文書課とは会社の質が問われると思う。明石さんの配属先について都庁もパズルを解くようにいかず、「配属先がなかなか決まらないのよ！」と、明石さんはぶつぶつ言っているが、その割に焦っているようにも落ち込んでいる様子もない。久し振りに会った仲間との噂話に花を咲かせて、今の境遇を楽しんでいる様子。だけど、紆余曲折があるとしても、二人の新しい出発を、ぼくは誰よりも祝福することに変わりはない。

先生からの近況も蝋燭の灯がフッと消えるように途切れ、近しい友人は就職、同学年の知人は就職活動に駆け回る。オイルショックから回復しつつあるが、どの会社も内部留保に精を出し働く人の賃金を抑えている。賃金上昇が見込めなければ消費の上昇カーブも描けず日本経済の停滞を招く悪循環に陥っていた。企業採用条件が頭数確保から人材優先に絞られ、就職環境の厳しさはオイルショックほどではないにしても、のんびり飲み会に参加する余裕はないらしい。マンモス大学のW卒業生でも一流企業に就職出来るのはほんの一握り。ぼくには関係ないと今は言っていられるが、先のことはぼくにも予測出来ない。

話が横道にそれたから戻す。ぼくの交友関係は手真似が出来るようになってもまだまだゼロに近い。何だか異端者扱いされて声をかける人がいない。誰が漏らしたのか、〝竜さんって、ひとり者で私たちが近寄れないほどお金持ち！〟そんな噂がアメーバのごとく広がっているらしい。

先生にはメールを送っても、着信（拒否設定はしていない）しているはずなのに手元の携帯は沈黙、バイブレーションは錆びついたかのごとく蜂のように唸らない。去年の秋、料亭で別れてから怪しくなった、と言うより、ぼくが大学院で研究したいと相談を持ちかけた刹那、にこやかな表情に雨雲が陰り時雨が降り始める。大学院に行くことは賛成、なのになんで泣くのか、女性の気持ちが読めないぼくは理解に苦しむ。先生に好意以上の気持ちは常に持っているのに苛立つ。石田さんが指摘するように、ぼくの中にあの女が蔦のように絡みつき衰えることはない、と。だけど〝愛情を持っても結婚は、ぼくの立ち位置からまだ現実的でない。現在も・・・〟と思う。勿論、社会人であればお父さんとお母さんのように愛する人と家庭を、家族をとは考えてはいる。何故って、独りぼっち、はいやだから・・・。

淑子さん以外の女《ひと》とは今のところ考えもしないのに・・・。

四月の終わり、父の会社の弁護士と接見した。弁護士にF

ＡＸで問い合わせ、弁護士から日程についてＦＡＸがあり、先方指定の日時に問題はないと伝えた。ＦＡＸでの問い合わせについて弁護士は特に疑問を持たなかった。

地下鉄大手町駅から徒歩数分のところに本社（父の創業したＩＴ会社）があり、ぼくはＪＲか地下鉄か迷ったが、ひさかたぶりに東京の風景に思いを馳せたくてＪＲを選んだ。父の生存中、東京にはほとんど父の運転する車で行っていたけど・・・。車の窓や高架鉄道の窓から眺める風景もさることながら、季節感がなんとなく爽やかに感じられる。東京には緑がないと伝聞されるが、電車の窓から眺める東京の風景には結構新緑が映えていて、小さな森と思わせるような公園もチラホラあって新鮮な感じを受ける。臨海線で通過する埋め立て地の公園は人口森林とは思えないほど緑が茂っていた。何よりも東京湾にポツンと浮かぶ漁船の風景に惹かれる。

東京駅からの歩きとなったが、駅から皇居に向かう歩道は拡幅され、行き交う人に触れることもなく歩きやすかった。会社は日比谷通り手前の道路の奥まったところにあった。外観が花崗岩の壁に覆われ春の日差しに映えて美しい。皇居が近いこともありプライバシーに配慮したのか、はたまた景観を考慮したのか、周辺のビルは低層に統一され、その代わりなのか、建築面積が広く昔の軍艦を思わせる。

玄関に入ると吹き抜けの空間がぼくを迎えた。大理石が敷き詰められた床は間接照明に眩しく反射していた。正面に受付があり、会社の制服を着た容姿端麗な女性がにこやかに挨拶していた。ぼくは受付に行くと、名前を告げて弁護士に面会を求めた。

「竜様ですね。武田寛治弁護士から別室でお待ちいただくように言い付かっております」

女性は、テーブルの下から封筒を取り出してぼくに差し出した。ぼくは封筒を受け取り中から折りたたまれた便箋を抜きとって読んだ。

『竜慎一様　遠くから来社いただきありがとうございます。午前中、緊急を要する会議が入りました。竜様には大変申し訳ありませんが、一階の喫茶室でしばらくお待ちいただけませんか？　お待ちいただけるのでしたら社員が喫茶室へご案内します。　武田寛治』

読み終わったぼくは受付嬢に待つことを伝えた。

「分かりました。少しお待ち下さい。竜様を喫茶室にご案内する担当者を呼びますので」

手紙の内容を弁護士から申し付けられているのか、手元の受話器を取り連絡を入れていた。受付から離れたところで待つまでもなく、会社の制服を着た二十代半ばの女性が急ぎ足でこちらに向かってきた。

呼び出しを受けた女性は、受付嬢と二言三言話し終えるとぼくの方に近づいてきた。肩まであるブラウンの髪、瓜実顔に清楚な感じを漂わせる小さな唇。だけど、眉はやや上向き加減、細い眼にマッチする!?　やや細めの体系に濃紺色のベストが似合っていた。

ぼくの傍らに近づいてきた女性は、人差し指と中指を揃えて額に当て、左右の人差し指を対面させると第二関節を折り曲げて、二人が対面挨拶する形を、少しぎこちない手真似で表した。ぼくに挨拶をする女性は手真似を使えるらしい・・・。ぼくも慌てて彼女と同じ動作で挨拶を返した。

「私の名前は、牧場小百合と言います。よろしくお願いします。名前は指文字で表した。受付の担当者から竜様を喫茶室へご案内するように言い付かりました。どうぞこちらへ・・・」落ち着いてきたのか、ぽっちゃりとした可愛らしい指から繰り出される手真似に驚きながら牧場さんの後に従った。後ろ姿は均整がとれて美しかった。踵の高い靴を履いていないけどスラリとした足が長く見える。

「牧場さんは手真似がとても上手ですね」先に立って歩く牧場さんの肩に軽く触れて話しかけた。

「いいえ、まだまだ初心者です」

「牧場さんが手真似を繰り挨拶されたのでチョットびっくりしました。それから、自己紹介と用件も手真似を使われたので二度びっくり・・・、〝こんにちは！〟程度の手真似は行政の偉い人が、ろうあ協会主催大会に即席で使う事が往々にありますけど、牧場さんの手真似は即席の域を超えています」手真似で会話しながら歩いていると、前方にガラス張りの明るい喫茶室が見えてきた。

牧場さんは先に立ってドアに向かった。喫茶室に入った牧場さんは誰かを探すように左右を見回し、心当たりの店員の方に歩いて行った。待つまでもなく連れ立ってぼくの前に立つと、「私は喫茶室の店長です。竜様のことは武田寛治弁護士から伺っております。ご案内しますので、こちらの方へおいで下さい」と、店長も手真似を使って言った。店長の手真似はごく自然に表現されていた。

店長は先に立って窓際のやや奥まった席に案内してくれた。歩くとき右肩を少し上下して歩くのが目に入った。肢体に不自由な方なのだろうかと、ちょっと想像する。父は障害を持つ人たちを社会に溶け込ますことを考えていたのだろうか？今となってはぼくには分からない。

ガラス窓の向こう側に小さな和風庭園があった。三人がけの対面ソファーが窓際に沿って並べられていた。センターテーブルは喫茶室にしては幅も広くどっしりした重厚な造り。多分、ここは来客専用の席だろうと勝手に想像する。牧場さんは紅茶を頼み、ぼくはコーヒーを頼んだ。

飲み物が来る間、ぼく達は自己紹介した。牧場さんは短期大学を卒業して入社六年目、総務課に配属されていると語った。

「手真似を学び始めたのは、去年の十月、会社主催の手話講習会が行われ、総務課と文書課は時間に都合を付けやすく、ほぼ全員が講習を受けることになりました。それと各職場から二、三人希望者あるいは職場の責任者から指名されて参加する社員もいました。私は希望して手話講習会に参加しました。手話講師は会社が千代田区にあることから、千代田区聴覚障害者協会に依頼、講師を派遣していただきました。

手話講習会開催趣旨は、聴覚障害者の社員が増加傾向にあること、障害者就労支援法で全社員の１・８％の法定雇用率が義務付けられたこと。会社で検討の結果、自力で会社に通勤可能（単純な検討と言われても仕方がない）なことから聴覚障害者を中心に採用されました。総務部長の認識不足から聴覚障害者を中心に（単純な認識で判断）採用されましたが、採用後聞こえない人の理解・認識不足を突き付けられました。

初期は多種多様な課（顧客を相手にする営業職は除外）に配属を割振り働いて貰う方針が決定されました。しかし、各職場において聴覚障害者に対するコミュニケーションの壁が、聴覚障害者に対する誤解と偏見を植えつけました。働くことそれ自体には問題はありません。むしろ仕事に慣れるに従って健聴者を上回る実績を挙げる聴覚障害者も現れ、コミュニケーション解消（情報保障）が一番の問題点と認識されました。コミュニケーション解消検討会が開かれ、各職場に手話（通訳）の出来る社員を配属する事が聴覚障害者情報保障にさも有効な方法として決定されました。手話講習会開催の目的は手話を取得するだけでなく、大事なことは聴覚障害者の立ち位置を理解する（聴覚障害者の置かれた状況）。すなわち聞こえないことで謂われなき差別・スポイル・人間性の無視・否定、をなぜ被るのか？　を学ぶことにあります。聴覚障害者の立ち位置を理解しないまま手話通訳した場合、健聴者よって、即ち健聴者の慣習から誤った通訳をしかねないからです。それが聴覚障害者に不利益をもたらすからでもあります。当社は手話講習会開催から十年経過しましたけど、まだ道半ばです」牧さんはここまで言ってほっと息を継いだ。

それから温くなった紅茶を手に取ってのどを潤してから、

「就職のご相談ですか？」ぼくに質問の矛先が向けられた。

「いいえ、違います」

「そうでしょうね。就職の相談ですと人事課の仕事ですから。そうすると、武田弁護士とはお知り合いですか？」

だんだんぼく個人的なことに潜り込んで来る、そんな違和感を覚え始める。

「牧場さんは、ぼくが今回、武田弁護士と相談する時の手話通訳者ですか？」逆に問いかける。

「そのようです。武田弁護士から秘書を介して、竜さんの手話通訳の依頼を受けた時、〝とんでもない！〟とお断りしました。でも、秘書が千代田区聴覚障害者協会に派遣を打診した時、手話講習を担当する講師から、〝牧場小百合さんでしたら手話通訳は務まります〟と秘書課に連絡がありお引き受けしました」牧場さんは話し終えると「ふぅー」とため息をついて紅茶を口に入れた。

「牧場さん、そんな経緯でしたら大丈夫ですよ！」一息入れた後付け加えるように「但し、相手の個人的な領域に入る場合は、もっと慎重な質問をするべきです」と言った。

「あっ、ごめんなさい！」牧場さんはカップを持ったままうなだれた。

　コーヒーは微温く酸味の味がした。それにしても待たせるな・・・。そんなことを考えていると、牧場さんがぼくを手招いた。

「少し質問して構いませんか？」遠慮がちに言った。ぼくがうなずくと「竜さん、会社はどなたかの紹介ですか？」ためらいながら、一歩踏み出す決意が牧場さんの顔に表れていた。

　ぼくは少し考えてから彼女の質問に答えた。

「今日は就職の面接ではなく、ぼく個人の問題に属すると考えて下さい。牧場さんは、六年前、ここの会社社長が交通事故で亡くなったことを知っていますか？」彼女の質問の内容から、逆にぼくから質問した方が状況の理解が早いと考えた。

「ハイ、入社した年度でしたのでハッキリ覚えています。社長・奥様とお嬢様が、渋滞で停車中、大型トラックに追突され、お亡くなりになられたと全社朝礼の時、副社長から説明がありました」六年前のことが甦ったのか、牧場さんは沈んだ声で言った。

「竜社長はぼくの父です。今日は、父の残務整理と思って下さい」と、ぼくが言った。

「・・・・・」牧場さんは一瞬、絶句！　蒼白な顔をぼくに向けていた。

　ぼくらに靄《もや》のような沈黙が覆った。

　牧場さんはショックで言葉を失い、ぼくも事故の記憶が甦り言葉が彷徨い始める。


　六年前、告別式が滞りなく終わって参列者はあらかた引きあげ、ぼくは控室で茫漠とした気持ちのまま椅子にもたれかかっていた。傍らの椅子に座った塙先生がしきりにぼくに話しかけていたが・・・。

　　私の耳は貝の殻
　　海の響きを懐かしむ
　　　　　　　　　　（ジャン・コクトー）

　この時、武田弁護士（会社の弁護士とは知らなかった）が控室に来られ、「竜社長のことは、ただ、無念の一言につきます」と腰を落とし深々と会釈された。告別式も終わり、来客が引きあげるのを待っていたのか、武田弁護士はぼくに「少し時間をいただきたいが、よろしいでしょうか？」とも言われた。

　ぼくはすべてに疲れ果てて牧場さんを横目で見つめた。牧場さんは下を向いたまま顔を挙げなかった。彼女の背中から複雑な感情が渦を巻いて昇るか、深海に潜るのが正鵠なのか思案しているように察しられた。こんな事を通訳する彼女にじかに話しても良いのだろうか？　自身に問いかけもしていた。

「・・・・・」

牧場さんはシリアスな眼差しをぼくにむけて次の言葉を待っている。彼女のシリアスな眼差しに触れると次の言葉に躊躇いが芽吹く。ぼくは、牧場さんの視線から逃れるように入口の方を眺めた。入口付近で店長と話している、武田弁護士らしき人が秘書を伴って立っていた。店長がぼくのほうを指さした時、ぼくと視線があった。

「竜さん、お待たせして申し訳ありません」武田弁護士がぼくのほうに近づきながら言った。

ぼくの前に立った武田弁護士が腰をかがめて挨拶するのを、秘書も牧場さんも怪訝そうに眺める。挨拶のあと改めて名刺を貰った。六年前の名刺には「弁護士」の肩書きが刷り込まれていた記憶が朧に甦ってきたけど、今回の名刺には「取締役」の肩書が加わっていた。

「気にしなくて構いません。牧場さんと手真似の花が咲きましたので、待つ間約束を忘れるほどでした。短期間の手話講習会で、ぼくと遜色がないほど上達したのは、本人の努力に加えて、牧場さんは手真似に対する適応能力が高いと感じました」話しながら傍の牧場さんに眼を流すと、牧場さんは顔を赤らめ聞いていた。

「牧場さんは手話講師の推薦もあって今回の手話通訳者に秘書課長が決定しました。音を失った竜さんとスムーズに会話出来るでしょう。ところで、今日のご用件は・・・？」

自分からぼくに伝えておいて平然と聞く弁護士にいささか不信感が沸いて来たけど平常心を保って・・・。

「今年W大学四年に進級しました。告別式の日、武田弁護士から〝成人に達したら、私を訪ねて欲しい〟と名刺を渡されました。二十歳になり日にちを重ねていますが、ぼくの都合で今日になりました」ぼくが言うと・・・、「ああ、思い出した。業務に追われ忘れていました。大変申し訳ない」

テーブルに額をこすりつけるかと思うほど低頭する弁護士を秘書は冷ややかに見つめていた。

5月の連休は誰からの誘いもなかった。

庭の芝生も裏庭の木々も公園の森も淡い山吹色から新緑と移り変わっていった。雲間から覗く陽も肌をさすようになってきた。車のハンドルを握っていたら見落とす自然や、人間の闊達、不安、喜怒哀楽などが、歩いていると回り灯篭のように私の眼の前でくるくる流れて行く。今日は歓迎会があるとかで電車通勤することになった。日々が移ろうこれらの事象を、私の心が受容出来る兆しが芽吹いてくるなら電車で職場へ行くのも悪くない・・・と考えたりする。

昨年、紅葉が散り始める頃、竜さんの家からの帰り道、すれ違ったタクシーの窓に竜さんの隣に座る若い女性が私の視界に入って・・。私のシャッターがチラッと切っただけなのに鮮明な輪郭を捉えていた・・・確信はないけど、美貌と妖艶さをあわせ持った女性にシャッターを切った瞬間、私の記憶に焼きついた。座席にもたれかかる女性はそんな雰囲気を漂わせていた。私の視界に侵入した刹那、得体の知れない幻惑が私を蝕み、全身が弛緩、街路樹にもたれしゃがみこんだ。それからの記憶は思い出すことが出来ない。目が覚めると懐かしい天井が目に留まった。しばらく呆然と天井に視線を漂わせた。なんだか身体がだるい。弛緩して四肢の動きがぎこちない。

　ドアが開き氷枕を下げた母が入ってきた。

「あら、気が付いたの」母は枕元に座ると心労からもあるが、幾分ホッとして言った。

「・・・・」

「一昨日の深夜、門の前で車が停車する〝キーン！〟と響く音に訝しく思った私がお父さんを起こしたの。お父さんの後ろから玄関に向かう途中、インターホーンが響いて、それが断続的に鳴るからお父さんに出てもらったの。ドアを開けると家の前にハザードランプを点滅するタクシーが停まって、運転手が狂ったようにインターホーンを叩いていたの」

　はじめは運転手は混乱して口角泡を飛ばしていたけど、順序を踏まないから、お父さんも混乱して運転手の話がサッパリ要領を得ない。やむなくお父さんがサンダルをつっかけタクシーまで駆けつけドアを開けて中を覗いたら、あなたが座席にぐったりもたれかかって、意識があやふやな状態で横たわっているのを・・・運転手に手伝って貰ってお父さんとここまで運んできたの。運転手にメーター料金にプラスアルファを加えて支払い、お礼を言ったけど・・・」

「と言うことは、二日間も眠っていたってこと・・・学校に連絡しなくては・・・」慌てて布団から抜けようとしたけれど、私の肉体がなぜか弛緩して。周りに視線を移動すると点滴の袋が目に入り、管から私の腕に繋がれてぽたぽた落ちていた。このときちょうど別の部屋から看護師が入ってきて点滴を交換するところが眼に入った。お母さんの話によると、かかりつけ医は入院するほどでもないから、定期的に看護師を派遣して点滴を交換して様子を見る、ということらしい。

「学校には、お父さんが休ませていただくよう連絡してあるから。今は安静が一番だって往診に来られた先生も仰っていた。学年の主任も〝クラスのことは心配せず休養するように・・・〟と」母は氷枕を交換しながら経緯を語った。母の後ろから安堵した顔で私を見つめる父の姿が眼に入った。

　それから母が小声で何か伝えると部屋から出ていった。ドアの閉まった音を聞いた母は布団の裾から手を入れ、私の下腹部を触り耳元で「濡れているからオムツを替えましょうね」と囁く。

「そんなの、嫌よ！」と抵抗を試みるが、私の体はただの肉塊に成り下がり、脳の指令が四肢に届かない。自分の体じゃない!? 首から下が麻痺しているのか、ピクリとも動かない。

「淑子！ 我儘はダメよ！ 今のあなたは歩くどころか便器にも座れないの。あなたがタクシーで深夜ここにたどり着いた時、ナマコのように肉体が弛緩して、運転手とお父さんがここまで運ぶのに随分苦労したの。あなたをベッドまで運び、お父さんが主治医を叩き起こして往診していただいたんだけど、お父さんはあくる日から腰が痛いと湿布を貼っているのよ」子供に諭すようにブツブツ言いながら私の下の処理をしていた。

麻痺した肉体を母に委ねている感覚が私にはまったくなかったが、母から顔をそむけて、ぼろぼろ涙を流した。〝お父さんお母さん・・・ごめんなさい！ ごめんなさい！〟心から謝った。

一週間、ベッドで身動き出来ないまま、赤ん坊のように母の世話になった。

記憶が甦った日から、竜さんが笹の小舟に私を乗せて鳴門の渦潮へ誘う機会を虎視眈々と待ちかまえる幻想に憑《とり》つかれ、眼を開いても閉じても灰色の霞に覆われ、悲嘆に暮れる竜さんの幻がまとわりつく。〝淑子さん、逃げては嫌！ 独りぼっちのぼくを、見棄てないで下さい！〟慟哭し私にむしゃぶりつく。幻は波のごとく岩に砕け、引き潮は新たな勢力《ちから》となって襲い巌も砕く。

「ごめんなさい！ 逃げたりして、後ろを見せたりして・・・。竜さん、淑子を許して！」

意思を失った肉体は私の慟哭に関心もなく微動もしない。

弛緩は足指からゆっくり回復していった。実家に漂流してから二週間過ぎていた。点滴は外され、重湯からお粥・・・ご飯と替わり、座椅子に座れるようになった。トイレも壁を伝い一人で出来るように・・・。携帯はあの夜、母に没収され（あとで教わった）返して貰えない。窓から父が趣味でいじる盆栽が秋の日を浴びて軟らかく輝いていた。塀越しに見える街路樹の銀杏が陽光を浴び黄金色に光っていた。

狭い風景に飽きてくると、本棚に立てかけた古い教科書をパラパラとめくった。高校時代の教科書に混じって参考書も破棄されず本立てに並んでいた。机もベッドも昔にタイムスリップしたように目の前に変わらずにあった。机の上も本棚の本も塵一つなかった。椅子に座り机に両手を置くと涙があふれ堰を切ったように流れた。本棚に整然と並ぶ背表紙の文字が霞んで、いつしか高校生に戻った私は考えに耽っていた。我儘で勝気で自分勝手な淑子を持て余していた母の顔が浮かんでは消えた。腕力で勝りながら手を上げず、困惑して黙り込む父の顔が走馬灯のように流れていった。涙は手を濡らし机に落ちて小さな水溜まりとなった。

夕食は私の回復祝いにと、すき焼きが母の手で用意された。ガスコンロに乗った鉄鍋から香ばしい牛肉の匂いが漂っている。白菜、シイタケ、春菊、ネギなどを盛ったトレーをテーブルに置いた母が椅子に座ると「さあ、食べましょう・・・」とはしゃぎながら言った。

「お父さん、お母さんありがとうございました。身勝手で我儘な淑子を叱りも怒鳴りもせずに育てて下さって、感謝の言葉もありません」話しながら涙がとめどなく流れるままに任せた。

「・・・・・」

「もし、お父さんと、お母さんが許して下さるなら、ここで暮らしたいと思います」両手を膝に置いて頭を下げた。何も考えなかった。自然に言葉が出てきた。しばらくの間、三人に優しい沈黙が流れた。

「淑子が望むなら帰って来て！　お父さんとお母さんはもともと淑子が帰ってくるのを待ち望んでいたから・・・」目頭をエプロンで押さえて母は言った。

「ありがとうございます」私は涙がぽとぽと流れるに任せてうなだれていた。

「家族なのにありがとうだなんて・・・。淑子が帰ると賑やかになるから、ねえ、お父さん！」

「・・・・・」

父は黙ってビールを飲んでいた。

「そんな事、もう良いから早く食べましょう！」と言って、鍋の中を寄せるとシイタケを入れていた。

私は、次の日から学校に転居報告、不動産会社にマンション契約解除の手続きを依頼した。体力回復途上にある私に代わって両親が引越しの手配に奔走した。実家に元々あった机とベッドは処分。今使っているベッドと机をマンションから持ってきた。

体力の回復とともに付近の河原に散歩に出掛け、母に代わって料理する回数も増やしていった。

木枯らしが吹き荒れる十一月末、職場に復帰した。

『由美』

「入社から二年目、部署の配置転換が行われた。会社の方針から、入社後最低三年間、配置転換を行使しないルールから異例の配置替えと、同僚はうわさ話に花を咲かせていた。障害者枠採用の社員は会社を退社しない限り、他部署に移動する慣例がない事から異例の移動と職場のスズメが囀《さえず》っていた。一つは、会社が行う資格試験と公的資格試験に合格した事も特例の移動と、自分なりに計画を立てていたことでもあり驚くことでもなかった。損害保険一般事務資格試験は新人社員にかせられた第一関門。障害者枠採用の社員は除外（理由は分からない）されていた。私は社会人スタートの日、会社の慣例（障害を理由に除外する）に従う気持ちはこれっぽっちもなかった。上司に直訴した私は一般事務資格試験に合格出来れば、他の資格試験にも挑戦する許可を取り付けた。ろうあ社員を永らく指導してきた課長は、私が資格試験に合格するはずはないと見くびっていた。結果、私が損害保険一般事務資格試験に合格すると、ほかの資格試験は遠慮してほしいと懇願された。私は無視して次々と資格を取得していった。

私は読話（読唇）が堪能で、同僚との会話に不自由しない事もあり、〝石田さんならコミュニケーションに支障がないから資格試験を受けても良いでしょう。但し、試験に合格、資格を得ても人事課が石田さんの希望通りに査定するかまで保証出来ません〟と私の属するグループ長は言ったが、私はそれでも構わないと返事した。会議で複数の同時発言が飛び交う場合の読唇は難しいが、単独発言では専門用語も難なく読みとる事が出来た。電話以外コミュニケーションに困らなかったし、外部との連絡はインターネットを駆使すれば支障（本当に良い時期に生まれたと母に感謝）はなかった。

自分勝手に恋をして、失恋していては世話ないけど・・・。でも、両親を離婚させた時の哀しみ、錯綜していた心境とは未知の世界の哀しみが、静謐に予告もなく私を包囲した。深淵を彷徨《さまよ》う心に翻弄されて夜の街をあてどなく歩きもした。こんなに複雑な混沌とする哀しみのあることを生まれてから初めて知った。

竜さんに初恋を抱き、平静を装いながら狂おしい愛を胸に、私を投げ出した刹那、眩い光が輝き私の心は肉体を離脱し光に向かって昇天する。それからの記憶はかき消え、ただあてもなく私は空間を浮遊する。

現実に還った時、竜さんの心の中に居座る女性の陰を垣間見た。天国と地獄とはこのことなのだろうと・・・。やり場のない哀しみと、深遠に突き落とされ足掻《あが》き落下する喪失感に私は打ちのめされた。その女性に比較して私が劣るなどとは微塵も思わない。だけど、竜さん本人が無意識に、時間の経過とともに住まわせた（住みついたのなら追い出す術もあるが）女性に対抗する術はなかった。

家族の死、音を失った絶望から大海に漂う竜さんが掴んだ藁（女性）が竜さんの精神に住みつかせたのだと。掴んだ藁が、竜さんの背負う肉体と精神の重みを支えきれずに沈んでいたとしたら、私の失恋も無かった事になるけど。竜さんの彼女がどんな女性か私は知らない。岡本さんの話では、竜さんの高校時代の担任のようだと。それ以上は口を濁して語って下さらない。

「大学院に行って聖書の研究をしたい。『ヨハネによる福音書　第一章一節』を突き詰め、ろうあ者とキリスト教のかかわりを考察してみたい」竜さんは熱心に語っていた。宗教の教義は〝朗誦〟を旨とする。それは全ての宗教も変わりはない。何故なら人間が神の存在を認識した太初、文字は民には無縁（支配するものは民に知識さえ与えない）の存在。神の言葉はすべて使徒の朗誦で民衆に伝えられた。教会で牧師が読み上げる聖書も朗誦をやり易いように音読で記録された。だけど聖書の一節一節を聴く事の不可能なろうあ者に本当の理解まで至るのだろうか？　音を失った者は手真似（身振り）を駆使し聖書の言葉を翻訳して伝道する。竜さんは、手真似言葉では聖書の根本的な教えは表現出来ないのでは、と考える。家族の死に壊れそうな心を、お父さんの蔵書から聖書を偶然見つけ貪り読んだと語ってもいた。読むことで精神の救済を求めたとも。だけどヨハネ福音書の冒頭に立ち止まり呻吟しているとも・・・。

ヨハネの言《ことば》は、ヨハネ独特の言葉で、言葉→神（イエス・キリスト）と同義。キリスト教徒であれば一般的に認識されているが、竜さんには理解出来ていない。

聖書は、ヘブライ語からギリシャ語に訳され、それぞれの言語に翻訳され世界に広まった。最近、手話も一つの言語という考えが普及しつつある。彼らが独自に手話訳による聖書を作り布教していると考えるなら、それはそれで良いのではないかと私は思う。聖書もヘブライ語からギリシャ語に訳される過程で変遷を見た。日本語訳を手話語訳する過程で、変遷を見たとして何の問題があると言うのか？　キリストを信仰する一人の信者の立場から言えば、ろうあ者がキリスト教を信仰する行程で、聖書を自分達の言語に翻訳（日本語訳を手話言語）して、ろうあ信者に説いても何ら問題はないと私は思う。何故なら、世界にキリスト教が広まる過程で無限の異なった言語に翻訳される折々、聖書が地域の言語に完璧に翻訳されたとは考え難いからだ。

だけど、言葉を記憶、言葉を駆使出来る年齢に達して音を失った竜さんが、言葉に深いこだわりを持つ気持ちは理解出来る。私もある程度、言葉を記憶して聴力を失ったから・・・。

手話言語は成り立ちからして、イメージを両手と表情、時には体全体を駆使して相手に伝達する。手話言語とは、物（こころ）の形状・印象・性質・特徴を掴み表現する。従って、竜さんと私も人生の途上で音を失った人間と、地上《ここ》の光を仰ぐ胎児の頃・・・、言葉を記憶（記録）出来る年齢に到達する途上、疫病か何らかの病に罹り音を失う。音を吸収する機能が失われる（神の悪戯か？）。

先天性失聴者の手話言語表現と、後天性失聴者の手話表現にはとてつもない差異があると私は思う。後者の手話は、はっきり言って手話ではなくあとから定義された後天性失聴者の補完手話（日本語手話）に過ぎない、と言うことが許されるなら、先天性失聴者手話の形状・印象・性質・特徴の解析力（観察力）、解析した物（こころ）を形ある手話に創造していく能力は、後天性失聴者とは途轍もない開きがある事を認識しなければならない。

私は、出来る事なら竜さんの陰でも構わないから、彼が構造する手話言語翻訳による聖書の完訳に向けて共に歩んでいけたらと・・・。でも、竜さんの心は熊本城のように堅牢で、攻略に難渋している。〝竜さんが好き！　世界と交換しても後悔しないほど・・・〟」

ぼくは、会社の喫茶室で武田弁護士と向かい合っていた。武田弁護士は引きつった表情で腕を組み沈黙していた。秘書と牧場小百合さんは、張り詰めた空気に笑顔は失われ強ばった表情をしていた。ぼくの通訳に牧場さんを指名した件を秘書は後悔と自責に苦しめられている事だろうと思う。

武田弁護士は告別式で会って以来だから六年ぶりの再会だけど・・・。

「やあ、元気にやっていますか？」

ぼくの前に立つと右手を差し出し握手を求めた。隣の秘書もにこやかに挨拶していた。

「はい、何とか生きています」

「竜さんが電話を依頼した方は、竜さんのお知り合いですか？　その方から、竜さんが聴覚に支障をきたされたと・・・」

困惑と同情の顔の裏に（障害者か・・・）と豹変した思惑が微かに見え隠れしていた。耳が壊れてから鍵をかけるように努めてきた猜疑心が再び首をもたげる。音を失い猜疑心が強くなったぼくは相手の表情を読むのに、壊れた耳の代わりと言ってはなんだけど解析力と自己防衛本能が少しずつ加わって来た。一般的には嫌な性向と思われるが、音の代わりに芽吹いた防衛本能と思うことにしている。弁護士の表情を読みながら微温くなったコーヒーで喉を潤した。

武田弁護士はソファーに座るのももどかしく、父の保有株（既にぼく名義に書き換え済）を会社が買取りの提案を検討しているが・・・と、語った。しかし、ぼくが具体的に説明を求めると、武田弁護士はしどろもどろ。ぼくの断りもなく会社は会計事務所に株式譲渡の打診を行っていた。会社を設立した父は、現社長に対しての信頼感から、保有株の持合いを設立当時半々とした経緯がある。会社を設立した父がそれほど信頼を置いていたからには、現社長に不信を持っていたとは考えられない。だけど、慎重な父は万一の場合を考え、幾ばくかの予防策を会計事務所に指示していたのだろう。契約する会計事務所も経営状態の優秀な所を、それから今回のような打診に軽々しく承諾しない所を慎重に選んだと思う。

「武田さんは、ぼくに無断で株の譲り渡しの打診を会計事務所に提案した事を、会計士からぼくに連絡がありました。なぜ、ぼくに断りもなく打診したのですか？」

「・・・・・」

「株は保全のため銀行の貸金庫に保管、貸金庫解錠には鍵と指紋検証がなければ開けられない仕組みになっています。株の保有率もかなり高く、会社が増資しても株主としての発言力は弱まりません。会社が増資すれば会計事務所が買い足す仕組みを父は構築しています。武田さんは、告別式の時、大手法律事務所に勤務していましたね。現在は会社の専任弁護士。引き抜かれたか、売り込んだか知らないが功を焦ったようです」

武田弁護士は悄然と肩を落とし、秘書と牧場さんはポカーンと、武田弁護士とぼくの成り行きを眺めていた。

「今日は就職、あるいは将来に向けての相談でもあるのかと思って来ましたが、当てが外れました。会計事務所と武田弁護士とのやり取りは録音テープに記録されています。今のところ告発する予定はありませんが・・・」とぼくは言った。

それからしばらく不穏な沈黙が支配していた。頃合いをみはからい、ぼくは武田弁護士と秘書を残し喫茶室をあとにした。牧場さんには通訳のお礼を伝え、もう少し頑張れば専任通訳士になれると励ました。

外に出ると五月晴れの陽光がアスファルトに反射して眩しかった。予定のないぼくは日比谷公園の方へのんびり歩いて行った。日本を代表する企業が本社を構える日比谷通り、人の流れも車の行き来も疎《まば》らな静かな昼下がり。東京駅から日比谷通りまで一直線に伸びた通りを皇居の城壁を眺めながらあてもなく散策した。三菱商事ビルを左に曲がり堀に沿って歩いて行った。日比谷通りは車の往来が激しく、道路はダリの絵画を観るかのように陽炎で歪んでいた。

車のクラクションもブレーキの音も、壊れたぼくの耳には届かない。ただ靴底から振動が伝わってくるのみ。時折すれ違う大型貨物自動車やダンプカーの振動が足の裏に伝わり体を揺らす。喧騒の中に佇んでいても、ぼくに深い森の奥にある湖水のような静かな時が刻まれる。この現象を不幸と呼ぶか幸いと呼ぶか人生の終末まで結論を先送りしつつ自分を慰めている。ぼくの人生に降りかかった災難（耳が壊れた事を災難と言って良いなら・・・）を今もって受け入れられない。受け入れる努力をたえず意識しているが、信頼感を持っていた武田弁護士の見下した表情《かお》に遭遇した時、哀しみと共に腹の底から闘志を奮い立たせるが・・・。

日比谷公園は平日にもかかわらず、子供を連れた家族や木陰で語らう若い恋人たちがそこかしこに見られた。陽光は燦々と輝き緑の芝生に降りそそぐ。ゆったり歩いていても首筋から汗が流れ落ちる。ぼくは公園を斜めに横切り新橋の方へ歩いて行った。岡本くんも就職してから疎遠（悪い意味でなく）になった。以前、岡本くんに友達を紹介されていたけど、岡本くんほど話題の豊富な人を期待するほうが誤っている。岡本くんが社会人になると、平日の昼間に連絡出来る知人は見当たらない。

日比谷文化図書館まで歩き、出口から銀座方面に向かった。銀座通りを有楽町方面へ街路樹の影を踏みながら歩いていると、屋根の上に十字架を掲げた白い建物が眼に入った。入口にも金の十字架が掲げられ、教会の文字が壁に貼り付けられている。右手に入口に向かう階段があった。一瞬、迷ったが階段を昇り開け放たれた入口へ足を踏み入れた。礼拝堂の中は薄暗く正面の一段高い壁に十字架がかかっていた。祭壇は中央のやや高い処に設置され通路を挟んだ両側に木製の椅子が配列されていた。

礼拝する人はひとりもいなかった。ぼくは入口でぎこちなく十字を切り中程の椅子に座った。木製の椅子はひんやりしていて心地良かった。ぼくは、しばらく正面の十字架を眺めていた。静かな時がぼくの中を流れ、ぼくを包み込み、その流れにいつしか自身を委ねていた。正確にどれだけ眠ったのか分からない。柔らかく温かな優しい何かがぼくの肩に置かれユックリと揺すられる。微睡《まどろ》みのまま瞼を開けると、ぼんやり霞む視線の先に黒い服に全身を覆った、透き通るような碧い瞳をした青年がぼくの肩に手を置いていた。金色の髪をした若い牧師が立っていた。

「ああ、すみません。つい微睡《まどろ》みに落ちてしまいました」ぼくは椅子から立ち上がり牧師に侘びを言った。

「礼拝堂の中で眠るご法度の規則はありません。心が落ちつけば皆さん椅子にもたれて眠っていらっしゃいます」

流暢な日本語を唇から紡ぐ神父にぼくは少なからずびっくりする。日本に伝導に来る以前、日本語を学んだのだろうか？　ぼくの壊れた耳では正確に判断出来ないが、基本に忠実な日本語を使っているらしいことは読唇出来た。

「正確で美しい日本語を使っていらっしゃるので驚きました。耳の壊れたぼくは、牧師さんの声を直截に聞き分ける事は出来ません。とても残念です！」ぼくは正面から牧師さんを見つめて言った。

湖水のような寂静《しじま》が清らかな川のように流れていた。牧師さんはしばらく考え込んでいるようす。「すると、貴方は私の唇の形から言葉を選択されているのですか？　しかし、正確とか美しい言葉とかをどのようにして判断されたのですか？」

「ぼくは言葉の成り立ちを専門とする研究者ではありません。具体的にと問われても返答に窮します。ただ、日本語は敬称（人・物・心に）の使い方次第で美しくもありその逆にもなります。牧師さんは少しの誤りもなく敬称を使っていらっしゃるので・・・」

「そうでしたか、私が学んだスクールでは、あなたの指摘されたような、解釈の仕方は教わりませんでした。敬称は場所、相手の年・地位・階級・職業などで判断するようには教わりましたけど、あなたの指摘は勉強になりました」

それから短く静かな沈黙がぼくと神父さんの空間に漂った。考え事をしていた神父さんが、透き通る蒼い瞳をぼくに向けて、「今日はどうなされましたか？」とぼくに問いかけた。

ぼくはこの教会の椅子に座るまでの経緯を簡潔に話した。聖書を時々読むことはあるが、信仰にまでは到らないこと。

人は神の言葉を天上からの声に耳を傾けることで神の存在を知り受容してきた。だけど、ぼくのように音を失った者、生まれながらに耳が壊れた人は神の言葉とは無縁の存在、救済から切り棄てられていなかったか？　太初の時代、活字文化は庶民には無縁であったとぼくは想像する。母親に手を引かれて群衆にもみくちゃにされ、ゴルゴタの丘を登り、イエス・キリストの語る言葉を母から伝えられたとしても、生きるに必要な乏しい語彙だけではろうあ者は理解出来なかっただろう。聖典は朗誦するに適した言葉に編纂され（聖書を初めて読んだ時の印象）、それは伝道に適した言葉でもあったのでは、と。家族の全てを失い、追い打ちをかけるようにぼくから音を剥奪されたぼくに、聖書の言葉はぼくの耳には右から左へ通り過ぎて行く。活字となった言葉から、更に手話言語に翻訳して信仰を説く事にどれほどの真実が在るかぼくには答えられない・・・と。

牧師さんの碧い瞳を見つめながら話していると、石田由美さんの幻が一瞬、牧師さんと重なったような錯覚をぼくにもたらした。

ぼくの話が終盤に差しかかる頃、牧師さんの穏やかな表情は次第に悲哀と苦悩に満ちた表情に変わっていった。ぼくが話し終えても牧師さんの唇から言葉が紡がれることはなかった。

ぼくと牧師さんに静かな時が刻まれていった。十字架に磔刑されたイエス・キリストの像に現在《いま》も太初の時が流れているのだろうか？

〝信じよ　さらば与えられん〟

閉じられた唇から二千年の時を越えて、幾度となく語られた言《ことば》は、神と共に・・・ヨハネ福音は語る。だけど、神は深い沈黙の彼方にあって、ぼくらが、否、全ての者が仰ぎ見ることはかなわない。

牧師さんは両膝を床に着け、磔刑のイエス・キリスト像に向かって十字を切った。

あれはいつ頃だっただろう・・・。石田さんに銀座の書店で偶然鉢合わせた。ぼくらはレンガ造りの薄暗い喫茶店で向かい合っていた。石田さんに会ったのは、彼女のキリスト教信仰告白、聴覚障害者が手真似を使って聖書を朗誦する事に対して、彼女なりの見解をぼくの家で語ってからかなりの日にちが過ぎていた頃と思うが・・・。

先生からの連絡も途絶えて、ぼくは精神的に不安定な時期でもあった。その日、講義が終わってから辞書購入のため銀座に向かった。週末は銀座も書店も混んでいたが、辞書売り場は比較的空いていた。辞書の書架の前で調べるのに手間がかからず内容が充実している三省堂「類語辞典」と「英和辞典」「新明解国語辞典」の三冊を選んで会計にいった。会計前はかなり混んで列を作っていた。ぼくは本を小脇に挟んで列の最後尾に並んだ。ふと視線を前に向けると列の真中あたりに石田さんらしき女性が本を小脇に抱え並んでいた。そばを通り過ぎるようにして振り向くと石田さんだった。「やあ・・・」と言ったら、石田さんは険しい顔をぼくに向けてにこりとも久し振りですね、とも言わない。

「〈どなたでした!?〉と、やりかけた手真似を途中で引っ込めると「あら、竜さん！」と、シラーっとして言う。石田さんの険しい顔が瞬く間に欣喜の表情に変わった。それからまた静かな哀しみにあふれた顔に変わるのをぼくは茫然と見つめながらその場に立ち尽くした。石田さんのめまぐるしい変化は、ぼく自身に対する懊悩にあることを察するのに時間はかからなかった。そんなことは顔に出さず、「偶然とは言っても石田さんに会えたことは僥倖、と思いました」

今日はレモンイエロー半袖ワンピース、裾にオレンジ色の小さな花をあしらったカラフルな装い。胸元が大きくカットされ胸の谷間が露わだけど、石田さんにはとても似合っていた。普段は後ろに束ねられ背中まである焦げ茶色の髪も解き放たれて華やかさが一段と加わっていた。

「久しく会えませんでしたが、元気でしたか？」ぼくは、石田さんに特訓を受けた手真似で尋ねた。

「ハイ！　竜さんは・・・？」

何となくぎこちない挨拶・・・。石田さんは購入した本を両手で胸元に抱えて、ぼくの質問に答えるときは左手に抱え右手を使った。購入した本の背表紙は腕と胸に押しつけられて見えなかった。

「たくさん買いましたね」と、石田さんの胸元を眺めながら言った。

石田さんは、ぼくの手元に視線を走らせ「辞書を三冊もお買いになって、竜さんは相変わらず勉強していますね」

とうとうたまりかねたぼくが揶揄的に「それは皮肉？・・・」と言ったら、石田さんは憂いに満ちた焦げ茶色の瞳をぼくに向け、手に持った本をぼくに押し付けると出口の方へ駆けていった。石田さんの香水の残り香が漂う押し付けられた本を両手で抱え、呆然と石田さんが消えた出口を眺めていた。

並び直して会計をすませたぼくは出口に駆けた。外に出ると眩しい陽光に一瞬視界が遮断され立ち尽くす。人の流れは書店の扉を開けた時と比べて混雑していた。これからどうするか考えながら石畳を踏んで駅の方へ重い足を引きずって歩いた。ビルの途切れた角へ足を踏み出した刹那、ビルの谷間を吹き抜ける風によろけたはずみに目を背けると、ビルの角からバッグを肩にかけた石田さんが微笑を浮かべてスーッと現れた。満面に皮肉を込めた微笑を浮かべて・・・。ビルの谷間を吹き抜ける風に石田さんの柔らかな琥珀色の髪が頬と戯れる。

唐突に現れた石田さんにビックリすると同時に怒りがわいて、石田さんの方へ大股で歩いていったぼくは、彼女の書籍の入った紙袋を石畳に置いた。彼女はぼくを見つめ相変わらず微笑を浮かべ石畳に立っていた。銀ブラする人は石田さんにチラリとすれ違いざま流し目を投げる。石田さんは流し目に向かって戯れにウインクする。そんな石田さんに、ぼくは怒りの持って行き場がなく、茫然自失してその場に立ち竦んでいた。石田さんは、真紅の唇から白い歯を覗かせ悪戯っぽくぼくにむけてウインクする。ぼくは人差し指で石田さんの額をつついた。

「美味しいコーヒーを淹れる店が近くにあるから行きましょう」石田さんは、ぼくの腕をとって歩き出す。ぼくは石畳に置いた袋を拾うと引きずられるようについていった。その日、ぼくらは宗教について語り合うことはなかった。ただ、帰り際「竜さんから少しだけどあの女の影が薄れているわ！」と言った。だけどぼくはその意味を聞きそびれた。

牧師さんが、硬い木の床に跪いて祈りを捧げるところから少し離れたところに立ちすくんでいた時、煉瓦に囲まれた銀座の薄暗い喫茶店で石田さんと語り合った記憶が、不意に蘇った理由がぼくには分からない。

お祈りを終えた牧師さんが静かにぼくに近づくと、透き通る碧い瞳でぼくを見つめた。「竜さんでしたね。あなたが考えているヨハネ伝福音書第一章一節の問題は、私の独断でご返事する範疇を超え、教会に属する一人の牧師の私にはお答え出来ません。話が横道に逸れますが、この教会に聴覚障害者の信者が一人通っています。二十代の美しく聡明な女性です。彼女は、神父様が朗誦する間、信者が傍らに座って神父様のお言葉に合わせ聖書を指でたどり、信者の皆さんと一体となれるよう配慮しております。彼女のお話では、朗誦に合わせて移動する指先を追いながら活字を読むのではなく、心で朗誦している、とおっしゃっています。全ての聴覚に障害のある方が、彼女と同じように心で聴くことが可能か、私にお答えする知識を持ち合わせません。でも、イエス・キリストの十字架にぬかずいてお祈りする時、神への道へ至ると私は信じます」

梅雨の前に、業者に芝生と樹木剪定を依頼する。綺麗に刈り上げられた新緑の芝に、今朝も霧雨が降る。ぼくは居間から霧雨に煙る庭を眺めるともなくぼんやり視線を浮遊させていた。玄関から門に至るまで点々と石畳が敷かれ、門柱として植えられた二本の欅は、公道にはみ出すほど大きく枝を広げているが、役所のクレームがないことを幸いに手をつけず放置している。その欅が霞むほど雨は間断なく降りている。

大学の単位は既に取得しているから論文を提出すれば四年の大学生活も終わる。就職活動を全くしていないから、雨の中を走り回る級友に申し訳ない気持ちもある。だけど、早々に内定を受け取った幸運な学友もかなりの数に上っている。体育系は内定組が９９％近く早々と決まったこと、同じ学友でこんなにも差が出るのがぼくは理解出来ないでいる。企業の採用担当者にも問題があるのではないか？　それとも、四年間の大学生活で各人の能力に大きな開きが加わるのか、ぼくは言葉を挟むことが出来ない。


【地球誕生から四十六億年、人類誕生からわずか六百万年。

　人間の活動は地球に致命的な疲弊をもたらした。二十世紀、第一次世界大戦・第二次世界大戦、普通の人々が泥濘の大地に夥しい屍をさらした戦争でもあった。二十一世紀は大気汚染、地球温暖化・南極大陸氷山崩落など人間に突きつける新世紀における喫緊課題でもある】（某新聞社説から）

卒論のテーマはまだ決まっていない。

政治と社会に無関心で未熟なぼくは、戦争・公害・政治などの書籍に全く関心はなかったし、まして文学となると教科書定番の夏目漱石「こころ」、芥川龍之介「杜子春」程度、興味も全然もたなかった。それ以前に、新聞や雑誌への関心も読む習慣もなかった。食後の家族団欒の折、父が遠回しに黄色いボールだけでなく、活字に親しむことの意義を語っていたけど、耳を傾けることはなかった。高校の社会科で、戦争・公害・民族紛争・障害者・マイノリティ差別などの授業も試験問題以外は関心がなく、自身の中で考察・発展することがなく木片のごとく流れていった。わざわざ図書館へ足を運ばずともオーク材のドアをノックすれば、膨大な書籍が壁一面にあふれるほど収納されているけど、父が生きていた頃、ブラウンのドアをノックすることは一度もなかった。突然、家族を失い、一年半もの間、芋虫のごとく闇の中を這いずり、耳が壊れた事は結局のところ自分自身の無知が招き寄せたのだろう。ぼくに考えることを否応なく強《し》いる状況にぼくを追い込んだのだろう。これもあって社会の情報を得る必要に駆られ新聞や関連する雑誌などを積極的に読むように改めるが遅きに失した感を否めない・・・。

　父の書架を慎重に調べる過程で、直截に書籍や保存されたファイルを発見することで、個人的な問題のみならず普遍的なテーマについて考え理解していくことの重要さを学びもしたが・・・。日曜日に教会へ足を向けることのなかった父が、聖書を開き、関連する研究書を読んでいた。拙いぼくの想像力で答えを導きだそうとするのは不遜だろうが・・・。父が生きてきた社会・時代にかかわることで生きている証を求めたのではないか。ただ、戦争（父の年齢から推測して戦場に立つことはなかったと思うが）に関連する書籍が全体の三分の一を占めている事は何を意味するのだろうか？　戦争については最後までぼくを悩ませた。父が戦争に何らかの傷を負って生きてきた事を、ぼくなりに推測するしかなかった。

精神的に（と言う事が許されるなら）二重の責苦を負って生きてきた五年間を回想する。振り返って見ると苦渋に満ちた自分自身との戦いでもあった。長期戦にもつれ込めば、自身の精神はたぶん破壊され再び回復することが適わなかったと想像しても許されるだろう。もし、ぼくが壊れていたら、お父さんお母さんの労力の結晶である広大な土地と屋敷も資産も巧妙に四散していた事だろう。

ぼくの記憶の片隅に密《ひそ》やかに住み着いた先生の存在。ぼくの家族が横たわる死体安置所での静かな励まし、通夜から告別式に至るまで教頭の命令に背き、ぼくに付き添って下さった先生。資産保全保護人として未成年のぼくに付き添い会計事務所へ。父が代表取締役社長を務めていた会社での面談（主に株、特許の保全など）、精神的肉体的両面に亘りぼくの支柱となって下さった。

ぼくの記録から消し去ることは・・・父の言葉を借りるなら〃人間を棄てる！〃ことに等しいと。母を敬愛していた父は、女性を蔑ろにする人間に厳しい人でもあった。

ここまで考えた時、家族全員がまだ健在であったころの静かな週末のひととき、母は夕餉の準備や洗濯物の整理に追われていた。妹も母を助けて忙しそうに駆け回っていた。父は庭で自家用車の洗車?をしていたと思う。ぼくだけ自分の部屋で英語の復習に余念（?）がなかった。この時、聞いていた音楽が洋画のテーマ曲であったことは記憶の片隅にある。だけど題名は思い出せない。突然肩を叩かれて振り向くと、陽子が険しい顔でぼくを睨んでいた。

「お兄ちゃん！」と叫ぶように言うと「お兄ちゃんを訪ねてきた女性が玄関で待っているよ」と言われてビックリした記憶が鮮明に蘇ってきた。忘れ物を届けにきてくれた彼女は、クラスの学級委員を務めて成績も常に上位を維持していた。それだけでなく社会の情勢にも深い関心を持っている人でもあった。黒髪を肩まで垂らし、清楚な感じを漂わせ、黒い瞳、鼻筋の通った美しい人でもあった。陽子が妬きもちを焼くのも当然と思う。

高校生になっても異性に対してぼくは特別な感情を持たなかった。その時も忘れ物を受け取り、「帰りは気を付けて下さい！」と玄関先で見送って部屋に引きあげようとした時、洗車をしていた父が「慎一！」と怒鳴りながらぼくの所に駆けてくると、「遠くから忘れ物を届けに来て下さった女性に対して余りにも失礼ではないか！」と注意された。父に怒鳴られたことも説教されたのもこのときが初めてのことで、一瞬〃ビクッ！〃として心臓が止まるかと思うほどの衝撃を受けた。あんなに怒った父の顔を見たのは初めてだった。もう二度と怒鳴られる事も説教される事もないが・・・。

ぼくの後ろで一部終始を見ていた陽子も蒼白な顔をしていた。父は陽子を手招きしてひとこと、お母さんに来てもらうように頼んだ。陽子は母を呼びながら駆けて行った。母が玄関に顔を出すと父から説明を受けたのか、彼女に少しの時間でも良いから上がって、お茶でも飲むよう説得していた。遠慮して尻込みする彼女を陽子も加わり家に上がってもらった。母と彼女が玄関に消えるのを待って、もう一度父に諭された。

「人を、特に女性を蔑ろに扱う人間は、人としての資質に欠ける。生命を育む女性に対しては、常に尊厳と労りの気持ちで接しなければ女性を愛する資格はない」と父に諭された。

その後、リビングにみんなが集まって彼女を囲み、母の手作りアップルパイと紅茶で彼女をもてなした。父と母は相手から、課題を引き出す（相手を不快にさせることがなく）天性の資質をそなえている事も初めて知った。

彼女は、社会情勢の知識を得るには新聞を読む習慣を持つこと。若い私たちの読書は、特定の分野にへだたることなく幅広く読むこと。自身の狭い視野で特定の意見に対して批判しないこと。集団に付和雷同せず、絶えず学び、自省を持って行動することなど、彼女の語ることの一つ一つがぼくには新鮮な驚きだった。父と母も彼女から話を引き出していたが、意見を挟まず耳を傾けていた。ぼくも陽子も彼女の話すことを真剣に聞いていた。同じクラスメートでありながら、社会情勢のみならず、多岐にわたる知識の豊富さに同じ高校生とは思えなかった。

話し終えた彼女が紅茶を美味しそうに飲み終えるのを待って、父は最後に一つ質問をしたいがどうだろうか、と彼女に尋ねた。

「私に答えられる範囲でしたら・・・」と、彼女は遠慮がちに言った。

「あなたのお話を聞いていて、家内と私は、あなたの広い知識と深遠な思慮に感銘を受けました。失礼を承知であなたの年齢で、社会情勢に深い関心を持って学んでいることに感動しました。そこでひとつだけ質問をしてみたくなりました。難しい問題かもしれないし、とても単純で簡単な問題かもしれません」

「・・・・・」

「霧島さんでしたね。霧島さんは宗教に対してどのような考えをお持ちですか？　宗教と言っても仏教にキリスト教、それらから派生分離した宗教と多岐にわたりますが、ここでは信仰について、あなたが社会生活の中で聞いたり見たりした、あるいは直接触れた範囲から感じた事や考えたことを教えて下さい」父は慎重に言葉を選びながら質問をした。

「・・・・・」

霧島さんは質問の真意を計りかねるのか、ぼくの方をチラリと見ながら思案していた。ややあって、「とても、単純にして複雑な質問です。慎一くんも知ってのように、宗教について私たちは世界史で主に歴史を遡行する通り一遍な宗教観でしたけど学びました。仏教・キリスト教・イスラム教など、その風土に合った宗教が派生発展してきたと。私たち（私と慎一くん）は宗教の成り立ちとか進展について学びましたが、神とは？　信仰についてなどは歴史とは無関係ということで切り捨てられました。戦後、政教分離（先の戦争では神道・天皇を一部の政治家・軍人が戦争に利用した反省から）が定められ、教育に特定の宗教の持ち込みが禁じられた（？）と教わりました。新興宗教系やミッション系の私立学校では信仰を学び、礼拝する学校もあると聞いています。でも、公立学校は特定の宗教を教育課程に加えていないと思います」

話し終えた霧島さんは、〝失礼！〟と紅茶でのどを潤した。それからクッキーの皿から一枚つまんで一口齧った。

「さて（だなんて）、お父様のご質問ですが、宗教の初期（原始）は土着性が主流と、これは私の主観ですが、考えます。仏教は東南アジア（湿地帯）を起源。ユダヤ教（キリスト教派生）は北アフリカ砂漠地帯（乾燥地）を起源としています。また、宗教は人間の生活・精神と深くかかわりがあり、古代の世界では人間が生きる困難は、二十世紀に生きる（広義に考えれば現代も困難が伴いますが・・・）私達の考え及ばない過酷な世界と想像出来ます。部族間の領土紛争、あるいは覇権主義国が一方的に戦争を起こし、征服された国、部族民は奴隷として生かされ過酷な生を否応なく加えられました。精神的にも肉体的にもギリギリな生を余儀なくされていたと、私の想像ですが・・・。そこに神の派生・創造が希求され誕生をみた、と私の稚拙な想像です・・・」語り終えた霧島さんは、ため息をついて紅茶でのどを潤した。霧島さんの額にうっすらと汗の滴がはりついていた。一呼吸おいて「随分、端折った見解を吐露してごめんなさい。私の信仰ですが、仏教は横に置いてキリスト教（聖書はどこにでもありました）に少し関心があって聖書を一時期読んだことがありました。神の存在についてずいぶん時間を費やしました。現在《いま》の私は、確かに受験で困難に陥っている。一方的な恋に精神的に不安定な心も・・・。大学に入って目標は？　などなど、何も分からず混沌にして茫漠としている。でも、こんな精神衰弱のような状態の私であっても神に縋《すが》ろうとは考えません。一方通行（契約）は私の信条に合いませんから」話し終えた霧島さんは軽くおじきすると〝ご拝聴ありがとうございました〟と言った。

――パチパチパチ！　父と母が感動して拍手した。

「とても貴重なお話をありがとうございます。とても感動しました。沢山の本を読まれ、それを元に人生を考え模索して居られる。素晴らしい事と感心しました。最後の言葉、〝一方通行は私の信条に合いませんから〟にも感銘を受けました。聖書を読み個人的な考えをまとめることは簡単に出来る事ではありません」と父は言った。

両親が「夕飯をご一緒に！」と、陽子も加わって勧めたけど固辞して帰った霧島さん。現在《いま》、どこでどうしているかぼくは知らない。父に言われて駅まで送る道すがら交わした会話の記憶も今は・・・・・。

漂流

「そうだ、淑子さんに会いに行こう！」

暗闇の洞窟を這いずりまわってた頃も、心の片隅に小さな灯りが蛍のように明滅していた記憶。ぼくの肉体に蔓のごとく絡み、じわじわと精神を蝕み肉体の破滅へ誘《いざな》われていた記憶。闇の中から途切れ間のない麗しきローレライの囁きは蠱惑《こわく》へと誘《いざな》う。岩の隙間から途切れとぎれ囁く地底からの声とは異なる救済の声。今ハッキリと認識する。あの囁きは淑子さんが差しのべる救いの糸、灯りだった、と。

だけど、淑子さんからメールが届かなくなって随分時間が経ったように思う。ぼくから送ろうとしても最近は受信拒否で届かない。耳が壊れっちまって電話は無理だと分かっていて受信拒否設定をするとは、淑子さんらしくないと拗ねてみたりもするが・・・。

「そうだ、淑子さんに会いに行こう！」

講義のない日を選んで、母のコンバーチブルを車庫から出す。夏の照りつける陽が赤のボディに反射して眩しい。座席に乗り込みキーを回しエンジンを吹かす。静かで強靭なモーターの音がハンドルを通して伝わってくる。アクセルを踏み石畳を静かにスタート。学校の昼休みには着くだろう。

七月下旬、日差しが強くアスファルトに陽炎が揺れている。自宅からの細い脇道を通り幹線道路に入ったぼくは、慎重にハンドルを操作する。歩道を通る人たちが照り付ける日差しに喘ぎながら行き交っている。一旦湾岸道路に乗り入れてしばらく流れに並行しながら法定速度でドライブを楽しむ。とぎれとぎれに垣間見る、海と空の水平線に陽光が反射してキラキラと白光のごとく輝く風景を左手に眺め車の流れに逆らわずに走る。

海を埋め立て造成された広大なエリアに研究所・商業施設・公共施設・教育施設が整然と区画され、人工砂浜の少し奥まった所に高層マンションが林立、砂浜に隣接して公園も整備されていた。林立する高層群を左に出口へ向かう。ETCを通過、なだらかな道の先に信号があり、信号を左折、銀杏並木を十分ほど走ると右側に約五年間通った母校の赤レンガの校舎が現れた。

母校は中高一貫校の進学校と知られているが、国公立大学の合格率が飛び抜けて高いわけではない。受験生が殺到する理由に偏差値がそれ程高くないことは当然として、校則が緩やかで比較的自由な校風で通っている事も選択の一つとして挙げられる。自由な反面、成績評価は厳格に行われ、進級試験は殊の外厳しく、留年、退学する生徒がかなりの数に上る噂もあるが、志望する受験生が多く倍率は高かった。

進路選択にあたって父に相談すると、書斎で読書していた父は、「小学年で五年先の事を判断するのは難しいかなと父さんは思う。だけど、友人に誘われたとか、先輩が在籍するから受験するのではなく、慎一が考えた上で判断したのであれば、お母さんと俺は反対はしない」生前、父がぼくに言ったことが懐かしく思い出される。

「塙先生は二ヶ月ほど前、ご結婚のために退職されました」玄関を入って右手にある受付で先生のことをたずねると、中年に差しかかった小太りの事務員があっさり答えた。塙先生の連絡先など聞いてみるが、詳しい事は個人情報保護もあって教えられない、事務員と押し問答しても埒《らち》があかず受付を離れた。ついでだから校内を見ることに方針を変え体育館のほうへ歩いた。学校をやめて（退学届けは出していないが、学費は二年修了予定まで引き落とされた）五年になる。校舎の周りの楠や樅の木も五年の時間の経過と共に大きく変貌を遂げていた。枝打ちしない欅は絨毯のように大きく枝を広げ小さな森とみまがう景観をしていた。五年前、暑い盛りの七月、部活で一汗かいた後、部員とドリンクを飲みながら木陰で休息したことなどが懐かしい。忘却しつつある記憶が少しづつ甦ってくる。

あの頃、五月蠅《うるさ》いほど耳をつついていた嬌声が永久に縁のないこととなって四年。耳が壊れたことをぼく自身、今もって克服出来たとは言えないが、以前ほど落ち込むことは少なくなった。人間に真の克服などあり得ない、絶えず諦めの気持ちで生きるのではないか。諦観に達する者は一握りに過ぎない？　あるいは、神に丸投げする事で克服したと錯覚しているのではと思う。

野球場が二面とれる広いグラウンドに人影はなかった。校舎に対して斜めに四百メートルトラック、グラウンドの奥に野球のネット。左右に設置されたサッカーポスト。全てが五年前の見慣れた風景、時間が停止したかのように、立ち尽くすぼくの前に変わらずあった。

ぼくは校舎を横切り体育館の方へ向かった。途中教室の窓から授業中の生徒たちの真剣な表情を横目で見やりながら、芝生を踏みしめる。黒板に向かい白墨で書き込む教師をチラっと観察してみるが、ぼくの知らない顔。校舎の端から端までかなりの距離がある。校舎に沿ってつつじの植栽が開花を終え濃緑色の葉が初夏の陽に映えていた。体育館のドアは開放され入口前に緑色ネットが垂れていた。ぼくがネット越しに中を覗いた刹那、黄色のテニスボールが飛んできてネットに当たり、ネットの傾斜を滑って床に落ちると、コロコロ戻っていく。テニスボールの転がる先に、五年前と何ひとつ変わらない顧問がいた。顧問はネット越しに立つぼくに気が付いたのか大股で近寄って来た。

「おお、竜くんか!? 本当に竜くん・・・」顧問はぼくの全身を舐めるように視線を這わせながら言った。

ぼくも顧問に向き合うと腰を折って挨拶する。

「お久し振りです。ご無沙汰しております」一瞬、涙がこぼれそうになった。

「そうか竜くんか、元気そうで安心した」それから言葉に詰まったのか、しばらく考え込んでいた。ややあって、「ご家族の事は本当に残念だけど、竜くんのことだから克服して学校に戻ってくる、と心待ちにしていた。塙先生と顔を合わせるたびに竜くんがいつ戻ってくるか語り合っていたよ!」言葉を切るとため息をつき、「だけど、こうして会えることが出来るなんて言葉もない・・・」最後は言葉に詰まり、ぼくの肩に両手を置いて揺すっていた。

「ありがとうございます。話が前後しますが、立ち直った直前、耳が壊れて音の機能を失いました」平常心を保って顧問に告げた。

「えっ！ 音を失ったって・・・・・聴覚に障害を負ったということ？」顧問は絶句して次の言葉が続かない。置かれている掌に力が加えられて肩が痛む。

ようやく解放された肩を揉みながら、今までの経緯を手短に語り、「塙先生がご結婚され、転校されたと受付で聞きましたが？」話し終えて顧問の唇を凝視する。

「・・・話を聞いていると、ぼく自身が生涯経験するかどうか分からん苦労・困難・苦悩・苦しみ・哀しみを、竜くんはわずか五年の短期間で経験したことになるんだな・・・。勿論、これから先の事は誰も予測出来ないけど、たぶん真実だと思う。ぼくの言うことが分かる？」嘆息しながら一息つくと、「塙先生が転校されたことは本当です。婚約したことも事実だけど、結婚も式の予定も決まっていないそう」想定外の質問にうろたえていた。

今度はぼくが絶句した。簡単に心の整理がつく問題ではないけど、こうなることは、ぼくのどこかで点となって漠然と刻印されつつあったが・・・。
・・・そうか、婚約は本当のことなんだ。先生が自身の心の揺籃《ようらん》に真正面から向き合い選択されたのなら、祝福してあげたい・・・。
ぼくは、顧問にもう一度挨拶すると駐車場の方へ向かった。顧問が背後で何か叫んでいるような気がしたけど振り向かなかった。体育館に冷房はなかったように思ったけど、背筋にひんやりする冷たい風が吹いていた。

駐車場に幌を格納して駐車したハンドルが焼けるように熱

かった。エンジンを始動、冷房を目一杯セットした。ドアにもたれ、改めて赤レンガの校舎を眺めた。欅や樅の木の早い成長は、いつか校舎を囲い静かな佇まいの学舎に変遷して行くだろう。だけど、ぼくを繋ぎ止めていた対象がいなくなった今、再びここへ足を運ぶこともないだろう。

車のドアを開け運転席に潜り込む。ハンドルを掌で触るとひんやりした感触、冷房を落とし一旦エンジンを空ふかしする。それから赤い校舎に永遠の別れを告げて校門に向かった。銀杏並木の続く道路を法定速度で走り信号を右に切り、高速道路標識に従い湾岸線入口に向かった。湾岸道路は渋滞中で毛虫のごとくノロノロ進んだ。ランプで右にハンドルを切り坂道を一気に駆け上がった。ＥＴＣを通りウインカーを出し、スムーズに流れに溶け込む。東関東自動車道もかなり混んでいたが湾岸道路ほどではなく法定速度をダウンすることなく流れていった。

行き先を決めないまま、ただ無性に遠くへ行きたい！　宮野木ＪＣＴから京葉道路に進行方向を変え、千葉東ＪＣＴで道路標識に従い館山自動車道路へ、ウインカーを点灯ハンドルを右に切った。平日の館山自動車道は閑散としていた。時折大型貨物自動車がぼくを追い抜いて行った。ぼくはあてもなく館山を目的に定めアクセルを踏み続けた。

お母さんの車は、欧州のアイスバーン走行を想定の上に製造されただけあり、タイヤが路面に張り付き疾走する。静粛なモーターの回転がハンドルを通して伝わってくる。途中のＷＣで用足しをすませたぼくは、運転席にあるボタンを押して幌を格納する。郊外を移動中、田舎の新鮮な空気を思い切り吸いたい。但し、単線で運悪くダンプや大型トラックの後につけた場合、ディーゼルエンジンの排ガスをまともにあびるオープンカーは最悪の事態となるけど・・・。

ボックスからお気に入りのＣＤ「西部劇映画曲」を取り出しセットする。運転席横のボックスには、父と母のサングラスが入っていた。父のサングラスを付けてバックミラーを覗き込んだ。どうもいかつ過ぎるので母のサングラスを付けてミラーを覗いた。優男に見えなくもないが、母のサングラスを選択、駐車場から静かに離れる。合流地点で大型トラックをやり過ごし次の自家用車の後ろに滑り込む。

木更津南ＪＣまで快適に走る。木更津南ＪＣから館山まで高速道路は開通していなかった。選択の余地はなく終点で下車。館山まで国道一二七号線を選び車の流れるまま走った。道路は狭く大型トラック、ダンプとすれ違う都度お互い譲り合わなければ通行に支障をきたす道もあった。決して快適とは言えないが、田植えを終えた淡い緑の水田が延々と続く田園風景は失恋の痛手を優しく慰撫《いぶ》してくれた。垂直に聳える鋸山の景観は静かな闘志でぼくを慰撫してくれる。これからの事は極力北極に追い払い運転を楽しむことに集中する。ギラギラ輝く初夏の太陽と風の狭間をオープンカーは疾走する。

バイクの爽快感とは比較出来ないだろうけど、それでも・・・
竜は風を受けて走る！
竜は空飛ぶオープンカーで宇宙を疾走する・・・

突然、胸ポケットに落としていた携帯がぶるぶる震える。

「誰だろう？」バックミラーで後続車の有無を確認。車を路側帯に停めてハザードランプのスイッチを押した。携帯の画面に石田の名前。あれ、石田さんからのメール。どうしたのだろう？

・・・竜さん、仕事の合間にメールしています。

「お変わりありませんか？　あなたからメールを受信したのにご返事も差し上げず、気分を害していらっしゃるかしら？　メールをいただいた時点で、私はご返事を差し上げる心身の状態にありませんでした。何故って、ご返事を差し上げれば言葉の応酬で、底なしの沼に陥没するのが分かっていたからです。私は、マリア様にぬかずいて救いを求めました。でも、信仰心のうすい私に心の平安は訪れませんでした。竜さん、ごめんなさい！　理解して下さいなどとは申しません。ただ、私を思うほんのわずかな心を持ち合わせておいでなら言葉を下さい！

由美」

石田さんのメールを一読すると、しばらくシートにもたれ呆然としていた。

神もなくしるべもなくて
窓近く婦《おみな》の逝きぬ
白き空盲《めし》ひてありて
白き風冷たくありぬ

館山から国道四一〇号線を選んだぼくは、白浜フラワーパークを通過、右側に太平洋を望み六〇キロの速度で相模灘から太平洋に開ける海を眺めながら走る。初夏の海は碧く透きとおり、爽やかな風が走り、凪の海面を幾万匹の幼魚が泳ぐような漣《さざなみ》が・・・、漣は水平線に疾走、やがて大波にのまれ消滅する。ゆりもどす静かな凪の海に陽光はキラキラと眩く輝きわたる。

房総フラワーラインを避け、海岸に沿って道路を走る。両側を松の防風林、松の切れ間に太平洋が覗く。すれ違う車も人もなく延々と続く単調な道路をぼくはひたすら走る。時折、喫茶＆軽食の廃《すた》れた店舗が道路から少し奥まったところに打ち棄てられている。防風林の堤防を流れる大河のような透明な碧空。淡い緑と濃緑色が混在する壁がどこまでもラインをひく。灰色のアスファルト単線道路は紡錘形を描きやがて防風林に吸い込まれて見えなくなった。

ぼくは睡魔と闘い、どうにか小さな漁港にたどり着いた。車から降りてしばらく屈伸運動で筋肉を解きほぐす。街灯にぼんやり浮かぶ漁港に立つのは初めての経験。大小様々な漁船が岸壁に係留されていた。船の両側に水筒ほどもある電球を舳《へさき》近くから艫《とも》まで吊るす船にしばらく見とれる。昼間の輝きが失われ陽は水平線に沈みつつあった。

「今日はここで休もう、旅館は無理でも民宿くらいはあるだろう」車に戻り屋根を幌で覆う。観光案内所を探しに急速に暮れ始めた坂路を歩いていく。道々すれ違う人に尋ねてみるが、「民宿なんて知らん」とつれない返事。それでも根気よくすれ違う人や二、三人輪になり井戸端会議をする人に聞いて回った。

「こんな小さな漁港に案内所があると思う自分は、世間知らずも良いとこだな・・・」独り言をつぶやきながら薄暮に染まる道を歩いて行った。

漁港からかなり歩き、いささか疲れた頃、小さな雑貨屋の灯りが目に留まった。ぼくは開け放ったガラス戸から「ごめん下さい、誰かいませんか?」と呼んだ。二度繰り返した時、奥の方から六十代後半に見えるおばさんがエプロンで手を拭きながら「でっけえ声を出さんでも聞こえるど」と言った。

「すみません!」と謝り、耳が聞こえない事情を説明、日が暮れてお腹も空いて来たのでどこか泊まる所を紹介していただけないか?と尋ねる。

「あ・・・、耳が遠い?」怪訝そうに聞き返す。

「違います。耳が聞こえないのです」ぼくが言うと「どっちでもええけど、あんた私の話が分かっているじゃあないか?」頭を傾げながらおばさんは言った。

「おばさんの話は、唇の形から言葉を読みとります。社会一般では読唇術と言います」と丁寧に説明する。

「あら嫌《や》だ! おらの皺《しわ》だらけの唇を見ることで、話が分かるんだ。婆の唇でごめんな・・・」苦笑しながら言った。

「それで、泊まるとこと言うても小さな町。旅館なんてないけど、民宿で良ければ・・・」ちょっと苦笑いしながら言う。

「あ、はい! 民宿でも構いません、泊まれるなら」ぼくは言った。

「ちょっと、待ってな。遊漁船宿の根本に電話してみっから」おばさんは手元にある黒い電話器のダイヤルを回した。待つまでもなく相手が出たのか会話がポンポン出ているのが見てとれた。ぼくはなんとなくホッとした気持ちなる。

雑貨屋のおばさんは電話を持ったまま、「根本は泊めてもええと言ってるがどうするか?」と聞かれたので、ぼくは喜んでお願いしますと伝えた。

「根本が迎えを寄越すと言っとったから、そこの丸椅子に座って待ってな」と丸椅子を指した。ぼくは迎えが来るまで雑貨屋の中を改めて見回した。日用品雑貨（醤油・砂糖・塩・調味料他）の他、農家から卸される野菜、し好品（煎餅・ビスケット・チョコレートなど）。アルコール類は奥の棚に並べられ、棚は焼酎と日本酒で占められていた。隅の方に洋酒（サントリー・ニッカなど）が心細そうに並んでいた。バーボンは、と探したが置いてない。ぼくは、スコットランドウイスキー「赤い帽子のおじさん」を二本と三種類のつまみを選び勘定して貰った。勘定をすませて財布を内ポケットにしまったちょうどその時、ガラス戸を開けて若い女性が入ってきた。

ガラス戸の音に振り向いたおばさんが「あ、瑠璃ちゃんでないか？」と言った。瑠璃と呼ばれた女性は「今晩は、お迎えに来ました」とハキハキした声で言った。

ぼくは雑貨屋のおばさんにお礼を言って、女性（遊漁船宿の娘）を助手席に乗せると民宿まで案内して貰った。根本は村長を兼務していると、雑貨屋のおばさんが話していた。娘さんに案内された民宿は、広い敷地に古風な屋敷のような大きな平屋。威風堂々とした外観からぼくの想像する民宿とかけ離れていたけど・・・。但し、ぼくは民宿に泊まった経験はない。エンジンの音を聞きつけたのか、玄関におかみさんが迎えに出てきた。おかみさんは清楚な、都会風に洗練された雰囲気を漂わせて、一目見て聡明な印象を受けた。ぼくは、娘さんに案内され、広い居間の革張りソファーに落ち着いた。

「遠いところからお疲れでしょう。竜さんとおっしゃいましたね。耳が聞こえないと田中から聞きました。私の話は分かりますか？」ぼくがうなずくのを待って「田中さん（雑貨屋）に聞いたと思いますが、ここは主に遊漁船宿（遠方からの釣り客専用の宿）をやっていて、五月の連休や夏季は知り合いに頼まれて泊める事はありますが、あくまでも遊漁船乗客専用の宿だから民宿の看板は出していません。それと竜さんは、田中さんのたっての頼みなのでお泊めしますが、特別な料理はありません。私たち家族と同じ惣菜になりますが構いませんか？」おかみさんは静かに言った。

お茶を持ってきた娘さんもおかみさんの横に座った。明るい電灯の下で改めて娘さんを見た。おかみさんに似て清楚な感じに若々しさを発散していた。ぼくから見つめられチョット頬を紅く染めた娘さんを可愛いと思った。

「突然なお願いを聞いていただきありがとうございます。その上、皆さんとご一緒に食事が出来るのは、久しく忘れていた家族を思い出します」ぼくは立ち上がってお礼を言った。

そのあと娘さんに案内された部屋は、十畳の床の間と障子もある落ち着いた和室。釣り客専用の部屋は満員との事でこの部屋に通されたらしい。床の間に赤茶けた水墨画がかけられ、屋久杉（？）を断裁、年輪の美しい座卓が中央に置かれてあった。

障子を開けるとガラス戸の付いた長い縁側、ガラスを透して鬱蒼と茂る木々、所どころ大きな石を転がしたような庭園。ぼくの家にある芝生を敷いただけの庭。欅の大木が真中に一本聳える庭。どちらもなんとなく魅かれる気持ちが湧き上がってくるが、見とれているといつの間に来たのかぼくの隣に娘さんが立って一緒に庭園を眺める。ぼくの隣に立った娘さんに、ぼくは首を動かさないままチラリと目をやった。それから何事もなかったかのように庭園の岩の形や松の木の形状を眺めていた。ぼくは言葉をかけなかった。

肩を叩かれ振り向くと、薄暮にぼんやり浮かびあがる娘さんが、電灯の光に顔をさらして「そろそろお風呂に入りませんか?」と言った。

「あ、お風呂ですか・・・」娘さんの可愛いらしい唇から言葉を読みとって言った。

「そろそろお父さんが港から帰ってきますので、さきにお風呂へどうぞ」と微笑みながら付け足した。

「お父さんより先に使うのは申し訳ないけど・・・」

「良いのよ。竜さんはお客様ですから」と笑いながら言った。笑うとえくぼが可愛らしい。

バッグからタオルを抜き取ると、着替えの下着をタオルでくるみ、豆電球の灯る廊下を先に立って案内する娘さんの後ろについていった。風呂場は船宿を営むだけあってかなり広かった。体を洗ったぼくは、満々とお湯を張ったタイル張りの浴槽に体を沈めた。嵌めこみガラス窓から外を見るとかなり大きな池があって、五~六〇センチは優にある鯉が泳いでいるのが月明かりに見えた。池の向こうは金木犀の木が塀代わりに植えられて、浴室のあたりは外から覗かれないよう植え込みに沿って竹柵が立ててあった。まるで旅館の露天風呂の趣がする。池の手前に丸太で作った三人掛のベンチが置かれていた。浴槽に浸かってそれらの風景を眺めていると何となく平安な気持ちになる。

風呂から上がったぼくは、娘さんが揃えてくれた浴衣に着替え、座椅子に座りリモコンを操作してTVをつけた。官制局アナウンサーが舞浜駅前に「イクスピアリ」ショッピング施設がオープンしたことを報道していた。併せてディズニーホテル「ディズニーアンバサダーホテル」のオープン。駅前にショッピングとホテルのオープンによって浦安市は東京ディズニーランドと共に急激に発展していく・・・・・・。あとは字幕が付いていないので詳しいところは分からない。

食事の呼びかけはまだない。寝転がって携帯を開いた。先生からのメールを期待していたが受信はない。石田さんからのメールを取り出し読み直す。だけどぼく自身心の整理も何もない現状では答えのしようがない。

「今房総半島の突端に来ています。明日も気の向くままオープンカーを運転するつもりです」

近況だけ知らせるメールを打ち送信ボタンを押す。

夜明け前、港は靄《もや》に覆われていた。足元から伝わる心地良いエンジンの響き、漣の海を全長十五メートルの船は力強く沖に向かって海面を滑るように進んだ。遠くの水平線は淡い紅に染まりつつあった。今日も熱い一日になりそうな予感を、雲一つない空が告白していた。船長は窓ガラス越しに視線を前方に集中していた。今日は十名の釣り客が雨カッパのフードを目深に被り、時折跳ね上がる波の飛沫に芋虫のように竦《すく》んでいた。船長は前方に集中しながらも「気持ち悪くないか?」とぼくに顔を向けて聞いた。その都度親指を立てて「大丈夫です!」とサインを送った。

まだ明けやらない四時半、娘さんに起こされ枕元に用意された服に着替えさせられた。顔を洗って食堂に行くとテーブルには朝食が用意され、船長はお茶を飲んでいた。ぼくに向けて三人揃って「おはよう!」と言った。ぼくも直立不動の姿勢で深々と頭を垂れて「おはようございます!」と挨拶を三人に返した。船長はぼくの格好を見たきり何も言わなかったが、おかみさんと娘さんが一緒になって、〝くすっ〟と口元を塞いだ。それから椅子を勧められ、電気釜から温かいご飯をよそってくれた。娘さんは温めた味噌汁を持ってきてぼくの前に置いた。卵焼きとアジの開き、ほうれん草のおひたしの付いた懐かしい朝食。こんなに早い時間に朝食を摂るのは初めての経験だったが、ご飯も味噌汁も美味しかった。

「卵焼きは娘が作ったのよ!」おかみさんが大根おろしの器を置きながら言った。ぼくが眼で娘さんの姿を追うと、頬を赤らめておかみさんを肘でつついていた。

家族が揃った朝食の風景が蘇える。瞼が潤むのを隠すように両手を合わせたぼくは少し声を上げて「いただきます!」と言った。びっくりしたのか三人揃って一斉にぼくの方を振り向いたが何も言わなかった。

昨夜、船長と二人、雑貨屋で買った洋酒を呑んだ。おかみさんは「私もご相伴させてね」とグラスを持ってくると船長の隣に座った。船長は黙っておかみさんに水割りを作ってさし出した。ややあって娘さんがジュースの入ったグラスを持って来ると船長の隣に割り込み「乾杯しましょう!」とグラスを掲げた。ぼく達はグラスを触れ合って乾杯した。乾杯が終わり平安な時が過ぎるのを待ってぼくは夕食のお礼を言った。

「今夜は海鮮料理の夕食をありがとうございます。鯛の刺身があんなに美味しいと初めて知りました。吸物・鯛《たい》かぶと煮も美味しくいただきました」

「たまたま鯛が釣れたのだから・・・」グラスを右手にかざして船長が言った。

「失礼かなと思うけど、竜さん読唇が上手なので感心しています。こうしてだべっていると、竜さんが聞こえないなどと考えられません」おかみさんがぼくを見つめて言った。

「ありがとうございます。日常会話はあるていど唇で読むことが出来るけど、大学の講義や釣り専門用語は難しいかな?それと話し方の上手下手、偏見と叱られそうですが、口・唇の形状によって読唇出来ない場合が、ぼくにはあります」船長に眼を向けて言った。

「ふぅ〜ん、漁師に専門用語なんてあったかな〜?」と船長が笑いながら言った。「大学の単位はほとんど取得、論文を残すだけと言っていたな・・・。明日、追い立てられる用がなければ、俺の船に乗るか？」洋酒のグラスを両手で包みながら船長が言った。

「・・・・・」

「釣り場に着いたら竜くんに手伝って貰う事もあるけど、時間の合間に竜くんも竿を出せるがどうだ・・・」と言ったあと、手に持ったままのウイスキーでのどを潤した。横からおかみさんも乗りなさいよ！　と身振りでそそのかす。


沖に行くに従い波が高くなってきた。船長が舵を操る横に座ったぼくは、窓のサッシに腕を委ね、水平線をオレンジ色に染めながら昇る太陽を眺めていた。船に触れる腕・足・背中・尻から規則正しい、単調な調べが、たんたんたんたん・・・ぼくの身体を駆け巡る。「とんとんとんとん・・・」と響く音？　濁音？　ぼくには分からないけど懐かしく楽しい気持ちに陥る。今のぼくには全ての音が懐かしく響いてくるけど・・・。

突然エンジンが減速して停船した。進行を失った船は波に弄ばれ船体が前後左右に大きく揺れる。「船酔いしてなければ俺について来い。お客に餌を配るのを手伝ってもらうから」船長に小突かれる。「大丈夫です！」左右前後に揺れる甲板を船長の後ろからぼくはヨタヨタついて行った。船長は船底に設置された生簀《いけす》から生き海老をタモですくい、釣り客の横にあるバケツに二匹ずつ入れていく。船長はタモを下げて戻ってくると「要領は分かったな」とタモをぼくに突きつけ、にんまり笑うと操舵室へ戻っていった。タモを受け取ったぼくは生簀から海老をすくい、釣り客のバケツに海老を入れて回った。海老はタモの中で〃ピチピチ〃飛び跳ねるので攫《つか》むのにもたもたする。海老がお客さん全員に行き渡るのを見届けると船長は、「＠＄＃—￥＊？」とマイクを持って言った。釣り客はトラック競争のスタートそのまま号令と同時に仕掛けを海に投げ入れた。

船長は魚影モニターを見ながら「生き餌の配達ありがとう！」と左手をあげて言った。モニターを覗くと上段は真赤に染まって表示されていた。「沢山映っていますね！」こちらを振り向いた船長が「あぁ、これは雑魚だよ。本命は三十ヒロ」モニター画面の下方の灰色の点を人差し指で示してくれた。「一ヒロは、一・五メートルだから三十ヒロは四十五メートルだろう。底に近い棚に真鯛がいる」船長が指差すモニターに黒い点がまばらに映っていた。点は左右に集散を繰り返していた。モニターを見ていて飽きることがなかった。

船長に小突かれて指差す方を見た。左前の釣り客のしゃくり竿がしなり、竿先が海面に引きずり込まれるかと思うほど激しく震えていた。船長はと見ると舵を操りながら怒鳴り声をあげ、叱咤（？）している。竿は大きくしなり海面を叩き始め、今にも竿が折れ、糸が切れるかと思われるほど魚が海中で暴れていた。「馬鹿野郎！　＊％＄＃＠・・・」船室を飛び出した船長は釣り客のそばに行くと釣竿を奪い海に投げ込んだ。〃あっ！〃と言う間もなく竿は海中に没した。竿のあとからタコ糸が釣竿を追いかけて沈んでいく。船長は瞬時にタコ糸を掴み、人差し指に乗せると見えない海中の魚とやり取りしながらタコ糸を少しずつ揚げていった。やがて水中に落とした竿が海面に現れると竿を釣り客に渡して、船長が戻ってきた。竿を受け取った釣り客は五分ほど魚とやり取りの末、五十センチを超える真鯛が海面にぽっかり浮かんだ。

真鯛は隣の客がタモですくい上げた。拍手と羨望の混じった溜息が船中に流れる。船中に初めて真鯛が上がったのを境にぽつぽつと各座で釣れ始めた。艫のベテランとおぼしき四十代の男性が一メートル、十キロの大鯛を吊り上げると船長に向かって右手の拳を上げた。陽光は既に頭上に輝いていた。モニターの時刻を覗くと、あっという間に十時三十分を指していた。船長が移動を告げた。全員の仕掛けの取り込みを見計らってエンジンが唸り、たんたんたんと響く音とともに波を切り裂き疾走する。

エンジンの音と波を分けて進む船首に見とれていると肩を叩かれた。ぼくが振り返ると船長が笑みを浮かべ、「竜くんも釣るか？」と言う。「ハイ、ぼくでも釣れるならやりたいです」船長は笑いながら、後ろに立てかけてある竿の中から一本を選び針の具合を確かめ「生簀から海老を一匹すくっておいで・・・」と言った。

「ハイ！」とぼくは言葉を途中で端折り、タモを掴むと生簀まで船の揺れによろめきながら駆けていった。海老をすくって持ってくると、「よく見ていろよ」と、海老の尻尾を前歯で噛みちぎり、〃ぺっ！〃と海に吐き出した。親針（号数の太い釣針）を噛みちぎった尻尾から腹のあたりまで刺し貫き、針先を出した。孫針（号数の小さい針）は胸のあたりに浅く喰い込ませる。「竜くんは呑み込みが良いから一度だけ教える。後は工夫次第だ！」と、笑いながら言った。

船長は五号の錘《おもり》を右手に持って、下手投げ投手よろしく前方に投げ入れた。海老のついた針も錘と同じ軌道で海面に飛んで行った。しゃくり竿の手元に巻いてある赤い道糸を錘の沈む速度に合わせて繰り出した。やがて赤色の道糸に黄色の三本の印が手に触れたところで、「これが三十ヒロの目印だよ、覚えておいて」赤色の道糸に五ミリ幅の黄色の糸を巻いた目印が間隔を置いて三つ並んでいる部分を差しながら船長が言った。「この印が三十ヒロ。つまり釣る対象の魚の棚ということになる。釣りで一番大事なのは魚の生息する棚をきっちり把握すること」

船長は右手に持った竿を大きく天に向かってしゃくり元に戻した。海面に出た道糸は海中の錘に引きずられ沈んで行った。これで一通り教えたと顔で表し、竿をぼくに手渡すと船室に戻った。釣りに素人のぼくはしゃくるタイミングが分からない。隣がしゃくるのに合わせ一呼吸おいて大きくしゃくった。当たりがどんな状態なのかも・・・。太陽は輝き波に反射してギラギラ輝いていた。空気は清涼、呼吸するたびに新たな命の蘇りを肉体《からだ》で感じていた。

拡声器が足元から響く!? 隣の人に肩を叩かれて振り向くと、「移動するから仕掛けを上げる指示が流れたよ」と手振り身振りで教えてくれた。隣に合わせて見様見真似で道糸をたぐり寄せた。錘が上がり先糸をたぐると針に付けた海老がきれいに無くなっていた。船長に見せると、「指先に神経を集中しなくては駄目だ!」と笑いながら言った。

船長は魚影を求めて移動を繰り返した。そのつど誰かにポツンポツンと当たりがあるが入れ喰いにつながらない。ぼくは移動を繰り返す中でしゃくりのタイミングや船長の合図で仕掛けを取り込み、投入する動作もスムーズになった。移動中のわずかな時間、太陽が海面にギラギラ反射し肌に照り返す光も、船首から吹く風に爽やかな清涼感を受けとめていた。太陽は海面に反射、照り返しが射すように暑く、陸より一層肌が焼けるように感じる。だけど辛いにぼくはただただ幸福感に包まれ、風と潮の香りと波の飛沫を浴びていた。

竿先の一点に集中していると、体験したことのない不思議な感覚がフワッと流れた。その刹那、ぼくの竿先が突然、海面に引きずられた。無意識に竿を立てると海底から腕ごと持って行かれそうな、激甚な力が加わった。朝一で手前の釣り人が真鯛を釣り上げた時のやり取りを記憶から呼び戻し、引きずられる竿を海中に離した。しゃくり竿は瞬く間に海に没する。竿を追いかけるように、右手のタコ糸が勢いよく海面に消えてゆく。人差し指がタコ糸の摩擦で焼けるように熱い。しばらくすると〝ふわ〜っ〟と抵抗が弱まったように感じた。一瞬! ばらした〜? と考えてタコ糸をたぐり寄せると、人差し指にずしんと強い感触が伝わる。

「大丈夫!」海の底の見知らぬ相手に呟いた。

ぼくは、慎重にタコ糸を回収して行った。最初の頃より見知らぬ魚の力に陰りが・・・。タコ糸の指先に伝わる感触を確かめつつ回収を早めていった。やがてタコ糸と一直線に張った竿尻が海中に見えた刹那! 激しい抵抗力が海中に起こりタコ糸を掴んだ指先が熱線に擦られたような強烈な擦過温が・・・。

突然スピーカーががなり立てた刹那、釣り客が仕掛けの回収を始めた。ぼくは、海底の見知らぬ相手と対峙に集中、周囲の風景は霞のごとくかき消えていた。再び海底に消えた竿の回収にぼくはすべてをかける。右の人差し指の感覚が失われ、痺れの予兆が表れると左手に持ち替えて対峙。テニスのインターハイ決勝のことが突如、浮かんでは消えた。いつの間にか操舵スイッチを左手に持った船長が隣に立っていた。さり気なく人差し指と親指をくっつけてOK! のサインをぼくに送る。

　やがて力尽きたヒラマサ（あとで教えてもらった魚の名称）が水面に浮かんだ。船長がフックのついた棒で引っ掛け甲板に引きあげた。

〝すげえ！〟どこかで歓声が上がる。

〝ぱちぱち！〟拍手が起こる。

　これを境に船中のそこかしこで真鯛や石鯛、ハタは釣れたが、ヒラマサはついに上がらなかった。


　その夜は感激よりも疲れがわずかに勝ったのかぐっすり眠った。ヒラマサを肴にビールに始まり焼酎・日本酒と痛飲した。奥様もワインで頬が朱に染まり、娘さんは瞼《まぶた》にほんのり紅がさしていた。奥様と娘さんの手料理も美味しかった。ヒラマサの刺身、吸い物は言葉に尽せないほど美味しかった。

　船長の船に乗って、二週間は瞬く間に過ぎて行った。船上で釣り客の世話に船中を飛び回り、ぼくもたまに竿を握って海中の主と対話するとき、淑子さんも石田さんもぼくの想念から消えていた。携帯はバッグに入れたまま眠っていた。

　五キロの真鯛やハタを釣ることもあったが二メートル・二三キロ（港で計測）のヒラマサはついに拝めなかった。それでも船に乗り、船長と海に出ることは、ぼくにとって言葉に表せない至福の時間だった。だけど船から上がって湯船で五体を伸ばし窓から星空を眺める時、二十日間近く空けたままの家を考えないわけにはいかなかった。大学の卒論も手付かずのまま、就職活動をしなくて良い事に胡坐《あぐら》をかいていた。それと底の不透明なぼく自身の精神構造に細い杭でも構わない、打ち込まなければと考える。

　ある日、夕食の席でお世話になった事を三人に告げた。ここで過ごした時間は竜宮城のごとく、夢うつつのように流れました。奥さんと娘さんの手料理の美味しかったこと。船に乗って甲板を走り、釣り糸を垂れるひと時、欲得も損得も小指の先っぽほども考えず清涼な気持ちで過ごしたことに言葉で紡げないほど感謝しているとも言った。

　娘さんは一瞬〝ビクッ！〟と体をすくめ、船長と奥さんは「そうか」と言ったきり押し黙った。それから改まって宿泊代の清算をお願いすると、「そんな物はいらん。また来て呉れればええ・・・」と言ったきり焼酎を飲み干し下を向いた。ぼくと船長は夜が更けるまで黙々と呑んだ。

　翌日、奥さんと娘さんに見送られて船宿を後にした。お土産に鯵やカマスの干物を沢山いただいた。エンジンをかけるとコンバーチブルは咆哮を放った。幌を揚げ、庭を一周し船宿に別れを告げた。「また来てね！」奥さんは念を押すように涙声で言った。ハンドルを握ったまま娘さんに顔を向けると、瞼に一杯涙をためて「本当に来てね！　指文字、もっと上手になるように頑張るから！」と言った。

　途中、見晴らしの良い丘に立って海を眺めた。房総の海はどこまでも碧く澄んでいた。水平線に朝の太陽が反射して眩く金粉のようにキラキラ輝いていた。釣り船が数隻、風上に向かって舳を向けていた。船長の船を探してみたが船自体が小さくスパンカーの文字が読めない。叫んでも届きそうにないので、車のホーンを数回押して反応をみた。やがてキラキラ輝く波間から海面を滑るように一艘の船がこちらに向かってくると海面に丸く弧を描いた。ぼくも崖の近くまで行くと船に向かって両手を大きく振った。

米良から鴨川を通り勝浦に向かって車のハンドルを握った。潮風に乗って運ばれる海の臭いは心を安らかな住処に誘う。海が好き！　命を育む、ぼくには神秘で未知の世界。それでも海と無縁の住処に向かってハンドルを握る。頬を通りすぎる清涼な風と戯れ、都会風に整った奥さんの顔が、幼さの残るおかっぱ髪の娘さんの顔が浮かび走馬灯のごとく回転していた。船長の顔に時折、浮かぶ陰のある横顔、ぼくには伺い知れない内面の葛藤を思いつつ・・・。

ともあれ、ぼくは戻らなければならない。大学と独りの生活と差別とスポイル、否応なく聴覚障害者である現実を突きつける社会に。だけど少しずつ抵抗を、対峙する知識と気力を自身の肉体に、知識の貯蔵庫に積み上げつつあると思う事にしている。それから、船長一家のような、ぼく（障害を持つ人）を温かく受け入れ勇気をもたらしてくれる人達の存在も、生きてゆく励ましとなるだろう。

パソコンの画面から目を離しふと窓を眺める。道路を挟んだ向かいの生保会社の建物に初夏の陽が眩く投影していた。三階の窓を優に超える街路樹の銀杏の葉がいつの間にか濃緑に変わり微風にさわさわ揺れている。フロァには女性ばかりが二〇人ほど机を並べ、営業が新規に開拓してきた顧客情報・保険証更新の登録を行っていた。入社した当初、文書課に配属されたが、梅雨明けを待ってこのフロァに移動する事になった。同時に報酬体系も準社員から正規社員に変わり入社当初より収入が増えた。隣の女性が言うところによると、障害者枠で採用された人達は文書課か総務課に配属され、資料仕訳・コピーなどに従事している。嘱託採用か準社員扱いで報酬体系も一般社員と異なると。

「石田さんは特殊なケースでみんなもびっくりしていました。でも、能力があるのだから当然ね！」隣の同僚が囁くように言った。

それに対して私はコメントは控えた。四年制大学を物心両面に渡り苦労、どうにか卒業、就職活動をしてきたが履歴書に聴覚障害と記載の上提出した会社では面接さえ辿りつけなかった。母が頼んだのか、祖父に呼ばれて役員を務める銀行を受けるよう勧められたが私は頑なだった。結局、大学の就職担当に紹介され障害者枠で現在の会社に滑り込んだ。隣の女性に言われるまでもなく一流企業でも障害者に対する差別は厳然と存在する。確かに、障害を背負えば出来ることと出来ないことがある。だけど個々人の能力を精査せず杓子定規に判断しすぎるのではないかと思う。

　肩を叩かれてパソコンから顔を上げると、フロアで一番親しい榊原さんが腕時計を指さして「お昼ですよ。お弁当？」と聞く。

「いいえ、売店でパンか幕の内弁当でもと・・・」私が言うと、「それなら私と外で食べましょう！」

　やや強引に誘われてしぶしぶ一緒に出掛けた。昼下がりの石畳に太陽が反射、照り返しは真夏日を思わせる暑さだった。街路樹の影を踏みながら歩く私を、榊原さんは私の腕を引っ張って足早に歩く。冷房の効いた職場から陽炎が燃えるアスファルトを歩くと背中にじんわり汗が噴き出る。これなら売店でパンでも買えば良かったと後悔するが、優柔不断の自分が情けない。職場で唯一相談出来る榊原さんでなかったら断ったと思う。

　二週間前、竜さんにメールを送ったら「今、房総半島の突端に来ています。明日も気の向くまま走るつもりです」と簡単なメールが来ただけで、肝心な事は何一つ答えて下さらない。だけど、竜さんに思う方がおられるのを感じてお付き合いを断った私に、竜さんの事を責める資格がない事は分かっている。だから、竜さんを責めてはいない。でも、自分から言ってなんだけど身を切られるほど辛い！

　榊原さんに引きずられるように小さな萎びた天麩羅屋に連れて行かれた。ガラス戸を開け「ここの天麩羅、美味しいのよ！」と先に立って天麩羅と染めた暖簾をかき分けた。店の中の壁は焼き入れ化粧板で覆われ落ち着いた雰囲気を醸していた。中央に天麩羅を揚げるキッチンが設置され、設備を囲むようにカウンターを配置、店主は揚げた天麩羅をカウンターに座るお客の皿に盛っていた。これによってお客は熱々の揚げたての天麩羅を味わえる。カウンターの近くに寄ってみたが不快な油の臭いはなかった。上質な油を使っているなあと心の中で呟いた。榊原さんはずんずん奥の方に歩いて行く。後を追って行く先に見覚えのある男性が手を振っていた。尻込みして戻ろうとする私の手首を痛いほど掴み引きずられた。手を振った男性は営業一課の古賀さん、榊原さんの満面の微笑から二人はいい仲と想像していた。古賀さんの連れは榊原さんも私も面識がなかった。古賀さんの話では今年の四月から営業一課に移動した添田さん。古賀さんと同期入社。添田さんは人事畑を歩いてきたと。端正な顔をしていて眉も太く、剃り跡の青さから毛深い人と見受けられた。唇が引き締まっていて意志の強さも感じられた。

　三人は天麩羅定食を頼み、私だけ天盛りを頼んだ。天麩羅は揚げたばかりで暑い季節にと思うがほくほくして美味しかった。蕎麦もこしがあり天麩羅と相性がとても良かった。三人は色々話しているようだったけど私は仲間に加わらなかった。先に食べ終わってTVのニュースを見ていた時、添田さんが手招きして「榊原さんから、石田さんは耳が聞こえないと教わりました。店の天麩羅がことのほか美味しかったので手話を使うタイミングを逃がしました。ごめんなさい！」と添田さんが心から申し訳なさそうにゆっくり語る。添田さんの唇は読みやすく、手真似も読みやすかった。

「突然、手真似で話しかけられ、面食らいました」と私が言うと、「手話は人事課に在籍していた時、本店で手話講習会の案内があり受講しました。手話講習会は総務課が主催、地域の聴覚障害者団体から講師を招いて行われました。入門・中級・上級それぞれ十五課目ほどが開かれ業務の調整をしながら完走しました」手話の評価を聞きたい素振りだったので、「講習会を受けただけで、添田さんのように手真似を上手に使いこなせる人は少ないです」と両手を叩いて褒めてあげた。

添田さんは頭をかきながら顔を赤くしていた。その後、私も話に加わり盛り上がった。竜さんを忘れたひと時でもあったけど職場に戻りPCに向かうとまた落ち込んでしまう。

「竜さんどうしているのかしら？　あれから随分日にちが経ったのにメールも来ない」

房総半島の突端に来ているとメールが来てから、私がメールを送っても返事が来ない。週末に仲間と会った時、それとなく竜さんのことを聞いてみたけど、みんなつれない返事。岡本さんと明石さんを掴まえて聞いてみたけど二人とも知らないと言う。岡本さんにも房総半島をドライブしているメールは来たらしい。それと、竜くんが高校在学中の時の担任の先生、確か塙さんが、勤務先の同僚と婚約したという噂もどこからともなく流れて来たけど、竜さんと塙さんはかなり深い仲のようだったからいずれ結婚すると思っていたと・・・。

休息時間に職員室を抜け出した私は、グラウンドの方へ向かった。校舎から一歩外へ足を踏み出すと、初夏の太陽が襲いかかるかのごとく照りつける。〝暑い！〟グラウンドは陽炎が立ち昇り、周りの風景が歪んで映る。グラウンドの中心から右側に四百メートルレーン、フォーン色トラックレーンの周りは綺麗に刈り上げた黄緑の芝生の絨緞が美しい。芝生を踏む都度、〝さくさくさく〟と靴裏に伝わってくる感触が、自身の今の心とは裏腹に心地良い。

校舎の窓、窓、窓からの視線を背後に感じつつ、グラウンドの奥に聳える二本の欅に向かって急ぐ。ようやく辿り着き身を屈めて欅の枝を避けながら幹の傍らに入る。人の手を加えなかった二本の欅は小さな森のごとく聳え、太陽の光を遮断する。欅の中は微風が吹き渡りひんやりとして心地良い。誰が運んできたのか折畳み椅子位の高さの切株が三つ雑然と置かれてあった。切株の一つに腰を下ろしホッと一息つく。スカートのポケットからピンク色のハンカチを出して額に浮いた汗を拭う。

「竜くん、元気にやっているだろうか、卒論のテーマは決まっただろうか？」

今にして考えると随分身勝手な自己判断だったと思う。だけど、竜くんとの年齢差が喉に痞《つか》えた骨のごとく、年を重ねるに従って体の奥に腫瘍のごとく潜り、居座り不安が蓄積する。さようならも伝えることなく雲隠れした私の突発的な行動の選択は、今考えると誤っていたと考えたりもする。彼を傷つけただろうと思う。実家に戻り、職場も変わり、愛してもいない同僚と婚約、忙《せわ》しない転変は、竜くんとの経緯を考える時、余りにも残酷な仕打ちだと今は思う。

学校で教鞭をとり始めた頃の私はまだ若く（早年生まれで同期より一年若い）、肌艶も張りがあり、ひよっこでも誰よりも輝いていた。授業・学校の行事、家庭訪問、個人面談と四苦八苦しながらも同僚の助けもあって乗りきることが出来た。特に研修終了草々で受持ったクラスの生徒には、罵倒に励ましにと手荒い歓迎を受ける事になったが、竜くんと加納さんがクラスをまとめてくれたおかげで夏休みまでをなんとか乗りきる事が出来た。夏の間、一学期で学んだ事の反省と予習、指導のポイントなど手引書を参考にしながら独自性も加えるよう努めた。

二学期が始まり、文化祭も終わり秋の気配が肌に感じる頃、竜くんの家族が高速道路で渋滞停車中の追突事故で家族が即死。竜くんは一瞬にして天涯孤独の身に・・・。教頭から連絡を受けた刹那、私は辛うじて卒倒を免れた。山梨県立病院へ向かう電車の中で、「竜くん、私が守ってあげる！」と誓ったあの時の気持ちはケネディ大統領の墓石に灯る火のように、私の中に変わらず点っていたと信じてたのに・・・。

「竜くん、ごめんなさい！」あの時、告白すれば「ばかだな～！　淑子がそんなことを気にしているなんて・・・。淑子とぼくの年齢差なんて、慎は考えたこともない。誰の言葉か忘れたけど「人は生き　人は死に　塵となり元素となって大地に　海に還る　それに何の不足がある」慎も老い、淑子も老いて往く、この自然の摂理に逆らうことは愚かな事だろう・・・」竜くんは、私の肩に両手を置いて言ったことでしょう。でもね、女の私にとって五年の開きは地球と月の距離ほどあることを、あなたに説明しても理解出来ないと思う。これは感覚でなく現実の問題だから・・・。それと、あなたのお母様には逆立ちしても敵いっこない！

離れても、竜くんが大好き！　でも、駄目なの、ごめんなさい！　ごめんなさい！

十月の風を、竜は全身の皮膚で聴く

木の幹に耳をそえる。聴こえていた音（ことば）の記憶は喪われ、ことばは単調な調べの音さえ浮かんでこない。すすり泣き通りすぎる秋の風の音。川の水面《みなも》を跳ねる小魚の戯れる音。落ち葉を踏む靴裏に響く枯葉の破《やぶれ》る音。それらの音はどのような言葉だったろうか？　記憶は霧のかなたに霞み模糊としてぼくを拒む。音を失うことは、記憶も併せて失う事と同義!?　と誰かが言っていた。だけど、ぼくが喪った（どのように表現すれば、その時、ぼくに突き付けられた現実を的確に表しているか今もって分からない、家族を一度に失ったことも）こと自体を言葉で体系的に表す方法をぼくは知らない。些末なことも今は記憶にない。それだけ突きつけられた現実が深刻と言うことなのだろうか？　忘却する事で命をたぐり寄せたのだろうか？

岡本くんはどうしているかな・・・。明石さんと交際を始めたという噂がぼくにも届いているけど。明石さんに絡め捕られ、礼拝に勤《いそ》しんでいるだろうか？　彼のことだから、恋愛と信仰は別と割り切って明石さんと付き合っているだろうか？　それとも母子家庭で育った岡本くんは、お母さんのためにがむしゃらに仕事に励んでいるのだろうか？　どちらにしても岡本くんには会いたい。何故って、ぼくを聾者の世界（音を失えば既に聾者の中にいることになるだろうけど、国によって社会も住む環境も異なる）へ導き、大地に根を張れるよう道を開いてくれた、唯一の友だから。指文字や手真似でコミュニケーションをとる方法。大学における受講生支援の方法なども先駆者的な岡本くんがいなかったら今もってぼくは彷徨い続けていただろう。ノートの貸し借り、筆記者のボランティア紹介・派遣など、彼が大学在学中汗を流し活動して制度を整えてくれた結果、ぼくら後輩は充実した講義を受けることが出来る。

欅の下に置かれたベンチに座り空想にふける。書斎から持ち出した聖書やキリスト教に関連する書籍をぱらぱらと開いて気にかかった処をマーカーで塗りつぶす。

芝生は業者によってきれいに刈りとられて、夏の緑の装いから秋の装いに移り変わりつつあった。玄関から門柱まで、御影石が緩やかに弧を描くよう点々と敷き詰められている。門から車庫までの道路も御影石で造られ、両側に小さな反射ガラスが埋め込まれていた。十月の陽光に体をずらす都度キラキラ反射する。門の入口はステンレス製の杭が地下から三〇センチほど突き出て見知らぬ車の進入を冷たく拒否するように光っていた。以前よからぬ輩が芝生に車を乗り入れ荒らされた事から庭の周りも同じ柵が埋め込まれた。

だけど、広い庭にたった一人。平屋建ての屋敷から淑子さんが風のように去ってぼくは独りぼっち。

テーブルに広げた本の上に置いた携帯がぶるぶる震える。慌てて携帯を掴んで開く。懐かしい岡本くんからのメールが・・・。

「やあ、元気にやっているかい？　君からのメール読んだよ！　今週は仕事が逼迫していて、竜くんの希望をかなえられそうもない。でも、来週末には仕事も一段落するのでぼくの方で飲み会を設定するよ」忙《せわ》しなく打った文面から推定は難しい。

「まあ、何とかやっているよ。岡本くんも元気そうで・・・。こちらは何時でも都合がつくから。楽しみに連絡を待っている」と返事を送る。

「ヨハネ伝福音書」の始まりを読む。「太初に言葉あり　言葉は神とともにあり　言葉は神なりき」声に出して読む。声に出して読むことで言葉が心に響く。ただ、牧師さんがこの言葉を、静かな教会の礼拝室で語る時、耳から神の言葉としてイエス・キリストを信仰する者の心に響くように浸透するのではないかと、ぼくは聖書を読みながら往々にして思う。これらの法則はすべての宗教に当てはまるのではないかと考えもする。家族葬儀の読経、言葉も意味も理解出来なかったが、お坊さんが読み上げる声に時折、微かにぼくの心をノックしていた記憶が朧《おぼろ》にある。音を失ったあとの喪明けの法要、仏典（分かりやすい編集）を渡してもらったが、あるていど読めても心に響かない。家族を見送る法要なのに、ぼくにとっては苦行の時間でしかなかった。

明石さんは手真似で、手話通訳を介して神の言葉が心に入るのよと言う。石田さんは教会の礼拝堂に座り、聖書を開き一人静かにお祈りすることで救いを得られると語っているけど、いずれが正しいかをここでは問題としない。だけど聖書や歎異抄を読む（熱心ではないけど）ときに感じることは、聖書も歎異抄も声に出して読むのと黙読では心にしみいる滴《しずく》が大きく異なるとぼくは感じていた。

印刷技術が発明されていなかった太古、書物を手にとれるのは一握りの師であったと想像する。従って神の言葉は、小高い丘や小さな掘立小屋の月明かり、椰子油の乏しい明かりのもとで朗誦され民衆に広まって行った。過酷な生活に神の言葉は大いなる救済の言葉として民衆の心を打ち、浸透していったのだと想像に難くない。

だけど、ぼくらのように音を失い絶望の壁にふさがれた者に神の救いがあるのだろうか？


約束の日にちを数えながら、晴れた日には欅の下で一日を過ごした。雨の日は書斎で読書や調べもの、気晴らしにTVを見て過ごした。講義の日は欠かさず出席していたけど・・・。

PCの進化は、最近とくに顕著で情報収集に欠かせなくなった。要約筆記者もPCを使いこなす人達が増えて来た事から、ノートパソコンを購入して講義の時に打ってもらうか、要約筆記者のノートを横眼で見ながらキーを打ち込んだ。ベテランになると講義の内容を端折ることも少なく、筆記に比較して一段と内容の充実を確認することが出来た。

大学院進学の気持ちに変化はないが、専門を聖書研究から、ジヨン・アップダイク「走れウサギ」を偶然手にしたことからアメリカ文学に魅かれるようになった。「響きと怒り」フォークナー、マーク・トウェイン、ヘミングウェイ「潮流の中の島々」は父の書架に収まっていた。まあ、軽薄者と言われても詮無いけど、二十世紀はアメリカ文学の隆盛をうかがわせる？　とぼくが考えたのだけど・・・。大学院へ、研究者を目標に置くなどといった大げさな気持ちは今の時点で持ち合わせない。米語を学びアメリカ文学を原書で読みたいとは思う。思えば大学院進学を先生に相談したことで、ぼくから離れていった淑子さんだけど、今は婚約者と幸せになって欲しいと願っている。

生と死の境界を彷徨、死の淵を覗いていたぼくに寄り添い、励ましつつ路を示してくれた、とても大切な存在でもあった。こうして欅の下、秋の陽を浴び次の階段を空想することが出来るのも淑子さんの存在を抜きにして考えることは出来ない。

静かに風が頬と戯れ、欅の枝葉と戯れる風の醸し出す音の言葉を探索する時間。生きてある事の幸せと充足感も・・・。

「先生！　淑子さんがぼくに向き合って下さった四年間、言葉で語り尽くせない、この心を誰が知るだろう・・・」

空想は飛んで、遊漁船の根本さんと奥様の顔が浮かぶ。娘さんの名前は確か瑠璃さんだったなあ・・・の顔も目の前に流れる。

根本さんとぼくは、奥様と瑠璃さんの手料理を肴に焼酎を飲んでいた。奥様はコップ一杯のビールをチビチビ飲みながら、「竜さんはW大学生でしたね。瑠璃も来年大学受験を控えています。公立か県立を親としては願っていますが、瑠璃は東京の私立を目標においているらしい。都会での一人暮らしがとても心配です」

一人娘の瑠璃さんが都会に行く事を根本さんは反対しておられる様子。奥さんも東京の私立大学に進学、都会生活経験者ということもあって、娘さんが都会で暮らすことに反対はしていないようだが・・・。但し、大学寮に入るならと条件を付けてもいる。

娘さんは「東京と言っても、特急に乗れば二時間たらずで帰れるから良いでしょう！　ネエ、竜さん・・・」と、初めて会ったばかりのぼくに相槌を求める。

「ご両親の心配は親として共通で普遍的なことと思います。ただ、公立はバブル崩壊で受験生が殺到、競争率が激しくなっています。そこで私立を受験する場合、瑠璃さんが大学で学びたい学部は何か？　選択する学部が住む地域になければ東京となるでしょう」ぼくは当たり障りのない例を述べるにとどめて手元の土器を口に運んだ。

奥様が捌き大皿に盛られた新鮮な刺身をぼくが堪能していると、浦島太郎が乙姫様の歓待に時間を忘却する心理が理解出来ると、苦笑交じりに思う。美しい奥様と瑠璃さんに歓待されて・・・。奥様は都会経験者の洗練された（都会経験者すべてがそうだと明言しないけど）美しい身のこなしをしておられる。瑠璃さんも奥様を二回り時間を遡らせたような、羽化する直前《まえ》の美しさを備えていた。それでいて高慢さの影もない・・・。

「今夜は勘八《かんぱち》の刺身ですよ！」ぼくが船長の向かいに座ったとき、大皿を座卓の真中に置いて、空書きで奥様が教えて下さった。初めて語る語彙は読みとれない場合があることは伝えてあったから空書きしたのだろう。覚えていて下さったことに、心の中で感謝する。

勘八の刺身は弾力があって初めて口にする未知の味わい深い趣《おもむき》があった。ビールも、お相伴した船長が好んで飲む焼酎も、勘八の刺身と絡まり幽玄へぼくを誘う。奥さんの頬が淡い紅色に染まり、船長の顔から操舵中の険しい表情が消え去るタイミングを見計らって、「竜さんの専門は？」と、隣の瑠璃さんに問いかけられた。

「一応、日本古典文学です」ぼくが答えた。

「どうしてですか？　就職にあまりかかわりのない学科でしょう」瑠璃さんが不思議そうに言った。

瑠璃さんと直に話すのは初めてのことで（迎えに来て下さったとき当たり障りのない会話を交わしたけど）・・・。細面の顔にやや太めの眉、漆黒の瞳、細くてやや高い鼻梁、唇は小さく清純な紅に染まっていた。奥様に似て黒髪は軟らかく肩より長めにカットされていた。こうして面と向かって見つめていると、陽子の清廉な顔が、母の凛とした顔が浮かんで、思わず〝陽子・・・〟と叫びそうになった。そんなぼくの狼狽《うろたえ》ぶりを瑠璃さんは不思議そうに見つめていた。

「どうして？　と問われると躊躇《ためら》うけど、近代文学を理解するために日本古典文学の知識は欠かせないと考えるから。ところで瑠璃さんの選択は？」と質問を返した。

お世話になって二日目、根本さんに勧められるまま恐る恐るロックで焼酎を飲んだけど、口に含んでみるとまろやかな液体が口腔に広がり優しい香りが鼻腔をくすぐる。焼酎は匂うという先入観が雲散霧消、ただただ美味しかった！

「真剣に考えたことはなかったけど、たぶん一生この地から出ることは難しいと思うの。両親は遠回しにでも口に出したことはないけど・・・。一人娘だし、父と母を、言葉は悪いけど棄てることは出来ないと思う。それと育ったここに愛着があると最近考えるようになったの。ここの海が好きってこともある。でも、幼い頃親しんだ清涼な海が、朝窓を開けて眺め、丘の上から散歩しながら俯瞰する懐かしい海は見られなくなってしまったと・・・。でも、どこがどう異なるの？と問われたら具体的には説明出来ない私がいるの。窓から見える透明な水平線、水平線を紅に染め朝焼けが漣《さざなみ》に眩く輝く頃、タンタンタンと機械の咆哮とともに沖に向かう父の遊漁船を母と見送る、変わることのない風景。でも、幼い私が全身で抱擁されていた海は失われてしまった。あの頃の海を・・・甦らせるにはどうしたらよいか、方法が分からないの」瑠璃さんは言葉を慎重に取捨選択しながら言った。

それから静かな時が刻まれた。

「失礼な言葉だけど、瑠璃さんもいろいろ見・聞き・考えておられる。ぼくがハンドルを握りしめて一直線に続く防風林を右に見ながら走っていると、獣が、あるいは釣り人が悪戯心からこじ開けたのか風の通り道の個所が目に入った。好奇心にかられて車を脇に停め、体をひねり、松の枝に服を引っかけられながら通り抜けたそこに、群青の太平洋が広がっていた。ぼくはしばらく呆然と立ちすくんでいた。毎日海を見慣れた瑠璃さんには理解出来ないだろうけど、言葉に表せない感動を覚えた。砂浜に座って夕陽に染まる海を都会では見ることが出来ないほど美しいと思いました。防風林が両側に植林された道路を走っていると時折、海へ降りる細い道が目にとまる。その道に立って眺めるけど海は見えない。車を止めて松林のチョット入り組んだ細い道を辿り、砂浜の広がる先の碧い海。都会の濁った海に見慣れたぼくには心が震える感動と美しさがあると。でも、幼い頃、瑠璃さんが見慣れた海はもっと神秘的で美しかったと、瑠璃さんは言うのでしょうか？」ぼくはいったん話を中断して焼酎の土器に口をつける。

「それで、海洋の生態・環境を勉強する？」飲み干した土器を持ったままぼくは言った。

ぼくの視線に顔を赤らめた瑠璃さんは、ぼくの視線を受け止めると「はい！」と答えた。両親は目を丸くして、〝ぽか～ん〟と口を開けて瑠璃さんを眺めていた。

それから瑠璃さんは三人に、というより自分に語りかけるかのようにいつもと変わらない静かな声で語った。

東京海洋大学海洋学部を目標に勉強していること。卒業後の一年間、水産学専攻科（場合によっては大学院）を修士の後、ここに帰ってくること。東京海洋大学は国立大学で学費は私立より安くすみ、寮も品川・越中島の二か所にある。私の場合、通学が困難な地域ということで優先して寮に入ることが可能と・・・。

瑠璃さんは一息ついて、傍らにある湯飲みを両手で包むように持ってお茶を飲んだ。両親に視線を向けると再び、自分に語りかけるように静かに話し始めた。

「幼い頃から、お父さんの仕事を黙って見てきました。お客さんを扱う仕事ということもあって、お母さんも大変だろうと幼いなりに気にかけて、我慢というより自然に自分のことは両親の手を煩わさないようにしてきました。構って貰えないことを淋しいとか不幸とか考えないと言うより、思い付きもしなかった。だから中学生になってお母さんの手伝いや、お客様の釣り道具を運ぶことも率先して手伝うことが出来たと思う。

高校に進学すると勉強も難しくなったけど、授業時間は集中。予習、復習も自分なりにシッカリやってきたと思います。先に話した大学も、「君なら確実に受かるはず」と担任からお墨付きをいただいたので自信を深めている。大学で学んだ事が地元で役に立つか、空回りで終わるか、今のところ瑠璃にも予想出来ない。でも、いつの日か花が開いてくれればと・・・。お父さん、お母さん五年間、瑠璃の我儘を許して下さいね。瑠璃の我儘を・・・」瑠璃さんは両手をついて両親に頭を下げていた。

お母さんはエプロンから出した手拭いで顔を覆い、肩を震わせていた。根本さんの眼が赤く充血していた。船長は、ぼくの視線を避けるように掌の土器を煽った。ぼくは頬を伝って落ちてくる涙の滴を小さな土器でキャッチ、傍らの瑠璃さんの頬を伝う涙の滴を横目で眺め、嗚咽しているお母さんに視線を持っていった。

かつて、ぼくにも間違いなく存在した（愚かなぼくは、思い至らなかった）喪われた懐かしい家族の形がここにはある。

「岩の隙間を伝って、〃ちょろちょろ〃流れ落ちる水の音」この・・・ちょろちょろ・・・、流れ落ちる水音《みずのね》は実際どのように聴こえる音なのだろう？　人の声も声帯によって同じ言葉でも異なった響きを生み出す。耳が壊れる前のぼく、本当に言葉通り聞こえていたのか確信が持てない。それでは〃ちょろちょろ〃は、社会の約束ごと？

或る晴れた日、房総半島方面に車を走らせた。湾岸道路を選んで君津から鹿野山方面にハンドルを切った。鹿野山は千葉県で二番目に高い山とPCで調べてあった。但し、標高は三七五メートルで山と言うより丘陵に近いとHPに記載されていた。地図は書店で購入してリュックに着替えと一緒に後部座席に置いてある。山に登るより自然を楽しむ心持ちで準備してきた。登山口に車を止めるとぼくは登山靴に履き替えた。初秋も終わり山は紅葉に覆われ深紅が眩しい。しばらく登山道を歩き、沢の流れを見つけ沢筋に下り、岩だらけの傾斜を手足を駆使して登って行った。

鼻から息を吸い口から吐き、岩を踏み大きな岩は避けながら慎重に歩いた。森の葉々の隙間から木漏れ日が足元や澤の水に反射して、変化にとんだ自然の息遣いを肌に触れ、感じながら歩いた。沢には川蝉が生息するのだろうか？　小さな獣が走り回っているのだろうか？　補聴器からは複雑な音が段階を踏んでぼくの耳に入ってくる。だけど、街の雑音と異なり何となく優しく響く、時には厳しく補聴器を叩く。

登るにつれて小石が岩に、岩壁となって歩くのに難儀して来る。水は岩の隙間から〃ちょろちょろ〃と穏やかな調べに変わっていたが、穏やかな谷間も雨雲が停滞すると一変する。清水は突如！　牙を剥き、表情を変える。沢は濁流となり岩を砕き、谷に突進していくのだろう。ぼくは濡れた岩に張り付くように登っては喘ぎ、岸壁を迂回、いつしか獣のような姿勢で谷筋を登っていった。平安な日常生活の意識は、ぼくから失われ森の穏やかな寂静《しじま》が、ぼくを優しく抱擁する。額に噴き出た滴がこめかみを伝い、足元の枯葉を濡らす。心臓は激しく波打ち、喘ぎ始める頃、足元から振動が伝わって来た。見上げる先に細い滝が落下する広場が見えた。滝を囲む木の幹も、枝も、辛うじて岩に張り付き、滝の飛沫を浴びて濡れていた。

滝の落下する窪地の水は透明度が高く、滝壺に沈殿した落葉の葉脈がくっきり見てとれた。ぼくが両手を滝壺に浸すとピリッとした冷気が汗に濡れた掌をやさしく慰撫する。しばらく冷水に浸し、水をすくって顔を洗った。ピリッとした冷気が一瞬顔を覆い、瞬く間に引いていった。腰に吊るしたタオルを水に浸し軽く絞って首に巻いた。それから傍らにある平らな石に腰を下ろしてぼんやり滝壺を眺めていた。リュックから水筒を取り出すと今朝氷を入れて冷やしたお茶で喉を潤した。

補聴器のスイッチをＯＦＦにして機能を停める。刹那、静閑がぼくの周りに漂い自然と融和するかのように感じる。滝から絶え間ない清涼な水が滝壺に落下、攪拌され山を下って行く。ぼくは瞼を閉じて滝壺に落ちる音の言葉を、滝壺に浸した右手で探す旅に出る。小さな滝が醸し出す音に言葉の記憶をたぐり寄せながら・・・。

「ドドドドドドドド」滝壺に落下する音？「ぴちゃぴちゃ」否、これは水道栓を閉め忘れたときの水音。「どぼんどぼん」この言葉は連続性に乏しい。「ざあざあ」「とととと」連続する言葉を模索、記憶を掘り起こし言葉をたぐる。

空は透明な碧色、風は頬を愛撫することも袖をそよともせず、木の枝は戯れもせず静謐に包まれる。音もなく睡魔が忍びより、ぼくは岩にもたれて微睡《まどろ》んだ。

「お兄ちゃん！　起きて・・・」陽子が胸に当てた手を激しく揺すった。ぼくは、睡魔に抗い重く閉ざされた瞼を開ける。あの時のままの陽子が狂ったようにぼくの胸を揺する。切羽詰まった顔が朧に映る。ぼくの傍らに跪いて必死に揺すり、叫ぶ！　このとき胸ポケットに入れた携帯のバイブレーションが、設定したショパンのメロディーを奏でる。けだるい体を持ち上げ画面を覗くと、根本瑠璃さんからのメール。でも、どうして陽子の切羽詰まった顔が夢に出てきたのだろう？　寝ている間、登山者がぼくの貴重品を失敬したから、夢に・・・？　リュックは傍らに、ポケットを弄《まさぐ》っても盗られた物はない。

とりあえず眠気の抜けない顔を清水で洗おう。滝壺に向かいながら空を見上げた。ぼくがトドのように岩に体を横たえている間、空は厚い雨雲に覆われ危機的状態に変わっていた。滝壺の淵にしゃがみ両掌で水をすくった刹那、すべてを悟った。ぼくは、腰のタオルを滝壺で冷やすのを惜しみ、てばやく身支度するとリュックを背負い、一刻も早く沢から離れるべく道のない斜面を這うように登り始めた。傾斜の粘土質に幾度も靴が滑る。足場を探し木の枝や幹に掴まり黙々と登っていった。ようやく尾根らしきところに辿り着いた時、ポツンポツンと雨が頬を打ち始めた。振り返って沢を覗くと、水嵩を増し透明から黄土色に変わった水が濁流となって沢を落下していた。さきほど体を横たえていた岩に濁流は容赦なく襲い跡形もない。

「陽子　ありがとう！」心に叫ぶ！　これが正夢と言うのか、ぼくには分からない。だけど、今も家族に守られている、家族の深い愛を思う。

　雨が激しくなる前、リュックから雨合羽を取り出し羽織った。尾根を沢に沿って下りながら、タイミング良くメールをくれた根本瑠璃さんにも心の中で感謝した。

「われら不条理の子（P・V・D・ボッシュ　加藤周一訳）」を書架で見つけ（と言うより、偶然の産物に過ぎないが・・・）、父の簡易ベッドに横たわり、何時ものごとくパラパラとめくり言葉を追う。考えあぐねた時など、ベッドに横たわり本を読むこともぼくの習慣になった。

　ベルギー作家の書籍を手にするのはこの本が最初ということになる。

　紀伊国屋書店発行のコーナーに立ち止まり、陳列された書籍を父は眼で追っていたのだろうか。「われら不条理の子」の書名に魅せられたのか、加藤周一訳に関心を持ったのか、父の思惑を失われた時を求めて問う想像力は現在《いま》のぼくにはない。

　父の書斎に入り、壁に収まった蔵書に向き合い、ため息を漏らすのもこの頃のぼくの習慣となった。リクライニング椅子に座り、「われら不条理の子」を読む。表紙は擦り切れ、父の指紋のあとがところどころに残る。

P・V・D・ボッシュは書く。

《私は、戦争の終わったとき十五歳であった者の一人である。十五歳、——であって、十八歳でも二十歳でもなかったということには、大きな意味がある。何故なら十五歳とは初めて世の中に眼を開く年齢であり、まだ軟らかい蝋《ろう》のような精神の中に時代の精神と事件が刻み込まれる時だからである。》

　一九四五年、日本は敗戦によって戦争が終結した。敗戦を迎えた日、父は十五歳かその前後の年齢であったのではとぼくは想像する。軍国主義教育を受け、敗戦によって戦う夢を絶たれ（大江健三郎「遅れてきた青年」？　か何かの著作に書かれていたが・・・）、失意のうちに敵国の民主主義を苦渋に満ちた心に受容しつつた生きてきたのだろうか？　昨日軍国主義にまみれ教鞭をとった教師が、明日は民主主義を説く姿勢に、怒りより哀しみに暮れたのだろうか？

母の実家に、幼い頃、母に手を引かれて祖父母に会いに行った。陽子がぼくらの家族に加わると、ぼくは母のスカートの裾を掴んで会いに行ったけど、父の両親にはついに会うことは叶わなかった。父がどのような家庭環境で育ち、どこで何を学んだのかさえぼくは知らない。父は聖書を開き、ベルギー作家の著作物に線を引き、頁ごとに書き込みを入れ読書に没頭していた。そうすることで父は自身に何を問いかけていたのだろうか？

広大な敷地に純和風の大きな屋敷を構えた父は、膨大な書籍と謎を残して逝ってしまった。


『英介の回想』

先週は仕事が立て込んで午前様の帰宅が続いていたけど、今週は嘘のように静かな職場。四月に入社、総務課に配属された当初、雑用ばかりで腐ったりもしたが、お盆明けから仕事の内容もやや難しさが増した。会議資料作成、特に会議用のプレゼン作成は難しかったがやりがいもあった。作成に躓《つまず》く都度、先輩に教えを乞い顰蹙《ひんしゅく》を買ったりもしたがなにくそと闘志もわいてきた。

記憶力には自信があったぼくは、一度教わったことはしっかりと自分の中に蓄えた。デッサンのセンスもあり、会議終了後、上司に「今回のプレゼンは説得力もあり分かりやすい」と労《ねぎら》われた。タイピングは学生時代サークルで取得したこともあり、社内ではかなり早い方だと上司の記憶に植え込んだ。それから役員のスピーチ原稿などを打つことも増えた。

おふくろは遅く帰宅すると、体のことをくどくど言うが何とかなだめすかした。就職活動の頃から明石さんと交際していたが、明石さんは都庁の上級試験（俺にはとてもかなわないが）に合格していて採用通知待ちの状態もあって、面接帰りにたびたび会った逢った。従って、現在の会社に入社する頃、友達（深い関係はない）以上に進んでいた。入社後、職場の雰囲気と慣れない仕事に忙殺された事もあって頻繁に逢うことは出来なかったがメールだけは続けていた。

都庁に上級職で採用された明石さんは、聴覚障害者が上級職に合格することは都庁も想定外で、今もって配属先が決まらず閑職の状態と愚痴っていたけど、「何もしないでお給料をいただいて悪いわ・・・」と言いながら現状を楽しむ気配さえ見て取れた。人事課としてもこのまま閑職の状態では人事の失墜とあって、ろうあ団体・福祉団体の代表に善後策を問い合わせているがお手上げの状態とも言っていた。信仰の話題になるとチョット辟易しないでもないが・・・。腕を組んで歩くと振りむかれ、悪い気はしない。

今日は資料室で朝から調べ物、明日は会議室で資料タイピングの仕事と上司から言われているけど。そういう事もあって明石さんは時間を持て余しているのか、日中でもこちらの迷惑を考えず頻繁にメールをよこすのには閉口している。それと、明石さんと交際を始めた頃、誘われるまま教会に行くようになった。最初は珍しさが勝って腕を組んで行っていたけど、次第に違和感というか、ベンチに座って黙とうする段階になると、むかむかするっていうか、嘔吐感が・・・。ある時、気分が悪く吐きけに（何故かと問われても説明出来ない）途中から抜け出した。それから色々な理由を付けて遠まわしに教会の同行は断るようになった。

明石さんは都庁の上級試験に合格するほどの秀才だけど、話していて感じるのは驚くほど社会に無関心で、世間一般の常識に乏しかった。従ってぼく達の会話は教会の賛美、聖書の言葉を羅列する明石さんの主導で進み、ぼくは苦いコーヒーを飲み喫茶店のソファーに座っているだけだった。恋人なのに不謹慎と思われても構わない。

告白するが、明石さんは瓜実顔に細い眼、眉、鼻梁も唇も小さく、まとまった和風美人と言っても通るほど美しい。ただ、個性に乏しかった。お母様（お母様が牧師を務める教会で紹介された）も、明石さんと一卵性双生児かと思われるほど瓜二つの美しい方だけど、どことなく幼い感じがぬぐえない。社会の出来事に全く無関心でどこか別の世界に生きているような方のように思える。

竜くんと約束した飲み会のことを、明石さんに伝えたところ「行く・・・♡」とメールが来る。石田さんの他、ぼくの仲間、大学の同窓に連絡して十三〜十五名の人数を確保出来た。飲み会の場所をどうするか考えたけど、交通の便の良い新宿のチェーン店に、入社して親しくなった会社の同僚に頼み予約電話をしてもらった。電話してくれた同僚は、研修のとき机を並べたのが縁で話すようになった。いつもメモを持って筆談してくれていたけど、指文字カードを渡すと短期間で覚え、今では指文字を使って会話している。同僚は矢野剛之君、「僕も参加して良いかな〜？」と言ってきたので否応もなくOK！　と言っておいた。

塙淑子さんを飲み会に誘ってみるがどうだろうか、と竜くんに聞いたら「岡本くんに任せる！」とメールが届いた。二人の間に何があったか推し量れないが、竜くんの素気ないメールから二人は終わった（？）と判断、塙さんを誘うのは断念した。

今週、営業会議の予定もなく会議資料作成もないことで定刻に帰宅する。明石さんから待ち合わせしましょうとメールが来たけど、あれこれ理由をつけて断った。明石さんに逢った日に限って疲労が溜まりなかなか抜けないような気がする。

今週の金曜日は飲み会があるので真っすぐ帰宅すると、お袋が「会社で何かあった？」と心配する。遅いと心配して、早く帰るとまた心配。「いい加減にしてよ！」とつい怒鳴ってしまった。酒乱の父と離婚した母は、幼いぼくを引き取り苦労して大学まで行かせてくれた。感謝しているが、大学を卒業して社会人になっても母の中では幼いままのぼくがいる。


『由美』

『今夜、飲み会で竜さんに逢えるからおめかしして会社に行ったら「あら、石田さん。めかしこんでお見合いでもするの?」と同僚に冷かされた。


風の便りで「塙淑子さんが学校の同僚と結婚するらしい?」と私のところまではらはらと流れて来た。情報の出どころは曖昧模糊《あいまいもこ》として確認する方法がないけど、〃火のないところに煙は立たない!〃旧い諺だけど・・・。ろう者の世界では、噂は真実の場合が多い。噂が本当なら〃祝杯を挙げちゃおう〃となるところだけど、こちらから別れの言葉を告げた私を、竜さんが許して下さるか分からない。

あの頃の竜さんには、塙淑子の影がぴったりくっついていて私は万歳するしかなかった。愛していたのに、私の本意ではない別れの言葉を竜さんに告げた刹那、深い後悔と慙愧《ざんき》の念にその夜は眠れなかった。幾日か鬱屈した時間だけが流れた。だけど、このままでは耐えられない、私はいつかSさんのように壊れてしまうと思い至った。

「あの時、私どうかしていました。〃別れましょう・・・〃とお伝えしてから、母から父を引き離したあの時に匹敵するほど悩みもした。でも、改めて考えてみますと、あなたのことの方が深いと理解しました。〃終わりに・・・〃と、口を滑らせた言葉はなかったことにして、あの頃と変わりなく接して下さるように、あなたにぬかずきます」と・・・。

ある日唐突に「今、房総半島をドライブ」とメールが来たきり梨《なし》の礫《つぶて》。だけど、取り消しのメールを送った時・・・どんな形でも良いからと私の心に誓ったの・・・』

濃紺のカーテンを左右に目一杯開放する。レースのカーテンを通して秋の陽が部屋をパッと明るくする。ガラス戸を開けたぼくは身を乗り出して、全身に陽を浴びるべく腕を天に向かって差し伸べた。芝生も周りの木々も冬に備えて装いを整えつつあった。ところどころに紅葉も混在していた。

ぼくの耳が壊れる以前、チョモランマ山脈を季節風に乗って越冬に飛来した渡り鳥、小雀などの鳴き声が姦《かしま》しかった記憶が甦る。どんな声で囀《さえず》っていたかの記憶はないが・・・。キッチンで朝食の支度に余念のない母と陽子の穏やかな会話が微かにぼくの鼓膜と戯れていた。あの頃、気にも留めなかった家族の笑い声、鳥の囀る声が懐かしい。だけど、感傷に浸っても望みがかなえられない現在《いま》、かなうなら父と母、陽子が笑顔をここかしこに振りまいていた、あのころの家庭の再生をと、ないものねだりをする。

ぼくは父の書斎の窓から、県立公園の常緑広葉樹の壁を眺めていた。セーターをボックスから抜き出したい季節が忍び寄るのを肌が直截に感じる。部屋に戻るとクローゼットにかかったトレーナーを羽織って化粧室で顔を洗う。キッチンに行って冷蔵庫からペットの水を飲む。冷水が喉から素早く喉頭を通り胃に至るさまを受けとめる。

一瞬〝ぶるっ！〟と震えが全身を駆ける。

シューズを履いてドアを開け外に出たぼくは、軽い柔軟体操をすると、腕を天に向かって大きく開き、ゆっくり家の周りを走る。

「何年ぶりかな〜？」と自身に呟き次第にスピードを上げる。靴底を通して芝生の優しい感触が心地良い。庭の角に沿って走り、家の周りを一周すると背中に汗が噴き出るのが、肌着の貼り付き加減で分かる。テニスの部活をしていた頃、家の周囲を毎日欠かさず走り、シャワーを浴びて学校に行っていた。だけど、家族を喪って運動から離れていた筋肉はギシギシ悲鳴を上げ、半周もしないうちに酸欠状態に陥った。それでも喘ぎながら二周すると全身からどっと汗が噴き出す。ぼくは玄関の階段に腰を落とし、〝ぜえぜえ〟と歎息する。初冬の太陽が汗ばんだ顔に柔らかい日差しを注ぐ。

今夜は岡本くんがぼくの頼みを聞いて人をかき集めてくれた飲み会の日。岡本くんと明石さんは社会人となり、それぞれ会社と役所に勤めている。石田さんは社会人二年目、任される仕事も増えて忙しい日々を送っているだろう。

ぼくは来年大学院に行くと周りに宣言してきたが、今のところ気持ちは流動的。だけど、卒業して会社に就職する事を、ぼくは予定に入れていない。とりあえず大学院に向けて勉強を続けながら文章でも書いてみたい。

シャワーで汗を流し、キッチンでトーストと牛乳で朝食をすませる。マグカップに淹れたコーヒーを持ってリビングのソファーに座りＴＶを点けて新聞を読む。

一面のトップに「シドニーオリンピック開幕」。

話題欄に「Microsoft Windows Me 日本語版発売予告」。Windows 2000が二月に発売されたのに続くWindows Me発売の意図がＰＣに不慣れなぼくには分からない。今使っているパソコン（父の）はWindows 95のソフトを入れているが不具合は感じられない。今夜、岡本くんにでも相談してみるか？ それとも会計事務所に暇な時にでも行って聞いてみる？ 新刊発売から買いそびれていた村上春樹の「スプートニクの恋人」もついでに買ってこよう。

ＴＶニュースを見るが、午前中は各ＴＶ局は字幕が付かないのがほとんど。とりあえずアナウンサーの唇を凝視してみるが判読が難しく、ほとんど憶測で判断するしかない。国会審議も字幕が付かない。ろう者は政治に関心を持つ必要はないと放送局は考えているのだろうか？

岡本くん曰く、「ぼくが入学した当時、大学の講義は要約筆記者・手話通訳者派遣制度がなかった。ちょうど字幕の付かないTVニュースを見るのと状況は類似していた」

そこから、岡本くんは孤立無援の戦いを開始する。要約筆記者・手話通訳者を育て大学当局と派遣導入を粘り強く交渉する。通訳者育成と交渉に三年の歳月を要し、大学四年のGWまぎわに許可が下りた。障害者自立が社会問題化という流れが追い風となったこともあるが、岡本くんの自身のためでもあった。しかし、後に続く後輩のことを考える発想を褒めるべきだろう。講義に聴覚障害者のための派遣制度が出来て、講義に出席する在校生が事前に申請すれば希望する通訳者を派遣してもらえるようになった。PCが普及するに従い筆記の代わりにタイピングで講義を完璧に近く打つ人も増えてきた。但し、PCは通訳者が持参、打ち終われば著作権云々の規則があり、PCを見ながらノートに写さなければならない難点もあるが、講義を聞き要点をノートに書いていた高校時代が懐かしくもあり悲しくもある。せめてフロッピーに保存出来るように交渉しているが合意に達していない。

だけど、要約筆記者・手話通訳者を利用することで講義の内容の理解が格段に上がったのも事実。卑屈にノートを借りて筆写するより、講義を受けている意識が全然違う。

TVを消して書斎に行く。机の上は読みかけの本が積み上げられ、ベッドにも乱雑に本が置かれている。ぼくの目指すべき事柄が不透明で暗中模索の状態が、乱雑に積み上げられた読みかけの本が示している。聖書に興味があっても大学院に進んで研究するほどの意義があるか熟慮を重ね方針を転換した。椅子に座り、壁一面に収まる蔵書を眺める。窓を背にして両袖の机が据え付けられ、正面に単行本（文学や社会科学・心理学関係）が並び、左側の上段から下段まで世界文学全集・日本文学全集。それらの隣はアメリカ文学全集とマーク・トウェイン全集が数冊収まっていた。

ぼくが低学年の頃、「ハックルベリーフィンの冒険」「トムソーヤの冒険」を児童世界文学全集で読んだけど、書斎にこもるようになってから、「アーサー王宮廷のヤンキー」を読みマーク・トウェインの虜になった。以後「不思議な少年」「人間とはなにか」にはまり繰り返し読んだ。愚かさ、習慣・慣習に固執する人間を痛烈に批判しながらも人間に対する愛情を忘れなかったマーク・トウェイン。

日本に生まれながら日本古典文学を教科書で学んだだけのぼくとは余りにも差異がある。でも、何れかを選択・研究しても目標をどこに置けば良いのか暗中模索の状態。

これらの蔵書を父は全て読み終わったのか、購入したけど忙しさに追われ本棚に忘れ去られたのかぼくは知らない。だけど、父の事だから完璧ではないにしても主要な書籍は読み終え、重要と考える文章には線を引き、書き込みを入れながら熟読してきたと想像することしか今は出来ない。

会計士の語るところによると、IT会社を設立した父は、引き抜きを一切しなかった。ただ、かつての部下に懇願され一人だけ入社を許可した。懇願され入社した部下が現社長とは皮肉だが、それなりの能力はあるのだろう。会計事務所（父が生前資産管理を委託。現在、ぼくの資産管理）の役員から説明を受けた。その席上「ぼくが社会人となった時点で資産管理委託の継続について打ち合わせの席を持ちたい。それと父が設立したＩＴ会社のことなど併せて話し合いたい」と。

会社の立ち上げと、壁一面の蔵書との関連は今のところぼくには難題で理解に至っていない。だけど多忙な合間を縫って読む事を継続した、父の強靭な意志にただ驚嘆する。

机に置かれたガラス製のカラクリ時計のキューピッドが、クルクル回り始め、文字盤の一二時の下に開けられた小さな窓が左右に開き、窓から小鳥が飛び出し囀《さえず》り始める。母が父の誕生祝にプレゼントしたようなことを言っていたが。

・・・時間が経つのが最近は早く感じられる。新聞か雑誌に、年齢が重なるに従い一日の時間が短くなるようなことが書かれてあった。社会人になればもっと短くなるのだろうか？　と考えているとお腹が〝ぐぅぐぅ・・・〟と喚き出した。

「昼は熱々のうどんでも作って食べよう・・・」

五時きっかり、戸締りをすませて家を出た。飲み会は六時半に始まると岡本くんから先週メールで連絡があった。最近、メールの機能も進化して連絡もスムーズになってきた。岡本くんは、友達と待ち合わせにいちいち健聴者を煩わせずにすむのが助かると言っていた。人を介することで間違いも起こる。待ち合わせ場所が指定した場所と異なっていたり、頼んだ時間が誤って伝えられると最悪！　また、急用（急病など）が出来て時間に遅れたりすると連絡方法がなく、相手に骨折りをさせ友情がご破算・・・ということも往々にしてある。何よりも聞こえないことを卑下しなくてすむのが精神衛生に良い。

「出来ないことを人に頼むのは恥ずかしい事ではないのよ！」と先生に言われたけど・・・。

ぼくは新宿までの切符を買って総武線快速に乗った。電車はいつものごとく混んでいた。入口のそばに立って江戸川のゆったりした流れを眺めた。新宿に着く頃、夕闇が迫り、街灯が灯ってネオンも瞬き始めた。東口の改札を通って進むと前方に手真似が飛び交っているのが見えた。人が混雑するところで待ち合わせると、ぼくら、ろうあ者は仲間を探しやすい便利な面もあるが・・・。

手真似の飛び交う場所に近づいたぼくは、覚えた手真似を使う好機とばかり、両手の人差し指を立て第二関節を折り曲げ「こんばんは、久し振り！」と挨拶する。手真似を中断して一斉に振り向いたみんなは、唐突な闖入者のぼくを訝しげに睨み「君、誰!?」と言った。

「この間の飲み会であなたを見かけたが、ぼくを覚えていないかな?」たどたどしい指文字と身振りで説明する。

　ぼくと集団が押し問答していると、いつの間に来たのか石田さんが近寄って、「どうしたの?」と問われ、経緯を語った。なあんだ・・・。拍子抜けの顔をぼくに向けて仲間に向きなおると、「彼は、去年の暮れの飲み会での北村君を目にとめたから挨拶したの。今夜の集まりはみんな仲間だと思って、彼は近くの北村君に話しかけた。だから、北村君も軽く挨拶を返せば良かったのよ」石田さんが流暢な手真似で説明すると、北村君は、石田さんが言ったことに納得出来ない顔をしながらも「こんばんは」とぼくに言った。

「今夜は岡本さんがかき集めた仲間の集まりでしょ。だから連絡を受けた人はみんな仲間だよ」分かった!? 念押するとやっと納得していた。いつの間にか到着した明石さんも首を縦に振っていた。

「竜さん、こんばんは。お久し振り。さっき岡本さんからメールがあって仕事がらみで遅れるそう。私が代わりに店へ案内するので向こうに集まって下さい」明石さんが言った。

　明石さんは都庁に勤めているけど、どんな仕事をしているのか後で聞いてみるつもり。都庁から直帰（まあみんなそうだけど・・・）らしく、上から下まで紺のブレザーにスカート。フリルの付いた白いシャツ、襟元にリボンを結んでいた。眉は太めのライン、眼は水色のアイシャドウを引いて、口紅は深紅を薄めにまとめていた。ふっくらしていた頬が細くなって学生の頃より美しさが際立っていた。

　明石さんが仲間たちに経緯を説明し、みんなを引き連れ歩き始めた。石田さんとぼくはしんがりを歩き、仲間とだべって遅れる人を羊飼いのように追い立てる。ぼくの知り合いは、石田さんと明石さんの二人だけ、明石さんの後ろからネオンが煌めく街を眺めながら漫然と付いていった。仲間たちはマイノリティの悲哀を爆発させるかのようにグループを作り、表現豊かな手真似と全身を動かし言葉に置き換えるのに余念がなかった。両手は空中に絵画を描き、全身を躍動、解放感の渦を起こしていた。先を行く明石さんたちに遅れることが往々にあり、石田さんにたしなめられ慌てて駆ける者もいた。

　飲み会の場所は街の中心にあった。「鮮魚料理 房総」毛筆書体の看板が電球の明かりに浮き上がっていた。窓枠に木の格子が嵌め込まれた和風造りの店。周りと比べて新鮮な感じを訪れる人に与えていた。岡本くん曰く、「新鮮な魚介類を房総から仕入ることで呑兵衛の中で比較的名の通った店」と、メールで言っていた。勿論、懐石と高価な料理もあるが、廉価な料理も豊富にあり、学生やサラリーマン、勤労者に人気がある、と。

　迷路のような廊下を進み案内された部屋を覗くと、岡本くんが座卓を前にして「やあ!」と片手を挙げた。明石さんを流し眼で見ると「連絡もしないで・・・」と岡本くんをなじっていた。

「ごめん！」悪戯を見つけられた餓鬼《こども》のように頭をかいた。それから皆が席に着くのを待って立ち上がった。

「今夜は、ぼくの個人的な呼びかけに集まってくれてありがとう。特に理由はないけど、大学進学、社会人一年、社会人二年目になり新たに闘志を燃やす人、仕事の悩み、マイノリティの悲哀、仕事にスランプを抱える人もいると思う。ぼくも就職して半年、皆さんと同じように差別やスポイルも経験している。コミュニケーションの行き違いから誤解されもする。一流企業でありながら相談部署も知り合いもなく呻吟しながら働いている」ここで一息つくとコップの水を一口飲んだ。

「今晩は久し振りに仲間と旧交を温め未来のために英気を養おう。マイノリティからくる悩みや孤独、寂寥感。仕事のスランプなど、社会人の先輩もいるから相談するなりしてアドバイスを受けるように・・・。料理はコース、飲物は特別な酒類以外は飲み放題。注文は石田さんにお願いしたいが構いませんか？」

　石田さんは腑に落ちない顔をしたけど、「分かりました」と言った。

「それから会計は明石さんが担当します。まずビールで乾杯しましょう」

　岡本くんは語り終えて、やや中央付近に座るぼくに近づくと、肩を〝ぽん！〟と叩き傍らに座った。

「やあ、元気か？　仕事に追われているようだけど今夜のセッティングありがとう！」とぼくが言った。

「君と二人も良いけど、現在《いま》、難解な話はパスしたい、と言ったら理解してくれると思う」苦笑しながら言った。

　岡本くんの溜息に言葉を探すように周りを見た。ぼくらの沈黙とは別世界と見まがうばかり、解放感に満たされた手真似が空間に動画を映すかのように姦しい。石田さんに顔を向けると、明石さんと談笑していた。「ビール遅いな・・・」と岡本くんが言いかけた時、店員がビールを運んできた。みんなにビールが渡ると、岡本くんが立ち上がった。

「皆さんにビールが回ったところで乾杯しましょう。乾杯の音頭は竜くんに頼みます」座ると肘でつつき、〝さあ・・・〟と急かされた。ぼくは承服出来ないがしぶしぶ腰を上げた。

「みなさん、こんばんは。ぼくの名前は、竜慎一と言います。岡本先輩と同じW大学日本古典文学部四年です。今夜の飲み会は、ぼくが個人的に岡本先輩と話したくて頼みました。でも、岡本先輩は社会人一年、慣れない仕事、コミュニケーションに苦労、色々と悩んでいるらしく難しい話は外において飲もう！　と言うことで・・・。では、乾杯としましょう！」そう言うとグラスをかざして

　〝乾杯！〟

　それから岡本くんとグラスをかち合わせ、周りの仲間ともグラスを触れ合わせ泡の消えかかったビールを飲み干した。

ほどよく冷えたビールが一気に胃の腑に落ちる。心地良い余韻に浸りながら、傍らの岡本くんの空になったグラスをビールで満たし、自分のグラスにも注いだ。

「仕事はどうだ」黙々とビールを飲む岡本くんに聞いた。

「ん、仕事そのものはきついと思わない。ある程度ＰＣが出来るから仕事の問題は特にない。でもな、同期入社の健聴者と比較（こんなことは言いたくないけど）すると、ぼくに与えられる仕事なんて単なる下働きと分かる。面接のとき人事課長が「うちの会社は能力主義。能力があれば誰でも役職に就ける」と言ったけど、いざ入社して社内を見渡すと年功序列が大手を振って・・・」そう吐き捨てると、〝フ～ッ〟とため息をついた。

「学生の分際で口を挟むのは場違いだけど、二～三年は会社も様子見では・・・。一般入試で就職した岡本くんのことだから能力を発揮出来る仕事が必ず回って来るよ」自分で言うのはなんだけど慰めにもならない励ましだと・・・。

「ん、そうだね。それよりビールはパスして焼酎でもどうだい」言い終わると石田さんに手旗信号を送った。

「ぼくは冷酒を頼むけど・・・」メニューを指して呟いた。

このとき石田さんがそばに来てぼくらの間に割り込むなり、「お久し振り！　お元気でした？」と手真似と口話を巧みに使って言葉を紡いだ。岡本くんは一瞬びっくりすると、「何に、誰？」と、ぼくと石田さんを交互に眺め呟いた。

あわてて「ごめんなさい！　つい指が勝手に。それで注文は？」と岡本くんに聞いた。二人の様子を見たぼくが噴き出したものだから、二人はますます困惑した顔でぼくを睨む。

石田さんは二人の注文をサッとメモして立つなりプイと顔をそむけて足早に去った。後ろ姿に複雑な影が揺れていた。

「妬《や》けるなぁ～　彼女、間違いなく君に恋しているよ」やっかみ半分に岡本くんが言った。

「君だって、明石さんと熱い噂が囁かれているじゃないか、似合いのカップルと・・・」と切り返した刹那、淋しそうな表情をぼくにさらして黙った。

岡本くんは思案していたが「その事は後で話そう。料理も揃ってきたから早く食べないとなくなるよ」と急かすように言った。

ぼくらは黙々と呑んだ。ぼくは焼酎のロックを二杯、岡本くんは冷酒をグラスで二杯、のどを潤した。お通しに鰯とワカメと葱の酢味噌和えが出され、鰯は歯ごたえがあり新鮮で美味かった。コース料理は刺身の盛り合わせ、天麩羅、蓮と蒟蒻《こんにゃく》のキンピラ、焼うどんなどが並んだ。

「天麩羅はカラッと揚がって美味い。都内で勘八《かんぱち》の刺身とは珍しい。どれも新鮮な食材・・・」と、石田さんは海老の天麩羅を咥え、手真似でささやいた。ぼくは勘八の刺身に舌鼓を打ちながら瑠璃さんのことをふと思い出した。

ぼくと岡本が頻繁に注文するので、「がぶ飲みするならまとめて頼みなさい！」石田さんに叱られる。石田さんは、行ったり来たりが面倒とばかり、皿と箸を持って来るとぼくらの隙間に割り込んだ。スカートの布越しの彼女のぬくもりに触れた刹那、下腹部に熱い血潮が流れるのを恥じた。瑠璃さんを思い出しながら下半身が熱くなる自分を嫌な奴と・・・。石田さんは勘八の刺身を口に運び、「美味しい！」とぼくに向きなおって声を上げた。

「これ、何？」二切れ目を口に入れたまま、人差し指を立てて左右に動かした。口をもぐもぐしながら会話が出来るなんて、こんな時に限って手真似は便利だと考えたりする。

「それは勘八という大きな魚で高級料亭でしか食べられない。でも、ここに出された勘八は養殖だろう!?　天然物よりチョットと思うけど・・・」〃ふぅん・・・〃と呟き、ぼくのグラスに手を伸ばし、冷酒をちょっぴり口に含んで「はぁ～っ！　度が強いね・・・」と石田さんは嘆息した。

飲み会の二時間はあっという間に終焉を告げる。この店は人気があるらしく入口は空席待ちで混雑していた。外に出たぼくは狭い夜空に両手を伸ばして天に向けて背伸びした。煌々と輝くネオンの煌めきに星はぼんやり漂っているように見えた。

料理はどれも美味しかった。ただ、根本さんの家で飲んだ焼酎にだけは敵わなかった。根本さん一家と過ごした数日間は真実、天に昇る心持ち。そのときの時間、全ては忘却の彼方にあった。タンタンタンと吠えるエンジンの音とともに・・・。遊漁船にお客を満載して夜明け前、沖に向かう船中、ぼくは船長の横に座って波を切り裂く舳先に集中していた。根本さんは船中では厳しかったけど小言を一切言わなかった。奥さん（瑠璃さんはいつも手伝っていた）の料理はどれも美味しく、箸を運びながらかつて存在した家族を懐かしく思い出していた。瑠璃さんの話を聞いているとき、人間の成長の証を、陽子が生きていたら、瑠璃さんが語るような成長の証を「ネエ、お兄ちゃん聞いてくれる？」と言いながら話し始めた事だろう。

空想の旅にぼんやりしていたら、ぽん！　と肩を叩かれて振り向くと岡本くんがぼくを見つめていた。

「なんだか深刻な、と言うか、追憶に耽《ふけ》っているよう見えたけど・・・何を思い出していたんだい」訝しげに問いただす。石田さんは明石さんの腕にぶら下がるようこちらを見つめている。

「考えて、というより家族のことを。ともに生きていた、どんなにか幸せでかけがえのない時間。愚かなぼくは気がつかなかった。後悔ばかりが先に立つけど、耳が壊れたことも、かつて芋虫のごとくのたうつことも、以前ほど悲しみに満ちた心で追憶するようなことは薄れてきた。それが正しいことなのかぼくには分からないけど。岡本くん明石さん石田さんたちがぼくを仲間に加えてくれたことに感謝している・・・」ぼくはたどたどしい手真似と指文字で言った。それから岡本くんの肩に手を置いて「これからどうする？」と聞いた。

「そうだな～！　明日あさってとくに用事はないから、厚かましいのは承知で、君の家でどうだろうか・・・」遠慮がちに言った。

「岡本くん、ぼくに引け目を感じる何かある？」

「君の想像するようなことはない。ただ、一人暮らしだからみんなが行くとあとが大変だろうと・・・」

「そんなことで遠慮するなんて。君たち以外、なるべく断るようにしていたけど、先月、清掃会社と自宅の清掃契約を締結したから、隔週月曜日清掃員が派遣される。室内から庭も含めて清掃するのでぼくが手を煩わすことなんて気にしなくて良いよ。みんなが来てくれれば、天の家族も喜んでくれると思う」岡本くんの視線から離さずに言った。

岡本くんの同僚を加えて五人、石田さんが停めたタクシーに乗り込んだ四人のほかに「僕も良いか、私も・・・」と、岡本くんの後輩が懇願していたけど、彼がなだめすかして断っていた。明石さんと石田さんが後続のタクシーに乗り、岡本くんの同僚とぼくを入れた三人が先頭車に乗り込んだ。自宅のポスト前に停車すると後続車のタクシー代を合わせてぼくが支払った。岡本くんと同僚は割り勘でと抗議したけど、〝まあまあ・・・〟となだめ、後続車の支払いもすませた。後続車の運転手に前もってそれとなく告げておいた。石田さんは明らかに承服出来ない顔をぼくに向け、「竜さんが払うのは納得出来ません。五人で割り勘にしましょう」と抗議したけど、「石田さんの抗議は間違っていない。だけど、今夜の飲み会は、ぼくが岡本くんに頼んで集まってもらったの。二次会はお返しに、ぼくが招待したようなものだから・・・。それに、誰も訪ねてこない家にみんなが来てくれたことは、両親と妹はぼくのために感謝しているし、喜んでいる。母が交通費位ぼくに払いなさい、と言っているよ」

「・・・・・」石田さんは複雑な表情でぼくを睨む。

「二人には肴の準備もお願いするから構わないでしょ！」と。それから「岡本さんも待ちくたびれているから・・・」と二人に背中を見せて玄関に向かった。石田さんは納得いかない表情ながら渋々石畳を踏んで従っていた。

夜空は雲一つなく無数の星が瞬いていた。夏の夜空も星が煌くけど、秋から晩秋にかけて空気が透き通り星の輝きも一段と増してくる。

玄関の階段に岡本くんが腰かけ、待ちくたびれた顔で「遅かったけど何かあったのか？」と言った。ぼくは右手を顔の近くで拝むように立てると振り子のように左右に動かした。「遅いからひと悶着あったかと気にしていた」

玄関の鍵を開けると、先に入って電気を点けスリッパを揃えた。先に上がった石田さんが廊下と居間の明かりを灯した。

石田さんがキッチンに向かうと明石さんも足早に追いかけた。石田さんだけ戻って来ると、ソファーにみんなが脱いだ背広とコートを集めロッカーに持って行った。

「ビールは冷蔵庫にあるから、飲みたい酒があるならキッチンにいる石田・明石さんの希望を聞いて地下から持ってきてくれないか？」同僚と立ち話している岡本くんに頼んだ。岡本くんは「ん、分かった」と言って、同僚を連れて地下蔵へ消えた。ぼくは二人を見送ってからリモコンを操作、TVを点けた。チャンネルをいじくり字幕放送を探したがどのチャンネルも放送していなかった。ニュースチャンネルを点けたままキッチンに行った。

キッチンを覗くと、二人の手真似が空中に無言劇を演じ、包丁が空を切り、レタスをちぎり、ハム・トマト・胡瓜・セロリをガラスの大皿に、べつの大皿にレタス・クレソンを敷き、ハム・チーズ・アボカドなどを手際よく盛り付けていた。

「竜さん、グラスや氷ポットなど運んで下さいな。サラダの盛り付けが終わったらビーフと焼きそばを作るつもりだけど良いかしら？」石田さんが包丁を左手に握ったままぼくに尋ねた。

今にも包丁が飛んでこないかビクビクしながら、「ん、疲れているのにごめん。料理の種類は二人に任せるよ！」とニコニコして楽しそうな石田さんに言った。話しかけたとき何か言いたそうな顔を向けて来たのをはぐらかし、テーブルに準備したお皿、グラス、割りばしなどをリビングに運んだ。

岡本くんはまだ戻っていない。料理が出来る前に窮屈なＧパンをトレーナーに着替えるため書斎に向かう。椅子に脱ぎ捨てたトレーナーに着替えた。トレーナーを着るとひんやりして秋の深まりを実感する。

キッチンへ行くと石田さんの手真似の指示に従って料理をリビングに持って行った。リビングでは蔵から戻った二人がスコッチとワインの栓を抜いていた。

「冷酒を探したけどなかったよ」料理を運んできたぼくに、岡本くんが言った。

「冷酒は冷蔵庫に二本冷えたのがあるから、ビールで乾杯したら持ってくる」とぼくが答えた。「それからワインは冷やさないと、ステンレスクーラーに氷を入れてくるからコルク蓋を取らないように」

料理がそろそろ出来上がるから、二人とも手を洗ってくるように言うと、岡本くんが同僚と連れ立って化粧室に去った。ぼくはキッチンに戻り、石田さんがフライパンから湯気の昇る焼そばを大皿に盛っているのを入口で眺めていた。焼きそばの香ばしいソースの匂いが鼻をくすぐる。キャベツをたっぷり使い、ニンジンにピーマンもふんだんに盛った焼きそばは見栄えも良く美味しそう。

「料理はこれで最後ですね・・・」ぼくは、二人に近づいて聞いた。

「はい！　夜も更けたからこれで充分でしょう。料理は石田さんが考え、私はお手伝いしただけですが・・・」明石さんがエプロンをたたみながら手真似で言った。

　ぼくは冷蔵庫のビールを石田さんに持たせると、焼きそばの大皿を持ってリビングに戻った。リビングでは岡本くんと同僚が、西部劇「ワーロック」を観ていた。ヘンリー・フォンダ、性格俳優アンソニー・クインの豪華キャストのアメリカ映画。中学生の頃にリバイバルで観た記憶はあるが・・・。

　明石さんと石田さんがビール瓶を二本下げてリビングに入ってきたところで二次会が始まった。ぼくと明石さんがみんなのコップにビールを注ぎ、岡本くんの音頭で乾杯した。女性を労い、テーブルに並んだ料理の豪華さを褒め立て、グラスを触れ合わせた。冷えたビールを一気に飲んでコップを置くなり、ぼくの傍らに座った石田さんが即座に注ぎ足した。

「ありがとう！　お疲れさま・・・」と労った。石田さんは一瞬眼を輝かせた刹那くるっと、反転、哀愁に満ちた表情に変わり目を背けた。ぼくは複雑な心境に陥っていったが黙って注がれたビールを飲んだ。

　みんなが、争って箸をはこんだ焼きそばは白い湯気がユ～ランユ～ラン昇って無音の世界に奏でる音楽のように漂う。矢具の種類も多彩、ただ見ているだけで生唾を飲み込む。矢野剛之くん（岡本くんの同僚）が焼きそばを取るため膝立ちしたとき、明石さんが先ほどよそった皿にたっぷり追加して渡した。一部始終を見ていた岡本くんが皿を明石さんに突き付けると、彼の皿には意図的に少しよそっただけでつき返した。岡本くんは〝ムッ〟と頬を膨らましたが抗議はしなかった。見かねた石田さんが「明石さん、個人的な感情をここで披露しては駄目でしょ。ここを提供して下さった竜さんに失礼よ！」と注意した。明石さんは押し黙って下を向いた。

　ぼくはビールを二杯飲んだところで、バーボンに切り替えた。グラスを替え、ソファーの脇にある「ジャックダニエル」をグラスに半分ほど注いだところで石田さんが氷を入れてくれた。

「ありがとう！　あなたもワインを飲むでしょ、ワイングラスに替えましょうか？」石田さんに言った。

「いいえ、もうしばらくビールを飲むから・・・。ところで、大学院の選択は決まりましたか？」

「いいえ、風に吹かれる柳の枝のように流されるまま。大学院に進学するとして何を目標にするか、嵐海に浮かぶ舵を失った小舟のように波に漂っている。目的も決まらないのに大学院なんてぼくって馬鹿だな・・・」と吐き捨てた。

　石田さんはぼくの手真似に目をやりながら、「大学院は棚に上げにして就職は選択にないのですか？」と言う。

　ぼくはちょっと考えて「それも選択の一つかも？　あるいは就職もやめて房総へ漁師見習にいくかも？」と冗談半分に言った。

「エッ！　そんな・・・」と石田さんは手を口に当てて絶句する。

ぼくと石田さんの話を眺めていた（われ関せずと言う態度の）岡本くんが、横から「冷酒に替えたいけど・・・」と言った。

「分かった。持ってくるから待って」ぼくは立ち上がってキッチンへ歩いた。話を中断された石田さんは、岡本くんを睨み、プイと顔をそむけた。冷酒はロッカーの入口近くにある冷蔵庫ともう一つ横にある冷蔵庫で冷やしていた。アルコールと無縁だったぼくは、父が、あるいは母がどんな意図からお酒専用（たまに調理材料も入れていたけど・・・）の冷蔵庫を置いたのか知らない。父が冷酒を頻繁に飲んでいたかというと、そんなことはなかった、と記憶を辿りながら・・・。

父は食事の時ビールを一瓶空けていた。たまに母が自らお相伴することも。多分、調理した料理によるのだと今は思うけど、父は嬉しそうに母のコップにビールを注いでいた。父はみんなと食事をし、それから一人書斎でバーボンを飲むか、リビングで冷酒を小さなクリスタルグラスで飲んでいた。食後のデザートを三人が食べているとき、テーブルにはさりげなくチーズやサラミ、燻製（父は暇を見つけては倉庫の前で肉や貰った山女魚、岩魚を焙っていた）などが並べられた。それらを肴に陽子の話（家族団欒では陽子がほとんど一人で喋ることが多かった）に相槌を打ったり、母と談笑したりしていた。だけど、二人が酔った姿を見たことはない。

冷蔵庫の前に立ってドアの取手を掴む時、優しかった家族が忍び寄って、ぼくを温かく抱擁してくれる。それらはぼくを励まし、生きる希望を・・・。

冷酒を二本下げて戻ると、岡本くんと明石さんが睨み合っていた。石田さんと矢野さんは二人の対峙を呆然と眺めていた。冷酒をテーブルに置きながら「深刻な空気だけど・・・。ぼくは体をチクチク針で刺される気持ち。明石さんが追っかけて、岡本くんが遁走する。その図式は恋愛につきものだけど、こんな時と場所でするなんてチョット非常識だと考えないのかな・・・」と二人を交合に見つめながら皮肉った。

二人は押し黙ったまま口を閉ざした。

「飲み会の場所で、ここでお互いを責める（憶測にすぎないが・・・）問題点は『別れる別れない以前に信仰と宗教』とぼくは推測する。二人が交際を始めた経緯をぼくは知らない。明石さんは敬虔なクリスチャンの家庭で育ち、生まれた時からキリスト教の思想に育まれてきた。一方、岡本くんは母子家庭に育ち経済的に恵まれていたとは言い難いけど（間違っていたらごめん！）信仰とは無縁の世界に生きてきた。そんな二人に恋が芽生え、お互いを意識し、愛するようになった」ここまで話したところで、喉の渇きを覚えたぼくは持ってきた冷酒をグラスに注いで一気に飲み干した。芳醇な香りが口一杯に広がって冷えた液体が喉を流れていった。石田さんが慌てて瓶を取って注ごうとするのを制して、岡本くんと矢野さんを指して注ぐように手真似で伝えた。

「さて、美人の誉れの高い聡明な明石さんと、努力家で判断力の秀でた岡本くん、誰が見ても似合いのカップルとぼくは思う。信仰という困難な問題を別にすればだけど・・・。キリスト教を伝道する家庭で育った明石さんは、キリスト教こそ人を幸せにするという普遍的な価値観を自然に受け入れて育った。しかし、彼（岡本くん）も孤立無援の環境にありながら、努力して獲得した価値観でもって生きてきた。価値観の違いはキリスト教の深い慈愛で抱擁《つつめ》ば、岡本くんもいつの日か洗礼を受け入れるようになると明石さんは考えた。一方、岡本くんは愛情を持って接していれば、明石さんが信仰を放棄、あるいは、二人で過ごす時間の中では棚上げ、ぼくと生きる路を選ぶのではないか、と？」

ここまで話してから、ぼくは二人を交互に眺めた。二人は〝ぶすっ！〟としているが反論はなかった。グラスを取ったところで、石田さんが素早く冷酒を注ぐ、注ぎながら〝にっこり〟と妖艶な微笑を送られ戸惑う。盗み見た矢野さんがチラリとやぶにらみすると一瞬、戸惑いの表情をうかべる。

「・・・・・・」

広いリビングに混濁する沈黙が忍びよる。ぼくは、冷たくなった焼きそばの皿を取り上げ一口食べる。空っぽの臓器が動き、胃から小腸、大腸へ運ばれて行くのを確認!?　ささやかな至福を覚える。この平安な気持ちがいつからぼくに芽生えたか知らない。朝、家の周りをランニングしている時、肉体の変化から精神の変容を意識するようになった。ぼくの中に再生の意識が、精神的な変貌をもたらして来たと思う。

芝生を這いまわるアリや、木々に穴を開けて住みつき子孫を残すためにせっせと求婚する虫に愛おしさと純真さを思う。

「矢野さん、お風呂かシャワーを浴びてこない？」手持ち無沙汰にキョロキョロしている矢野さんに声をかけた。

「お風呂？　こんな時に良いのかな・・・」遠慮がちに呟いた。

「二人のことは気にしなくて構わない。入るなら案内するけど・・・」

「迷惑でなければ一日の垢を落としたい」沈黙を続ける岡本くんに気を使いながら呟いた。

ぼくが立ち上がりかけたとき、ぼくの腕を押えた石田さんが「私で良ければ・・・」と言った。チョット考え、石田さんにお願いする。背中を見せて二人が消えるのを待ってＴＶの電源を入れる。画面が立ち上がると「ガンヒルの決闘」の白抜き文字が画面の隅に表示された。〝ああ、カーク・ダグラス主演西部劇〟と口を閉じて一人で呟く。

二人は深い海底に座り込み沈黙の世界に浸っていた。ぼくはしびれを切らして「二人とも星空を眺め、宇宙の深淵を感じては・・・。これでは、せっかく蔵から出してきた冷酒とワインが哀しみに暮れるよ」ぼくが下手糞な手真似で言うと、キッと睨まれ、元の深淵に座り込む。「ぼくの見たてに過ぎないが、彼女は彼に洗礼を求め、彼は彼女に背教を要求する。要するに、彼は背教を願い、彼女は入信を強要する。それぞれが自我を優先している。電極の＋－は永久に結ばれない」一息つくと生温い冷酒でのどの渇きを潤す。「ではどうするか問われると、袂《たもと》を別《わか》つしかないとぼくは思う」二人を交互に見つめて判定を下す。二人の「愛」は失われた。多分、彼女は愛が失われた事実を理解しているように思う。それでも彼を引き留めるのは、彼の行動力・組織をまとめる力量を捨てがたいと考えているのではと推測する。ろう者の教会を大きくすることが使命と自身に課しているのではと・・・。

「信仰は難しく、複雑な問題を孕《はら》んでいるとぼくは考える。明石さんは、地上《ここ》に誕生瞬間《うまれたとき》から彼女の意志にかかわりなく、信仰と共に生きる運命と言えば良いか？　子供の人格を無視、親の考えのまま育てられてきた。言いかえれば、キリストを信仰する、それが空気と同等の環境で育った」

　ぼくは明石さん見つめながらグラスの冷酒を静かに口に含んだ。美しい明石さんの視線は空を彷徨《ただよ》い、ぼくの語るキリスト教についての見解（聖書の完読、いまだに遠いけど・・・）に馬耳東風のようだけど、それも仕方のない事かもしれない。男と女の関係は、時には宗教より複雑な場合もあるから。

「傍ら、岡本くんは宗教とは無縁の世界に育まれた。誰にも頼らず物事を判断する力量、公平さ不平等に対する闘争心を自己流であれ磨いてきた。大学当局に手話通訳や要約筆記者の設置を要求したのは、同じ授業料を払いながら、健聴者と同等に講義を受けられないろうあ者の不公平、講師の無関心に怒りを直截に感じたからに他ならない。キリスト教はキリストの言葉に従い新約聖書の言葉を守ることが信仰の証となる。だけど、岡本くんの生きて来た歴史は受容出来ない、と・・・ぼくなりの率直な考えだが・・・」

　手真似は聴覚障害者には命に等しい・生きる証だけど、こんな場合、遅れてきたろう者のぼくには不便だなあ・・・、と、一人で呟き、冷酒を小さなグラスに注ぐ。岡本くんは、苦虫を咬みつぶすような顔でぼくを睨《にら》む。ぼくが語り終わるのを待ち構えていたかのように、グラスをぼくに突き付け無言で注ぐよう急かす。彼のグラスには冷酒が一滴も残っていない。ぼくは彼のグラスにあふれるほど注いだ。

「あっはっは・・・」冷酒を飲み干した岡本くんが突然笑い出した。「昔、と言ってもぼくが高校生のときだけど。サルトルの『聖ジュネ』を読んだジャン・ジュネが【ぼくの内臓を裏返しにして世間にさらされたようだ】と言った。君が今言ったことは全てでないが要点は当たっている。だが、ちょっと心がない・・・とぼくは思うよ。見ての通り、彼女とは座礁した難破船のようだけど、だからと言って、男と女のラブゲームを、君が君自身の見解を語るのは無関心を装うより残酷なことでは・・・」岡本くんはぼくに告げながら明石さんをチラリと見た。明石さんは唇を咬み、ぼくらの会話に眉間にミニ洗濯板を貼り付けぼくと岡本くんを交互に睨んだ。

沈黙を破るかのように、明石さんが「私を見て！」と、掌で仰ぐようにぼくを呼んだ。

「竜さんの話を見ていて、私も【私の内臓を裏返しにして世間にさらされたようだ】と彼が引用したジャン・ジュネの気持ちが理解出来ました。讃美歌を子守唄代わりに育った私に、どんな選択肢があったでしょう。まだ、幼児に過ぎなかった私に洗礼した神父（父）を批判しても詮無いことです。皮肉なことに洗礼を受けた夜、高熱を出して音を失いました。三歳の誕生日でした。見境いもなくヨブに試練を強《し》いた神は、幼子の私にまで試練を与える!?　信仰も緒についた赤子の私に・・・。母は気が狂うかと思うほど嘆き悲しみ神父を非難しました。家庭は壊れ（今も壊れたまま再生の望みは完全に途絶えた）風の向くまま漂流しています。片時も離れないと言うより、私は母の分身として育ちました。言葉は全て聖書を教材に母に教わりました。母は神父を断ち切っても神から離れることは出来なかったのでしょう。母は教会には欠かさず通いました」沈鬱な表情のまま、いったん話を打ち切った明石さんは、グラスに残ったワインをかざして一口喉の渇きを癒すように口に含んだ。それから両掌を空間にかざして手真似で言葉を紡ぎ始めた。

「母の傍らには常に聖書があり、暇を見つけては私に読み聞かせ、復誦させました。読話は、唇の形状から言葉を読み、解く、のを基本とする事は説明する必要はありませんね。母と私はいつも向き合って対話しました。食事しながら、入浴、着せ替えと、三歳から小学校に上がる頃まで、五十音の発声訓練と唇の形状「あ」「い」「う」「え」「お」を記憶することを徹底的に練習させられました。唇が読めない、発声に誤謬があるとくり返し発声訓練をやらされました。母は、こめかみの血管を膨張させることも、手を振り上げることもありませんでした。でも、細部にわたって私に干渉しました。子供心にも母に対する反発心が芽生えては萎《しお》れました。発声の誤り、読話の足踏み、言葉の記憶停滞に対して、母は私の手を掴み自分の喉に押しあて音を記憶させることに異常なほど執着しました。「た」行は、私の人差し指を自分の舌において発声。「ぱ」行の発声は、母の唇に掌をあてて、吐く息の強弱を感覚的に記憶させました。私が小学校に上がる頃、ルビのふられた聖書を一人で読めるまで上達しました。その頃から普通に会話が出来るまでになりました。夜食を準備する母の傍らで、聖書を読み上げるのが私の日課になりました。発声や読話に誤りがあると料理の手を休め納得するまで練習に付き合ってくれました。私はそのように、社会から隔離された世界でヒナの様に育てられ、私の中ではそれが普通のことのように思われました。

小学校から高校まで私立一貫校に進学しました。ズ〜ッと後になって母がポロリと口を滑らせた話ですが、区から入学の通知が来た時、聾学校（一度母に伴われて見学に行きました）に入るか普通校（普通って誰が当てはめた言葉？）に進学させるか随分と悩んだそうです。結局、聾学校を避けミッション系の一貫校に入学しました。私にはどちらが良かったか今もって分かりません。大学はミッション系に進む予定でしたが、担任の強い勧めもあり、東京大学を受験して合格しました。母は複雑な心境でしたでしょう。でも渋々受け入れ、一緒に講義を受けると言いましたが、初めて母に反抗しました。事実、母抜きでも講義で困るようなことはほとんどありませんでした。読話に絶対の自信があった私は、講義の始まる前、演壇に近い教授の癖を探し、教授に合わせ左右いずれかの席を確保、講義を受けました」手真似をいったん中止した明石さんは「退屈ですか？」と聞いた。三人（矢野さんを風呂場に案内した石田さんが、いつの間にかぼくのそばに座っていた）は揃って頭を横に振った。野次馬根性でも同情からでもない。ここにいる三人も、程度の差はあっても同じような境遇を歩んできた。グラスの底に少し残っていたワインで喉を潤した明石さんは再び語り始めた。

「高校を終えるまで、母は私に付き添って授業を受けました。母も私も授業をメモ、帰宅してからメモを突き合わせ、読話に誤りがないか確認しました。おかげで勉強がはかどりましたが、友達付き合いが制限され、社会的に視野の狭い人間になったと考えています。異性との交際は岡本さんが初めてです。会話もキリスト教や聖書の話が中心で岡本さんをひどく傷つけたかな、と今は思います」

岡本さんを見つめて淋しそうに語った。それから意を決すると再び両手を空間に放ち始めた。

「岡本さんとお付き合いを始めてから、幸せな日々が夢のように去ってゆきました。でも、このまま交際を続けていくことは、岡本さんに洗礼を強要するか、私が二十年に渡る信仰を棄てるか。選択は一つ、それ以外は許されないと考えるようになりました。私には、現状維持のまま岡本さんと生きるなんてことは絶対にありえない。私が岡本さんを選びイエス・キリストと袂を別つことは、父と母を棄てることと考えました。教会の神父と信仰心の篤い母。信仰を棄てた私に、両親は哀しみに明け暮れ、ある日突然、私はもともと存在しなかったことにするでしょう！　と思像しました。なぜって両親にとって信仰を断つということは自身を棄てる、存在を抹消するに等しいからです。両親にスポイルされる自身を私は許容出来るでしょうか？　彼と別れて帰る道すがら、電車の小窓に流れる夜の街の風景を眺める間も、駅を降りて銀杏並木の道をとぼとぼ歩いている間も私の思念は風車のように同じところをグルグル回転、支離滅裂でした。私があんなに命を賭して考えたことは生涯にわたって二度と起こることはないと思います。そして多分、これから同じ経験を体験もすることはないでしょう。慈しみ育てて下さった（たとえ単一思想であっても）両親に絶縁状を突きつけるなんて不可能と結論した私は、岡本さんにキリスト信仰を無意識に強要しました。それだけ岡本さんを愛していたと確信をもって言えます。彼を失うのは私には恐怖でした。会うたびに教会がデートコースになるよう誘導しました。初めは私に合わせてくださいましたが、度重なる教会のデートに違和感を持った岡本さんは、理由をつけて拒むようになりました」

語り終えた明石さんの瞼に涙があふれた。白い刺繍入りのハンカチで静かに瞼を覆う彼女は美しく、途轍もなく聡明な女性と改めて理解した。

静かな沈黙が四人を包んだ。それぞれ懐旧の遊泳にたゆたっているのだろうか？　悔恨・斬鬼の巡礼に、哀愁と、想いは千々に荒れ、愛おしく深い悲しみに浸っているのだろうか!?

それから、幾分穏やかな静謐な時が刻まれていった・・・。

ぼくは、明石さんの空になったグラスにゆっくりワインを注いだ。石田さんにも眼で尋ねた。石田さんは静かにグラスを差し出した。石田さんは意思が強く忍耐力もあるが、本来は優しい心を備えている女性だと思う。母のためとは言え、自分の父を追放した悲哀を背負い、街々をあてもなく彷徨っている時、石造りの教会が目に留まった。石のように重い足を引きずりながら、石造りの階段をゴルゴタの丘を上るように、門をくぐり十字架へ・・・。その心は理解してあげられるけど、書斎で旧約聖書を紐解いて読み始めると、ぼくの心は神より宇宙へと飛翔する。

「矢野さん遅いな・・・」ワインを注ぎ終わると、瓶をテーブルに置いて石田さんに言った。

「あ、矢野さん・・・お風呂に案内するついでに、休む部屋も案内しました。今頃、高鼾《いびき》でしょう？　石田さんが微笑しながら答えた。

石田さんは「静」、明石さんは「動」、どちらも表裏のない聡明で美しい女《ひと》と、ぼくは真実《ほんとう》に思う。

「矢野さんが高鼾だったら、二人でお風呂に入ってきては・・・」明石さんを指しながら石田さんに言った。

「そうね・・・」と、石田さんはためらいがちに答えた。

紅色の唇をワイングラスに押しあてたまま、明石さんが片手で手真似と指文字を交互に駆使して、「この間の飲み会で、竜さんが疑問に思っていた【太初に言葉あり 言葉は神と共にあり 言葉は神なりき　新約聖書 ヨハネによる福音書　第一章一節】について、私なりに考えたことを話してよいかしら？」と言った。それからワインを一口に含み唇からワイングスを置いた。

　唐突に明石さんが【太初に言葉・・・】と、を語り始めて狼狽えたが「構わない、是非聞かせてほしい！」と、ぼくは答えた。

「では、要点を絞ってお話しします」と言って、明石さんは語り始めた。

「ヨハネの【言葉】は、竜さんもここに至って理解していると思いますが、ヨハネの伝える言葉は神を指しています。だけど、キリスト教を信仰しない人々は言葉の意味をそのまま受け止める、それは仕方のない事だと思います」言葉を区切った明石さんは、視線を宙に彷徨わせた。

「太初、神は自らの言葉で人々を導いた。文字は一部の弟子や記録者は別として、大衆には行き渡っていなかったと竜さんの指摘した見解は正しいと、私は認識しています。文字としての神の言葉を大衆が認識した太初は、石壁に刻印された【十戒】の文字ではないかと私は思います。聖書が編纂され信仰する人達が聖書を手元に携えるのは、イエス・キリストが地上に遣わされて何世紀も時間が過ぎた後の事。従って神の言葉はすべて朗誦によって伝道されました」一区切りをつけた明石さんはため息をつき、額にたまった汗をハンカチで拭いながらワインを一口飲んだ。一息ついた明石さんは再び語る。「朗誦による神の言葉は、音を失った人たちには届くことはなかった。ここまでは竜さんが疑問に思ったところです。印刷技術の発明によって聖書が一般に普及する十六・七世紀まで、伝道師の朗誦によって神の言葉は伝えられ信仰の元としてきた。音のない世界に生まれ落ちた人は、親の傍らで漫然と（あるいは、聞こえないわが子と共に生きる決心をした母親は神父の朗誦を木切れ・羊皮に表し（!?）共に信仰を・・・）佇《たたず》んでいたと思われます。私たちの教会では、手話通訳者が牧師さんの読み上げる聖書の言葉を同時通訳します。手話は教会独自に作られた手話に、日本語対応手話を併用しながら使っています。指文字も・・・。私は幼少の頃から、言葉の獲得手段として聖書を教科書としてきたことは先に話したと思います。従って、牧師さんの読み上げる聖書の一節を同時通訳する傍らから、記憶した聖書の言葉が自然に蘇って来ます。同じ仲間が聖書を隅々まで読み記憶しているか、新約聖書を記憶していたとしても旧約聖書まで記憶しているか私は知りません。ユダヤ人の神に対する裏切りと約束の反故。神の怒りと人間の殲滅。イスラエルの地を獲得するための戦いと他部族の殲滅。これらが延々と記録された旧約聖書を、最後まで読み通すのは深い信仰と洞察力を兼ねそえたキリストを信仰する人でなければ難しいのではと（失礼だけど）、私は思います。神の言葉は音のない世界で、聖書をひたすら黙読、記憶、文字（言葉）からあふれ出る神の言葉の理解が欠かせない。従って、石田さんがおっしゃったように、教会の椅子に座り十字架に向かって静かに祈りを捧げ救いを求める。このことも信仰へ至る一つの方法として誤ってはいません。私も教会で瞼を閉じて祈ることでいくたびか救いを求めました。でも、言葉の理解が困難な仲間のことを見捨てることは私には出来ないし、イエス・キリストのお心に反するのではと。私はこれからも手話による朗誦を続けていきます」語り終えた明石さんは唇を咬み、懺悔するかのようにうなだれていた。

　石田さんが静かに立ち上がり、明石さんの傍らに座ると肩を抱き寄せた。明石さんは抱き寄せられるまま、石田さんに体を委ねた明石さんの肩が漣のように揺れていた。呆然としたぼくは二人の抱き合う様をただ眺めるしかなかった。石田さんがぼくらには分からない合図のようなしぐさを明石さんに送ったのだろう、明石さんを支えて立ち上がると洗面所のほうへ消えた。

言葉は（神ととも・・・）

あくる朝、七時に目覚めたぼくはベッドから抜けだすとカーテンを開けた。陽はすでに昇り、透明な碧い空に輝いていた。秋の空は都会でも水墨画のように碧色スプレーを吹きつけたような空を仰ぐ日もあるが、木々に囲まれたこの地から眺める空は、透き通るような碧の色。半周を公園の森に囲まれ、半周を街路の欅、庭の楠に囲まれた家から見る空は特別な空なのだろうか!?

　トレーナーに着替えたぼくは、庭に出て空を掴むがごとく天に向かって腕を突きつけ、背筋を伸ばし深呼吸する。軽く柔軟体操を終えるとゆっくり家の周りを走る。大きく息を吸い、小さく息を吐き出す。昨夜痛飲したアルコールの残り香が一瞬鼻腔をくすぐり吐きだした息と一緒に後方に流れる。小学校の校庭の倍ほどもある庭の周囲を五回走り終えると心臓が激しく胸を叩き、全身から汗が吹き出しアルコールの饐《す》えた匂いが汗と一緒に汗腺から飛散する。

　玄関の石段に腰を下ろしたぼくは、五周目にポストから抜き取ってきた新聞に目を通す。

「金大中韓国大統領にノーベル平和賞」一面トップにゴチックの大文字が躍る。受賞の根拠は、初めての南北首脳会談。太陽政策が評価された・・・。いずれも平和の追求に政治生命をかけてきた事が。（新聞論評）

　運動で発生した熱が身体から発散するに伴い、汗が熱を奪い体が冷えてきた。シャワーを浴びに新聞を持って居間のドアを開けると、矢野さんがソファーに座ってTVのニュースを見ていた。

「おはよう～！」手を上げて挨拶する。

「おはよう、早いですね！」と返事が返ってきた。

「昨夜はよく眠れましたか？」

「はい、ベッドのクッションが最高！　グッスリ眠れました。それにしても大きな住まいですね！」眼を剥いて言った。

矢野さんの問いには答えず、新聞を渡して洗面所のほうへ向かった。居間を出て洗面所へ行く途中、リビングのガラス戸を通してキッチンに石田さんと明石さんが朝食の支度をしながら、何やら手真似で話しているのが見えた。挨拶をと思ったがそのまま通り過ぎた。

浴槽は地下水をポンプで汲み上げ、攪拌、かけ流し機能を備え、清潔で温度も一定に保たれている。隔週一度、会計事務所の依頼で清掃会社が浴槽洗浄に来るが、大学を終え社会に出るまでという契約になっている。だけど、そろそろ自分で管理をしなければ両親に申し訳ないと考えもする。

岡本くんと遅くまで飲んだ垢を落としながら、これからの事を考える。五年の歳月は肉体も精神も大きな変貌をもたらした。鏡に映る全身を眺めながらそう思う。淑子さんや岡本くんの励ましがなかったら、心も体も腐敗して朽ち果てていた事だろう。特に、先生（淑子さん）の導きに言葉に表せないほど感謝している。真実、先生の未来に心から幸せにと・・・。浴槽に体を浸し、庭に聳える欅、深まりつつある秋の気配の漂う公園の森を眺め、過ぎ去った歳月に思いを馳せる。浴槽の縁に体をあずけたぼくはいつか眠りに落ちた。

「溺れる者は藁をも掴む・・・」夢の中でアップアップもがくところで目覚めた。笑いごとではないが、眠りの中で溺れかけるとは笑えない。

リビングに行くと矢野さんが朝食をとっていた。石田さんと明石さんはテーブルを挟んでだべっていた。

「おはよう！」誰にともなく手真似で言った。すかさず、石田さんが手真似と身振りで「おはようございます」と応じた。明石さんは、ぼくに背を見せていてぼくが入ってきたのが分からなかったよう。石田さんの手真似で察したのか振り返るなり「おはようございます」と言った。

なんだか二人揃って肌艶もよく、ほのかに微笑をたたえている。

「熟睡されたようで、二人揃って磨かれたリンゴのように輝いています。愉しい夢でもご覧になりましたか？」

「・・・・・・」ぼくの質問に、二人共に顔を寄せてニコニコしている。

「朝食終わりましたか、までしたら一緒に食べましょう」ぼくが言うと、石田さんが「みなさんを待っていました。準備するからチョット待って下さいネ」と言った。明石さんと石田さんは目配せすると、明石さんがコンロにフライパンを置いて溶き卵で何か作り始めた。石田さんはトースターにパンを入れてスイッチを押した。

石田さんがカップにコーヒーを注ぎながら、「さっき少し飲んでみたけど、このコーヒーとても美味しいわ！」と言った。ぼくは石田さんが淹れたコーヒーを一口飲んでから「煎れるのが上手・・・」と、言ったら恥じらいながら微笑んだ。

白い湯気が昇るオムレツに、色とりどりの生野菜がたっぷり盛られた木製ボールがテーブルに置かれた刹那、なぜか目頭が潤んできた。慌てて横を向き首に巻いたタオルで目をぬぐう。二人ともぼくの涙に気が付かなかったよう・・・。

石田さんが、トーストを重ねた木製の皿をサラダボールの横に並べると、明石さんは陽子のエプロンを脱いで石田さんの隣に座った。二人は目を閉じると食前の黙とうに入る。ぼくはコーヒーを飲みながら二人がお祈りするのを黙って眺めていた。長いようで短いお祈りを終えると、明石さんがナイフとフォークを巧みに使ってオムレツと野菜サラダを食べ始めた。石田さんは箸を使ってオムレツを食べ、食パンを小さくちぎって口に運んでいた。真逆な二人がキリスト教の信仰に至る路を考えてみるが答えは浮かばない。

三人が食べ終わりコーヒーを飲んでいたら、岡本くんが眠い目をこすりながらリビングに入ってきた。

「やぁ！　おはよう。みんな早い・・・」頭をかきながら照れくさそうに挨拶した。

ぼくが手を上げて挨拶を返すと、明石さんはピクッと体をこわばらせたが、すぐ平静をとりもどして「おはようございます。よく眠れましたか？」と言った。

「ん、眠れた。これからシャワーを浴びるけど構わない・・・」と、ぼくに聞いた。ぼくは右手を上げて親指と人差し指で「ＯＫ！」のサインを送った。

「さっきのオムレツ美味しかった。家族が揃っていた頃、母の作るオムレツが食卓に並びました。あの頃のぼくは、それが普通のことと気にも留めなかったけど、誰もいなくなって自分で作るようになって初めて当たり前のことではない、と愚かなぼくは悟りました。二人が準備して下さったオムレツが眼に入ったとき自然に目頭が潤んできました。ありがとう・・・」二人に頭を下げた。

「そんなこと良いのよ。石田さんと準備するのが楽しかったから。それと昨夜の美味しいワイン、ホテルのようにゆったりした湯船。それから、皆さんと自由にだべって、仕事や人間関係のストレスから解放されて・・・」明石さんは、石田さんをチラッと見つめると同意を求めるように微笑んだ。

明石さんの話を聞いていると、女性は強い！　と改めて思う。石田さんも、なんとなく昨夜とは異って穏やかで華やいだ雰囲気が漂っている。岡本くんの風呂が長引きそうなので、コーヒーカップを持って、矢野さんを誘いリビングに行く。ＴＶを点けるとテーブルに投げ捨てたままの新聞を取りソファーに腰かけた。

ぼくの横に座った矢野さんが肩を叩くので振り返った。

「不躾な質問だったら許して下さい。竜さんは一人で暮らしているのですか？」ぎこちない指文字（多分、職場のコミュニケーションを円滑に進めるため、岡本くんが教えたのだろう）で言った。

「はい、そうです。五年前、中央高速道渋滞で停車中、大型トラックに追突され両親と妹が亡くなりました」

「えっ！　知らなかった。失礼なことを尋ねてすみません！」矢野さんは両手を擦り合わせて祈るように言った。

「構わないよ。誰にでも言えることではないけど・・・。それから特に岡本くん、友人の励ましと助言があったからこそここまで生きてこられた。この家は父母が残した物で、ぼくは少しの労力も加えていない。だから人に自慢出来る事ではないけど、ほめられても気持ちの良いことではない・・・」

「・・・・・・」

「それより岡本くんは、職場に矢野さんという心強い同僚がいて仕事もスムーズに進んでいることでしょう」ぼくが言うと、矢野さんは顎に手を触れながら考えていた。

「彼（岡本）と六ヶ月一緒に仕事して、考え方も企画力もぼくとは月とスッポン、ぼくなんか比較にならないほど抜きん出ている。それだけ彼は仕事が出来る。だけど、会社の評価は初めから聴覚障害者ありきで、彼はマイナス査定からスタートする条件を背負わされた。同期入社の社員と比較して査定があまりにも低い。要するに正当に評価されていない」話すのが苦痛と言いたげに、矢野さんは表情を曇らせた。

「岡本くんは、確か一般入社試験に合格して採用されたと言っていたけど・・・。それが障害者枠で採用（これも差別だけど）された人たちと同じ仕事？　それとも、矢野さんと基本給に差があるということですか？」

矢野さんに問い質すのは筋違いだけど、ついきつく言ってしまった。だけど、岡本くんが会社で置かれている状況を考えると心配でならない。矢野さんは額にしわを寄せて腕組みしている。岡本くんの事だからこのまま放置はしないだろう。だけど入社して半年足らずでは蟷螂《とうろう》の斧《おの》。体良くあしらわれていると予想出来る。今は実績を積むしかないと。

「二人とも深刻な顔をしてどうしたんだい？」

岡本くんがマグカップを持ってリビングに入ってきた。後ろから石田さんと明石さんが腕を組んで入って来た。三人ともニコニコして昨夜の深刻な顔はどこかへ雲散霧消している。彼と彼女の表情には、昨夜の痴話喧嘩の跡はどなたが掃除したのかしら・・・？

「なんで深刻な顔をしているのかって？」ちょっと皮肉っぽく鸚鵡《おうむ》返しに言った。

「竜くんらしくないから聞いてみただけだ。話は変わるが、ここの食い物はいつ来ても美味い！　今朝は、麗しき乙女が料理したことで加味された面もあるだろうけど、先ずもって食材が新鮮。独り身なのにマメに揃えているな～と、三人で話していた」岡本くんは首をかしげつつ言った。明石さんにも同意を求めるように視線を流した。二人とも彼の意見に同調の素振りを見せるが、彼の言葉に付け加えることも、そのことについて改めて言い足すこともしなかった。それから他愛ない話題が、誰ともなく身振りに手真似、指文字が静かに空中を舞った。和やかな朝（みんな寝坊してお昼に近い時間だけど・・・）の時間が流れていった。

カーテンを開け放ったリビングの窓から、庭の芝生に秋の澄んだ陽が落ちていた。

「みんな計画していることや約束がなければ秋晴れの空の下、紅葉の鑑賞を兼ねてドライブでも行かないか？」ぼくが提案すると、石田さんが真っ先に手を上げて賛成の意思表示。岡本くんと明石さんはお互いをちらちら見ながら決定に迷っていた。矢野さんは考え込んでいた。

「ん、一晩みんなと飲食を共にしてすごく楽しかった。だけど、みなさんの会話は、手真似が空中を舞って表情も千差万別。ぼくからすると字幕のないチャップリン無声映画を観ているようで、独り疎外感に陥っていたよ」矢野さんは腕組みして考え、言葉を選びながらぎこちない指文字と口話で懸命にそして、正直に語った。ぼくたちは一瞬戸惑いながら、彼の指先と唇から話の内容を理解しようとする。「それで考えたんだけど、ぼくが感じた疎外感は、岡本さんや皆さんも含めて、耳の聞こえない人が生涯背負うんだなあ～と、実感として思い至った。今の会社に聴覚障害者が何人勤めているか調べていないから正確な人数は知らない。聴覚障害者は総務課に一番たくさん配属されていると聞いている。郵便物の仕分けと配布、会議場設営などを担っているらしい。でも、悪く言えば雑用のような仕事だけど、同じ仲間がいてトラブルや疎外感、差別を感じることもなく仕事をしていると聞いている」ここまで話すと喉が渇いたのか、矢野さんはマグカップのコーヒーを飲んでいた。それから岡本くんに顔を向けて語り始めた。

「だけど、岡本さんとぼくが配属された企画部に、聴覚障害者は彼一人、話し相手（指文字を教わって少しは話し相手になれたか怪しいけど・・・）もいなくて、出社から退社まで仕事の連続で息抜きも出来ないと思う。ぼくが飲み屋から竜さん宅で昨夜感じていた疎外感とは比較にならない、と思う。同じ企画部に配属された新入社員ということで岡本さんと友達になれたけど、パソコン操作・指文字も教わってフィフティーの関係とはとても言えない。もっと指文字と手真似を使えるよう頑張るので、よろしく！」と頭をかきながら言った。

語り終えた矢野さんの額に汗が噴き出ていた。マグカップに眼をやるとカップの底には一滴もコーヒーはなかった。ぼくを見ていたらしい石田さんがキッチンのほうに駆けて、コーヒーポットを持って来ると、ぼくと矢野さんのカップにコーヒーをたっぷり注いだ。矢野さんと石田さんの目が合った時、石田さんの頬が薄っすらとピンクに染まるのを見逃さなかった。注がれたコーヒーを飲む矢野さんの額に水滴が噴き出ていた。

「岡本さん、これからもよろしく！」マグカップを置いた矢野さんが右手を差し出し岡本くんに握手を求めた。岡本くんもそれに応えて右手を差し出し、二人は友情の契りを交わし、強く握りあっていた。


ベンツは湾岸線を横浜方面へ路面に張り付くように滑らかに走り伊豆半島へ向かった。屋根をオープンにしたベンツ。柔らかな陽光は彼らの頭上に等しく射していた。ベンツは秋風を突っ切り快調に走った。エンジンは滑らかに力強く回転、タイヤは路面と密着、カーブの走行も抜群の安定性能を発揮する。欧州アイスバーンに鍛えられた車両だけはある。

お台場海浜公園のあたりから渋滞に巻き込まれ、公園入口手前ではカタツムリのようにノロノロ走った。予定していた海浜公園を断念、ベイブリッジを越え横浜方面へハンドルを切り替えた。並木ICから横浜横須賀道路を経て逗子ICへ。逗葉《ずよう》新道から逗子海岸へ紅葉の山並み、相模湾を右に眺め江ノ島を目指した。途中コンビニで休息を兼ねて駐車する。幌をオープンにし、吹きさらしの風をまともに受けた後部座席の石田さんと明石さんの自慢の長い髪は風にあおられ、鳥の巣の様に引っ掻き回されていた。

休息が終わって車に戻る時、ぼくは、岡本くんの肩を叩いて彼の手にカギをわたして運転の交代を頼むと、「ドイツ車の運転なんて、とんでもない！」と岡本くんは手真似と身振りで鳥の羽ばたきをして拒んだ。矢野さんに顔を向けると、首を横に振って拒否の態度。結局、渋る岡本くんを何とか説得、運転席に座らせる。ぼくは一通り機器の説明を終えてから後部座席に。明石さんが嬉しそうに助手席に移った。ぼくは、矢野さんを真中に挟み左側に座った。座席にもたれると、急に睡魔が襲ってきた。

車は逗葉新道を降りてから海岸に沿って走り、由比ヶ浜、長者ヶ崎、七里ヶ浜と快調に走った。その頃から左側に靄《もや》で霞んだ江ノ島が見え、右に薄っすら冠雪する富士山が絵葉書そのままに聳えていた。秋の富士は空気が澄み美しい輪郭が楽しめる。江の島なぎさ駐車場にベンツを停めた。岡本くんは車外に出ると初めてのドイツ車の運転に疲れたのか背伸びをしていた。それから後部ドアを開けると眠りこけるぼくを戯れに強く揺らした。ぼくは湖の底を漂うほどに深く眠りこんでいたらしい。起こすのに苦労したと、岡本くんは苦笑交じりに言った。

「君が眠りこけている間、みんなで相談したんだけど、二人は江の島に来たのは初めて。昼食を兼ねて観光したいと言っているが・・・」

「ん、良いね。三浦三崎港にあがった鮪を食べたいけど・・・」

ぼくが言うと、石田さんが手を上げて「お寿司食べたい！」と嬉しそうに言う。今日の石田さんは、何かに吹っ切れたのか微笑が絶えない。石田さんを真似て矢野さんも手を上げる。明石さんを見ると岡本くんを横目に思案していたが、「いいわ、三崎に足を運んだら「鮪」を食べなきゃ後悔する、と雑誌に載っていたから・・・」明石さんは岡本くんの腕をとって有無を言わせない態度。

車は駐車場《そのまま》にして、岡本くんからキーを受け取り、ドアを開け、スイッチを押して幌を格納する。後部のトランクが後方に開き、格納された幌が静かに屋根を覆う。潮風が海から吹いて、ぼくたちの髪と戯れる。係留されたヨットとボートが波と戯れるかのように揺れている。先を歩く学生カップルを横目に、海の碧、なだらかな山並みの紅葉を眺めながら、ぼくらは物見游山のごとくゆっくり歩いていった。

ぼくは、矢野さんに手真似と口話で話しかけた。深夜、明石さんが語った個人的な歴史とキリスト教徒としての見解に集中して矢野さんと話す機会がなかったから。石田さんはぼくと二人きりで話したい素振りをしていたけど、そんな機会をぼくは積極的に作る努力はしなかった。だけど、今、ぼくの前を歩く岡本くんと明石さんを眺めながらこれで良いのかなあ〜と思いもするが・・・。

岡本くんと明石さんは、昨夜のギズギズした雰囲気が嘘のように仲良く語り合っている。明石さんが涙をためてまでの告白に、岡本くんの気持ちに変化が生じただろうか・・・ぼくには分からない。理論派の岡本くんと論理的な手話指導をする石田さんはぼくから見ると似合いのカップルになれると思うが、問題はこれからだと思う。石田さんの事だからぼくの心配は杞憂だろう。

店は清潔感があって落ち着いた雰囲気が感じられた。一定の速度で回転するトレーの皿に握りや卵焼きが回っていた。週末ということでかなり混んでいたが、先客の配慮もあって五人並んで座れることができた。ぼく、岡本、明石、矢野、石田の順に席に着いた。勝手に注文する事は事前に話してあった。ぼくは生酒、鮪の五点盛りを頼む。皆は生ビールを注文していた。石田さんが生ビールを注文するのは分かるけど、下戸の明石さんまで注文したのにびっくり！

カウンターに置かれた鮪は瑞々しく、歯ごたえもあり、これを食べた後で、都会では二度と箸をつけたくないと思わせるほど美味しかった。家族と三浦半島にドライブがてら立ち寄ったとき食べた懐かしい鮪が蘇ってくる。大トロ・中トロ・赤身・トロ炙り・ねぎとろは、それぞれの個性を醸し生酒と相性が良かった。烏賊に鯵、赤貝の刺身を追加で頼み、海老はトレーで運ばれてくるのを食べた。鯵は傷みやすいが、口に入れた鯵は弾力もあって舌がとろけるほど旨かった。ぼくが生酒の追加を頼んでいると、隣の岡本くんに「そんなに飲んで大丈夫か？」と言う。ぼくが怪訝そうに「ん？　なんで」と聞くと「車があるだろう。ぼくと明石さんは水族館を見学してから、小田急線で帰る」岡本くんは頭をかきながら弁解するように言う。彼女がいるとこんなに変わるものだろうか？　ぼくは、生酒のグラスを持って呆然とする。急速に生酒の味が失われてくる。

　結局、ぼくは一人取り残されるはめになった。石田さんと矢野さんは、江ノ島電鉄に乗って鎌倉へ。それから鶴岡八幡宮を参拝予定と言う。逗子海岸でハンドルを岡本くんに託し、ぼくが眠りに遊泳していた頃、てんでバラバラの寄り合いカップルが出来上がっていた。竜さんを独り残すことに、石田さんは最後まで反対していたけど、結局みんなに押し切られ白旗を掲げた、と。店を出ると、岡本くんと明石さんはあっさりと「サヨウナラ」を言って水族館へ。石田さんと矢野さんは江ノ島電鉄駅に向かって去った。

　ぼくがとぼとぼ駐車場へ歩いている間、あの日がオーバーラップする。酔いが急速に失われ、廻りの風景も茫々たる冬の海に変わる。ヨットハーバーに佇み、大小様々なヨットやクルーザーを眺める。広大な海原へヨットを操り、波を切り裂き疾走することを願望した。照りつける太陽が波を覆い、反射し、ギラギラ煌く海。海。海。と呟いていたら瑠璃さんの幼さの残る顔がフーっと浮かんできた。

「そうだ、房総へ・・・」

ぼくは気持ちを切り替えると、腰を上げて駅前の観光協会に歩いていった。

　昼過ぎから強まった風にあおられた波頭はテトラポットに砕け、飛沫を岸壁に降り注いでいた。予想外の展開に着替えの準備も何もなかったぼくは、ヨットハーバー周辺で見つけた洋装店で下着とカラーシャツを買い、並びの雑貨屋で洗面用具などを買うついでに小さなこげ茶色のバッグも購入した。車のトランクから村上春樹の単行本を二冊ほどバックに入れると、観光案内で紹介された民宿「保田」へ向かった。

　案内された八畳ほどの和室は海側に面し、障子を左右に大きく開けると眼前に青い相模湾が広がっていた。漣が午後の陽にキラキラ輝いていた。案内してくれた若い女将さんに、浴室の場所と食事時間などのメモを渡された。観光案内所から連絡があったのだろう、案内所の事務員が、紹介する方は聴覚障害者と伝えたのだろう。女将さんの話し方もゆっくりしていた。女将さんがメモを渡してくれたことで変に気を使わなくて助かった。女将さんが煎れた熱いお茶を飲みながら少し世間話をした。車をハーバーに停めてあるが大丈夫かと聞くと、持ってきて庭に停めるのが良いでしょうと言われた。お酒を飲んだから運転はマズイ、と伝えると、下男の仕事が一段落したら一緒に行くように伝えておきますと言われた。

　女将さんが出て行って一人になると、窓際に置かれたソファーに座って本を読んだ。だけど、みんなに棄てられたわだかまりがフーっと蘇り、文字を追うがうわの空。本を膝にぼんやり海を眺めていると微睡《まどろ》みに陥った。肩を揺すられ眼を開けると若い男が立っていた。怪訝そうに見あげるぼくの鼻先にメモを突き付けた。

「高橋の手が空きました。一緒に車を取りに行って下さい」メモには女将さんの綺麗な文字が並んでいた。ぼくは眠い目をこすりながら、高橋さんとハーバーへ歩いて行った。日没間近の相模湾は夕陽に紅く染まり幻想的な一枚の風景画を思わせる。

車は夕日を浴びて深紅に染まり、ハーバーに林立するマストの影が映って、まさに幻想的な油彩画のよう。ぼくはドアを開けると鍵を高橋さんに渡そうとしたら、ぼくがベンツのドアを開けるのを見た高橋さんは、尻込みして鍵を受け取ろうとしない。

「まさか外車とは予想外、ちょっと女将さんに相談します」慌ててポケットから携帯を取り出し女将さんに連絡していた。しばらく携帯に向かってペコペコしていたが、携帯をポケットにしまい、しぶしぶ右手をぼくに差し出し鍵を受け取った。

高橋さんの運転は安心して見ていられた。駐車もバックでスムーズに車庫入れをする。鍵を返される時、運転が上手な事を誉めると〝ムス！〟とむくれ、鍵をぼくの掌に落として勝手口へ引っ込んだ。高橋さんのしぐさに昼間のわだかまりが消えていった。

風呂から上がって部屋に戻ったぼくは、ガラス戸越しに相模湾の夜景を眺めた。横浜あたりの空は、サーチライトで空を照らしているかのごとく明るく輝いていた。街灯が照りかえる相模湾に大型タンカー、コンテナ船の黒い壁が船灯を点滅させて往き交っていた。横浜か石油コンビナートのある市原方面に行くのだろう。大都会は眠らない街、それと共に東京湾も・・・。

肩を叩かれて振り向くと女将さんが立っていた。女将さん曰く、泊まりがぼく一人なので一緒に食べませんか!?　一人が良いなら部屋に持ってきますけど・・・と。ぼくはどちらでも構わないと言って女将さんの後ろに従って食堂へ歩いた。お客が増える都度、増築を繰り返したのか、迷路のような廊下に緑色の光が点々と点っていた。食堂では高橋さんがビールを飲んでいた。中学か高校生の息子さんと娘さん、七十歳くらいに見えるお婆さんがテーブルに座って待っていた。食卓には大皿に盛りつけた鰹刺身、鰹タタキ、里芋と烏賊の煮付。ホウレン草の胡麻和えに蓮根の煮物、海老の天婦羅などが並べられていた。

「すごいご馳走ですね！」女将さんの着席を待って言った。「鰹と魚はほとんど地元で獲れたのを知り合いの魚師が持ってきました。遠慮なく食べて下さい」笑いながら女将さんが言った。女将さんはビールの栓を開け「竜さん、どうぞ・・・」とすすめられた。ぼくは伏せたグラスを取ってビールを注いでもらった。高橋さん、お婆さんと注いで行ったらビールがあっという間に空になった。ぼくはテーブルに置かれたビールの栓を開け女将さんに向ける。子供はジュースを勝手に注ぎみんなで乾杯した。

　ぼくは、鰹の刺身から箸をつけた。生姜醤油に大蒜《にんにく》を乗せて一切れ食べた。「あっ、美味しい！」と、我知らず感嘆符が自分の口から勝手に出て来た。母には申し訳ないけど、流通を経て食卓に乗る鰹と、釣り上げられすぐに調理された鰹では鮮度が格段に違う。「これが鰹!?」と我知らず感嘆の声を吐露するほど歯ごたえがあり、新鮮で旨かった。立て続けに鰹に箸を持っていくぼくに、みんな奇妙な視線を向ける。

「うん、この鰹を生涯二度と食べることがかなわないのか、と思うほど美味しい！」女将さんに正直に吐露する。

「真鯛は一晩寝かせると旨みが出るけど、鰹は釣ってすぐ血抜きされたのが一番美味しい！　血合いが多いので血抜きして鮮度を保つのが大事です」微笑みながら言った。

　ぼくはビールを飲み、鰹のタタキに箸を伸ばす。タタキも鮮度が命だと改めて認識した。女将さん手作りのタレも店頭のポン酢とは異なった酸味と香り、生姜と大蒜のすりおろしに同化、鰹を引き立てていた。女将さんが「冷酒・焼酎」もあるからとおっしゃるので、ビールを飲み終えたところで冷酒に替えてもらった。高橋さんは焼酎を黙々と飲んでいた。ぼくだけの静かな時間が流れた。女将さんは子供たちの会話に相槌を打って微笑んでいた。

　耳が壊れていなければ、相模湾の波の音が心に響きわたり、冷酒のひんやりした香りと共に合唱を奏でることだろう。

　里芋と烏賊の煮付を口に入れると、母と妹が台所で夕飯の準備をしていた姿を懐かしく思い出す。ぼくは、グラスに冷酒をつぎ足しながら空想に遊んでいた。五年の歳月は紆余曲折もあったけど、穏やかに家族を想える心へと導いてくれた。

　手招きする女将さんに顔を上げると、「こんなこと尋ねて良いかしら？」と女将さんが言った。

「構いません、何でも聞いて下さい」ぼくは静かに答えた。

「高橋の話では、竜さんは高級外車で来たそうですが、お父様の車ですか？」

「ああ、庭に停めた車。高橋さんが告げなくても庭に駐車してあるから・・・。登録は、ぼく名義だけど・・・。家族の死と引き換えに・・・」ぼくが言うと、女将さんは怪訝そうな表情でぼくを見つめた。ぼくは唐突に質問されてチョット困惑していた。あの頃のぼくは遠くなりつつあったが。妹の陽子は淋しがるだろうか、薄情と言うだろうか・・・。お父さんお母さんは「慎ちゃん、よく頑張った！」と誉めてくれるだろうか？

　ぼくは、かいつまんで、家族三人が渋滞で停車中のベンツに大型トラックが追突。ベンツは大破、父・母・妹の三人は即死。その代償が庭に駐車してある外車。いわば、家族三人との別れの代償が・・・、と告げた。

一瞬、部屋が凍り付いた。

ぼくは、冷酒を口に含み、しばらく喉にとめおいて飲み込んだ。生温い液体が喉をヌルッと落ちていった。

「ごめんなさい！」と女将さんがあふれる涙を、割烹着の袖で拭いながら謝る。

何度こんな事が繰り返されただろう。その度に、深い奈落の底に堕とされ、もがきながらも這い上がったことだろう。だけど今、両親と妹の死が心の中に厳然と存在していても再び地底に堕ちることは少なくなった。家族の存在は励ましとしてぼくの裡にあるから。

「家族が一瞬にして消えて、悲嘆と狂気がぼくを覆った。この時、思った。精神の崩壊は一瞬！　回復には長い時間を要すると。暗闇での長い蟄居生活で耳も壊れた。あのまま蟄居を続けていたら、自分はここで皆さんと美味しい鰹を食べる機会はなかった。言葉で説明するのが難しい。深淵に堕ちて長い時間、芋虫のようにのたうっていた。だけど、喘ぎ、命の灯が遠ざかる都度、父と母、妹の幻がぼくを励まし、時には叱咤してくれた。ゆりかごに揺られ、三途の川の渡し場に立ったお母さんが、ついぞ見せたことのない険しい表情をぼくに向けて、慎一の来る処でない！・・・」ここまで語って、失礼と断り冷酒でのどを潤した。

それから先生に励まされ、大学入試検定を受けた。現在、W大学四年。来年大学院を受けること、まで語って終止符を打った。冷酒は二本空けていた。高橋さんは厳粛な顔をして聞いていた。高橋さんに焼酎を貰えないかと尋ねた刹那、〝ビクッ！〟としたけど黙って立ち上がると調理場へ行った。グラスを持って戻ると「焼酎の名柄は俺と同じで構わないか？」と聞かれた。

高橋さんから受け取った焼酎を一口、口に含む。ほのかな芋の香りが口腔一杯広がる。根本さん宅で飲んだ焼酎も地方独特の美味しさがあったなあ・・・と思う。この焼酎もほのかな潮の香りがするかのように思えた。ぼくたちは他愛ないおしゃべりに時間を忘れた。昏が読みとれない時、女将さんが整った字体でメモしてくれた。

「これからどうするの？」と、女将さんに問われた。

来年大学院を受ける予定までぼくの計画書に記されているけど、後のことは考えたこともない・・・問われるまま答えた。女将さんは、就職の事を問うたのだろう。だけど、企業に就職することはあり得ないと、こうして焼酎を嗜《たしな》んでいても確信を持って言える。家族の突然の消滅、一寸先のことも分からなくなったあの頃。明日のことは予測出来ないし、思い描いても絵に描いた餅になりかねない。ただ、お父さんお母さんが築こうと望んでいた（家族ノカタチを願望していたお父さん）家庭をぼくも築き上げたいと想う。

相手もいないのに変なぼく・・・。

次の朝、陽が燦々と相模湾に注ぐ頃、眼が醒めた。顔を洗って食堂に行くと、女将さんが頬杖をついてぼんやりしているような、考え事をしているような表情でＴＶのニュースを見ていた。

「おはようございます」ぼくは入口で挨拶する。

「あ、おはようございます。よく眠れましたか？」両手をお腹あたりで揃えていった。

「ハイ、ぐっすり眠れました。ところで、高橋さんと子供たちは・・・」と聞いた。

「朝食の後、竜さんの車を庭で洗っていますよ」女将さんが微笑みながら言った。

「そんなことを、ありがとうございます」ぼくがお礼を言うと、女将さんが「お礼は良いの。子供たちは外車が珍しく、嬉々として洗っているから・・・」と言いながらコンロの火を点けた。

テーブルに鯵の焼魚にシラスおろし、塩昆布、卵焼きなどが乗っていた。椅子に座ると女将さんがお茶を煎れてくれた。ほのかな静岡の香り、口腔に柔らかい苦みが舌にまとわりつく。目覚めに、ほんのり渋味がするお茶を飲むのも懐かしかった。ご飯も、あさりの味噌汁も懐旧の念を思い出させた。ご飯をお代わりして、焼魚は骨だけ残し頭も綺麗に食べた。

食べ終わってお茶を飲みながら、改まって宿代を女将さんに尋ねると、要らないと言う。なぜと聞くと「家族と同じ物を食べていただいただけだから。いわば遠来の知人が訪ねて来たような心持ちだから・・・」と言って梃子でも動かぬ態度。

「失礼なことをお聞きしますが、女将さん独りでここを切り盛りしておられる。経営に心情は禁物です。それに障害者のぼくに対する同情から受け取らないとしたら、ぼくが傷つきます」と説得した。押し問答に少し時間がかかったが清算に同意してもらった。

民宿の下駄を履いて庭に出ると、ベンツはワックスがけも終えピカピカに磨かれていた。下の娘さんに乗りたい？　と聞くと、「ハイ！」元気な声が返って来た。どこに行きたい？　と重ねて聞くと。「ディズニーランド」と、下を向きながら言う。なりゆきを横で聞いていたお兄ちゃんが、「恵子・・・」と妹の腕を掴み揺する。恵ちゃんの腕を掴んで叱るお兄ちゃんから恵ちゃんを引き離し、ぼくと対面させて腰を屈め、「ディズニーランドに行ったことある？」と尋ねると下を向いて首を横に振った。

高橋さんを呼び、「今日明日、民宿の予約入っていますか？」と尋ねた。高橋さんは狼狽えながら首を横に振った。ぼくはポケットから携帯を取ると、会計士宛にディズニーランドの入場券を五枚手配するようメールを送った。待つまでもなく「今日と明日の入場券五枚確保しました。ホテルはどうしますか？」と問われ、思案してから「ありがとう！　ホテルは良いです」とメールを送信する。

武くんと恵ちゃん、ぼくの三人でスクラムを組んで女将さんを説得、ディズニーランド行が決まった。武くんと恵ちゃんは飛び上がってハイタッチしていた。

秋晴れの月曜日、ベンツの幌は格納した。急なことで女将さんは準備に手間取り、辛うじて午前中に民宿を出発出来た。運転を高橋さんに頼むと、固辞していたが渋々ハンドルを握った。助手席に恵ちゃんとジャンケンで勝った武くんが座った。女将さんは髪が荒れるからと紫色のスカーフで髪を覆っていた。高橋さんは法定速度で走行、カーブは速度を維持しつつスムーズに曲がり前の車を追い越していく。運転は上級ドライバーのごとく巧みにハンドルを操作、車体の揺れもほとんどなく安心して乗っていられた。

恵ちゃんはベイブリッジに歓声を上げ、お台場海浜公園を通過するとき「これがお台場・・・」と、失望して文句を言ったのが可笑しくてみんなで笑った。

ディズニーランド駐車場は障害者手帳を提示して比較的スムーズに駐車出来た。入場券入口前には月曜日にもかかわらず長い行列が出来ていた。月曜日は空いているだろう、とあてこんだ客で混雑していた。女将さんが「入場券は私が・・・」と、いそいそと最後尾に並ぼうとするのを引き留めて、「これから並ぶと入場券を手に入れる頃、陽が沈みますよ。入場券は頼んであるからここで待っていて下さい」と、恵ちゃんを連れて入口に向かった。

入口の斜めにある案内所に、紺のジャケット、パンツと揃いの制服を着た二十代後半の女性が立っているのを目敏く見つけた。肩までの髪を内側にカールした、瓜実顔の控えめな女性。深紅の唇、瞼に透明のブルーアイシャドウが施された清楚な印象。それでいて待ち合わせに飽いた印象を表面に出さない芯の強い性格を秘めているように思えた。

女性に軽く会釈して「竜 慎一です。会計事務所の方ですね」と言った。

「竜様ですね、お待ちしておりました」深々と頭を垂れた。追い付いてきたおかみさんは口をポカーンと開けて、ぼくと女性を見比べていた。

「ありがとう！　待ちましたか・・・」秘書がバッグから取り出した封書を受け取りながら言った。

「いいえ、私も少し前に着いたばかりです」秘書は控えめに言った。

封書を開けて中身を取り出すと今日の入場券五枚と明日の入場券五枚が入っていた。入場券は封筒に入れて女将さんに渡した。それから女性に「お手数をおかけしてすみません。郷田所長によろしく伝えて下さい。お疲れ様でした」とぼくはお礼を言った。秘書は深々と頭を下げると駐車場へ急ぎ足で去っていった。

なりゆきに口をあんぐり開けていた女将さんと恵ちゃん武くんに、「さあ、行きましょう！」と声をかけた。

入口を抜けると正面にシンデレラ城が秋の日差しの中に聳えていた。しばらく四人がシンデレラ城を眺めるままにしていた。広場には若いカップル、グループで来た若者がはやし立てていた。初めて広場に立った時、どこから見るか、乗り物はどれを優先するか、意見の違いで混乱したことがあった。彼らも意見をまとめるのに混乱しているのだろう。耳が壊れたぼくには広場の喧騒も子供たちの駆ける足音も聴こえてこない・・・。恵ちゃんも武くんも長いこと首を不自然に曲げてシンデレラ城を見ていた。ぼくが呼んでも、ぼくの声は広場の歓声にもみ消された。

正午を通り越して腕時計の針は一時の秒読みを開始していた。ぼくは高橋さんのそばへ行って肩を叩いた。高橋さんがビクッと振り返った拍子に武くんと女将さんもぼくの方に振り向いた。みんな、田舎から出てきたお上りさんのよう。太宰治の言葉を借りれば「恍惚と不安の二つ我にあり」のように、足が地についていないよう・・・。

「ディズニーランドは家族と数えられないほど来たので皆さんで楽しんでね」と恵子ちゃんに話しかけるように言った。

ぼくはディズニーランド園内の地図を広げて「ぼくは、トゥモローランド・テラスでコーヒーを飲んでいるから、お腹の虫が鳴ったり疲れたら来てね。ディズニーランドは明日も遊べるから日暮れまでゆっくり楽しんで！」と言った。女将さんは、〝いやいや〟と駄々をこねて困らせていたが、高橋さんに引きずられるように子供の後を追った。

四人と別れるとぼくは、トゥモロウ・ランドへ散策するように歩いていった。家族と来園した最後は幾つの時だったろうか？　確かな記憶は、中学時代最後の年？　歩きながら考えてみたけど、園内を見渡しても少しも色褪せていない、むしろアメーバが増殖するように変化と進化をやめない。アトラクションも年々増え、大人も子供もドラッグに浸かれたよう飽きることがない。ひとつ残念なことは、アルコール類が飲めない。これもディズニーシーが開園すると、大人も楽しめる楽園と銘打ち、アルコールも提供とＴＶＣＭが流れていたが・・・。

だけど、誰と来る？

根本さん家族と？

否、あり得ない。瑠璃さんは来年受験と言っていたが頑張っているだろうか？

買ったコーヒーを持ってテラスに出た。チキンナゲット・フライトポテトも頼んだ。陽の当たるところを選んで椅子にかける。今日は月曜日にかかわらず家族連れも忙しげに行き交っていた。歩きながらパンフを広げて思案する若者。恋人と思しきカップルは、アトラクションよりディズニーランドの雰囲気を楽しみ、二人で語り合うのに夢中。

　ぼくはドストエフスキーの「悪霊」をポケットから取り出すと読み始める。秋の空からやさしい陽が開いたページに注がれる。周りはすごい喧噪なんだろう、だけど音のない世界のぼくの周りは深海の寂静《しじま》の世界。昼下がりの柔らかい陽の下で、この短いひと時に限って幸せと思いながら文庫本の活字を追う。

　突然、胸ポケットに入れた携帯がブルブル震える。

　誰からだろう？　携帯を取り出し送信元を見る。

「竜さん　瑠璃です。覚えておいででしょうか？

　秋も深まり、房総半島も紅葉の綺麗な季節に染まりつつあります。それと共に私の受験勉強も追い込みを加速しています。来年受ける東京海洋大学海洋学部は、昨年より偏差値が上がっているので、がむしゃらに頑張っています。選択はこれ一本と決めてあるから（父との約束で）後がありません。でも、悲壮感は少しもなく、何故か心は〝ルンルン〟気分です。

　竜さん、卒論は終わりましたか？　今の季節、房総半島でヒラマサや真鯛・ハタなどが釣れ始めました。竜さんに釣らせてあげたいと、父は焼酎をロックで飲みながらブツブツ言っています。竜さん、単位は全て取得したとおっしゃっていましたね。母も折に触れて竜さんの事を、何も知らない私に聞かれて困惑します。

竜さん、遊びに来て下さい。　　房総にて　瑠璃」

メールを読みながら、先ほど根本さん家族の事をふと思い出したことを・・・。

ヒラマサを釣り上げた瞬間《とき》の歓喜も良いが、根本家族と過ごした静かな時間を、ぼくは今、途轍《とてつ》もなく懐かしく想う。見ず知らず（一夜の宿を借りただけ）のぼくを詮索も疑いもせず、家族の食卓に招待し歓待してくれた。ぼくの家族の事、音を失った理由を問われる（強制でなく）まま語ったこと。ぼくが語ることを同情でなく真摯に理解に努めていたこと。

　根本さんに誘われ、まだ明けやらぬ暗い房総の海に出る。〝タンタンタンタン〟単調なエンジンの調べを足元から、船室の側面に取り付けたフックを握りしめた右手に伝わる、確かに調べと表現しても構わない〝音の調べ〟を感覚的に聴いていた。

　舳先を茜色に染めつつある空に向かって、波をかき分け、乗り越え、ポイントに向かって力強く船は走る。時折、大きな波の尖頭に乗り上げた刹那、足場を失ったかのごとく船体が落下、〝ドスン！〟と船底が海に叩きつけられ、船が大きく揺れる。足を踏ん張り両手で必死にフックを掴む。咄嗟に舵を握る根本さんに視線を移すと、ぼくの視線を感じたのか、根本さんは〝ニヤリ〟と笑った。温かみのこもった笑み。ここに普通の生活があり、間違いなく人生がある。

　神は存在する？

神の言葉を常に必要とする?

「太初に言葉あり　言葉は神と共にあり」ヨハネは民衆を前にして語る。石田さん、明石さん達が信仰する神を、家族を喪い奈落でもがいていたその時も、神の存在を考え、意《おもう》ことが、ぼくの心に生まれることはなかった。勿論、仏教・キリスト教などは、日本史・世界史で学習する機会はあった。ただ、ぼくの育った環境は神を必要としなかった。

父は仏典と聖書を紐解いていたが・・・。


回想は再び五年前に遡る。


父と母、陽子の一周忌が行なわれた時、喪主のぼくを無視して式は淡々と進行した。

葬儀は父が代表取締役社長であった会社が会社葬を行ったけど、一周忌は会計士と打ち合わせを行い、葬儀社の選定、関係者の通知などを手配した。法要を来週に控え準備に追われていた時、会計士から相談があるので至急会えないかと連絡があり会計事務所に足を運んだ。事務所の応接室に入るなり、「一周忌法要は、お父さんの叔父が檀家と相談、住職の指示に従って別の葬儀社が日程まで決めたようです。竜さんが決めた葬儀社の契約は叔父さんが破棄されたと、葬儀社から連絡がありました。葬儀社に、契約者本人に確認をしないまま破棄を受諾するのは理に反すると抗議したところ、住職の日程が合わなくなったと言われました。叔父さんから竜さんに連絡がありましたか?」会計士は沈鬱に不快感を隠さない表情で一部始終をぼくに説明した。

「・・・・・」ぼくは茫然として言葉が出なかった。

「家族を亡くされて気落ちしていた竜さんと、打ち合わせの機会を失念した事務所の責任を痛感しています。竜さん、会社葬が終わってから時間をおいた後、叔父さんが事務所に見えて、お父さんが残した資産を聞かれた事がありました。対応した私は、叔父さんの質問も融資の件も、竜さんの立ち合いがなければ返答出来ないと拒否しました。多分、今回の葬儀社変更はこの事と無関係とは思えません」怒りを含んだ表情で語った。

「叔父さんが資産を調べに来社など初耳、まして融資の話まで。こんな行為は、ぼくの家族に対する裏切りであり、ぼくの存在を無視した横暴です。これから葬儀社を変えることは出来るけど、檀家を変えることまではしたくない」ぼくは言葉を選んで答えた。


暗紫生地に金糸織りの袈裟をかけ、頭を綺麗に剃り挙げた導師は、手元に置いた経本を開き読経を始めた。事前の打ち合わせの席に塙先生を伴い、聴こえないぼくに何らかの形で配慮して欲しい、と伝えてあった。だけど、導師は何事もないかのごとく淡々と読経を続ける。

一時間あまりの読経の途轍もなく長い時間を、怒りと侮辱の裡に深淵から首をもたげる悲哀がぼくを覆う。隣で塙先生が読経をノートに筆記してくれるけど、難解な読経に素人の悲しさ、言葉が途切れ途切れになり、鉛筆を持つ手先の震えに見かねて「もういいよ・・・」と小声で言った。

哀しみに暮れるぼくを見て、お父さんお母さん、そして陽子も去り難いだろう。

法要も終わり、住職の控室に会計士、塙先生とぼくの三人で向かった。ドアをノックして開けると、着替えを終えた住職がソファーに座ってお茶で喉を潤していた。三人が入っても立ち上がろうとしない。ぼく達は住職に向き合ってソファーにかけた。

「今日はありがとうございます。法要の会計担当としてお布施を持ってまいりました。お受け取り下さい」

会計士が封書に入れたお布施を住職に差出した。住職は怪訝そうに首をひねり、「竜氏が来ていないようだが、どうしました？」言葉だけは丁寧に質問してきた。

「竜さんはここに居らっしゃいます」会計士がぼくを指しながら問いに答えた。塙先生は二人のやり取りをノートに筆記していた。

「この人が竜氏？　法要を仕切った・・・」住職は吃りながら言った。

「おかしなことをおっしゃいますね。喪主の竜氏に対して「この人」とは随分失礼な言いようではありませんか。お亡くなりになった竜氏も、こちらの竜氏も会計事務所にとって大事なスポンサーです。それと、住職のおっしゃる竜氏は法要の役から外しました。住職とどんな取り決めをしたのか知りませんが、常識にかなったお布施を入れてあります」

怒りに顔を赤く染めた住職とは対照的に、会計士は冷静に向き合っていた。住職が押し黙るのを待ち構えていた塙先生が、ノートを膝に置いて住職に語り始めた。

「今日の法要に備えて喪主の竜さんと私は住職に面会しました。記憶されていらっしゃるでしょう」先生が突っ込みを入れると、住職は〝むすっ〟と押し黙り顔をそむけた。

「家族を突然失った竜さんが、自身の心と闘いのさなか、突発性難聴を患って耳が壊れたことも重なり、二重の打撃に精神的崩壊の一歩手前まで追い込まれたことも・・・。それにもかからず強い精神を持って生きる気力をふり絞って来ました。今回の一周忌にあたって、竜さんが心を痛めるのは、慎一さんを思うあまり現在《いま》も現世に彷徨っておられる家族に、回復しつつある慎一さんを俯瞰、〝私たちは大丈夫だから・・・〟と、黄泉の国へ葬送、そのような心情を考え住職に依頼しました。だからこそ、一周忌の法要で住職がお祈りになる読経をどんな形でも良いから慎一さんが理解出来るようにと、ご配慮をお願いしました」ここまで語って一息ついた塙先生は、手元の温くなったお茶を手に取りながら住職に厳しい視線を向けた。住職は〝むすっ!〟と天を仰いでいた。「人間という者は哀しい生き物だとつくづく思います。神に仕える身でありながら、喪主である竜さんに対して「これ」と発言した住職。音を失った人に対して「言葉のない者は人間にあらず」と短絡に思い至る考え。見えない物に対する想像力の欠如。仏門に身を置く住職は、仏陀の教えの基本「弱き者、貧しき者に対する救済」から逸脱、金銭欲に凝り固まっておられる、私にはそのように見受けられます。僭越と思いますが、初代ご住職の「仏陀の教え」を基本方針として檀家を守り貴賤の区別なく法要を執り行う事を切望いたします」語り終えた塙先生は住職に向かって深々と合掌した。

ぼくが聖書を書架から偶然見つけたのは、駅員に「お前、危ないじゃないか。放送が聞こえなかったのか?」と怒鳴られた日と記憶している。駅員に罵声を浴びせられ、捨て台詞を投げられ、自身、半信半疑ながら耳が壊れたことを朧《おぼろ》に理解しなければならなかった。

失意のまま帰宅したぼくは、念のために、趣味で集めたCDをリビングのステレオにセットした。聞き慣れた西部劇音楽「皆殺しの歌」、深淵から戦闘に備える太鼓の音が静かに、次第に速く大きく響き心臓を鷲づかみする。壊れたぼくの耳!? リズミカルにテンポの速い戦いに備える太鼓を聴くことはかなわなかった。正座した足の脛から〝タンタンタンタン・・・〟とリズミカルに太鼓を打ち鳴らす振動が響く。惜別の詩が・・・タンタンタンタンと・・・。

回復に向かっていた心は再び崩壊に陥る。ぼくが一人で対峙する壁は途轍も大きく未知の氷壁と、理解するのにそれほどの時間を要しなかった。時間の記憶を忘却するがごとく、夢遊病者のように聖書の扉をこじ開けて貪るように言葉を呑みこんでは嘔吐した。旧約・新約聖書を読み終えるのに六日を要し、七日目に簡易ベッドに倒れ、そのまま深い眠りに落ちた。八日目に目覚めたぼくは顔を洗い、玄関から外に出た。陽はいつものごとく天空にあり白い雲が南へ流れていた。覚束ない足を交互に上げながら、石畳を踏んで門柱まで歩いていった。あれから三年、欅は森のように幹を四方に広げていた。ポストから新聞の束を取り出し、郵便物も回収した。一週間分の新聞と郵便物の束はかなりの重量があった。動力のなかった古代、奴隷はピラミッドを造る巨石を来る日も来る日も運んでいた。命の炎が燃え尽きるまで自身の意志と無関係にシシフォス(シーシュポス)のごとく。疲れた肉体を土に横たえ、心の旅に救いを求め、夢幻から神を創り、個人の神は、我々の、人類の・・・。だけどぼくは、神の存在を、神への許容はかなわなかった。

ぼくは街に出て、目的地のない無音の世界を彷徨《さまよ》った。今日明日明後日明々後日、夢遊病者のようにとぼとぼ歩いた。都会の空は狭いと誰かが言った記憶が巡りくる。だけど、長方形の御影石を整然と並べた石畳に立って見上げる空は青く広く、白い雲がぽっかり浮かんでいた。

その日も銀座をあてどなくさ迷い歩いていた。季節は確かに初秋の頃と記憶にあるが、雲一つない淡い藍の空から陽が燦々と降り注いでいた。石畳に反射、石畳から季節にそぐわない陽炎が昇っていた。首筋から沸々と汗が絶え間なく湧き、ぼくの襟首を濡らした。ぼくはポケットのハンカチで首筋を拭い日陰を探し、視線はビルの谷間を彷徨った。ふと視線が白い大理石の建物に釘付けになった。大理石の建物は道路のT字路の角に聳え、角に立って振り返ると半開きの入口が見えた。玄関の上に「ロザリオ教会」と大理石に彫られていた。建物の横に教会案内版があり「ご自由お入り下さい　礼拝堂は三階です」と書かれていた。

ぼくは御影石の狭く急な階段を三階まで昇っていった。昇りきった正面に礼拝堂へ誘導するように両開きのドアが開け放たれていた。ぼくは扉から礼拝堂に首をつっこんで中を覗いた。中は薄暗く礼拝する人はいなかった。礼拝堂は入って左が正面。両側の壁は切落し格子造りの木枠が貼られ、奥の中央祭壇に金の十字架。ぼくは中央通路手前の椅子に腰を下ろし改めて十字架を見た。

背中を揺すられ眼を開けると、眼の前に黒服の外国人の神父が立ってぼくに語りかけていた。ぼくは連日の彷徨、睡眠不足から、台に乗せた腕を枕に眠りこけていた。

「ぐっすり眠っておいででしたが、どうなされましたか？」

外国人の神父は流暢な日本語でぼくに問いかけた。

「日本語が上手ですネ。敬語の使い方も完璧です」質問とは無関係なことを、やや感嘆詞を交えてぼくが言った。

「誉めていただきありがとうございます。母国、イタリアの神学校で日本語を選択しました。それに加えて、日本から留学中の女性に生きた日本語を教わりました」語りながら、哀愁と歓びの混濁する表情を隠さない神父に複雑な心を垣間見た。それは一瞬のことで、また穏やかな慈愛に満ちた神父に戻っていた。神父の母国が英語圏だから唇に横の動きが加わり、発言が微妙（どんな風にと、問われても答えに窮するが）に異なって読取りが少し難しい。だけど、神父ともう少し語りたい気持ちが強く、ぼくの身に起こった経緯を簡潔に語る。

家族の一周忌で読経が聞けなかった哀しみと苦しみ。

音のない世界の人間にも、神が存在するとして・・・神による救いはあるのか？

伝道師が語る神の言葉は、音のない人間でも聖書あるいは仏典を読むことで癒されるのか？

文字のない時代、民衆が口伝で情報を得ていた前世期、音のない者に神の言葉はかなわなかったのでは・・・。

礼拝堂で神父が朗誦する神の言葉を、肘をつき両手を組み合わせ、眼を瞑《つむ》り静かな心で聞くことがかなうなら神の存在を理解することが、受容することが・・・。だけど、幾たびか、聖書に没頭、言葉を推敲、宝物のごとく言葉に感銘を受けても・・・。だけど、ぼくの精神《こころ》は空虚で満たされる事がない。

ぼくの前の椅子に体を捩《よじ》って座る窮屈そうな姿勢の神父は、両手を組み厳粛な面持ちで、ぼくの短い物語に耳を傾けていた。時折、聞き違えたのか、意味不明のぼくの言葉に立ち竦《すく》み、改めて語ることを求めたりもしたが、ほぼ完璧に内容を理解していた。神父はしばらく組んだ両手に顎を乗せて考えていた。

「私の唇は読話が難しいと、先ほど言いましたが・・・」神父さんは言葉を切って「筆談ならもっと具体的な話が可能と思いますが・・・」神父は確認するように身振りを交えてぼくに問いかけた。

「はい」とぼくは頭を縦にふった。

「時間はありますか？　もう少しあなたとお話したいのです。良ければ筆記用具を持ってきます」言い終えると素早く立ち上がった神父は、ぼくに確認するいとまも与えず足早に奥の方に去っていった。

「太初に言あり　言は神と共にあり」ヨハネ福音書の言葉、ヨハネの言葉を直截に受け止めたら、音のない世界に生きるぼくらは神から救われない・・・謂いになる、と。何故なら、神が天上から語りかる、神の言葉はぼくらを素通りする。伝道師の語りを民衆は耳を傾け、心の安らぎを得て帰路に就くのだろう。親に手をひかれたろうあの幼児はどんな気持ちで帰路に就くのだろうか？　ぼくは暗澹たる思いを消すことが出来ない。

石田さん、明石さん二人の神への道標《みちすじ》は異なっても、神の存在を意《おも》う事が可能と言うのならそれはそれで構わないと考える。だけど、同じ障害を負った仲間に呼びかけたとして、二人と同等の信仰の域に達することは難しいだろうと、ぼくは考えもする。

神もなくしるべもなくて　窓近く婦《おみな》の逝《ゆ》きぬ
白き空盲《めし》いてあり　白き風冷たくありぬ
中原中也「臨終」をぼくは口ずさむ。

神父さんは小脇に抱えたノートに、達筆とは言い難いが正確な日本語で書いていった。漢字の筆順は正確、丁寧に書いていたが右肩が下がり気味。書き慣れた英語の癖が出るのか、文章が斜体になるのは仕方ない。神父は告白する。

「聴えに苦渋（言葉の選択に誤りがあるなら謝ります）され

ている方とこのような形で接したのは、三十年にわたる私の生涯であなたが初めての方です。だから、あなたに「私の耳は壊れています」と告白され、混乱から私の思考は一時的に機能停止しました。

　ヨハネの『言葉』は、神の子イエスの永遠性を説くヨハネ独特の使い方と教会で教わりました。民衆に文字が普及していなかった時代、イエスは民衆に語りかけることで神の救済、伝道、神へ至る道標《みちしるべ》を示しました。

　音のない方が、イエスの語る言葉、伝道師が神にかわって語る言葉を直截に授けられなかった永い歴史を想像すれば、聴えが壊れたまま地上《ここ》に生をうけた苦難の時間に私は暗澹たる思いがします。ヨハネ伝福音書の言葉に疑惑を覚え『神は我々を見棄てた』と受け止められても詮無いことと（ここだけのことばですが・・・）、そして私の浅慮を恥じます。でも、二十一世紀を迎える近代社会には、世界の隅々にあまねく広まった聖書があり、聖書を手にとることで行間の端々に表れるイエス・キリストの声は読む人の心を愛で包むでしょう。聖書を紐解くことで救済される道は必ずあると私は確信しています。礼拝堂あるいは教会の椅子に、床にぬかずきお祈りすることであなたに精神《こころ》の平安が訪れると・・・」

　書き終えたノートをぼくに差し出しながら、「私があなたにお話することが出来るのはこれだけです」

　ぼくは受け取ったノートを速読した後、もう一度熟読し、神父さんにノートを返した。ぼくは神父さんにお礼を言って、ほろ苦さと哀しみの心で教会を後にした。そして、ぼくが求めていることを改めて思い始めていた。

　透き通る秋空に季節外れの積雲が広がっていた。

　瑠璃さんから届いたメールを改めて読み返す。読み終えた後、何となくほんわかとした温かい心持ちに包まれる。瑠璃さんのメールを眺め、瑠璃さんの家で過ごした短くも長い時間を顧みると、意想外に充実した日々が懐かしく走馬灯のように流れる。

　家族団欒の時、寡黙な根本さん。遊漁船の舵を握り沖に向かう時の厳しい表情。お客が五キロを超える真鯛を釣り上げた時の欣喜の顔。根本遊漁船の跡取り娘として房総半島の先端で育ち、潮と太陽と砂に戯れて育ちながら白い透き通る肌に、都会風の洗練された雰囲気を漂わせる奥さん。根本さん夫婦の厳しくも温かい家族に囲まれ、都会から遠く離れた自然の豊かな房総半島に育った瑠璃さん。自身の生活設計を熱っぽく語る時の真摯な言葉。優しく誠実な人柄を備えた女学生。告白するが、瑠璃さんのように社会的（大学院に進み海洋学を学び房総の海を昔のように豊かな漁場にする）な思考を、あの時のぼくは考える余裕さえ持ち合わせていなかった。

　瑠璃さんの言葉の一つ一つを意《おも》い、読み解きながら、ぼくは幸福感に満ちていた。

「瑠璃さん、元気に受験勉強に励んでいるとのメール、嬉しく思います。ご両親もお元気のようで安心しています。

ぼくは何かと時間に追われていますが、体調を崩すことなく過ごしています。瑠璃さん宅から帰って、少しずつですが料理をするようになりました。瑠璃さんとお母さんが作ってテーブルに並べた料理の一つ一つを、記憶を掘り起こしながらキッチンに立っています。亡くなった母と妹の料理も、味覚の記憶は微かに残っていたけど、歳月は砂の彫刻が崩れるように消えていくのでしょう。でも、母が丹精を込めて作ってくれた料理を、空気のように食べていたあの頃のぼくにも責任の一端があると思っています。

話は変わりますが、お尋ねの卒論、「日本古典と現代作家」を書き上げました。読み返して、終わりの部分が少し雑になっているので、推敲し訂正すべきところは追加・書き換えを考えています。

今、東京ディズニーランドのカフェーで瑠璃さんにメールを打っています。昨夜泊まった民宿の家族と色々な経緯があってディズニーランドに来ました。ディズニーランドはたびたび来たので、独りテラスで本を読みながら日向ぼっこをしています。瑠璃さんの家族の事は時折思い出していました(ごめんなさい！)。料理をしながら、庭をジョギングしながら、また、父の書斎で論文を書いたり、膨大な父の書籍の中から論文作成の必要に迫られて資料を探したりしている時もふと、瑠璃さんを、ご両親のことを思い出していました。

家族を喪って、瑠璃さんの家族の温かさに触れ、改めて世界で一番大切なのは家族だったと悟りました。生きていた時、鈍感だったぼくの愚かさを、遅まきながら慚愧とともに後悔しています。普段の生活の中に幸福がある、と、教えて下さった瑠璃さんの家族に感謝しています。

お父さんから釣りのお誘いですが喜んで伺います、と伝えて下さい。雑用が少し残っていますので片付けたら二、三日内に房総に向かいます。受験の参考書とか辞書で欲しいものがあったらメール下さい。

ご両親によろしく伝えて下さい。

瑠璃さんも無理を重ねて体調を崩さないように気を付けて下さい。たかが受験です！」

メールを送って天に向かってため息をついた時、肩を叩かれて振り向くと保田さん達が立っていた。四人とも充足した顔をしていた。

「お腹が空いたでしょうから、レストランで食事でもしますか。この店のメニューで良ければ・・・」

話の途中から、子供二人が駆け出してカウンターにあるメニューに目を凝らしていた。高橋さんも保田さんと子供の後ろから覗いていた。

「食べたいもの注文して良いよ」ぼくが言うと、恵ちゃんと武くんが「やった！」と、飛び上がった。

みんなが注文を終えるとカードで精算した。女将さんは「これは私が払います！」と、梃子でも動かない態度、ぼくは何とかなだめ支払った。恵ちゃんはバーガーをほおばりながら、「まだ半分も楽しんでいない。並ぶのに時間を取られちゃって、乗ると〝あっ！〟で終わっちゃう！」と誰にでもなくブツブツ言っていた。みんなが食べ終わる頃、「明日も楽しめるから、今日は五時で切り上げてぼくの家でお寿司でも食べようね」ぼくが言うと、女将さんが「ええっ！」とびっくりして椅子から立ち上がった。

「とんでもございません。終わったらみんなで帰ります」女将さんは当惑した表情で誰にともなく呟いた。

「女将さん、今朝、入場券の封筒を渡したでしょ。今日と明日の入場券も入っていますよ」

「えっ！」バッグから慌てて封筒を探すと中身を改め、呆然と入場券を眺めていた。

「女将さんが商売を超えて、ぼくを家族の一員のように扱って下さったお礼です。入場券や食事代は女将さんに受けた感謝のしるしです。全て家族の残した財産で、ぼく自身が労働して得た対価ではないから心配しないで下さい」ぼくが話し終えて女将さんに視線を向けると、ハンカチを取り出して目頭を拭いていた。高橋さんは押し黙ったままスパゲッティをかき込んでいた。

「恵ちゃん、明日の計画も考えて遊んでおいで」

恵ちゃんに笑いながら言うと、「ハイ！」と、彼女の性格そのままの返事が返って来た。四人を急かして送り出したぼくは、午後の陽を背中に本を読み始めた。園内放送や行き交う人の喧騒から遠く離れて読書に集中する。

陽が陰り、四人が戻る時間になると急に肌寒くなってきた。ジャンパーの襟を立て、腕時計の文字盤に眼をかざした時、Gパンのポケットに入れた携帯が震えた。携帯の小さな窓に「瑠璃」と表示が・・・。

「竜さん　メールありがとうございます。

竜さんも元気にお過ごしのご様子、ホッとしています。

独りで暮らしていらっしゃるので、お食事に栄養のある惣菜を食べているのだろうかと心配しております。料理を始めたのですネ！　私も母から教わっていますが、味付けが難しく、母がいない日は難儀します。

頑張って下さいね！

ところで二、三日後、こちらに来て下さるとありますが、卒論は大丈夫でしょうか？　心配しております。でも、父に伝えれば喜ぶと思います。それから参考書ですが、あれこれ浮気しないで（あら、失礼なこと言っちゃった）今使っている参考書に集中して勉強するつもりです。

竜さんにお逢い出来る日を楽しみにしております。こちらへ来られる時、運転には気を付けて下さいネ。

房総にて　　瑠璃」

瑠璃さんからのメールを見ていたら、女将さんたちが少し離れたところからぼくの邪魔をしないように見つめていた。ぼくは携帯をＧパンのポケットに突っ込むと皆に手を振った。

「恵ちゃん、楽しかった？」ぼくのそばに走ってきた恵ちゃんに尋ねた。

「ハイ！　遊園地とは全然違ってびっくりすることばかり・・・」興奮して言った。

「明日も楽しんでね！」ぼくが言うと、「はい！　おっきいお兄ちゃん、ありがとう！　明日楽しんだら試験がんばるから・・・」恵ちゃんの元気な言葉が返ってきた。

「それではぼくの家に行きましょう」。ぼく達は駐車場に向かった。西の空が茜色に染まり、雲はどこかへ消えていた。明日も晴れるだろう。四人のためを願いながら歩いた。

ぼくが運転席に座ると、恵ちゃんが助手席に乗り込んできた。湾岸道路は渋滞という程ではないがかなり混んでいた。幌で覆っても、五時過ぎになると、肌をなでる風が流石に冷たい。

「恵ちゃん寒くない」助手席でガラスに顔をくっつけてキョロキョロする恵ちゃんに聞いた。恵ちゃんは、窓に顔を貼り着けたまま首を横に振った。横目でバックミラーを見る、女将さんが武くんに寄りかかって目をつむっていた。千葉ポートタワーの灯火が見えるところで、中心街に向けて左にハンドルを切った。しばらく徐行速度で走り、老舗の寿司屋の駐車場に停めた。

「この寿司屋は、家族が居た頃からのなじみの店。女将さん、高橋さんと一緒にぼくも飲みたいので出前を頼みましょう。野菜は家にあるから、女将さんと恵ちゃんに簡単なサラダをお願い出来ますか？　それからここの請求は会計事務所に回しますから心配しないで・・・」ぼくが伝えると、女将さんは諦め顔で黙っていた。

「恵ちゃん一緒に行く？」と聞いたら、「僕も行く！」と武くんは先に立ってドアを開けた。

幹線道路から銀杏並木の街路に侵入すると夜の帳が一気にあたりを包んだ。家の手前で速度を落とし、あらかた落葉した欅の幹が茸の傘のごとく四方に拡張する間から玄関の明かりが見えた。車が車庫入口の手前に停車すると、門は滑車の音と共鳴、右側に動き出した。門が開放するのを確認したぼくは車庫まで続く石畳を徐行速度で運転した。助手席に座っていた恵ちゃんが、外庭を照らす灯りと玄関の光に浮かび上がる屋敷に、痴呆のようにポカーンと眺め、ぼくをふり返って「ここ、お兄ちゃんのお家？」と唇を縺《もつ》れさせる恵ちゃんに、ぼくは車庫入れしながらうなずいた。車庫入れを終えて玄関に行く途中、女将さんが芝生を踏んで欅のそそり立つところまで歩いていくと振り返って家を眺めて立ち尽くしていた。恵ちゃんと武くんも女将さんのところに駆けて行った。三人共、しばらく家を呆然と眺めていた。

ぼくは家の中を一通り案内して廻った。ついでに来客用寝室を案内して「どこでも好きなところに寝てね！　恵ちゃん、みんなに教えてね」と言った。キッチンを案内したとき、女将さんと恵ちゃんに冷蔵庫を開けてサラダをお願いした。ぼくと高橋さん、武くんがリビングで食器を並べていると「玄関に誰か来たよ」と武くんがぼくのセーターを引っ張って言った。玄関のドアを開けると寿司屋の若い店員が寿司桶を抱えて立っていた。寿司と一緒に大皿に盛られた刺身をテーブルに置くと歓迎会の席らしくなった。サラダを恵ちゃんが持ってきたところで、四人を地下室に案内。地下の階段を降りた所で茫然自失する四人をせかして案内して廻った。高橋さんはスコッチとバーボン。女将さんにワインを選んでもらった。武くんと恵ちゃんにはジュース専用冷蔵庫に連れて行き「好きなものを選んで良いよ！」と言った。

女将さんと恵ちゃんがボールに盛ったサラダをガラスの皿により分けてみんなに配ったところで歓迎会が始まった。めいめいのグラスにビール、恵ちゃんと武くんにジュースが注がれ、女将さんの乾杯の言葉で、ぼくはグラスのビールを飲み干した。すかさず恵ちゃんがグラスにビールを注いでくれた。ぼくらは寿司を食べ、刺身をつまみサラダを食べた。女将さんが作った野菜サラダはメインにレタスをふんだんに使い、ピーマン・胡瓜・大葉などで盛り付け、上に生姜の細切りを散らしていた。口の中でピリッと舌を刺す刺激が加わり美味しかった。

ぼくが、ビールを女将さんと高橋さんに注ぎ終わる頃合いを図って、女将さんがぼくに向き合うと「野菜はどれもパリッとして新鮮。竜さん自分で揃えるの？」と聞かれた。ぼくが黙っていると重ねて聞いてきた。「一人では食べきれない位、冷蔵庫にありますけど、毎日食べているのですか？」「女将さんが不思議に思われ、尋ねられた質問に答えるのはちょっと高慢ととられそうだけど、ぼくにとって日常生活ではありふれたこと。冷蔵庫の中は食べるものがいつも揃っている。酒蔵も無くなった物が補充されている。家の周りも、家の中も不意の来客に備えて掃除がしてある。疑問に思われるのも当然です」ぼくはチョット話を休めて、半分ほど残ったグラスのビールを飲み干す。すかさず隣の恵ちゃんが注ぎ足してくれる。「女将さんに話すほどではないので黙っていました。冷蔵庫の中は、会計事務所から派遣される女性（ディズニーランドの入場券を持って来た人）が週一回補充に来ます。ついでに地下の在庫をチェックして欠品は補充。掃除も隔週一回のペースで専門会社から派遣された清掃員が行います。ぼくも気分次第で、掃除も洗濯もします。だけど身の回りの事はくだんの女性が差配します」

女将さんは寿司を乗せた皿を持ったままぼくの話を聞いていた。ぼくの中に羞恥心が渦巻いていた。親の遺産でのうのうと生きている自身を女将さん恵ちゃんたちにさらけ出す、その事にたとえようもない恥辱を感じ、鮪のトロを指でつまみ口に入れた。今夜初めてつまむ鮪トロは、魚油の味がして不味かった。ビールを飲み過ぎてお腹が張って来たが、酔いはまだ訪れなかった。トレーに伏せてある新しいグラスにポットの氷を入れてバーボンを注いだ。高橋さんに勧めるとうなずいたので別のグラスに氷を入れバーボンを注いだ。

「つまらない話ですみません。ワインが冷えて飲み頃になりました、グラスに注ぎましょうか？」と、聞いた。

女将さんは複雑な表情で考え込んでいる。

「女将さん、ワインを飲みますか？　お寿司も刺身もあまり箸をつけていませんね。歓迎会だから日常生活は忘れて飲んで下さい」

恵ちゃんに冷蔵庫からワインを持ってくるように言った。恵ちゃんは「ハ〜イ！」と言って駆け出した。ぼくは、寿司桶から鮪トロ・勘八・烏賊を皿に乗せて女将さんの前に置いて「食べて下さい」と勧めた。握り寿司は六人前を注文したが、恵ちゃんと武くんは、高橋さん、女将さん、ぼくの分を二貫ずつ残してきれいに食べてしまった。二貫ずつ残したのは、多分恵ちゃんの優しさの表れだろう。

恵ちゃんが持って来たワインを、武くんが器用に開けると女将さんのグラスに注いだ。恵ちゃんが女将（お母さんだけど）さんの前に置くと「ママどうぞ・・・」と言った。女将さんは勧められるままグラスを持ってワインを口に含んで陶然としていた。しばらくすると女将さんの表情が変わって、「嗚呼、フランスの香り！」と、感嘆詞を紡いだ。しばらくグラスを眺めていたが〝ごめんなさい・・・〟と呟くと俯いていたが、唐突に「そろそろ休む時間よ！」武くんを睨《にら》んだ。今夜は喜怒哀楽の波が荒い女将さんだな、と笑みをこぼしたら、女将さんに哀しい眼をされた。

「駆けまわって汗をかいただろう、シャワーでも浴びなさい」と女将さんの視線をはぐらかして恵ちゃんに言った。ぼくは立ち上がると、恵ちゃんと並んで浴室に歩いた。武くんがぼくの後ろからついてきた。

「武くんは恵ちゃんの後だよ」振り向いて武くんに言うと「一緒に入るから・・・」と、武くん。恵ちゃんに目を向けると、頭を縦に振って肯定する。

陽子と一緒に入ったのはいつまでだったろうか？　記憶をたぐり寄せるが思い出せない。

脱衣室で陽子の肌着が恵ちゃんには大きくないかちょっと心配したが、少し大きいくらい、恵ちゃんも服の上から体に当てて確かめていた。武くんは、ぼくの下着はチョット大きい、父の棚から取って渡した。武くんを連れて浴室に入り、コックなどをざっと説明してからリビングに戻った。

それから女将さんにワインを注ぎ、子どもたちのこと、民宿の経営など、とぎれとぎれに語り合った。高橋さんは寡黙な人で、俯き加減に耳を傾けながらバーボンを静かに飲んでいた。ぼくもあえて高橋さんに質問はしなかった。恵ちゃんが風呂から上がってリビングに駆けてきた。陽子のパジャマが少し大きく袖口を折りたたんでいた。入れ替わりに高橋さんが風呂場に行った。ぼくも追い駆けて、着替えの下着を父の棚から抜いて渡した。女将さんと「男性が先に入るのよ！」。「女将さんはお客様、女将さんがお先に・・・」とひと悶着あり、着替えのことも揉《も》めたけど結局、女将さんが白旗を掲げた。ぼくが、ベッドに横たわったのは午前を一時間過ぎていた。

次の朝、いつもの時間に起きた。カーテンを全開、東の空を眺めると欅の枝々の隙間から太陽がキラキラちりばめられてガラスのように光って見えた。今日も秋空が広がるだろうと、一人でつぶやき恵ちゃんと武くんのために安堵した。トレーナーに着替えて洗面所で顔を洗いタオルで拭いながら鏡を見据えた。瞼が腫れぼったく薄っすら隈が浮かんでいる。「少し飲み過ぎだな！」と自戒する。

キッチンのドアを開けると女将さんが台所で何か作っていた。

「おはようございます。眠れましたか？」と挨拶する。

女将さんはいつもの通り化粧して疲れているようには見受けられなかった。女将さんは包丁の手を休めてぼくの方に顔を向けた。

「おはようございます！　お客相手の生活だから遅いのはお手の物。それより、夕べはお寿司に美味しいワインをありがとう！　本当に久しく酩酊しました。変なこと喚きませんでした？」

女将さんの初々しく恥じらいを秘めた朝の挨拶にほんわりとした気持ちになった。

「庭の周りをジョギングして来ます！」女将さんに言ってから玄関でシューズを履くと、ドアを開けて外に飛び出した。芝生廻りを樹木に囲まれ、都会では味わえない住処を作ったお父さんお母さんに改めてありがとうと呟きながら駆けた。芝生が露をふくみ、靴底で後ろに蹴るつど、〝ぷちぷちぷち〟とシューズの底から伝わる気がしていた。

朝食は女将さんが丹精を込めて作って下さった。シャワーを浴びてダイニングに行く、鮭の塩焼き・卵焼き・ホウレン草のおひたし、味噌汁が食卓に並んでいた。旅館で食べる朝食を自宅で堪能出来る、とは・・・。恵ちゃんと武くんはすでに席についていた。ぼくはタオルを首に垂らしたまま「おはよう！」と、片手を上げて言った。恵ちゃんと武くんは慌てて立ち上がると片手を上げげた。女将さんが見とがめて「ちゃんと挨拶しなさい！」と叱っていた。その時、高橋さんが眠い目をこすりながら、「おはよう！」とタオルを右手にぶらさげて入口に現れたところで朝食が始まった。卵焼きは出汁が効いて、ほんわり柔らかく口の中でとろけるようで美味しかった。冷蔵庫に仕舞ってあった明太子や紫蘇昆布なども食卓に並べられ、五人揃って食べる朝の食卓は久しく忘れていた、賑やかさに美味しさが加味されていた。

　女将さんが洗い物をする横で、恵ちゃんが洗い終えた皿を受け取ってナプキンで拭いている。武くんと高橋さんがコーヒーの準備。ぼくは、コーヒー豆を密閉容器から出して挽いた。挽いた粉を高橋さんに渡すとセットしてボタンを押した。豆の香りがキッチンに流れ平安な気持ちへと誘う。高橋さんが温めたカップにコーヒーが注がれる。口に含むと濃厚な苦みと香りが口一杯に広がる。その刹那、〝う〜ん、美味い！〟とぼくは唐突に叫んでいた。女将さんの頬に小さなえくぼが現れては消えた。武くんと恵ちゃんがディズニーランドのカタログをテーブルに広げて額を突き合わせていた。シンクと水洗コックの水滴を拭き終わった女将さんに温かいコーヒーを淹れてあげた。

「ありがとう・・・」女将さんがぼくを見つめて言った。

「コーヒーを飲み終わったら、ディズニーランドまで送るね。明日は明日の風が吹く・・・明日の勉強なんか吹き飛ばして思いっ切り楽しんでね！」恵ちゃんに話しかけるように・・・。「江ノ島からディズニーランド、今朝と、思いがけないプレゼントをありがとうございます。家族のように過ごした至福のひと時を記憶に刻んでおきます」ぼくは、椅子から立ってお礼を言った。女将さんは困惑しながら「そんな、私たちの方がお世話のなりっ放しで、四人の入場券の購入にお寿司までご馳走になって何とお礼を言えば・・・」申し訳なさそうに言った。

「そんなこと気にしなくて構いません。会計事務所が必要経費で落としますから。〝あっ、そうだ！〟女将さん、ワインが美味しいと・・・。地下から持って来ます」と言った。

　地下室のドアを開けた時、駆けよった恵ちゃんが「私も行く！」と、ぼくの手を握った。

「やめなさい！」と言う女将さんの声を無視して、恵ちゃんはぼくの手を強く握り返した。

　ぼくと恵ちゃんは地下室の階段を降りてワインの棚から、ボルドー産ワインを三本抜き取った。何れも十年以上熟成されたワインだけど、女将さんのえくぼを見られたから惜しいと思わない。それから洋酒の棚に行ってバーボンを二本抜きとった。

　ディズニーランドは持込み禁止だからジュース類は持って行けない。

「飲み物は持ち込めないから、車の中、帰りの電車で飲むと良いよ。だからジュース持っていく？」恵ちゃんに尋ねたら「ん、お兄ちゃんのも貰って良い？」と、大型冷蔵庫に駆けて行った。

　高橋さんに運転するかと聞くと「二日酔い気味なので・・・」

と固辞する。ぼくがハンドルを握り、髪の乱れを気にする女将さんが助手席に座った。穴川東ＩＣから京葉道路、宮野木ＪＣＴから東関道に。舞浜ＩＣまで渋滞に遭遇することもなく五十分足らずでディズニーランドに着く。入口手前に停車して車を降りた。

「竜さんは入園しないのでしょう。ここで構いません」

「時間はあるから入口まで・・・」

「いいえ、ここで構いません。二日間ありがとうございました。竜さんの好意に甘えて、随分散財させてごめんなさいね。お身体を大事にして栄養を考えた食事をして下さいね！」

「恵ちゃん、武くん、ちゃんと勉強するんだよ」

「はい、大っきい兄ちゃんに負けないよう頑張るから・・・。また江の島に来てね」恵ちゃんが言った。

「分かった、時間を作って遊びに行くから。武くん、高橋さん、元気で！」

もう一度、女将さんに挨拶して車のドアを閉めた。バックミラーに映る女将さんたちが正面玄関から入園、四人の姿が消えるまで駐車場の手前に車を停めて見送り、湾岸道路にハンドルを切った。途中、根本さんに美味しい焼酎でも買って行こうと思った。奥さんと瑠璃さんには何が良いだろうか？船橋のららぽーとに行ったら何か見つかるだろう。

湾岸道路は渋滞していた。市川・幕張・検見川とベッドタウンが広がり、市原工業地帯へ繋がるから仕方がないと思うけど・・・。オープンカーのハンドルを握るぼくに、周囲から好奇な視線がねめまわす。羨望と嫉妬の入り混じった無遠慮な視線を無視する神経はぼくには備わっていない。スイッチを押して幌で覆う。

耳が壊れる以前、映画館で、自室で幾度となく聴いたＣＤを挿入してボタンを操作、ボリュームを上げた。地底から響く太鼓の音が寂静《しじま》を切り裂き、〝タンタンタンタン〟と小さく次第に速く高まっていく。太鼓の音に合わせ馬蹄が並足から駈足へ、瞬く間に太鼓の音に追従、蹄は疾風のごとく空中を駆ける。心臓を抉る音を現在《いま》聞くことはかなわない。でも、高低の激しい音をスピーカーの振動で体感することは、ぼくにわずかな安堵感を与えてくれる。防音措置の施された書斎で、音響措置のボリュームを目一杯上げて体で体感することも孤独を癒し未来を思い描ける。

ＣＤのメロディーを体感しながら、中原中也「みちこ」を口ずさむ。

「そなたの胸は海のよう
おおらかにこそうちあぐる。

はるかなる空、あおき浪、
涼しかぜさえ吹きそいて
松の梢をわたりつつ
磯白々とつづきけり。」

中原中也の詩のほか、坂本九「上を向いて歩こう」など、太鼓のリズムに合わせて唄うこともあった。唄いながら椅子に眠りこけたことも。机の上に雑然と積み上げられた参考書、村上春樹の単行本、雑誌、ノンフィクションそして・・・聖書。

だけど、最近、聖書のページをめくっていても聖書の言葉を深く考えることが少なくなった。聖書を読むことは、「そこに聖書があったから」と思う。明石さんと手真似で話していて往々にして思うことは、彼女が自ら積み上げてきた思想なり考えが、彼女の操るふくよかな指の舞から湧いてこない、という事実。常に聖書の言葉を抜粋して「神はこう言われた」と。国立大学を現役で合格、在学中に都上級試験に受かった秀才の明石さんとの会話。言葉を選別する能力の乏しさ（言葉は豊富に持っているが使い方を知らない人）が哀しい。多分、明石さんには「苦悩」と言う語彙が、彼女の辞書に載っていないのだろう。育った環境が人間形成にどの程度の割合で影響するかぼくは知らない。石田さんと明石さんは真逆の生い立ち。母に対する父の暴力に、幼い彼女は健気にも立ち向かった。暴力を愛情と錯覚する母の誤りと呪縛を解き放つ過程で彼女の精神は大きなダメージを負うが、生きていくための基本的な考えを確立する行程で、幼い日の経験が彼女を蝕んできたのではないか？　日常の疲労の解放からの眠りは、彼女には百鬼夜行との戦いでもあったのだろう。社会に出て独り立ちした彼女の心は、人ごみの中を彷徨うことでどうにか平穏を保っていた。彷徨いの中で十字架に巡り合うが・・・。

明石さんはちょっと妖艶な美しさ（本人は気付いていない）が備わっている。石田さんと言えば、明石さんと比較しては失礼だろうけど、それなりに女としての資質が備わっているとぼくは思う。石田さんは人間の立ち位置に立って自身を救済する事をどうして選択しなかったのだろうか？　両親の不和から人間不信に陥るほど浅慮な考えからとは考えたくないが、いま一つ石田さんを理解することがぼくには難しい。ともあれ矢野さんと幸せになる事を願いつつ。

ＣＤを聞きながら空想に浸っていた。渋滞の先にららぽーと船橋の大きなビルと隣接する駐車場が見えて来た。舞浜かららぽーと船橋まで渋滞がなければ三〇分の行程に一時間も余計にかかるのは経済的な損失、などと考えながらハンドルを左に切った。ららぽーと船橋はショッピング複合施設として一九八一年船橋市に開業された。ファッション・飲食・生活雑貨・医療施設・シネマ（娯楽）など、ショッピングから娯楽まで揃った複合施設の先駆けとＣＭで頻繁に流れていた。

ららぽーと船橋の建物は広くどこから探せば良いか分からなかった。入口の横にある案内掲示板で酒専門店を探したが見当たらなかった。とりあえず輸入チョコとカステラを買って引きあげた。家族や恋人と来る処であって一人でウロウロしても疲れるだけ。焼酎は途中の酒屋に巡り合うことを願いながら・・・。

　昨夜は悪夢に惑わされることもなく静かな湖水の底へ横たわることが出来た。久しく忘れていた田園の夜明けのごとく静謐な朝の目覚め。ベッドから離れたぼくは、窓際へ行ってカーテンを両手でめいっぱい開いた。空は雲がまばらに流れ太陽は雲間から見え隠れしていた。風の戯れもない公園の森も常緑樹葉群、毛細血管のごとく自由奔放に広がる欅の梢。中秋から晩秋の合間の穏やかな天気だ！

　瑠璃さんへ「明日房総へハンドルを切るつもりです。ご両親によろしく伝えて下さい」と。そろそろ布団に入る時刻、メールを送るのに躊躇したけど、送ると瑠璃さんから「明日来て下さるのね。両親も喜ぶと思います。それから瑠璃も・・・」と。「勉強の合間の気分転換に・・・」と押し切られ、他愛ないお喋りをベッドの背もたれに枕をあてがってキーを打つ。それから地下室に降りて日本酒、ワイン、ぼくのためにバーボンを車のトランクに詰め込んだ。奥さんと瑠璃さんのお土産にらぽーと船橋で買ったカステラとチョコレートは氷を入れたクーラーボックスにハムと一緒に入れた。ボックスは後部座席の隙間に置き日除けシートで覆った。

国道一六号から東金街道を通り千葉東ＪＣＴへ。京葉道路から木更津南ＪＣＴ下車、国道一二七号線を通って館山へと計画を立てていた。国道一二七号線は市原コンビナートへ向かう大型自動車で混雑していた。市原を過ぎれば混雑も緩和されるだろうと予想、車間距離をいつも以上とってハンドルを操作した。市原ＩＣ手前で瑠璃さんからメールが着信。市原ＳＡ駐車場に車を停めて携帯を開いた。

「竜さん、おはようございます。今どのあたりを走っているのでしょうか？　今朝、チョット胸騒ぎ（縁起の悪いこと言ってごめんなさい！）、心配でメールしています。

　今朝ご飯食べながら、さり気なく「竜さんが来ますよ！」と私が言うと、父が「そうかそうか」と呟いて、「倅《せがれ》のために鯛でも釣って来なくては・・・」と宣言。母がニコニコしながらうなずいていました。「倅だなんて変なお父さん」と戯れに言ったら「じゃ、何と呼べば・・・」と愚痴っていました。

　竜さん、運転には気を付けて下さいネ！　車間距離を充分とって後続車には特に注意して下さいね！

　ゆっくり走って三時間半位ですか？

　竜さんが無事こちらにおいでになって、お逢い出来る時を千秋の心でお待ちしております。　瑠璃」

　瑠璃さんの言葉を追っていると、気のせいか恰《あたか》もそばに立って語りかけているような錯覚に陥る。どうしてなのかぼくにも理解出来ないけど、胸のあたりからほのぼのとした気持ちになってくる。それから瑠璃さんの家族の思いやりに・・・。

「瑠璃さん、おはようございます。

市原SAに車を停めて、コンビニで買ったコーヒーを横に置いて、瑠璃さんに語りかけています。お父さんの「倅」発言に面映《おもはゆ》いけど、瑠璃さんとの距離がグーンと近くなったような心持ちがして来るのが不思議・・・。でも、ぼくは瑠璃さんやご両親が思い描くような人間に到達していませんが、ご両親の温かい情《こころ》にポロッと来ました。

当然なことだけどぼくは社会経験がありません。耳が壊れる前後で、ぼくに（聴覚障害者は一括《ひとくく》りにされるほど同じではないのだけど）注がれる視線が一変しました。日常生活の中で、自動車免許取得、障害者手帳申請、病院の受付で聴覚障害者が受ける無理解と蔑視に、憤怒で気が狂うかと思うことが往々にしてありました。それにもまして、一人ぼっちであることに深い哀しみに襲われ幾たびか涙を流しました。だから瑠璃さんの家族がぼくを普通の人間として（障害者と理解した上で）接して下さった事がぼくにはとても貴重でとてつもなく大事なことなのです。

そろそろ出発します。今日は父の車で向かっています。多少の災難ではビクともしませんので安心して下さい。瑠璃さんとご両親に会えるのを楽しみにしつつ・・・。

瑠璃さん　　　　　　　　竜慎一」

市原SAを一一時少し過ぎに出発する。鋸南富山ICまで法定速度で走って四〇分程度と予想。そこから国道一二七号線で瑠璃さん宅までの所要時間を四〇分と考えれば、瑠璃さんの家まで一時間二〇～三〇分で着く。幌を格納、SAを後に鋸南富山ICに向かう。市原を過ぎると大型貨物自動車は流石に少なくなった。時折、漁港に向かう生簀を搭載したトラックに出くわし、生簀から漏れた水滴がフロントガラスに滴たりフロントバンパーに跳ねた水滴が顔に当たったりした。手で拭い舐めると塩辛い海水の味がする。

雲間から覗く青い空はどこまでも碧く透き通っていた。瑠璃さんが、小学生の頃、裏庭の崖から眺めていた海は、空と水平線の境が霞むほどの青・・・と教えてくれたけど、ぼくの視界に入る房総の海は見慣れた東京湾と比較出来ない透明な青、碧、蒼。

紺碧の海原に船を浮かべて、今日の根本さんはどのあたりで操業しているだろうか？　お客さんに真鯛をたくさん釣らせているだろうか？　と思ったりしていた。根本さんの遊漁船は、お客さんに数を釣らせる事で南房総周辺では釣り人の間に知れ渡っていた。予約ですぐ満杯になり断るのに苦労すると奥さんが愚痴っていたことを思い出す。根本さんは焼酎を飲み、奥さんの愚痴を苦笑いしながら聞き流していた。その光景は微笑ましい記憶と共にぼくの心に住みつきつつあった。

館山市街を抜けたぼくは、多少遠回りになるが、海岸に沿うように走る県道一二八号線を城山公園にハンドルを切ると、ほどなく館山湾が右側に見えた。海岸に沿ってどこまでも続く、通称「房総フラワーライン」の潮風を浴びながらゆっくり走る。

海は漣、波頭はなく、白く煌き、波は磯と戯れ、飛散する。静謐な海原に太陽は燦々と輝く。波頭は岩壁を砕くがごとく磯に叩きつける海、湖かと紛う寂静《しじま》に包まれた凪の海も、平安な心へとぼくを誘《いざな》う。

延々と続く一直線の防風林を走る。時折、釣り人が切り開いたのか細いぬけ道が海へ誘う。ぼくは車をわきに停め、獣道のようないばらの道を絡み合う枝をかき分け進む。ほどなく太平洋の水平線が遠くにきらめく白砂の浜辺に出る。砂浜は弧を描くように太平洋に突き出し、突端に灰色の洲崎灯台が見た。海岸線を遠望していると、大きく広げた地図の上に突っ立っているかのような錯覚を覚える。しばらく水平線を眺めて獣道を戻る途中、ワイシャツのポケットに入れた携帯が震え始めた。車に戻ったぼくはドアを開けると運転席に座って携帯を開いた。

瑠璃さんからメールが届いていた。

「竜さん、道に迷っていませんか？

市原SAから届いたメールを最後に連絡が途絶えて、胸騒ぎが止まりません。予定では既にこちらに着いている筈ですが・・・。

母も心配しています。連絡下さい！

瑠璃」

フラワーラインを迂回する連絡をしなかったから、予定をオーバーしたらしい。館山を出発する時「房総フラワーライン」を通って行くメールを失念したのはぼくのミス！　慌てて返事を打つ。

「瑠璃さん、ごめん！

館山に着いてコーヒーショップで休息。県道四一〇号線でそちらに向かう予定でしたが、館山を出発間際に気が変わって県道二五七号から房総フラワーラインに乗りました。別に深い理由はありません。ただ、瑠璃さんが研究目標に掲げる房総の海をぼくの眼で確かめたかったから・・・。

館山を出発する時、予定変更を瑠璃さんに連絡しなかったのはぼくの落ち度です。

〃ごめんなさい！〃

ご両親にまでご心配おかけしてすみません。これから少しスピードを上げて瑠璃さん宅に向かいます。多分、二〇分位で着くと思います。

瑠璃さん

竜慎一」

打ち終わると送信ボタンを押す。少し走るとメールの着信があった。瑠璃さんからのメールだろう。携帯の振動を胸ポケットで受けながら、瑠璃さんを好ましい女性と思い始めているぼくの心を許容していた。

防風林を抜けると左手に花畑が広がっていた。今の季節、紫色の花畑がぽつんぽつんと点在しているだけだった。オープンカーのボディに潮風が吹き付け細かな水滴となっていた。左手で頬を撫でると顔も潮風と埃でざらっとした手触り、汚れているのだろう。だけど、ぼくの胸の中は爽やかな風が吹き抜けていく。

さあ行こう！　瑠璃の元へ・・・

太平洋は穏やかな風が吹いて、小さな波が船の舳先にぴちゃぴちゃ戯れていた。根本さんは操船しながら窓から顔を出し、大きく煽って誘うぼくの釣竿に視線を凝らしていた。隣のフレームにキーパーで固定した竿にも注意を払っていた。釣り始めてから一時間は瞬く間に過ぎていたが当たりはない。日没にはまだ間があるが、竿先がビクともしないのは喰い渋りか、この海峡にはまだ魚の回遊がないのか、釣竿をしゃくりながら根本さんの方を向いて、「当たりが来ませんね！」呟いた。その度に根本さんは魚探知を覗いては首を傾げる。

「場所を変えよう！」しびれを切らした根本さんがマイクを取りながら言った。

ぼくはリールをフル回転させて仕掛けを取り込んだ。根本さんがセットした竿もぼくが取り込む。

船は速度をフル回転、海面を切り裂く。舳先に海面の飛沫が舞い上がり、海水が甲板を激しく叩いた。根本さんは山の地形に注意を払い方位を確認しつつ操舵していた。十五分ほどで速度を落とした根本さんはジグザグ走行しながら魚群探知機を睨み、ほどなくマイクを取った。ぼくに親指を立て「ＯＫ！　四十五メートル」親指と人差し指でＯＫ！　指四本＋指五本と、ぼくに合図を送る。根本さんの合図にぼくは親指を立てる。針に付けた海老の餌を確認、水面に仕掛けを落とす。ラインはスルスルと海に呑みこまれていった。ラインに巻いた目印を目で追いながら指示棚にハリスの長さをプラス、つまりハリスの長さが三ヒロとすると、四十五メートル＋四・五メートル＝四十九・五メートルまで仕掛けを落とすことになる。ぼくは、四十九・五メートルまで仕掛けが落ちたことを確認すると、竿を大きく煽った。煽りながらリールを巻き指示棚の四十五メートルまで巻き上げる。手に持った竿をキーパーにセットするまでもなく竿先が海面におじきを始めた。魚が確実に海老を呑込むまで竿を握りしめ船長の教え通りぼくは待つ！　張り詰めた緊張感が血潮となり全身を瞬く間に駆け巡る。この刹那、言葉に置き換えられない至福を・・・やがて竿先が大きく湾曲し海面に突き刺さる。その瞬間を待っていたぼくは、竿を天に向かって煽った。その刹那、リールが反転、道糸が素晴らしいスピードで海面に消えていく。竿を四十五度の角度を保ち、竿の弾力で魚の抵抗に対峙する。

真鯛が餌を呑込んだ刹那、竿がしなり、竿先が上下に激しく振れる。勘八、ヒラマサなどの回遊魚は竿が海面に突き刺さったまま道糸はつるべ落としのごとくズルズル海面に消えていく。

ぼくが魚と格闘している時、根本さんの竿先が激しく上下する。根本さんは船を操船しながら巧みに竿とリールを操り四〇センチクラスの真鯛を取り込んだ。

ぼくは、半刻ほど正体不明の魚と格闘していた。道糸を巻き上げると、巻き上げたラインはリールからズルズルと海面に消えた。ぼくの普段使わない筋肉が悲鳴を上げる。根本さんは巧みに船を操船してリールの巻き上げを補助する。やがて魚も疲労してきたのか徐々にラインが引き出されなくなった。

西の空が茜色に染まり陽が水平線に沈み始めていた。波は日暮れと共に穏やかな漣《さざなみ》に変わっていた。

根本さんは焼酎が回ってきたのか首筋に赤みがさしていた。瑠璃さんはとめどなく語ってはぼくに同意を求め、お母さんを味方につけるかのように「ねえそうでしょ・・・」と甘えていた。根本さんは素知らぬ顔をしてTVに見入るポーズをしていた。両親とも一人っ子の瑠璃さんを都会に出すことに抵抗しているのが見て取れた。ぼくは、同意を求める瑠璃さんのつぶやきに、グラスを弄びながら沈黙していた。

竿をキーパーに固定すると仕掛けのハリスを慎重に引き寄せた。二・五メートルを優に超える勘八が、水面下に弧を描くように悠然と泳ぐ。タモに収まりきらないと見た根本さんは、鉤棒を掴みハリスを引き寄せ勘八の顎を鉤で引っかけた。勘八は水面を尾ひれで叩き激しく抵抗する。甲板に横たわった勘八は尾鰭で甲板を叩き跳ねていたが、観念したのかやがて静かになった。

港には奥さんと瑠璃さんが岸壁で両手を上げて大きく振っていた。根本さんが無線で連絡したのだろう・・・。夕日を浴びた瑠璃さんの顔は眩いほど紅に染まっていた。

魚師仲間が二人がかりで勘八を船から引きあげ、岸壁に横たえた。いつの間にか野次馬も増え、勘八の計量を見守った。計量の結果、一・五メートル、二八キロあり、漁港で上がった青物では三番目の記録と根本さんが教えてくれた。

根本さん夫婦と、頭に鉢巻を巻いた六〇がらみのおっさんが何やら話し込み、勘八はおっさんの軽トラックに乗せられた。トラックの荷台に横たわる勘八を囲んで鉢巻のおっさんと根本夫婦が魚市場のセリさながら話し込んでいるのを、少し離れたところで眺めていると、腕に何かが触れるのを感じ、振り向くと見知らぬ女《ひと》がぼくの横に立っていた。街灯から少し離れた暗がり、その街灯の明かりを背にして立った女《ひと》から少し離れようとした刹那、ぼくの腕にほっそりした腕が絡み、引き寄せられた。

「あら、私を忘れたの・・・」明かりに顔をかざした瑠璃さんが拗《す》ねて言った。

「あ、瑠璃さん！　暗くて・・・」

「悲しいわ・・・」べそをかいた。

「ごめんね！」と、瑠璃さんの腕を引き寄せた。

瑠璃さんの言うところによると、トラックのおじさんは料亭「房総」を経営していて、仲買を通さずお父さんと値段の交渉の最中。洲崎海域で、竜さんが釣り上げた一・五メートル、二八キロの勘八は久しいから、お父さんと漁労組合長が話し合いの結果、お祝いを料亭「房総」でやりましょう、と。私達はこのまま家に戻ってシャワーでも浴びて・・・。瑠璃さんの運転する車中で説明してくれた。

午後七時過ぎ、四人で料亭「房総」に歩いていった。奥さんは和服、瑠璃さんは花柄のワンピースの上にベージュのカーディガンを羽織っていた。根本さんと奥さんは並んで先に立ち月明かりのように街灯が照らす路地を歩いていた。さりげなくぼくの腕に差し込まれた瑠璃さんの腕の温もりを感じながら歩いていった。案内された部屋は磨かれた杉板で囲まれた和風造りの落ち着いた雰囲気。正面の壁に毛筆で書かれた白木板のメニューが吊り下げられていた。カウンターの中に、港で根本さんと話していたおやじさんが忙《せわ》しなく調理に余念がなかった。

四人がけのテーブルを三台くっ付けた席が和室に用意されてあった。ぼくと瑠璃さんは奥の席に向き合って座った。向き合うことで、瑠璃さんを通して周りの話題が少しでも理解出来る・・・と、瑠璃さんの配慮がうれしかった。それでもテーブルを挟んで向き合うのは初めての事で照れくさかった。肌理《きめ》が細かい瑠璃さんの肌は、房総の太陽に焼かれているとは思えないほど白かった。

八時を過ぎると、ガラス戸が音を立てて開かれ、漁労仲間が次々と集まり、瞬く間に席が埋まった。夫婦同伴の方もいて、遅れた人はカウンターに座った。ほぼ揃った頃、「房総」のおじさんが俎板《まないた》に横たえていた勘八を両手で持ち上げみんなに披露した。「おお、でかい！」みんなが一斉に声を上げあちこちで拍手が起こった。

根本さんが立ち上がった。

「こんばんは。お集まりいただきありがとうございます。漁労長から提案があり、ここ「房総」で、米良漁港の発展を兼ねて、二八キロの勘八が上がったお祝いの席を設けさせていただきました。先程、店主が披露した勘八はあそこにいる倅が釣り上げました。五月はヒラマサ、今回は勘八と釣り運が優れているのかと思いますが、館山海域環境の変化もあり大型魚の回遊が戻りつつあるのではないかと考えもします。今後とも皆様と水質改善、資源保護に努めたいと考えています。終わりに、倅はある時期、音を失いました。要するに耳が聞こえません。話しかけるときは、口を大きく開けてゆっくり話しかけて下さい」

しばらく拍手が止まなかった。頃合いを図って女将さんがビールをお盆に乗せてきた。根本さんがぼくのコップにビールを注ぎ、乾杯音頭をと言った。最初は固辞したが説得されて立ち上がった。

「皆さんこんばんは。竜慎一と申します。先ほどの根本さんの倅《せがれ》発言にビックリ！　瑠璃さんも紅くなって下を向いています。このことは端折って、ぼくが釣り上げた勘八のためお集まりいただきありがとうございます。長々と話しますと、店主が飾り立てたカンパチの刺身に急かされそうなので・・・乾杯といきましょう！」

拍手を無視してグラスを掲げた。瑠璃さんとグラスを合わせ、根本さん、奥さん、周りの人と合わせ一息に飲み干した。ビールはほどよく冷えて美味しかった。瑠璃さんも半分ほど飲んでから感嘆詞を吐いた。瑠璃さんが瓶を持って空になったぼくのグラスにビールを注いでくれた。置いてある瓶を根本さんに向けるとグラスを差し出したのでビールを注いだ。奥さんにも注ぎ、瑠璃さんにウインクして瓶を向けたら、両手でグラスを捧げた瑠璃さんの頬にほんのり赤味が萌《きざ》していた。背中を叩かれて振り返ると、根本さんが瓶を持っていた。眼と口でジェスチャー・・・飲み干せ！　と。一般社会でも通用するジェスチャーは分かりやすかった。ぼくは、空になったグラスをさし出した。根本さんはビールを注ぎながら「慎一くんのスピーチは良かった！」と誉めてくれた。奥さんと瑠璃さんもうなずいていた。

勘八の刺身を食べ、兜煮を堪能した。どちらも舌がとろけるほど美味かった。ビールから冷酒に替え、瑠璃さんの酌で飲んだ。瑠璃さんと一緒になったらこんな風になるのだろうかと空想しつつ・・・、天婦羅を食べ枝豆を食べた。まだたくさん入るだろうと思い、鯵と大根と人参の酢の物を胃袋に落とした。瑠璃さんと奥さんに冷酒を勧めると口につけてチビリチビリ舌に乗せては美味しい！　と言っていた。

佳境を過ぎると、漁労の人たちが入れ代わり立ち代わりぼくのところにやって来て、酒臭い息を吐きつつ握手を求められた。黙って掌を差し出す人、ぼそぼそ方言を使う人もいて面食らった時、瑠璃さんが横から翻訳してくれた。白髪の老夫人が掌を差し出して「神を信じますか？」と囁き、一瞬、酔いがしぼんでいくかと思われた。しつっこく「神を・・・」と言いかけた時、見かねた奥さんが中に立って「こんな席で止めて下さい！」ときつく言った。

夫人が囁いた「神」とは、キリストの事だろうとピンと来た。

ぼくは人の死というものを知らなかった。家族は永遠に続くと思っていた。それが予告もなく、唐突に、この上なく残酷に、死神が最愛の家族に襲いかかった。

そして、幸福な生活はぼくの想像とは不本意に崩落する。

「誠にまことに　我汝らに告ぐ　一粒の麦地に落ちて死なずば　ただ一つにてあらん　死なば多くの実を　結ぶべし」

ヨハネによる福音書十二章二十四節

ドストエフスキー「カラゾーマの兄弟」テーマ

父の書架にあるドストエフスキー全集は分厚く持ち運びに困る。長編の「悪霊」は特に重く、電車で読むには不便この上ない。大学の生協で岩波文庫の「悪霊」を購入した。文庫本ならポケットに入れられるし、鞄に入れてもかさばらない。「悪霊」はドストエフスキー作品の中で特に難解と思う（まだ「罪と罰」「貧しき人々」くらいしか読んでいないが）。読んでは最初に戻り、繰り返し読んできたが第一巻を行ったり来たりして少しも進まない。

瑠璃の海

朝、瑠璃さんに揺すられて起こされた。枕もとの時計を見ると五時を指していた。

昨夜「房総」から帰って車のトランクに入れたまま失念していたお土産を渡した。根本さんに鹿児島の焼酎と沖縄の泡盛。奥さんにワイン半ダース、瑠璃さんにチョコレート。みんなにカステラ・ロースハム・生ハムなどをクーラーボックスから取り出して奥さんに渡した。寒い季節で幸い、生ものは傷んでいなかった。それらは「奥さんが簡単なつまみよ！」と言って食卓に並べられた。

「お父さんに渡した焼酎と泡盛、チョコレートにカステラ以外、自宅の倉庫から持ってきました。ぼくの心からのお礼です。だから何も言わず受け取って下さい」と押しやった。奥さんは何か言いたげだったけど「ありがとう・・・」と黙って受け取った。それから持ってきたバーボンを食卓に置いて「飲みますか?」と根本さんに聞くと「少し貰おう」と言った。

瑠璃さんが簡単な肴と、奥さんが漬けた沢庵、氷を入れたグラスを持って来るとテーブルに置いた。

眠い目をこすりながら起きたぼくは、瑠璃さんの腕を掴んでしばらく見ていた。瑠璃さんも掴まれた腕をぼくにゆだね視線を受け止める。頬に小さなえくぼが見える。

ぼくは瑠璃さんの腕を掴んだままキッチンの手前まで引いていった。洗面所に入ったぼくは顔を洗い濡れた顔を鏡にさらした。昨日と変わったところのないぼくが鏡の中で微笑を浮かべていた。

少し寒さが増してきたのでセーターを着ると根本さんのトラックに乗り込んだ。瑠璃さんがトラックの窓からバッグをぼくに手渡し、「二人の朝食です。瑠璃が作ったから食べてね。それから充分気を付けてね・・・」

「ありがとう！　気を付けるよ」と言った。

弁当を受け取り、ウインクを送ると、瑠璃さんは頬を赤く染めて俯いた。


今朝は九人の乗客が集まった。根本さんから渡されたくじ棒を釣り客に差し出すと群がってくじ棒を抜いていた。釣り客は引いたくじ棒を眺め悲喜こもごもの表情をぼくに向けていた。釣り座に番号が記してあり、釣り客が引いた番号の釣り座にそれぞれ着席してもらった。全員が釣り座に陣取った所でくじ棒を回収し、くじ棒と釣り座番号に誤りがないか確認していった。


客の荷物を運ぶ時、つんのめったが誰にも知られずホッとする。全員の着席を待って船は港を離れ、テトラポット防波堤を過ぎて外洋に乗り出した。いきなり船首が切り裂いた波がどしゃ降りのごとく甲板に降りかかった。

強風に海は怒髪天を衝いていた。水平線に雲が貼り付き、雲の隙間からわずかに照光が射していた。生簀《いけす》から生餌の海老をタモですくっては、海水を入れたバケツにより分け釣り客に配って回った。時折、波頭に乗り上げた船体の舳先が高く持ち上がり、反動から落下〝ドスン！〟と船底に落下の衝撃がもろに響く。海水の飛沫が〝ザーッ！〟と甲板に降り注ぐ。釣り客は雨合羽のフードを引っ張り、体を丸め飛沫に耐える。ぼくは操船室の外壁に寄りかかり飛沫をまともに顔に浴びる。二日酔い気味の火照った顔にシャワーのごとく飛沫を浴びるのが何ともいえず心地良い。

午前六時、船長の合図を待ちわびた釣り客が一斉に仕掛けを海中に落とした。空は雲に覆われ、朝陽は光を海面に撒くことなく夜明けが訪れた。風は船に牙を剥き、波頭が舳先を打つ。木の葉のごとく弄ばれる船体、甲板に立ったぼくも酔漢のごとく右往左往と翻弄される。

根本さんが船窓から顔を出して手招きする。千鳥足で船窓に行くと弁当を指さして、「朝飯を食べないか？」と。「今はチョット遠慮します」胸元をさすりながら返事をすると笑っていた。

空に雲が走り水平線が霞んでいた。風は狂い、波のうねりは出帆前より高くなった。突然、艫《とも》の竿が弧を描き道糸が海中に引きずられ、猛烈な勢いでリールから海中に呑み込まれた。慌てた釣り人が竿を上げリールを巻き上げようとした刹那、「馬鹿野郎！　そのまま道糸の出るに任せておけ」根本さんが怒鳴りつけた瞬間、竿が〝びゅーん〟と跳ね上がった。ラインの張りが突然失われ、獲物が釣糸を噛みちぎり海中に消えた。悄然と仕掛けを取り込んだ釣り人がハリスを手元に引き寄せると、五号のハリスがぷつんと切断されていた。消沈する客を後に残してぼくが戻りかけた時、真ん中の釣り座の竿が海面に突き刺さった。彼はベテランらしく海中の魚と格闘することもなく、四キロの深紅の真鯛を釣り上げた。この時を境に次々と真鯛・イサキ・ハタなどがバタバタ甲板の上に跳ねた。出船から二時間余りで二五枚の真鯛・ハタなどが釣れ、ぼくは甲板をチャップリンのようにタモを片手に脱兎のごとく駆け回った。気がつくと二日酔いは汗とともに吹き飛んでいた。

　当たりが遠のいてひと段落した時、艫の竿先が小ギザミにおじきを始めた。根本さんが顎をしゃくり「付いていてやってくれ」と言った。ぼくはタモを持って傍らに立った。「出して！」「巻いて！」「待って！」と船長を真似てアドバイス、どうにか四キロ弱の真鯛をタモに収めた。釣り人が感激して握手してきたので一緒に祝ってあげた。

　次のポイントに移動する間、根本さんの隣に座って、瑠璃さんから渡された朝食を食べた。卵焼きに焼魚、ミニトマト、レタスなどぎっしり詰められた弁当。覗き込んだ根本さんが、「普段はそんなに詰めないのに、竜くんが乗ると豪華だ！」根本さんが笑いながら呟いたのが可笑しかった。

　移動したポイントは、昨日ぼくが勘八を釣り上げたポイントと周囲の風景で察知した。船長の合図でみんな一斉に仕掛けを落としていった。朝食を食べ終わり弁当箱を手提げに仕舞った時、「竜くん、釣るか？」と根本さんが言った。「移動したばかり、張り切っているお客さんに迷惑では・・・」と返事をすると、「勘八を釣らなければ構わん！」と冗談半分に言っていた。

　ぼくは、艫の席に仕掛けをセットすると、針にピチピチ撥ねる海老を丁寧につけ仕掛けを海中に落とした。重りが底に落ちるのを待って、ハリスの長さだけ底から離した。朝方のバタバタした当たりは遠のき、ぽつぽつと真鯛や外道にハタなどが上がっていた。バラシた艫のお客も真鯛とイサキを釣ってニコニコしていた。時折、竿を持って大きく誘ったり、仕掛けを半ヒロ上げたりしてみたが、ぼくの竿先は〝ピクリ！〟ともお辞儀しない。五分待ってリールを巻き上げ海老の具合を見て取り替えたが、海老がぴんぴん跳ねていた時はそのまま海中に戻した。

　沖上がりの時間が刻々と迫っていた。一旦仕掛けを上げて再投入を決断。素早く仕掛けを上げると針に付けた海老の胴から先が喰いちぎられていた。根本さんがぼくの手元を覗き込み、喰いちぎられた海老を眺めた。ぼくは、素早く海老を付け替えると仕掛けを投入した。錘がゆらゆら揺れながら海の底に向かって落ちて行った。棚はハリスの長さより半ヒロ上げ竿をキーパーに固定して待つ。

投入してからぼくが一呼吸おいた時、穂先が海面に向かって弧を描き、道糸が音もなく引き出された。竿をキーパーから外し、竿尻を基点に九〇度の角度まで一気に立てた刹那、リールが激しく逆転、ラインが海中に没する速度が加速する。竿が弧を描き海中に没する。ぼくは竿の弾力でかろうじて耐えた。

両腕に痺れが蓄積してきた。陽が沈んでいくのは考えなかった。ただ、海底で命をかけ必死に足掻く美しい魚体を想像した。

「限りなく透明に近いブルー」著作者の村上龍はどんな青・藍・蒼を想像したのだろうかとふと考えもする。海底で必死に逃れようとする魚も美しい透明なブルーをしているのだろうか？

竿は〝ビク〟ともしなくなった。

雲間から一筋の陽光が射してリールを金色に染めた。

昨夜、白髪の夫人がぼくに向かって「神を信じますか・・・」と問いかけた事をこんな時に〝ふと・・・〟思うぼくは変だろうか!? だけど、どんなに考え抜いても、朗誦を基本とする神は、音のない世界に生きているぼくには幻でしかないと改めて思う。それらのことは、ぼくが音楽の世界に誘《いざな》えないのと同義、だと考えるからでもある・・・。

明石さんと石田さんの二人は、入信の動機が異なっても神の存在が信じられるなら、それで構わないとぼくは思う。

太初に言葉あり 言葉は神と共にあり 言葉は神なりき
新約聖書 ヨハネによる福音書 第一章一節

隣の釣り客がリールを巻き仕掛けの回収を始めた。オマツリを想定して仕掛けを上げる隣の人に「すみません！」と頭を下げた。だけど、丘に上がった後、根本さんが言うには、沖上がり時間はとっくに過ぎていたと・・・。

竿を持つ手応えから勘八かヒラマサだろうと。海中を悠然と動く未知の魚に遭遇する欣喜を瑠璃さんのエクボに重ね、あるいは運命に・・・。家族が健在であれば房総を旅することも、この船に乗ることも、根本さん、そして瑠璃さんと出会うこともなかっただろう。これを運命というのだろうか、ぼくがこの世に生を受けたとき定められた道筋なのか、ぼくは知らない。分かることは、根本さんに出会い、瑠璃さんに出会った現実、それだけのこと・・・。途轍もない至福をぼくにもたらすこの瞬間・・・。

海中の魚は大きく弧を描きながら千載一遇のチャンスを逃すまいと力を蓄えているだろう想像する。しばらく待って竿を四十五度の角度に立て、魚に察知されないよう竿を静かに下げながらリールを巻く。リールを一回転巻くと、三回転ラインが引きずり出される。竿を倒し五回転巻き上げ、竿を四十五度の角度に保つ。その刹那、リールが凄まじい勢いで逆転、ラインが海中に没していく。海中の好敵手は最後の脱出を試みているのだろうか？　ぼくの筋肉も潤滑油が底をつきかけていると竿を握る掌から伝わる。

「ハリスは六号か・・・」根本さんが左掌を開き右手の人差し指を一本添えてぼくに聞く。

「おとうさんには黙っていたけど、昨日は八号でこれは一〇号にセット・・・」悪戯を見つけられた子供のように頭をかいた。根本さんは、ただ〝頑張れ！〟と言ったきりラインの突き刺さった海を睨《にら》んだ。

陽が西の空に沈むにはまだ間があるが、遠距離から洲崎まで車できたお客様のことを考えると、泰然と魚の疲れを待つわけにはいかない・・・。竿を落とし、竿を立てリールを巻く動作を速めた。魚が徐々に上がってくるのが分かった。最後の抵抗に注意を払いながら慎重に巻き上げていった。リールのハンドルを回すぼくの掌が青く充血していた。

美しい夕焼けが山に没する寸前、夕日に照らされ神秘的でもある美しい魚体が海面に弧を描き、悠然と海面を遊泳する様に二十二の眼、眼、眼が釘付けに・・・。その刹那、最後の抵抗を試みるかのように底に向かってラインが沈んだ。ラインがズルズル引き出されていく。ぼくも竿を持ち替え腹に力を結集、足を踏ん張りリールのギアを絞めて巻き上げる。最後の戦いはあっけなく終わった。

海面にぽっかり浮いた、限りなく透明に近いブルーの神秘的な魚体。海面に横たわるヒラマサの巨体・・・。船体の縁から見入る釣り客を驚嘆させるに充分な美しさをそなえた巨体はどこか気品があった。夕日は水平線を紅に染め、漣《さざなみ》に唱和、ギラギラとメロディーを奏でていた。

宇宙に神は存在するか？

と、問われて、人間の創造する神ではなく、宇宙に存在する神はと・・・とぼくは意《おも》う・・・。

「沈黙する静謐な宇宙に存在する神を・・・」

港には瑠璃さんと奥さんが周囲にお構いなく破顔、宇宙を掴むかのように手を振っていた。ヒラマサは料亭「房総」のおやじに買い取られた。午後七時前、四人で連れ立って「房総」に向かった。和室の座卓には大皿に盛られたヒラマサ、真鯛など刺身の盛り合わせが中央に置かれてあった。イワシの酢の物、鯵のタタキ・山河焼などが座卓からはみ出すかと思うほど並んでいた。ぼくは、瑠璃さんと向かい合って席を占め、奥さんがぼくの隣に、根本さんと瑠璃さんが並んで座ったところで、料亭の女将さんが生ビールのジョッキをお盆に乗せて来た。

「お待たせしました。それから釣り上げたヒラマサの魚拓を主人が作成しました」お盆を畳に置いた女将さんが指さす方を見ると、白布にブルーのヒラマサが画鋲で止めてあった。ちょうど、ぼくの左真上の壁に貼ってあったから見落としたのだろう。魚拓を眺めると格闘したヒラマサの巨体に改めて驚嘆した。昨日釣り上げた勘八より一回り大きくスマートな魚体をしていた。

「乾杯しましょう！」奥さんがぼくの脇のあたりを肘でつついて合図。根本さんがジョッキを掲げ、「魚拓と四人の健康に乾杯！」瑠璃さん、根本さん、奥さんの順にジョッキを触れたぼくは、ジョッキの真中あたりまで流し込んだ。中秋から晩秋に差しかかり肌寒さを感じるこの頃でも、冷えた生ビールはぼくに至福の時を・・・。四人で座卓を囲んでいる現実に・・・。

ヒラマサにすりおろした山葵《わさび》を乗せて口に入れた。噛むとくどさもなくサッパリした脂のノリ具合。食べ・噛み・喉ごしに、今ここにいて根本家族と共有する時間を、途轍もなく貴重に思い、感謝していた。ぼくは瑠璃さんの黒い瞳を眺めつつ、生ビールを飲み、冷酒を飲み、焼酎を飲んだ。料理は猫も背けるほど綺麗に食べた。ほんのりと幸福《しあわせ》がぼくにまとわりつき雲に乗って漂っている心地。

瑠璃さんが覚えたばかりの指文字で「慎一さんが好き！」と・・・。

「瑠璃さんのすべてが好き！」と、ぼく。

指文字を短期間で記憶してくれたのがうれしかった。唇を読まなくても会話出来るのが・・・。面と向かい合わなくても指文字で愛の囁きが出来るのが・・・。瑠璃さんがぼくの背中に寄りかかっても、手真似と指文字を使えば囁きを伝えられる。受験勉強の合間に指の形・表示・掌の裏表などを記憶していったのを思うと言葉にならない。

「房総」は二時間ほどいて引きあげた。瑠璃さんと並んで歩きながら指文字で話した。田舎の夜道は街灯が少なく暗かった。でも、瑠璃さんの白く美しい手指が補ってくれた。

家に帰りついたぼくが、ダイニングでジャンパーを脱いでいると、奥さんが「慎一さんが持って来たワインを飲んでよいかしら・・・」と囁きかけるのに耳をそばだてていた根本さんが、戯れに「何時からそんなに飲めるように・・・」と奥さんをからかった。

「肴とグラスを持っていくからリビングで待ってて下さいね」と奥さんが言った。ぼくはジャンパーを掴みリビングに移った。ソファーに座った根本さんがリモコンを取ってＴＶを点ける。ＴＶはジャイアンツ対タイガースのプロ野球中継を放送していた。

「観るか？」根本さんがリモコンをぼくに差し出して言った。

九回裏、タイガースの攻撃が一番打者から始まった。長嶋茂雄率いるジャイアンツが点差を広げ勝負はすでについていた。ぼくは首を振って「どちらでも良いです」と言葉を返した。

着替えた瑠璃さんがワイングラスをお盆に乗せて入ってきた。氷を入れたポットを右手にさげて。あとからチーズ・サラミ・ハムなどを盛ったガラス皿とワインを下げた奥さんがリビングに入ってきた。焼酎・バーボンボトルを取りに戻った瑠璃さんが胸に抱えて戻ってきた。ぼくはソファーから立って瑠璃さんが抱えたバーボンを受け取った。はずみで瑠璃さんの胸に触れたけど、気にしていなかった。

瑠璃さんの肌に間接的であれ初めて触れた。たとえようもない感触に触れた掌が熱い。

根本さんがワインの栓を慣れた手つきで開けると、奥さんと瑠璃さんのグラスに注ぎ入れた。ぼくと根本さんはバーボンを選んだ。それから奥さんが乾杯の音頭を引き受けた。

「四人の健康と平安、瑠璃の合格と竜さんが上げたヒラマサの記録を祝って乾杯！」と言った。それからグラスに鼻をそえ、しばらくワインの香りを味わってから口に含んだ。

「美味しい！」と感嘆詞を連発して「これほど芳醇なワインは初めて！」とまたまた感嘆詞の速射砲。瑠璃さんも一口飲んでから瞳をパチクリ「言葉に出来ないわ！」と・・・、しばし呆然としていた。

「ん」と、根本さんは言葉を探していた。

「チーズ、生ハムも、竜さんのお土産よ」グラスを持ったまま奥さんがポツリと呟いた。

ワインは奥さんが感嘆詞を呟くだけのことはあった。お母さんが選んだ理由が今にして理解出来た。ワインを奥さんに注ぎ、瑠璃さんにボトルを向けると恥じらいつつもグラスを両手で掲げた。そんな瑠璃さんの仕草に、ぼくはほのぼのとした恋心を改めて確信した。ワインを空けたぼくはバーボンボトルを手に取った。瑠璃さんが素早くグラスにポットから氷を入れバーボンを注いだ。瑠璃さんのポッチャリぽっそりした白い指先にしばし見とれた。

「・・・・

やさしく白き手をのべて
林檎をわれにあたえしは
薄紅の秋の日の
人こひ初めしはじめなり」

島崎藤村「初恋」

瑠璃さんは、ぼくから受け取ったボトルからバーボンをグラスに注ぐとぼくに差し出した。湯がいたアスパラガスに生ハムを巻いたのが珍しく二個食べた。

「生ハムにチーズを重ねてもワインに合うわ・・・」生ハムをほおばった奥さんの囁くような艶やかな唇をボンヤリ眼にとめていた。

釣り上げたヒラマサのこと、潮流の変化で水温が低かったが、今日は何時もより沢山上がってお客さんが喜んでいたことなど、根本さんはいつになく饒舌だった。奥さんは膝を崩してほんのり上気した横顔を根本さんに向けてニコニコ聞いていた。瑠璃さんは指文字に身振りで懸命に通訳してくれた。時間が過ぎお開きになった。シャワーは料亭に行く前に浴びていたから、歯を磨いて布団にもぐり込んだ。どうしてだろう・・・、瑠璃さんが夢に現れなかった。

翌朝も瑠璃さんに起こされ、お弁当を渡された。根本さんの運転する助手席に乗り込む時、「気を付けてね！」と瑠璃さんが躊躇いつつ手を振ってハッキリ囁くようにいった。

港には釣り客が既に車から出て待っていた。横浜ナンバー、川崎ナンバーのほかに練馬ナンバーの車もあった。ぼくは、根本さんに渡された予約リストの名前を呼び上げ確認を取った。

「皆さん、おはようございます。遠方からお疲れさまでした。これからくじを引いて、コベリに振ってある番号へ移って下さい。乗船の時は足元に気を付けて下さい」

説明を終えて、くじを入れた筒をみんなの前に差出した。移動の時、コベリに立ってクーラーボックスなど荷物を運び入れるのに手を貸した。みんなが釣り座に座るのを待って、生簀から生き海老をすくってバケツに入れお客さんに配ってまわった。ぼくも随分手際よくなってきた。そんなぼくを見ていた船長が微笑を浮かべ親指を立てていた。

十人の釣り客を乗せた遊漁船は五時半きっかりに港を出た。雲はまばらに浮かび水平線に陽が眩い顔を出し始めていた。微風が海の方から陸に向かって吹いていた。船は小さな波を選り分け〝タンタンタンタン〟。エンジンは力強く律動していた。舳先に座り水平線の彼方を凝視しながら、昨夜、石田さんから届いたメールを考えていた。

「竜さん、お変わりなくお過ごしでしょうか？

江の島へドライブの折、竜さんに対する仕打ちを今もって後悔しております。矢野さんと新宿で別れた後、銀座の教会へ脇目も振らず向かいました。床にぬかずき神に許しを請いました。なぜ、竜さんを脇に置いて三人の言動に流されたのか、自分の無意識な行動に今もって理解出来ずにいます。

ごめんなさい！

メールだけでも構いません。

竜様　　　　　　　　　　　　　石田　由美」

思いが海を揺蕩《たゆた》っていたとき、甲板から伝わっていたエンジンが静かになりポイントに着いていた。船長の合図で釣り客が一斉に仕掛けを海に放った。停船の波紋は穏やかに収まり、漣が海面に広がっていた。操舵室の外壁に背中をあずけ、釣り客が竿をしゃくり誘いをかけるのを眺めていた。釣り人の竿に海の底からの反応はなかった。半刻過ぎても甲板は沈黙に支配されていた。ポイントを変える指示が船長から流れたのだろう、釣り客がリールを巻き始めた。

太陽は水平線に別れを告げ、晩秋の太陽が穏やかに天に浮かんでいた。漣の海に陽は反射してはキラキラ輝いていた。波を切り裂き〝タンタンタンタン・・・〟と力強いエンジンの音が、ぼくの背中に心地良い響きをもたらしていた。機関銃の速射音・大地を揺るがす大砲の響きと無縁の世界。この国に生きてあるからこそ瑠璃さんに巡り合えたんだと、意《おも》い巡らしていた。

突然エンジンの響きが途絶え停船する。その瞬間《とき》を待ち切れず、しびれを切らしたかのごとく、釣り客が仕掛けを投げ入れる。

待つまでもなく、大きく竿を煽った左舷中ほどの釣り人の竿が撓《しな》った。顔見知りの客は年期があるらしく海中の魚と巧みな竿捌きで、四〇センチのうす紅の真鯛を手にした。この時を境に船中は活気にあふれ、タモを持ったぼくは忙《せわ》しなく甲板を駆けっこ、根本さんも操舵室手前のお客さんが釣り上げた真鯛をタモですくったり忙しない。ほぼ、全員が真鯛・石鯛・イサキ・ハタなどを手にした。多い人は三枚、七〇センチの大鯛を上げた人、高級魚ハタを釣り上げた人もいて船中、喜色顔が絶えなかった。

一段落すると根本さんと朝食をとった。瑠璃と奥さんが作った弁当は美味しかった。温かい味噌汁も出汁が効いて、冷えた体を温めてくれた。


沖上がりに残り一時間を切った時、「慎ちゃん、釣って見ないか」船窓から首を出した根本さんが言った。「そんなに泥鰌《どじょう》はいないと思いますが・・・」ぼくが笑いながら言うと「ひょっとして、ひょっとするかも・・・」微笑を返しながら言う。

釣れなくて元々と考えたぼくは、ハリスを一四号と太く、長さも五ヒロの仕掛けを作り、付けエサは生簀から生きの良い海老を選んだ。艫から仕掛けを入れるとき、スクリューに注意しつつ竿の撓《しな》りを利用、少し遠くに落とした。錘の着底を確認して大きく竿を煽る。五秒待って煽りながらリールを三回巻いた。これを何度か繰り返し一旦仕掛けを巻き上げて餌を確認。仕掛けの投入を繰り返した。三度目の投入の時、竿を軽く煽った刹那〝ガッン!〟と強烈な衝撃が右腕に走った。竿先が海中に没しリールが狂ったごとく逆転。道糸が〝スーッ〟と海中に消えた。

餌を咥えた刹那、青物は海底の岩陰に潜る習性がある。従って、海底の岩に向かって突進する直前、魚の進路変更を行わないと岩に潜られハリスがこすれ切断する。

海面に突き刺さった逆垂直の竿を渾身の力でもって竿を四十五度の角度まで起こす。後は竿の弾力と道糸の性能に期待するしかない。

天空の太陽は雲をはらい悠々と凪の海に降り注いでいた。ウールのヨットパーカーを着こんだ背中に汗が噴き出るのを感じていた。凪の海に瑠璃さんの微笑む顔が浮かんでは消え、泡に包まれ弾けていた。瑠璃さんと、お父さん、お母さんのような人生を送りたいと、思ったりもした。

道糸が海中に没する速度が漸く落ちついて来た。竿を倒し、竿を戻しつつリールを五回転巻き上げることを試みた。リールで巻いた道糸が再び激しい勢いを伴って海に引きずられた。ぼくは竿の角度を保ちながら痺れが走り始めた右腕から左に竿をバトンタッチ、静観する。根本さんに顔を向けると、親指を立て片眼を閉じてウインク。感嘆の表情をしていた。

「二匹目の泥鰌はいたんだ!」自身に感心しながら呟いた。

風がわずかながら強まり、白い波頭が海面を走り始めた。振り向くと、ぼくの背後に釣り客が輪になって固唾を飲んでぼくの竿を凝視していた。太陽は光り輝き水面を駆ける白い波頭をキラキラ光る黄金色に変えていた。

「神は存在《おわして》、私たちを見守っておられます。神の言葉を聞くことが難しくても心でお聴きになれば良いのです」ある時、明石さんがさりげなく手真似で囁いた。

「私も神父さんの言葉を聞くことはかないません。でも、教会の床にぬかずき、目を瞑ってお祈りしていると平安に包まれます」

石田さんの告白。

石田さんのメールから、江ノ島で腕を組んで去った彼とは、そりが合わなかったと考える。でも、メールを寄こすそのことがぼくには理解出来ない。神の存在を否定するぼくに・・・。

改めて、竿を倒しハンドルノブを操作、ゆっくり巻きあげる。抵抗なく回転するスプールにわずかにピッチを上げた。十メートル巻き上げた刹那、ハンドルが逆転、道糸が海中にズルズルズルズル引きずられていく。海の主は弱っているが、燃え尽きてはいなかった。ドラグを絞め、ぼくはハンドルノブを回す。

沖上がりは半刻過ぎていた。根本さんは親指を立ててにんまり笑っていた。後で吐露してくれたけど、ぼくの竿先が海中に突っ込んだ刹那、瑠璃さんにメールを打った、と。

どこから持ってきたのか長い杉板を俎《まないた》板代わりに井戸端で根本さんがヒラマサを解体していた。

ヒラマサを甲板まで引き上げるのに、お客さんの助太刀を頼む羽目になるほど重かった。ぼくが釣り上げた青物の中で一番の大きさ。乗船客の感嘆と羨望、握手攻めには辟易したが、かけ値なしに嬉しかった。

岸壁に、奥さんと瑠璃さんが手を振っていた。野次馬も数人集まり、感嘆詞と羨望の眼がクレーンに吊るされたヒラマサに注がれた。噂を聞いてヒラマサを買いに来た料亭「房総」店主には丁重に断りを入れ、ヒラマサは根本さんのトラックに積み込まれた。

一通り解体を終えると、奥さんの勧めでお風呂に入った。風呂場の窓から森のように鬱蒼と茂る常緑葉樹の庭が見える。松の梢に鳶《とび》が鋭い眼光を周囲に向けていた。空は茜色に染まり、雲間から燃える夕陽が山の稜線を染めながら沈みつつあった。家の周りを松とヒマラヤスギで囲われているためか、暮れるのが早く感じるけど、海が目と鼻の先では防風のためやむないのだろう。

風呂から上がってバスタオルで拭いていると、解体を終えた根本さんが入って来た。

「背中を流しましょうか？」と言うと、「今夜はいいよ・・・」と言いガラス戸を開けて浴室に消えた。

パジャマに着替えて食堂に行くと、奥さんが「和室に準備してあるからそちらへ行ってね」と言う。和室に行くと瑠璃さんが一心にお皿や箸を並べていた。座卓に置かれた大皿に、ヒラマサ・真鯛・サザエなどの刺身が手際よく盛られていた。鯛あらの煮物、大根の煮付、鯵の酢の物と置く場所に困るほど並んでいた。

「すごい！　豪華な盛り付け・・・」座卓を指して言うと、瑠璃さんは何故か頬を朱に染めて、「はぁぃ・・・」と消え入りそうな声でうなずいた。訝しそうに瑠璃さんの顔を覗き込むと、ぼくを避けるようにお盆を持って食堂に駆けていった。しばらくすると根本さんが風呂からあがって和室に入ってきた。

「慎一くんと瑠璃は床の間を背にして座るように」根本さんが言った。

「冗談は止めて下さい」

「今夜だけ、俺の言うとおりに・・・」根本さんが言い終わらないうちに、奥さんと瑠璃さんがビールを両手に下げて入って来た。奥さんは根本さんの隣に座り、ぼくに「座りましょう」と言った。瑠璃さんがぼくのそばに来ると恥じらいを抑えるように、呆然と立ち尽くすぼくの腕に手を添えて、「座りましょう」と言った。

瑠璃さんがみんなにビールを注ぎ、奥さんが乾杯の音頭をとった。ぼくは乾杯を待ちかね、ヒラマサの刺身に山葵を乗せて口に入れた。歯で咀嚼すると、淡白でほんのりとしたヒラマサの爽やかな味が口の中に広がった。三人共ぼくの動作を黙って見つめていた。ややあって根本さんが、

「これで四本目！　今回が一番大きく、洲崎港では上がっていない。竜くんは青物を惹きつける霊感のようなものがあるらしいな」根本さんが冗談半分に呟いた。空になったぼくのグラスを見かねた瑠璃さんが黙ってビールを注ぐ。いつもの瑠璃さんはどこかに隠れて物腰がぎこちない。

「瑠璃さん、具合でも悪いの・・・」と声をかけると、首を振って「いいえ、いつものとおりよ・・・」言い終わらないうちに顔をふせた。ぼくと瑠璃さんの様子を見ていた奥さんが、根本さんに目配せするのがチラリと見えた。目配せが合

図なのか、胡坐をかいていた根本さんが座りなおした。

「慎一くん。不躾なのは勘弁して下さい」正座した根本さんが両手を肘に置いて頭を下げた。

「別に気にしませんから・・・」と、ぼくも座りなおしながら言った。

「慎一くんに折入って頼みがある。もうチョット酔いが回ってから話すつもりだったが、悄然とする瑠璃を不憫に思い予定を早めることに・・・」奥さんに確認するよう一語一語言葉を選びながら言った。

いつもの根本さんらしくない言いぐさに戸惑いながらぼくは次の言葉を待った。腹を決めた根本さんは、手元のビールを飲み干すと座卓に置いて語り始めた。

「瑠璃は親の欲目かもしれないが、優しい心を持った娘に育ってくれた。辺鄙《へんぴ》なここで育ったとは思えないほど、しっかりした考えを持っている。慎一くん。不束《ふつつか》な娘ですが、瑠璃を貰って下さい」根本さんは、話し終えると深々と頭を下げた。奥さんも・・・。隣の瑠璃さんは、ぼくから少し離れ両手を重ねていた。

「ちょっと、根本さんも奥さんも、そして瑠璃さんも顔を上げて下さい。唐突におっしゃられて混乱しています。ぼくも瑠璃さんを好ましく思っています。でも、本当のところ瑠璃さんは・・・？」と言ったところで言葉に詰まった。ぼくが空になったグラスを手でもてあそんでいると、奥さんが素早く瓶を取って注いでくれた。それから根本さんのグラスにも。

「瑠璃さん、あなたの本当の気持ちを教えて下さい。耳の壊れたぼくでなくても、瑠璃さんならこれから・・・自分を卑下して言うのではなく、素晴らしい出会いがあると思いませんか？」うなだれる瑠璃さんにぼくは言った。ぼくの話しかけに顔を上げた瑠璃さんは、瞼を潤ませぼくに語り始めた。

「慎一さん。父があなたにお話したことは、私からお母さんとお父さんにお願いしました。慎一さんが初めて私の家にお泊まりになった時、慎一さんに好意を持ちました。私は一人っ子です。私が家を出れば、両親はどれだけ落胆されるだろうか、遊漁船はどうなるのだろうか？　考えれば考えるほど狂おしく胸が空気を抜かれてしぼむほどでした。でも、慎一さんを思う心が勝りました。

これから大学受験。六年に及ぶ長い学生生活もあります。こんな辺鄙なところで育った私は本当に視野が狭い。大学に受かり、都会で暮らすようになれば一時の迷いからでは・・・と考えないでもありません。でも、この間、慎一さんがお帰りになって冷静に、自分自身に幾度も問いかけました。

慎一さん！　瑠璃をあなたの人生行路に加えていただけませんか・・・」告白を終えた瑠璃さんは、両手で顔を覆い背を震わせていた。根本さんは憮然とビールを煽っていた。奥さんはハンカチで目頭を押さえていた。

ぼくは、瑠璃さんの肩に両手を置くと「瑠璃さん、ぼくを見て頂戴・・・」と囁いた。顔を上げた瑠璃さんの瞳は涙であふれていた。ぼくは正座して瑠璃さんに向き合った。

「瑠璃さんからの求婚、喜びと共に複雑な思いが去来しています。聡明な瑠璃さんのことだから、ぼくの壊れた耳のことも天涯孤独のことも含めて、瑠璃さんなりに考えた上で心に誓われたと思っています。ただ、音を失ってからぼくが受けた社会の様々な差別・スポイルは、ぼくと契を結ぶことで瑠璃さんも受ける可能性があります。そこに考えが及ぶと、躊躇いが掠めるのも事実《ほんとう》です」ここで言葉を切って瑠璃さんの瞳をみつめた。

顔を上げた瑠璃さんの瞳からあふれた涙が一滴、頬を伝わって流れた。微動もせずに優しい眼でぼくを見つめる瑠璃さんを美しいと思った。言葉に表せない感謝とともに、瑠璃さんを白眼視するかも知れない社会を思うと躊躇いが勝りそうになる。だけど、瑠璃さんがぼくを意《おも》う気持ちが勝った。ぼくは、膝の上に置いた瑠璃さんの手を引き寄せるとぼくの掌で包んだ。肌理《きめ》の微細《こまか》な瑠璃さんの手の甲は涙で濡れていた。

「瑠璃さん」とぼくは言った。それから意を決して「瑠璃さんの求婚、喜んで受けます」と言った。

瑠璃さんは涙で濡れた顔をぼくにさらしたまま瞼を閉じ頭をたれていた。それからぼくは両親に向き合うと「瑠璃さんの求婚喜んでお受けします」と言った。「慎一さん、ありがとうございます」と両親がそろって言った。しばらくの間、ぼくらは同じ姿勢で向き合っていた。瑠璃さんの頬を伝って絶え間なく落ちる涙は、ぼくと瑠璃さんの手を濡らしていた。

それから両親に向かって正座した瑠璃さんとぼくは両手をついてお礼の言葉を述べた。

「それでは慎一くんと瑠璃の婚約祝いを執り行おう！」

根本さんが言った時、いつの間に揃えたのか、女将さんが小さな白い器を乗せたお盆をぼくと瑠璃さんの前に置いた。ぼくは差し出されたお盆から器を受け、女将さんがお銚子から冷酒を注いだ。ぼくは両手で器を掲げ飲み干した。傍らの瑠璃さんもぼくに倣って器に口をつけた。

これから永遠に携えていく瑠璃さんの横顔を見つめた。父も母も、そして陽子も、〝お兄ちゃん、良かったね！〟と祝福しているような気がした。

しばらくすると廊下を忙しない足音が響いた。瑠璃さんが立って襖を開けると、根本さんに似た陽に焼けた、根本さんより少し若い男性がぼくをジロリと睨み根本さんの隣に座り込んだ。根本さんが男性に事情を話していた。時折ぼくをやぶにらみに見つめていたが、やおら正座するとぼくに向かって「根本健の弟の亘です。これからもよろしく頼みます」と座卓に両手をついて挨拶する。横から見ていた瑠璃さんが慌ててぼくに指文字で教えてくれた。

「竜 慎一です。今夜から根本家の一員になりました。よろしくお願いします」と挨拶を返した。それから瑠璃さんと正面に座らされ、次々に訪れるお客に挨拶する羽目になった。

その晩は、夜が更けるまで入れ代わり立ち代わり訪れる来客に飲まされ、今考えるとヒラマサの刺身や天麩羅などにほとんど箸をつけられなかった。お開きになった後、瑠璃さんに頼んで食堂でお茶漬けをかき込み、歯を磨いて布団にもぐり込んだ。

瑠璃さんが添い寝している夢を見た。生まれたままの肌をそっとよりぼくにより添い、穏やかな呼吸をしていた。ぼくは少し離れたところから眺めていると愛おしさが募ってくる。

明け方、瑠璃さんに起こされたとき唇に触れた。

乗船客は六人と少なかった。義父もぼくに劣らず痛飲したはずだけど平然と舵を操り、昨日より高い波、時化《しけ》の海と波を毅然と睨み、舵を操っていた。時折、切り裂いた波が舞い上がり甲板を烈しく叩いた。ポイントに到着する前、ぼくはふらつきながら生簀から生き海老をタモですくっては来客に配ってまわった。ぼくの頭も胃も臓もこれが二日酔いだと大風呂敷を広げ、頭痛と臓腑が虎視眈々とぼくの中に雌伏していた。義父に弁当を勧められたけど、揺れる船で食べられる状態ではないと断った。

「恋女房の弁当だよ！」義父が茶化すように言いながら笑っていた。

お客の釣った真鯛をかがんでタモですくうとき、嘔吐が喉元までせり上がるのを辛うじて耐えた。

真鯛はぽつぽつと上がった。明け方、雲に覆われていた空が、十時を回る頃、雲はどこかへ旅立ち、碧い空が広がり太陽が輝きを増した。波のうねりは高かったが、晩秋とは思えない暖かな陽が碧い海を舐めていった。ぼくはタモを抱え忙しなく、ヨタヨタ甲板を飛び回った。陽は海面に反射し、雨合羽を着込んだぼくの額に汗が噴き出し、たらたらと甲板に落ちた。下着も汗に濡れて気色が悪い。

合羽を脱ぎ捨てると、真紅のトレーナーはまだら模様を描き汗にベットリ濡れていた。体内のアルコールも汗と一緒に蒸発したのか晴朗な気分。瑠璃さんの弁当も美味しく食べた。操舵室の棚に置いた携帯を開くと瑠璃さんからメールが入っていた。

「慎一さん　誰よりも、愛しています。海よりも広く　海より深く　愛しています　瑠璃」

携帯を読むぼくを、信頼のこもった流し目を注ぎながら、義父は甲板を監視、バックミラーの目視を怠らない。

「瑠璃さん！　大漁のおかげで甲板を駆けまわり汗が二日酔いを発散してくれました。まだ、整理のつかない部分もありますが、瑠璃さん　心から愛しているよ！」送信ボタンを押す。

「釣るか？」漆塗りの弁当箱を包んでいると肩を叩かれた。

「そうですね、鯵を食べたいけど仕掛けは・・・？」と根本さんに聞いた。

「そこのボックス開けてごらん」ぼくが腰かけたボックスを指さした。腰を上げて蓋を持ち上げると、「鯵・鯖専用ラメ入りサビキ」セロハンに入った仕掛けの束があった。

「ポイントを変えないと釣れないからお客に聞いてみる。真鯛は全員手に入れたから・・・」と根本さんが言った。

船は波を切り裂き全速力で海面を飛ぶ。

「水深は五十ヒロ。真鯛は三十ヒロ。鯵は底を探って下さい。サビキに鯵がかかった時、暴れまわる鯵を狙って鮃《ひらめ》が喰いつく時もあるから慎重に巻き上げて下さい。仕掛けは倅が配ります」ポイントに着くとあらかじめ放送した事を繰り返した。

ポイントが近くなった手前でエンジンをダウン、魚探を調べている間、ぼくは希望者全員にサビキを配った。ぼくも竿をセットしてサビキを付けた。船長の合図で仕掛けを投入する。

錘が底に着床、リールのハンドルを一回転巻き上げたぼくは、竿を四十五の角度まで大きく煽る。間髪を入れず竿先が海面を上下に激しく叩いた。しばらく叩くままに放置、ゆっくりとリールを巻き上げた。竿をキーパーに固定して仕掛けをたぐる。八本針のサビキにに二十五センチほどの鯵が六匹最後の抵抗に飛沫を飛ばしていた。サビキから鯵を手早く外し、仕掛けを投入、錘の着床を待つまでもなく竿先が叩き始めた。魚影が濃く底に密集していると想像する。道糸を一ヒロ深めに落とし八本針に鯵がかかるように調整した。横に置いたバケツは瞬く間に鯵であふれた。酔いはすっかり身体から抜けていた。雲はどこかに流れ太陽は悠然とぼくらの上にあった。

仕掛けを投入、着床と同時に竿先が激しく震えサビキ針にかかったことを確認すると竿を軽く煽り、竿を左手に持ち変えて錘が底をとんとん打つように深度を調整した。舳先の釣竿が大きく弧を描いた。船長が操舵室の窓から体を乗り出しマイクでがなり立てた。ぼくは竿をキーパーに固定、タモを持って駆ける。甲板に横たわった五十センチ近い立派な鮃。満面の笑みを浮かべる釣り客を後にキーパーにとって返した。ぼくの竿は静かに波と戯れて鮃の音信はなかった。沖上がりも半刻残す頃、お客の全員が鮃を手にしていた。ぼく一人だけ鮃《ひらめ》からそっぽを向かれた。蚊帳の外とはこの事を言うのだろう・・・。

海面と竿先を凝視していると、波が瞬く間に消え去って鏡のように平面が広がった。鏡の裏から笑顔を振りまく瑠璃さんの顔が〝スーッ！〟と浮かび上がり、入れ代わり父と母が肩を寄せ合って微笑《ほほえみ》、陽子が〝お兄ちゃん　良かったね！〟と言っているように見えた。凪の海に時折、通り過ぎる風に漣が広がる。波は陸を目指し小さな津波のごとく絶え間なく流れていた。

〝コツン・・・〟微かな反応が竿先から掌に流れた刹那、リールが逆転、道糸がズルズル海面に消えて行った。ぼくは竿を天に向かって静かに上げた。道糸がリールから吐き出され海面に没して行く。リールのギアを調整、海中の魚と持久戦に入る。リールの回転が弱まるのを待って静かにみち糸の回収を始める。サビキのハリスは四号と細目、海底の魚に刺激を与えないよう慎重に巻き上げる。

風呂から出たぼくは、食堂の椅子に腰かけた。瑠璃がグラスを持って来てぼくの前に置いた。コンロの前では女将さんがボールの中身をかき混ぜるのに余念がない。

「お義父さんが出るまで待つよ！」と瑠璃に言った。

「慎一さん。みんなが揃ったら改めて乾杯すれば良いから・・・」瑠璃がビール瓶を持ってせっつく。そんな瑠璃が愛おしく、女将さんに聞こえないよう指文字で「愛してる！」と言った。唐突に指文字で言われて、瑠璃は一瞬、顔を赤らめ恥じらう。瑠璃は記憶をフル回転、指文字を五十音でたどりつつ言葉を探していた。やがて合致する言葉を探し当てた刹那、頬を赤からめた。

「はぐらかさないで、慎一さん！」指文字で、たどたどしく言った。

食卓には、鯵の刺身・鯵のタタキ・鮃の刺身とから揚げ、鯵とワカメの酢味噌和えなどが食卓一杯に置かれていた。鮃は漁港で検量すると、七八センチ・一三キロもあった。さばく前、根本さんが魚拓を作り捺印してくれた。

みんなが揃ったところで乾杯する。ぼくは、鯵の刺身を生姜醤油で真っ先に食べた。鯵の刺身がコリコリしてこんなに美味しいと想像もしなかった。あの頃、家族四人が料亭で食べた鯵なんてこれに比べたら月と鼈、比較する方がおかしかった。

「美味しいね〜！」ぼくが言うと、「慎一さんが釣ったからよ！」

ぼくと瑠璃の会話に聞き耳を立てていたお義母さんとお義父さんが、箸でつまんだ刺身をひらひらさせて瑠璃とぼくを代わるがわる眺めニッコリ笑った。

四人は、食べ、飲み・・・夜が更けるのを忘れた。

「これが最後の1本よ！」奥さんが冷蔵庫から取り出したワインを掲げてしんみり呟いた。

奥さんから瓶を受け取った根本さんがコルクを開けると奥さんのグラスに注いでいた。

「私も・・・！」瑠璃さんがグラスを出すと、根本さんが苦笑いしつつ「これで終わり・・・」と念を押す。

ぼくがビールを二本開けたところで迷っていると、「慎さん、冷酒に焼酎、バーボンもありますよ！」と奥さんが囁いた。

ぼくは、鯵の酢味噌和えの小鉢を手に取ったところで「バーボンをお願いします」と伝えたとき、「俺は焼酎！」と根本さんが手を上げた。

「あなた、飲みすぎよ・・・」奥さんが笑いながらつぶやくと四人は一緒に笑った。

奥さんと瑠璃さんがグラスと氷ポットの準備に立ち上がった。

ぼくらは静かな言葉を交しながら刺身をつまみ、バーボンを飲み、焼酎を流し込んだ。

陽が沈み、闇が訪れ、空に星が瞬き、月が西に沈んだ。

「慎さんと瑠璃が婚約したことで、瑠璃が大学に受かったら慎一さんと暮らせませんか？　これは健さん（奥さんが根本さんを呼ぶとき使う）と相談した事ですけど・・・」

バーボンの氷がカラカラと音を立てて食卓に置かれた時、奥さんが話題を変えて言った。ぼくは危うくバーボンを戻しそうになった。

「瑠璃さんが大学に合格したら、ぼくの家から大学に通う、ということですね。瑠璃さんとはお互い愛し合っている。育った環境が異なり（誰でもそうだけど）詳細な意見の相違があっても瑠璃さんとなら克服出来る。お義母さんの提案はぼくも考えていました」ぼくは、一呼吸置いて、バーボンをグラスに入れた。それからぼくは再び語り始めた。

「根本家に度々居候して、お義父さん、お義母さんの温かさに触れました。遊漁船を経営してこの地域では抜きん出る収益を上げ、安定した経営を行っていられる。でも、ぼくは聴覚障害者で東京の大学に籍を置く学生にすぎません。来年の春に卒業したら、大学院に進み、アメリカ文学を学ぶ計画をしています。特殊学校教員免許は取得しましたが、聾学校の教員枠は少なく狭き門ときて、ぼくの将来は未知数です。

大事に育てて下さった、ご両親にとって最愛の瑠璃さんを、どこの馬の骨とも分からないぼくに託される。その事に感謝しています・・・」ぼくは語り終えて、瑠璃さんの手を握ると握り返してきた。

「・・・・・・」

両親は静かに聞いていた。

「遊漁船の定休日は月曜日ですね。そこで月曜から水曜日の三日間臨時休業してぼくの家に来ませんか？　予約が入っていなければの話ですが・・・。婚約をすませたばかりで、瑠璃さんの下宿先にぼくの住まいを考えておられる。ぼくをそれほどまで信頼していただいたことに言葉に出来ないほど感謝します。それから両親の墓に瑠璃さんを伴ってお参りし、その後、婚姻届けを考えています」

語り終えてグラスに手を伸ばしたとき、瑠璃さんが注ぎ足してくれた。

根本さんは腕組みをして考え込んでいた。それから静かに語り始めた。

「慎くんの話したことは一般的なことと、俺は思っている。学べる時に学んでおかなければ後で後悔することもある。慎くんの就職のことは俺と澪《みお》の課題に俎上しなかった。慎くんが望む仕事がなければ、瑠璃とここに帰って遊漁船を共同経営しても構わないと考えてもいる。俺と澪が話し合ったことは、瑠璃と慎くんが結婚して幸せになれるか？　慎くんが瑠璃を受け入れてくれるかそれだけだ」話を切ると奥さんと微笑を浮かべ眼で確認し合っていた。

「なあ～　澪さん」義父が奥さんに言うと「はい、健さん！」奥さんは、恥じらいながら言った。

微笑ましい光景を、生涯にわたって忘れられないだろうとぼくは思った。

「さて、話の中にひとつだけ残念な事がある。分かるかな？　瑠璃から「慎一さんが好きです。慎一さんと共に生きることを許可して下さい！」と瑠璃から打ち明けられたとき、俺と澪はその晩、東の空が明らむまで額をくっ付けて話し合った。そして、瑠璃の希望を受けようと決めた。決めた以上迷いは一切なかった。慎くんが聴覚障害者として生きて来たことも、大学に籍を置いていること、就職が未知数である事も気にかけないと、澪と確認した。

だから、慎くんを「馬の骨・・・」とは微塵も思っていない。慎くんの言葉は残念と言うより哀しかった」そう話し終えると寂しそうに傍らの焼酎を飲んだ。

瑠璃さんがぼくの腕に手を置いて「お父さんの話、分かります？」さり気なく口話で言った。ぼくは、瑠璃の手の甲に手を置いてうなずいた。

お義父さんの言葉に返す言葉がなかった。自分を恥じた。うなだれた刹那、涙があふれ握りしめた瑠璃さんの掌を濡らした。

「お義父さんを信頼しなかったぼくを許して下さい！」トレーナーの袖で涙を拭いながら謝った。瑠璃さんの手を握りしめ、改めて瑠璃さんを幸せにすると心に誓った。

「慎さん、泣くやつがあるか！　昨日の宴会で、慎くんのことをぼそぼそ言う奴がいた。弟の亘も「なんで聞こえない奴に、可愛い瑠璃を嫁にやるのか？」と言われた。慎くんに気付かれないよう弟をキッチンに引っ張って「二度目は縁を切る！」と怒鳴りつけた。瑠璃は聞いていて知っていると思う。

今の時代、障害者に対する理解はまだ〳〵乏しい。だけど、俺と澪は、どんな時でも慎くんの味方だと忘れないで欲しい。

改めて、瑠璃をよろしく頼む。世間知らずだけど、澪の性格を受け継ぎ思いやりのある優しい瑠璃だから・・・」話し終えると奥さんと二人で頭を下げた。

涙が絶え間なく流れ瑠璃さんの掌に落ちた。瑠璃さんも泣いていた。奥さんが気をきかせて、キッチンから冷酒と陶器の猪口を持って来た。

「さあ～！」と言って冷酒を勧めてくれた。お義父さんにも勧め「分かりあえたので、改めて乾杯しましょうね！」お義母さんはワイングラスを掲げ、瑠璃さんも少し残ったワイングラスを持った。

「一つになれたことに乾杯！」みんなで唱和する。


三日後、ぼくたち四人は、屋根を格納したオープンカーで房総を後にした。

鮮やかな紅葉に染まった山々を眺め、フラワーラインから館山を目指した。空は晴れて暖かい日差しが祝福するようにぼくらに降りそそいだ。瑠璃さんの運転は優しく、無理をしないハンドルさばきにぼくは安心して助手席に座っていた。後部座席で両親が肩を寄せ合い柔らかな中秋の風を受けていた。

館山から海沿いの国道一二七号を上った。安房勝山を過ぎる頃、鋸山が右側に屏風のようにそそり立ち、岩にはりつく紅葉がことのほか美しかった。瑠璃さんに運転を代わろうか？　と言うと首を振って「いいえ」と言った。

後部トランクのクーラーボックスには、根本さんと釣り上げた真鯛、鮃、鯵と、〆鯖（船中で血抜き、沖上がりの後、お義母さんと瑠璃が処理）が入っていた。それにしても、お義父さんと連日飲んでいたことを思う。学生の分際で、父が生きていたら何と言うだろうか？

上総湊通りで目に留まった手打ちそば屋で休息する。ガラス戸を開けて中に入ると、老夫婦と思しき先客が窓際で盛りそばを啜っていた。店内は焦げ茶色の太い梁、同色の羽目板が周りに張り巡らされて落ち着いた趣があった。小さな庭園が観える窓際に、お義父さんお義母さんが向かい合って座った。

四人は天盛りを注文、お義父さんに生ビールを頼んであげた。

「慎くんは？」お義父さんに尋ねられた。

「このあと運転を交代しないと・・・」と言うと、横から瑠璃が「瑠璃は大丈夫だから慎一さんも飲んでね。お父さん一人では淋しいから」と、言われた。

お義父さんとお付きの枝豆をつまみに生ビールを飲んだ。瑠璃が指文字で唐突に「慎一さん、大好き！」と言った刹那、ビールを戻しそうになった。お義母さんが「どうしたの・・・」と訝しげに聞いた。瑠璃は首を振って「何でもないの・・・」と、笑みを浮かべて呟くとニッコリ笑みを浮かべる。

天盛りが運ばれて来た。海老天婦羅・蓮に椎茸の天婦羅が添えてあった。手打ちと表示するだけあって、流石にそばは腰があり美味しかった。食べ終わるとお義母さんが代表して「美味しかったわ」と言った。ぼくの財布は家を後にする前、瑠璃に委ねていた。蕎麦代はぼくの財布から払うよう瑠璃に予め伝えてあったから瑠璃が先に立った。お義父さんは「年長者に任せなさい」と言ったけど何とかなだめて出口に押していった。

午後三時を少し過ぎた頃、家に着いた。

木更津ＪＣＴから館山自動車道に乗り、松ヶ丘ＩＣで降りた。高速道路が初めての瑠璃はやや緊張してハンドルを操作していた。

「高速道路では緊張していたけど、よく頑張ったね・・・」

車庫入れの後、瑠璃をねぎらった
「ハイ、隣に慎一さんがいたからよ・・・」えくぼを浮かべ甘えながら囁いた。

国道一六号線を走行中、緊張が解けない瑠璃を見かねて、近くのガソリンスタンドに入るように伝えた。スタンドに乗り入れると店員が走って来た。ガソリンを満タンと、ワックス洗車を頼み四人は休息室に待機した。ぼくは自動販売機にコインを入れてコーヒーのボタンを押した。お義父さんは天然水、お義母さんはオレンジジュースを瑠璃に頼んでいた。四人で丸テーブルを囲み休息をとった。温かいコーヒーを瑠璃に渡すと一口含んで、〝ふ〜っ・・・〟と、ため息をついた。コーヒーは瑠璃の希望で分け合った。

街をそれて欅の街路樹が整然と並ぶ脇道に入り、徐行すると平屋建ての屋根が見えてきた。晩秋を迎え敷地の芝生は冬支度をしていた。敷地の横を通過する時（車庫は敷地の端にある）「大きな家ね。どなたの家かしら・・・」と瑠璃がため息をつきながらぼくに呟いた。車庫に行く柵の手前で車を停めさせると、車の運転席の横にあるボックスを開けてリモコンを取りスイッチを押した。スチール柵が滑車に乗って静かに開いた。車を柵の入口から車庫まで敷き詰めた石畳に沿って徐行で走る。瑠璃さんが高速道路より緊張しているのがおかしかった。車が敷地を通過すると柵が自動的に閉まった。

車が車庫に接近するとセンサーが稼働、車庫のシャッターが上がり始めた。瑠璃さんと両親は事の成り行きを茫然と見つめていた。

両親はリビングで休んでいただき、瑠璃さんと玄関に運んだ荷物をそれぞれの部屋に持っていった。荷物を整理する間、瑠璃さんは一言も言わなかった。

「お義父さんとぼくはビールを軽く飲むけど、瑠璃とお義母さんどうする」荷物の整理が一段落すると洗面所で顔を洗い、うがいしながら尋ねた。瑠璃さんは手を洗い、うがいだけにして顔は洗わなかった。

「瑠璃もビール飲みたいな・・・。母のことは聞いてみるね」と言ってぼくの頬に唇を押しつけると、リビングに駆けて行った。

結局、四人でビールを飲むことになった。

両親が洗面している間、瑠璃さんとコップなどをリビングに運んだ。肴はチーズ、サラミなどを瑠璃さんが切ってぼくがお皿に盛るのを手伝った。両親を待って、冷蔵庫からビールを持って来た。ぼくが三人にビール注ぎ、黙って乾杯した。

誰も言葉を発しなかった。静かな優しい沈黙がぼくたちの空間に広がっていた。時間は音もなく流れて、晩秋の和やかな陽が芝生に照り返していた。四人で二瓶を開けた。ぼくも含めて三人は瞼の下にほんのり赤味がさしていた。

喉の渇きが癒されると、ぼくは家の中を案内した。今夜、両親が寝る場所は、ぼくの両親が使っていた寝室でも構わないか、瑠璃さんに尋ねると、お母さんに聞いてみるわ、と言った。ベッド以外すべて取り替えたことは伝えていた。別の案として、来客用の和室に布団を敷いても構わない。瑠璃さんの話では「二人とも和室が良いとおっしゃるので、布団はあとで敷きましょう」と瑠璃と打ち合わせた。瑠璃は、陽子の部屋でも構わないというので案内のついでに窓を開けて空気を入れ替えた。

一通り案内をすませると、お義父さんにお風呂を勧め、ぼくらは夕食の準備にキッチンに向かった。お義母さんと瑠璃にキッチンの中をひととおり説明すると、二人を残してぼくはパソコンに座り上寿司四人前を注文した。お義母さんは、クーラーボックスから取り出した鮃と真鯛の刺身、しめ鯖を大皿に盛っていった。瑠璃さんは吸物と鮃のから揚げを作っていた。欅のテーブルを布巾で拭いて小皿・箸・醤油など並べた。リモコンでＴＶを点けた。画面が現れニュースを放映していた。白抜きのテロップが流れた。

「金大中韓国大統領にノーベル平和賞！」

リモコンの【字幕】に変更したけど、ニュースに字幕は付いていなかった。明日の朝刊まで待たなければ詳しい情報は得られない。諦めてＴＶを消した。

「浴槽も広々として気持ちの良い湯だったよ！」

お義父さんがバスタオルで頭を拭いながらリビングに入って来た。家に来てから初めてお義父さんが口を開いた。ぼくは苦笑いするしかなかった。

「今夜は何を飲みますか・・・。お義父さんの好みが今一つ分からないので一緒に地下に行きましょう」

「地下って・・・」お義父さんが首をひねりながら鸚鵡返しに言った。

「お義父さんが立っている下に、避難所を兼ねた酒蔵があります」と説明する。
・・・一瞬の沈黙・・・。
「お義母さんはワイン、瑠璃は分からないので二人を呼んできます」と言ってからキッチンに駆けた。

三人を連れて地下蔵に案内した。階段を下りて重い樫の扉を開くと明かりが灯り、微かなアルコールの匂いと、ひんやりした空気が流れてきた。地下室は三〇畳の広さがあり、入口の左側の造り付けの棚には日本酒・洋酒・ワインが並んでいた。入口の右側は大型冷蔵庫・冷凍庫が壁の半分を占めていた。

「お義母さんは好みのワインをどうぞ」ぼくの隣で立ち竦むお義母さんに声をかけた。瑠璃さんを手招きして「ワインは奥の方に陳列棚があるから一緒に行ってね」と言った。瑠璃さんも、心ここにあらずと目をくるくるしていた。ぼくが肩に手を置いて揺すると我に返ってお義母さんの手を引っ張って奥に歩いて行った。

「お義父さん！」呆然と突っ立つ肩を〝ぽん！〟と叩いて焼酎の棚に案内した。

蔵から戻ったぼくが「風呂に入るけど構わない？」と瑠璃さんに聞いた。

「はい、準備はほとんどすませたからどうぞ」と笑みを浮かべた。ぼくが訝しげに瑠璃さんを見ると「ここは慎一さんのお家でしょ、瑠璃に言わなくても・・・」とえくぼを見せて微笑んだ。

風呂から上がってリビングに行くとテーブルには料亭と遜色のない料理が並んでいた。風呂に入っている間に届いた寿司も置かれてあった。

みんな揃ったところで乾杯した。

「毎日乾杯ですネ！」とぼくが笑いながら言うと、三人も笑った。それで緊張と言ったらよいか、ぎこちなさが取れて元のほんわかした根本家の雰囲気が蘇った。隣に座った瑠璃さんもぎこちなさが消えて、いつもの瑠璃さんに戻って甲斐甲斐しく気を使ってくれる。

「私もワインを飲みたいわ！」独り言のようにお義母さんが呟いた。腰を浮かして躊躇う瑠璃に代わってぼくがキッチンに行った。冷蔵庫を開けてお義母さんが選んだワインを二本抜き取ってリビングに戻りかけた時、瑠璃さんが飛んできてぼくに抱きついた。瑠璃さんは、しばらくぼくの胸に顔を押しつけていた。それから顔を上げると「ごめんね！」と言った。それからぼくの腕に絡まった瑠璃さんを引きずるようにリビングに戻りワインと専用キリをお義父さんに渡した。お義父さんは器用にコルクを抜くとグラスを差し出すお義母さんに注いでいた。

「こんな事、聞いて良いかしら？」一口ワインを飲んだお義母さんが、ぼくに尋ねた。

「構いませんよ、何でも聞いて下さい」お義母さんに言った。ぼくの膝に置いた瑠璃さんの手に何となく緊張感が伝わる。「何でもないよ！」と瑠璃さんの手をさすりながらつぶやいた。

お義母さんの物腰に何となく緊張感が漂う。

「失礼なことを言ったら許して下さいネ！」と改めて座りなおし、背筋をまっすぐ伸ばしたお義母さんが口を開いた。ちょっと、凛としたところを美しいと思った。瑠璃さんの年齢の子供がいるとは思えない若々しさが備わっている。

「公道を車で通過する時、〝なんて美しい和風造りの住まいでしょう！〟と隣の健さんと一緒に見とれていました。健さんにもその事を手短に話しました。田舎にも豪壮で大きな和風建築の家はありますが。

私の言う事、私の唇から読めますか？

でも、開放され（適切な表現ではないと感じますけど）、空間を考え、造られた住まいを私は初めて見ました。どんなに豪壮な家でも空間との調和を無視した家はただ豪華な箱に過ぎないと私は思います」区切りをつけたお義母さんは手元のワインで喉を潤した。それから再び静かに語り始めた。

「陶酔に近い。どんな言葉も美辞麗句を並べ立てても無意味に思える。旅の途中、心が打たれる風景のように衝撃的な印象を私に与えた家が慎一さんの住まい、とは思いもよりませんでした。

健さんも瑠璃も私と同じ気持ちだと思います。そして、大変なところに瑠璃を委ねた、と思いもしました。住まいの中を歩きながら眺めると、住むひとの心が柱とか壁の木目、扉に、全体の調和を考慮に加わえていることが良く分かりました。天井の頑丈でありながら優しい心を、ふと見上げた人に（暮らす人）自然に、安寧を与える住まいと理解しました。

そして、この住まいを構造されて大工さんに依頼された慎一さんのお父様お母様は、言葉に出来ない素晴らしい方と思いました。瑠璃は心底、慎一さんに自身を委ねているから見えないと思うけど・・・」

お義母さんは語り終えると、疲れたようにため息を漏らした。しばらく、誰も言葉を発しなかった。

「お義母さんの思惑は理解出来ますが・・・だけど、この住まいは両親の思いがこもった住まいであって、両親と妹がいなくなり、ぼくが物事を理解するようになって、お義母さんが先ほどぼくにおっしゃったお話から愚かにも理解しました。ぼくは額に汗してもいなければ、労を何一つとっていません。だから、友人が遊びに来て感嘆詞を連発しても〝そうかなあ？〟と思うだけでした。

両親の残された住まい、財産を天秤にかけどっちを選ぶか問われたら、ぼくは両親を、妹を選ぶでしょう。

庭や屋内が清潔に保たれ、冷蔵庫にも酒蔵にも使った物は常に補充される。冷蔵庫は毎週、酒蔵は月に数回。庭木の手入れ、屋内の清掃、家の保持などは、会計事務所が契約した業者の派遣で維持される。ぼくにとって、家も、財産もただ幻に過ぎない。ぼくは親が残した資産でただ生かされている、自分自身の足で立つ方図を考えていても実現するかは不透明。現在のぼくは、誰に対しても胸を張るなんてことは出来ない。

神は存在するか（父の蔵書から仏典・聖書を見つけて読んだけど）、肉体が朽ち果てても魂は天上に、あるいは転生して別の人間に生まれ変わるのか？　そんなことは考えもしない。ただ言える事は、音を失った時、神の声を聞くことは出来ないと。神に救いを求める事は不可能と悟ったこと。

房総半島へ旅の途上、宿を探して、どこにも泊まるところがなくて困り果てていた時、根本遊漁船の宿を紹介された事を神の導きなどと考えない。既成の神の存在を信じないが、この広大な宇宙を統治する存在。全ての生命を左右する存在があるなら、その存在がお義父さんお義母さんそして瑠璃さんへ導いてくれたと。

大事なのは、人間以外総て仮の物、幻想だと考えれば何の事もないでしょう。ぼくには家族がすべてです。根本家の家族に加えて下さった事、優しい瑠璃さんと新しい家族を作れることに。改めて、瑠璃さんを育てて下さって、不確かなぼくとの結婚を許して下さったご両親に感謝しています」

ソファーから降り、絨毯に正座してお礼の言葉を言った。瑠璃さんも隣で同じように両手をついていた。奥さんは目頭をハンカチで押さえていた。

夢をみた・・・

妖艶な女に翻弄され、ぼくの肉体はだらしなく弛緩した。陶酔が波のごとく寄せては曳いていく。波の満ち曳きに肉体が抗《あらが》いがたい力に引き寄せられ深淵に吸いこまれていった。打ち寄せる陶酔の波は激し、返す波は羊水にたゆたうごとく静謐の世界。いつか羊水に漂い、やさしい母の腕を枕に眠りに落ちる。

〝慎一さん〜!〟遠くで瑠璃の声（夢では聞こえるの？）。揺すられて夢が遠のいていく。重い瞼を開けると美しい乳房が眼の前で揺れていた。瑠璃が眉を寄せてぼくの顔を不安そうに覗く。

「慎一さん、うなされていたけど、どうしたの？」と聞く。

「うなされていた・・・」

「とても苦しそうで・・・瑠璃が代わってあげたい」涙を浮かべていた。

「そう、夢の中でぼくは母の羊水にたゆたっていた。考えることも、思い煩うこともなく、ただ、羊水にたゆたい肉体を委ねていた。だけど、ほんのわずかだけど羊水に溶かされていくと意識していた。溶かされ消滅しながら、だれかが〝眠って嫌よ！〟と叫んでいた」瑠璃の瞳を見ながらつぶやいた。それからチョット考えながら「瑠璃が揺すってくれなかったら、肉体は覚醒することなく、魂は分離、消滅していたかも・・・」と言った。

瑠璃は唐突にぼくの頭をかき抱くと胸に強く抱きよせる。母の胸に抱かれたような懐かしさがこみ上げ、されるままにしていた。十秒、一分・・・時間の観念は失われ、ぼくは深い安らぎに浸っていた。頬を瑠璃の優しい掌に包まれ、眼をあけると天使のような瑠璃の顔がぼくを見つめていた。「瑠璃をおいて、消えるなんて言っては嫌！」瑠璃の瞼にあふれそうなほどにも涙が揺れていた。

嗚呼、愛おしい瑠璃。壊れた耳に今もって足掻くぼくに、真実《ほんとう》の心はどこへ、と手探りしている。瑠璃の心に、ぼくは応えているだろうか？　瑠璃の愛を良いことに考えを放棄、怠惰を決め込んでいないか？

瑠璃が大学受験に無事に合格。ぼくも院生となって、二人とも毎朝慌ただしい生活を送った。講義・図書館の調べ物で遅くなる時、メールで連絡を取り合い、先に帰宅出来る者が食事の準備と暗黙の了解として定着していた。

慌ただしい日々の流れに、安寧な一日を感謝し色々なことを語り合った。その夜もベッドに横になると、瑠璃とぼくはお互いの肌を重ねては離れ、顔を寄せ合って一日の出来事を語り合った。間接照明の薄明りに浮かび上がる瑠璃は、ひと頃の可愛らしさから徐々に妖艶な陰りをさらすようになった。ぼくは、うす暗がりに浮かび上がる瑠璃の唇を読み、その日の出来事を聞いていた。ぼくらは結婚した日から小さなことでも漏らさず話すことを大事にしてきた。

「ねえ、どんなことでも良いの。慎一さんと駅で別れてから瑠璃の一日がどうだったか、講義を聴講して洲崎湾の水質汚染を考えたこと。休息時間に二人で作ったお弁当を食べながら、慎一さんが誤解と偏見、差別、スポイルを受けていないかしら？　瑠璃の力って万能でないと分かっているけど・・・。慎一さんの不安、疑心暗鬼など、瑠璃はあなたから半分でも引き受けられたらと思うの」と瑠璃は語る、まだ幼さの残る乳房をぼくにさらして・・・。

その夜、瑠璃から提案されるまでぼくは考えてもいなかった。夜伽《よとぎ》の意思疎通は間接照明で問題はないと身勝手な思い付きをしていた。聞こえないのはぼく自身なのに・・・。

瑠璃の提案は、背中に手書き文字を書く。モールス信号・指文字・触手などで愛情疎通を図る、など。ぼくは、壊れた耳が不幸の元凶と考えているだけで、瑠璃のように発想の転換を持たなかった。瑠璃に全てをゆだね、ぼくは思考を閉ざしていた。

両親の歓迎会に痛飲、ベッドに横になると瞬きする間もなくぼくは深い睡魔に導かれた。どれくらい眠っていたのか、胸と右腕のあたりにやさしい重み、それは微かな優しい温もりをぼくにもたらしていた。ぼくは体を固定したまま静かに眼を開いた。間接照明のぼんやりした明るさに白い何かが見えた。体をずらしてそこに視線をあてると、ぼくの右腕を枕に、瑠璃の寝息が腕に伝わっていた。ぼくは睡眠を妨げないように瑠璃の優しい寝顔を飽きずに眺めていた。

化粧っ気のない瑠璃は、まだ幼さの残る可憐な顔をぼくにさらしたまま眠っていた。時折、右腕をぼくの脇腹のあたりに添え、自身の肉体をぼくに密着させるべく無為な努力をしていた。そんな瑠璃がいじらしく、ぼくは体を寄せる。

やがてカーテンの隙間から漏れた光線が床を照らした。べッドの棚に置いた時計を取って光にかざすと六時に五分前。両親が起きる前に起きなくてはと、瑠璃を起こしにかかる。

「瑠璃ちゃん、六時だよ。お義母さんに見られたら困るでしょ」

布団の中で瑠璃の耳元に囁く。瑠璃は体をよじり両腕をぼくの首に絡めると唇を合わせる。布団がめくれて瑠璃の胸元が露わになる。薄暗い闇の中に瑠璃の白い、椀をふせたような乳房が浮かび上がる。ぼくの下半身が熱を帯びる。

「瑠璃さん！」耳元で囁くと、首に絡みついた腕が蛇のように鎌首を上げる。瑠璃は夢の中を彷徨《さまよ》い、ぼくの首に巻きついた腕に力を加え、ぼくの唇を弄ぶ。


壁のからくり時計が十一時を告げ、中央が扇状に開き七人の小人を従えた白雪姫が現れる。白雪姫は舞台で歌い、白雪姫が扉に隠れるまでわずか十秒。

「あら、こんな時間。お風呂に入ります」義母さんが腰を上げながら言った。瑠璃とお義母さんが風呂場に消えると、ソファーにもたれていたお義父さんが「そろそろ、休ませてもらうよ」と言った。立ち上がった刹那、ちょっとよろけたので手を貸したら、ぼくの肩に手を置いてしばらくぼくを見つめ「ありがとう！」と言って、瑠璃さんを追いかけるように洗面所に歩いて行った。

一人残ったぼくは、両親がお休みになる和室に行った。壁にあるリモコンを操作して暖房を点けた。ついでに枕もとの電灯を灯した。

和室は十二畳と広く、東南向きの庭に面してガラス戸が嵌め込まれている。縁側があり、縁側と畳の和室とは障子で仕切られ、庭に面して右に床の間、床の間の隣に仏壇が嵌め込まれている。

三人の位牌が収まる仏壇に、朝夕挨拶することをぼくは日課としていた。花瓶の水を変え、裏庭に生える四季折々の花を活ける。

房総で過ごしていた留守の間、水を取り替えなかった仏壇の花は萎れかけていた。「布団を敷いたら替えて上げるから・・・」と呟きながら押入れから布団を引き出したとき、瑠璃さんが駆け寄って来た。布団は乾燥機（月に二回ほど派遣された業者が乾燥機にかける）にかけられふんわりしていた。

「慎一さんごめんなさい。気が利かなくて」布団を敷きながら言った。

「瑠璃もお客さん、謝ることはないから・・・」と、ぼくが言うと、「いいえ、私の両親のお布団だから、瑠璃に言って下されば。他人行儀は嫌よ！」頬をふくらませて抗議する瑠璃を愛おしいと思う。

ぼくと瑠璃は布団を整えて、仏壇の花瓶を持ってキッチンに行った。瑠璃さんも後ろについて来た。花瓶をシンクに置いて「ちょっと待つてね・・・」と瑠璃さんに告げるとサンダルを突っかけ、勝手口から裏庭に出た。ぼくは、母が丹精を込めた花壇にしばらく佇み、白と紫の菊をそれぞれ四本揃えた。戻りかけたとき瑠璃が裸足で駆け寄って来た。

「置いて行くなんて意地悪・・・」べそをかきながらぼくの胸を叩く。

「裸足では危ないでしょ、蛇が這い出るときもあるから、おんぶしてあげる・・」背中を向けると素直に従った。女性を背負ったことがないから、瑠璃がどうなのか分からない。戯れに「瑠璃って意外に重いね・・・」歩きながら言うと「意地悪・・・」ぼくの背中を揺すり指文字で抗議する。

「あっははは・・・」ぼくが笑うと、頬を抓《つね》られた。

勝手口から首を出したお義母さんが「あら、良いわね！」と瑠璃に向かって笑った。瑠璃が頼んだのか、上がり框にお義母さんが雑巾を敷いていた。リビングから持ってきたのか、シンクに食器が置いていた。ぼくが庭に出ている間に運んできたのだろう。「お義母さん、おやすみになればよいのに・・・」そうぼくが言うと「風呂から出たばかりだから」と笑いながら言った。

庭から切ってきた菊の花を、瑠璃が二対の花瓶に活けていた。「この花は・・・」お義母さんに聞かれたので、ぼくの代わりに瑠璃が話していた。瑠璃が生けた花瓶を持って仏壇に置いた。

ぼくが仏壇の前に正座して両手を合わせた時、お義母さんに「線香は？」と聞かれたので「お義父さんが寝る和室へ線香の匂いが流れるから、今夜はこれで・・・。両親も妹も理解してくれますから・・・」

「いけませんよ。健と私は線香の匂いをしょっちゅう嗅いでいます。蝋燭《ろうそく》を灯して線香を上げましょうね」お義母さんは仏壇の前に膝立ちすると、蝋燭を二本立てて明りを灯した。仏壇が明るくなって位牌の文字が浮き上がってきた。仏壇から下がったお義母さんが線香を二本とって蝋燭の炎にかざした。瑠璃がそばににじり寄って線香に火を点け、灰を入れた器に線香を立てた。

「お父さんお母さん、陽子・・・

瑠璃とお義母さんを紹介するね。瑠璃が見えますか？　優しくて、思いやりがあって、ぼくのことを無条件に受け入れてくれました。瑠璃の後ろに正座されている方が、瑠璃のお義母さんです。お父さんは・・・」と言いかけた時、背中を突かれ振り向くとお義父さんが後ろに座っていた。奥さんが起こしたのでしょう。

「お二人が瑠璃のご両親です。房総半島へ旅の途中、宿に困り果てていた時、泊めて下さった根本さんです。洲崎で遊漁船を経営しています。根本家族のもてなしに一泊のところ二週間も滞在しました。耳が壊れてから、ぼくに対する社会の理解のなさに怒り、我知らず社会に愚痴るだけで人間不信に陥っていたあの頃。根本家の皆さん、聞こえない人は初めてと言っていました。それでも特別扱いしないで家族の一員として接してくれました。

根本さんの操船に同乗、手伝う代わりに（役に立ったか分からないけど）船釣りも体験しました。それから、時間を捻出しては根本家に泊まり、遊漁船に乗り海を堪能しました。時は流れ・・・、その日も遊漁船に乗り込んで、お客に生き海老を配り甲板を走り回っていました。

釣りを始めて二時間過ぎた頃、根本さんに手招きされ一緒に弁当を開きました。根本さんがポットから温かいワカメの味噌汁をコップに注ぎぼくに渡してくれました。その朝は冷え込んではいなかったけど温かいみそ汁は何となく気持ちをホッとさせる効果がありました。弁当箱が半分に減った時、根本さんに肩を叩かれ、ぼくが振り向くと、「慎さん、瑠璃をどう思うか?」「瑠璃さんをどう思うかって・・・」唐突な質問にぼくは鸚鵡返しに答えるだけでした。

「慎一くんが瑠璃をどう思っているか聞かせて欲しい」

「ぼくが瑠璃さんをどう思っているか?」ぼくは一旦言葉を切って、根本さんの真意をさぐりました。だけど船の上、弁当をつついている最中に、場違いな質問に面くらい、甲板を駆けまわっても適当な言葉は浮かばないと思い、弁当箱と箸を持って根本さんを呆然と眺めていました。

明けがたの海は穏やかで漣が沖に向かって走っていました。ぼくは漣が走る様を眺めながら瑠璃さんのことを思っていました。

瑠璃さん。まだ幼さの名残があって未完成の美しさを秘めた女性とぼくは思います。進路の選択に第三者が正誤を述べ難い確かなビジョンを設計、受験勉強に励んでいると、ぼくには見えます。ぼくの耳の障害のことも、理解の上に立った優しさを持ち合わせ接してくれます。初め、お義父さんを通し瑠璃さんから求婚されました。ぼくは、瑠璃さんから求婚された時、夢ではないかと思いました。聞き間違いではと・・・考えもしました。誰も相談出来る人がいないので、眠れないまま夜明けを迎えました。

報告が遅くなったけど、お父さんとお母さん、陽子ちゃんもぼくの決断を喜んでくれるでしょうね」目を閉じて呟きながら祈った。隣の瑠璃に目を向けると泣いていた。瑠璃の手を取って下がったぼくは、義父母に席をゆずった。お義母さんも涙を拭いていた。

どんなことをお祈りして下さったか分からないけど、瑠璃の嗚咽を見て考えることに蓋をした。

両親におやすみを言って、瑠璃と和室から退出した。瑠璃とぼくはキッチンに歩いて行った。リビングからお義母さんが持ってきた残り物が食卓に置かれてあった。ぼくと瑠璃は手早くラップをかけ、酢の物などは容器に入れて冷蔵庫にしまった。瑠璃がシンクの食器に手を付けるのを押しとどめ、風呂に入ってくるように勧めた。

シンクの食器を手早く洗い、乾燥機に入れ電源スイッチを押した。シンクの周りを雑巾で拭きとり、一段落すると、バーボンのロックを作った。リビングの椅子に座り、寿司桶に残った鮪の握りを指でつまんで食べた。握りは香りが失われ、飯に鮪の脂がしみ込み崩れかけていたが、鮪は鮪、食べるとそれなりに美味かった。鯵とねぎの酢味噌和えは酢味がしみ込んでいてことさら美味しかった。

このようにして、一日が終わろうとしていた・・・・・。

瑠璃と婚約したことについて考える。

受験を控えた瑠璃が、どういう心境で婚約することを急いだのかぼくは知らない。否、二人で時間を共有したことも、瑠璃と人生の山谷を語り合ったことは時間にして一日あるかないか・・・。ぼく自身の事柄を話すとき、瑠璃が夢や希望、将来（未来）の設計について語るとき、ぼくらのそばに両親がいて、にこやかに、ある時は深刻に耳を傾けていた。

瑠璃がぼくと婚約したことと、海洋大学で海洋環境を研究する計画は別問題と考えていると思う。ぼくもそれは当然のことと思うが、瑠璃が婚約したことで進学を放棄、ぼくと生きる事を人生の全てと考えているとしたらぼくは反対するだろうか⁉　二人の新生活が始まっても、ぼくらは枝葉末節まで合意に至らなくても仕方ないと思う。

一緒に歳月を重ねれば、二人で積み上げる物（共有する）は必然的に増える。当初の愛情に変化あるいは深化⁉　それと共に瑠璃自身の意識下・現実の時間に加算される何かが（知識あるいは精神的な）ピラミッドのように必然的に積み上がるだろう。

そして、ぼくもまた・・・。個性・精神（心と言ってもよい）のバランスを、話し合い、時には議論、口論、調節しなければ壊れるだろう。では、お前はどうする？　と、自身に囁く声が肉体と精神から聞こえる。

「聖書」研究を目的に大学院に行こうと考え、塙さんや岡本くんに宣言もした。宣言することで塙さんがぼくから去って行った。

最近、「聖書」研究を放棄、日本古典文学研究と方針転換するが、さて、日本古典文学を研究と言うが、ぼくの古典の知識なんて「伊勢物語」「枕草子」「今昔物語」など高校教科書の域を出ない。父の蔵書に日本古典文学全集が揃っているが机に積み上げた事さえない。思うに・・・両親の残した財産に胡坐をかき、ぼくは怠惰の内に安住しているのではないか・・・。

バーボンを飲み、考えていたら酔いが体を駆け始めた。

ダイニングの置時計は午前を過ぎていた。テーブルの残り物を小さな容器に移し替えてラップをかけ、冷蔵庫に仕舞い皿と寿司桶を洗った。洗い終わって雑巾を絞っていたら後ろから肩を叩かれた。

風呂上がりの肌をピンクに染めた瑠璃が、バスタオルで髪を拭きながら微笑んでいた。淡い紫色のスリーパーを着けていた。陽子のロッカーには買い置きが仕舞ってあるから使うように言ってあるが、ブラを着てないのか乳首のところがこんもり盛り上がっていた。

「普段、化粧しているのか知らないけど、風呂上がりは本当に可愛い」とキッチンタオルで手を拭きながら言った。

「可愛い・・・本当？　いつもファンデーションは使わないけど、眉墨・アイシャドウ・口紅だけはつけるよ」と、半信半疑に言う。

「瑠璃に嘘をついてどうする」と言った。間をおいて「何か飲む？」と聞いた。

瑠璃はチョット思案して「冷たいお水！」と言った。

ぼくが差し出した氷水を半分ほど飲むと〝ふっ・・・〟と感嘆詞を漏らした。

「食器を洗わせてごめんね！」とも言った。

「構わないよ！　それより遅いから寝ましょう」とぼくは言った。

「はい」と瑠璃。

陽子の部屋でも構わないと話していたから、「おやすみ、ぼくは歯を磨いてから・・・」と陽子の部屋へ送った。ドアを閉めかけたらぼくの首に抱きついてきた。ぼくらは短い接吻を・・・。

瑠璃は三度目にどうにか起き上がった。眼はトロ～ンとしていたが、布団の中で下着を着け、ベッドの端に座ってスリーパーを着けた。

「慎さん、おはようございます」と笑って朝の挨拶をする。

「おはよう、瑠璃」瑠璃に向き合って言った。

「お母さん起きているよ。台所で何かを刻む音がする・・・」悪戯を見つかった子供のように言った。でも、困惑しているようには見えない。

ぼくは手早くトレーナーに着替え「ちょっと庭を走って来るね」と言うと、瑠璃の頬に軽く唇を押しつけ洗面所に向かった。ダイニングの明かりを横目で見ながら通り過ぎた。

洗面をすませてダイニングに行くと、キッチンではお義母さんが、お玉にすくった味噌汁を小皿に移して味見していた。

「お義母さん、おはようございます」と、ちょっと声を張り上げて言った。ぼくの声に振り向いたお義母さんは、小皿を右手に持ったまま、ちょっとびっくりした様子で「あっ、慎一さん、おはよう・・・」と小皿をシンクに置きながら言った。

お義母さんは、小さな芒《すすき》のカットを胸のあたりに縫い込んだクリーム色のワンピースに白地のエプロンを腰のあたりに巻いていた。お義母さんは肌艶も良く、ハリもあって瑠璃の年代の子供がいると思えないほど若々しい。

「良くおやすみになれましたか？」ぼくが尋ねると「はい、お布団も適度にふんわりしてグッスリ眠れました」それから「昨夜シンクに置いた食器、慎一さんが洗ったのでしょう、ごめんなさいね」と言った。

お義母さんに謝られて、咄嗟に言葉が浮かばなかった。耳が壊れ、一人で生きて来た時間は、気が付かないまま会話のキャッチボールを忘却していた。ややあって、お義母さんを見ながら「気にしていませんから。これから少し家の周囲を走ってきます。ついでに新聞も取ってきます」ぺこりと頭を下げて玄関に向かった。

ドアを開けて外に出ると、長袖のジャージでも寒い季節になりつつあった。房総はまだ暖かかったけど。庭に降りて軽く準備体操をすませると、ぼくは芝生の感触を確かめながら駆けた。芝生は短く刈られ茶と蒼緑色が混在していた。空は雲に覆われ陽は雲間に隠れていた。庭を一周する頃、下着が汗で湿って来た。二周目、瑠璃が玄関の上がり框に立って手を振っていた。走りながらぼくも手を振って応える。外側に沿って走り、石畳を踏み、車庫入れの門を通過、ポストのある門に至るいつものコースを走った。途中、ポストで新聞を取り玄関で瑠璃に渡した。

新聞をぼくから受け取った瑠璃が「父も起きたから、ご飯を食べましょう」と言った。

「ん、分かった。いつも三周走るけど上がるよ」と瑠璃の肩に手を置いて中に入った。

ダイニングに行くと、お義父さんがTVニュースを観ていた。「おはようございます。よく眠れましたか？」お義父さんに挨拶する。

「やあ、慎一くん、おはよう！　ぐっすり眠れたよ」ニコニコ笑いながらお義父さんが言った。ニコニコするお義父さんが珍しく、言葉通りぐっすり眠れたのだろうと思った。お義母さんも味噌汁を温めながらお父さんの顔を見てニコニコしていた。瑠璃は釜からご飯をよそっていた。

卵焼き・鮭・ホウレン草のおひたしと、昨夜の残りの〆鯖などが食卓にいっぱい並んでいた。朝、家族揃ってご飯を食べるのは何年ぶりだろうかと計算していた。ご飯はふっくら炊けて美味しく、懐かしい朝食だった。今日の天気は？　昨夜の酔いは抜けました？　など他愛ない話のキャッチャボール。ぼくはご飯を二杯食べ、昨夜の残りも綺麗に食べた。

お義父さんは新聞を卓に置いて読んでいた。お義母さんはお茶を煎れている。瑠璃が食器を洗い、ぼくは食器を乾燥機に入れた。洗い物を終えた瑠璃が、コーヒー豆をミルで挽くぼくの横でカップの準備をしていた。薬缶をコンロにかけてお湯を沸かしているお義母さん。朝の穏やかな時間がダイニングに漂っていた。

カップにコーヒーが注がれ、ブルーマウンテンの淡い香りがダイニングに流れる。みんなが幸せな気持ちに浸っていた。瑠璃はふと思いついたのか「これからディズニーランドに行こうよ！　お父さんとお母さんが寝てから、慎一さんと相談したけど・・・」と、両親を説得するように言った。

お義母さんは瑠璃の提案に「エッ！」と、言葉に詰まり「瑠璃があんなこと言って、お父さんどうします？」と聞いていた。両親が黙っているのを見かねて「瑠璃は、前から一度行きたいと思っていたの。それと、年中無休で働くお父さん。お母さんも出船に合わせて早朝から朝食と弁当と忙しいでしょ。今回のようなことはめったにない機会。だからと慎一さんと相談したの」

瑠璃の提案に、お義父さんは腕組みをして思案していた。時折、眼を開けてお義母さんの方に視線を流す。お義母さんも考えているようだけど決めかねていた。ほかに計画があるかのように妙にそわそわしていた。

「ディズニーランドはご両親が喜ぶと思って瑠璃さんと話し合いました。ディズニーランドは一つの案として瑠璃さんが提案しましたが、お義母さんとお義父さんが他に行きたいと思っている所があるのでしたら、お二人の希望に沿うことは瑠璃も異存はないと思います」

「・・・・・・」

「義母さん達の計画に沿いましょう」瑠璃さんの手を握って言った。

両親は目で会話しつつ迷っている様子。しばらくして、お義父さんが語り始めた。

「二人の気持ちは有難いが、三日間遊漁船を休業、慎一くんの家を訪問すると決めた時、苦労ばかりかけた母さんの希望もかなえてあげたいと考えていた。

俺と母さんは、君たちに語っただろうから改めて話すことはないが、学生時代俺達は東京で暮らしていた。極貧の家で育った俺は学費と生活費のため講義もそっちのけでバイトに明け暮れていた。母さんの実家は網元をやっていたこともあってかなり裕福なほうだった。それを良い事に、デートの費用など母さんが「私に任せて・・・」と言う言葉に甘えていた。だけど二人は学生の身分、俺は割り勘を頑として譲らなかった。

母さんは不満だっただろうけど・・・。バイトが休日の時、それぞれの下宿で過ごすか（母さんの下宿がほとんどで、母さんの手料理が楽しみだった）山手線をぐるぐる回って過ごした。ただ、バイトの給金日は、少し奮発、新宿・渋谷・銀座にも足を伸ばしささやかな食事をした事もあった。だけど母さんと郊外へ行くことはついにかなわなかった。そこで慎一さんの家を訪問した機会に鎌倉と江島へと、母さんの希望をかなえてあげたい・・・」ここまで語って、温くなったコーヒーを美味しそうに飲んだ。

瑠璃は目頭に涙をいっぱい溜めて泣いていた。

「ということで、母さんを鎌倉・江の島に連れて行きたい。君たちがディズニーランドを希望するなら別行動でも構わないが・・・」と、お義父さんは珍しくにこやかな微笑をぼくと瑠璃に向けて言った。

お義父さんが語り終えるのを待って「お義父さんとお義母さんが鎌倉へ行く計画を温めていたのでしたら、瑠璃とぼくにお二人の計画に反対する理由はありません」ぼくは、瑠璃の手を握って言った。瑠璃も握り返していた。「遊漁船を休業してまでぼくの家に招待したのは、ぼくがどんな家に住み、暮らしているか一度来ていただくのがご両親、ひいては瑠璃さんのためにも一番と考えたから・・・」と指文字を併用して言った。最近下手な手真似・指文字を併用して話す癖がついた。少しずつ壊れた耳を許容してきたのだと思う。ことの良し悪しは別の問題として・・・。

「慎一さんが話したこと、瑠璃も賛成よ！　四人で鎌倉へドライブがてら行こうよ・・・」瑠璃はお義母さんの手を握って言った。

昼前ぼく達はベンツに乗って江の島に走った。ハンドルは瑠璃が握った。ぼくはお義父さんに運転席、お義母さんは助手席にと勧めたけど、お義父さん曰く「高速道路網の発展は、俺を一気に化石人間にした。迷路のような首都高速でハンドルを握るのは、自殺願望人間と言われるのがおち」と苦笑交じりに言った。

湾岸道路から横浜横須賀道路に入り、朝比奈ＩＣで降りて一般道路を通り鎌倉を見学、江の島に向かう道を選ぶ。お台場を通過する時「これがお台場？」と呟いたかと思うと、横浜ベイブリッジに身を乗り出して歓声を上げるお義母さんに「子供じみたこと止めなよ！」とお義父さんがたしなめる一幕もあった。

朝比奈ＩＣで降り、両親の希望をかなえるべく鶴岡八幡宮に向かった。瑠璃の運転は安心して見ていられた。房総の突端育ちとは思えないほどのハンドルさばきに感心した。

鳥居をくぐり抜けて長い階段を上った。お義母さんはお義父さんの腕に手を通して石段を上っていた。平日にかかわらず本殿に参拝する人で境内は混んでいた。鶴岡八幡宮本殿に並んで立った両親は、長いこと熱心に祈願していた。ぼくと瑠璃も両親の背後で手を合わせた。ぼくらは一通りお祈りすると境内をゆっくり散策して廻った。

「両親のお祈りはいつも長いの？」ぼくの腕をとって歩調をあわせる瑠璃に聞いた。

「それほどでもないけど、今回は慎一さんと瑠璃、お互いの健康のことなどお祈りしたのでしょう。瑠璃が聞いた事を慎一さんに教えてあげなくてごめんね！　瑠璃がそばにいるときは、両親の会話だけでなく周りの話題も通訳するように努力するから」悲喜こもごもの顔を見せて言った。

「瑠璃さん、聞こえないぼくのことに気を使って、何がなんでも通訳していたら精神的に疲労が蓄積、ノイローゼから腱鞘炎を患ったら後悔するのはぼくだよ。ぼくが聞いたとき教えてくれれば良いよ。それと両親の祈りは、二人の心の問題、ちょっと想像すれば分かるから・・・」ぼくの腕に絡んだ瑠璃の手に重ねて言った。「それと、考えていたけど、坊主・牧師の経・聖書の朗誦の手真似の表現はぼくの乏しい経験からでも難しい・・・」と。

「そうかも・・・。その代わり慎一さんに満開の桜のような、愛をいっぱい捧げるね！」ぼくの腕にギューッと絡みつき、囁くように瑠璃が言った。そんな瑠璃が愛おしく、腕を背中に回して引き寄せて頬に接吻のプレゼントを送る。瑠璃は人目も構わずぼくの腰に両手をまわし、胸に顔を押しあてた。

ぼくらは境内の真中で抱き合った。周りの人々はいつか消滅、ぼく達だけが佇んでいた。碧い空も燦々と輝く太陽も白い雲間に覆われていたけど、ぼく達の心は水のように交わりひとつになった。

肩を叩かれて振りかえると「仲の良いのは構わないけど、みんなが見ているわ！」お義母さんが微笑みながら言った。後の方でお義父さんもにこにこしていた。

鶴岡八幡宮でお参りをすませると鎌倉大仏を見学、江ノ島に進路を変えた。途中手打ち蕎麦屋「どん」の珍しい看板に魅かれ立ち寄った。藁葺農家を改築したような、天井に太い煤《すす》けた梁が走っていた。蓑笠《みのかさ》に竹網の背負いかご、笊《ざる》などが板壁に飾られていた。お義父さんがざる蕎麦と生ビール、ぼくもざる蕎麦、お義母さんと瑠璃が天盛りを注文した。

「慎一さん、江の島まで一本道でしょ。瑠璃が運転するから生ビールを頼んでね。お父さん一人では淋しがるから・・・」微笑を浮かべて瑠璃が目くばせするように囁いた。

蕎麦は腰があって美味しかった。瑠璃は海老の天婦羅とピーマンをよそってくれた。お義母さんも瑠璃に倣ってお義父さんによそっていた。運ばれてきたジョッキをお義父さんとかち合わせ半分ほど喉に流した。喉から胃に向かう清涼感に疲労が呑みこまれる思いがした。

江の島なぎさ駐車場まで二十分で着いた。海は房総の方が澄んでいるように感じた。空は相変わらず雲に覆われ午後三時にしては暗かった。相模湾に大型コンテナ船やタンカーが行き交い、遊漁船の船数も南房総とは比較にならないほど活発に動き回っていた。

とりあえず泊まるところを決める必要から観光案内所に向かった。民宿「保田」が浮かんだけど、今回は両親を優先に考えることにした。お義母さんは地元の魚介類を食べたいから、相模湾で獲れる魚を調理する旅館へと瑠璃さんに頼んだのだろう。相模湾の魚と房総の魚の種類と美味しさを比較するのだろう？　瑠璃さんに聞くと「そうでしょうね」とうなずいた。「それと、相模湾は首都圏に近いでしょ。だから釣り客が週末になるとどっと繰り出し、満員御礼の札が立つ。従って、乗合料金を安く設定しても採算が取れる。

ひきかえ、房総は交通の便が非常に悪い。首都圏から館山・勝浦に釣行する場合、車で片道三時間近くかかるでしょ。房総の遊漁船はどこも採算はぎりぎり、と父が言っていた。ヒラマサの回遊で船中十本上がれば三時間くらい何のその、客は飛んでくる。でも、そんな夢が何時までも続くとは限らないよね。だから、遠くから来るお客さんに、最低でも一匹釣らせてあげなくては申し訳ないと、お父さんは何時も言っている」だから房総の海水環境を少しでも改善したいから、海洋大学で学ぼうと考えたの・・・。と、瑠璃が思いを込めて語りかけていると思う。

江の島駅周辺を観光するついでに、ヨットハーバーのベンチに腰かけて夕陽が水平線の雲間をオレンジに染め、相模湾に沈む寂静《しじま》の時間を並んで眺めた。

「南房総の夕陽は、剣があるけど相模湾はどこまでも穏やかだな・・・」義父が義母に語りかけるともなく呟いていた、と瑠璃が教えてくれた。「剣」をどのように解釈するのか・・・。瑠璃に聞くと「さあ、私も初めて聞くから分からないけど、房総は太平洋に突き出た鷲鼻。相模湾は太平洋に伸びた伊豆半島と房総半島に挟まれ、内湾と見立てられるから海は穏やか・・・言い換えればゆりかごかしら・・・」瑠璃は考えながら言った。

「その話はまたにして、旅館に行きましょう」とお義母さんの一言で打ち切られた。

駐車場の事は観光案内で確認していたから車で旅館に向かった。旅館は特徴のない和風の建物。通された部屋から相模湾が一望出来るけどありふれた一二畳の和室。部屋に入るなり、お義母さんが「料理は期待出来そうにないね」と小さな声で呟いた。

浴衣に着替えるとお義父さんと、女将さんが説明していた天然温泉浴場へ揃って行った。洗い場でコックをひねると桶に張ったお湯から淡い鉱物の匂いが漂ってきた。軽く洗ったぼくは浴槽に浸かってタイルにもたれた。相模湾に漁火《いさりび》がぽつぽつ動いていた。時折、東京湾（？）に向かうコンテナやタンカーが行き交わる。義父と並んで湯船に体を浸し、夜の相模湾を飽きずに見つめた。洗場で義父の背中を洗おうと泡をつけた手ぬぐいを向けると「昨夜、慎さんが背中を流してくれたから・・・」と。それでも洗わせてと義父の背後に回った。義父の背中を手ぬぐいでこすりながら、流すことのかなわなかった父の背中を思った。洗い終えると義父の背中にお湯をかけ、それらの思いを泡と一緒に洗い流した。

食事は部屋でと事前に言われていた。大きなテーブルに尾頭付きの鯛、相模湾で獲れた鰹の刺身とタタキ。鯛アラ吸物に里芋の煮付け。特別料理に、鮑の刺身が貝の蓋に盛り付けていた。やり烏賊の姿造りも・・・。

料理を一通り並べ終えた女将さんが「予約が急でしたから準備に時間が取れませんでした。でも、刺身は相模湾で獲れたのを調理、相模湾の旬の魚介類をお楽しみ下さい」と言ってたよ、と瑠璃が指文字で教えてくれた。相模湾を強調する女将さんの話に瑠璃と目を合わせて笑った。

「私の予想外れね！　美味しそう・・・」鰹の刺身を食べたお義母さんは感激して言った。

「ん、そうだな・・・。評価は食べてからだが、新鮮なのは確かだ」とお義父さんが呟いた。

生ビールで乾杯した。

「瑠璃は未成年だが今夜は特例、帰ったら受験勉強を頑張るのよ！　それからみんなの健康を祈って・・・乾杯！」義父にしては、ちょっぴりアイロニーを含んだ乾杯音頭。

あくる日、瑠璃が起きたところで「瑠璃、おはよう！　朝風呂はここから近い日帰り温泉に行かない。車で五分くらいだけど・・・」とぼくが言うと「エッ、お温泉に行くの？ここも温泉でしょ？」怪訝そうに聞き返した。ぼくは首を横に振って「パンフレットを見ると地下水を沸かしただけ」と言った。

「てっきり温泉と思って母と楽しんだのに・・・」と瑠璃は悲嘆にくれた。それから「ちょっと待っててね、母と相談するから・・・」と、駆けて行った。

朝食には鯵の開き・卵焼き・ほうれん草・おひたしとみそ汁のほか、烏賊と鰹の刺身が大皿に盛られ中央に置かれていた。

「お義父さん、ビール飲みませんか？」みんなが揃ったところでぼくが言った。

「そうだな、一本だけ二人で開けるか!?」

義母はニコニコして何も言わなかった。ビールが運ばれると瓶を取ったぼくがお義父さんのコップに注ぎ、お義母さんにコップを渡して注ぎ瓶を置いた。横から見ていた瑠璃が「あら、慎一さんは飲まないの・・・」と聞かれた。

「瑠璃さんばかりに運転させては悪いから」ぼくが言った。

「そんなこと良いのよ、外車を運転するのは楽しいから、気にしないでお父さんに付き合ってね」と言って伏せたグラスを取ってぼくに差し出した。

旅館を九時五十分にチェックアウト。フロントで支払いの時、義母ともめたけど「旅行はぼくの招待だから、支払いはぼくにまかせて下さい」と押し切った。旅行前、瑠璃にあずけたぼくの財布で精算した。その後、旅館から近い日帰り温泉に向かった。

二時間ほど天然温泉に浸かり、お義父さんの背中を丹念に洗った。お義父さんとぼくは、蒸し風呂・冷水風呂と、二度繰り返した。休息室に集まってペットボトルの冷水を飲んでいると「天然温泉は違うわ！」と、お義母さんがむきだしの腕をさすりながらこれ見よがしに言うのがおかしかった。ほど良い疲労感と充足感をフロアで受容、四人は本当の家族のように並んで横になった。

二日間にわたってハンドルを握っていた瑠璃の運転も、最初のぎこちなさがとれ、ベンツの性能にも慣れ、安心してハンドルを委ねられた。

朝比奈ＩＣから横浜横須賀道路、湾岸を選び浮島ＪＣＴから東京湾アクアラインを走った。浮島ＪＣＴから東京湾アクアラインに乗り入れる時、少し戸惑った瑠璃さんが、極端に速度をダウンしてカーブを曲がったところ、後続車のクラクションが五月蝿かったと「海ほたる」で休息の時、瑠璃が珍しく〝ぶつぶつ〟言った。

ぼくらは「海ほたるパーキングアリア」で昼食をとった。

「刺身ばかりだと体が生臭くなるわ。洋食にしましょう！」

義母の一声でレストランに入った。メニューをちょっと見て、ぼくはロースカツ定食を選んだ。両親はステーキ、瑠璃はオムライスを注文していた。ぼくは運ばれてきたロースカツを瑠璃に少し分けた。窓から見える東京湾は凪いでいた。

食べて終わってコーヒーを手に「もう一泊ぼくの家で・・・」と、お義父さんに話すと「三日も休魚ではお客さんに見捨てられる」と、冗談まじりに言った。

「後、二時間くらいかな～？」と義父が誰にともなく呟いた。

「三日間遊漁船を休んだのは初めてなの、だから海が恋しいのでしょう」瑠璃が指文字でぼくに囁いた。「でも、四人でドライブして旅館に泊まり、温泉に浸かった時間は両親にとって久し振りの休養になったと瑠璃は思います。それと、慎一さんのお住まいと暮らしを見て安心したと母が言っていました」語り終えてカップを口に運んだ。

「ただ、慎一さんのお住まいを見たとき、瑠璃も両親も暫し呆然として言葉がなかったけど・・・」とほほ笑んだ。

ここまで瑠璃が話し終えたとき、「そろそろ帰りましょう！」と立ち上がって義母が言った。出口に向かう時、瑠璃に目配せして支払いを頼んだ。ぼくは両親の肩を押して出口に向かった。瑠璃が精算を終えてぼくのそばに近寄って来た時「運転代わろうか？」と聞くと「これから房総でしょ、私の庭のようなものよ！」と茶目っ気たっぷりに舌を出した。

「海ほたる」から木更津ＪＣＴまで海の上を一直線に道路が走る。ガードレールが低く、あたかも波を切って、海面を疾走する錯覚に陥る。海は碧く、空の藍と水平線で融合する。

ハンドルを握った瑠璃の美しい黒髪がスピードにあおられ、後方に流れ、頬に戯れる。サングラスに陽光が反射しキラキラ輝く。瑠璃の横顔、造形はそれほど深くはないが、整って、さながらギリシャ彫刻のごとく美しく芳醇でもある。頭頂からうなじにかけて優しい丸みを帯び、鼻梁はほどよく高く、上唇がちょっぴり上に反り麗しい。

ドアに背中をあずけて瑠璃を飽きずに眺めていると「そんなに見つめられると恥ずかしいわ！」とはにかむ。

木更津ＪＣＴで下車、料金所で支払いを終えると、瑠璃は国道一二七号線を慎重に運転していった。交通量は平日という事もあって少なかった。しばらく走ると自動販売機がずらりと並ぶ無人ＰＡがあり、ウインカーを出して駐車する。

自動販売機に並行して停車した瑠璃に「運転を代わろう・・・」と言うと「家まで運転したいの。瑠璃、ちっとも疲れていないから」と。後部座席の両親を振り向くと「瑠璃が運転すると言っているから好きにさせれば・・・」と義母が言った。

「分かりました。瑠璃さんに運転を任せます」と言って瑠璃に「疲れたり、眠くなったら教えて・・・」と言うと、笑みを浮かべてウインクを返す。

ぼくはドアを開けると自動販売機に向かった。コインを入れてコーラのボタンを押した。瑠璃に顔を向けると「慎一さんのコーラを少しね。母はお茶を一本ね。二人で分けるそうだから・・・」

瑠璃はコーラを二口飲むとボトルをぼくに。両親はお茶を代わるがわる美味しそうに飲んでいた。

陽が沈む一時間前、家に帰り着いた。途中、義父の頼みから漁船を係留する港に寄った。義父は車から降りると船に飛び乗りエンジンを始動、音を確認していた。義父がエンジンを確認する間、ぼくは車から降り両手を天にかざして深呼吸をした。三時間余りのドライブに体が強張っているのを伸ばした。瑠璃に疲れなかったかと聞くと「大丈夫よ！　運転するのが楽しかったわ・・・」とニコニコしていた。

トランクの荷物はみんなで手分けして部屋に運んだ。

「お風呂沸すから・・・」と、瑠璃は風呂場に駆けて行った。義母はキッチンで夜食の支度をしている。義父は明日の準備があるからと港までトラックを運転して出掛けていった。

ぼくはＴＶを点けてテーブルに置いた三日分の新聞の束から、今朝の新聞を抜き取って開いた。新聞に眼を通しながらＴＶのテロップが気になって目をやると、「日本赤軍最高幹部の重信房子逮捕」のニュースが流れてきた。

風呂から上がって脱衣所で体を拭いていたら、ガラス戸を開けて義父が入ってきた。

「お疲れ様でした。エンジンの調子はどうでしたか？」と聞いた。

「ん、エンジンも休暇を取って骨休めになったのだろう」と冗談半分に、それから「留守電にお客から電話があったらしく、娘が確認の電話をしている」と。

ぼくが返答の言葉を探していたら浴室に消えた。

リビングでは瑠璃が電話に向かって謝罪と予約確認電話に首引きでお詫びの言葉を繰り返していた。受話器を置いた瑠璃がぼくに「あと一ヶ所あるの、待っててね！」と言って受話器を取ってダイヤルを回していた。

　夕食は鍋をつついた。冷凍庫から真鯛・勘八などのアラを薄味に味付け。みんなはポン酢で食べた。ネギ・白菜・椎茸と豆腐が入っていた。ビールで乾杯すると、義父が改まって
「三日間ありがとう。俺も母さんも仕事を忘れ、体も心も休める事が出来た。なあ母さん・・・」と頭を下げた。ぼくは、咄嗟の事で言葉が思いつかず、ただ頭を下げビールを飲んで誤魔化し、しばらく考えを巡らせていた。空になったコップに瑠璃がビールを注いだのを半分ほど飲むと、「三日間、ぼくも楽しく過ごしました。みんなと一緒に過ごして家族のことを改めて考えました。ご両親と過ごした三日、気を使うとか窮屈とかを少しも感じませんでした。やはりご両親と瑠璃さんの心優しい資質による、つまり、利他の心が空気のように、ぼくが意識することなく、自然に伝わっていたからだと思います」

　三人の眼がぼくに向けられ、ぼくの話を真摯に聞いていると感じた。ぼくの膝に瑠璃の掌がソーッと置かれ、身じろぎもしない。掌から微かな温もりと愛が伝わる。ぼくは、コップの縁に唇をつけたまま瑠璃を見る。心なしか瑠璃の瞳が潤んでいた。

「それから、瑠璃さんの懇願（ぼくと生きる）を受け入れ、婚約を承諾して下さった。瑠璃さんを愛情で慈しみ、育て下さいました。いつの日か瑠璃さんが選んだ相手に遊漁船を譲り渡す、そんな夢というか、計画をかなえることができればと推察します。

　でも、瑠璃さんに選ばれたぼくは（繰り返しになりますが）両親の残した遺産を食い潰しているだけで、先の計画は霧の中です。勿論、瑠璃さんを断じて不幸にすることはありません。ぼくと瑠璃さんの愛の結晶も・・・。望むなら大学・大学院へ送り出す経済基盤もあると思います。

　問題は二つ。一つは瑠璃さんが一人っ子、ぼくも一人（天涯孤独）。瑠璃さんはぼくの行くところへ共に・・・。となると、お義父さんお義母さんが苦労して作り上げた遊漁船。バトンタッチする筈だった瑠璃さんの後をどうするか・・・」

　話の接《つ》ぎ穂を考えるために、ぼくは一旦話を打ち切った。瑠璃に焼酎のロックを頼んだ。瑠璃は、ぼくの膝に置いた掌を軽く押しつけて立ち上がるとキッチンに行った。ほどなく氷ポットとグラスをお盆に乗せ、焼酎のボトルを下げて戻ってきた。義父の水割りはお義母さんが作っていた。ロックを作った瑠璃が「はい、ロックですね！」とウインクして差し出した。

「ありがとう！　一日ハンドルを握って疲れたでしょう？」と聞く。「いいえ・・・」と首を振った。

　瑠璃の作ったロックを一口含み、しばらく口の中で香りを楽しむ。長期貯蔵した芳醇な香りが口一杯に広がり、〝つん！〟と鼻孔を突くアルコール臭は微塵もない。もう一度ゆ

っくり口に含み瑠璃にウインクを送る。ぼくの膝に掌を這わせて軽く抓る。ぼくらの戯れを眺めた義母が微笑んでいた。

「久し振りの旅でお疲れのことと思います」膝にそえられた瑠璃の手を触りながら言った。「繰り返しになりますが、家族がぼくの前から消えて五年。どうにか希望を持って生きていける自信が芽生えてきました。自助努力もありますが、いろいろな方の励ましもありました。瑠璃さんとご両親の分け隔てのない心に勇気づけられもしました。でも、予想もしない家族の喪失に呆然と立ち尽くしていた時、叱咤され励まされたのは両親が残してくれた家でした。書斎のそこかしこに父の魂があり、リビングとキッチンに母の心が宿っています。浴槽に浸かり夕焼けを眺めていると、妹が「お兄ちゃん、くじけちゃいやよ！」と、言葉を投げかけます。

　瑠璃さんに会う前、庭をランニング、あるいは書斎で読書と調べ物をしているとき、父はぼくと伴走。ある時は壁に寄りかかり、ある時は仮眠ベッドに座ってぼくを見守っていました。ダイニングで一人朝食のトーストを食べるぼくを、母と妹が向かいの椅子に座って微笑んでいました。

　みなさんを家に招いた日、自動車を敷地に乗り入れた刹那、家族の気配が完全に消えていました。

　神の存在を考えないぼくでも霊魂の存在は、家族を失った喪失感に深淵で足掻いていた日々、お父さんお母さんと陽子の霊魂（信じられないでしょうが）がぼくを励まし続けました。この頃から霊魂の存在を信じるようになりました。瑠璃さんという素敵な伴侶とご理解のあるご両親を併せて授かったことで安心したのか、役目が終わったと察し、ぼくから離れていったと思います。

　核心を言えば、将来にわたって家を手放すことの可能性は低い、不可能と思っています（先のことは未定ですが・・・）。瑠璃さんと家から仕事へ、子供が生まれればそこで育てる。だけど、お義父さんの遊漁船に乗り、手が空けば釣りに勤《いそ》しむ。そんな内なる心がぼくの中に在ることもまた事実です。ご両親から瑠璃さんを引き離し、ご両親に淋しい思いをさせる、そのことに対して申し訳ない気持ちが往々にあります」

　話に落ちがないか検証した。義父は静かに聞いていた。時折、グラスを口に運び水割りを飲んでいた。瑠璃さんはぼくの膝に手を置いてぼくに視線を向けては、俯いてハンカチを眼に当てていた。氷が溶けて水滴のこびりついたグラスを落とさないよう慎重に口に運んだ。一口飲み、濡れたままの手を膝にそえた瑠璃の手にそっと重ねた。

　コツコツと時は刻まれていった。

　腕組みして聞いていた義父は、語り終えたぼくを見ていた。瑠璃に視線を流し、またぼくに顔を向けると静かに話し始めた。

「慎一くんが語ったこと、考えていることは理解出来る。多少の理屈は端折って、俺と澪が思うに、慎一くんが瑠璃に対してどれだけ愛情があるか、それだけだ。勿論、愛とはと問われて、辞書を引っ張り出しても納得出来る答は出てこない。それと、結婚は瑠璃が望んだことであり、慎一くんに愛云々なんて親の欲目と言われても仕方がない。俺と霈はまだ五十代。見ての通り健康そのものだ。したがって、俺の跡を継ぐだの、養子云々など考えてもいない。三日間君たちと時間を共有して、俺と霈の時とは随分異なっている。どこまでも遠くを見据えていると感じていた」パジャマのポケットを探っていた義父が煙草を取り出すと火を点けた。義母が「困った健さん！」と言ったけど強いて止めなかった。

「お父さん！」瑠璃が怒りと悲しみの混在した表情で抗議する。「慎一さんと一緒になりたい、だからお父さんとお母さんに泣きながら懇願しました。瑠璃の片思いから始まった求婚でした。慎一さんのどんなところが好き、愛に昇華出来る？　と問われたら、慎一さんの笑顔も仕草も、背が高くてハンサムで・・・時折、寂寥感を湛えた表情で海を見つめる慎一さんの、全てが好きで・・・。慎一さんの耳のことは瑠璃には想定外でした。慎一さんから注がれる愛の深浅など思いもしなかった。瑠璃が慎一さんに注ぐ愛と比較するなんて・・・。いつの日か瑠璃の思いが慎一さんに届くのを願いながら・・・。慎一さんを攻めないで！」と言ってぼくの胸に顔を押しつけて嗚咽を漏らした。

ぼくは嗚咽する瑠璃さんを黙って受け止めた。義母もハンカチで目頭をぬぐっていた。

「言葉が足りなくてすみません！」と両親に謝った。瑠璃を抱きしめ髪に唇を押しあて耳元で囁いた。「ぼくも瑠璃を愛しているよ。ぼくの言葉足らずのために瑠璃を泣かせてごめんね！」いつまでも同じ姿勢で瑠璃を受け止めていた。

師走に入り、庭に面した歩道と庭の境の欅は一葉も残すことなくきれいに落葉した。

瑠璃の家から戻り、論文の清書に集中して師走前に書き上げ担当に渡した。単位もすべて取得、卒業試験を待つだけとなった。瑠璃とはメールで頻繁に話した。込み入った内容はPCで・・・。だけど電話と異なり、メールの場合〝間〟があり、どうしても話の内容に〝ずれ〟が起こるけど愛で乗り切った。

瑠璃の大学受験も残すところ二ヶ月を切った時、勉強に集中して欲しくメール連絡を控えていると「瑠璃は大丈夫よ！だから、控えるなんて言わないでね！　むしろ慎一さんからのメールに励まされるよ！」と。ある時、枕もとの携帯がぶるぶる震えライトが点滅、眠い目をこすり枕もとの携帯を取った。置き時計に眼をやると午前三時三〇分をさしていた。

ぼくは、卒業を間近に控え、資産の件で税理士から面談の通知、併せて資産目録が送られてきた。資産目録小冊子はページ数がかなりあり、専門の語彙を調べたりして、読み終えるのに時間を要していた。従って、ベッドに入るのが遅く、疲れていたことから返信をしないまま寝てしまった。

　目覚めて一番に携帯を開いた。瑠璃から同じ内容のメールが半ダース届いていた。「慎一さん、どうしたのですか？　勉強に疲れてチョット休息しています」このメールの後、もう一通のメール。「慎一さん、どうして？　送信した時刻も遅く、すでに眠っているのは理解しています。でも、ご返事が欲しいのです。こんなことをメールする瑠璃は我儘ですか？」メールを一読してため息をついた。

　ベッドから起き上がりカーテンを開けて空を見上げた。雲に覆われ太陽は雲間に隠れていた。

　今日は、午後から税理士事務所で、郵送された資産目録について面談の約束があった。昨夜は遅くまで目録に目を通し、今後の資産管理について考え、体力的に限界に近かった。それに加えて瑠璃からのメールに混乱していた。とりあえず顔を洗いに洗面所に行った。洗面所の鏡に映るぼくは、今朝に限って年齢より老けて見える。

　リビングのソファーに座ってＴＶのリモコンを操作した。それからＴＶニュースを横目に瑠璃にメールを打つ。

「瑠璃、おはよう！　昨夜は色々雑用が出てきて、瑠璃に向き合えなくてごめんね。勉強に根を詰めるあまり風邪をひかないで下さいね」当たり障りのない文面を打つ。送信するとトレーナーに着替えて庭に出た。ピリッと冷気が頬を刺す。師走に入り寒さが厳しくなって来た。柔軟体操に時間をかけ体をほぐす。

　鬱蒼と茂っていた街路樹は柵を覆い、通りからの排気ガスと視界を遮断する役目を担っていたが、風向き加減で排ガスがここまで流れてくる。歩道に沿って駆けていると微かなガソリンの臭気が鼻をつく。朝から体調が何となくすぐれなかったが、二周目、歩道沿いの手前からスピードを上げ街路に面したところを一気に走り抜けた。心臓は爆発寸前、全身の汗腺は全開、起きがけのもやもやは汗とともに吐き出された。走ることで気分も幾分爽快感に満ちてきた。汗は滴《しずく》となって芝生に滴《したた》った。雲は空を覆いどんよりしていたが、脚を規則的に動かすことで心身の充足と気力を鼓舞する。

　結局いつもより一周追加して走り終えた。トレーナーも汗で濡れ、絞れば滴となって落ちるかと思われた。シャワーを浴び裸のまま脱ぎ捨てた下着もすべて洗濯機に投げ入れた。洗剤と柔軟剤を入れてスイッチを押した。

　キッチンでコーヒーを淹れトーストを焼いた。瓜《うり》のピクルス缶を開け、トーストには蜂蜜を垂らして食べた。

　帰るとき、「瑠璃も慎一さんと一緒に行きたい！　何故って、慎一さんの食事はたまに調理しているようだけど、外食にコンビニ弁当ではバランスの取れた食事と言えないでしょ。冷蔵庫に新鮮なお肉、野菜がたっぷりあるのに料理しないなんて無駄もよいところ」と両親に懇願していたけど、志望大学に合格するまでは我慢するよう説得するのに苦労していた。瑠璃の訴えに両親は耳を貸さなかった。

帰る日の朝、港まで義父を見送りに三人で出掛けた。海からの風はかなり強く、沖は波が高い予報が出ていた。遊漁船は義父の船のほかに四艘ライトが灯され準備に追われていた。防寒具を着込んだ乗り合い客で、船を係留する岸壁は混雑していた。義父がエンジンの整備をしている間、ぼくはくじ棒が入った筒を持ち、乗船客を呼び集めた。乗船中の注意、生き餌の取り扱いなどを簡単に説明。一通り説明を終えたぼくは、客に釣り座を決めるくじ棒の筒を差し出した。釣座番号はコベリにナンバーを振ってあり、くじナンバーに沿ってお客をコベリに割り振った。クーラーボックス、道具入れ、竿などを船中に運ぶのを手伝った。

生簀から生き海老を三匹タモですくい、海水の入ったバケツに入れてお客に配った。出航前の準備をすべて終えると、義父の合図で船は岸壁を離れた。

「気を付けて下さい！　冬季休暇に来ます」ぼくは手を振って義父に帰ることを伝えた。

「おう、気を付けて帰れよ！」と言ったきり義父は船室に消えた。防波壁を越えた船は白波の沸き立つ外洋へ波を切り裂き乗り出した。満員の乗り合い客を乗せた遊漁船は、押し寄せる波に翻弄されながらも沖に向かって力強く波を切り小さくなった。

義父を見送り帰宅すると、三人で朝食をとった。食後、瑠璃さんの淹れたコーヒーを飲んだ。ぼくたちは黙ってコーヒーの香りを楽しんだ。義父の朝食と弁当の準備で早起きした義母は、いつもと変わりなく静かにコーヒーを楽しんでいた。

「お義母さん、弁当のために早起きでしょう。だけど、相変わらず肌の艶もよくお元気ですね～！」

「あら、そうかしら？」

「それに若々しくて、二十歳に近い瑠璃さんがいるとは思えません。瑠璃さんと並んでも姉妹と思われそうです。そう言われるでしょ？」

「そうそうよ！　この間、館山まで母と買物に出掛けて洋服を選んでいたら、お店のおばさんが〝このワンピース、お姉さんにお似合いですよ！〟って瑠璃に言うの。私、頭にきて〝失礼ね！　姉でなく私の母です！〟って抗議したら、おばさん眼を丸くして顎が外れるんじゃないかと心配したわ」瑠璃は憤懣やるかたない顔をした。「なのに、母はニコニコ笑っていたわ・・・」。

「ちょっと聞いてよいかしら・・・」お義母さんが改まった口調で言った。ぼくは首を縦に振った。「慎一さん、卒業したらどうしますか？」と、微笑して尋ねた。

瑠璃と婚約が終わりタブー視していた、僕たちの生活基盤を心配するのは親として当然の事と思う。義父が遊漁船を休業。三日間、ぼくの家に滞在した。鎌倉と江ノ島の旅行も楽しんだ。だけど娘を嫁がせる先の、収入基盤をどう考えているのか、心配なのは親として当然のことと理解している。

「お義母さん、心配おかけしてすみません。でも、初めて根本家に泊めていただいたときにお話したと思いますが、大学院に進みアメリカ文学を研究するか、大学院は断念して就職するか未定です。瑠璃さんが大学に合格して、寮生活かぼくと一緒に暮らして良いのか、瑠璃さんと込み入った話し合いはまだしていません。瑠璃さんは、進学イコールぼくの家で暮らすことを希望しています。ぼくも大きな家に一人ぽつんと生活するのが良いと考えていません。

話が横にズレたから元に戻します。お義母さんの質問は、瑠璃さんと結婚して毎月の生活費はどうするのか？　家庭を築けば新しい家族の誕生もある。長い人生を家族が生きていくためには安定した収入は普遍的なことと。ただ、理解して欲しいのは、今のところ、これからも誰の援助も受けません。それでどうするか？　現状は両親が残した財産で生きていきますが・・・。それとここだけの話ですが、父が創業した会社から株式配当が振り込まれています。今後のことは年末か、年明けに会計士と相談する予定です。合わせて瑠璃さんと婚約したことも報告して来ます」

区切りをつけると手元のコーヒーを飲んだ。コーヒーは冷えて生温かった。お義母さんはカップを両手で包むように持って真剣に聞いていた。ぼくの右手に腕を絡めた瑠璃の表情は見え難かった。静謐な空気が整頓された食堂に漂った。

「慎一さんの説明で得心が行きました。二人が生活する上で支障のない基盤はあると思って良いのですね。このことは私から健に説明しておきます。それと、瑠璃が寮に入るか慎一さんの家で暮らすかは、本人の問題で私と健が口出す事ではないと考えています。

ただ、愛という言葉、単に『愛』と言うべきか私には分からないけど、実態が透明のようでいてとっつき難い、一人で闘う（そんな勇ましい事ではないけど）、対峙するには厄介な存在だと私は意《おも》っています。瑠璃が唐突に、一度会っただけの慎一さんと結婚したい！　と健に直訴（大時代的な言葉ですね）した時、そう思いました。何故って、慎一さんの何を知って、何を根拠に愛の言葉を連発しているのか理解出来ませんでした。

家族を一瞬にして消滅《けし》さった宇宙に存在するだろう、絶対的存在（人間が創造した神でなく）に対する不信。深淵で足掻き続ける絶望の夜毎。眼前に聳える壁に張り付き、命の岩を背負って這い登る。岩は肩に喰いこみ関節は悲鳴を上げ、皮膚が裂け肉を抉り骨があらわになる。

そして苦難の甲斐もなく岩は落下する。

〃シシュポスの神話では、神の怒りをかったシシュポスは岩を山頂に押しあげる罰を受ける。山頂に岩が達した刹那、岩自体の重みで転がり落ちる。シシュポスは再び岩にとりつく〃

（〃〃の部分は慎一さんの言葉を拝借しました）精神的絶望から全てを拒否し、より深淵に自等を突き落とす。寂静の世界、羊水に漂う懐かしい世界。刹那的安楽に救済を求めた心身が聴能を壊し、慎一さんの聴覚を失わせる契機となった・・・」

お義母さんは語り疲れたのか、やや唐突に打ち切った。カップに手を伸ばし口につける。

「お母さんコーヒーのお代わりは・・・。私も飲むから淹れなおすね。慎一さん豆を挽いて下さいな」瑠璃は立ち上がってキッチンに駆けた。瑠璃の後をぼくも駆ける。ミルをテーブルにセット、缶から必要な分量をミルに入れてローラーを回し、豆を挽く。コーヒーメーカーにスイッチを入れた瑠璃は近寄ってくるとぼくの腰に腕を回した。

「慎一さんを愛するのに理由は要らない！　ただ、慎一さんが好き。でも、どうしてって聞かないでね！」瑠璃の愛に返す言葉がない。

淹れたてのカップを両手で包んで、愛おしみつつコーヒーを口に含んだお義母さんは小さくため息をついた。


『澪の独白』

「私が言うのもなんですが、瑠璃は優しい子です。私立中高一貫校に、それも女子だけの学園に通わせました。本人は家の経済的なことを考え（遊漁船経営が不安定な状況もあって）公立を希望していたと思います。健が遊漁船経営に奔走、私も何かと忙しく瑠璃をかまってやれなかった。あるとき公立中学の授業を見学しました。初めから分かっていた通り、都会に比べ若干（非常に）遅れ気味で、風紀に良い印象を受けなかった事もあり、最終的に親の欲目で私立を選択しました。試験に受かったけど学力差は顕著に表れました。中学一・二年間は瑠璃も苦労したと傍目に分かりました。私と健に隠れて泣いているのが顔に現れていた。でも、頑固なのか、辛抱強いのか愚痴一つ私と健に訴えません。中学二年の後期から自信を持って勉強するようになりました。女子高だからと思うけど、異性から電話がかかることは終ぞなかった。私と健に隠れて異性と交際していたとは考えられません。

慎一さんが初めての男性だと思うけど・・・瑠璃ちゃん違う？　（瑠璃は頭を振って肯定していた）そのことから、「慎一さんと結婚したい！」と哀願された時、慎一さんが辿った多難な道程に、瑠璃の優しい情が、利他を愛と勘違いしているのかと、私と健は頭を抱えました。勿論、慎一さんは上背もあって、テニスで鍛えた体はがっしりとして、顔立ちも整って鼻筋も高からず低からず、誰もがふり向くイケメン。動作、話し方、全体の雰囲気に育ちの良さが漂っている。私が二十年若ければ棄てておかないけど・・・は、冗談としても性急過ぎるとなあと思いました。

懇意にしている万事屋に懇願されなければ、慎一さんを泊める事に、今だから言えますが、私と健は正直に言って躊躇しました。東京で暮らしていた頃、混雑する駅や電車の中で、独特な動作（その頃、手真似の言葉さえ知らなかった）で会話する聴覚障害者を見かけたことはありました。手と全身を駆使して仲間と会話する独特な動作、捉えどころのない表情に違和感（ごめんなさい！）を受けました。この時「聴覚障害者も私たちと同じ人間です。聴覚障害を理由に宿泊を断ったら人間として最低です」と瑠璃が怒って抗議するのを今でも覚えています。

　慎一さんの告白。将来を語る瑠璃の夢に耳を傾け、私と健は十年間の人生経験をさせて貰った、と。健と布団の中で語り合いました」

　ここまで話したお義母さんは、〝フ～ッ！〟とため息をついて瑠璃に眼をやっていた。それからカップを引き寄せるとコーヒーに口をつけた。お義母さんは少し疲れているように思えた。それでも背筋をしゃんと伸ばして語り続けた。

「前置きが長くなりました。

　二人の結婚、瑠璃の動機（具体的なことは分からない）が急なことで、私と健の危惧が杞憂に過ぎなければそれに越したことはありません。子供は親の生活態度を見て結婚観を持つのではと私は勝手に考えています。瑠璃が慎一さんに対して、愛の言葉で韜晦《とうかい》しているとしたら心許無い」

「チョット待って！」と瑠璃が言った。それからぼくの方を向いて「さっき母が言った『とうかい』の言葉、読めたかしら・・・」

「とうかい・・・東海道の『とうかい』・・・？」と聞いた。

「そうでなくて『韜晦』」と言って瑠璃はノートにボールペンで韜晦と美しい漢字を書いてぼくに差し出した。

「ああ、隠す方の韜晦・・・。ごめんね。分からない時は質問しなくちゃだめだね」と、ぼくは謝った。

「良いのよ！　チョット込み入った話だから、私も気を付けているけど、母の話につい引きこまれて・・・」と言った。それからお義母さんに向き直って「話を折ってごめんね！」と言った。お義母さんは、しばらくポカーンとしていたがコーヒーで喉を潤すと語り始めた。

「私は都会に憧れ（田舎の小娘が持つ）東京の大学に向けて猛烈に勉強した。担任から「根本澪《みお》さんが目標にしているM大の偏差値は、澪さんの現状では合格の可能性が低い」と断言された。でも、私がM大合格通知を担任に突き付けたら、蒼白になってしきりにハンカチで汗を拭いていた。

　親からの仕送りは学費（親には大変な額）だけ、下宿代と生活費は奨学金とバイトで賄う条件でどうにか入学出来た。入学出来たのは良いけど、憧れていた東京を満喫する時間もなく、バイト（健には内緒）に明け暮れる毎日。でも、講義には欠かさず出席しました。

　大学二年目の終わり頃、バイト先で健に出逢いました。偶然同じ大学で専攻も同じ、家の境遇もどっこい、健もバイトに明け暮れていました。ただ、健は講義にほとんど出席しなかった。昼間は雀荘に入りびたりで競馬の資金稼ぎをしていました。麻雀はめっぽう強くほとんど負けたことがないと自慢していました。そんな健と同棲を始めて暮らすようになったのが、大学三年の師走、雪の降る晩でした。

二人がスタートした愛の巣（私のアパートに健が転がり込んだだけのことで、愛の巣などと呼べないけど）は四畳半に台所、トイレのついた小さな部屋。バイト先の寮や知人の家を転々としてきた健の持ち物は、数冊の本と着替えの下着をそれぞれ一枚ボストンバックに詰込んだだけ。「本当にこれだけなの!?」と引っ越して来た日、びっくりして健に問いただしたくらい、本当に何も持っていなかった。お金がなかったからなのか、物に淡泊なのか分からなかったけど、生きる（単に生きているだけかもしれないけど）情熱は半端でなかったと、あの頃、思っていた。最低限の生活に堕ちても、健には決して諦めない気概がありました。

でも、健と暮らすことは戦いの毎日でした。愛し合って（そう錯覚していたのかも・・・）同棲を始めたけど、性格も考え方も、生活習慣も全く異なっていました。その都度、穏やかに注意すると「澪は育ちが良いもんな～」と嫌味を吐く。取っ組合いの喧嘩もしょっちゅうやったけど何故か別れられなかった。喧嘩は数え切れないほどやったけど手を挙げたことは一度もなかった。組み伏せられ、私の上に馬乗りになった健は、いつも哀しい眼で私を見つめ、〝ぷぃ！〟と飛び出して数日帰らなかった。ただ、同棲する時約束した、家賃と二人の生活費は忘れたことがなかった。

愛は、痕跡は、私の中のどこを探しても見当たらなかった。都会の生活に倦んでいた私は就職活動をしませんでした。大学の単位はすでに取得、論文の提出も終わって合否を待つだけでした。卒業したら実家に帰り仕事を探そうと決めていました。健にはその月の家賃と生活費を持って来た日、実家に帰ることを告げました。健は世界の終わりを迎えるような、悲哀の表情を私に向けるとぷいとドアを開けて出て行きました。

師走を前日に控え、風が強く吹き、凍てつく夜中、三ヶ月帰らなかった健が、衣装箱を二個抱えて入って来ました。ドアを閉めるなり抱えてきた衣装箱の一つを「澪にプレゼントだよ」と私に寄越しました。受け取った箱を開けると、ブルーのコートが入っていました。多分、麻雀か競馬を当てたのだろうと想像しました。大学卒業をとっくに諦めた健は就職に奔走しているようでした。でも、大学中退者にまともな仕事は見つかりません。

ややあって健が「澪さん、飲みに行きましょう～！」その時、どうして拒まなかったのか今もって私にも分からない。私はプレゼントのコートを着ました。健はもう一つの衣装ケースから取り出した濃茶の革ジャンパーを着ました。私達は北風が吹き付ける夜の街に腕を組んで歩いたわ、どちらも語りあうこともなくただ黙々と。ブルーのコートは暖かく私を包み、北風のささやかな防波堤となったの。この瞬間の小さな幸せを、私は黙って受け入れた。

道路わきに鮮魚の看板を立てた暖簾を二人はくぐった。ガラスの引き戸を開けた健は私を先に入れる。いつも先に立ってどんどん行くのに、今夜は妙に優しい。店内はそれほど混んでいなかった。私たちは四人がけのテーブルに座った。私が脱いだコートを受け取った健がハンガーにかけて壁に吊るしてくれた。店員に生ビールを頼み、ホッケの塩焼きとおでんを頼んだ。生ビールが運ばれ二人で乾杯するとき、ジョッキを掲げた健が「澪の新しい旅立ちに乾杯！」と言ってジョッキを合わせ一気に半分飲み干した。「新しい旅立ち？」健が何を根拠に言ったのか、私には分からない。私は黙って健のジョッキに合わせて一口飲んだ。ジョッキもビールもとても冷えていてちょっと躊躇したけど・・・。健とこんな穏やかな時を過ごすのは久しかった。でも、実家に帰る決心が覆ることはあり得ない、と胸のうちで呟いていた。

卓に置かれたホッケの塩焼きとおでんを食べた。ホッケは焼き立てで熱々して、ほどよく油が乗って美味しかった。こうして健と二人でホッケをつつくのも、ビールを飲むのも最後だと思うと少しセンチになった。

「健さん、就職決まりましたか？」私はさりげなく聞いた。

「就職先？」ジョッキを右手に持ったまま、左手で額に垂れた髪をかき上げながら困惑顔で鸚鵡返しに言った。

健の身なりから決まったようにも、真剣に探していたとも思えなかったけど・・・。一時的にしても、愛した健が堕ちて（身勝手な想像だけど）行くのを見たくなかった。健から視線をそらした私の眼は周りを泳いだ。店内が少し混んできた。恋人同士なのか、額をくっつけんばかりに顔を寄せて話し込んでいる。ほかの卓では会社の同僚らしきグループが歓声を上げているのが眼に留まる。

唐突に私の身体の中心に異変が起こった。箸を投げるように置きざまバッグを掴み「ちょっとお手洗いに・・・」と訝し気な健をちらりと横目で見ながら駆けるようにトイレに走った。眩暈が襲い、嘔吐感も胸から突き上げて来ていた。

私が便器と顔を向き合わせた刹那、激しく嘔吐した。過去の汚物が内臓を裏返しにするがごとくな嘔吐。汚物は濁流のように吐き出された。一呼吸おいて、嘔吐は終わり？　と気休めに思った時、喘息の発作のような嘔吐が断続する。汚物はすでに底をついたのか、ねっとりした、酸味の混じった唾液と一緒に鼻水がたたたらと便器に落ちる。私は汚れた便器を抱え、タイルに尻餅をついたまま発作の終焉を願っていた。

便器を抱えていると、得体の知れない哀しみが私に襲いかかってきた。涙腺から絶え間ない涙が便器に落ちた。発作のおさまりを見計らい、タイルからお尻を離した私は、洗面台の縁を掴み、どうにかして身体を引き上げた。鏡を覗くと別人が映っていた。「あなた誰?」と鏡が私に呟いた刹那、私は床に崩れ意識が遠のいていった。

意識が戻ったとき、煤けた白い天井が眼に入った。右腕に針が刺され、点滴の透明な液体が〝ぽとぽと〟とチューブを伝って私の体内に送り込まれていた。なんとなく全身が押し付けられているようで、体が重い。首を捩じるとベッドの端、ちょうど私の顔の正面に腕を枕に眠っている健が視界に入った。すべての苦悶を流した穏やかな眠りにたゆたっているような表情をしていた。左の腕が動くのを確認してた私は、そっと健の髪に触れた。掌に伝わる感触を確かめていると不意に涙が頬を伝わって枕を濡らした。

静かにしずかに　酒飲んで
愛し思いに　そそらるる
ホテルの屋根に降る雪は
すぎしそのてか　囁きか

中原中也の詩が不意に浮かんできた。

「澪さん、気がついた!?」髪に触れられて目覚めた健が私を穴の開くほど見つめ、ぽろぽろ涙を流した。健の涙が私の頬に落ちて〝ぴちゃぴちゃ!〟と音にすり替わって響いた。健が押した呼び出しボタンで看護師が駆け付けた。

「根本さん、意識が戻って本当に良かった・・・」私の髪を優しくなでながら言った。私の頬にまた滴が流れて枕を濡らした。まもなく担当医が駆けつけて看護師に指示していた。それから脈を調べた後、担当医が言った。

「根本さん、あなたは七日間意識を失っていました。それとお腹に赤ちゃんが宿っている、そのこと知っていました？幸いなことに激しい嘔吐で、アルコールも一緒に吐き出したので、子供の影響は限定的、お腹の子は元気に育っています。退院は身体の回復を待って判断しましょう」

説明を終えた担当医は看護師に指示して退室した。担当医がドアを開けて出ていくのを私は呆然と見送った。健は妊娠の説明を前もって受けていたのか黙って私の髪をなでていた。

「健、疲れたでしょうから今日は帰って下さい。一週間も付き添って下さったこと感謝しています。考えたいこともあるのでしばらく一人にして下さい」健の顔を見ないように言った。

「さっき、担当医が言っただろ。澪のお腹にいる赤ちゃんは、たぶん俺と澪の子供だと思っている。だとすると俺にも責任がある」情ない顔をして健は言った。

「健に責任云々は言わないから、今は澪を一人にして!」突き放すように言った。・・・」

お義母さんは話を打ち切り〝ふぅ〜〟とため息を漏らした。

潮風がやや強く海から陸に吹き抜ける、南房総フラワーラインを法定速度を保って走った。根本家からしばらく走るとと松林の防風林が一直線に続く道に入る。車も人も行き交うことは一度もなかった。時折、海に抜ける脇道から、白波が逆立つ海が見えた。荒れる波を巧みに操り、平然と弁当を食べる義父の横顔が浮かんでくる。

義母が退院するとき、知人に借りたステーションワゴンで迎えに行く義父が浮かんできた。別れることを決意して実家へ帰る決心をした義母と、どのようにして和解したのかを義母は語らなかった。だけど、二人は軋轢を乗り越え和解へ至る道筋をどう選択し、行動したのかぼくには分からない。義父は、新しい命の誕生に直面し、人としての証を真摯に考えたのだろう。考えることによってお互いの軋轢など命の誕生を前にして些細な事と感得したのだろうか？

現在《いま》の幸せも宇宙の創造主に与えられたものでなく、お互いの努力と妥協、人として誰にも備わっている理性の赴《おもむ》くままに行動を選択したからだろう。

義母は瑠璃に、愛とは与えられるものでなく二人で創り上げていくものだと諭した。そして、ぼくに対して暗に自覚を則するよう締めくくった。

お昼を食べてからと引き止められるのを丁重に断るとバッグを持って玄関に向かった。庭に駐車した車のドアを開けて助手席にバッグを置いた。スイッチを入れて天蓋開閉ボタンを押した。ギアの回る音に屋根は後方に収まった。

「私も途中まで見送るわ。バッグを取ってくるから待って！」と瑠璃が家に戻りかけた時、お義母さんが呼び止め何事か話していた。瑠璃が小走りに家に入るのを見届けた義母がぼくに近づいてきた。

「瑠璃に聞かせたくないから手短に話します。慎一さんが初めてヒラマサを釣り上げた時、料亭でお祝いしたでしょ。宴会がたけなわの頃、白髪の老婦人が慎一さんに向かって〝神を信じなさい！〟と囁いたことを覚えていますか？」と聞かれて咄嗟のことで即答出来なかった。ぼくは記憶を呼び戻そうと瞼を閉じた。

〝神を信じなさい！〟照明が落とされた銀座の礼拝堂で、北欧から日本に伝道に来られた若い神父さんと話した記憶が浮んだ。キリストを信仰する始めの一歩〝神を信じなさい！〟信じれば救われると教わった。料亭で白髪の老婦人がぼくに向かって唐突に告げた〝神を信じなさい・・・〟

瑠璃と婚約したことを根本さんの兄弟、親戚に発表の後、ぼくと瑠璃のテーブルに入れかわりお祝いに来た。宴会に出席した方々の挨拶が終わりビールを飲みかけた時、老婦人がぼくと瑠璃の席に唐突に立ったことを朧に思い出した。上品で知的な雰囲気を漂わせ、漁村には馴染まないと感じていた。婦人がどうして宴会に加わっていたのかぼくは知らない。

ぼくたちのテーブルの前に立つと、〝神を信じなさい！〟続きを言いかけた時、お義母さんが老婦人の前に割り込み

「お帰り下さい！」と今までにない厳しい顔を老婦人に向けて言った事を思い出した。

「宴会に割り込んできた老婦人。老婦人が告げたことを思い出しました。それがどうしましたか？」ぼくは訝げに尋ねた。

「・・・老婦人はこの地域で唯一ある教会の奥様」苦渋に満ちた表情をしてお義母さんが言った。

「傷心とお腹の子を抱え東京から帰省した私に、両親は当然のことながら冷淡でした。知人に借りたワゴンに私の荷物を積み実家まで送ってくれた健は、両親の罵声に土下座して詫びました。健が東京に戻るとき「澪さん、必ず迎えに来るから・・・」と言って帰っていきました。

実家に住むことは許可されたけど、両親の視線にいたたまれず、日中は海岸や神社の境内、野山を彷徨《さまよ》いました。ある日、疲れはて偶然見つけた教会の礼拝堂で休みました。私が上京する前、教会などありませんでした。後で知ったのですが老婦人のご主人が牧師を務める教会でした。私は礼拝堂のベンチの後ろに取り付けた台に、両手を枕に眠りました。久しくなかった深い眠りでした。どれくらい眠ったのか私の肩を揺する気配に目を覚ましました。私の傍らに立った上品な婦人を、私は覚醒から遥かに遠い眼を訝しげに見おろす婦人に向けました。

これが老婦人と初めての出会い。婦人に事情を問われありのまま語りました。どうして問われるまま、嘔吐するように恥も外聞も忘れて語ったのか、今もって私には分かりません。婦人は相手の事情を引き出すのが巧みな女《ひと》と、瑠璃が生まれてしばらく経ってから思い至りました。

この日を境に教会へ誘われるようになました。分厚い聖書を創世記から学習、教会で行われる勉強会へ婦人が迎えに来るか、婦人が多忙の時は代わりの信者が家まで迎えにきました。私は暇つぶしに自室にこもり、聖書を読んだりして過ごすようになりました。

健からの連絡はありませんでした。両親の冷淡を好都合と、私は聖書にのめり込みました。お腹が目立ってくると、隣近所から冷ややかな視線を浴びました。でも、それに比例して、私のお腹で逞しく育つ命は、世間の誹謗中傷に対して平静に対処する心を私に植えつけました。私の出産予定を間近に控えた日、健に病院の電話番号と出産予定日をはがきで送りました。浅慮と思われますが、聖書を学ぶことで健への思いが甦っていました。

老婦人の〝神を信じなさい！〟の言葉、随所に見られる聖書の戒律（約束）に私は次第に違和感を持つようになりました。どうして？　と問われても私には具体的に答えることは出来ません。ただ、私自身の本能？　生来の精神（それほど立派な精神など備えていないけど）では、としか言えない。

出産予定の前日、健が小型のワゴンに乗って実家に訪ねて来ました。健は両親に土下座し、「ここに澪と住まわせてほしい・・・」と。まるで私の霊感が空間を移動し、健にインスピレーションを射ったようなタイミングで。

瑠璃を出産してから教会はしだいに疎遠になりました。婦人会に出席することも婦人に会うこともなくなりました。これはあくまでも個人的なことだけど、人間の心なんて永続性がなく、移り気で猜疑心に凝り固まっているんじゃないかと・・・。神が十戒を壁に打刻、モーゼに託した石碑を読んだとしても、愛し合って一緒に暮らす、新しい命の誕生を迎え、慈しみ育てあげ、お互い選んだ者に託して、二人の時間が塵に還るまで・・・、その一つの形を造るのは、相手に対する愛と理解と寛容と思います。あっ、瑠璃が戻った。慎一さん、瑠璃をよろしくね！」ぼくの右手を両掌で包むと義母は慈しむように言った。

義母のかなり込み入った物語りは終わった。

追憶

義母の物語を俯瞰し、記憶を遡りつつ考える。傍らのコーヒーは既に冷めて酸味が強くなっていた。会計士との面会時間を考えると、コーヒーを淹れなおすのは時間的に無理と分かっていた。予定より早いが、ぼくはスタイリッシュスーツに着替え家を出た。

地下鉄の狭い階段を上り出口に向かう。石田さんと待合わせ岡本くんの仲間と合流。そのまま飲み会に流れることもあったけど、塙先生と銀座で待合わせることは終ぞなかった。

銀座の街角に立って暮れなずむ空を眺めた。都会は空がない、と誰かが言った。だけど、銀座の街角に立ち空を眺めると、新宿や渋谷より広い空が眺められる。今日は師走を控え、雲も慌ただしく移動しているが、銀座の街角に立ち、ネオンが瞬き始めた空を眺める時、銀座の空は芸術的とさえ思う。

ぼくは、地下鉄出口から近い喫茶店のドアを押して店内に入った。通路を挟んでカウンターとボックス席が並んでいた。店内は細長く、くすんでほの暗い間接照明がぼんやり店内を灯していた。ぼくは店内の中間あたりのカウンターに座りブルーマウンテンを頼む。コーヒーを待つ間、岡本くんにメールを送る。待つまでもなく返事が来た。「やあ、元気にやってるかい！　すまないが仕事が立て込んで少し遅れる・・・」とメールが来た。

「待っている」と返事する。

父が会社を創業した地の銀座。家族（ぼくから言えば、祖父にあたる）の歴史を語ることのなかった父は、万が一を考え、資産管理を会計事務所に委託した。会計事務所は地下鉄銀座駅の出口から徒歩十五分の路地裏にあり、父の会社からもそんなに遠くなかった。社会人となったぼくが頻繁に銀座に来るか、疎遠になるか分からない。だけど、これから瑠璃と連れ立って銀座で食事、腕を組んでショーウインドを覗く、そんな機会も訪れるだろう・・・。

約束の日、ぼくは会計事務所へ電車、地下鉄を乗り継いで訪問した。受付で名前を告げると応接室に案内された。ここに来るのは今回で二度目。ルオーの自画像が正面に掲げられているほか、どこといって特徴のない応接室。初めてここに来社したときは塙先生と来たなあと思い出しもする。その頃、ぼくの耳はすでに壊れ、郷田会計士の唇が読めるか不安が先立ち、塙先生に確認のため筆記（会話を要約してノートに書く）と立会いを兼ねてもらった。一人で来た今回は秘書が筆記者としてぼくの隣に座った。郷田会計士とは口話で話し合い、難解な語彙、重要な問題は秘書が筆記することを事前に確認した。

「前回お会いしてから二年ぶりですが、元気にやっていますか？」郷田氏は障りのない言葉を選んで言った。

「はい」と、ぼくは簡潔に答えた。

「ご家族の逝去を克服され、表情も見違えるほど回復されて私もホッとしています。今日来社いただいたのは、郵便でお知らせした資産管理の説明。御父上と当社が締結した契約が来年三月終わります。竜さんが当社と再契約を希望される、否、当社としては再契約を是非ともお願いしたいが・・・」郷田氏はソファーから立ち上がってぼくに頭を下げた。

ぼくは郷田氏の話を黙って聞いていた。唇の読めない部分は秘書が筆記するノートに目をやった。

「失礼は承知していますが、貴社の業績と資産運用実績を簡潔に説明して下さい。万一の事態を考え、父は貴社に資産管理を委託しました。しかし、日本経済は二度のオイルショックから立ち直ったとは言い難い。資産管理を委託する貴社の業績が安定していないようであれば契約延長を考慮する必要があります。父の資産はぼくの生活基盤であるとともに、家族の意思が存在しているように考えるからです」ぼくにしては冷静に話した。

ぼくの話を冷静に聞いているように見えても、会計士の表情に微細な兆しが表れるのを見逃さなかった。音を失った事で無意識的に観察力が研ぎ澄まされてきたように思う。失った音の代替えに・・・個人的な差はあると思うが。視覚障害者の聴覚は、健視覚の人に比して聴覚能力が高いと言われる。使わない（必要性が希薄な機能）が故に失われた身体機能は、欠損を補うべくほかの機能のギアを上げるのだろう。会計士は次第に困惑を隠さなくなった。その困惑が何を意味するのか、今の時点でぼくに判断出来ない。

「竜さん。お父上と交わした契約書、資産管理帳簿は、竜氏がお亡くなりになる前後からでよろしいですね。わが社の業績は後日作成します」苦渋に満ちた表情で述べた。

「はい！　それで構いません」ぼくは穏やかに答えた。

　難解な専門用語は秘書が確認するようにノートをぼくに見せた。ぼくは、〝ありがとう・・・〟と、秘書の眼を見つめ小さな声で言った。秘書が体を捩じった刹那、胸元の白い肌がチラッとのぞいた。美しい肌をしていた。ぼくと秘書の応答を待って、会計士は語り始める。

「資産管理帳簿は年度別にファイル。紛失を想定、社外持ち出しは厳禁です。閲覧する場合当社の会議室でお願いすることになりますが・・・。閲覧時間は当社の業務時間内、月曜から金曜・午前九時から午後五時であればいつでも可能です。帳簿に不明な点がある場合に備えて担当職員に待機させますから、短縮ダイヤルボタンで対応出来る態勢にしておきます。以上で構いませんか？」会計士は事務的に説明した。

「懇切な対応に感謝します。契約終了期限は来年三月末ということで年明けから閲覧に入ります。再契約は閲覧後となりますが、問題がなければ改めて貴社と契約します」

　お互いによろしくと言い交わし、今回の話し合いは終わった。ぼくは、手元のコーヒーカップを口に運んだ。温く酸味が加わっていた。

「話が変わりますが、竜さんの近況を教えていただけませんか？　他意はありませんから・・・」郷田氏は、元の柔和な表情に変わっていた。

　質問の趣旨が分からず面くらったぼくは、普段の生活の事だろうと勝手に判断した。

「大学の事からで良いでしょうか？」郷田氏に確認を求めた。

　郷田氏は腕を組んで小さくうなずいた。「二週間前卒論を提出、単位は既に取得し、後は卒業を待つだけです。就職活動は行なっていません。それと大学院に進むか思案中です。それから、洲崎で遊漁船を経営する娘さんと先月婚約しました」と語った。

　会計士と秘書は、突然、婚約の話になって〝ぽか～ん！〟と口を開けていた。応接室に柔和な寂静《しじま》が訪れた。

「大学院の事は既に郷田氏に語ったか、ぼくの記憶が今一つはっきりしませんが、日本古典文学かアメリカ文学を専門にするか・・・現在思案中。大学院進学を断念した場合、職探しとなるけど・・・」郷田氏を見つめて言った。郷田氏は腕を組んで思案していた。秘書も両手を膝に置いて聞いていた。ほっそりした左手の薬指にプラチナの指輪が鈍い光を放っていた。

「びっくりして言葉もありません。先ずもって〝婚約おめでとうございます！〟竜さんが選ばれた方だから、きれいなお嬢さんでしょう！　それから、就職でしたら、竜さんのお父様は生前筆頭株主です。ＩＴ会社の取締役席が空席（調べてみないと分かりませんが・・・）と思われます。竜さんは父上の株式を引継いで筆頭株主です。即座に空席に座ることは無理としても社員としてなら就職出来ると考えられます。竜氏が亡くなられて、一時的に業績が落ちましたが、今はかなり回復して来ています」ここで言葉を区切り手元のコーヒーカップに手を伸ばした。

「ＩＴ企業は株式を公開、筆頭株主は竜さんです。竜氏が亡くなられた後、竜氏の跡を継いだ代表取締役社長から、竜さんが引き継いだ株の売却を打診されましたが、あなたの会計責任者として拒否しました（この件は後日改めて説明します）。売却を拒否された会社は増資を取締役会で決定。竜氏の委託を受けた会計事務所と竜氏取引銀行と協議、買い足して来ました。竜さんの持ち株比率は以前より増加しています」ここまで一気に語った郷田氏は一息ついて手元のコーヒーをゆっくり口に含み再び語り始めた。「竜氏は先見性があり、事故に遭わなければＩＴ会社は間違いなく中小企業から大企業へ発展出来ただろうと、株主の方々も銀行の役員も往々にして言っております。事故の報告に頭取は執務室で涙しておられた。私も非常に残念に思い、改めて竜氏の遺志を守る決意をしました」郷田氏は語り終えると、ポケットからハンカチを取り出し眼頭にあてていた。

郷田氏の話から父の一端を知るにつけ、改めて父の存在の大きさを確認するに至った。ＩＴ企業を創業した父は仕事の合間に膨大な量の書籍と格闘していたのだろうか。家族と過ごすことを優先し、陽が沈む前に帰宅して母を手伝っていた。陽子が幼い頃、食事の相手はいつも父だった。食器の配列や後片付けを自然に行っていた。陽子が小学生四年から母を手伝って料理を始めると、食卓に座って新聞を読みながらお茶を飲んでいた。会社を創業した頃、「二人の子育てに忙殺する私を気遣って定時に仕事を切り上げ率先して手伝ってくれたのよ」と母から折にふれて聞いていた。

会計士の語るところによると、父が生前ＩＴ会社は定刻退社（プログラマーは三交代）、残業厳禁と社則に規定。従って、社員は合理的かつ能率的に仕事をこなさなければ、強要ではないが自ら退職を余儀なくされた。創業一年間の試行期限を設置、一年後残業のない企業としてスタートを切った。役員の反対意見もあったが、役員以下の指導の下、仕事の能率が上がり達成出来た。社員全体の意識も変化の兆候が顕著になり仕事のスピードも加速された。何よりも社員の表情に健全な充足感が表れていた。

竜氏は代表取締役として得意先開拓・新商品開発に陣頭指揮を執り、収益の上昇を確実にした。五十人でスタートをした会社は、竜氏が健在の時、社員一〇〇〇人の中堅企業に成長、株式上場も果たし、業界では今後一段と飛躍が期待される企業と予測されていた時期、交通事故で亡くなられたのは社会的損失と業界紙でも報じられた。

陽子が家事を手伝うようになってから、父が書斎にこもる時間が増えただろうことは理解出来る。だけど、家族がいなくなって書斎にこもり、書架の本に向き合ってから五年、膨大な蔵書を前にしてまだ緒に就いたばかりと自分では思う。読書の速度、集中力一つとってもお父さんとぼくには雲泥の差があると認識する。聖書や小林秀雄、ドストエフスキーなどの著作に傍線や細かな書込みを目にするにつけ、精読と辞書を駆使する時間を父はどのようにしてひねり出したのかと頭を抱える。

「竜 龍彦社長は・・・」と、郷田さんが父を語る時、並ならぬ敬意を込め、言葉を選びつつ語る。郷田氏の話を聞き、蔵書の詰まった書斎に立ち尽くすとき、ぼくは、父に相応しい冠を思いつかない。

それから母の存在を表す言葉も・・・。

会計事務所を辞去して街に出た。師走の慌ただしさを追従するかのごとく日没も駆け足でやってきた。街灯が灯りビルの谷間に控えめなネオンが瞬いていた。銀座のネオンは歌舞伎町や池袋のケバケバしいネオンの輝きとは一線を画し、上流社会のごとく煌めいていた。ぼくは、石畳の歩道をスニーカーで踏みしめ、ファッションショーのモデルを眺めるようにウインドウを横目に地下鉄へ歩いた。サラリーマンの終業にはまだ間があるが、街路に人が途切れることはなかった。ぼくはそれらの人波に逆らい歩調を合わせ、瞬時の銀座散策を楽しむ。ふと、書店のウインドウで立ち止まったぼくが、ウインドウに陳列された新刊に視線が釘付けになった時、Gパンの尻に突っ込んでいた携帯が震える。「誰からだろう・・・」ポケットから携帯を抜き取り液晶画面を見る。あ、瑠璃さんから・・・。

「慎一さん、元気にお過ごしでしょうか?

館山駅で、慎一さんの車がT字路を曲がって見えなくなるまで手を振っていました。車が見えなくなった刹那、やるせなくて涙がぽろぽろと堰を切って私の靴を濡らしました。こんな顔を母に見せてはいけないと思って、館山駅から海に向かう路をトボトボ泣きながら歩きました。

慎一さん、これが人を愛するというのですね。この切なさを愛と言うのですね。瑠璃は初めて理解しました。胸が張り裂けるほど心臓の鼓動が悲鳴を上げて・・・。苦しくて、哀しくて、そしてお別れしたばかりなのに懐かしくて・・・。

背中に翼があったらすぐにでも慎一さんの胸に飛びこみたい！　狂おしいほど高鳴る胸を両手で抱きしめた私は、砂浜に足を投げ出して泣きました。砂浜は小さな白波が寄せては去っていました。

瑠璃が腰を下ろした浜辺から東京湾に突き出た三浦半島が見えています。両親の希望をかなえるため、四人で旅行しましたね。鶴岡八幡宮の神様に、慎一さんに巡り会えたこと、一緒に生きていけることを感謝ました。境内で慎一さんにもたれて接吻《くちづけ》したら、母にはしたない！　と叱られたことを、意《おも》い、〃ぽろぽろぽろぽろ・・・〃涙は砂浜を濡らし、わたしはただただ泣きじゃくっていました。

海洋大学受験が残すところ二ヶ月なのに瑠璃は駄目ですね〜！

でも、二人きりの時、慎一さんがおっしゃった「ぼくと一緒に生きるとしても、瑠璃には瑠璃の人生があることを忘れてはいけないよ。初めて瑠璃の家族と夕餉を囲んだ時、夢と希望と計画を語っていたよね。海洋環境の研究は素晴らしいし、将来も有望な研究だとぼくは思うよ。瑠璃の夢とぼくの夢、ぼく達が一緒になる事で妨げになるようではいけない。お互いの理解と愛で越えなければいけないと・・・」おっしゃったことを噛みしめています。

慎一さんとお別れの日、母が語ったこと・・・。瑠璃が忘れたバッグを取りに自室に駆けて行っていた間に、母が慎一さんに語ったキリスト教信仰の話は真実だけど、少し端折っています。自室から戻った私は、母の語ることを聞いてはいけないと咄嗟に考え、玄関のガラス戸に隠れていました。母の声はガラス戸越しに瑠璃まで届きました。

私が産声を上げてからしばらく経って、父とよりを戻した（真意は分からない）機会に私は（母）教会と縁を切った、と語っていたけど真実は異なります。祖父と父（健）が出漁中、幼い瑠璃を抱っこ、よちよち歩きの頃、私の手を握って母は教会に通いました。風雨に波濤が堤防を砕くがごとく船を叩く日、父に対して良妻賢母を演じ、隠れて教会に通っても父の眼は誤魔化せませんでした。いつか父の知ることとなり諍いが絶えなかった。私が理解出来る歳になる頃、耳を塞いでも二人ののしり声が怒声に変わるのに時間はかかりません。叫喚は瑠璃の耳をこじ開け鼓膜を叩きました。

旧約聖書の創世記から新約聖書のヨハネ黙示録まで母と教会で、ある時は信者の家で学びました。母が洗礼をさずかったかまでは知りません。たぶん、そこまで決心がつかなかったと、これは瑠璃の想像ですが・・・。そして、忽然とキリスト教を放棄した時期も理由も瑠璃には分かりません。分厚い聖書を、教えを受けながら学んだ時間を考えると、母の信仰は数年に亘っていたと想像します。

瑠璃も母のそばで、聖書を朗誦する牧師さんの声を聞きながら成長しました。言葉を理解出来るようになって、聖書の中で「雅歌」が特に印象に残っていました。

慎一さんにお逢いすることが出来て、第五歌「彼が左の手はわが頭の下にあり、その右の手を持て我を抱く」のごとく、慎一さんに私のすべてを捧げる日を夢想するようになりました。雅歌は美しい詩歌に似ています。牧師さんは本当に美しい声（慎一さんのことを知りながら、ごめんなさい！）で朗誦しました。キリスト教に導かれる日が私に訪れることはなかったけど、音を失った慎一さんに言うのがはばかれますが、読む事では得られない美しい詩歌（瑠璃の解釈）です。

瑠璃が手真似を覚えて、慎一さんに「雅歌を通訳して下さい」とおっしゃられても雅歌に流れる微妙な調べを通訳することは難しいと瑠璃は思います。「手真似を知らないのに簡単に決めつけないで！」と聴覚に障害のある信者の方に怒られそうですが・・・。

随分話が横道にそれました。キリスト教は簡単に言えば神とイスラエル人の約束（戒律）です。神が定めた戒律を守る決心・覚悟出来る信者が洗礼を受けます。

どんな思惑から、母がキリスト教の話を慎一さんに伝えたのか、瑠璃には母の真意を推し量ることはできません。ただ、瑠璃を信じて愛していただければと、親心からお話したのではと、瑠璃は思うとともに、一緒に暮らし、お互いの愛情の循環がなければ砂を噛むような日々、それを母は経験に則して話されたのではないかと瑠璃は勝手に解釈していますけど・・・。

師走を控え、遊漁船予約の電話がひっきりなしです。母は対応にてんてこ舞い。夕食を囲みながら、話題は船の調子、釣り客のばらしの嘆き節。最後に「慎さんどうしているかな・・・？」と呟きで締めくくります。

「慎一くんからメールが来てないか？」と、父は母ともなく瑠璃に、ともなく言葉は独り漂い焼酎を飲んでは呟いていま

す。

慎一さんは私たち家族の一員、早く戻って下さい。

瑠璃♡」

瑠璃からの長いメール。それから記憶を呼び起こし、割烹でぼくらが飲食中、白髪の老婦人がテーブルのそばに立ち「神を信じなさい！」と、独白した理由が理解出来た。穏やかに暮らしている義父と義母に、かつて闘いの日々があったことに思いを馳せると、気持ちがなんだか軽くなったように思う。瑠璃とぼくの間に闘いの日々が起こり得るかぼくには分からない。育ちも性格も異なる二人がともに暮らせば、長い歳月の間に綻びがあるかもしれない。その綻びを克服出来るかはお互いの愛情と理解と寛容の深浅に他ならないと。

瑠璃には、「これから友人と飲み会に行くので帰ったら・・・」とメールを送った。

「気を付けてね！　飲みすぎては駄目よ！」のメールに苦笑。

岡本くんとは新橋で落ち合う予定。改札口付近で待っていると〝ぽん！〟と肩を叩かれ振り向くと、石田さんがニコニコ微笑んでいた。

「久し振り！　変わりない？」ぼくの手真似が未熟なのを承知の上で、石田さんが口話と指文字おまけの手真似で言う。

「久し振り！　石田さんは・・・」鸚鵡返しに口話と指文字で言った。

しばらく会わない間に女性として磨きがかかって美しく、

より艶然とした華やかさも加わっていた。紺のベストも既製品でなく注文したのだろう、品質の良い生地を使って仕立てられている。

「会わない間、石田さんは大人の色気が増してきましたね。それに服装も高価そうなベストを着て、保険会社は景気が良いのでしょう！」と言うと、「竜さんが冷ややかだからですよ！　それと、保険の資格を取得の後、収入のアップも・・・」と淋しそうに言った。

「ぼくが冷ややか？　江ノ島でぼく一人を放置、カップルで遁走した方はどなたでした・・・」ぼくは皮肉を込めて笑いながら言った。

「そうね・・・」と言ったきり言葉がなかった。

ポンと肩を叩かれ振り向くと、岡本くんが「やあ！」と片手を上げたまま「あの時はすまなかった」と謝る。たぶん、ぼくと石田さんの話から咄嗟に思い付いたのだろう。ぼくにとって、過ぎたことはどうでも良かった。岡本くんの後に矢野さん、ぼくの知らない男性二人とおかっぱにカットした女の子が遠慮がちに控えていた。相変わらず顔が広い岡本くんが友人で幸いと思う。

師走を明日に控え、繁華街をぞろぞろ行き交う人もなんとなく忙しない。

「少し離れているが、新鮮な魚介類を揃えた店がある、今夜はそこで忘年会だけど良いか？」挨拶もそっちのけで、岡本くんが先導、勝手知った繁華街の酔客の間を軽業師のように避けながらぞろぞろ楽しそうに歩いていく。時折、先導する岡本くんの前に回り込んだ石田さんが、ぼくに見せつけるように手真似で媚びを売る。二人の訝《いぶか》しい光景に、江ノ島電鉄の改札を石田さんと通り抜けた矢野さんを横目でチラッと盗み見た。矢野さんは江ノ島で石田さんと意気投合、ぼくを置いて電車で消えたけど、今夜はなんだか赤の他人より冷たい空気が二人を遮断していた。

ボーナスが支給され財布が膨らんだ酔客にボーイがチラシを片手にしつっこく勧誘していた。岡本くんはボーイの勧誘をさらりとかわしどんどん先を歩いていく。岡本くんの連れは、友人が星空に描く手真似の物語に相槌を打ち、笑い、反撃の手真似を繰り出す。手真似が言語の聴覚障害者は、社会でマイノリティに分類される。会社経営・個人事業主以外、健聴者の社会で日々の糧を得なければ生存出来ない。たまたま手真似を齧った程度の同僚が働いていると生涯の親友を得た思いに陥る。たまに仲間と飲み会や集会に参加すると手真似が爆発する。従って彼らは強制された儒教者とぼくは思う。仲間と会い手真似で誰はばかることなく戯れるのは、哀しいストレス発散なのだ。健聴者でも、見知らぬ国で母語を話す日本人（同族）に巡り合えば、日本では赤の他人であっても嬉々とする、それの心理を比較・嘲笑の対象と考えるのは愚かな人間の行動、とぼくは思う。

先を行く岡本くんの背中がどんどん小さくなり人の流れに時折隠れる。「遅れるよ！」と振り向きざま会話に忙しない三人に告げる。「あっ、大丈夫！　真直ぐ歩けば集合場所に着くから・・・」平然と身振りと手真似で返事するがその間も、手真似劇場は途切れることがない。

案内された個室は少し窮屈な部屋だった。週末と忘年会シーズンに飛び込みでは文句は言えない。案内の店員は、おしぼりを卓に置くとメモを片手に注文を取る。

手真似に余念のない後輩に業を煮やした石田さんが立ち上がり、「だべるのは待って！」と叫んだ。ぼくの補聴器に石田さんのキンキン声が飛び込む。

「乾杯はビールでやろう！」岡本くんが宣言、ビールを半ダース。アルコールが体質に合わない数人がウーロン茶に決まった。岡本くんが言うには「酒蔵『房総』は、房総から鮮度の良い魚介類を仕入れる、従って刺身は抜群に新鮮で美味い！」岡本くんの力説に異論はなく肴に刺身の盛り合わせが決まった。

ビールが運ばれて来ると差しつ差されつ、コップに注がれた。全員注ぎ終わったところで、石田さんの音頭で乾杯する。

「みなさんこんばんは。明日から師走、仕事に私事《わたしごと》で忙しくなるでしょうけど、健康に注意して新年を迎えましょう。今夜は、岡本さんの親友、竜さんが仲間に加わり、私たちも便乗しました。竜さんに会うのは初めての人もいると思います。〝説教は良いので早く乾杯して！〟とみなさんに急かされそうだからここまで・・・・乾杯が終わったら竜さんに自己紹介していただきましょう。では、皆さんの健康を祝って乾杯！」

ぼくは周りの仲間たちとグラスを掲げた。ぼくはグラスのビールを一息に飲み干した。本当に友人たちと飲むビールは喉越しにしみ渡る。それにしても石田さんの演説はいつもながら起承転結の巧みさに感心する。

ぼくは入口に近い席に陣取った。ぼくの隣に岡本くんの後輩という女性が座っていた。「肴が来る前に竜さん、自己紹介はどうでしょうか？」と岡本くんの隣に座る石田さんが囁いた。お通しに出されたレンコンのきんぴらに箸をつけていたぼくは、「構わない」と親指と人差し指で○を作る。

「みなさん、肴が来る前、簡単に自己紹介をしましょう。時計の逆回りと言うことで、竜さんからお願いします」

「石田さんに先陣を指名された、竜慎一と言います。現在W大学文学部四年、来年卒業の予定です。岡本さんはぼくの先輩。在学中、要約筆記派遣など公私にわたり大変お世話になりました。高校二年の時、精神障害か聴覚障害か？　ぼくの意思とは関係なく体が勝手に判断、両側神経性難聴の病名を選択されました。聾学校在学の経験はありません。だから、ろう者の友人は岡本さんが初めて。ぼくにとって岡本さんは神のような人です」と言って打ち切ったら、石田さんが随分短いわね、と揶揄する。

ぼくの隣に座った女性は野村美香さん、M電気に勤務しているると誇らしげに自己紹介した。岡本くんの後輩鈴木 修くん・武田 健くんはS電気工場に勤務。岡本さんは都聾学校の先輩、岡本さんに勧められてろうあ運動に参加と誇らしげに自己紹介していた。

運ばれて来た刺身は、定番の鮪・蛸・真鯛・烏賊に赤貝が盛り付けてあった。どれも見た目は新鮮、だけど瑠璃さんの家で食べた刺身と比較するのはナンセンスだろう。店の入口に水槽があり、鯵や真鯛が悠々と泳いでいるけど、生きているから鮮度が良いとは言えない。

肩を叩かれ振り向くと野村さんが「失礼ですが、質問して構いませんか?」と手真似で言った。眼が大きく丸顔の可愛い女性の印象。手真似の表現も大きく全身を使って語りかける。手真似と身振り、豊かな表情と一体感にパントマイムを観劇しているよう。手真似が下手なぼくでも分かりやすい。あとで聞いた話によると、野村さんはろう劇団のメンバーと石田さんが言った。ろう劇団の存在さえ知らない無知を恥じるが、それ以前にぼくの交流範囲が岡本くん石田さんだけでは話にならない。

「どんな質問?」指文字を封印して手真似で答えるのは難しい。

「竜さんの住んでいる場所はどこ? 家族と暮らしている?」野村さんは演劇の延長のように流れるような手真似と身振りで質問するけど、いきなりぼく個人の問題を直截に聞かれて驚く。遠慮という言葉を知らないのかなあ!? 彼女の指に魅かれて観察すると、ぽっちゃりした長い指をしていた。

「ぼくの住んでいる場所は隣の県。市の中心から少し離れた街。家族はいない。一人暮らしです」ぼくが答えると「えっ、嘘は嫌よ!」ムッとした表情で言った。それから「何故って、竜さんの服装清潔(手真似では、服+美しい)だから一人暮らしと思えません」少し怒った表情が可愛い。

「ぼくは、嘘はつきません。信じられないなら岡本さんに聞いてね」と岡本くんを指して言った。野村さんは半信半疑に岡本くんを手招き、ぼくの家族のことを問いただしていた。

岡本くんがぼくの家族の事を野村さんに話しているのを横目で見ながら、お通しに箸をつける石田さんに話しかけた。

「元気そうで・・・。以前より明るく輝いていますね! 何か良い事がありましたか?」と言った。

「あら、竜さん。いつからお世辞が上手になったの? いつもと変わりませんが・・・」訝しそうに言う。

「自身の輝きは表情と全身から、だから鏡では判断が難しいのでは・・・。やはり親しい第三者による見解が・・・」

「竜さんは女性を分かっていない! 毎日鏡を、多分、死の床に横たわっても鏡を手放さない! と私は思う。だから自分が輝いているか、深淵を覗いているか、鏡に映せば分かります。私の愛する人が冷ややかな心でもって私に吐露した日、真実《ほんとう》の心であの人を愛しているか!? 幾度も鏡を覗き込んだことでしょう。あなたに女《ひと》の影が浮き彫りにされた夜、狂気に嫉妬に歪んだ私の顔・・・すべて記憶にあります。だから、常に自分がどんな顔でいるか分かっているつもりです」多少機械的な手真似であったが、手真似につたないぼくに配慮した語り口。今夜の石田さんの手真似は、野村さんの手真似の対極にあった。

語り終えた石田さんは、食べ残したお通しの欠片を箸でつまむと口に入れた。それから指文字でぽつりと「竜さんは、私の初恋の人、初めて愛した男《ひと》。でも塙さん、健聴者のあの女《ひと》には一目で敵わないと・・・」と、寂しそうに呟きコップの底に残るビールを喉に流した。

大皿に盛られた刺身がテーブルの中央に置かれた。みんな口々に〝すごい！ 美味そう！〟とはしゃいでいた。ぼくは、刺身を持ってきた店員を呼び止めバーボンロックのダブルを注文する。俯いて空のコップを弄ぶ石田さんの顔に向けて掌で扇いだ。顔を上げた石田さんに「お代わりは？」と聞いた。石田さんはしばらくぼくをじっと見つめ「レモン酎ハイ・・・」と言った。

ぼくらは大皿の刺身に集中していた。ぼくも鮪と縞鯵を二切れ皿に乗せて食べた。自分で釣ったヒラマサと比べようもないが、烏賊と赤貝は比較的美味しかった。

バーボンがテーブルに置かれると一口舌で転がす。ウイスキーとは異なる、トウモロコシの香りが口一杯に広がり、〝ピリッ！〟と舌を刺す。刹那、至福が全身を駆ける。

「石田さんは、塙さんに敵わないと言うけど、以前石田さんに言ったと思う。塙さんはぼくが高校在学中の担任。ある日突然、ぼくは家族を奪われた。その時、死体安置所から葬儀・告別式。それから親戚、知人が引き上げるまで、ぼくに付きそい励ましてくれました。ぼくの担任だからと言ったら身も蓋もないけど、塙先生の励ましがあればこそ、ぼくが壊れもせず自死することもなくここにいる。石田さんの他、皆さんと巡り会う機会が訪れもしました。

だけど、人は意識する、しないにかかわらず、変わる時(原因)が来れば変わっていくとぼくは思います。

〝ふたりは一心〟そんな言葉があるけど、一時的な気休めにすぎない。ぼくにさようならを告げた塙さんの真意は分からない。憶測で答えを求めようとも、問うことも考えていない。塙さんがぼくから去った現実を受け入れるだけ・・・」ここまで語ったぼくは、喉の渇きを埋めるべく氷の崩れかけたバーボンを口に含んだ。

話の途中から聞いていたのか、岡本くんが「それで・・・？」と、聞く。「それだけのことだよ・・・」と答えたぼくに向かって「なんあんだ、つまらん・・・」と言った。「ふ〜ん、つまらないか。ところで、江ノ島で俺を置き去りにして君と消えた明石さんが来ていないが?」と言うと、岡本くんは腕を組んでぶすっとする。それから「江ノ島の件は勘弁・・・。彼女とは終わった!」と言った。

〝終わった!〟締めくくりは、彼らしくない手真似で言葉を投げる。それから焼酎をがぶりと煽り、鮪を指でつまんでいた。「ふ〜ん、終わったのか? 三度目の正直は・・・」と、ぼくは独り言を誰にともなく呟く。ぼくはバーボンを煽り、烏賊をつまむ。烏賊を咀嚼しながら周りを見渡す。テーブルの隅っこで矢野さんが生ビールをちびちび飲んでは握りを箸でつまんでいた。何だか孤愁を一人で背負っているような背中。ここでは、矢野さんは小人の国に漂流したガリバー。ぼくと良い勝負の未熟な手真似。手真似族の世界に迷い込んだ矢野さんは、社会から、ぼくらが体現する疎外感を、逆さまの世界を体現している。

岡本くんの話は続く、「誤解しないでほしい。弁解ではない。俺を含めて日本人の大半は宗教と縁のない生活をしている。誰かが亡くなった、数珠を持っていそいそと会葬に行くだけど、明日には忘却《わすれ》ている。そのくせ縁起には変にこだわり、結婚式は大安を選ぶ。それで困るかというと、そんなことは誰も気にかけない。宗教は難しいと言うより、そういう習慣がない国に、家庭にぼくは育った」と苦虫を噛み潰すように岡本くんが呟いた。

竜くんの家で飲んだあの日、みんながたか鼾をかいていた頃、俺の部屋に彼女が忍んできた。部屋にはホテル並みに小さな応接セットが置かれているよね。ぼくらはソファーに向き合って、カーテンが夜明けを知らせるまで話し合った。それから二人の合意の上で約束事を一〇箇条書(まるで十戒)に、彼女の手帳に書き留めた。例えば、デートのコースに教会を入れないとか、例えに聖書の言葉を挟まないとか・・・。

彼女は頭脳明晰だけど、驚くほど狭量というか想像力に欠けてもいる。読書は聖書以外、教科書に参考書。「坊ちゃん」「伊豆の踊子」「ハックルベリーフィンの冒険」なんて、彼女の本棚をしらみつぶしに探しても落とした五〇〇円玉を探すより難しい。二人でデートコースを歩いている間、聖書の話を禁じる約束も箇条書きに記録された。じゃ、ほかの話題をと探しても彼女の中は空洞。結局、新宿御苑を四時間もだらだら歩き食事して別れた。

あの日から週末ごとに逢瀬を重ねたけど、ぼくらの関係は愛に昇華することから完全に閉ざされた。十月に暦が変わり、会社もフル回転、俺もいい加減疲れてきた。結局ぼくらに愛の再生は期待出来ないとうすうす感じるようになった。十月十日(祝)ぼくらは渋谷のハチ公前で待合せ、喫茶店で向かい合った。彼女は濃紺の裾の長いワンピース、靴とハンドバッグも濃紺色とワンピースと同色に揃えていた。ぼくはコーヒーを頼み、彼女は紅茶を頼んだ。ぼく達は長い時間一言も発せず沈黙の海原を勝手に漂っていた。

奥のボックスで二人は彫刻のように座っていた。時は刻々失われていった。俯いた彼女の脳細胞が何を考え、訴えようとしているのかぼくには分からなかった。しばらく彼女を見つめていて、何かが異なっていると思っていた。彼女のカップの底の紅茶は一滴さえ残っていなかった。カップと彼女の渦巻き、否、穴の開くほど眺めて疑問が解けた。彼女は焦げ茶色に染めた髪を脱色、本来の黒髪に戻していた。

ぼくは俯いたまま膝に置いた掌を凝視する彼女の肩を軽く叩いた。ビクッとぼくを眺めた彼女の頬から、一滴、膝に置いた掌に〝ぽとん!〟と落ちた。

「明石さん、終わりにしましょう」と告げたぼくは、明細書を取って席を立った。店を出るまで振り向かなかった。ぼくはあてどなく渋谷の街を彷徨《さまよ》う」

『岡本くんの話』

俺は大学に入り、ふとした事からろう学生懇談会に誘われた。この会で先天性聴覚障害者から「君は聴覚障害者だ!」と宣告(診療を受けた医師から宣告された事はない)を受けた。正直に告白するが、宣告されるまで自分を聴覚障害者と認めることを頑《かたく》なに拒んでいた。ろう者から「君は、ろう者だよ!」と宣告され一日だけ考え、ろう者として生きる決断とする。ずいぶん早急な決断と言われそうだけど俺なりに悩みもした。だけど切断された腕が考えたからと言って元に戻るわけではない。俺の壊れた耳も同じこと・・・と達観する。

それから大学当局に手話通訳・要約筆記者の派遣制度を働きかけた。手話サークルを設立・養成も行ってきた。四苦八苦しても回復が望み薄なら欠けた部分を補うために必要なことは何か? 考えればおのずと導かれる。

手話通訳制度が、完璧にぼくらを補完するなどと甘い夢を描けるなんて考えは持っていないが・・・。会社に入れば組織に縛られるが、可能な範囲は自由であろうと努めた。「自由」、この語彙は人によって解釈が多様で難解でもある。手話通訳者(肢体不自由イコール車椅子と特定はしないけど)を職場に配置すれば、ろう者でも営業や役職も困難とは考えない。障害があることで自ら制約しない。検査を受けた医師から「生涯にわたって聴能が改善することはない!」と診断された時、改めて自分に誓った。

幼児期原因不明の高熱によって俺は人生の中途(おかしな言い方だけど)にして聞こえなくなった。医学的に両側神経性難聴と申請した障害者手帳に記載された。竜くんのように高校生で失聴、成人に達し心労(病気・交通事故・現場・職場での差別・スポイルから精神的疾患)などから失聴した人を中途失聴難聴。医学上・後天性失聴。出生時、あるいは出生後、一、二歳(言葉を獲得する以前)に失聴した幼児を先天性!? と厚生省は区分けしている、ぼくらは素人判断と考えているが・・・。だけど、ぼくには区別する理由が今もって理解できない。聴能が壊れても不利・不便は同等と思っている。まあ、先天性と後天性では言葉の壁が谷川岳とマッターホルンほど異なるが・・・」ここで岡本くんはため息をつき、氷の溶けかかった焼酎を氷の欠片と一緒に飲み干した。

　みんなは岡本くんの話に釘付けになっていた。

「前置きが長くなったが我慢して聞いて（見て）欲しい」石田さんが気を利かして作った焼酎を美味そうに飲む。それからフーとため息を漏らした。

「ぼくは、幼少の頃、原因不明の高熱で失聴したと先に述べた。二歳後半、言葉の獲得以前（微妙なところだけど）だから、俺は先天性失聴と断定されても誤ってはいない。ぼくは専門家でないから、先天性失聴・後天性失聴の区別が良く分からない。親の遺伝で先天的に聴く機能の欠損《かけた》（失礼な言葉だろうが）ろうあ者もいるけど問題は先天的・後天的・難聴（医学的な病名は別にして）と区別、微細な優越を鼻にかける仲間がいることを残念に思う。勿論、先天性・後天性・難聴に微妙な違いがあることは俺も認識している。発声・言葉の壁など微妙な開きは理解している。だけど社会がぼくらを判断する基準は「聞こえる」「聞こえない」それだけとぼくの体験から思う。だから、同じ仲間内で、ろうあ者・難聴と区別する様な誤りを犯してはならないと明けても暮れても考え、思い、その人の生き方で判断すべきであって区別するのは間違っていると俺は思う。子どもの人生が、特に障害を背負った幼児は、親の教育方針・貧富の格差は口話・読話・言語の獲得に左右される場合が往々にしてある（障害児に限らず普通の幼児もそうだけど）。親の教育方針から聾学校、一般公立学校を選択（ぼくはその選択の良し悪しはここでは述べない）。

　さて、聾学校に入学した子供は三年間、発声・読話・口話訓練（現在、幼稚部が追加され三歳から訓練開始）。聞こえない子供に国の教育指針として口話教育が制定された。問題はつきたての餅のごとく柔らかい時期、言語を学ぶ機会を端折り口話訓練することは、言葉（知識・考える力・思考）を奪うに等しい。また、ろう者のコミュニケーション手段の手真似（手話）を学校で使う事を禁じている。野村美香さんは先天性失聴ですね。

「そうです！」野村さんは美しい手真似で相槌を打った。

「聾学校に通えば仲間たちと自然に手真似（言葉）のコミュニケーションを始める。学年が上がると先輩の手真似を盗み手真似に磨きをかける。現在、日本手話が正当な手話と、先天性ろうあ者がろうあ団体に突き上げているらしい。ぼくと石田さんは日本手話に近い手真似を使っているが・・・。ぼくの浅慮な手真似の理解では野村さんに叱られそうだろうけど、日本手話は言葉よりイメージを形にして表現する!?」野村さんをチラッと見ながら岡本くんは一区切りつける。石田さんが注ぎ足した焼酎を飲み、石田さんがよそった焼うどんを美味しそうに頬張った。
「さて、本題に入る。

明石さんとデートコースに教会は「禁止」と箇条書きに記載してあるが、たまにぼくも譲る寛容さは持ち合わせていた。その日は教会をデートコースに選んだ。

牧師の傍らに手話通訳者が立って通訳していた。牧師の演壇から少し離れた場所に、小さな演壇が設置され、牧師が**ヨハネによる福音書**を朗誦すると小さな演壇に立ったろうあ牧師が日本手話で語る。つまり、ろうあ者だけの席が礼拝堂の左側に設置され、**ヨハネによる福音書**をろうあ牧師が日本手話で表現する。

みんな分かると思うが、日本手話は言葉本来助詞・動詞・・・をイメージ表現する。両手・表情・体を使い、ゆったりあるいは忙しげに空間に手真似による言葉を描く。両手の強弱に順《したが》って、怒り・悲しみ・喜び・不満・歓喜の表情を表現、ヨハネによる福音書を語る。ぼくがろうあ者の表現する日本手話を凝視していると、イエス・キリストがナザレの丘に立って民衆に語りかけているイメージが再現されたかのような美しい日本手話だった。明石さんも日本手話が理解出来るのだろう、うっとり神が朗誦する言葉を聞くかのようにろうあ牧師の手話を凝視している。だけど、ぼくにはどう逆立ちしてもろうあ者がイメージ表現するように神をイメージすることが出来ないと。差別と誤解されては困るが、俺も言葉を大事にしている。牧師が朗誦する言葉を、手話通訳者を通して言葉に翻訳する、この迂遠な作業を経てぼくに届く頃、失礼だと思うが聖書の言葉はぼくには空疎にしか思えなかった。

以前、竜くんが「太初に言葉あり　言葉は神と共にあり・・・」から聴覚障害者は神とは無縁、と断定した事があったな？　昔は、今もそうだろけど、神の言葉は朗誦され人々の心に棲みつくと・・・その通りだとぼくも思う。天上で語る神の声を人は眼を閉じて心で聞いてこそ信仰に至る道が開けて来る。モーゼが海に道を開いたごとく。ろうあ者が独自の手真似を創り、手真似による神の言葉を空間に描き出して信仰に入る、それはそれで構わないと俺は思うけど、教会内の世界でのみ通用する手話言語と・・・」

彼の語り口から明石さんと岡本くんの歩く道は異なっていたと・・・。石田さんは箸を持ったまま岡本くんの手の動きに哀しみのこもった表情を向けていた。岡本くんの話は巧みで理路整然としているが、凝視するには根気が要る。

この時、胸ポケットの携帯が震えた。携帯の画面に瑠璃の文字が浮かび上がっていた。

「慎一さん、どうしていますか？　返事が届かないので心配しています。メール下さい！　慎一さんだけの瑠璃」手早く返信を打つ。「瑠璃さん！　今、知人数人と新橋で飲み会をしています。二、三日家の雑用を片付けたら瑠璃さんに逢いに行きます。それまで試験勉強に集中して下さい。今まで、瑠璃さんとほとんど語り合うことがなかったから、今度会ったらたくさん話しましょう。お義父さんお義母さんによろしくと伝えて下さい。ぼくだけの瑠璃」

送信ボタンを押した。瑠璃には申し訳ないけど、塙先生と初恋の時、燃えるがごとき情熱が、瑠璃にはいまだに湧いてこない。森の奥の湖水のような寂静《しじま》。深く静かに潜航しているとは思うが、塙先生とは異なった愛の形の昇華に向けて・・・。

愛嬌があってクルクル動く瞳、鼻梁はやや高く天頂が神の悪戯かちょっとアジア人離れしている形体が可愛い。ぼくを見る時の妖艶な唇、白い穢れのない歯並び。背の中ほどまで伸ばした黒髪が風に吹かれて彼女の頬にじゃれる風景。ブラウスから覗く深い谷間の麗しい誘《いざな》い。十代の弾ける白い肌の匂い立つ輝き。砂浜に泡立つ波に素足で戯れる彼女のいる水彩画、誰もがふと立ち止まり凝視せずにいられない女鹿のような美しい肢体。婚姻届けはまだだけど少しずつぼくの心に愛の彫刻が彫られていくだろう。

「瑠璃さん、ごめんね!」と携帯に呟く。

深刻な顔で携帯とにらめっこしているぼくの様子を、怪訝に思った岡本くんが「竜くん、知り合いが死んだときのように深刻な顔をして携帯とにらめっこしているが、どうした?」と聞かれる。

「ああ、婚約者からのメールだけど・・・」ぼくは言った。「塙さんと別れたと言っていたが、よりが戻った!?」岡本くんは言いかけて「エッ、婚約した?」と訝しげに聞く。

「いや、別の女《ひと》だけど、君には報告していないが、先月この人と婚約したよ」と携帯を指さして言うと、石田さんが「嘘!」と、戸惑いと哀しみの表情も露わに、叫んだ。

岡本くんが、どこで知り合い、どんな人で聴覚障害者?歳は・・・?と立て続けに聞くから、止む無く経緯を話す。

「塙先生（呼び方を変えなくては）とは去年の暮、二人で年の瀬を祝った数日後、メールで「別れましょう・・・」と一切の説明もなく告げられた。ぼくはメールに納得出来ずマンションに駆け付けた時はすでに越していた。学校にも行ったけど退職届を出し、個人情報保護もあって転居先も転校先も聞けなかった。途方に暮れたぼくは、塙先生の情報を得るため先生の同僚、テニス顧問を尋ねて体育館で会った。在学中テニス部に二年近く籍を置いていたこともあり、懐かしさに積もる話もした。顧問は先にぼくの健康を尋ね「家族のことは言葉もない。だけど竜くんが元気そうで安心した」とさり気なく言いもした。ぼくは素直にお礼を言った。それからぼくが学校に来たことに話が及んだ。塙先生の転居に話が及んだ時、「塙さんは俺と婚約、今一緒に暮らしているが・・・」と、これ以上ここにいる理由がなくなった。ぼくは顧問に「婚約おめでとうございます」と告げ、あてどない旅へ、南房総にハンドルを切った。

あてどなく旅に出たい
行先の知らない汽車に乗りたい
さみしい駅を見つけておりたい
カラマツ林をさ迷い歩く

（作者不詳）

ぼくの心は歌詞に導かれ、汽車ならぬ車のハンドルを握って・・・。野原や田畑、林や森は、通過する旅人を慰撫する。透き通る藍の空。刻々と変わる秋の空。白い砂浜、紺碧の海、戯れる白波。館山からフラワーラインへ一直線に伸びる松の砂防林を走る。途中車を停め、防風林を抜ける獣道（？）、釣人も利用する海へ導く細く曲がりくねった道を、ぼくは茨にズボンの裾にまといつかれながら歩いていく。砂は足に喰いこみ、潮風に誘われるまま歩く先に、真昼の太陽に煌めく亜麻色の砂浜の広がる太平洋。紺碧の海にわき立つ白波に見惚れる。

疲れ果てて小さな港に辿り着く頃、陽はなだらかな山並みに没していた。民宿を探すも観光案内所はどこにもない。港の空き地に車を停めたぼくは、細くなだらかな坂道をあてどなく歩き続ける。陽はとっぷり暮れ、裸電球の光が細く曲がりくねった路地を照らす。歩き疲れたぼくは、ポツンと明かりが路地に漏れる雑貨屋を見つけ、立て付けの悪いガラス戸を横に引いて中に入った。

「ごめん下さい」半開のガラス戸に首を突っ込んで奥の方に声をかける。

「・・・・」

「ごめん下さい！」誰も出てこない。もう一度声を張り上げる。

ようやく割烹着の裾で手をぬぐいながら、還暦をとうに過ぎたと思われる婆さんが暖簾をかき分け顔を出す。「どなたかな？　まだ耳は遠くない。一度言えば分かるべえ・・・」とぼくに言う。

婆さんにお辞儀しながら、「ぼくは聴覚障害者。旅に出たけど暮れてきたので知り合いの民宿があったら紹介していただけませんか!?」か、と尋ねた。

「あんた耳が聞こえないのか・・・」人差し指で自分の耳を指しながら言った。

「はい！」ぼくは頭を下げた。それからもう一度民宿のことを尋ねた。

「チョット待ってな、知り合いに電話してみっから・・・」と言ってカウンターにある黒電話機を取ると婆さんはダイヤルを回してほうぼう電話していた。三度目にかけた所で話がまとまったのか電話口に向かって何度もお辞儀していた。電話口を押さえて「根本遊漁船が泊めてくれるそう。娘さんがここに迎えに来るから少し待ってな！」婆さんは受話器を戻しながら丸椅子をぼくに寄こして言った。

「こんばんは！」と、黒髪を背中あたりまで伸ばした愛嬌のある女の子が、額に垂れた黒髪をかき上げながら挨拶する。雑貨屋のおばあさんはぼくが買った焼酎やお菓子をレジに打刻する手を休めると出口の少女に向かって、「瑠璃ちゃん、さっき電話で話した竜さんよ。竜さんは耳が聞こえないから、話すとき正面を向いて口元を見せると言葉を読めるから・・・」と娘さんに説明しながらぼくに引き合わせてくれた。おばあさんはぼくを手招きして「根本瑠璃ちゃん。根本遊漁船の娘さんよ」と紹介してくれた。助手席に乗せた遊漁船の娘さんが婚約者だ」

ぼくは長い物語を終えると氷の溶けたバーボンを飲み、皿に残った冷たい焼うどんを食べた。岡本くんは口を大きく開けて、〝ぽか～ん・・・〟とぼくの下手糞な手真似と指文字に苦労しながら見ていた。

「娘さんがぼくと結婚したい！ と両親に懇願したらしい。それからメールでお互いに愛を育んでいる。さっきのメールは**『ヒラマサが回遊中、お父さんが『慎一さんに来て欲しい！』と頼まれたのよ！』**と瑠璃さん（婚約者の名前）から連絡があり、卒論を清書してから南房総に向かうつもり。勿論、親父さんの船にも乗る予定だけど」

初めて泊めてもらった次の朝、ひょんなことから遊漁船に乗せてもらったけど、釣り船に乗るのは初めての経験。日の出前に起きるのも、狭い甲板を走り回って客の釣り上げた魚をタモ（魚網）で取り込むのも・・・。親父さんに言われてぼくも竿を出し二〇キロオーバー、一・五メートルのヒラマサを釣ったことも、両手を広げて語った。それから、娘さんの御両親に懇願され彼女と婚約したことも・・・。

「歳は？」と聞かれ、「今高校三年生、多分一七歳位じゃないか・・・」と。「二度目の房総に行った折り、ぼくが釣り上げたヒラマサは連絡を受けた近くの料亭が買い取り、そこの料亭で彼女とぼくの婚約披露宴を、彼女の親族が集まって行われたよ。ヒラマサは刺身がこんなに美味いとは思えないほどだった。

彼女が海洋大学に合格したら、多分来年からぼくの家で暮らすことになると思う。式は彼女の在学中か、卒業を待って挙げるかまだ決めていない。ただ、一緒に暮らす前に婚姻届けはすませておきたい。さて、ぼくは大学院に行くか就職するかまだ思案中。これでぼくの話は終わり、良いかな・・・」と言った。

しばらく呆然とぼくを睨んでいた岡本くんが焼酎のグラスをぼくに掲げ「とりあえず、竜くんの婚約に乾杯！」と言った。石田さんはどこか哀しみを湛えた表情をしていたが、気を取り直してジョッキ掲げ「おめでとう！」と言ってくれた。

昨夜は終電まで二軒梯子してみんなと別れた。別れ際、忘年会を計画しているが、来られるなら連絡すると岡本くんはぼくの腕を掴んで言ったけど、「明日、南房総に行くつもりだけど忘年会の日にちが決まったら一応連絡くれたまえ、彼女と相談して返事するから。都合がつけば彼女を連れて行くかも・・・」

今日から師走。いつもより少し早めに目覚めた。ベッドから起きたぼくは、習慣となったカーテンを左右一杯に開けると空を見上げた。陽は雲に隠れ、灰色の雨雲が空を覆っていた。酔いが体全体に滞留していた。なんだか気だるい。洗面所の鏡に顔をさらすと、瞼も腫れぼったく、艶もなく枯れ木ようにカサカサ干からびた顔がそこにあった。日課のランニングとシャワーを浴びなければ本来の身体に戻らないだろう。トレーナーに着替え、今にも雨か粉雪が舞いそうなどんより曇った空をうかがいながら庭を駆けた。

言い訳になるが、四年間の大学生活をもってしても膨大な父の蔵書に今もって立ち竦《すく》む。ぼくが手に取った蔵書のほとんど全てに、傍線が引かれボールペンか鉛筆の書き込みがあり、単なる飾り物として書架に収められているとは考えられない。会社を設立、上場するまでに育て上げた多忙な父は、母に限りない愛を捧げ家族を慈しむかたわら、膨大な書籍を精読していたのだろうか？

陽子がぼくらの新しい家族の一員となった朧な記憶を引き寄せる。陽子に産湯を使ったあと、ぼくと湯船で戯れた優しい父の記憶が蘇る。母と父は一卵性双生児のごとく、父は仕事に支障がない限り、母の傍らに立ち、傍らに座って語り合っていた。食事中、陽子がむずかり始めると、立ちあがる母に「ぼくが・・・」と母を制して箸を置くと陽子をあやすのはいつも父だった。母と父の愛の型は純粋に注ぎ合う愛と思う。父が望む様々な事柄を問われることなく瞬時に理解するのも母だった。

例えば、ぼくが少し大きくなって、多分中学二年生の頃だと思う。食後の団欒をリビングのソファーに座って家族四人がくつろいでいた時、唐突に父が「風呂に入ってくる」と風呂場に向かった。家族団欒のひとときを父が波風を立てる行動に出たことをぼくは訝しく思ったが、風呂場に行く際、母に目配せするとか、母に囁いた様子は全くなかった。それにもかかわらず母は静かに立ち上がると父を追って浴室に向かった。この時、陽子が腰を浮かしかけると、「陽ちゃん、お父さんとお母さんの大切な時間。お兄ちゃんと待っていようね！」とやさしく陽子に諭していた。母の声は普段も慈愛に満ちているが、陽子を諭すキッパリとした響きにも愛情がこめられているように幼いぼくにも感じられた。もっと大きくなって、父が何らかの肉体と精神の疲労回復を図るとき、母に全てを委ねているように思うときがあった。入浴もそうだけど、深夜のドライブも含まれていたのだろう。

父が生きていた頃、書斎に入るのに躊躇していたぼくは、陽子が無頓着に書斎に入り「陽子と遊んで！」と父に駄々をこねても拒まなかった。執筆や読書に没頭していてもペンを置いて陽子相手に戯れる父がいた。父に自然に甘えられる陽子を、ぼくは羨ましく感じることがあった。そんな陽子の振舞いを母は咎めも注意もしなかった。ぼくが陽子と同じように父に頼んだとしても拒まなかったと思う。問題は知らず知らず、ぼくが自ら蓄積してきた父に対する畏怖（畏敬）の念だろう。

そんな父に一度だけ叱られ、注意を受けた事がある（この物語の初めに書いてあるから繰り返すことはしない）。クラスメートが忘れ物を届けてくれたのを玄関先で受け取り、そのまま帰したことを叱責された。「休日にかかわらず忘れ物を届けて下さった女性の好意に対して玄関先で帰すのは失礼ではないか。上がっていただいてお茶の一杯でも差し上げ、駅まで送っていくのが男性の務め・・・」と。そんな父と膨大な書籍を前に、躊躇しながらも本を読み、考えることが残されたぼくの証ではないかと・・・。

郷田会計士に面会すると決まって、「竜社長は素晴らしい方でした。会社設立当初わずか五人の社員は、現在一〇〇〇人規模の中堅企業に発展しました。竜社長に対する社員、取引先の人望は篤く、誰に対しても謙虚に接していました。株式上場も終え、これからという矢先、竜社長が急逝され今後の業績を不安視する銀行のことも報道されています。ただ、向こう十年業績が維持出来るよう、竜社長は自分に万が一の場合を想定、用意周到に計画書を作成していました。計画書は取締役に配布され、取引銀行にも密かに手渡されていると考えています。郷田会計事務所も一部保管しています。竜社長が突然逝去されたことはＩＴ業界の損失と・・・」

叔母に（母の妹）問い合わせれば、父の情報が得られると思うが、叔母の相方が家族の事故から四十九日も経たない前に、竜家の財産分与を会計事務所に問い合わせてきたと、郷田氏がぼくに語った事がある。多分叔母の相方が経営する会社の資金繰りがお手上げの状態なのだろうと。それ以後叔母と連絡を絶った。今、電話がなり立てても耳が壊れたぼくは受話器を取れない。それを喜ぶべきか、悲しむべきかここでは述べない。

「人生は与えられる物でなく、自分で創り上げていくもの」誰の言葉か忘れたけどその通りと言ってしまえば詮無いけど・・・。

南房総へ出発する直前、瑠璃にメールで連絡した。今回は長い留守になるだろうから戸締りとガスなどは念を入れて点検した。義母の好きなワイン半ダース、バーボンと吟醸酒をそれぞれ三本後部トランクに入れた。焼酎の補充を業者が見落としたらしく棚に一本もなかった。焼酎は途中で買うと決めて、ハムとチーズをクーラーボックスに詰めた。瑠璃には銀座で買った三カラットの婚約指輪を助手席のバックに忍ばせている。

　ベンツに乗り込み師走の空を見上げる。青空に陽が鈍く輝きドライブ日和!?　だけど師走の風は流石に冷たい。寒さに躊躇したけどスエードジャケットと羊毛マフラーで防寒、屋根をオープンにした。平日とあって高速道路は空いていた。木更津ＪＣＴまで快適に走り、木更津ＪＣＴで下車、国道一六号線をしばらく走り途中喫茶店で休息。コーヒーと野菜サンドで腹ごしらえする。コーヒーを待つ合間に瑠璃に現在地をメールしていると、義母と同じ年代の女性がトレーにサンドイッチとコーヒーをのせて運んできた。コーヒーは思ったより爽やかな香りにほんのり苦みがあって美味しかった。野菜サンドを咀嚼していると瑠璃からメール。「慎一さん！　あなたの胸に顔を埋められるまで心配で、心配で・・・参考書も上の空。運転には気を付けて下さいね！」瑠璃らしい・・・。

　木更津から館山まで約一時間半余り。館山海岸で休息。自動販売機を見つけホットコーヒーを買うと砂浜に座り東京湾を眺める。館山の海岸から三浦半島を眺める海は東京湾？　相模湾？　それらのことを空想しながら、対岸の三浦半島を眺めていた。海面に漣が立ち、十二月の陽光に宝石のごとくキラキラ輝いていた。ポケットから携帯を取り出し、「館山の砂浜に腰を下ろして三浦半島を眺めています。四人で江の島に泊まったことも懐かしく思い出します」と打って瑠璃に送る。

　漣の海は寂静の世界？　波の動きじたいが海面を鼓舞、微かなメロディーを伴奏しているのかしらん!?　音の記憶が、ぼくの意識下で静かに消滅していく。視覚で音を表現することは今のぼくには難しい、と自覚するのは淋しい！

　家族が生きていた頃、海が好き!?　と、問われたら山が好き！　と答えていた。テニスの合宿は山荘がほとんどだったから。ひょんなことから海で育った瑠璃と知り合った。崖の上に建つ瑠璃の家は、四季折々海の表情を観賞することが出来る。幼い頃から海と会話しながら育った瑠璃だからこそ、汚染されていく海に心を痛めたのだろう。ぼくは、瑠璃と肩を寄せ合い海を眺める家にハンドルを握る。

　順風満帆の道が、あの日、突然！　陥没!!　その日からぼくの平坦な道は言葉の選択の余地もなく変更を強いられ、地獄（家族が一瞬にして失われ、ぼくの未来も消滅したことを例えて構わないなら・・・）に落下した。

「運命は自分で決めるものだ！」

　地上《ここ》で「おぎゃぁ！」と叫んだ刹那、運命はすでに決定事項とも・・・。正誤はさておき、十字路に立ち選択する、その瞬間！　運命を自身で選んでいると断言出来るが・・・。前後左右の選択から南が最良だったと後で気がついたとしても・・・。では、渋滞停車中、大型トラックに追突され、失われた家族の運命は予め決まっていたのだろうか？　ぼく自身の運命変更も予め決まっていたと？　瑠璃に巡り会うために、家族の消滅が運命とは、神としてはあまりにもアイロニカルな宣告をぼくに!?

瞼を閉じていてもぼくの足元に波が寄せる。小さな漣が寄せては白砂と戯れる。

父の生きてきた証は書斎にある蔵書がすべてではないとぼくは朧に思う。母と陽子、そしてぼくも父の証だと考えても構わないだろう。だからこそ、ぼく自身の証はこれから創り上げていけば良いのだと考えたりもする。生きていく過程で創られる、それが例えちっぽけな証だとしても、父の蔵書と無縁の世界だとしても自身が後悔しなければ構わないのでは。その道程において十字路に立った時、真摯に考え、最良の一つを選択するかにかかっていると思う。

大学院の選択に躊躇しているなら、ひとまず脇に置いて試行錯誤をするのも選択の一つだろう。いつか問題が生まれ、問題解決の糸口を探す選択肢に大学院へ方針転換したとしても遅くないだろう。戦争の勃発、金融恐慌、インフレ、金の変動係数に異常がなければ、サルトルのごとく現在の資産で思索生活の維持が可能と考えたりもする。浪費を抑え瑠璃の研究を支援出来る資金に、言い方は好ましくないが、家族の犠牲と引き換えにぼくが受け継いだのだと・・・。

家族

ぼくは、腰を上げると尻についたズボンの砂を手で払い落とした。それから三浦半島に別れを告げて車に向かった。

瑠璃が「ま〜だ？」とメールで叫んでいた。「ま〜だ、だよ〜！　館山海岸の砂浜に寝転がって海を見ていた。これから房総フラワーラインを通って瑠璃の胸に一直線！」と・・・。

館山から洲崎まで法定速度で走った。このままの速度を保てば午後三時頃、漁港に着くだろう。洲崎灯台を過ぎるとラインは直線に伸びていた。紺碧の海を右に、花畑が左に広がっていた。

エンジンの音を聞きつけたのか、瑠璃がぼくに向かって駆けて来る。泣き笑いの顔をさらしてドアから出たぼくに飛びつき、唇をぼくに押しつけた。ぼくは一分間、瑠璃の好きなようにぼく自身を委ねた。眼を閉じた瑠璃の瞼からひと雫、玉のような涙が頰を伝って重なり合った唇に流れ落ちた。こんなにも愛されているのに、ぼくは愚かな人間だと思う。父が生きていたら厳しく叱責されたことだろう。瑠璃を強く抱きしめた刹那、冷たい風が〝サーッ！〟と頰をかすめた。

ハンカチで瑠璃の涙を拭いていると、お義母さんがぼくらの方へ歩いてくるのが見えた。多分長い抱擁が終わるまで玄関のガラス戸に潜んで待っていたのだろう。

「お義母さん、無事に戻りました。しばらくご厄介になりますがよろしくお願いします」ぼくが言うと「ご厄介になります！　だって」、と揶揄された。お義母さんとぼくの哄笑が庭に満ちた。

　トランクに入れたワイン・バーボン・ハムと着替えの詰まったバッグを瑠璃は率先して運んでくれる。待ちわびていた心のままにワルツを踊るように駆けていく。愛おしく大切な水晶玉を運ぶように。「お義母さん、お土産のワインですよ！」段ボールを開けると「こんなに悪いわね。今夜は酒盛りよ！」と言った。牛肉の塊・ハムなども冷蔵庫にあるだけ持ってきた。瑠璃は受け取りながら困惑気味に「こんなにいただいて申し訳ないわ！」と囁いた。指輪は家族団欒のときに渡すつもりでバッグの底に入れてある。

「そろそろ健が戻る時間、港まで一緒に行きましょう」お義母さんが言った。それに応えるように「車を・・・」瑠璃が言葉を端折り車庫の方に駆けて行く。ぼくは、瑠璃の後ろ姿を追いながら、スカートからはみ出たしなやかな裸脚を眺める。待つまでもなくスズキワゴンを運転して瑠璃が戻って来た。助手席にお義母さんを無理に乗り込ませ、ぼくは後ろの座席に座った。バックミラー越しに瑠璃と目が合った時、軽くウインクした。


　ぼく達が港に着く頃、防波堤の間から義父の船が波をかきわけ戻ってきた。両側ベンチに乗合客が座っているのが見えた。岸壁から見たので確かなことは分からないけど、席はほぼ埋まり満員に近かった。乗客のどの顔も充足感にあふれていた。遠方から義父目当ての客が絶えないのは、漁場を知悉した義父だからと思う。定期的に整備と塗装を怠らない義父の漁船は外見を見る限り古ぼけていないが、乗ると年期物でかなり傷んでいるのが素人のぼくでも分かる。

　岸壁に船を横着けした義父が、船窓から「やあ、戻ったか！」と破顔して手を振った。それに応えて「はい、先ほど戻ったばかりです」と応えた。義母と瑠璃がボラードに舫綱《もやいつな》を結んで船を固定していた。ぼくは乗客の荷物を下ろす手助けをした。軽いクーラーボックス、ずっしり重いボックス。釣り人の腕の差が歴然としていた。重いクーラーボックスを開けて貰うと、三〜五キロの真鯛が六枚氷詰めされていた。いずれも綺麗なピンク色の真鯛。ぼくはお客をねぎらうと船に乗り込み、ホースを持って甲板の汚れを念入りに洗い、ごみを拾って回った。

「ちょっと出るか？」ぼくのそばに来た義父が言った。

「いや、今日は止めておきます。明日、よろしく！」ぼくが言うと義父はそれ以上何も言わなかった。

　関東は餌釣りが主流でコマセ（集魚餌）にオキアミ・アミの他、秋刀魚のミンチを撒いて釣る。ヒラメ釣りは生鰯。生海老で真鯛を釣るなど多彩な餌を使う。義父は生海老で真鯛釣りを専門としているが、海老で鯛ならぬ、鰤にヒラマサや勘八など青物が釣れるところが面白い。

帰りは義父のミニトラに義母。スズキバンを瑠璃が運転、ぼくは助手席に座った。瑠璃の指文字は基本に忠実で読み取るのが楽だった。ただ、ぼくが声を出さずに指文字で話しかけると読取りに苦労していた。指文字の読取りは会話しつつ慣れるしかないと思う。玄関の横手にミニトラを停めた義父は玄関の横にある水道のコックをひねり、顔と手を洗い腰のベルトに吊るしたタオルで拭いていた。ぼくは、瑠璃を誘って雑貨屋へ買物につきあってもらった。

あの日、塙先生に棄てられたぼくは、南房総へ気の向くまま旅に出た。あてどない旅に、星が煌めき夜のとばりが海を黒く染める頃、見知らぬ漁港にたどり着いた。宿もなく途方に暮れて路地を彷徨い、明かりがポツンと灯る雑貨屋に辿りつく。ガラス戸を開けて「ごめん下さい！」と奥に向かって叫んだ日から四ヶ月。雑貨屋の婆さんは、瑠璃とぼくのキューピット。

「ごめん下さい！」ガタピシするガラス戸を引いた隙間に首を突っ込んだ瑠璃が、奥に声をかけた。しばらく奥の気配を伺っていたが物音（物陰）ひとつしない。二人で首をひねっていると、瑠璃が指文字で「なんだべ、誰かしら～？」何か物音が聞こえると言った。身動きしないまま待っていると婆さんが簾の陰から出てきた。「ああ、瑠璃ちゃんでないか・・・」と言った。瑠璃と一緒にぼくもおじぎすると、しょぼい目でぼくを見ながら、「はて、誰だっけ、最近物忘れが酷くなって・・・」と呟いた。見かねた瑠璃が「ほら、四ヶ月前民宿を探しにここへ、耳の聞こえない若い男性が来たでしょ。それで私の家を紹介したこと忘れちゃったの・・・!?」瑠璃が言うと、「そんな事あったっけ・・・」と首を傾げる。記憶が戻らないのに匙を投げた婆さんが「それで今夜は・・・」と言った。

おばさんの質問に答えるかのように店に入った瑠璃は、酒を並べる棚に歩いた。ぼくも瑠璃の後を追って焼酎の棚を見に行く。焼酎の棚は鹿児島の銘柄が主流を占め、沖縄泡盛、宮崎焼酎が隅のほうに置かれていた。焼酎の横に陶器入りの沖縄泡盛が陳列されているのが目にとまった。『五年貯蔵物』とラベルが貼ってある。「お父さんの焼酎はいつもこれよ！」と瑠璃が横から指さして言った。瑠璃に言われるまま義父の好きな焼酎を三本棚から取って床に置いた。先の泡盛と宮崎産焼酎二本を棚から抜き取った。瑠璃さんが選んだ日本酒三本をカウンターに持って行った。

ぼくがGパンのポケットから財布を取り出したとき、ぼくの動作を見ていた婆さんが「おら、先《せん》だって民宿を頼みにきたぼんでないか・・・。おらがあちこち電話して根本家を紹介したときの・・・」と懐かしげにぼくに言った。「思い出しましたか、この間はお世話になりました」とぼくは改めてお礼を言った。横で聞いていた瑠璃が「やっと思い出したわね・・・。彼が竜さん。彼と私、三週間前婚約しました。お婆ちゃんは恋のキューピット。ありがとうございます」と二人でお礼を言った。ばあさんは口をあんぐり開けてしばし呆然と瑠璃とぼくを交互に見入っていた。

段ボールは底が抜けるだろうからと、奥の方からプラスチックのケースを持ってきた。すべて詰め込んで持ち上げたらズッシリ重く腰に響いた。婆さんが外に出てきて、運転席に座る瑠璃と何か話していた。婚約の事、式の日にちとかいろいろ聞いているらしい。その度に瑠璃が〝はい！〟〝ええ〟と返事していた。

家に帰ると義父と義母が門の前に並んで立っていた。ぼくがトランクからプラスチックのケース下ろして「お義父さんのお土産」と言った。義父は「そこまでせんでええのに・・・」と言いながらケースの片方を持った。ぼくは反対側の取手を掴み、二人で勝手口に運んだ。半ダース詰め込んだ焼酎と泡盛を見た義父が「俺を殺す気か？」と笑いながら呟いた。食事の準備は終わったから風呂に入るよう、義母に言われた。ぼくはリビングに置いたバッグから下着を持って風呂場に行った。

浴槽に入る前、軽く全身を洗った。洗い終わって湯船に首まで浸って庭園灯がぽお～っと灯る庭を眺めていた。浴槽の縁を枕に庭を眺めていると昼間の疲れから微睡《まどろ》みに落ちた。

「お兄ちゃん！　眠っちゃダメよ・・・」どこかで陽子の呼ぶ声が聞こえる。肩を揺すられ目を開けると、瑠璃がべそをかきながらぼくを覗き込んでいた。

「どうしたの・・・!?」

「パジャマを持ってきたついでに、ソーッと覗いたら湯船に頭だけ浮かんでいるでしょう。もしや、溺れたのかと・・・」と瞼にいっぱい涙を浮かべて呟いた。

「ごめんね！　湯船に浸って庭を眺めていたら、穏やか心がぼくにまとわりついて微睡《まどろ》みの誘惑に絡めとられ、うとうと・・・」と。

ぼくは、瑠璃の手を掴み、湯船から上がると瑠璃を抱き寄せる。裸のぼくに抱かれた瑠璃は羞恥《はじら》いつつ、微かな抵抗・・・、やがてぼくの胸に顔をゆだね裸の腰に腕を廻した。瑠璃に対する愛おしさと、おだやかな平安がぼくを愛撫する。

義母の料理は旅館と遜色ないほど座卓いっぱいに並んでいた。蛸と胡瓜の酢の物、真鯛・烏賊・鯵の刺身は大皿に見栄え良く盛られ、里芋の煮物、天麩羅も綺麗に揚げて皿に並んでいた。義父とぼくはビール、お義母さんはワイン。未成年の瑠璃はジュースでは可哀想とお義母さんが、ビールをワイングラスに注ぐと瑠璃に与えていた。

乾杯したあと、ぼくはビールを一息で飲み干した。すかさず瑠璃が注いでくれる。真鯛の湯通しに生姜のほそぎりを乗せて柚子ポン酢で口に運んだ。斜め向かいに座る義母が「お土産のワインは本当に美味しい！」とワイングラスをかざしながら呟いた。お土産の言葉にふと思い出したぼくは、浴衣の袂から深紅の帯で結んだ小さな箱を取り出した。

「瑠璃さん、ぼくからのプレゼント」と言って渡した。

瑠璃は小箱を両手に乗せて「私にプレゼント？　何かしら!?」と言った。掌に乗せた小箱をしばらく俯瞰して眺めていた。ビールでほんのりと紅く染まった顔をぼくにさらして「開けて良いかしら・・・」と聞かれる。

「ん、良いよ。瑠璃さんのお土産だから・・・」とぼくは微笑を浮かべて言った。

瑠璃は手に乗せた小箱の紐をほどいていた。ぼくは烏賊の刺身を食べ天麩羅を食べ、義父の空になったコップにビールを注ぎ、義母にワインを注いだ。義母が「ありがとう・・・」ほんのり紅く染まった頬をさらして微笑んだ。箱を開けた瑠璃は黒革のケースを掌に乗せた。黒革のケースを一呼吸眺めた瑠璃は、おそるおそる蓋を開け三カラットの指輪を食入るように眺めた。瑠璃の周りだけ時間が止まったかのように、瑠璃は一点を凝視していた。瑠璃の様子に義父が「ちょっと見せてごらん・・・」と瑠璃に手を出した。

「もう少し待って・・・」ケースを両手で包み愛おしそうに胸にあて、瑠璃は静かに瞼を閉じた。しばらく同じ姿勢で座っていた瑠璃の瞼から涙が一滴《ひとしずく》頬を伝って流れ落ちた。

瑠璃からケースを受け取った義父は、ケースを座卓に置いて義母と見入っていた。涙を拭いた瑠璃がソーッとぼくの膝に手を置いた。置かれた掌にぼくは手を重ね優しく愛撫した。瑠璃の手はほんのり温かく柔らかかった。それからお互いの手を重ね、愛撫、愛おしく握りしめた。ぼくを見つめる瑠璃の湖からあふれた涙が頬を伝い膝に落ちた。指文字で「嬉しくても、幸せでも泣くときは二人の時に・・・」と囁くとこっくりうなずいた。両親は二人の間に置いたケースの指輪を見ながら何事か囁いていた。ぼくたちは座卓に潜りこませた手で抱擁しあっていた。ぼくはビールを飲み瑠璃が箸でぼくの口に運んだ里芋を食べ、胡瓜と蛸の酢の物を食べた。

ビールに飽いたぼくは、雑貨屋で買った泡盛を思い出し、腰を上げキッチンへ向かった。瑠璃も追いかけてきたので手を握って歩いた。入口で振り向きざまに瑠璃の腰を引き寄せると、瑠璃は微かな抵抗のあと顔をぼくの胸にあて、両手を腰に回してきた。ぼくは、瑠璃のぬくもりの余韻にたゆたっていた。ぼくたちの間に静謐な時間が流れた。それからぼくを見上げた瑠璃は、接吻《くちづけ》を求めるように静かに瞼を閉じた。

ぼくが泡盛と氷ポットをぶら下げ、瑠璃がグラスを乗せたお盆を持ってリビングに戻ると、義父と義母はぼくらが戻った気配が分からないほど話し込んでいた。瑠璃が泡盛のロックを作るとぼくに手渡した。

「お父さん！　いい加減にして頂戴。ハイ、泡盛のロックよ」と義父の前に置いた。義父は置かれたグラスの泡盛を一口口に含んだ。グラスを座卓に置くと陽に焼けて精悍な顔をぼくに向けた。額に年齢よりも深い皺が刻まれていた。

「慎一くん。誤解しないで聞いて欲しい」ここまで言った義父は氷の浮いた泡盛を再び喉に落とした。「母さんと話し合ったけど、慎一くんが資産家と理解した上で、それでもこれだけ高価なものを娘がいただくのは親として許可出来ないと思う。慎一くんはこれから大学院に進み、就職も二年先、場合によってはもっと後になるかもしれない。慎一くんが両親から相続した資産云々はここではしない。慎一くんの瑠璃を思う気持ちはありがたく思っているが、婚約指輪には高価すぎると澪も俺も思うがどうだろうか？」語り終えた義父は、氷の溶けかかった泡盛を飲み干した。

義父の言葉の読めない箇所は瑠璃がぼくの掌に書いてくれた。しばらく静謐な時が流れた。不快感、対立からの寂静《しじま》ではなく・・・。瑠璃は俯いて考えている様子。義父の話は常識に照らせば一般的だと思う。家族と引き換えにぼくが相続した資産は、サルトルを真似て読書と執筆（駄作で世に出なくとも）に集中しても、生きるに充分あるだろうと。瑠璃にプレゼントした婚約指輪は、新卒初任給の五倍を少し超えるけど・・・。従って、義父の想定する価格と開きがあるらしい。「瑠璃をもらっていただけないか？」と、義父に問われ、その時は深く考えもせず「ぼくで構わないなら・・・」と返事をしたけど、正直言うと、雑貨屋に瑠璃が迎えに来た時、瑠璃を見た瞬間！　好意を持った。だけど瑠璃に好意を感じたこと、愛すること、一緒に暮らすことは次元が異なるとも理解している。でも瑠璃は、先生以外損得なしに自分が好意を寄せた初めての女性。自分では分からないが、瑠璃には自分が好ましいと思った男性に夢を抱かせる特異な才能（自分では意識しない・・・）、能力を備えているかのように思われることも・・・。そんな戯言《ざれごと》は別にして瑠璃生来の包容力に誰もが好意を持つように導かれるのだろう。そして愛への昇華へと・・・。

話が横道にずれたので戻る。

泡盛で喉を潤したぼくは、改めて義父に向き合った。ぼくの膝に置いた瑠璃の手に掌を重ね「お義父さんのおっしゃることは正鵠を得ていると理解します。これから先、未知数なぼくに親の遺産も後ろ盾もなければ指輪は確かに躊躇《ためら》う金額でしょう。だけど、くどいようですが、家族か遺産かいずれかを選択するよう問われたら、躊躇うことなく家族を選ぶと思います。誤解のないように言いますが、確かなことは資産をあてに人生を設計するなどぼくは微塵も考えていません。そんな愚かな選択はお義父さんお義母さん瑠璃さんにも失礼ではと考えます。お義父さんお義母さん、それから瑠璃さん。ぼくはあてどない旅に出て木切れのごとくここの漁港に漂流しました。どこの馬の骨？　耳の壊れたぼくに一夜の宿を、家族の食卓に無条件に招いて下さった。耳が壊れてからの歴史の水底は踝《くるぶし》ほどもないけど、ろう者の立ち位置を嫌になるほど肉体と精神に礫《つぶて》を投げられました。だからこそ何年振りかに家族の揃った食事はぼくにはとてつもない至福のひと時でした。

　家族と引き換えの資産は有意義に使う責任があることは認識しています。瑠璃さんと生きる上で二人の人生設計は最優先の課題ですが、大卒初任給の五倍よりわずか超えるけど、瑠璃さんがぼくに白羽の矢を射り、お義父さんお義母さんがぼくにお墨付きをポン！　と捺して下さったことと比べれば、何ほどのこと・・・」そう語り終えて義父と義母に代わるがわる視線を移した。二人は刻像のように身動き一つしなかった。ぼくは卓の上に置かれたケースを取ると、蓋を開けて指輪を抜き取った。それから正座して瑠璃の左手の薬指に指輪を嵌《は》めた。「瑠璃さん、この日から苦しいときも哀しいときも楽しいときも嬉しいときもすこやかに、共に土に還るその瞬間《とき》までぼくと生きて下さいね。未熟な竜 慎一をよろしく！」と言った。

「慎一さん、至らない瑠璃をお願いね」瑠璃は薬指に嵌められた指輪に右手を添えて・・・。

　お互い誓いの言葉を確認した。それからお義父さんお義母さんの前に正座、瑠璃さんと一緒にお礼を述べた。

「慎一さん！　瑠璃をよろしくお願いね」義母が瞼に涙をため両手を揃えて言った。

「ハイ！」とぼくは応え両手をついてお礼を述べた。

「慎さん、起きて！」胸を揺すられたぼくは、重い瞳孔を開いた。ぼくを覗き込む麗しき女《ひと》が、霧に霞む彼方に浮かんでいた。ぼくは、夢うつつのまま「あなたは、だれ？」と尋ねた。柔らかな黒髪がぼくの頬に鼻梁に唇に戯れる・・・。胸を揺する動作が悦楽を招き寄せる。その女の首に手を廻しぼくは引き寄せる。その女の唇を奪う、奪う、奪う！　幼さの名残の唇を。麗しいその女はぼくの胸に雪のように白い腕を突き立て微かな抵抗を・・・。遠くで木霊が空洞のぼくの耳に響く。失われた幻の声が・・・。

「もう～慎さん。起きて！」地震のような揺れにビックリして眼を開ける。瑠璃が哀し気な表情でぼくを覗き込んでいた。

「父が待ってるよ。慎一さん、船に乗るのでしょ」美しい唇をぼくに近づけると、ゆっくり言った。唇に瑠璃の余韻が消えやらぬところで、「そうだった！」ぼくは蒲団を蹴ると慌てて起きる。昨夜の事はほとんど記憶から失われていた。泡盛は度数が強いと理解していたが、口に含むと、とろりとした液体が口腔を愛撫、得も言われなき芳醇な味覚に杯は重なり、いつしか夢現を彷徨《さすら》っていた。義父は既に大漁の夢に馳せっているだろう、と朧に思いながら。瑠璃が持ってきた歯ブラシを口に咥えたままでの記憶はあるけど、それからあとの記憶が欠けていた。

瑠璃が煎れた熱いお茶で喉を潤し、瑠璃が揃えた厚手のジャージを慌ててはおった。瑠璃の運転する助手席に座って、夜明けにはまだ遠い細い路地に揺れるライトを頼りに港へ走った。

「お義父さん、おはようございます」車を降りたぼくは船の上を忙しなく駆ける義父に叫んだ。ぼくの声を耳にした義父が「おお、慎くん。おはよう！」と笑いながら手を振った。岸壁では釣り客が道具を船に運び上げていた。義母も道具運びに忙しない。義母のそばに行って「お義母さん、おはよう！」声をかけるとびっくりしてぼくを見た。

「慎さん、おはよう！　二日酔いは大丈夫？」と、心細そうに言った。

「ぐっすり眠っていたので・・・」頭を掻きながら応えた。それから船に乗り込み岸壁から差し出された釣り道具を甲板に並べていった。釣客が全員所定の位置に着くのを見届けると、瑠璃が持ってきた弁当の入ったかごを受け取った。義母と瑠璃が解いた舫《もやい》を見届けると船は岸壁を離れ沖に向かってエンジンが咆哮を放った。

「慎一さん、気を付けて！」瑠璃が叫ぶ間も与えず、防波堤を越えた船は白波のうねる太平洋の海に乗り出した。

酔いはぼくの臓の襞《ひだ》を波のごとく寄せては打つ。舳先が丘のような波に乗り上げた刹那、船体は空を滑空・・・三つ数える間もなく海面に落下、〃ドスン！〃船底から叩きつける衝撃に、ぼくの臓の怪物も落下の衝撃に身悶える。嘔吐が喉元にこみ上げる。落下の衝撃に波の飛沫が舳からスコールのごとく甲板を叩く。雨具のフードを剥いだぼくは、両腕を天にかざし火照った顔で飛沫を受ける。高熱のごとく火照った顔に海水の冷気が嘔吐の鎮静化を図る。

船がポイントに導かれる頃、嘔吐感は消え、ぼくはタモを掴み甲板を走る。生簀にタモを突っ込み生き海老をすくいバケツに選り分ける。タモの中で生き海老がぴちぴち跳ねる。「海老で鯛を釣る！」の諺どおり、針に海老を付けて鯛を釣らせる遊漁船を義父は営んできた。海老が釣り客にゆき渡る頃、エンジンを落とした船長は魚群探知機モニターを睨み、あたりを低速でジグザグ走る。船長は魚探器を凝視、慎重に魚群を探す。やがて船は停船、マイクを掴んだ船長が開始合図の放送（マイクから流れる声が聞こえないぼくはお客の動作で判断）。一斉に仕掛けが海に投入された。これから五時間、魚との勝負に誰もが竿先に集中する。

海風は弱まって来たが波は弱まりそうにない。沖からの波濤が舳先を弄び船体が前後左右に大きく揺れる。波はかなり高いが釣りに支障が出るほどのうねりではない。船酔いの釣り人は海にコマセを撒くだろう。でも見たところ今朝はこませを撒く釣り客は一人もいなかった。

定刻五時、沖に向かって出船。まだ明けやらぬ薄暮のごとくな海。どんよりと雲に覆われた、限りなく灰色の海面は波濤に翻弄され海坊主は牙を剥いていた。時折雲間から漏れる一筋の曙光も波濤に弄ばれ光は波にのまれ消滅していた。

瑠璃に揺り起こされた時、暴れていた胃の臓もどうにか沈静しつつあった。船体に固定されたスチールパイプを伝って義父のところに行き、船窓から魚群探知機のモニターを覗いた。ぼくに気が付いた義父が、画面を指さして説明してくれる。魚の群れが固まったところは赤く染まっていた。

「今日は魚があまり群れていない。それと潮の流れが弱いから魚があまり口を使わない、多分苦戦するだろう。慎くん、朝ご飯食べないか？　魚がかかる前にすませよう・・・」と義父が言った。

「胃の中の沈静まであと少し、もうしばらくそっとしておきます」と答えた。義父が笑いながら弁当に箸をつけた時、鱸の竿が団扇を仰ぐように上下にバタバタ叩く。ぼくはタモを掴むと鱸に走った。海中の魚と駆け引きのすえ、釣人は三キロのピンク色に染まった流麗な真鯛を甲板に横たえた。この刻を境に船中は活気に沸き返る。ぼくはタモを持って甲板を駆けまわる。餌を切らしたお客に生簀の海老をすくいバケツに補充する。二時間ほど活気が続きほぼ全員のクーラーに真鯛が収まった。今日一番、真鯛を釣り上げた鱸は手練れているのか五枚上げていた。

沖上がり一時間を切る頃、ぼくを手招いた義父が「慎くん今夜の肴を釣らないか？　全員がお土産を手にして一段落、慎くんの投入した仕掛けに青物（ヒラマサ・勘八・ブリなど）が喰って皆に納竿を頼んだとしてもクレームは出ないだろうから・・・」と笑いながら言った。

「そんな、ぼくの仕掛人に喰いつく間抜けな二匹の泥鰌がいるとは思えないけど、久し振りに竿を出そうか・・・」ぼくも笑いながら答えた。

「魚探器にかなり大きいのが二匹くらい底のほうで悠然と泳いでいる。喰らいつく可能性はある。客にも一応マイクで伝える」と言うと、船室の隅の真新しい竿を差し出し、「これは俺のプレゼントだ！」と言った。真新しい竿を握るとなぜか涙があふれそうになった。ぼくを見た義父が「泣く奴があるか！」と言う。ぼくは横を向くと手で涙を拭った。竿には仕掛けをセットしてあった。ぼくはタモを持つと生簀から生海老をすくい海水を入れたバケツに放り込んだ。船窓のそばで真新しい仕掛けを海中に投入する。朝方強かった風は微風に変わっていたが、相変わらずうねりがあり船は前後左右に揺れていた。義父に教わった四十五ヒロの棚より五ヒロ余分に仕掛けを落とし、指示棚まで竿を煽り仕掛けを上げていった。舳は波頭に乗り上げた刹那！　落下。めまぐるしいシーソーに両足でバランスを取り、錘が底に着床、生海老の遊泳を想定しながら、竿をしゃくる。底から一・五ヒロ刻みに仕掛けを上げ青物が興味をひくよう棚を探った。五十ヒロの棚で穂先がしなり四キロの真鯛が喰いついた。ぼくの釣り上げた真鯛を掲げると左舷の客が感嘆と羨望の声を上げる。真鯛を生簀に入れたぼくはバケツから海老を掴み針につけると手早く仕掛けを投入。底に着床後一投目より竿をしゃくる間隔に余裕を持たせ、ヒラマサの回遊する棚を探った。五十五ヒロまでリールを巻き上げた時、竿先が小きざみに跳ねるのを見逃さなかった。海中の魚が海老に喰らいつくまで竿をしゃくらず静かに待った。

沖上がりが刻々と迫っていた。船窓から身を乗り出した義父が人差し指と中指を立てた。〝よし・・・残り二十分・・・〟ぼくが呟いた時、竿先が大きくしなり泡立つ海面に突き刺さった。竿を天に向かって立てた刹那、リールが激しく逆転、ラインがスーッと海中に消えた。マイクを掴んだ義父が叫んでいた。フインノールリールが悲鳴を上げ、道糸を吐き出していく。義父がプレゼントしてくれた竿は弾力に優れ、大きく弧を描き魚の抵抗に耐えるしなやかさと剛直な材質と改めて納得する。リールに巻いた糸が半分引き出されると回転が弱まってきた。ぼくは竿を上げながら慎重にリールのハンドルを廻しラインの回収にかかった。

海中の魚に微かな疲労が、リールのハンドルを掴んだ挙に微かなゆるみが伝わって来た。リールから強引に引き出されたラインはそれほどの抵抗もなくリールに収まっていった。これは造作なく取り込めると、今まで釣り上げたヒラマサから考えてもいた。ぼくの予想を嘲笑うかのように再びリールは逆転、竿は半円形に曲線を描き穂先は水中に呑まれハンドルは手入を怠ったリールのごとく微動もしない。灰色の空は風雲急を告げ、波濤は白い牙を怒涛のごとく岸壁に砕け散る。ぼくの額から汗がふき出す。片手で防寒コートのチャックを外し、身を捩り脱ぎ捨てる。

いつしかぼくの周りはどこまでも透明な瑠璃色に変わる。

神もなくしるべもなくて
窓近く婦《をみな》の逝《ゆ》きぬ
白き空盲ひてありて
白き風冷たくありぬ

「臨終」中原中也詩

を、ぼくはそらんじる。神に信なく未来も描けず、混迷する精神《こころ》を、お父さんの蔵書から中原中也詩集を、カーテンを締め切った父の書斎で、卓上スタンドのうす明かりの下で読みふけった日々。あの頃のぼくの命は透明な瑠璃色ではなかったか？

「このまま義父の跡を継ぎ、遊漁船の客を相手に生涯を終える決心をしたら父は喜んでくれるだろうか？　母と陽子はどのような形でぼくに語るだろうか？　いつか目覚める時が来ておくれと・・・心の中で願望しつつ・・・」だけど真摯にぼくを愛してくれる瑠璃が、義父が、義母に理解される平安な時間が、現在《いま》ぼくにはある。なにゆえにこれ以上望む、声が、音のない声が聴こえる。

　竿を鷲づかみに握る左腕の血に凝集が進行、痺れが密やかにぼくを嘲笑する。不意に老人サンチャゴとカジキマグロの格闘が浮かんだ。カジキマグロに腕一本で闘いを挑んだサンチャゴ。結末は徒労と悲惨・残酷でもあるが・・・。右腕から左へバトンタッチを決意の前に、試みに竿を持ち上げバンドルを廻す。スプールが一回転ラインを巻き上げる。海中の好敵手も疲労が蓄積してきたのだろう、左手で掴む竿とハンドルの回転に微かに感じ取れる。再度の戦いに備えて竿を右にバトンしたぼくは、左腕を屈伸、堰《せき》で停滞する血流にタバコ一服の時間を与える。船室から首を突き出し凝視する義父に左腕を突き出し「ＯＫ」のサインを送る。いつか右舷の客も左舷寄りにかたまり、ぼくと魚の格闘を羨望と嫉妬の視線で凝視する。

　沖上がりはすでに過ぎ、水平線から遊漁船がかき消え、時折、雲間から曙光が一筋白波に反射する。ぼくは鷲づかみした左腕の竿に精神を集中する。やがて波間に淡い透明なコバルトブルーの魚体がスーッと浮かび上がる。口元から尾鰭にかけ芥子色《けしいろ》の鮮やかなライン。ぼくが、最後の抵抗を試みるヒラマサに備えてラインを引き絞っていると、義父がギャブを打ちこむ。甲板に横たわる魚体、透明なコバルトブルー。ヒラマサはたくましくもあり気品も備えていた。口元から瞳、尾鰭に達する芥子色の細い横縞。船中に感嘆の声が爆発し、拍手が甲板に響き渡る。

　予定より半刻ほど遅れて船は岸壁に横付けされた。瑠璃が岸壁に立ち、破顔に涙を浮かべ両手を大きく振って出迎えた。義母が流したのか、ヒラマサを一目見たさの人だかりに岸壁は普段より混雑していた。混雑の中で手を振る瑠璃さんは一段と美しかった。

　ヒラマサはクレーンで引揚げ計測された。クレーンに吊るされたヒラマサの魚体の大きさに、感嘆と羨望の声は小さな漁港に渦巻いた。漁港始まって以来、シートに横たえられたヒラマサを囲んだ義父と漁港組合職員、料亭の大将が額を突き合わせていた。漁港の職員によると、町の魚店、酒場チェーンも巻き込み口角泡が飛んでいたと、後で聞いた。

　義父の言うところによると、「ヒラマサを釣り上げた事を漁港職員に連絡したけど（大型魚を取り込むと漁港に連絡）、処分方法は漁労長に一任とのこと。俺の考えは、料亭の大将に調理を依頼、自宅で慎くんと瑠璃の婚約とささやかな結婚式を計画した。改めて言うが、俺と澪が悩んだのは、瑠璃が未成年であること。大学受験勉強の最後のラストスパート中。瑠璃の将来設計に確《かく》たる信を置いていなかった。親が自分の娘に信を持てなかったのを恥じている。慎くんに対してではなく瑠璃にだから誤解しないでくれたまえ。で、慎くんが瑠璃に与えた婚約指輪を押し抱くように薬指に嵌めた時、瑠璃の決心が確かなことに確信を持った。昨夜、床の中で澪ととことん話し合った。こんなところでなんだけど、瑠璃を改めて頼む！」

結局、義父の提案が通り料亭の大将に調理を依頼、根本家で結婚式を行うことに決まった。仲人は義父の弟に依頼した。客間と続き和室の襖を取り払い式場にする。

早朝、義父義母、ぼくと瑠璃の四人は近くの神社の階段を上った。瑠璃とぼくは義父義母を前に誓いを述べた。四人が帰宅すると近所の女将さんたちが忙しなく台所を行交《ゆきか》い準備に余念がなかった。

式は日暮れの六時半に始まった。美容院で日本髪に結った瑠璃の白い襟足は眩しいほど美しく蠱惑《こわく》的でもあった。化粧（田舎の美容院にしては巧く出来ていた）されて、紅紫《べにむらさき》の振袖に着飾った瑠璃は（未成年だけど・・・）気品もあり麗しく、やや官能的な芳香を漂わせていた。ぼくは美容院で借りた袴を義母が着付けを手伝ってくれた。並んで上座に座った瑠璃は、ぼくの手を握りしめ俯いていた。仲人の話があり、三々九度の儀式は義父と義母が執り行って下さった。

ぼく側の出席者が一人もいないのは義父に申し訳ない。また、瑠璃に淋しい思いをさせないかと考えたぼくは、会計士の郷田さんと岡本くんにメール。少し間があって郷田さんと岡本くんからチョット遅くなるが必ず出席する、と連絡があった。電車では乗り継ぎに時間がかかるから車で行く予定と言う郷田さんに、ぼくの知人をどこかで拾って欲しいとお願いした。岡本くんのメールアドレスを許可を取って郷田さんに伝えた。宴が始まる前、仲人が瑠璃のそばに来て何事か耳打ちしていた。仲人が去った後、瑠璃が言うには、ぼくに一言でも良いから挨拶して欲しいと・・・。「ごめんなさいね！」と言いつつ「少しでよいから・・・お願いね！」瑠璃の懇願に分かったと手を握って応えた。

三々九度が終わり、来客が代わるがわる瑠璃とぼくに挨拶に来るのには閉口した。ビールに日本酒を次々飲まされ、足の痺れに酩酊も加わりユウランユウラン波間に木の葉の船で漂っているよう。瑠璃も緊張しているのか身動き一つしない。膝に重ねた瑠璃の白粉で化粧されたしなやかな手の上にそっとぼくの手を重ねて瑠璃を見つめる。緊張しているのか、ぎこちない瑠璃の閉じられた唇がかすかに動いた。ぼくは声を出さずに「だいじょうぶ？」と聞くと瞼と閉じてこっくりとうなずく。隣の義母は来客へにこやかに応対している。ぼくが「お義母さん」と小声で呼ぶとお義母さんは怪訝そうにふり向いて「どうしましたか？」と言った。ぼくは瑠璃さんを見ながら「瑠璃さん、緊張で疲れているようだからお色直しさせてはどうですか？」と言った。お義母さんは首を伸ばして瑠璃を見つめて「そうね・・・」と呟くように言った。お義母さんは立ち上がると瑠璃さんに耳打ち、来客に向かって「みなさん、ほろ酔い気分のところ申し訳ありませんが、花嫁のお色直しをしますので少しの間、退出致します」と告げて瑠璃の手を取り来客の間を縫うように控室のほうへ退出した。間近に見る瑠璃の美しさに性別年齢にかかわりなく来客は魅了され、後ろ姿を陶然と見送っていた。

日本髪かつら、着物から瑠璃色ドレスに解放された瑠璃が、お義母さんに続いて微笑を浮かべながら会場に入ってきた。幾分いつもの瑠璃らしい雰囲気に戻っていてぼくもほっとした。ぼくも立ちあがって瑠璃を迎えた。胸元が広くカットされ白い谷間が眩しい。お義母さんから委ねられた瑠璃の手を取ってしばらく見つめていると「そんなに見つめられると恥ずかしいわ・・・」瑠璃が囁くように言った。ぼくが右手を開き中指・薬指を折りアイラブユーと・・・。それから二人で来客にお辞儀する。来客から一斉に拍手が起こる。

瑠璃を座らせ来客に向き合ったとき、入口の方で近所のおばさんが押し問答している様子が見えた。少し間があって、開け放ったふすまから首を覗かせた会計士の郷田さんが手を振っていた。ぼくは、瑠璃の手を取って郷田さんのところへ急いだ。廊下に郷田さん、古関秘書、上り框に岡本くんと石田さんがぼくに満面の笑みを浮かべて手を振っているのにびっくりした。近寄ってきたお義母さんに説明して、四人の席を作っていただいた。席についた岡本くんと郷田さんにビールを注ぎ、瑠璃は石田さんにビールを注いでいた。古関秘書は運転があるからと丁重に断っていた。岡本くんと石田さんには、泊まる部屋はあるからぼくと瑠璃のため祝ってくれたまえ、と瑠璃を紹介しながら言った。

「今日は根本家・竜家の結婚式にご多忙にかかわらずご出席いただき、ありがとうございます」列席者に下手な手真似・指文字を加えてお礼を述べた。

「前置きが少し長くなりますが、ご拝聴いただければ嬉しく思います。さて、私事ですが、五年前両親と妹を高速道路渋滞停車中、大型トラックに追突され天涯孤独の身となりました。その日から地の底を芋虫のように這いずり、苦悩と破滅、三途の川の魅惑への揺籃になす術もなく、壊れる一歩手前で揺れていました。精神《こころ》と肉体の破滅へ落下寸前でした。でも、崖淵からぼくが生還出来たのは、生きていた頃、当たり前の存在として考えもしなかった家族でした。命と引き換えに耳が壊れましたが・・・(医学的病名「両側神経性難聴」)。この時、神も仏もいないと悟りました。こんなぼくを高校の担任が親身に支えてくれました。この支えがなければ現在《いま》、ここに瑠璃さんと並んで立つこともなかったと思っています。

あてどない旅の途上、太平洋の水平線に太陽が没し、どうにか漁港に辿り着きました。見知らぬ町、宿もないぼくはポツンと街灯の灯る路地を彷徨《さまよ》い、どうにか雑貨屋を探しあて雑貨屋のおばちゃんに駆け込み訴えました。おばちゃんの紹介で一夜の宿を根本家に、そして瑠璃さんに巡り逢いました。雑貨屋のおばちゃんはぼくと瑠璃のキューピットです。根本家で家族のようなもてなしを受け、瑠璃さんは見知らぬぼくを仲間に引き込み、海洋大学を受験、房総の海の環境保護への思い、熱き情熱を両親に語り進学を懇願しました。

その後、瑠璃さんの錯綜する想い・考え、ぼくへの思慕がどのような行程を辿り形成されていったのか？　根本家に二度目に訪れた時、両親に瑠璃をもらっていただけないかと懇願され、困惑の表情とは裏腹に天にも昇る心持ちでした。瑠璃さんと単なるメールの交換から恋愛（恋愛へ昇華の可能性を予測することはなかったけど・・・）へ導かれたのか、想像力の乏しいぼくには正直言って分かりませんでした。ただ、始まれば良いなあ～と、希望的観測は胸の内に秘めていました。けれど現実を前に、びっくりしています。それから婚約、今日に至りました。瑠璃さんと結び付けて下さった雑貨屋のおばちゃん、〃ありがとうございます・・・〃そしてお義父さんとお義母さんに感謝いたします」

ここで一息ついてビールでのどを潤す。

「ヒラマサは刺身が最高（ぼくの独善的思いこみ）ですが、多彩な料理にと・・・、こんな説明をすること自体笑止、みなさんの方が素人のぼくより詳しいでしょうけど。ヒラマサを肴にお義父さんと焼酎を飲み瑠璃さんの熱き思いを、可愛らしい唇から流れる言葉を静かに見て（聞いて）、ただそれだけの行為《おこない》から恋が芽吹いたと思います。長く拙いぼくの話をご拝聴ありがとうございます。これからも瑠璃とぼくをよろしくお願いします」

拍手と万歳が巻き起こる。岡本くん、会計士の郷田さん、秘書、石田さんも拍手していた。瑠璃を見ながら「瑠璃さんも話しますか？」と尋ねたら、「慎一さんのお話で充分瑠璃の思いも語って下さったから・・・」と。席に座ると、岡本くんと石田さんがぼくたちの前に座りビールを注いでくれた。

「急なことで、石田さんに連絡するのが精一杯。落ち着いたら東京でお祝いをやろう！　花嫁は美しく、聡明な女性だなあ・・・。これで竜くんも天涯の孤独から解放される。本当に良かった。心からお祝いを言うよ」と岡本くんが言った。瑠璃とぼくは手真似と指文字で〃ありがとう！〃とお礼を言った。

郷田さんと秘書が来て祝福してくれた。

「竜さん、こんなに優しくて奇麗な伴侶を得て、ご両親も浄土でお喜びのことと推察しています。落ち着いたら事務所に二人で来て下さい。これからの事を（二人の生活の安定的持続について）話しましょう。改めて、おめでとうございます！」瑠璃とぼくを交互に眺めて言った。

「お二人が泊まる部屋は準備してあります、二人ともぼくのために飲んで下さい。大皿に盛った刺身は、昨日ぼくが釣り上げたヒラマサです。料亭でもこれほどのヒラマサのサービスはありません。充分味わって下さい」とぼくが言うと、「あいにく明日は早朝から約束があるので帰ります。運転は秘書が代行するから飲ませてもらうよ」と笑いながら言った。それから大学受験などを瑠璃と会計士が話しているのを横から眺めながら、岡本くん、石田さんを交えて手真似の会話。ぼくらは、バーボンを飲み、刺身・酢の物・兜煮を食べて時間を忘れた。

　宴会は三時間でお開きになった。時刻はすでに十時を過ぎていた。瑠璃の両親、残った数人の親戚で二次会が続いた。郷田さんと秘書はお開きの時帰って行った。ぼくと瑠璃は駐車場まで見送った。小さくなった席に岡本くん、石田さん、お義母さんが輪になってだべりつつグラスを運んでいた。瑠璃はドレスから普段着に替えてきた。

「岡本さんでしたね。発音が正確、おっしゃる事が良く分かります。石田さんの敬称の使い方が正確でビックリ（こんな言い方は差別と思われそう）しました。私の聴覚障害者に対する認識が不足していたと改めて反省します」お義母さんが言った。

　瑠璃は、岡本くんの読唇力が弱いのを見てとり、お義母さんの話を指文字と身振りを使って通訳していた。岡本くんに見つめられ頬を紅く染めて通訳する瑠璃を、百合のように可憐な乙女のよう、と改めて思う。

「ああ、発声に違和感がないとおっしゃったのですね。聡明な竜くんの事だから、聴覚障害者でありながら正確に発声出来る疑問点を具体的に解き明かしてお義母さんに語ったと推測しています。竜くんが話したことと重複する場合聞き流して下さい」と区切りをつけた岡本くんは、傍らの焼酎を一口飲み、再び語り始める。

「先天性難聴疾患は発声が困難な人もいますが、親の介助・早期の訓練によって発声に問題のない仲間はたくさんいます。訓練を放棄（親の経済・時間的貧困によって）され発声が困難なろうあ者を、社会は**聴こえなければみな同類**と決めつけ、虐め、揶揄の言葉〝おし・つんぼ〟が流布、独り歩きしました。先天性ろうあ者に対する偏見に満ちた誤解は二十世紀の現代《いま》も根強く残っています。赤ちゃんは誕生した瞬間、様々な音（声・触覚）から学習します。何故って、学習は生きとし生ける全ての生物が、生存するための遺伝的情報、命を維持する本能だからです。生まれながらにしてろうあ者として誕生した赤ちゃんは、泣かない（ぼくの知る範囲ですが）がゆえに空腹を伝達する術がありません。母親も赤ちゃんが泣く・むずかる様子から空腹、大小便の訴え（赤ちゃんの泣き声の強弱によって）を判断します。だけど先天的に聴能障害を負って生まれた場合、泣き声を判断出来ない母親の負担は尋常でありません。

　現在、三歳から幼稚部（平成元年新設）に入園。発声・聴能・言語取得訓練が行われています。石田さんは先天性（三歳未満失聴）、幼稚部新設以前の聾教育を受けたと聞いていますが・・・」岡本くんは石田さんに確認するため一旦話を切った。石田さんの確認を取った岡本くんはグラスの焼酎を一口口に含み座卓に置いた。すかさず瑠璃さんが岡本くんの空になったグラスに氷と焼酎を加えていた。

「聾学校の教育は石田さんが詳しいのでバトンタッチしましよう。石田さん構いませんか？」

「岡本さんに乞われての話ですが、彼の言った通り、三歳未満の時頭に打撲傷を受けて失聴（言葉も失った）した私は先天性ろう（言語獲得以前）として地上《ここ》に生きて来ました。ただ、岡本さんはチョット勘違いしています。聾学校の在籍は二ヶ月程、あとは普通公立小に転入しました。

　私の年代、聾学校に幼稚部設置はなく、文部省要綱通り六歳から小学部に入学しました。その頃の記憶は鮮明ではありません。何故なら言葉とほぼ無縁に近い世界に育ったから・・・。でも、母は大学病院（祈祷師や神仏に縋らなかった母に感謝！）で診療、将来にわたり回復の見込みはゼロと宣告されました。医師から宣告を受けた母は、しばらく茫然自失の状態で医師の言葉を反芻していたと物心ついてから教わりました。この場合、男性に比べ女性のほうが切り替えは早い（母もそうでした）。医師に育て方、発声訓練、言語獲得方法など母は具体的に教わりました。医師が若い助教授で幸いしたと今にして思います。歳を重ねた教授では突き放されていたと思うからです。助教授に紹介された補聴器店で、助教授が測った聴能データを元に音調（聴力疾患は多様）を合わせて私に最適な補聴器を作らせました。あの頃、補聴器は輪切りピース箱くらい大きかったと懐かしく思います。

　それから母と発声・言語獲得・口話・読話の訓練（練習でなく）が始まりました。それは厳しい訓練、少しでも間違うと抓《つね》られ、手足を打たれました。二歳後半から始めた訓練の甲斐があって、三歳から母の声が補聴器を通して理解出来る（おもに母の声に限りますが）分かるようになりました。母との会話によって語彙も飛躍的に増えました。ただ、発声はなかなか上達しませんでした。『さしすせそ』『たちつてと』『ぱぴぷぺぽ』舌頂音、息を吐く言葉に行き詰まりました。

　母と私の二人三脚訓練に比例し父の酒量が増え、母に罵声・暴力が再発してきます。そんな時、私は補聴器のスイッチを切り、隅の方で小さく震えていました。聡明な母は父の荒《すさ》んだ気持ちが痛いほど理解していたと思います。ただ、**私は一人で言葉を獲得出来ない。言葉を読み取れない。言葉、すなわち生きることの本質は言葉**と言う思いが、病室のベッドで泣き声をあげなくなった私を抱っこしたとき母は決意したのだと思います。初めは父を諭すように、聴覚言語障害となった私の状況を順序立てて説明、今訓練しなければ言葉を発しないまま娘の由美は成人してしまう。だから由美に責任を感じ、愛おしいと思うなら理解して欲しい、と父に訴えていました。しかし、飲酒が増えるに従い、狭量な思考に陥った父は再び母に罵声を浴びせ、いつか腕力で母を従わせる挙に出るようになりました」ここまで語った石田さんは一息ついて手元のワインで喉を潤した。

「長くなって退屈しないよう、出来るだけ端折って話すようにします。度重なる父の暴力に、母は奴隷のように従順になって行きました。従順になるに従い、私と母の二人三脚、聞き取りと発声訓練は疎遠になりましたが、ろうあ学校小学部に入学する頃、補聴器で母と会話出来るほど上達した一面、井の中の蛙の例え通り、母とマンツーマンの訓練、いわば純粋培養された発声、聴能が社会で通用しないのではと不安に陥った母は、一計を案じ一人でお使いに行かせ、他人との会話に慣れさせせました(父と母を離婚させた逸話は端折ります)。

小学校に入る頃、語彙も増え一人で絵本を読めるようになっていました。聾学校に入学すると、発声・読話・口話訓練が向こう三年間行われることに愕然としたと、編入したあと母は漏らしていました。普通の小学生より三年間の学習の遅れ、従って高等部を卒業しても中卒程度の学力が精一杯と理解した母は、私の将来を考え、公立小学校編入に向けて孤軍奮闘しました（奮闘のいきさつは端折ります。ごめんなさい！）。

公立小・中学校を経て都立高校に進学。何時も一番前の席に陣取り、教師（発声が補聴器では捉え難い地方出身ｅｔｃ）の唇をひたすら読み取りました。ただ、横を向いて話す、黒板と対面しながらしゃべる教師に閉口しました。でも級友を拝み倒し、級友のノートを横目で見て書き写したり、読話出来なかった部分は筆談して貰い乗り越えました。

現在、聾学校に幼稚部が新設（平成元年）され、小学部一年から公立と同等の教科で学習するようになったと聞いていますが、遅れてきた青年ならぬ私・・・。

神は、湖に映る自身（神）に似せて人間を形造り、精神、能力を組み込みました。一握りの優秀な人間を造り（!?）、あとは誰でもいい誰か（私の勝手な解釈は無視して下さい）を造りました。幼い神は、人間社会を支配する者（神）と支配される者（人間）の社会を・・・。障害者の立場として信仰とは別に私は歪んだ解釈をひそかに持っています。

ゆがんだ解釈は、聾教育に未熟な教師（ろう教育の基本が多いことに問題があり、ろう教育の基礎を知らない教師から学んだろうあ者は、言葉の習得が貧弱なまま社会に放り出されます。戦後開始された口話教育の弊害は、教育する側と受ける側の認識に乖離があります。教える側の口話（言葉）を１００％読話（読唇）、理解出来るという空想的な前提に戦後ろう教育基本法を制定した文部省に問題があります。読話技術以前に言葉（語彙）の取得と言葉の意味の理解が抜け落ちている場合、完全な読話は不可能と私は考えます。口話によるコミュニケーションは豊富な言葉と、言葉の理解の上で初めて完結します。コミュニケーションが困難なろうあ者は、苦悩・苦衷・苦痛を背負い苦界浄土の社会を必死に生きてきました（楽天的な性格に救いもあるが・・・）。それは今も昔も未来永劫変わらないと私は意《おも》います」石田さんは語り終えてため息をついた。

石田さんが語り終えた刹那、瞼にあふれた涙をハンカチで拭いていた。

「パチパチパチ・・・」義母が拍手する。つられて瑠璃とぼく、岡田くんと義父も揃って拍手！　お義母さんは拍手しつつ石田さんのグラスにワインを注ぎ、「石田さんの話し方は明瞭の上、初めと終わりがきちんと整理され起承転結がしっかりしていて、提起された問題点が良く理解出来ました。最後の神について、石田由美さんの弱者側からの視点が的確に把握され、考えさせられました」

義母が話し終えると、こぼれ陽が降りそそぐ森に沈む静謐な沈黙がしばらく漂った。重苦しい寂静《しじま》は時として、人を不幸に導くけど、穏やかで静謐な沈黙は人を幸せな気持ちに導く。新たな出発への決意へ導く、とぼくは意《おも》う。ぼくは、焼酎をゆっくり口に運び、ヒラマサ本来の香気が失われつつある刺身を口に運び、これから塵に還るまで瑠璃と生きる迂遠の時を、暁を全身に浴びる心境のごとく意う。海原の凪のごとく日々が流れるもよし、咆哮を上げ強大な波頭がぼくと瑠璃を襲うもよし。お互いに許容し、励まし、時には星がきらめく夜空に浮かぶ月を見上げながら肩を寄せ合い、命の尽きるまで生きていこうと・・・。


人生は戦いの連続！　と誰かが著作に記した。マイナスから出発せざるを得ない障害を背負ったぼくらは、人生を生きる上で否応なく聳える絶壁を、ある達観した心で許容する。だけど、我々の闘いにしばし嘆息するほど絶望的な氷壁は、同じ人間が作った常識と言う理不尽な壁！　それだからこそ困難が我々の前に蛇口のごとくあふれる。社会は（普通の人が形成した）常識・慣習を御旗に、障害者に様々な差別を行い隔離する。地上《ここ》に誕生した瞬間、当然のごとく言葉の洪水の恩恵を受ける赤子、聴能が壊れたまま地上に生を被《こうむ》った仲間たちのごとく、厳しい訓練で獲得するわずかな言葉・語彙。ぼくら障害者が社会の常識・慣習（夢物語であるが）となれば、世界から戦争が失われるのではないか!?　と、絶えず夢想する。

その夜、ぼくと瑠璃は一つの布団で、生まれたままの姿で心も一つにして眠りについた。

あくる朝、瑠璃に起こされ、岡本くんの蒲団を剥ぎ、義父の船に乗り込んだ。定刻の五時、霧に覆われた暗い沖へ、太平洋へ乗り出す。遠くの水平線に朧な紅い線が見えた。キャンセル客が出たから岡本くんも乗れるようになったと義母があとで言っていた。ぼくが、船に酔わないか心配して岡本くんに聞くと「船に酔わないか、だって？　この俺が・・・」波の揺れに上半身を、ゆうらんゆうらん舟をこぎながら「大丈夫だよ！」嬉々として岡本くんが言った。

タンタンタンタン。手すりを握りしめた掌から、甲板からエンジンの単調な力強い調べが伝わる。空はまだ薄暮に覆われているが、風は微風、波濤は穏やか・・・。時折、切り裂いた波頭を舳に受け、凍りつくような海水の飛沫がぼくらの頭上に花吹雪のように舞い落ちる。左舷操舵室の横に釣り座を確保した岡本くんがザーッと降りそそぐ飛沫を防水コートのフードを掴み縮こまっていた。岡本くんはぼくと同類、船長がマイクで棚の指示をしても聞こえない。船長は操舵室から指示、岡本くんの釣り座は操舵室の手前を船長の権限で確保した。来客が集まりくじ棒を引く段階で義父は、岡本くんが聴覚障害者であることを来客に説明して了解を得、釣り客に納得してもらっていた。

ポイントは行程三〇分ほどと、船に乗り込むと義父がぼくに言った。今朝は無風に近く波は穏やか。ポイントに着くまで岡本くんにリールの操作・ラインに付けた目印・錘とハリスの投入方法・釣針に生き海老の取り付け方法などをざっと教えた。岡本くんは呑み込むのが早かった。

水平線に陸では観測出来ない太陽が空と海の境を真っ赤に染めて昇る荘厳な風景を眺め、タンタンタンタンと響く調べを、ベンチから甲板から・・・。かつて耳から無意識に聞き流し忘却していた音・音・音・・・。今、手足尻背中、全身の至るところからぼくは音を拾う。

太陽が次第に輝きを増し、闇をはらい空と海を紅に染める静謐な絵画を飽きもせず眺める。宇宙と太陽・地球が存在する限りに於いて、感嘆、歓喜、感動、宇宙・太陽・地球の主に跪き畏怖と畏敬を・・・。見慣れた風景、幾度眺めても飽くことのない事象、宇宙が描く壮大な楽譜・楽譜・楽譜。生きとし生けるものの源に、だれもが言葉を閉ざし畏怖の念に浸る。

ぼくの忙しない時間が始まった。生簀から生き海老をタモですくい釣客に配って回る。ぼくが甲板を駆けまわるのを見かねた常連客がバケツを配る手伝いをしてくれる。船長の合図前、どうにか全員に生き餌を配り終える。ぼくの頭からつま先まで汗腺がフル活動、額に、背中に汗が噴き出す。しばらく荒れる息の鎮静化を図る。それから岡本くんのそばに座った。岡本くんのコベリに胴調子の竿をキーパーに固定、仕掛けもセットしてあった。青い顔をした岡本くんが船室の壁にもたれていた。

「大丈夫か？」顔を覗き込んで手真似で言う。

「んにゃ、吐きそうだ！」と言いつつ顔をコベリから海に突き出した刹那、海面にコマセを撒き散らした。だけどコマセは形骸もないかのような胃液が海面に落下する。嘔吐の音を聞きつけた義父が船窓を開けてペットのお茶を心配顔で岡本くんに渡した。釣りはすでに始まっていた。左舷の艫の竿が大きくしなり海面すれすれに竿先がおじきしていた。竿先の具合から二キロ程度と見当をつけタモを掴んだぼくは艫に駆け出した。岡本くんの嘔吐は切ないがしばらく放っておくことにして・・・。釣客は今朝一番乗りの真鯛、慎重にリールを巻いていた。タモですくった真鯛は予想通り二キロ弱、ピンク色の綺麗な魚体をしていた。この鯛を合図に船中は真鯛と勝負する釣客で活気にあふれた。

船釣り経験豊富な釣客は少なく、硬い真鯛の口に釣針を確実に喰いこませない釣客もいて〝掌サイズの小さな魚でも必ずタモを使うように〟と義父に念押しされていた。それにしても義父はポイントを探し当てる達人と思う。一時間ほどで二日酔いと船酔いのダブルパンチの岡本くんを蚊帳の外において、全員が真鯛を手にする（一人で二〜三枚手にした客もいた）のを見届けた義父は、大物が上がるポイントへ移動を告げるとエンジンを始動した。陽は既に頭上に昇り、時折雲間に隠れるが初冬の空に穏やかな輝きを増していた。船は海面を滑るように疾走する。波に乗り上げ〝ざぁ〜！〟とスコールを降らし甲板を洗い、エンジンは力強い太鼓を打ち鳴らし波濤を切り裂いて疾走する。

二〇分ほど唸りを上げて疾走、停船した。沖に行くほど波が高いのか停船と同時に大きく左右に揺れた。艫から中間の釣り客全員がバケツの水をかぶったように防水コートがびっしょり濡れていた。コベリに頭をあずけていた岡本くんがむっくり起き上がり左右を見渡すように首を振った。大物の生息するポイント、船長の合図で一斉に仕掛けが投入された。

指示棚は海面から四十五ヒロ。先のポイントより倍近く深い。指示棚に仕掛けが着床まで間がある。ぼくは急ぎ足に岡本くんのそばに座った。彼は顔料を塗りたくったように青白い顔をしていた。

「大丈夫か？」とぼくが聞く。

「ん、少し眠ってスッキリしたよ」ふり向きざま彼が言った。

「少しだなんてよく言うよ。二時間も眠っていたのに。酔いが抜けたなら釣ってみるか？」ぼくが言うと、頭を縦に振った。ぼくが、生き海老の餌の付け方、竿の持ち方、仕掛けの投入まで一通り教え竿を彼に渡した。

生簀から生き海老をすくうとバケツに入れて岡本くんの足元に置いた。ぼくが、生き海老を一匹、尻尾の先を歯で噛み切り、切ったあたりから釣針を一センチほど通して針先を出す。左手で竿を持ち上げ両軸リールのストッパーを解除、仕掛けを投入する。重りは一五グラムと軽く、左右にゆうらんゆうらん木の葉が舞うように沈んでいった。リールは水深計を備えていない、代りに水深を計測する目印がラインに付いている。船長の指示する棚は四十五ヒロ。メートルに換算すると六七・五メートル。ラインに五ミリ幅の赤糸の目印を五ヒロ間隔に結んでいる。四十五ヒロなら四個の赤い目印プラス五ヒロ。岡本くんは教えた通り目印が四個プラス五ヒロでリールのストッパーを操作して停めた。次に餌の海老の動きに似せ竿を上下に動かす。ぼくは、彼から竿を借りて海老の動きを想定、竿を上げ二～三秒待機、同じ動作を三回繰り返す。岡本くんは酔いが冷めやらぬまま渡された竿を持って、ぼくが教えた動作を繰り返していた。

波濤の咆哮は弱まり、うねりも幾分和らいできた。この分では岡本くんの嘔吐も食道を逆走する可能性は限りなくゼロだろう。操舵室の外壁にもたれたぼくは、釣り客の竿をぼんやり眺めていた。空に点々とちぎれ雲が浮かんでいた。視線を甲板に戻した時、右舷手前の竿が烈しく弧を描き海面を突いた。釣客はベテランの域に達する手前なのか、竿を握ったまま狼狽えていた。舟窓の縁に腕を乗せて眺めていた船長がマイクを掴み怒鳴りつける。タモを掴んだぼくは駆けつけた。釣り客のそばに行ったぼくは、リールのドラグを確かめ、試みにラインを掴み引っ張り出した。ドラグの締めがやや強く大型魚の抵抗に耐えられない。ぼくはドラグを少し弱めに調整する。針を咥えた魚が急転方向を変え海底に潜るとハリスを擦り、水圧も加わり切断する恐れがある。十五分過ぎ、五キロに限りなく近い深紅の真鯛をタモに収めた。ぼくは親指を立て義父に合図を送る。一人が真鯛を取り込むのを境に、各コベリでぽつぽつ竿がお辞儀を始め甲板に魚がバタバタ跳る。これを合図にポイント移動直後、五キロの真鯛が釣れると各コベリで竿がしなり艫の竿が、ミヨシの竿が立て続けに海面に突き刺さる。波のうねりに竿が上下にしなり、ぼくは、忙しなく甲板を駆けつつ岡本くんの竿に注意を払っていた。ミヨシの客はベテランらしく巧みに竿の弾力を生かしてリールのドラグを操り五十センチオーバーのワラサを甲板に跳ねさせた。艫は七キロ近い三枚目の真鯛を釣り上げ感涙に咽んでいた。

岡本くんの竿はピクリとも動かず沈黙していた。ぼくは、傍らに駆け寄ると餌を換えるように指示する。ラインをたぐり寄せると生き海老は無残に喰いちぎられていた。生海老を付け替え、仕掛けを投入、指示棚に着床後、竿を天に向けて煽った刹那、ラインが一気に海中に引きずられ、リールからラインが感涙にむせぶスピードで海中に消えた。岡本くんが逃げる恋人を引き留めるように必死に竿を握る。しなやかな竿の弾力を上手く生かさなければハリスが耐えられない。岡本くんの横に並んで、ラインを引き出し少しずつ四十五度の角度に竿を立てた。

「昨夜、食べたヒラマサかも?」手真似で伝えると、岡本くんは嬉々として竿を握りなおした。時折、海の底で荒馬のごとく暴れる蒼い(竿先の動きから真鯛でないことは確実。鰤か勘八かヒラマサか・・・)魚体が穂先を激しく煽りラインは釣り人を嘲笑うかのように海中を縦横に走る。糸を切断されてなるものかと、竿の角度を四十五度に保ち竿の弾力に委ねる。周りに視線をうつすと全員が仕掛けを上げて岡本くんの竿先を凝視していた。海中でオマツリを防ぐため、義父が仕掛けの回収を指示したのだろう。

瑠璃さんが作った天麩羅うどんを五人で啜《すす》りつつ、岡本くんが生まれて初めて釣り上げた八キロの勘八の話になった。手真似を使うとき声を出さない岡本くんの通訳を石田さんが引き受ける。お義母さんもうどんを啜りながら聞いていた。飛魚出汁の利いたうどんは美味しかった。

　勘八は重い上、嵩張るから置いて帰ると言う岡本くんに、義母は勘八を三枚に卸し、小型の発砲スチロールに氷を詰め、石田さんと二等分にして持たせた。遅くなると電車に乗り遅れるからと岡本くんと石田さんを瑠璃と館山駅まで車で送った。二人が乗った電車が消えるまで瑠璃とぼくは手を振っていた。瑠璃もぼくのそばに立って両手を上げて電車が見えなくなるまで振っていた。

「コーヒーを飲みましょう！」瑠璃の提案で、館山駅の商店街にあるコーヒー専門店のドアを開けた。中に入ると香ばしいコーヒーの匂いが店内に漂っていた。店内は太い梁が天井・壁と剥き出し、漆喰で壁を塞いでいた、店内全体が琥珀色に統一されて静かな空間を演出していた。カウンターに三十代後半の女性が止まり木に座ってマスターと語らっていた。ぼくらは海の見える窓際の席に向き合った。大型船が行き交う相模灘、その奥の方に靄に霞んだ三浦半島がぼんやり浮いていた。水の入ったグラスを持ってきたマスターからメニューを受け取った瑠璃は、ブレンドコーヒーとチーズケーキを二人分注文した。相模灘は小さな漣が沖に向かって流れていた。陽は時折雲間に覆われ、雲の影を海に映していた。

　コーヒーを淹れる香りがぼくらのところまで漂う頃、マスターがトレーに乗せたコーヒーとチーズケーキを運んできた。二人はカップを持ってしばらく香りを堪能してから口に含んだ。ほど良い苦み、微かな酸味が口一杯に広がり至福のひと時がぼくと瑠璃を愛撫する。瑠璃は瞼を閉じるとコーヒーの香りを楽しみ口に含んでいた。紅紫の口紅が白いカップの淵についた、淡い口紅の跡をティッシュでさりげなく拭きながら心象風景に思いを馳せているかのようにボーっとしていた。ただ、コーヒーを堪能しているだけかしら!?　今までにない瑠璃の表情から判断出来ないが・・・。同じ屋根の下で共に時を重ねていても相手の微妙な精神《こころ》の仕組みを理解出来ないと、イコール？　とぼくは思う。

　それでもぼくらは土塊となり、塵に還るその時まで励まし、労り、湖水の佇まいのごとくな、静謐な日々を生きていくだろう。ぼくらにとって永遠とも思える時間を、ぼくらは小さな形あるものでも良い、形のないものから小さな形あるものをつくりつつ・・・。

　コーヒーカップを静かにテーブルに置いた瑠璃は、愁いを含んだ顔をぼくに向ける。眉間に小さな縦皺を作り思案していた。瑠璃が眉間に縦皺を作るとき、〝話すべきか？　黙して胸にしまっておくべきか？〟葛藤と闘っている。そんな瑠璃を愛おしいく、また不憫に思う。ぼくの壊れた耳のことに思い巡らしているんじゃないかな、と勝手に解釈しもするが・・・。だけど、コーヒーカップに付着した口紅をぬぐう瑠璃の横顔から別の葛藤で思案しているのではと考えたりもする・・・。

「どんなことを思案しているの？」ぼくは静かに尋ねる。

「・・・」

瑠璃は体の奥に密かに居座るもう一人の自分と静かな戦いを繰り広げていた。葛藤する瑠璃から視線をそらしたぼくは、相模灘に悠然と航行する氷山のようなタンカー、コンテナ船に視線をあてる。海を眺めているとどうしてか上手く説明出来ないけど、平安な気持ちに導かれる。それ以前に、瑠璃の家族がぼくの身体の中に毛細血管のごとく根を張り、ぼくを気遣ってくれるからと秘かに思ったり・・・、どこまでも蒼く、広大な海原に抱擁されているからと思ったりもする。

ぼくの眼の前で〝おいでおいで・・・〟瑠璃の手招きに顔を上げる。

「ねえ、慎一さん。聞いてちょうだい！　今朝、荒波を切り裂いて父の遊漁船が私の視界から消えるまで岸壁に立っていたの。母と石田さんも瑠璃と並んで船が波間に消えてもなお、手を振っていたの。船が波間にフーっとかき消えた刹那、石田さんに視線を向けたら空と海が融合、ガーネットを波間に散らしたようにギラギラ輝き、石田さんの瞼からあふれそうな滴に反射していたの。哀愁に満ちた横顔、天を仰ぐように静かに左から右へ流れる石田さんの心象風景に鉢合わせて、ハッ！　とした瑠璃は、見てはいけない事象を覗いた気がして、石田さんから眼をそらしたの。岸壁に立って両手を振る石田さんの横顔に、愛する人と決別する（心は逆なのに）悲壮な決意と哀しみが凝縮されているように思えたの。

偶発的な出来事で誰の責任でもない、と慎一さんは慰撫して下さるでしょう。でも瑠璃は見る、覗くべきでなかった。そんな気持ちのまま、お昼に予定した天麩羅うどんの出汁をキッチンで作りながら考えていたの。ネギを刻み、ワカメを洗って適当な大きさに揃えていた時、石田さんが瑠璃の傍らに立って「私にもお手伝いさせて」と言葉をかけられた時、心臓が止まるほどびっくりして包丁をシンクに落としてしまった。

「あら、危ない！　おけがは・・・」瑠璃の顔を覗き込み石田さんが心配して言ったの。

「大丈夫です。シンクに落としただけだから・・・」と石田さんに伝えたの。どこも怪我してなかったから・・・。

私たちはしばらく黙ったままシンクのそばに立ち尽くしていたの。私と石田さんの間に混沌とした沈黙が覆いかぶさっていました。瑠璃はシンクに落ちた包丁を凝視したまま、次の言葉を必死になって探しました。思考は支離滅裂、瑠璃の中で竜巻のように渦を巻き、四方八方へ飛散していました。

正直に言うと、こんな心境は初めての経験。私のこんな狼狽を利発な石田さんが見逃す筈はありません。素早く我に返った石田さんは、改めて私に向き直ると声をかけてきました。俯く瑠璃の肩を叩き「瑠璃さん。今朝、私が涙を流す心象風景を見たのですね」問われた瑠璃は小さく「ハイ・・・」と、そのとき隠すことは出来ないと。「そして、私が波を切り裂き遠ざかる遊漁船のスパンカーンに向けて、流した涙も理解したのですね！」と念を押すかのように言われて、瑠璃は俯いたまま「ハイ・・・」と、首を垂れてうなずきました。

瑠璃の返答に、困惑する石田さんはしばらくおし黙っていました。多分、瑠璃が知りえた範囲を質すべきか、全てを封印、深海に投棄、永久に封印するか、石田さんの胸中に二者択一の葛藤が渦巻いていたのでしょう。でも、石田さんは残酷な情念を封印、瑠璃を追及しませんでした。

それから二人の間に優しい静謐な沈黙が漂いました。シンクに並んで海老の殻を剥きました。私が海老の頭部を棄てようとすると石田さんが制止して「天ぷらを揚げるついでに海老の兜を揚げればビールの肴になります。揚げ立てに軽く塩を振るといっそう美味しくなりますよ！」私がタッパに棄てた海老の頭部を洗って笊に入れました」

瑠璃は一区切り付いて話を中断、手元のコーヒーカップを両手で包み口に運びました。愁いを含んだ瑠璃の心象風景を見るのは初めて・・・。心は千々に乱れ、瑠璃のぼくに対する思いが錯綜しているのが朧に理解出来た。わずかな沈黙の時を置いて、瑠璃は再び語り始めた。指文字と口話を言葉に変更するのは、話題が込み入って心労が心を蝕むだろうけど、瑠璃の真剣な眼差しに湖水のような穏やかな気持ちでぼくは可憐な瑠璃の唇を見つめる。

「瑠璃は遅れて来た女です。慎一さんから六年遅れてきたことを少しも後悔していません。そんなことで後悔しても詮無いことだからです。でも、これだけはお伝えしなければ一生後悔すると思いました。慎一さんが、ご家族を一瞬にして亡くされ、耳が壊れた慎一さんを同情からでなく、慎一さんを愛することで一肌脱ごう（随分と古い言い回し）などと陳腐な考えから、慎一さんに求愛したのでは決してありません。瑠璃が告白しなくても、聡明な慎一さんなら分かって下さると思っています。

どうして今になってこんな事をと思われるでしょう。でも、水平線と空を深紅に染める朝陽を浴びて、石田さんの頬を濡らす涙を眼にとめるまで、慎一さんの過ぎにし歳月、慎一さんを通り過ぎた女《ひと》（慎一さんは十人中十人がすれ違いざまふりかえる好青年、きっと美しい方と・・・）に嫉妬の意いを馳せたことは一度もありません。雑貨屋のおばちゃんに慎一さんを紹介された時、どんな障壁があっても慎一さんと共に、と直感した自身の心に狼狽えましたけど、慎一さんに女の陰（私の直感はとても鋭いけど・・・）は見えませんでした」

ここまで語った瑠璃の頬に細い透明な線がひと筋ながれた。

二人の間に今まで加わることのなかった混沌とした空気が漂っていた。ぼくがどんな表情を瑠璃に向けていたか、湧き上がる疑念を塵のごとく積もらせていたか自分でも分からない。ただ一点、瑠璃に対する心は微塵も変わらない、と傲慢にも思っていた。それから瑠璃に向き合い静謐な心でありのまま語った。

「瑠璃さん、ぼくの想像に誤りがないとして、石田さんが流した涙、その経緯をぼくに語るべきではないと思ったりします。どうしてと問われても、ぼくは狼狽えることも恥じることも瑠璃に対して持っていないから・・・。密かに瑠璃から遠ざけていたからでも、秘密の部屋に鍵を掛けていたからでもないからです。瑠璃が語った通り、ぼくが早く生まれたから・・・。ぼく達の恋・愛・結婚がジェットコースターのように、あっという間にフルコースが完結したからでもあるでしょう。ぼくの過去が存在しなかったのごとく消滅《けしさる》なんてことは神でも不可能なことだから。だけど、瑠璃が蟠り《わだかま》(瑠璃に限ってあり得ないと思うけど)を引きずっていては、ぼくたちの未来は描けない。でも、告白すれば瑠璃の蟠りが解消するという保証も難しいと考えもします。もしかしたらより深い淵に陥るかもしれません」

「・・・・・」一言も口を挟まず瑠璃は不安そうにぼくを見つめた。

漣のごとくな寂静《しじま》が瑠璃とぼくの佇むボックス席を覆っていた。ぼくらに初めて訪れた試練というべきか、否、瑠璃が朝方観た心象風景を自然に語っただけにすぎない、と思うべきなのか!? そのときぼくは早急に判断することは難しかった。ただ、瑠璃は語りながら、語るそばから自身の意図しない方向に舵が切られ、制御不能な状態に陥ってしまったようにも思えた。従ってぼくのとるべき方向は舵を元に戻すことではと考えたりもする。そうすることで瑠璃の錯綜する想念が胡散霧消するかぼくにも分からない、けど。

ぼくは俯く瑠璃の手の上にぼくの掌を重ねて、「どんなものにも代え難い瑠璃と、お義母さんお義父さんが、今ぼくのそばにいます。繰り返しになるから、ぼくの最愛の家族のことはここでは言わないでおくね。それから朝方瑠璃が見た石田さんの心象風景についてぼくから語ることはしないでおくね。石田さんと岡本くんは同じ障害を背負って来た仲間であり同志、マイノリティの結束、それだけです」と過度のエネルギーを必要としないけど言葉の選択に悩みつつ言った。

一息入れたぼくは氷の溶けかかったコップの水でのどを少し潤す。いつしか館山湾に陽が没し、ぽっぽぽっぽと漁火が遅れてきた蛍のように波に揺れ、黒い小山のようなコンテナが停泊しているがごとく悠然と移動していた。

瑠璃の語った石田さんの心象風景について、ぼくは時計の針を巻き戻すことも弁解もしなかった。そんなことは瑠璃とぼくの間に必要としないから、コンテナのようにぼくらは目的地をどこにするか決めてはないけど過去を振り向かず歩む！　それが最良の選択とぼくが思っているから・・・。
「慎一さんのそばに座りたい！」と呟くと、ぼくの返事も待たず立ち上がった瑠璃はぼくにもたれかかるように座った。瑠璃の温もりがＧパンから伝わって来る。瑠璃は、ぼくの腕を両手で抱きしめ、頭をぼくの肩にそえると静かに目を閉じた。瑠璃の柔らかい黒髪から仄かな檸檬《れもん》の香りが鼻腔に幸せを捧げてくれる。陽は既に没し、西の空が茜色に染まっていた。三浦半島は暗く沈み、横須賀米軍基地は煌々と輝き海面にぎらぎら反射する。日中沖に停泊していた大型タンカーが悠然と東京湾へ侵入していた。

　カウンターでマスターが洗い物をしていた。ぼくら二人が占領する店内は日没とともに光度を落とし、淡い闇がカウンターを浮き上がらせていた。ぼくは手を上げマスターを呼んだ。マスターがテーブルに来ると「ケーキを持ち帰りたいけど箱に詰めていただけますか？」瑠璃がマスターに尋ねた。構わないとマスターの返事。遅くなって心配している両親にガラスケースに陳列するケーキを買い一緒に箱に詰めて貰う。

　とっぷり暮れた道を瑠璃の握るハンドルを見つめながらドイツ車は静かに走る。街灯のない防風林の道は闇にすっぽり嵌《はま》っていた。地元育ちの瑠璃は真っ暗な田舎道に慣れているのか、ヘッドライトに浮かび上がる塗料の禿げたセンターラインを目印に、楽しそうにハンドルを握っていた。

　エンジンの音を聞きつけたのか門の前に義母が立って手を振っていた。門燈の明かりの下でやや彫の深い義母の顔半分が闇に浮かび、怒っているのか心配していたのか判断は難しかった。連絡もしないでと瑠璃を叱責しているが表情に険の影は見あたらなかった。ダイニングの椅子に胡坐をかいた義父はビール片手にＴＶニュースを観ていた。ダイニングの入口でぼくが遅くなったことを詫びると「まあまあ、無事で良かった」と言った。瑠璃がケーキの箱を掲げて「お土産よ！」と義母をなだめるように渡していた。瑠璃とぼくは洗面所で並んで手を洗った。ぼくは食卓に義父と向かい合って座った。刺身を盛りつけた大皿を冷蔵庫から取り出し、煮物を温め食卓を整える準備に、石田さんの心象風景を忘却したかのように、忙しげに瑠璃は振る舞っていた。色とりどりの刺身盛合せの大皿がテーブルに置かれた時、「お父さんが捌《さば》いたの？」と瑠璃が尋ねた。「慎さんと瑠璃の結婚祝儀代わりに料亭の親父が差し入れてくれた」と義父が言った。「明日にでもお礼に行かなくては・・・」瑠璃が言うと「料亭に予約を入れたから明日は料亭で・・・」とお義母さんが微笑みながら言った。

　ビールが行き渡ると義父の音頭で改めて乾杯する。乾杯の後、義父が唐突に語り始めた。

「根本家に慎一くんが加わり、俺と澪は、至福千年の思いがある。俺と澪は離れ離れの時期（全て俺の責任）があった。だから澪に対してあれこれ詮索する資格はない。ただ、澪に寛容な心があったからこそ家族の仲間入りさせて貰っている。これから二人で生きる決心（結婚を契ることは一つの決断と俺は思う）をした慎くんと瑠璃にこれだけは伝えたいと思う」一服した義父は、泡の消えたビールを飲み干しちょっぴりため息をついた。しばらく義母と目を合わせていた義父は淡々と語り始めた。

「澪に恋焦がれ、俺は土下座して澪に求婚した。俺の求婚に、澪は半信半疑だったと思う。大学の講義をほったらかして雀荘に入りびたり、競馬、競輪、あらゆるギャンブルに明け暮れる俺に二人の未来を描けなかったと思う。後で澪から打ち明けられた話だけど、俺にはどんな困難に直面しても絶体に挫けない気概を持っているからついていく決心をしたと。その刹那、俺は愛されている（自惚《うぬぼ》れだが・・・）と確信を持った。勿論、俺も澪を愛していた。約束した日、俺は、澪の小さなアパートで〝貧しくともお互いを労わりあい共に塵に還るまで・・・〟と誓い合った。その心もて、永遠に俺の命に代えても守るべきだった。だけど、貧しさゆえ、貧困から脱出の展望が描けない。学も、勤労もほったらかし、盲目的にギャンブルに現《うつつ》を抜かした。言い訳になるが、澪を幸せにしてやらなければ・・・の覚悟は何時も持っていた」ここまで語った義父は、義母が継ぎ足したビールに口をつけた。義母はいつもと変わらない表情をして聞いていた。

「澪から生理がないと告げられた時、言葉が、喉からどう足掻いても俺の口から吐き出せなかった。国中は東京オリンピックに沸き立っていたが、新しい命の誕生に、歓喜する社会とは逆の悲嘆に足掻くだらしない俺がいた。生命を引き受ける器を準備するどころか、俺は奈落に落下する自分の姿を呆然と眺めていた。卑怯な弁解だと分かっているが、澪が俺の頬を打擲《ちょうちゃく》したらまだ救いようがあった」

ぼくらに救い難い沈黙が強大な岩のごとく襲いかかった。

「突然、ある衝動に急《せ》かされた俺は雨の中に飛び出した。夜のとばりが覆い始めた雨の中を駅に向かった。電車に乗った俺は東京駅から京浜本線・京急久里浜と乗り継ぎ三浦半島に向かった。なぜ三浦半島なのか俺には今もって論理的に説明する事が出来ない。多分、精神は混乱をきたし思考は支離滅裂、自分の心を制御出来なかったと思う。三浦海岸で下車した俺は、雨足が激しく打つ路面を国道二一五号を剣崎へ標識を頼りに歩き始めた。ポケットには全財産の小銭しか入っていなかった。ポツンポツンと灯る街灯を頼りに俺はひたすら歩き続けた。雨水は下着に侵入、体温を奪っていった。精神は混乱の極にあったが自分が死に向かっているなどこれっぽっちも頭になかった。

時間の感覚は失われていた。ずぶ濡れになりながらどうにか剣崎海岸の先端に立った俺は、打ち寄せる波濤に向かって闇雲に吠えた。疲労と空腹、びしょ濡れの下着が体温を奪っていたが気持ちは晴朗だった。ジャイアント馬場は孤独に耐えがたい時、新潟の海岸に立って「砂山」を声の限り歌ったと、寺山修司編「日本童謡集」に寺山修司が余談として語っていた。だけど、俺には持ち歌なんか一つもなかった。ただ、獣のごとく叫んでいた。咆哮は闇に沈む相模湾に木霊となって波のごとく寄せては引いていった。そレから俺は踵を返し、澪のもとに・・・。雨足は激しく路面を叩き一向に衰えることを知らない。小銭しか持ち合わせがない俺は、剣崎からひたすら歩いた。疲労も空腹も寒さもどこかに消えていた。澪と新しい命の存在する住処に、家族に迎えられてもらえるかギャンブルのごとく不確かだけれど、宇宙に輝く小さな星のような希望だけど・・・。

俺は神の存在など端から信じない無神論者だけど、澪は俺にとって神に等しい存在だと、波濤に向かって叫ぶ間際に悟った。なぜと、問われても答えはないけど、あの時も、今も忘却することはなかった。どうしようもないろくでなしの俺を、受け止めてくれた刹那、俺は癒される、澪の愛によって・・・。

慎一くんと瑠璃が、お互いの手を取り合い生きる迂遠な流れの途上、様々なことが帰来するだろう。二人が愛を育み、慈しみ生きていけるなら、俺の語ったことは意味をなさなくても構わない。だけど、二人の愛が、意見の相違、性格、慎一くんの聴覚障害に対する認識のズレなど様々な要因でバラバラに崩れそうな時、崖で踏みとどまり、お互いの愛を確認しあった路に戻り顧みて欲しい。二人に幸あれと・・・澪と俺の望み」義父の話はここで終わった。

隣で瑠璃が俯いて肩を揺すっていた。ぼくの膝に置いた瑠璃の手にぼくは掌を重ね強く握りしめた。

「お義父さん、お義母さん。瑠璃を育てて下さってありがとうございます。お義父さんが語られた言葉を胸に瑠璃と励まし慈しみ合い生きていきます」と、正座したぼくは両手をついて、両親にお礼を言った。瑠璃もとめどなくあふれる涙を拭きながら首を垂れていた。

四人の間に湖水のように穏やかな時間が過ぎていった。

義父の空のコップにビールを注ぎ、ぼくはバーボンに鞍替えした。大皿に盛られたヒラマサや真鯛の刺身に箸をつけながら、バーボンを口の中で転がしては胃の臓に流していた。義母と瑠璃は喫茶店で買ったケーキを食べていた。穏やかな時が砂時計の砂のように流れていた。

「慎さん、随分買ったわね!」と義母が言った。

「コーヒー一杯で随分ねばったから。それにフォークをつけなかったチーズケーキの持ち帰りを頼んだついでに・・・」と。

「でも、美味しいわ! こんな美味しいケーキの店が館山にあるなんて知らなかった。健ちゃん食べてごらん！」とフォークで一口の大きさに切り分け、ケーキを義父の口元に持って行った。突き付けられたケーキに戸惑いながら義父はしぶしぶ口を開けた。二人の微笑ましい風景にぼくは思わず頬を崩した。

カウンターの置時計が午後一時を指した頃「明日も予約が満杯だから先にあがるよ」義父は立ち上がって洗面所へ向かった。義父が洗面所に去ったのを潮に、義母と瑠璃はシンクに溜まった食器を洗い始めた。ぼくはグラスにバーボンを継ぎ足し、氷ポットに手を突っ込んでひとかけらグラスに落とした。食器を洗う二人の後ろ姿を眺めつつ静かにバーボンを喉に落とす。

「慎さん、お茶漬けでも食べない？　茄子の糠漬けがちょうど食べ頃だから・・・」お義母さんが布巾で手を拭いながら言った。

「茄子の糠漬け!?　懐かしいな～！　母が毎日糠床を混ぜていたのを思い出しました。特に茄子の糠漬けはみんな好きだったから・・・いただきます」と答えた。

「それでは茄子を出すからちょっと待ってね。私もお茶漬けを食べるから」

二人の会話を洗い物をしながら聞き耳を立てていた瑠璃が、「二人だけでなんてずるい！」と笑いながら、コンロに水を入れた薬缶をかけた。

ぼくは、深皿に盛られた瑞々しい桔梗《ききょう》色に漬けあがった茄子の糠漬けを一切れ箸でつまんで口に入れた。サクサクとした歯ごたえ、ほんのりした酸味が口一杯に広がった。洗い物を終えた瑠璃がお茶の支度をしている間、義母がお椀にご飯をよそって食卓に置いた。小さな壺が置かれぼくが蓋を開けると梅干しが入っていた。

「梅干しもお義母さんが漬けたのですか!?」壺を覗き込み箸でつまんで一粒前歯でかじった。梅本来の酸っぱさに加え微細《かすか》な磯の香りが味蕾《みらい》を刺激する。ぼくは思わず唾液と一緒に飲み込んだ。

「ん、昨年漬けた梅干しですね！」ぼくがさりげなく言うと、

「良く分かったわね。去年の秋に漬けたのよ。梅も庭園も祖父が整備したと聞いたけど・・・。父は庭園に興味がなくて自然（言葉は悪いけど、要するにほったらかし）のままだから落葉が終わった頃、業者に庭木の選定を依頼しているわ。裏庭の庭園は祖父が業者に指示して造ったけど・・・。最近は私が草取りのついでに、我流で剪定しているけど幹も太く育ち、毎年たくさんの実をつけるのが不思議・・・」と言いながら手を拭いていた。

ここまで話した時、瑠璃がお茶を煎れた急須を持ってきた。齧りかけの梅干をご飯に乗せてお茶をかけてもらった。

「いただきます！」ぼくは両手を合わせて言った。「そんなこといいのに・・・」と言いながら義母も瑠璃も両手を合わ

せ「いただきます」と言ったので三人で笑った。ぼくは、ごはん粒にお茶が浸み込む前に〝さらさら〟かき込み茄子と一緒に食べた。食べ終わり、茶碗にお茶を注いで飲んだ。先生と食事して以来、三人で食卓を囲んだのが随分と昔のように思われる。義母と瑠璃に感謝の「ご馳走さま！」と両手を合わせると、「改まって変な慎一さん・・・」と義母が笑っていた。「でも、慎さんと一緒だと楽しい！」微笑を浮かべながら付け足した。

「明日も早いからお先に・・・」義母は椅子から立って洗面に向かった。瑠璃とぼくは立ち上がって見送った。食べ終わったお椀などをシンクに運び「ぼくが洗うから・・・」と瑠璃に言ってシンクに立った。瑠璃は食卓を片付け余り物を冷蔵庫にしまっていた。肩を叩かれ振り向くと「お米を研ぐから、慎一さんお風呂に入ってね」瑠璃が微笑みながら言った。お椀の洗剤を水で流しながら、「ん・・・」と答える。「着替えは私が持っていきます。ゆっくり浸かってね！」

画布に仰臥するみずみずしい瑠璃の裸絵。自らの枕腕を覆い隠すみだれ髪。襟足の生えぎわからなだらかに曲線を描き、お尻からつま先に至る伸びやかなライン。淡い照明に朧《おぼろ》に浮きあがる瑠璃の裸体、少女から脱皮、成熟へ至る肢体を余すことなくぼくにさらす。微睡《まどろ》みにゆだねる瑠璃はさながら眠れる森の妖精。

瑠璃の腰に腕をそえて濡れそぼる唇を引き寄せる。ぼくのやや乱暴な接吻《くちづけ》に抗い、艶めかしく四肢を絡め喘ぐ瑠璃の息づかい、ぼくの壊れた耳元に歌うかのごとく吹きつける喘ぎ声。メロディーはぼくの空洞に微かな振動を届ける。淫靡《いんび》に四肢を絡め、瑠璃は自らを悦楽の園へ導き、陶酔は麻薬のごとくぼくを絡めとる。肉体の弛緩、精神と肉体の融合・・・。刹那、体の圧迫に覚醒《めざめる》。ぼくは眼をこすり細く目を開ける。ぼくに馬乗りの瑠璃が、満面の微笑を浮かべぼくを俯瞰する。

「・・・・・」

咽び泣く、嗚咽が瑠璃の唇から開放される一歩手前、ぼくの腕は瑠璃の首に絡み引き寄せ唇を奪う。瑠璃は抗いつつぼくの首に両腕を絡めてぼくに覆いかぶさる。

「瑠璃は慎一さんの女・・・いつでもどこでも好きなように」ぼくの手を取りセーターの上から乳房へ、「でも、今はお父さんが待ってるから・・・」ぼくに乳房をもまれながら喘ぎつつ呟く。

瑠璃の肩に両手をあずけたぼくは、瑠璃が差し出したズボンに足を通しセーターに首を入れる。さながら瑠璃の着せ替え人形のごとくに。見上げる瑠璃の額に唇を押しつけ洗面所に向かい、ピリッとする冷水を顔に浴びせた。

キッチンのガラス戸を開けると義母がかごに弁当を入れていた。

「おはよう！」ぼくが言うと「おはよう・・・」義母は満面

の笑みをぼくに向けて言った。

「お義父さんは？」

「半刻前、港へ行きましたよ」笑みを崩さず答えた。

　早目に出掛けエンジンの調整をしているのかと思った。ぼくはテーブルに整えられた温かいお茶を一息に飲み干すと義母に手を振って玄関へ。白い長靴に足を入れてガラス戸を開けると外に出た。師走も後半、冷たい風がサーッ！　とぼくの頬を叩く。ぼくは身震いすると防寒コートの襟を立てた。

　港まで瑠璃のスズキバンで送ってもらった。岸壁に釣り客がたむろ、乗船を足踏みしながら待っていた。

「おはようございます！」ぼくは近寄っていくと釣り客に挨拶した。ついでに船窓に行って機関の整備に余念のない義父に「おはよ〜！」と大声で言った。エンジンの姦《かしま》しい音に負けないように・・・。船室に入るとくじ棒と釣り座の見取り図を描いたベニヤ板を抱え釣り客のたむろするところに歩いた。一通り乗船の注意事項を説明する。それから釣り座のくじを引かせ、釣り客は所定の場所におさまった。待機していたエンジンが力強く吠え岸壁を離れた。岸壁に立っ瑠璃と義母が防波堤に隠れ見えなくなるまで手を振っていた。

「タンタンタンタン」船底のエンジンの咆哮を靴底から、真鍮パイプを握る掌に、振動に合わせて「タンタンタンタン」と靴底でリズムをとる。義父の遊漁船が初めての釣り客は、ぼくの壊れた耳の事を知らない。ともすると怪訝な視線をぼくに向けるけど、常連客は親指を立てぼくに微笑を送る。時折、波に乗り上げた船体が高く空中を飛翔した刹那、引力の法則に従い落下、「ドスン！」船底が水面を叩く（衝突する）衝撃も、今は楽しい。ただ、打擲の衝撃で発生するバケツの水を浴びるがごとくな海水の飛沫はミヨシから中間に襲来、釣り人は体をすくめ耐えるしかない。

　船が最初のポイント到着予定時刻を計算に入れたぼくは、餌の準備を始めた。新たに仕入れたのか、生簀の中は生海老が群をなして跳ねていた。手際よく海老をタモですくいバケツに選り分ける。常連客が手伝ってくれたおかげもあって瞬く間に生きエビを釣り客全員に配り終えた。エンジンが徐行速度に変わると、義父は魚群探知機のモニターを凝視、魚群探しに忙しなく舵を回していた。時折、左右の山陰に視線を移し位置の確認を怠らない。魚群を探しあてた義父はマイクで合図、乗客が一斉に仕掛けを海に落とす。今朝は潮の流れが何時もより速い、初心者が仕掛けの投入にもたもたしないか視線を凝らしていた。せっかく群れに当たっても初心者のもたつきからオマツリされては打つ手がない。オマツリの縺《もつ》れの解きほぐしが難しい場合は、お客の許可をもらって鋏で切断するよう船長にアドバイスを受けているが、「但し、最初のポイントは底が浅いから頻繁にオマツリはないだろう・・・」、義父は笑いながら言った。

　出船間際、ひと降り来そうな空模様は、乗客の熱気が届いたのか、雲間から放射線のごとくひとすじの陽光が波に照射する。義父は計器類が収まった棚に弁当箱を広げて悠然と朝食を食べ始めた。ポットに入れたワカメの味噌汁を蓋に注ぎ、鮭の塩焼き・卵焼き・里芋の煮つけがギッシリ詰まった総菜を箸でつまみ飯をかき込んでいた。ぼくが、船窓からチラッと覗くと、「慎さんが乗るようになってから、毎日の弁当が豪華だよ！」義父が苦笑まじりに言った。ぼくは、義父の揶揄には答えず笑ってごまかした。波はまだ高く船が左右、上下に揺れるが平然と箸を運ぶ義父を眺めながら、船中に目を凝らしていた。雲間から顔を覗かせていた太陽が次第に輝きを増して来た時、右舷で誘いを繰り返していた釣り客の竿が大きく弧を描いた。竿先がピストン運動、リールが逆回転、道糸が海中に引きずられていった。竿の曲がり具合から二〜三キロクラスの真鯛だろうと見当をつけた。義父のそばを離れてタモを取ると海中の真鯛と格闘するお客の傍らに行った。リールのドラグが弱いな〜と思い、ぼくが釣り人にアドバイスのついでに、道糸を掴んで少し引き出した。案の定、ドラグを緩めに調整しているからリールを巻いても魚を引き上げられない状態。リールのドラグを少しきつめに微調整、道糸の巻き上げをスムーズにする。まもなく綺麗なピンク色の真鯛が海面に姿を見せた。

船の床に横たわった真鯛はぼくの予想どおり二キロを少し超えるくらい。この真鯛を機に船中が喧騒に包まれ、真鯛やイサキ、ハタが甲板にバタバタ跳ねた。三キロ超過のハタも上がり、ワラさも姿を見せた。最後に左舷のお客が一キロ弱の真鯛を上げ、船中のオデコが解消した。義父の合図で全員仕掛けを取り込み、別のポイントへエンジンが咆哮を上げ、波を切り裂き海面を疾走する。義父に手招きされて船窓を覗いたぼくに「次のポイントへ向かう間に朝飯を喰っておいたらどうだ？」と言われた。義父の勧めで操舵室の義父の隣に座った。ぼくも義父に倣って弁当箱を計器類の上に置いて食べた。ポットの味噌汁は温かく冷えた体には有難かった。鮭塩焼きと卵焼きの他に義父にはないウインナーと鶏バター焼きが詰まっている。ぼくの弁当を覗き見た義父が「ほう、新婚弁当やなぁ〜」と皮肉交じりに言った。義母と瑠璃が二人で手分けして作ったはずだけど、どんな魔法を使ったのだろうと考え込んだ。だけど、弁当は瑠璃の香りがして美味しかった。

深場のポイントに着く頃、雲はどこかへ遁走、太陽が海と波頭に反射、ギラギラ照りつける。ポイントの手前でエンジンを落とし、魚群探知機のモニターを凝視しつつ義父はあたりをジグザグに走る。釣り客は竿と仕掛けを握り合図をじりじり待っていた。合図を待つ瞬間《とき》が長いか短いか、ぼくは知らない。釣り人それぞれの心理的な問題だろう。マイクの合図で一斉に仕掛けを海に投げ入れる。深場のポイント（水深六十五メートル以上を深場とぼくは勝手に考えるが・・）

は大型の真鯛、ハタの他、ヒラマサ、勘八などが回遊するテリトリー。真鯛は寒冷期、深場に落ち、春が巡りくる時期〝乗っ込み（暖かくなると魚が底から普段の棚に上ってくる）シーズン〟浅場に昇ってくる。ただ、深場から大型魚を取り込むにはある程度の技量が必要な事は言うまでもない。

弁当を食べ終わると身体の芯が温まり、雨合羽では暑く感じるようになった。合羽を脱ぎ捨て椅子の後ろにしまったぼくは操舵室を出た。深場のポイントでは棚取りと、竿を上下に動かし、海老の動きを再現する技量が釣果を左右する。初心者とベテランの差が顕著に現れる。初心者では全く釣れない、とは言えないが、たまたま釣れると〝釣った〟と言うより〝釣らせてもらった〟と揶揄されることが往々にある。周囲を見回し考えていた時、左舷ミヨシに居座る常連の竿が大きく弧を描き、リールが悲鳴を上げ、道糸がズルズルと海中に没した。

二分ほどやり取りしてタモに取り込んだ四キロオーバーのごつい真鯛。これを潮に船中にポツンポツンと竿先がおじきを始めた。この時、最初のポイントでしんがりを務めた初心者の竿先が海面に突き刺さり、ラインが勢いよくリールから吐き出された。もたもたする初心者を尻目に竿は海中に突き刺さり微動もしない。リールが逆回転、ラインが引き出される。竿の弾力を活かすには海面に対して四十五の角度が理想的とされる。竿の弾力を活かしきれない場合、魚の遁走に耐えられずハリスが切断される。竿の特性を活かす術が分からない初心者はラインが海面に消えるのをなす術もなく茫然としていた。義父が窓から首を突き出しマイク片手に口角泡を飛ばす。タモを掴んだぼくはもたもたする釣り人の傍らに飛んだ。海面に棒のように突き立った竿を掴み、ラインを少しずつ引き出し、海面から四十五度の角度に竿を立て、リールのドラグを少し絞る。異変を察した海中の魚が潜る。竿先が大きくしなり魚の抵抗力を削ぐ。初心者の額から汗が噴き出る。「魚の抵抗が弱って来たから竿を落とし、竿を立てリールのハンドルを廻し、ラインを回収するように教えた。魚が潜る時、竿の弾力で耐え、抵抗力が弱まった瞬間を待って魚に気配を感じさせないように竿を下げ、ゆっくりリールを巻きながら竿を立てていく・・・」初心者の肩を叩いて励ました。

五分過ぎ一メートル、七キロのごつい真鯛が甲板を跳ねた。床に横たわる真鯛に初心者は茫然自失、隣の客は羨望のため息を漏らした。ぼくは彼の肩を叩き「おめでとう！」と言って右舷に走った。船中ワラサ二本、五キロの真鯛が一枚上がった。乗合十人中七割の確率でお土産を持たせる義父がポイントを的確に探し当てる慧眼に感嘆と尊敬を覚える。

暁方、白うさぎが飛び跳ねていた荒海、陽光の輝きが眩しくなる頃、海面は穏やかな女《ひと》の表情に変わる。漣は船を抱擁し、師走の太陽はおだやかな陽光をもってぼくらを慰撫する。

右舷トモの釣り客が勘八をばらすと甲板に魚が跳ねる光景が途絶えた。深場のポイントで一枚も手にしない乗客は、生き餌を頻繁に取り換え、竿を煽るが竿先はピクリともしない。コベリを枕にうつらうつらする乗客。時は淡々と刻まれる。水平線を綱渡りするかのごとく、コンテナ船はゆったり進んでいた。

　生簀の淵に尻をあずけ、ぼくは暫し精神の休息を楽しんでいた。岡本くんが勘八と格闘していた仁王さながらの表情を懐かしく、微笑ましく思い浮かべ、かつて、神について真摯に語る石田さんを厳粛な気持ちで見ていたぼくを思う。石田さんの信仰は、石田さんその人の実践に基づいた裏付けがあると思う。だからこそ、語る石田さんの言葉が重みをもって見る（聞く）人の記憶に刻印される。繰り返しになるが、石田さんは美しい女性であった。そして、妖艶で献身的な女《ひと》でもあった。

　唐突にぼくから消えた塙淑子先生は、研修を終え、ぼくの高校に赴任してきた。初めて担当したクラスにぼくがいた。家族が一瞬に失われ悄然と立ちすくむぼくを励まして下さった、ぼくの命の恩人であり、ぼくが初めて女《ひと》に恋した初恋の人でもあった。絶望の淵にあったぼくに「命は竜 慎一くんの全てであり、太陽・地球そのものの歴史だよ。勿論、生きとし生ける全ての命は限られ、いつの日か塵に還る。人間五十年と敦盛を好んで舞った織田信長の時代と異なり、二十世紀の現在《いま》人間の寿命は七十五年に伸びた。これから五十六年の歳月、自分自身の生殺与奪は竜くんの裁量でどうでも出来る。ただ、人間は命の裁量が自由に出来る事を曲解していると私は思う。生きることは苦難の連続かもしれない。病気を患い、あるいは事故で肉体と精神に障害を負い、幸の乏しい生涯を終えるかもしれない。でも、考えてみて欲しい。竜 慎一くん、君はある日偶然でも唐突でもなく地上《ここ》に存在したと考えてはいけない。竜くんに両親がいて、両親にもそれぞれ異なった肉親がその肉親にも・・・連綿と続き、竜 慎一という一個の人間が存在する。地上《ここ》に命を授かった人間は、苦難と困難の日々にあっても土塊に還るその瞬間《とき》まで生きる責任がある、と私は思います。いつの日か、竜 慎一の係累に幸せな生涯を終える人が存在することを・・・」人生の指針に導いて下さった師でもあった。人を愛する（直截ではなかったが）こと、特に女性を肉体的に精神的に愛し、慈しむことを、塙先生自身、自《みずか》ら肉体《からだ》をさらし導いて下さった。だからこそ、その時ぼくと塙先生の間に五歳の年齢の壁が北壁のように聳えていても人生の伴侶としてぼくの内面に存在していた。

　十七歳にして初めて恋し、愛する経験をした無知で愚かなぼくには、女性の繊細で微妙な心理に思い至らなかった。ぼくが大学院で学びたいと告げた刹那、塙先生の顔に悲哀の陰が〝サ～ッ〟と瞬きする間もなく通り過ぎるのを気にもしなかった。それから満面の笑みを浮かべ質問を繰り出す塙先生に愚かなぼくは騙された。この時を境に塙淑子からの連絡が途絶えた。二十二歳にして初めて体験した青春のほろ苦い傷。この傷は、ぼくの裡に封印され扉は永久に閉じられた。

　コベリの木の節を凝視、ぼくは回想に耽っていた。誰かに肩を叩かれて眼を上げる。ぼくの傍らのコベリで竿を振る乗客が、操舵室を指さし「船長が呼んでいる」と言った。ぼくが操舵室を見ると、船窓から首を出した義父がぼくの釣竿を手に持って振っていた。師走に入り予約でカレンダーが赤く染まっている。今日も満員、ぼくが釣る場所はトモの角のほかない。船窓に近寄ると、義父は黙って竿をぼくに手渡し「十五分位竿を出して、当たりがなければ朝方のポインに移動するから・・・。波も収まって来たからトモで試して・・・」と言った。ぼくは竿を掴み、生簀で生き海老を一匹タモですくうと船窓の後ろに歩いた。海老を付けたぼくは即座に仕掛けを海に落とす。錘の着床を確認、ハリスの長さだけ竿を煽りつつリールのハンドルを回しラインを巻いた。竿はピクリとも動かない。竿を不規則に煽り、海老が跳ねる動作を繰り返しリールのハンドルを操作、棚を探る。底から十メートルほどラインを巻き上げ、リールをフリーに、もう一度仕掛けを落とした。

　同じ動作を三回行った時、竿先がぴくぴく上下に跳ね、次の瞬間、穂先が海面につき刺さる。リールが逆転、ラインが鬱憤を晴らすかのごとくスーッと海中に消えていった。竿尻を腰バンドの上に添えて、竿を四十五度の角度まで起こし竿の弾力で魚の抵抗力を徐々に削《そ》いだ。振り向いて義父を見ると親指を立ててニッコリ笑っていた。竿を持つ左腕にかかる負荷から、かつてぼくが釣り上げた記録に適わないが、かなり大型のヒラマサか勘八だろうと海底の魚に囁く。海底の魚は縦横に駆け巡り鋭利な岩の角でハリスを擦過、切断をもくろむ。ハリスが岩にこすれないよう竿の角度を保ちリールの逆回転がおさまる瞬間《とき》を慎重に見極める。竿を持つ左腕に痺れが走ったところで右腕にバトンタッチ。五分？　十分？　時間の観念が消えかかった刹那、リールの逆転が止まる。竿を左腕にバントタッチしたぼくは、リールのハンドルを慎重に回し道糸の回収にかかった。ハンドルを廻した感触から魚の抵抗力は削げていない。竿を海面まで慎重に落とし、竿を立てながらドラグにラインを収めていった。五十メートル巻いた刹那、逆回転、一気に二十五メートルラインが引き出される。だけど、魚にも疲労の蓄積がハンドルを回す右手に伝わってくる。息を整え船中を見渡す。乗客がぼくと海中の魚の戦いを凝視する。竿を出しているのはぼく一人。義父がオマツリを懸念、乗客に仕掛けの回収を指示したのだろうか・・・。

　魚と格闘する瞬間《とき》、思考は停止。脳髄に爽やかな海風《うみかぜ》が吹き抜ける。煩わしい世俗的な事も詳細な迷いも消え、ただ魚との戦いに没頭する。この瞬間！　すべてを放棄（瑠璃とその家族以外）しても惜しくない。可能な限り機械を廃棄、素手で魚と勝負する事が、海底に生息する魚類に対する親愛、公正ではないかと考えたりもする。性能が格段に進展した電動リールをぼくは厭う！　魚との勝負は対等にと・・・（勝浦から大原にかけてビシマ釣りの手法がありリールを使わない。また、漁師はたいてい素手で釣る）。義父も遊漁船を始めた頃、しゃく釣り（短竿に糸を巻き、竿の尻にタコ糸を結ぶ）を取り入れていた。ぼくが初めて義父の船に乗せてもらった頃もしゃく釣り仕掛けで釣らせていた。いつ頃からリールを使うようになったのか、義父は語らない。時代の流れなのか、釣り人の技量低下!?　ぼくも敢えて尋ねない。

十分後、一・五メートルの勘八に義父がカギ棒をエラに引っ掛け甲板に横たえた。勘八は鼻から眼を包み背びれまで琥珀色に近い太い筋が走る。海面を泳ぐ勘八を真上から俯瞰するとV字紋様が鮮やかに浮き上がって見える。ヒラマサよりは精悍な目をしている。取り囲んだ乗船客から羨望のため息が漏れる。ぼくは哀愁の入り混じったこころで足元に横たわる勘八を俯瞰していた。

勘八を取り込んだ義父は生簀に入れ、朝のポイントに向けてエンジンをフル回転させる。ミヨシから滝のごとく海水の飛沫が船床に叩きつける。乗客は達磨のごとく身を縮め飛沫に耐える。遊漁船は時間との戦いでもある。東京湾から神奈川県下の交通便に恵まれた地域の釣り時間は七～八時間と余裕があるが、千葉県下では遠方からの客に配慮（!?）、比較的釣り時間が短い。空は蒼、雲は白、陽は輝き波にギラギラ反射する。瑠璃のごとくキラキラ光を放つ！　ぼくは、生簀の淵に座り、防水コートの襟を閉め、降りそそぐ飛沫に顔をさらしていた。

朝方のポイントに仕掛けを投下した刹那、真鯛・イサキが入れ喰い状態。タモをひっさげたぼくは韋駄天のごとく甲板を駆け回る。先ほど対面した勘八のことはすでに水平線の彼方・・・、ぼくは短距離走者のごとく甲板を駆ける！

ハマチも三本取込み乗客全員満面の笑み。十キロの真鯛を朝方釣った初心者は、ハマチと小型の真鯛を追加、満面の笑みを海風にさらしていた。港には瑠璃が両手を振って飛び上がっていた。陸に上がったぼくに飛びかかった瑠璃は飛沫を浴びて塩辛い頬にいきなり唇を押しつける。周りの客は茫然と瑠璃とぼくの抱擁劇場を凝視する。岸壁で散会する時、初心者が瑠璃とぼくの傍らに近寄り握手を求める。

「竜さんでしたね。ぼくは池永と言います。横浜から来ました。房総にはかれこれ十年間通っているけど、竜さんのアドバイスのおかげで今回は特に釣れました。またお世話になるからその時はよろしく！」礼を述べると横浜ナンバーのハリアーへ去っていった。

ぼくと義父は船のゴミを集め、甲板をポンプで汲み上げた海水で清掃。エンジンの点検を終えた義父が、生簀に入れた勘八をトラックのボックスに入れた。義母が料亭「房総」に連絡したから今夜はそこで食事よ。たまには私と瑠璃も休業日を取りたいから・・・」笑いながら瑠璃と目配せしていた。「ふ～ん、休みを取りたい・・・」義父がぼくを振り向いて呟いた。「代わりに房総の大将との交渉は澪に任せたよ！」と携帯を義母に渡していた。

以前、ぼくがヒラマサを釣り上げたとき、料亭「房総」が購入、四人で食事したことを思い出した。ヒラマサの売却価格は知らないが、後で十万円入りの封筒を受け取った。マグロに適わないが、四人の飲食代を差し引いてもお釣りがあることを知った。義母が「房総」の大将と交渉する間、瑠璃とぼくは手を握って待っていた。時折、手真似と身振り、口話と指文字で経過を懸命に通訳する瑠璃が愛しかった。五分ほどで話しがつき、房総へ勘八を届ける役を瑠璃とぼくが引き受けた。ハンドルを瑠璃が握り、助手席にぼくが座り料亭に向かった。大将は俎板《まないた》に横たわる勘八に触りながら、「準備に時間がかかるが六時半には終える。それにしても瑠璃ちゃんは良い婿殿を射止めたなあ・・・」と瑠璃をからかう。瑠璃は恥ずかしさに頬を紅く染め「七時頃伺います」と伝えていた。

太平洋に突き出た南房総でも師走の夜は凍える。時計の針が七時を指す前、瑠璃のスズキワゴンに乗って料亭「房総」へ向かった。義母と瑠璃は浮き浮きしていた。義父とぼくが晩酌を欠かさないから肴に難儀していたのだろうか、「私と瑠璃にも休暇を・・・」と義母が呟くのも肯ける。新生活を瑠璃と始めたら、たまに外食を考えてあげなければと。

「房総」のガラス戸を開けるとカウンターの裏で調理に余念のない大将に「やあ！」義父が手を上げる。義母が続き、瑠璃の後からぼくは暖簾をくぐった。義父はカウンターでビールを飲んでいた。義父はカウンターの三人に軽く挨拶していると、暖簾をかきわけて出てきた女将さんが、エプロンで濡れた手を拭きながら義母と二言三言談笑していた。和室に案内され、瑠璃とぼくは向き合って座った。ぼくの隣に義母が座ったところで、女将さんがビールジョッキを三つにウーロン茶を両手で器用に運んできた。瑠璃はウーロン茶にぶつぶつ言いながらも四人で乾杯の音頭をとった。

「みんなが健康で楽しく毎日を送れますように！　瑠璃が海洋大学に受かりますように・・・」義母がニコニコして言った。

半分ほど生ビールを飲み干したぼくは自然に「美味しい！」と感嘆詞をもらすと、瑠璃が恨めしそうな顔をぼくに向けて「嫌な慎一さん！」と苦笑いする。

「未成年は我慢してね。それと運転手の飲酒は駄目よ！」義母が微笑ながら瑠璃に囁く。「それに最近法律が変わって未成年にアルコールを提供したお店も罰せられる。あと一年。慌てなくても地球からお酒はなくならないからね・・・」義母はやさしく諭す。

お通しは鯵と葱の酢味噌和え、鯵もネギもしこしこ歯ごたえがあり美味しかった。義父とぼくが最初の一杯を空けた時、勘八がメイン、伊勢海老、赤貝、ウニ、サザエと多彩な刺身が調和良く飾り付けられた大皿がテーブルに置かれた。家族は感嘆詞を連発する。

「お義父さんからお先に・・・」ぼくが進めると、「勘八を釣ったのは慎くん。一番は慎くんから。我々はお相伴だよね〜　母さん！」義父が冗談交じりに言うと四人は一斉に笑った。

「じゃあ、毎日台所で忙しないお義母さん瑠璃の慰労と感謝を込めて、二人で一番を分け合って下さい！」と隣の義母を向いて言った。

「空気に触れたら鮮度が落ちるから遠慮なくいただくわ。瑠璃、一二三で箸を出しましょう」瑠璃に目配せして箸を伸ばした。勘八を箸でつまみ、山葵醤油で食べた瑠璃が「師走に入り脂が乗って一段と美味しいわ！」と言った。

この時、女将が生ビールを二杯持ってきた。瑠璃が恨めしそうに見るから「一口だけよ！」とジョッキを瑠璃に押した。義母は睨んだが何も言わなかった。しばらく、四人は大皿の刺身に集中した。海と生活を共にして新鮮な魚介類が日々食卓に並ぶ。釣り上げ、適切に処理された魚は、潮の香りが含まれ飽きることがない！　伊勢海老、赤貝も美味しかった。里芋と烏賊の煮つけは出汁の効いた薄味でまとめ、ビールに日本酒と共生しているかのよう。瑠璃を眺めると勘八に山葵を乗せ、口に入れては幸せを噛みしめる、一幅の水彩画を眺めているような表情をしていた。

「今日の釣果は何時もよりお土産を持たせられた。お義父さんの船に乗って（随分乗ったように感じるけど）いると、潮の流れ、ポイントを適切に把握、乗船するたびにいつも感嘆します」義父に言った。義父は空のジョッキを持ったままため息をつき、義母に焼酎のお湯割りを頼んだ。

「慎一さんは？」空になったぼくのジョッキを指して言う。

「ぼくですか、ぼくは冷酒にします」義母に答えた。

注文が終わるとぼくに向き合い、「今日の釣果は暮れ前にしては良い方だった。昔はもっと釣れた。俺が三十代から四十代の話だが・・・。あの頃、ベテランともなると大型クーラーにあふれるほど釣っていた。今日、慎さんが釣った大型の勘八なんか一人で五本上げた猛者もいた。魚が減ってきた。海流の変化、海洋汚染など様々な要因が流布されるが、これといった原因は特定出来ない」義父は言葉を選びつつ語る。焼酎が来ると話を中断、焼酎を一口美味そうに飲んだ。「瑠璃が・・・」ちょっと言葉に迷い瑠璃を見つめる。「雑貨屋の婆さんの紹介で慎さんが我が家に泊まった日、瑠璃が真摯に語ったことは今でも鮮明に記憶している。大学で海洋環境を研究、南房の海を再生したい。だから六年間、東京へ行かせて欲しいと。この時、瑠璃が慎くんに恋する予想外のオマケもついたが・・・。俺も澪もその時、瑠璃の選択を（都会は人の心を、決心した意思をいとも簡単に放擲させる魔物が徘徊している）、眉間に皺を描く顔と裏腹に、瑠璃がこんなことを考えていたとは、心中称賛していた。今も受験勉強に励んでいるが、あの日瑠璃が語った理想は、決心は・・・!? 瑠璃が作成したロードマップ（研究するからには設計図を作成していると）、理想と現実のギャップにたとえやむなく放棄したとしても俺と澪は瑠璃を責めることはしない。慎くん（一緒に乗船するたびに慎くんは嘘偽りなく素晴らしい青年と思う）と生きる選択をした瑠璃を・・・。誤解のないように言うが澪も俺も心から祝福している。

くどいようだけど、慎くんと結婚、それでも瑠璃は海洋環境研究を（海洋環境研究は、広大な地球の海に比して点のような南房を拠点にするだけでは成り立たない）。あるいは、不器用ながらも研究（南房の海水を採取、研究室で分析する方法も）と結婚生活を両立、慎くんの通訳者としての理想も描く!? 慎くんとの結婚を瑠璃に懇願された時、今だから言うが、俺たちの辞書に反対の言葉はなかった。誤解のないように言うけど、瑠璃の慎くんに対する愛情は深海よりも深いと今でも信じている。慎くんの瑠璃に対する愛もまた・・・。

問題は、瑠璃が大学を終えるまでは、親として澪と俺の役目と思う。正直言って語りたいことはこれに尽きる」義父は語り終えるとお湯割りの焼酎を静かに口に含んだ。「慎くんの問いに道が迂回したようですまないが・・・」義父が言った。

義父の話が積もるにつれて、瑠璃の表情が強張り、義父を見つめる視線が険しくなっていた。釣り上げた勘八を元手に慰労を兼ねた家族団欒が壊れるようなことがあってはいけない。見かねたぼくは咄嗟に手を伸ばし瑠璃の膝を人差し指でつついた。つつかれた瑠璃が悲しげな眼をぼくに向けるとぼくは首を横に振った。

「先ほどお義父さんの話を聞いて考えたけど、瑠璃さんの研究云々は、瑠璃とぼくが一緒になったことでぼくにバトンタッチされ、ぼくたち二人の問題になったと考えるのが一般と思います。何故といって、ぼくと瑠璃さんの結婚を承諾した時点で、瑠璃さんの大学受験・大学院修士課程に至るまで、ご両親から継承する約束（自身と）と考えた上で決心したからです。入学金、授業料の負担などはご両親の承諾を得た上での話になりますが、ぼくらの責任で解決する問題と考えます。一人っ子の瑠璃さんを結婚することでご両親から離れ離れにさせることを申し訳ない、といつも思います。自ら汗して収入を得ていないぼくが、ご両親を差し置いて責任を負うなんて不遜と思われるでしょう。でも残された財産を瑠璃の研究費に充てる、その事をぼくの家族は喜んでくれると思います」ここで一息ついたぼくは温くなった冷酒に口を付けた。瑠璃は瞼に涙を溜めてぼくの話を聞いていた。それから家族にも語りかけるように話し始めた。

「瑠璃さんの偏差値から想定、海洋大学は確実に合格するとぼくは楽観している。ぼくも母校の大学院に進み日本文学あるいはアメリカ文学を選択の予定。当分の間、二人とも学生生活となりますが瑠璃となら充実した生活を送れると希望的観測を持っています。少し横道にそれますが、生涯の伴侶を選ぶ、相手に回復が絶望的な体の不具合、将来も不確かな存在のぼく。瑠璃さんは清廉・勇気（変な言葉の選択ですが）のある類い稀な愛を備えた女性。天涯孤独の上、耳も壊れ急流を笹船で下る不安に苛《さいな》まれていた（自身の障害の自虐的表現ですが）ぼくと共に生きる道を決心してくれたことを、生涯ぼくの記憶から失われることはないと・・・。また、こうして素晴らしいご両親にも巡り会え、言葉に尽くせないほどご両親に感謝しています」一息ついたぼくは瑠璃の手をとって「瑠璃さんありがとう！　言葉に変えることが出来ないほど、愛しているよ！」

　瑠璃は瞼にいっぱい涙をためてぼくの話に耳を傾けていた。

「海洋大学に受かれば船舶免許は必須。瑠璃も船舶免許をぜひ取得してほしい。将来ヨットを購入出来たら家族と一緒に遠洋航海に出掛けられればと・・・。聴覚障害者は二級船舶免許しか取得不可（理由は分からない）と法律の規定があるようだから、瑠璃には是非とも船舶免許を取得する事を願っている。

　人間は歳月を重ねるごとに、自然災害、社会（戦争）、疫病、身体・精神疾患、家庭崩壊など様々な要因から計画変更（人生設計）を余儀なくされる場合が往々にしてある。そのつど、後悔と慙愧の念に耐え進路変更の舵を切る。だからこそ、人は目標の有無にかかわらず学ぶ（学ぶことで目的の発見の可能性が・・・）。平穏に過ごしていた日常生活が自身の思惑とは異なる方向に突発的（強制的）な変更がなされることが起こりうる。だからこそ、サルトル・ボーヴォワに対抗なんて言葉にして言えないけど、ぼくらは可能な限り学び目標に向かって研鑽することが大事だと。突発的な事態に遭遇したとき学習した基礎がいつの日か、役立つと・・・」

　義父は腕を組んで耳を傾け、ソーッと義母に流し目を送り、眼にハンカチあてる瑠璃を見つめ思案していた。ぼくが語り終えてグラスに冷酒を注ぎかけると、いつの間にかぼくの傍らに寄って来た瑠璃が腕を伸ばして冷酒を注いでくれる。

「慎さんの話を聞いて俺と見解の異なるところもある。瑠璃の事を慎さんはチョットほめ過ぎのきらいがないでもないが、親が言うのもなんだけど優しい娘に育ってくれた。瑠璃の懇願を受け入れて下さすった慎さんに先ずは相談すべきだったと反省している。せっかく勘八を上げた祝いがこんな事になって、慎さんと瑠璃に大変申し訳ない」両手を重ね拝むように言った。

年の瀬のせまった日、「年末年始は、ぼくの家で迎えませんか？」義母に提案すると、嬉しそうに即答してくれた。それに伴って、遊漁船乗合は十二月二十九日終了。十二月二十八日が予約受付最終日と、義母の決定に「義父さんに相談しなくも大丈夫ですか？」ぼくが心配顔で尋ねると、「健には私から伝えるから慎さんは心配しないで」と言った。新年度の営業開始も官公庁に合わせて四日からと決め、常連客には案内を年賀状で知らせることに・・・。

十二月二十八日（ヒラマサは上がらなかったが、真鯛とブリが釣れ、浅場でサビキ釣りの真鯵のお土産をたっぷり持たせた）、今年の釣り船の業務を無事終えた後、正月用の魚を確保すべく、義父、瑠璃とぼくの三人は深場ポイントに向かった。瑠璃とぼくは合羽を羽織って操舵室の裏で肩を寄せ合い飛沫に耐えた。時折、振り向いた瑠璃は、ぼくにウインクすると「瑠璃はとても幸せよ！」と微笑を浮かべ囁くように言った。深場のポイントは午前より風が強まり波濤は陸地へ向かって牙を剥き、うねりも高かった。義父が魚探器のモニターを凝視しジグザク走行する間、ぼくはコベリにキーパーを四個設置、竿も四本取り付けた。義父は操船しつつ窓枠に掴まったぼくに「慎さんはヒラマサか鰤か真鯛。俺はサビキで鮃《ひらめ》の餌にイワシと鯵を釣る。蛸は瑠璃に任せよう・・・」笑いながら真顔で言った。

ポイントが決まると停船、義父はサビキ仕掛けを落とし、錘が底に着床と同時にドラグを一回転、竿を小キザミに煽る。鮃を釣る生餌の鯵を一番に確保するために・・・。ほどなく義父の穂先がバタバタ上下に振れ始めた。義父は錘が底をトントン打つようラインを少し引き出し、六本のサビキに鯵が咥えるまで待つ。穂先が大きくしなるのを確認、静かにハンドルを回し仕掛けを回収する。六本の針のすべてに十五センチほどの小鯵がかかりバタバタ跳ねていた。甲板に跳ねる小鯵を瑠璃がバケツに入れて生簀に移す。サビキ仕掛けは二回で打ち切り、鮃仕掛けに小鯵を鼻掛け、竿とリールを巧みに操り少し遠くに落とした。義父は着床した錘が底をトントン打つように仕掛けを塩梅、キーパーに竿を固定する。もう一本の竿は冷凍の鰯を蛸テンヤに取り付け仕掛けを海に落とし瑠璃に手渡した。ぼくは、義父の様子を横目で見つつ、釣り針に生海老を付け仕掛けを海に投入。竿とリールを操りヒラマサの回遊する棚を探っていった。十メートル仕掛けを巻き上げ反応がなければ再度底まで仕掛けを落とし、リールを回しながら棚を探る動作を繰り返した。瑠璃が義父の指示に従って蛸テンヤ仕掛竿を小ギザミに動かし蛸を誘っていた時、鮃仕掛の穂先がガクガク震え海面をつつき始めた。義父は手持ちの竿をキーパーに固定。忙しなく鮃仕掛竿を掴み大きく合わせた刹那、リールが逆回転、ラインがドラグからズルズル引き出された。義父は竿とリールを巧みに操り、五分過ぎ、座布団並みの鮃をぼくの差し出すタモに寄せた。鮃は義父の予想通り漁港の量りに乗せると七キロあった。

　ぼくは三キロの真鯛、八キロほどの鰤を釣り上げる。その後、潮の流れがバッタリ止まり竿先はピクともしない。ぼくらは三時間ほど竿を出し、義父が鮃二枚と蛸三杯。瑠璃は中鍋ほどの蛸を涙を浮かべながら甲板に這わせ沖上りとした。港に迎えた義母の四人で魚の処置の井戸端会議。鮃一枚・蛸一杯を料亭に提供。それと引き換えに鰤と鮃をブロック（刺身用）に処理、蛸は茹でて酢〆の処置を依頼することに決めた。エプロンのポケットから携帯を取り出した義母が料亭の女将さんに電話していた。

　クリスマスの日の朝食時、義母が「今日は大掃除よ。頑張ってね！」と号令をかけた。

「突然何を言い出すんだ・・・」義父が漬物を噛みながら言った。

「ブツブツ言わないの、決定事項だから」いつになく凛として義母が答えた。ぼくと瑠璃は二人の丁々廃止をいつもの事と笑いながら見ていた。食事が終わると義母は的確に指示していたけどぼくの役目は漏れ、勝手が違って何を手伝えばよいか分からない。仕方なく瑠璃の後ろにくっついて金魚の糞よろしく動き回った。瑠璃はてきぱきと掃除をこなしていった。瑠璃に付いて動き回り、座卓とかベッド、ソファーの移動を手伝ったりした。縁側の廊下を四つん這いで狸の拭き掃除。瑠璃と鉢合わせた時「戸籍謄本貰って来た？」と尋ねた。

「はい、一昨日市役所で貰ってきました」人差し指と中指でVサインを送る。その後、言い難そうに「慎一さん。本当に私で良いの？」と神妙に尋ねた。

「もうすんだことだろ！　唇にチャックして・・・」と言って廊下をよつんばいで走る。

　瑠璃は雑巾で手を拭きながらぼくを見上げ、「慎一さんに初めて会った瞬間《とき》、後先もなく好きになりました。雑貨屋にあなたを迎えに行った帰り、あなたの運転する助手席に座った時、息が出来ないほど苦しくて、このまま心臓が停止、息絶えるのではと・・・。ただ、慎一さんの外見に魅かれた、それだけと思わないでね。失礼だけど、私のクラスにイケメンはいました。野球部やテニス部も公平に観察して、美男子で文武両道の仲間もいました。彼らに取り巻きが沢山いて、校内対抗試合では女生徒の姦しい嬌声がグラウンドに響きました。私は割と平静に、同級生の嬌声を通り抜ける風の囁きと聞き流しほとんど関心を払いませんでした。彼らの交際・求愛の手紙が私の下駄箱に押し込まれ、上履きをしまえないほどありました。でも、私が無条件に、言葉で表現《あらわせない》、私の知らない、未知な滾《たぎ》りたつこころ。慎一さんと眼が重なった刹那、狼狽した心を、中原中也はどんな詩で表すだろうと・・・。立ち竦んでいました。

だから、断られたらどうしよう・・・。そんなことさえ思い至らず慎一さんが帰った後、両親に泣いて頼みました。慎一さんの耳が聞こえない、そんな事は私の決心を鈍らせる根拠となるどころか考慮さえしませんでした。両親の許可を得たら、一日も早く慎一さんのお顔が見たくて、こちらにお越しいただきたくて（告白すると「あの胸にもう一度」アラン・ドロン主演の女のようにバイクを飛ばして慎一さんの胸に飛び込みたい！　慎一さんがほかの女《ひと》に攫《さら》われるのではと、心配で夜も眠れなくてベッドで悶々として）南房においで下さるのは、冬期休暇かしら!?　論文の追い込みと語っておられたから年明け!?　慎一さんはお友達がたくさんおられるから、飲み会、忘年会で女性に誘惑されないかしらと（だって、慎一さんはどこをとっても美青年でしょ！）、心配の種が尽きません。考え悩んだ結果、ヒラマサを餌にして慎一さんを南房へ誘うローレライの歌詞（麗し乙女の巌に・・・）をメールにして送ったのだけど。

でも、私って欲張りだとこの頃改めて自分を認識（会話に使う言葉ではありませんけど）するようになりました。婚約した頃、慎一さんに愛されなくてもそばにいる、それだけで幸せ！　他に何も求めない、私だけが慎一さんに愛情を捧げられれば良い！　と思っていました。でも、やっぱり「私の心の中は異なるんじゃないかしら・・・」と思うようになりました。慎一さん、愚痴ってごめんなさい！　浅はかな瑠璃を許して下さいね。慎一さんが大好き、誰よりも愛しています。

慎一さん、怒っては嫌！

慎一さんは深い思慮でもって、優しく瑠璃に接して下さいます。瑠璃と両親に詳細なことでも優しいご配慮をもって行動して下さいます。私の六感に、直截に透明な光で包み、羊水にたゆたう抱擁（これを簡潔に愛というのかしら）、瑠璃の心に揺曳する想いが、慎一さんから直截に触れられないのに独りで悶々とすることもありました。誤解を招くような例えになりましたけど。瑠璃を好きだけど愛することに躊躇されておられるのでは・・・と、勝手な想像をして瑠璃は思い患っています」

ぼくは雑巾を右手にぶら下げたまま柱にもたれ、瑠璃の言葉を噛みしめ、積み木のように重ねられて来た、ぼくと瑠璃の時間を逍遥するかのように語る瑠璃の唇を凝視していた。瑠璃の語る言葉の一つ一つが、ぼくの心に釘を打ち付けるかのごとく突き刺さる。

瑠璃は話の句点を打つとぼくの胸に額を押しあてる。瑠璃の両手が蛇のように腰に絡みつく。唐突な瑠璃の行動に動揺《うろたえ》ながらもぼくは瑠璃を強く引き寄せ抱擁で答える。ぼくらに静かな優しい沈黙が流れていた。責任感と行動、無条件に愛をささげる性情を秘めていても、瑠璃も女として愛されたいと切に願う。相手に対す愛は二通りある!?　行動する愛と、無条件に捧げる愛が・・・。だけど、人を愛した経験（塙淑子さんは、命の恩人を愛とひとり合点していた？）の乏しい（愛にも経験が必要？）ぼくには分からない。ただ、瑠璃の切なる思いは無知なぼくでも理解出来る。

〝瑠璃　ごめんね！〟心の中で謝る。

「あら、真っ昼間からお熱いこと・・・」と、義母が割烹着の裾で手を拭きながら縁側に入って来た。慌ててぼくから離れた瑠璃は庭の方に顔をそらすとズボンのポケットから出したハンカチでそっと眼尻を拭った。

「もうすぐお昼。蕎麦でも食べに行きましょう！」瑠璃の動作には無関心を装い、ぼくを見つめて言った。

「蕎麦、良いですね！」と、瑠璃の手を探り握りしめた。

「じゃ、健に連絡するから、港で健を拾いましょう」と言った。

ベンツのハンドルを握って緊張気味に運転する瑠璃の横顔に流し目をくれ、改めて根本瑠璃という女性の事を考えていた。受験勉強に明け暮れながら、竜慎一と綱渡りの恋に真剣に対処する、十八歳の青春に呻吟しつつそれを秘かに謳歌する。義母に似て鼻筋はやや上向き、上唇もちょっぴり上向いている。微笑むと真珠のような白い歯がキラリと見え隠れする。眉はやや太く眼は大きくパッチリしていて鼻筋の怜悧さをカムフラージュする。幼さの名残の肌は白く、南房総の海辺に育った女《ひと》と想像出来ないほどシミひとつ探りあてられない。

太陽は天空にあり、刷毛で淡く塗ったように霞がかかった空にボーっと鈍く輝いていた。屋根をオープンにしたベンツは湊から館山に向かう松林の一本道を制限速度いっぱいで疾走。瑠璃の柔らかな黒髪が風の悪戯か、ぼくの頬と優しく戯れる。後部席の義母は駆け抜ける師走の風を受けながら、義父の腕を抱きしめて幸福な顔を風にさらしていた。

絆

仕事納めを三日後に控えた日、石田さんから携帯にメールが着信していた。「仕事納めの後、二人で飲みませんか？」

会社の納会は午前中、社長や役員の挨拶があって、その後、職場だけの納会を予定していた。納会欠席を上司に告げると嫌な顔をされたことを思い浮かべながら、ぼくは新宿駅東口で石田さんを待っていた。新宿駅東口は雑多な人間で混雑していた。師走も残すところ四日になると誰もが忙しなく駆けまわる。時折、後輩や知人に肩を叩かれ、〝やあ、久しく会わなかったな、誰かと待ち合わせ？〟と手真似で言われる。手話サークルの仲間に腕を掴まれ「一緒に飲もう！」と誘われて断るのに苦労する。

私は人々の流れに体を委ね、中央の壁時計に流目をやり改札口を抜けた。彼と約束した時間にギリギリだけど待たせなくてすむと安堵しつつ、雑踏に見え隠れする岡本さんのぼさぼさ頭に焦点を合わせて、私は自然に手を振った。岡本さんとデートするのは、竜さんの結婚式に出席して以来だから、数えると二ヶ月になる。岡本さんはボーナスで新調したらしく、膝が隠れるほど丈が長い濃紺色のコートを着ていた。丈の長いコートでも長身の彼は周囲に違和感を与えない。でも、髪は相変わらずぼさぼさのまま。私とデートする時くらいちょっと櫛でとかせばと思うけど、彼の飾らないところは好感が持てる。

竜さんと根本瑠璃さんの結婚式（親戚や近隣の方だけ集まり。時期を見て改めて式をと瑠璃さんの話）で、私と岡本さんが到着した頃、形式的な（親族筆頭？　漁労組合委員長の挨拶）進行は一通り終わっていた。竜さんがこんな集まり（失礼だけど・・・）でどんな話をされたのか聞けなかったのは残念だけど。座が落ち着く頃、ビール瓶を二本下げ、竜さんが新婦を伴って私たちの席に来た。ひと通り挨拶を交わしてからビール瓶を岡本さんと私に向けた。

「わざわざ遠方から来て下さってありがとうございます！」

夫婦揃って畳に両手を付いた。それから瑠璃さんのお披露目の時、「これからもよろしくお願いします」と新婦がぎこちなく挨拶しているところは見えたけど。

竜さんの花嫁は初々しく、自己紹介をぎこちない指文字と身振りを使って話していた。新婦が話す間、竜さんは隣に座って新婦の唇をニコニコ見ていた。挨拶を終えた新婦と竜さんは、岡本くんの隣の席でビールを飲み、ヒラマサの刺身を食べる会計士（竜さん専属の会計士と後で教わった）の席に夫婦で座り挨拶、会計士にビールを注いだ後、結婚の報告と新婦の紹介をしていた。会計士は途中、私と岡本さんを東京で拾ってここまで自家用車に同乗して下さった。

竜さんが会計士と込み入った話をしている間、瑠璃（お互い紹介し合い名前を教わる）さんに質問攻め（失礼だけど我慢して下さいね！　心で謝りながら）。隣の岡本さんは苦虫を噛み潰したような顔で私の指先を見つめビールを飲んでいた。竜さんと瑠璃さんのなれ初めから結婚を決心した経緯。聴覚に障害のある竜さんと結婚を決心することは、例えれば外国の人と結婚するに等しいし意思疎通も困難と思う。一時的な恋情で結婚することに不安を覚えませんでしたか？　と少し意地悪な私の質問に、岡本さんは私の肘をつついて困惑の表情をして身振りで制止に必死だったけど無視した。でも、私の質問に瑠璃さんは湖水のように穏やかな表情で受け答えして下さった。齢十八歳（瑠璃さんに教えていただく）にしては物事を論理的に考えている方と脱帽。塙淑子さんと比較してはいけないけど問題にならない位しっかりした方と。でも、不思議に思うのは竜さんの後ろに瑠璃さんの陰が見えないのはどういう事、と首を傾けたくなる。想う女性がいるときの竜さんの影には必ず女性の陰が寄り添っていたのに、慎一さんの後に回ってみても女《ひと》の影が見当たらない。瑠璃さんに失礼なと思うけど、どなたかに置き換えているのかしら？
私の勝手な空想と思って下さい！

翌朝、根本さんの遊漁船に乗り二人（竜さんと岡本さん）が海に出た後、瑠璃さんと穏やかに語り合った。瑠璃さんの肌は透き通るように白く肌理《きめ》も細やかで、ややぽっちゃり型。上唇が少し上向き加減だけどかえって愛嬌のある表情をしている。海洋大学を受験すること、これから岡本さん、石田さんに手話を教えていただきたい。是非とも末永くお付き合いさせて下さい、など話が尽きなかった。そして理解したことは、私には逆立ちしても瑠璃さんには敵わない、これで竜さんに対する片思いを吹っ切れるだろう・・・と。

「竜さんと瑠璃さんが末永く幸せな人生行路を歩いていけますよう・・・」にと、瑠璃さんに伝えた時、私はマリア様にお願いするつもりで小さく十字を切ったのを瑠璃さんは見逃さなかった。でも、黙っていました。

岡本さんの腕の温かさを掌に受け止め、彼がなじみの飲み屋に向かって高層ビルの谷間に見え隠れする茜色に染まる空の下を歩いた。時折、岡本さんの横顔を覗きながら根本瑠璃さんと語ったキリスト教のことを反芻していた。私は語り合ったことを、浮かぶまま受け止め、自分の心のままに在りたいと考え無理に追い払ことはしなかった。瑠璃さんはヨハネ福音書の冒頭を引用すると、竜さんと生きることを決心した時、聖書と決別したと。

「ねえ、竜さんから届いたメールの結婚式招待リストに私は含まれていなかったでしょ。でも岡本さんの一存で私を誘って下さった。どうして？　と私が尋ねたら気分を害しますか？」左手で手真似と指文字を併用して岡本さんに尋ねた。私の質問にうろたえ、戸惑い、「その日、急な仕事が入って追込みをしていた。そんな時、竜くんから携帯にメールが来た。〝明晩、結婚式を挙げるが是非出席して欲しい！〟急な連絡でぼくも戸惑った。それと南房総と言えば千葉県の突端。定刻に退社、電車に乗れたとしても南房総に着くのは夜の八時になる。だけど彼の精神的な親友と言えば気障《きざ》に聞こえるが、出席してあげたいと思った。竜くんと親しい友達は!?と考えたとき浮かんだのは石田さんと明石さんの二人。但し、明石さんは貴女も薄々感じていただろうけど、チョット問題があって誘えない。それに失礼な言い方だけど・・・石田さんとなら気楽だろう思った」岡本さんは喉につかえた餅に弄ばれるような言い方をする。

「フ～ン、私ってそんなに便利屋だったかしら？」と言うと、「石田さんを便利屋だなんて、勘違いしないで欲しいな！そんなふうに解釈するなんて貴女らしくないよ・・・」

むきになって言い訳するところが可愛い！　これ以上意地悪したら、今夜の楽しみが壊れちゃう。男って、どうして血の巡りが悪いのかしら・・・と一人で呟いて、彼の腕を締め付けた。

新宿っていつも混雑している。最近外国人、特に東南アジア人とアラブ人が増えてきたように思う。閉鎖的な日本に他国の人が増えて、ごちゃまぜになり少しでも解放的になるのは日本のために良い事と思ったりする。アラブ人は総じて背が高い、岡本さんも高い方だけど並ぶと握りこぶしひとつ位高い。駅から随分歩いたように思うけど腕時計を見ると五分も経っていない。それでも岡本さんとこうして腕を組んで歩くのは何となく楽しい。何よりも彼となら軽薄な戯言も、深刻で論理的な会話も出来て時間に無頓着に過ごせる。明石さんは東大を現役で合格したけど、キリスト教以外の話題に乏しい。私も洗礼を受けた身だから、明石さんをどうのこうの言う資格はないけど、シスターを目標に掲げているなら別だけど、宗教以外の事にも少しは関心を持って欲しいと思う。何故って、満員電車に揺られ、定刻まで勤務して生活の糧を得なければ生活が成り立たない私たち大多数の者は、がちがちの話題オンリーでは疲れ果てる。会社勤務は、職種によって技術の研鑽や資格試験に向けて専門書を首っ引で学ばねばならないけど、障害を負った（神は人間に障害をお与えになったと聖書にあるけど、そんなのは聖書を筆記した者の詭弁に過ぎない）私たちは、社会情勢を知ることで時代の流れを知識として理解、自分の生活空間（健聴者だから障害者に比べて知識があるなど考えもしないけど、健聴者に対抗して虐めや差別をなくし安住出来る空間を築くためにも学ぶことは大事）を改善するヒントが得られる。でも、明石さんたちの属する教会の仲間たちと話して考えるのは、彼ら彼女たちは聖書の言葉を私もびっくりするほど暗記している。でも生きて、毎日生活に関わる一般的な知識、社会習慣、常識、慣習などの知識に乏しいのはどうして、と思う私は傲慢でしょうか？

ビルの谷間の空に染まっていた茜色が、いつの間にか灰色から暗黒の空に変わっていた。新宿の路上に立って見る空は、ネオンや街灯、車のヘッドライトの光芒に、空に星が煌めかない、夜空には星が瞬《またた》かないと。何故って私だって夢見る乙女なんだから・・・。岡本さんは雑多な人種が行き交う歌舞伎町通りから横道にそれ、両端に酒場がごちゃごちゃ犇《ひし》めく狭い通路を私の手を握りしめて歩いて行った。両端にぶら下がる赤提灯は通路を吹き抜ける風にユウラリユウラリ揺れている。大通りの喧嘩から外れた洞窟のような横道にバー・スナックのサイケデリックな看板が壁に貼られ、魔窟へ誘う迷路のごとく闇に沈んでいる。ポマードで整髪、白いワイシャツに黒のチョッキの若者が寒空にガチガチ歯を鳴らし、寒さに震え、酔客に絡み、呼び込みに懸命な路地裏の捨て駒。彼は恐怖におののく私の手を握り平然と進む。「鮮魚　上総」の看板の前に立ち、しばらく看板を見上げると暖簾をかき分けガラス戸を開けた。

茜色に染まった夕日が高層ビルの谷間に没してそれほど時間が経っていないけど、店の中は紫煙が充満、混然としていた。仕事納めらしい勤め人が組織の呪縛から解放され仲間と談笑しつつ痛飲する。私は、岡本さんの背中に隠れて怖いもの見たさに周りをきょろきょろ眺めるのも結構楽しかった。岡本さんを仰ぎ見ると微動もせず、調理場で働く胡麻塩頭にねじり鉢巻きで魚を捌く五十代後半の板前の手先を見ていた。つられて私も視線を調理場に移した時、彼の顔見知りらしい店員が近寄って来ると、彼と一言三言立ち話していた。

店員に案内され、私と彼は四人掛けボックス席に座った。周りを杉板に囲まれて、二人して大っぴらに手真似を使っても周りの視線に神経をすり減らす必要もないのが有難い。私たちの言語、手真似を恥ずかしいなどと考えないが、手真似で語り合う私たちを動物園の猿を眺めるような、ナメクジが全身を舐めるような視線には虫唾が走る。貴重な時間にお酒に料理が不味くなっては折角の逢瀬が無駄になる。手話通訳養成・派遣、手話普及運動が功を奏し、かつてのように色眼鏡で見られる事は少なくなったが、立ち飲み・場末の酒場ではあからさまに挑発行為を時おり受けもする。聴覚を失うと身振りに手真似に指文字を駆使、私、ぼくらはコミュニケーションを図る。それがわれわれろう者の自然の摂理。なのに理解出来ない輩がいまだに多い。愚かな考えを世界の常識のごとく振り回す人間に限って、彼らはわれわれ音を失った者より優位に立っていると錯覚するだけに始末が悪い。

席に着いて待つまでもなく生ビールがテーブルに置かれた。料理の注文は彼におんぶ、私はメニューをめくる彼の手元を見つめていた。魚介類が新鮮で刺身は特に美味い！（ぼくがまぐれで釣った勘八とは比べ物にならないけど、都内で指折り数えられることは保証すると風呂敷を広げていたけど・・・）」

「今年もあと三日に。一年間色々あったけど、石田さんとお酒が飲めること、お互いの健康と友情に・・・乾杯！」と、彼はジョッキを掲げていった。〝友情なんて「愛に乾杯！」って言ったらもっと嬉しいのに・・・〟私は自分の心に向かって呟きながら、彼のジョッキに軽く触れた。ジョッキの半分ほどを、私の乾いた咽喉に落とす。冷ややかで、微かに苦味の香るホップの泡と・・・、竜さんへの恋慕も一緒に飲み干した。私が自嘲気味に喉を鳴らすありようを、彼はジョッキを掲げたまま痴呆のごとく唖然と私を眺める。

「どうかした？」彼は人差し指を私に向けて振り子のように動かす。唇に泡を残したまま・・・。

〝あなたって鈍感ね！〟私は心の中で呟き、ジョッキの底に二センチほど残ったビールの泡を眺めてため息をついたら、なぜか瞼に涙が生まれて一滴ぽろっと泡に落ちて消えた。

「ちょっと待ってね、ゴミが眼に入ったようだから洗面所に行ってくるわ」やさしい嘘をついて洗面所に駆ける自分に自己嫌悪する。鏡に映る顔に〝今年も恋が成就しないまま終わるのかしら？〟ぽとぽとボールに落ちた涙の滴を悄然と眺める。父を追放、母と離婚させたとき、「結婚なんてしないわ！」と自分に誓ったのに・・・。私の中にふつふつと湧くまだ見ぬ方への恋慕を抑えられない。マリア様に縋って薄暗い教会へ通い詰めたけど・・・。私って駄目ね！　と呟く。

顔を軽く洗って涙のあとを消して口紅を引き直して戻ったら、彼って空っぽのジョッキを握りしめて、大皿に美しく盛られた刺身を凝視している。彼の視線の先に私はいるのかしら、と考えながら「ごめんなさい！」と口話で言った。

「気にしなくていいよ！　眼に入ったゴミは・・・」心配していたらしい。彼でも心配するのね、と呟き、「ん、蛇口の水をすくって目に浸して瞬きしたら取れたわ」偽りの言葉を並べながら椅子に座る。芸術的に並べられた刺身を見て、「つやがあって綺麗な刺身！　待たなくても良かったのに」と手真似で言った。

「ん、この店は産地直送で新鮮な魚介類を出すので有名と石田さんに教えたかった。だから一緒に箸をつけようと・・・」彼は肩より大きい手真似で答えた。

二人はままごとの袱台《ちゃぶだい》の上に整然と並べた多彩な魚介類にしばし見入った。これは真鯛、これは勘八、赤貝、ヤリイカと解説する彼は嬉しそう。

「いただきます！」両手を揃えて彼に言った。私は教えられた勘八に山葵を乗せ醤油をつけると口に入れた。コリコリとした歯ごたえ、勘八の甘みと山葵のピリッとした辛味が口に広がる。でも、新鮮なことは納得出来るけど、竜さんの結婚式でいただいたヒラマサの刺身と天秤にかけるのは失礼かな？　彼も勘八を咀嚼しながら〝ん・・・？〟と首をひねる。口に含んでしばらく咀嚼するとオイルの匂いが微かに鼻をつく。彼は首をかしげる。「変だな〜？」と首をひねる。通りかかった店員に生ビールのお代わりを注文する。彼は首をひねりイカを食べ赤貝に箸を伸ばす。

「ん、イカと赤貝は新鮮、石田さんも食べて！」私も彼に倣って白真珠のように光沢のあるヤリイカに生姜をそえて口に入れる。コリコリしていて、噛んでいると甘みがほんのり広がり生姜の柔らかい辛みと溶け合って至福に誘われる。

「イカは美味しい！　でも、勘八と鯛、素人の眼で見る限り新鮮なんだけど、調理人が一段ですむのに二段手を加えたような」彼の視線の遁走を阻むよう「二」の字を出す。私の指文字に彼は狼狽《うろた》えると「由美さん・・・、そうだね！　由美さんが表現したような味、その通り〝新鮮だけどなんとなく造形され、手を加えたような味〟だなんて、巧い表現に感心したよ！」言った後も〝新鮮だけどなんとなく造形された・・・〟彼はぶつぶつ呟き、箸でつまんだ勘八の刺身を眺め、鼻を近づけて匂いを嗅いだりしていた。

「ねえ、英介さん。私のこと、初めて由美って呼んでくれたわね！」彼の顔を覗きながら言ったら、英介さんって顔を赤く染めちゃって。可愛いわ、もう一度言って！　と、おねだりしたくなったけど可哀想だから止めちゃった・・・。

　彼は、ぶつぶつ呟きビールを飲み、赤貝とか栄螺《さざえ》ばかりに箸をつけ勘八と鯛は見向きもしなかった。

「ねえ～　由美さん。ここは両手の指では足りないくらい・・・。一人の時も、仲間とくりだしたこともあったけど、いつ来ても勘八の刺身は美味しかった。だけど、由美さんに指摘され、〝新鮮だけどなんとなく造形、板前が一段余計手を加えたような・・・〟の言葉で目が覚めた」歪んだ顔を露わに両手が空間を切り裂くようにパントマイムを演じ、言葉を自身に向けるかのような手真似の表現で語る。かつて学生懇談会の代表。大学当局に聴覚障害者情報保障に付いて要望書を提出した、英介の面影はここには無い。小さな個人的な事柄に悶々とする一人の人間が私の前に座っている。でも、そんな英介に失望感は湧いてこない、むしろ人間らしくて良いじゃないかと思う。

「ネエ、竜さんの結婚式でヒラマサの刺身が出されたでしょ。本当に美味しかったね！　それから、ここで勘八と真鯛を食べたの？」と尋ねた。英介はしばらく考えて「いや、あれから仕事に忙殺され〝上総〟で飲む機会はなかった。結婚式に出されたヒラマサは、竜さんが釣って「割烹 房総」で捌いて、しばらくおねんねしておいたと、瑠璃さんかお母さんに聞いたけど。初めてヒラマサを食べ、こんな旨い刺身があるのかと思った。親父さんの船に乗って釣らせて貰った勘八、由美さんにも分けてあげたね。母が刺身にして食べたら本当に美味しいと言って。こんなに美味しいのを食べたから思い残すことがないわ、と縁起でもないこと言っていたけど。今晩、由美さんに『鮮魚 上総』の旨い刺身をと連れて来たのに、お母さんが捌いて持たせて下さった勘八の美味しさに霞んじゃった・・・」英介は肩を落とし落胆していた。

　英介の酷い落胆ぶりを見てあまりにも可哀想になって「ネエ、イカとか赤貝はここ上総がダントツよ！（食べ歩きが趣味ではないけど）」と慰めた。「ん・・・」彼はあいまいに相槌を打つ。

「房総で釣ったヒラマサは流通経路を経ないで、港から料亭で調理され結婚式に並べられた。だから鮮度を上総と比較する方が間違っていると思うね」

「・・・」

「それに、英さんと房総で食べたヒラマサと、お土産の勘八の味の記憶があまりにも強烈で、舌が異議申し立てたと考えられるよ」彼は頬杖をついて私の優美な手真似をウットリ眺める。

「異議申し立て・・・。ふ〜ん！　由美さんはいつものように理路整然と筋道を立てる。その点ぼくは敵わないし太刀打ち出来ない。〃ヒラマサの味の記憶〃とはすごい表現！」英介は泣き笑いの表情でジョッキを掲げ、「由美さんの論理的思考に乾杯！」とジョッキの泡がとっくに失われたビールを流し込んでいた。

「由美さん、お替わりは？」取手を握りしめたジョッキを指して尋ねる。

「ビールは飽いたわ！　レモンハイにしようかしら・・・。英さんどうする？」

「ん、ぼくは、焼酎のロックでも・・・。焼酎は結婚式で出されたのも旨かったな！」ため息をつく。

「そうね！　私は日本酒を勧められたけど美味しかった。銘柄を聞くと【真澄】と瑠璃さんが教えてくれた」呟いて「人生って不条理ね。竜くん、幸せになって欲しいね！」ため息をつく。

「だけど、ある日、家族が忽然と消えたら、ぼくには耐えられないと思う」

「私は父を追放、家庭を壊したけど、一瞬で失われた家族。どんな宝物にも代用出来ない！」と言いつつ、私は本当にそう思う。

「由美さんの言うことは理解出来るけど、すこし飛躍していないかな？」

　彼の言葉に疑問符をつける矛盾した自分の心を覗く。そして普段見慣れた彼らしくない考えが言葉の端々に現れるのを受容すべきか揺れる私がいる。私たちの世界は狭く小さいとも思う。勿論、大きくしていかなければとは考えるが、さてどうやって大きく広くするのか私には分からない。

「確かに、竜さんに残された遺産は私たちが一生働いても得られないと想像するよね。でも、こう考えてはいけないかしら？　竜さんが家族を亡くされた時、竜さんの中に、彼の意志とは別の次元で死に向かって突き進む別の意思も存在していたと私は想像しました。別の意思は、彼の思惑（生きる意志）とは異なった無意識の領域（難しい言葉を使ってごめんなさい）が強く働いていたと思います。例えば、駅のホームに立っていて無意識に自分の意思とは異なる行動に出て電車に歩み寄る。初期の頃、この意志との闘いに彼の思惑は劣勢に在り〃死の影〃が絶えず付きまとい離れなかったことは想像に難くない。で、彼が〃死の影〃をどんな方法で克服したのか私は知らない。精神崩壊の一歩手前を彷徨っていたのではないか？」私にはいまもって竜さんが分からない。

「私たちが現在《いま》、竜さんに会える。一緒に語り合い、飲み明かし、社会情勢など込み入った議論も出来る。竜さんは私たちの得難い人と言えるでしょう。竜さんが私たちの前に姿を見せるまで（彼は告白しないけど）、人には言えない自己内面と壮絶な戦いに在ったと考えてあげましょう。竜さんの家で仲間たちと飲み明かした時、彼は惜しみなく私たちに与えました。竜さんの現在の幸せは自らの心に打ち勝ったからこそ存在すると理解してあげましょう。私たちが竜さんに対して嫉妬を持つようなことがあってはいけないと・・・」

話し終えた私の心の複雑な矛盾を、彼の鋭い洞察から隠さなければと、レモンハイに手を伸ばした。私が話す間、彼は腕を組んで質問や意見を一言も発しなかった。彼の心の内を私は推し量ることが出来ないし、推し量ることを放棄していた。彼は焼酎のロックをゆっくり口に運びながら何故か穏やかな視線を私に注いでいた。

私は語り終えると氷の溶けたレモンハイで再び喉を潤した。それから穏やかな顔（自分では精一杯穏やかな表情をしていたつもり）を英介さんに向けた。彼は腕を組んだ同じ姿勢で私を見つめていたが言葉は返ってこなかった。私たちの間に湖水のような静かな寂静《しじま》が流れ、私の耳鳴りは静謐な音楽を奏でる。友人は、耳鳴りで頭が壊れそうなほど辛いと言った。別の友達は耳鳴りが始まると育児放棄を起こし子供を邪険に扱い、耳鳴りが収まり平静に戻ると深い後悔の念に胸が締め付けられると言う。罪悪感から慌てて子供を抱擁するけど、子供に拒まれる。命と引き換えに音を失い、耳鳴りの後遺症を与えた神の残酷な仕打ちに涙も枯れ果てたと。でも、私の耳鳴りは穏やかなオーケストラを奏で、私を抱擁してくれる。内緒だけど、竜さんと抱擁が終わった後、彼の腕枕で余韻に浸っていた時もオーケストラは私の耳の中で奏で、私は深い陶酔に誘われていた。

瞼を閉じて寂静に揺籃していたら肩を叩かれる〝ハッ！〟と瞼を開くと英介さんが棄てられた子供のような顔をして私を見つめていた。

「由美さんの言う通り、ぼくの言葉が足らなかった。〝ごめんね！〟だけど、由美さんはいやに竜くんの肩を持つね・・・ぼくの勝手な憶測なら謝るけど、由美さん・・・竜くんが好きなのでしょ！」

「いやに竜くんの肩を持つね！」彼が両手を操り手真似と身振りで私を詰問するかのように言葉を紡ぎ始めた。的を射られた恥ずかしさで私は俯いた。でも、竜さんとの秘めたる思いは由美の心の扉に鍵をかけて永久に開けないでおこうと決心する。

「英介さんも人が悪いわ！」と呟くように言う。それから、私はなおも語る。「竜さんが独りで背負わなければならなかった家族のことを、私はありのまま言っただけよ。同情も加わっているだろうけど、普遍的な事と由美は思う。英介さん、違いますか？　少し感傷的なきらいはあるけど、私は真実を話したつもり。どんな場合でも真実を語ることが正しいと考えていないけど、バブル崩壊以後、人は真実を語る事を避けているように感じる。職場でも当たり障りのない会話がまかり通り、ふと立ち止まると堂々巡り。でも、人生の途上、身体に障害を背負ったことで、指折り数えるのが嫌になるほど差別と虐め、スポイルされて生きて来た。それらの人に対抗するため、誰よりも勉強に励んだ。経済的困難な家庭にあった私は放課後図書室で貪るように本を開いた。

言葉 言葉 言葉 言葉・・・を求めて。

ある時、高校進路面談の席で担任教師が「石田さんは聴覚のハンディがありながら三年間よく頑張りました。しかし、石田さんの偏差値では二十三区内の都立高校合格の保障は一％もありません。家庭の事情から都立一本に絞りたいという娘さんの希望を考え、通学に多少不便ですが三多摩地域ではどうでしょうか？」と母に通告するのを私は横で見ていた。金縁メガネのオールドミスは、私に二十三区内の都立高校をのっけから受験させたくないと意地悪な想像をしていた。私の偏差値は担任が宣告するほど合格の保証がない!? 私の試算では確実に上位校を狙える数値があると確信していた。耳が聞こえないのに正しいことを正しいと明確に言う、私の存在が煙たいからだろう。学力があっても障害者を抑え込んで来たと。私が受験する高校に変に憶測されたくない、思惑が透けて見える。母はおどおどして担任の言いなり。

「あなたは嘘つき！　自分の感情的な良し悪しで判断、生徒の人生を捻じ曲げている。私が級友に侮辱・侮蔑・虐め・スポイルされた時、あなたは救済の手を差し伸べるどころか私に背を向け、無視されたことは永久に記憶に留めておきます。今回、私の希望を剥奪する操作を行うなら私も行動します」

最後は脅迫めいた最終通告をオールドミスに突き付けた。

明石さんには敵わないけど、私も都内で名の知れた都立高に合格した。担任が高校に提出する内申書にどのような記載をしたか私は知らない。でも面談から担任の態度に変化がみえて、私はさらに受験勉強に取り組み合格することが出来た。

それから三年後、私立大学合格。大学に手話サークルを設立、他校のろう者と交流・情報交換に励んだ。大学の講義は手話サークルの仲間が援助、単位を順調に積み上げた。ろうあ者仲間と交流、あなたや明石さんと知り合えた。でも、母子家庭の私は交流会の出費は負担でした。社会でマイノリティのろう者は、大学・職場においてコミュニケーションの困難に孤立、勢い仲間たちに会うと、どこに引き出しがあるの？　と、私が不思議に思うほど話のタネが尽きない。学生の頃、飲み会や喫茶の出費を避けたくて、仲間と行動することがあまりなかった。学費免除を申請したけど何故か受けられなかった。掛け持ちのバイトでも追付かず嘘を重ねいつも逃げていた。

ある時、渡哲也をやや細くした長身の青年が美しい女性を伴い遅れてやって来た。初めて手話サークルに参加する青年は、手話サークル代表の岡本さんに口話で質問攻め。もともと口話の下手な岡本さんが狼狽《うろた》えているのを見かねて私が助け舟を出したのだけど、私一目で彼に白旗を掲げたの。白旗を掲げる私に、彼の隣でにこやかに微笑む女性は眼中に入らず、ただ盲目的に恋焦がれた」

英介さんは、お代わりしたばかりの焼酎ロックを飲み、腕組みすると私の次の言葉を待っていた。

「〝竜さんが好きなのでしょ！〟と問われたら、ハイ！　竜さんが好きよ！　と言うのは容易《たやす》い。女性からの視点で、塙淑子さんに私は太刀打ち出来ないなど考えもしなかった。そんな私でも、瑠璃さんと話していて、瑠璃さんにはとても敵わないと確信したの。私が障害者で瑠璃さんが健聴者だからと、私が嫌悪する偏見を引きずり出し判断するような浅慮なことはしない。では、どんなところが・・・？　直截に問われると窮するけど」私はここで唐突に打ち切った。

「英介さん、場所を移さない。メインの料理も粗方お腹に入ったから静かなところで・・・」話をそらすように言った。

「・・・・・」彼は腕を組んだまま、静かな眼差しを私に向けていた。

「英介さん、明石さんが今も好き？」私は意地悪な質問を彼に投げた。彼は、組んでいた腕をほどくとはぐらかすようにグラスを掴んだ刹那、グラスの水滴で手が滑ったのか、嫌なことを聞かれ狼狽えたのかグラスが倒れ、倒れた拍子に焼酎が飛んで私のスカートに染みを作った。彼が狼狽する様を目の当たりにするのは初めて・・・。可笑しみと親近感につい笑ってしまった。私のスカートに落ちた滴を拭いていた彼は、私が笑うのに〝ムッ！〟とするのが可笑しくて・・・。

「ごめんなさい！　英さんの狼狽ぶりがあまりにも可笑しくて・・・、でも深い理由はないの・・・」久方ぶりの笑いは、爽やかな涙を私にもたらした。

「鮮魚 上総」を後にした、彼と私は山手線で池袋に向かった。勘定は社会人一年先輩の私が出した。賞与はメーカー勤務より桁が異なるが一人暮らしの私には充分過ぎるほど・・・。母にプレゼントは何が良い？　とメールすると「由美さんの好きなように使って！」と返事が来た。

社会人になったのを境に、私は一人暮らしを始め、母は実家で両親と暮らし始めた。でも、実家に行く度に思うのは、自分を放棄、魂が抜けたかのようにおどおどする母。お嬢様育ちの母は、お手伝いに傅《かしず》かれ、なぜかシミひとつない艶やかな肌に変貌していた。大学に通い始めて間もなく、仮面を被った父に騙され、両親の反対をものとせず同棲を始めた。初対面で父の性格を見抜いた祖父は、弁護士を雇い二人の仲を切り離しにかかった。でも、短期間に洗脳された母の頑な心に断念した祖父は援助を一切しなかった。母を見た私は、父と母の仲を引き裂いたひけ目から、母に魂をと願っていた。

私が実家に遊びに行くと、祖父母はとても喜んでご馳走が食卓を飾った。祖父は、私が晩酌の相手に不足はないと知ると母を介して「由美さん！　遊びに来て、美味しい日本酒が手に入りました」などと母の携帯からメールを送ってきた。〝そうだ、祖父の好きな赤いハットのおじさんでも持って行こう！〟

ある日、母と祖母が台所で料理に余念がない間、祖父に母の事を相談してみよう。ついでに英介さんを引き合わせたらびっくりするだろうか？　でも、肝心の英介さんが〝うん・・・〟と言うだろうか・・・。竜さんを諦めて英介さんに乗り替えるなんて余りにも節操がない私・・・。そうか、かつての母も恋することが生きている証だったのね？　殴打《ぶたれ》、蹴られても、人から不幸と揶揄され、いい加減、別れなさいと言われても、一方通行の愛でも、母には命より大事なものだった・・・？　でも、母が復縁する事は絶対にご免！

ホテルの地下にそのパブはあった。照明を落としたフロアは静かに語り合うカップルたちに相応しい雰囲気を醸していた。でも、音のない彼と私には、例えて言えば暗い洞穴、頭上に裂けた岩の隙間からボーッと月光がスポットライトのように小さなテーブルを照らしている。ボーイは彼と私を窓側（小さな窓から貧弱な植込みが見られ、その向こうに道路が見えた。忙しなく行き交う脚、車のライトの光芒。植込みの隙間から道路の向こう側に高層ビルの林立）に案内された。周りのボックスよりほんの少し明るい。でも、言語が手真似の私たちには不便この上ない。私は黒ビールを、彼はバーボン。注文を受けたボーイは恭《うやうや》しく頭を下げて立ち去った。

飲物が来る時間を持て余した私は、テーブルに置かれたクリスタルガラスの皿に盛られた殻付きピーナッツをつまんだ。殻を割るとテーブルにポトリと落ちる。薄皮に包まれた小人の国のラグビーボールを掌に乗せて親指と人差指でこするように薄皮を剝がす。バター色の実を放るように口に入れる。噛み砕いた刹那、仄かなバターの香りが口腔に広がる。幼い頃の複雑な感情を伴った懐かしい味覚の記憶が蘇る。母を説得して離婚を承諾させ、母を引いてお宮へバスと汽車を乗り継いで行った。紅葉が最盛期を迎えた晩秋、名前を知らない木々が燃えるように真紅《あか》かった。生活費を渡さず母に暴力をふるっていた父。母がどんな手立てで生活費を工面していたのか、私は今もって知らない。お宮の境内に並ぶ店先に並べられた南京豆に見とれていた私に、母は乏しい生活費の中から買ってくれた。お参りをすませた母と私は楠の木を囲う石柵に囲われたベンチに座って南京豆を分け合って食べた時も（南京豆を半分に割る時、割り箸を折る〝パリパリ〟と乾いた音が聞こえる。今夜は、否、永遠に私の壊れた耳に届くことはかなわない）、仄かなバターの香りが口腔に広がった。

「お母さん！　バターの香りがするね！」

「ああ、そう・・・バターの香り？」と、首を傾げ訝しげな生返事が返って来たけど・・・。

それっきり母は何も語らなかった。境内に礼拝客が重ねた線香の煙が拡散していた。二人は黙々と南京豆を齧り続けた。

私の黒ビール、彼のバーボンがテーブルに置かれたところで回想を打ち切った。二人はグラスをかざして乾杯した。

「お互いの健康と未来に乾杯！」彼は手真似で言葉を紡ぐと続けて「ねえ、由美さん。年末年始は何か計画しているの？」と言った。チョット話にまとまりがないけど、まあ良いか、と言葉を飲み込む。「ハイ！　英さんには言わなかったけど、根本さん（結婚したけど婚姻届けはまだのようなので）から先週メールが来たの。何だろうとメールを見ると《二十九日は今年最後の出漁。父と慎一さんが正月用の鯛を狙って出船します。数が釣れたら由美さんに宅配で送るので住所を教えてね！》ここまで話たら英さんの表情に陰りが表れてきたけど、気にしてもどうにもならない。「今日の昼休み、母からメールがあって、根本瑠璃さんから宅配が届きました。《品名　ヒラマサ》ヒラマサ？　初めて聞く品名が冷蔵で。根本さんは由美の知り合い？　箱は私の身長くらいあるわ！　珍しくはしゃいだ母のメール」英さんの陰りが哀しみに変わって来た。彼は憶測で物事を判断しない人と思っていたけど。私は気が付かないふりを装う。でも、竜さんの事だから、私に送る場合、英さんにも・・・」

「・・・・・」

「私一人暮らしでしょ。だから瑠璃さんに、母の実家の住所を教えたの。元旦は一人で迎えたいから。朝起きたら顔を洗って、それから晦日に準備しておいた、鶏肉で作ったお雑煮の汁《つゆ》を温め、お餅を焼くの。お椀に焼いたお餅を入れ紅白のかまぼこと三つ葉を乗せてその上から汁をかける。あっさりしてるでしょ！　祖母が九州から嫁いで、母に伝授したらしい。私も母から教わったの。お雑煮をいただいた後、届いた年賀状を一枚見ては「ああ、先生お元気のご様子で・・・」、自分に呟いては次の賀状を。見知らぬ方の賀状に返事をしたためたりして静かに新年を送るの。二日は年始の挨拶に（いつ頃からだったっけ）母の実家へ。英介さんも一緒に・・・」

英介さんは虚ろな表情で、私が両手を使って繰り出す言葉言葉 言葉を見ている。この時、テーブルに忘れられた彼の携帯が、ゼンマイ仕掛けの玩具の兵隊よろしくテーブルを摺り足で駈ける。狼狽《あわ》て携帯を掴んだ英介さんは忙しなく画面を見る。

「竜くんからメール」右手の指を操り、英介さんは言葉を私に教える。

「岡本くん。今年も残すところ三日、元気にやっていますか？　貴くんには今年も色々と世話になった。ぼくと瑠璃の結婚式に前日唐突に連絡したにもかかわらず、石田さんと遠方から来てくれて感謝の言葉もない。瑠璃は涙を浮かべて感激！　義父母はお二人に感謝の言葉がないと、君たちが帰った後、ぼくに語っていた。どうしてと問われれば〝慎一くん一人では肩身が狭い・・・〃んじゃないかと気をもんでいたと。ぼくは、瑠璃とご両親を一度に得て、一時期、夢でない？　と、朝起きるのが心配でたまらなかった。石田さんには瑠璃から連絡があったと思う。石田さんにはヒラマサ十五キロ、岡本くんには勘八二十キロオーバーを送った。岡本くんのお母様なら解体出来ると勝手に決めたけど、無理のようだったら三十日、ぼくの自宅（千葉）に担いで来れば、義母が三枚におろしてくれる。じゃ、石田さん（一緒に飲んでいるのかな・・・）によろしく伝えて下さい」

英介さん、先ほどとはガラッと変わってニコニコしている。男ってどうしてこうも喜怒哀楽が激しい、っていうより単純なのかしら!?　チョット飛んじゃうけど、政治に女性がかかわれば戦争はもっと少ないだろうと私は考えたりする。

由美はビールを、英さんもバーボンを追加した。

でも、酔いは回ってこない。

私たちは殻付き南京豆を黙々と食べながら黒ビールを飲んで、最終電車で帰路についた。

終電車で帰って玄関のドアを閉めた時、音を聞きつけたおふくろが玄関に出てきて「こんな時間まで飲み歩いて体を壊したらどうする・・・」と愚痴られる。毎度のことだから気にしないことにしている。マンションの鍵は持っているし、社会人になったのだから子ども扱いはいい加減卒業して欲しいと思う。就職が決まったと報告した時、狼の遠吠えのように泣かれたのは閉口した。だけど、おふくろの気持ちも、凍った雪道で滑って尻もちをついて尾骶骨をしたたか打った痛みに似たほど分かる。ぼくが幼少の頃、父が脳溢血で急死、女手一つでぼくを育ててくれた。それまで箱入り娘だったのに、職を探しに飛び回り、ぼくを大学まで通わせてくれた。言葉で直截に言わなかったけど、いつも心の中では感謝していた。大学受験前「浪人したら就職してもらいますからね！」と宣告されたけど、言葉と裏腹なのが分かっていた。信用金庫事務補助員の仕事でどうにか生計が成り立っていた事を考えれば、浪人だけは避けなければとぼくなりに決意していたけど。

「食事はどうする？」眠い眼をしょぼしょぼして母が言った。「食べて来たけど、風呂から出たらお茶漬けでも適当に食べるから、母さんは先に寝てよ。信金は三十一日までだろ・・・」

「じゃ、先に寝るから・・・」とぶつぶつ言いながら和室に消えた。

風呂場に行くと浴槽の蓋を上げて湯加減を見た。チョット温いかな、と思ったけど酩酊した体にはちょうど良いかもと。お湯で体を流し浴槽に浸かって眼を閉じる。大学に入ってからの四年間が早送り幻灯機のように流れていく。

大学は就職を考慮して経済学部を選択した。ぼくは聴覚に障害があるけど、初めから会社に入って雑用係で一生を終える考えはなかった。企業の中枢に加わり、企画や商品開発、開拓の仕事に携わりたいと決意していた。大学に入学した日から図書館に通い経済学の専門書を読み漁った。それと外国語、特に英語能力を高めるために原書を読むことを怠らなかった。第二外国語はドイツ語を選択、講義は欠かさず出席した。卒業する頃、ドイツ語の原書を読めるほど語学力が増した。二十一世紀は電子時代とぼくなりに予想して、バイトの合間に夜間専門学校でパソコンを学んだ。タイピングを練習したおかげでキーボードを見なくても文書作成に困らない。パソコンの簡単な不具合程度は修理出来る技量（配属された部署でパソコンのトラブルを回復した噂が社内に広がり、他部署に呼び出しがかかるようになった）を習得。だけどパソコンに関しては自分でもまだ緒についた程度の知識と認識している。今年を振り返ってみると雑用にてんてこ舞い、パソコンの専門知識を用立てることが少なかった。

大学に入学当初、一番差し迫った問題は、聞こえないことで教授の講義が全く理解出来ない。専門書を開いてもページのどこかさえ分からず、同席者に聞いて嫌な顔をされたことが往々にあった。講義ノートを借りたくて教室中の学生に懇願さえもした。ただ、運よく借りても講義のポイントはノートを転写しただけでは、貸した本人が理解出来ても、借りて写しただけのぼくには講義のポイントの真の出どころが分からない。借りたノートにあたっても詮無いが男性に比べて女性のノートは筆記も文章も読みやすく第三者のぼくが読んでも分かりやすかった。但し、継続して借りられるかは別問題で前回はよくても次回もすんなりとはいかないのは問題であるが・・・。

様々な壁に八方塞がり途方に暮れて「こんなことなら講義に手話通訳・要約筆記者を派遣する制度の充実を大学に要求しよう！」と思い立ち、W大学手話・要約筆記サークル設立を大学当局に申請した。ちょうど、ろうあ連盟【公共施設に手話通訳派遣・設置運動】運動の拡大もあって、大学も聴障者の講義聴講に配慮する必要に迫られていた。折から聴障者の大学進学率も上昇カーブを描き、以前のように門前払いは出来なくなりつつあった。社会情勢の変化で手話サークル設立申請はびっくりするほど簡単に許可された。但し、金銭の援助は一切しない、と釘を刺された。自費で作製したポスターを大学の許可を得て掲示したところ、文学部に在籍中の野中 一くん、社会科学部の松田 誠くんの他、合計二十五人のろう者が集まり、野中 一くんと松田 誠くん、そしてぼくが講師を務めサークルがスタートした。

四年は瞬く間に流れ、会員も六十人に増えた。ぼくの卒業間際、講義に手話・要約筆記者派遣制度の許可がようやく下りた。一級とは言えないまでも三級程度の手話・要約筆記者を揃えてクレームがない程度まで成長した。ぼくが社会人となっても「漣《さざなみ》手話通訳・要約筆記サークル」は継続していくだろう。

さて、明石恵子とぼくの恋愛は苦い経験として永久に忘却することはないだろう。国立大学を卒業し、都庁上級職試験に合格した恵子は、誰が見てもまぎれもなく秀才だと思う。だけど、秀才必ずしも二人の平安で至福なひと時を築きあげられるとは限らない。厳格な牧師の家庭に育った恵子は、キリスト教だからでなく、聖書の知識はふつうの牧師では足元に及ばない、驚嘆に値するほど知悉していた。だけど、普通（明解国語辞典 世間的に通用する言葉）の会話が成り立つ、常識とか慣習いわば庶民の暮らし（恋愛言語があるとして）の知識はびっくりするほど乏しかった。聖書と無縁のぼくに、聖書の言葉をデート中連発するのに閉口した。毎週のデートも土曜日はまだしも、日曜日の礼拝に付き合うことがぼくは徐々に苦痛になった。聖書を手にしたこともないぼくに、神の存在を信仰の拠り所にする教会ではいつも異邦人に過ぎなかった。ぼくが音を失った時、附属大学病院の医師は、ぼくの聴覚は永久に回復の見込みはないと母に宣告した。母は人づてに紹介された、いかがわしい宗教団体の門をくぐり坊主の念仏の前にぼくを正座させた。宗教団体をいつ辞めたのか、ぼくの聴覚を取り戻したい一心であちこち引きずり回すのを母が放棄したのがいつだったか記憶にない。幼少の苦い記憶もあり新興宗教団体の勧誘は頑なに拒んできた。従って、ぼくが信仰に覚醒するなど永久にあり得ないと分かっていた。明石恵子の美貌と都庁上級職（職場の配属は都庁も悩まされたと聞いている）に合格するほどの秀才に盲目《めしい》るまま、なぜ交際《つきあい》始めたのか、自身に問いかけても今となっては分からない。「論理的な思考の岡本くんでも女性にはからきしダメな人ね！」と言われても反論出来ないけど・・・。仲間たちは「岡本さん！　明石恵子さんの美貌に惑わされ交際するのはよした方が良い！」と口を開けば決まり文句のように言われたが・・・。

日曜日礼拝へ明石さんに引きずられて通うたびに、胸になんだか異臭が充満するようで、嘔吐が喉元につかえる感じが次第にエスカレート、恵子との終わりを悟った日、教会の石段を上ることがかなわずよろけて石段に座り込んだ。その刹那、急激に嘔吐がこみあげ、ぼくは口を押さえて石段を転がるように降りると植え込みの陰で吐いた。横で一部始終を見ていた恵子は嫌悪感も露わに教会の階段を足早に上って扉の中に消えた。その日以来、ぼくは恵子に会っていない。

瑠璃が海洋大学に合格した日。瑠璃の両親とぼくは揃って参列した。式の前日ぼくの家に泊まった両親と久し振りに杯を重ねた。寿司と刺身を出前で頼み、遠くから来た両親を労い瑠璃の入学を祝った。

「なあ、慎さん。蒸し返すようだけど、せめて瑠璃の入学費だけでも親として出したい。瑠璃の学費も親が負担するのが一般的と思うけど、慎さんは「婚姻届けもすませ夫婦となったので連れ合いのぼくが負担するのが当然」と言う。慎さんの言うことは、まあ一般的に考えれば正しいと俺も澪も充分理解している。だけど親として瑠璃の学費を前から積み立ててきた。だから入学費だけでも、俺と澪の親としての気持ちを汲んで欲しい。親としての役目と言ったら笑うだろうけど、責任を果たさせてくれ」義母が袂から取り出した白い封筒をぼくの前に置いて頭を下げて動かない。

「お義父さん、頭を上げて下さい。瑠璃の入学費、喜んで受け取ります」ぼくは両手を付いてお礼を言った。瑠璃を見ると重ねた両手を膝に置いて瞼に涙を溜めていた。ぼくは、瑠璃の手の上にそっと重ねた。

大晦日、成田山新勝寺に四人でお参りに行った。東関東道路を瑠璃の運転する車で少し早めに家を出た。一昨日、デパートで買ったベージュのタートルネックセーターを着た瑠璃は笑みを浮かべてハンドルを握っていた。ブラを外した瑠璃の胸がなだらかな丘陵を描いていた。ハンドルを切るたびセーターの胸が前後左右に躍動する。元旦の日の出を拝みに銚子へ行く東関道は混んでいた。幕張からパーキングエリアの間隔が離れているためか、生理現象に一旦途中下車する車も見られた。

成田山新勝寺に向かう石畳は混雑していた。瑠璃は腕を絡めて、ぼくから離れないよう身体をくっ付けていた。ぼくらは両親が寄り添う背後から目を離さないよう歩いていった。道路の両側に露店が隙間なく並んでいた。お好み焼き、たこ焼き、トウモロコシ、烏賊の串焼きなど香ばしい匂いが風に乗って流れてくる。四人は半刻ほどぞろぞろ歩き、やっとのことで賽銭箱に辿り着いた。瑠璃にあずけたぼくの財布から、伊藤博文を二枚抜き取った瑠璃は賽銭箱に入れた。瑠璃とぼく、義母と義父の健康を祈った。瑠璃は両手を合わせて長いこと祈っていた。お祈りを終えた瑠璃はぼくと向き合い恥じらいつつ腕を絡め、ぼくのコートのポケットに両手を突っ込んだ。「慎さんの手は温かい！」ぼくのポケットの手に絡めながら言った。

成田山新勝寺からの帰り道、瑠璃の見つけた手打ち蕎麦屋の暖簾をくぐった。

「あと一時間あるけど、年越しそばよ！」義母はメニューを開きながら戯れに言うと海老天盛りそばを四人前注文していた。ついでにビールも瑠璃が注文した。女将さんがビールをお盆に乗せて持ってくると瓶を取ったぼくは、義父のコップに注いであげた「慎さんも飲んでね。お父さん一人では淋しがるから・・・」瑠璃がコップをぼくに手渡して言った。コップに注がれたビールを義父と合わせた。外はコートの裾と戯る強風が吹いて思わず襟を立てたけど、冷えたビールは殊の外美味しかった。

「お義父さんお義母さん、瑠璃さん、今年は本当にありがとうございます。ぼくに家族が一度に戻ってきたようで、〝これは、夢か現か幻か？〟朝目覚めるのが怖くて起きるのが不安でした。今、こうして四人でテーブルを囲み、年越しそばを食べられる。誰かぼくの頬をつねって・・・と叫びたい。本当に夢のようです」ぼくは椅子から立ち上がると、義父母にお礼を言った。そして瑠璃がぼくに求愛してくれなかったら、自分を卑下するわけではないが、住む場所が異なるからと瑠璃に求愛することを思いとどまっただろう。巨人の国に迷い込んだガリバーのように。瑠璃にはぼくのすべてを賭けても悔いはないと宇宙に存在する神に・・・。ぼくの唐突な話に、口に含んだビールを戻すかと思われる程にもびっくりした義父は、「慎くんも悪戯が過ぎるよ。唐突に言うからビールが飛び散るのを耐えるのに苦労した」と言って笑いながら残りを煽った。「正直に打ち明けると、俺と澪は息子が出来たと、嘘偽りなく欣喜している。唐突な瑠璃の求婚を真摯に受け止めてくれたことに言葉に出来ないほど感謝している。〝なあ、澪さん！〟勿論、陰で障害者云々という輩もいるけど、澪と俺、瑠璃はつゆほども思ったことはない。慎さん、田舎者で世間知らずの瑠璃をよろしく・・・」義父はテーブルに両手をついて言った。ぼくの瞼から一滴頬を伝わってテーブルに落ちて跳ねた。ぼくの掌を握った瑠璃は、頬を伝う滴をぬぐいもせずぼくを見上げていた。

運ばれた海老天盛り蕎麦はいつにもまして美味しかった。蕎麦にこしがあり、天麩羅もからりと揚がり衣もサクサク、ぼくの気持ちも揚げたての天婦羅のようにカラッと晴朗。

二〇〇一年の年が明けた。

ベッドから抜けて窓のカーテンを開ける。厳冬にしては眩しい陽光がガラス戸の桟に反射していた。〝ここ数日見られなかった青空、軽く一回りしてこよう・・・〟瑠璃はすでに義母とキッチンで支度しているよう。通りすがりにキッチンのドアを開けて顔を出すと、義母と瑠璃がお節の準備に余念がない。

「明けましておめでとうございます。今年もよろしくお願いします」手話を交えて挨拶した。

「明けましておめでとうございます。こちらこそ今年もよろしくお願いしますネ！」義母と瑠璃が一緒になって挨拶を返してくる。瑠璃の方に歩み寄って腰に両手を回すとぼくの方に引寄せ、瑠璃の唇に軽く接吻する。

「あら、眩しいわ！」そばで重箱にお節を詰めるのに余念のない義母が「あら、見せつけちゃって、私も健にキスしょうかしら・・・」と戯れに言った。

「ちょっと一回りしてくるから、お義父さんが起きたらお風呂に入るように伝えて下さい」と二人に言った。それから瑠璃に「お義父さんの下着はロッカーにあるから出してあげてね。じゃ行ってくるから・・・」瑠璃の額に軽く唇で触れると玄関へ歩いた。玄関のドアを開けると陽光がいきなり射しこんで、一瞬、ふわりと浮き上がるような眩暈に襲われ、咄嗟にドアの取手を掴んだ。上り框に立つ瑠璃が慌ててスリッパのまま駆け下りてぼくを抱きとめる。

「慎さん、どうしたの？」ぼくを覗きながら心配そうに問いかける。

「陽光に眼を射られ眩しかったから〝くらっ〟と来ただけ。心配させてゴメンね！」瑠璃の顔を両手で包んで言った。

「慎さん、ランニングは止めて頂戴！」トレーナーの袖を掴み泣き笑いの顔をぼくに向けた。

「大丈夫だよ！　ランニングの途中、具合が悪くなったら止めるから・・・」瑠璃の手を握ったままいうと庭に飛び出した。瑠璃は玄関の庇の前に佇み、ぼくが半周する様子を眉間にしわを寄せて見ていた。一周して裏庭を走り玄関の横に戻る頃、諦めたのか中に消えていた。

一周を軽く流したぼくは、二周目は速度を上げ門のポールを駆け抜けた。頭上は浮浪雲がぽつんぽつんと流れ、陽は燦々と走るぼくを抱擁していた。瑠璃に、義母義父に・・・。速度を上げると新しい年の冷たい風が頬を打つ。欅のムッとする樹臭が一瞬鼻腔をくすぐる。

走ることはギリシャ彫刻のごとく、裸体をさらすこととある作家が述べていた。肉体と精神の安寧を求めて走るランニングは長距離走の予行演習。自らの肉体と精神を極限まで追い詰めるのとは異なり、肉体の解放と精神の平安を獲得することにあるとぼくは意《おも》う。風を切って森の中を走るぼくの脳裏に、瑠璃の美しい肢体がこれ見よがしに浮かぶ。恥じらいを放擲、惜しみなくぼくに開く。腰を両手で引き寄せ、ぼくは美しく窪んだ臍に唇を這わす。下腹部は燃えるがごとく屹立、ペニスがトレーナーを突き破るかのごとく勃起する。風を切り裂き、欅のムッとする樹臭の中を走る。

〝可愛らしい乳房よ
解放《ひらかれ》た下腹部の唇よ
ぼくのペニスを待っているのか？〟

ぼくは駆ける、ボクサーブリーフにペニスがこすれ、紺のトレーナーに濃紺のシミが広がる。瑠璃はぼくに全てを委ね、解放《はなた》れ、恥じらいを解き放っていた。ぼくは風に乗って中天を駆けるがごとく走る！　瑠璃の限りなく透明な愛を全身でおしいだき、瑠璃と共に時を刻む。

全身から汗が放たれ新しい年の冷を含んだ風が心地良い！

「明けましておめでとう。今年もみんなが健康でありますように・・・」義父の新年の挨拶が終わってから神棚に供えたお神酒を揃って飲んだ。

居間の和卓の中央に義母が大皿に盛りつけたヒラマサ、真鯛、スルメ烏賊の刺身。鮃、鰤、ヒラマサ、スルメ烏賊は昨年の暮れに義父と釣り上げた。赤貝、ホタテは義母の知合いに勘八と交換したと言っていた。重箱に詰められた卵焼きなどは瑠璃と義母が夜更かしして調理したと瑠璃から聞いた。卵焼きも黒豆も美味しかった。義父とぼくは日本酒を五合ほど空けた。それから義父は焼酎をロックで、ぼくはバーボンを・・・。お義母さんと瑠璃は地下から探しあてた十年物ワインを飲み「お節にぴったりだわ！」と頬を染めていた。「瑠璃は未成年だから控えなくてはね～！」義母は言いつつ瑠璃のグラスにワインを継ぎ足していた。二人とも頬を紅く染めて潤んだ瞼にうっすらと虹が浮かんでいた。

南房総風の雑煮をみんなで食べた。南房の雑煮は、鰹節と昆布で出汁を取り醤油で味付け、具に里芋と大根、焼いた切り餅を加えてはば海苔を乗せる至極シンプルな雑煮。さっぱりしてシンプルな具が、お節と酒に酔ったお腹を労わる。「シンプルで美味しい。お腹に優しい雑煮ですね」お義母さんに言うと笑っていた。

お茶を飲み終わったお義母さんが「コーヒー飲みたいけどいいかしら」と言った。「いいですよ、お義父さんとリビングでTVを観ながら待っていて下さい」ぼくが伝えると、お義父さんの手を引いてリビングに歩いて行った。瑠璃はとぼくはコーヒーの準備にキッチンに入った。ぼくはコーヒーラックから瑠璃が飲んでみたいと言ったキリマンジャロを取り出した。豆を挽き、瑠璃が準備したフィルターに挽いた粉を入れた。お湯を注いだ後しばらく蒸す、瑠璃の一連の動作を静かに眺めていると、「そんなに見つめられると恥ずかしいわ！」と掌で顔を隠した。淡い乳白色の湯気と一緒にキリマンジャロの香りがキッチンに漂ってきた。温めたカップに瑠璃がコーヒーを注いでいると「慎さん、誰か来ましたよ」とお義母さんが玄関のほうを指して言った。

「新年早々誰かな～？　ちょっと見てくるね」ぼくは、瑠璃に言うと玄関に走った。玄関のドアを開けると黒いコートを着た岡本くんと艶《きらび》やかな振り袖姿の石田さんが、「明けましておめでとうございます。今年もよろしくお願いいたします」揃って手真似で挨拶する。ぼくも玄関を大きく開けて新年の挨拶を返した。

「去年の暮れ、正月は根本さん家族と迎えると言っていたけど、迷惑ではないか？」

「そんな事は良いから上がれ。瑠璃がコーヒーを淹れているから一緒に飲もう」先に立ってリビングに案内する。ドアの開ける音を聞いたお義父さんが新聞から目を離して立ち上がった。岡本くんと石田さんはドアのところに立って、「明けましておめでとうございます。昨年は大変お世話になりました」と義父と義母に挨拶する。「それとヒラマサを送っていただき母も喜んでおりました」石田さんと並んでお辞儀していた。義母と義父が新年の挨拶を返した時、お盆にコーヒーを乗せた瑠璃が入って来た。二人にチョットびっくりしていたけど、岡本くんと石田さんに指文字と口話を使って新年の挨拶を返していた。

「連絡もしないで押しかけてごめんなさい！」石田さんが瑠璃に言うと「いいえ、お二人が来て下さってとても嬉しい！」と返す。

「ぼくと瑠璃のコーヒーはぼくが持ってくるからあとは頼むね！」ウインクして瑠璃に相手を頼んだ。瑠璃が世話をしている間、ぼくはキッチンに行ってサーバーとカップをお盆に乗せてリビングに戻った。一通り挨拶も終わったのか義母と瑠璃が岡本くん石田さんと談笑していた。「義父は・・・」と義母に尋ねると、ひと眠りすると寝室に行ったとのこと。瑠璃の横に座ったぼくは持ってきたカップにコーヒーを注ぎ瑠璃の前に置いた。瑠璃はぼくに顔を向けると「ありがとうね！」と小さく唇を開き囁くように言った。ぼくもコーヒーカップから漂うキリマンジャロの香りを味わい一口口に含んだ。上品な酸味が口腔一杯に広がっていく。

義母と瑠璃が石田さんの着物を誉めそやすそばで、岡本くんは手持ち無沙汰に空のコーヒーカップと戯れ、三人の会話を眺めていた。ぼくは右手で岡本くんに片手で犬かき泳ぎの動作〝おいでおいで〟と手真似で合図する。こっちを向いた岡本くんに「送ったヒラマサ捌けたか？」ぼくが尋ねると「ん、お袋がぶつぶつ言いながら何とか捌いた。勘八の兜、根本さんに教えて貰った通りにやったけど、あれって難しいな！」頭をかき、最後の言葉はぼそぼそと途切れがちになった。

「そうだろうね。俺は捌いたことがないから分からないけど・・・」

「な～んだ、竜くんは捌いたことがない？　だけど、本当に旨かった。お袋、捌きながらぶつぶつ言っていたけど、刺身を一切れ食べた途端、ぶつぶつは遥か彼方に投げ捨て、箸が止まらなかったよ。竜さんによろしくと言っていた」

「そうか、ぼくもどうしたかと気になっていた」

義母と瑠璃、石田さんの着物談議は休むことを知らない。着物姿の瑠璃を見たくなったぼくは、お義母さんに「着物の着付け出来ますか、母と妹の着物があるけど・・・」と尋ねた。「着付けは出来ないことはないけど、一応着物を見せて・・・」と言う義母に「瑠璃に着せてあげて下さいね！」と頼んだ。

岡本くんが「ぼくも見たい」と言うので四人で衣装部屋に行った。衣装部屋は来客部屋の手前、八畳の広さがあり除湿器が取り付けてあった。ドアを開けると何となくサラサラした空気に包まれた。部屋は畳敷きで、入口から見て右側にロッカー、左側に桐のタンス二点が置かれていた。中央に大型鏡が取り付けてあった。ロッカーのドアには順に「ちち」「ようこ」「しんいち」「はは」と名札が貼られていた。順番の意味するところは今もってぼくには謎だったけど、ようやく思い当たった。

岡本くんとぼくは玄関の大理石造りの石段に座って、柔らかな日差しを浴びていた。時折、優しい風が頬を通り過ぎていった。ぼくらは黙って佇んでいた。庭を囲む赤煉瓦の花壇、柵の向こう側に、街路樹の欅が落葉、裸の枝をさらしている。たまに車が通過することもあるが、通勤時間帯以外、人が通ることはあまりない。公園が造られる以前、将来（家を建てる）を見越して森を背負った土地を購入した父は、土地を囲むように欅と楠を植えたと語っていた。どうして欅と楠木か説明はなかったけど。

この頃、人口が爆発的に増加する東京のベッドタウンとして、隣接する県も、人口が爆発的に増加の傾向にあり住宅地不足が顕著になっていた。自宅と隣接する森を土地開発業者が見逃すはずもなく、森の持主への触手は次第に狭められていた。メディアに報道されると市民団体による「宅地化反対運動、森を市民憩いの公園に」と市民を巻き込んだ運動に発展していった。署名嘆願書が県議会に提出され、「森林公園造成計画法案」が県議会で可決された。市民団体運動が大きなうねりを伴い進展する様子に、危機感を持った父は新築計画を前倒し、早急に知り合いの業者へ自宅の建設を依頼した。県議会で「森林公園造成計画法案」が可決される直前、総檜造り和風平屋がほぼ完成を見た。森林公園造成は県生活環境企画課が担い、母と父は独自に県と交渉するか、弁護士を立てるか話し合った。併し、所有土地全面維持は困難を極め、どこを妥協点にするかに交渉が進展していった。騒音問題から車道と住宅の距離、自宅と公園の間隔（森に包囲されすぎては圧迫・湿気・騒音被害を受ける）、将来周囲の宅地化も想定の上交渉の結果、やや長方形の土地を維持、家族の平穏な生活空間を保持することは、森林公園造成と矛盾しないと主張する父母の考えが認められた。土地を購入直後に植えた欅と楠は公園内にそのまま生きる事になり、新たに境界線に沿って公園整備課が苗を植えることで決着した。土地購入した当初、のどかな森林は県公園に変わり、道路を隔てた向こう側は宅地化が進み住宅が密集する風景に変わっていった。土地売却益がどのくらいで、何に使われたかぼくは知らない。

空想から覚めたぼくは、岡本くんの肩を〝ポン！〟と叩いた。

「最近、石田さんと行動を共にしているようだけど、明石さんと同じクリスチャンと知った上で・・・」

「・・・ん」岡本くんはぼくの視線を避けるように肯いた。

「余計なことと思うけど・・・」岡本くんの興味を射るよう

に言った。ぼく自身余計な事をと考えないでもないが、だけど岡本くんはぼくの唯一の親友。幸せに、なんて児戯めいてるが、本心から幸せになって欲しいと願っている。

　このとき〝ポン！〟と肩を叩かれ振り向くと、振袖に着飾った瑠璃を見た刹那、「陽子！」と叫びそうになった。ぼくがあまりにも凝視するのにいぶかった瑠璃が「慎一さん、どうしたの？」と聞く。ハッと我に返ったぼくが「あまりにも妹の陽子に生き写しで・・・よく似合ってるよ！」と言った。深紅の地に銀色の百合をあしらった振袖。真赤な夕日に金色の鶴柄の帯。元旦、陽子が振袖に着飾り、父と母がかわるがわる家族写真を撮っていたことが浮かんでくる。生きていれば成人式に着ただろう振袖。帯と帯留めは異なっていたような記憶があるが、陽子がぼくの前に現れたと錯覚するほど、振り袖姿の瑠璃と陽子は瓜二つだった。お義母さんがセットしたのか、髪も渦巻き状にアップ、鼈甲《べっこう》のかんざしで留めていた。ぼくは暫し呆然と瑠璃の着物姿に見入っていた。いつか石田さんと義母も並んでいた。紫の地に白い菊をあしらった、母が学校参観日に着ていた見覚えのある着物で義母も着飾っていた。若返って見える義母が大理石の上で一回りしたのには少し度胆を抜かれた。瑠璃とお義母さんは、草履《ぞうり》ならぬサンダル姿には笑った。ぼくは玄関の扉を大きく開けると、下駄箱の上段から陽子とお母さんの草履を取り出して二人の前に並べた。岡本くんも二人を交互に眺めるが、戯れに石田さんをちらっと見て素知らぬ風を装っているのには苦笑する。

「瑠璃の着物姿は初めて見るけど、言葉に出来ないほど美しいよ！　ぼくには勿体ないくらい！」と瑠璃に言った。

　義父が起きてきたので近くの神社にみんなでお参りに行った。義母と義父の後ろから、岡本くん石田さん。瑠璃とぼくは少し距離を置いてしんがりを歩いた。着物姿の瑠璃は成人の日を迎える乙女に見えた。

「妹の振袖を着てくれてありがとう！　ぼくのために無理していない？」手真似と口話を交えて問いかけると「慎さん、変なこと言わないで。むしろ妹さんにありがとうと、心の中で言いながら選びました。私よりも若くしてお亡くなりになった事、言葉に出来ないほど可哀想で・・・」ぼくの腕をギューッと引き寄せて言った。

　義父から瑠璃を貰ってくれないか、と頭を下げられた時、当時の心境を吐露すると瑠璃さんに〝愛〟と言える語彙はぼくに存在しなかったと思う。今は、静謐な愛の形。淑子さんに対してぼくが望んでいた愛の形とは異なる、森の湖水のような寂静《しじま》のごとくな愛の形を瑠璃と、ぼくの精神《こころ》に確かめていた。瑠璃にごめんね！　と囁きながら。

　神社は元旦に参詣する人々でごった返していたけど、空間から放たれたぼくと瑠璃の心は二人だけの世界、白い瑠璃のうなじに、そおっと接吻《くちづけ》する。瑠璃もぼくの戯れに平然と委ね、しな垂れかかる。偶然振り向いた岡本くんと石田さんが顔を赤くして「群衆の只中で大胆な行為を、恥辱《はじらい》の辞書を持ち合わせていないのかしら!?」岡本くんが手真似と指文字を交え憮然とした表情で言った。

「そうか、知らなかった・・・」ぼくは瑠璃の肩に手を添えたまま、微笑を投げるように言った。四人はしばらくの間、哄笑していた。

　日暮れの道をぼくと瑠璃は先頭を歩いた。家の門に足を入れる頃、夜のとばりがつるべ落としに・・・。街灯と門灯が点々とぼくらの頭上を照らした。歩きながら影の映り変わりを眺めていたぼくの腕に寄りかかる瑠璃の影を指して「ぼくらはタイムマシンに乗って小人の国、巨人の国へ飛翔しているようだ」と呟くように言った。瑠璃は怪訝そうにぼくを見つめていたけど何も言わなかった。

　ソファーに体を沈める岡本くんに「今夜泊まらないか?」と聞いた。「明日、石田さんの祖父宅へ行くと聞いているけど、ドライブがてら瑠璃と車で送るから」。岡本くんは少し躊躇った後「ぼくの一存で決められないから、石田さんと相談してみる」と、石田さんの腕を取って廊下に出ていった。

「健さん、疲れたでしょう。食事にはまだ間があるから少し横になりますか、それともお風呂?」義母から言われ、ちょっと思案していた義父は「寝るほど疲れてないから、風呂に入る」ソファーからのろのろ腰を上げると風呂場に歩いた。

義父が居間のドアから出て行くのを見送りながら「今晩どうしましょう。二人を泊めるとなると・・・」思案しながらつぶやいた。瑠璃も食材に思いを馳せているのか義母と顔を見合わせていた。

「ここで立ち話してもなんだからキッチンに行ってみましょう」と義母が言った。

　冷蔵庫から取り出したヒラマサのブロック、朝盛り付けた刺身の大皿を調理台に置いた。ヒラマサ、鯛の刺身は粗方食べられ、赤貝と烏賊が二、三切れ大葉に乗っていた。

「これでは足りないな・・・。地下室の業務用冷蔵庫へ見に行きますか!?　正月前に会計事務所の秘書に頼んでおきましたけど・・・」

　ぼくは先に立って地下室に降りた。

「これらの貯蔵品は父が生きていた頃、来客と社員慰労を考えて揃えたと母が話していました。庭にテントを張って社員の家族を招き、バーベキュー大会を開いたことも往々にありました。また、子どもの頃、妹とぼくは隠れ家にして遊んだりしていました。地下室は頑丈に作られ、空気清浄機、室温湿度管理設備を備え、自然災害や万一の原子力発電事故（冗談ですが）を想定して移住空間も奥に・・・」と、ぼくは冷蔵庫のドアに触れながら言った。冷蔵庫から離れて「開けてご覧!」と、瑠璃と義母に場所をゆずった。

　鮪と鰤のブロック、烏賊を二杯冷凍庫から運んでキッチンに戻った。義母はフランス産ワインを遠慮がちに選んでいた。キッチンでは石田さんと岡本くんが手真似で話し込んでいた。地下室から戻ったぼくに岡本くんが開口一番「遅い・・・」と笑いながら手真似で言う。一緒にいる機会が増えると共に手真似がぼちぼち分かるようになるのが不思議。石田さんの持論は、「手真似は学ぶより盗め」と語っていた。岡本くんや石田さんと仲が深まるにつれ、二人の会話を見る機会が増えポチポチ手真似が理解出来て来たように思う。

「君たちが地下室に行っている間、石田さんと相談した結果、君の好意に甘えて泊めてもらうから、よろしく！」と言った。「そうか、賑やかな正月になりそう」とぼくが言う。瑠璃も横に来て喜んでいた。

四人でワイワイ話していると、風呂から上がった義父がタオルを首にかけて近寄ってきた。

「あんまり気持ち良くて、湯船に浸かっていたら屠蘇の酔いもあって縁にもたれうつらうつら、気がついたらぶくぶく沈んで溺れるかと・・・。湯船で黄泉に行くなんて洒落にもならん」笑いながら言うと、義母が物すごい剣幕でそばに駆け寄りざま、「健さん、笑っている場合。何度言ったら分かるの？　この間も、浴槽でアップアップ、瑠璃とやっと湯船から引き揚げ、救急車を呼んだのを忘れたの・・・。澪は、この歳で後家なんて嫌ですからね！」義父を〝きっ！〟と睨んだ。義母の剣幕に首にかけたタオルで顔を拭きながらにが笑いする義父が可笑しかった。

岡本くんとぼくが風呂から上がってリビングに行くと、準備が終わったのかみんなでTVを観ていた。瑠璃の隣に座ったぼくに、注ぎ口のある土器を向けて「神棚のお神酒よ」と、ぼくにささやいた。ぼくは膝立ちして義父義母、岡本くん、石田さんと注いでいった。最後に瑠璃とぼくの土器に注ぐと、お神酒の土器を掲げ、「明けましておめでとう。今年もみんなが健康でありますように・・・」と義母の音頭で乾杯！　乾杯が終わると義母と瑠璃がビールをグラスに注いで配った。

「遠慮なくどうぞ・・・」瑠璃は、ぎこちない手真似と指文字を使って岡本くんにビールを勧めた。義父の隣の石田さんは手真似の成り立ちを分かりやすく義父に解説していた。手真似に初めて接する両親を思って当たり障りのない話が空中を行き交う。その都度、石田さんが義父に通訳する。義母が首をひねっていると、ぼくが教えた。

「君達の手真似が速射砲のごとく空中で抗戦（ちょっと言葉が変だけど・・・）する時、母さんと俺は手真似の国へ迷い込んだガリバー。俺と澪は逆に疎外感を感じるよ。この疎外感は、慎一くんと岡田さん、石田さんが普段から受けている、差別とかスポイルによる哀しみが、塵のごとく堆積している。小さな理解で悪いけど、これから頑張って石ころ位にでも大きくなるよう努めるよ」義父が考えながらぼそぼそ言うのを、瑠璃が指文字と身振りで通訳していた。

　人は体験、あるいは経験することで異なった世界を理解していくのだと思う。勿論、経験したからと言って統べての人間が到達出来るとは限らないけど・・・。障害者と触れあい、言葉を交わすことで理解が広まっていくのだと思う。そういう意味から瑠璃と結婚（これだけでないが）した事で瑠璃の素晴らしい両親を得たことを、生きる道へ導いてくれた父と母、陽子に感謝したい。

「根本さんのお話に感動しました。ろうあ者の知り合いでは、一番に理解すべき親が哀しいことだけど、ろうあ者を分かっていない。コミュニケーションの手段に口話一辺倒の親がほとんどと岡本くんが言った。

　ろうあ学校の入学式の日、「ろうあ学校は口話教育を基本とします。家庭でも手真似を使わず口話で話しかけるように努めて下さい」と指導された親は家でも口話一辺倒。子供が親の話を理解しているのかは二の次。挙句のはてろうあ者もしらけ、解らなくても分かったと嘘を繰り返す。教育現場でも嘘を繰り返し、教科を理解出来ないまま社会に放り出される。どうしてかは知らないけど、石田さんは跳び抜けて難解な話でも、早口でまくし立てられても言葉を紡げる。次いで竜くん、ぼくは最低のどん尻。

　竜くんの手真似はぎこちない。瑠璃さんが本格的に手真似を学ぶなら石田さんに教えを乞うように勧めるよ。竜くんも石田さんに教わったから」語り終えた岡本くんは、焼酎をグラスの半分ほどを飲み干し〝ふう〜・・・〟とため息をついた。

　壁のからくり時計が二十二時を指すと扉から七人の小人が出てきた。義母が「お開き前に雑煮を温めるけど、お餅の希望を言って下さい」と言った。お餅は岡本くんが二個。残りは一個と決まった。義母と瑠璃がキッチンに下がる時、一緒に立ち上がった義父が先に休ませてもらうよ、と言って洗面所に消えた。石田さんが「私も手伝って来るわ！」と二人を追うようにキッチンに足早に向かった。岡本くんと残されたぼくが手持ち無沙汰に手真似で言おうとしかけると、「なあ、竜くん。今夜は難しい話はなしにしようや。正月ってこともあるけど、折角のほろ酔い気分を壊されたくないから・・・」と先手を打たれた。

「君がそう言うなら・・・」と、重箱に詰められたレンコンと里芋を皿によそい、レンコンを口に入れた。

「瑠璃さんで間違いないよね」岡本くんが指文字と身振りで言った。「瑠璃さんのお父さんの筋道だった話に、音のない世界に生きて来たぼくらに対して寛容がある。勿論、日常生活に於いて大波に襲われた時、人間の本性が最も現れるというから分からないけど、逆の見方が出来て、その事を例えて語ることはなかなか難しい事だとぼくは思う」

「ん、そうだね！　義父を介して瑠璃から結婚の申し込みがあった時、その時点で、ここだけの話だけどぼくは瑠璃に対して恋愛感情を全く持っていなかった。一旦一人になって考える時間をぼくは必要としていたから即答は避けた。いったん独りになって考える時間を作った。塙淑子に棄てられ、旅に出て、あてどなく車を走らせる・・・。あとはすでに語ったので端折る。

〟あてどなく旅に出たい
行先の知らない汽車に乗りたい
淋しい駅を見つけて降りたい
カラ松林を彷徨い歩く〟

作者不詳

慣れない手真似と指文字で肩が凝って来た。一休みして氷の溶けたバーボンを口に含んだ。

グラスを置いて顔を上げるとドアから瑠璃が小鉢をお盆に乗せて入って来るのが見えた。瑠璃を追いかけるように雑煮をお盆に乗せた石田さんが生真面目な顔をして入って来た。均整のとれたスタイルの石田さんは着物を着ると一層際立っていた。歩き方にも気品が感じられる。

ぼく達は静かな沈黙の中で、義母が味付けした、さっぱりした雑煮を堪能した。正月のバラエティ番組の後、TVはニュースを流していた。衝突事故を起こし無残に潰れたワゴン車が画面に映った刹那、突然、画面が切り換えられた。

「誰が切り換えたの?」と言ってリモコンを探すと、リモコンを握り締めた瑠璃が険しい顔でTVを凝視していた。みんなはポカーンと瑠璃をみつめた。瑠璃の表情を見た瞬間、すべてを理解したぼくは、岡本くんの肩を叩いて「この雑煮旨いだろ・・・」と言った。

「ん、サッパリして美味しい。雑煮にワカメを入れるのは初めて・・・」岡本くんが目尻を下げジェスチャーまじりの手真似で言うのが可笑しかった。

雑煮を食べ終わった石田さんに「由美さん、お風呂に入っていらっしゃい・・・」指文字と口話を交えて伝えた瑠璃に「ネエ、瑠璃さんもご一緒しません!?」石田さんが拝むように頼んでいた。

「そうね・・・。でも後片付けがあるから・・・」瑠璃が思案にくれているると、二人を見ていた義母が「食器は慎ちゃんに手伝ってもらうから、二人で入っておいで・・・」と助け舟を出した。時刻はすでに二十三時を過ぎていた。今夜も残り少ない時刻。見かねたぼくが「もうちょっとで日が変わります。食器はぼくが洗うから、お義母さんも・・・」と言って、義母の背中を押した。見ていた瑠璃が「ありがとう!」と、唇でぼくに合図《つたえ》る。

邂逅

　あくる朝、義母と義父には申し訳ないが留守番を頼んで、石田さんの祖父宅へと四人は車で出発する。石田さんはペーパードライバーだから外車なんてとんでもないとしり込み、瑠璃がハンドルを握り、道案内の石田さんは助手席に座った。ぼくと岡本くんは後部席に並んだ。東関道路から東京湾岸道路を通って、東京へ向かった。ディズニーランド舞浜駅付近で渋滞に巻き込まれもしたが二時間ほどで閑静な住宅地の一角に着いた。二百坪ほどの敷地に、御影石の塀に囲まれ鬱蒼と茂る樹木の奥に、年季を経過した檜造り平屋建てがあった。平屋から少し離れた場所に屋根を覆うほど樹齢を重ねた欅が静かに佇んでいた。

「せめてコーヒーだけでも・・・」引き留める石田さんの説得に瑠璃も諦めて、少しだけの誘いを受け入れた。

　玄関に祖父母、石田さんのお母様が迎えていた。通されたリビングは三十畳ほどの広さ、マホガニーのテーブルとソファーが暖炉を囲むように半円を描いて据えられていた。待つまでもなく、着物姿の四十代後半のお手伝いさんがお茶をお盆に乗せて現れた。お茶でほっと一息した時、石田さんが立ってみんなを紹介した。

「表札に気が付いたと思うけど・・・。私の祖父母の立花、隣が私の母です」一人ひとりに掌を向けて紹介。ぼくと瑠璃の傍らに立った石田さんが「竜さんご夫妻は、昨年学生結婚。大きな魚を送って下さった方です。瑠璃さんは高校三年生。四月から海洋大学に入学の予定です。竜さんの隣が岡本さん」石田さんから紹介されると瑠璃とぼくは立ち上がって祖父母に自己紹介と新年の挨拶をする。岡本さんは緊張しているのか、直立不動の姿勢を崩さず祖父母に向かって挨拶しているのが可笑しかった。石田さんの紹介がひと通り終わると、祖父が岡本くんに質問していた。仕事の事、家族の事など・・・。岡本くんは車から降りてから門構えに圧倒され、今もって緊張が解けていなかった。祖父の質問に、岡本くんは呂律が回らずしどろもどろ、石田さんが代弁していた。「彼はW大学経済学部卒業、M社の総務部勤務。四月で二年目を迎える」などと語った。岡本くんは石田さんが説明している間、しきりにハンカチで額の汗を拭っていた。

　運ばれてきたコーヒーは美味しかった。

「コーヒーはどなたが淹れたのですか?」瑠璃は石田さんに尋ねた。

「母が淹れました。母は学生の頃、バイト先の喫茶店のマスターに教わったそうです」

　石田さんの説明から充分納得出来る。瑠璃が肘でつつくので振り向くと「瑠璃も教わって、慎一さんに美味しいコーヒーを淹れてあげたいわ・・・」と囁く。ぼくは微笑を返しながら「でもね、瑠璃は大きな目標があるでしょう。瑠璃が今淹れてくれるコーヒーで充分。学業を疎かにするよりも・・・」と言った。

コーヒーを飲み終わったぼくはカップをテーブルに置いて、瑠璃にお暇する合図を送った。コックリ肯いた瑠璃が石田さんのそばに行って話すと、「和室にお昼の支度があるから食べて頂戴！」と言われた瑠璃が困惑げな顔をぼくに向けて「どうしましょう・・・」と呟いた。

瑠璃とぼくの小声に祖母が「どうしましたか？」と石田さんに尋ねていた。石田さんから説明を受けた祖母が祖父に伝えていた。石田さんは瑠璃の手を握って、祖父母の話が終わるのを待っていた。ややあってソファーから立ち上がった立花さんが二人のそばに来て、瑠璃を引き留めている様子。立花さんはぼくに背を向けて立っていたので、瑠璃と話している立花さんの唇が読み取れず会話の内容が分からなかった。ただ、瑠璃の困惑する横顔から家で待つ両親に思いを馳せていることが理解出来た。ぼくをチラッと見て、無理に笑顔を作りウインクを送って来る。そんな瑠璃からぼくは視線を外せなかった。

「分かりました。両親に電話してみます」立花さんに伝えている言葉から瑠璃の気持ちを察したぼくは全てを瑠璃にゆだねね口をはさまなかった。

運命とは皮肉でもあり幸運ともいえる・・・。

結局引き留められたけど、両親の事が心配なのだろうに、ぼくの右腕に絡んだまま俯いていた。

「初めから送ったら引き返す予定だから断っても構わないよ。ぼくに気を使っているのなら、ぼくが断って来るよ！」ぼくが言うと、「いいの、母には電話で伝えたから心配しないでね。立花さんも私と代わって受話器に、低姿勢で母に懇願していたから・・・」

「正月はぼくの家でのんびりしていただこうと思っていたのに、ごめんね！　後でお詫びしなくては・・・」瑠璃に囁くように言うと、返事代わりにぼくの右腕を締め付ける。

「準備が整いましたからどうぞ・・・」石田さんのお母さんがぼくたちに向かってゆっくり告げた。ぼく達は石田さんについて和室へ行った。和室の中央に大きな堀炬燵が置かれていた。炬燵の上に刺身が盛られたお皿が左右に置かれ、卓の上にお節料理が所狭しと並べられていた。

床の間を背に立花さん。右側に祖母、ぼく、瑠璃。左側は石田さんの母、岡本くん、石田さんの順に座った。ビールで乾杯！　瑠璃だけウーロン茶で乾杯していた。見かねたぼくが、瑠璃の膝に手を添えて「ゴメンね！」と囁いた。

立花さんがグラスを持ったまま、「根本さんが送って下さった大型魚・・・ヒラマサでしたか？　家内も娘も魚は捌けますが、ヒラマサは大きすぎてお手上げ、仕方なく贔屓の割烹に電話して、大将に頼みました。ヒラマサは刺身、兜煮、酢の物。根本さんに感謝を込めて料理全般に使うよう依頼しました」

「そうでしたか、我家も父母が疲れて処理が億劫な時、割烹に持ち込むか漁港で大将と価格交渉、売却します。同じ割烹でも田舎と都会では比較になりませんけど。漁村ではこれほど高級に調理はしません」瑠璃は微笑みを浮かべて説明していた。

「そうですか、ヒラマサの魚体にどことなく威厳がありました。多分、一生に一度あるかないかでしょう」立花さんの語り口は衒《てら》いも誇張もなく見ていて清々しかった。

「それとヒラマサは慎一さんが釣りました。暮れに私の父と慎一さんが仕事仕舞いの後、正月用にと船を出し、このヒラマサと岡本さんに送った勘八、鮃などを釣りました。大魚でしたから送りました。喜んでいただけて幸いです」瑠璃はチラッとぼくを見て嬉しそうに話していた。

　ヒラマサの話が一段落した後、立花さんが改めてみんなの健康を祈る乾杯の音頭を行った。

　立花さんは瑠璃が説明するヒラマサの話に熱心に耳を傾け、時折ぼくの顔にチラリと目にやり、訝しげ考え込んでいる様子。石田さんは読話の苦手な岡本くんに手真似と指文字を巧みに使って通訳していた。瑠璃の話に区切りがつきかけた時、立花さんがぼくに向き直ってから、残り少ないコップのビールを飲むとグラスを卓に置いて改めてぼくに語りかけてきた。

「竜さんとおっしゃいましたね。不躾ですが、お父様はＩＴ会社代表取締役 竜 龍彦氏でしょうか？」

「ええ、そうですが、父の事をご存知ですか!?」ぼくは、立花さんを凝視《みつめ》た。

　横で聞いていた瑠璃も石田さんも〝ぽか～ん〟と立花さんとぼくを交互に見つめる。

　立花さんはぼくの返答から腕を組み深刻な顔で考え込んでいた。自分でコップにビールを注ぎ半分ほど飲むと、改めてぼくを正面から見つめた。立花さんは自問自答しつつぼくに向かって穏やかに語りかけた。みんなは不思議そうに立花さんとぼくを見つめ杭を打たれたように動かなかった。

「【竜】の苗字がこの国にどれほどあるか調べていないから分かりませんが・・・。それで、竜 龍彦氏のご子息と結びつけるのに躊躇っていました。竜さんが、あまりにも明るい笑顔を振りまいておられるから、竜 龍彦さんのご子息と結びつけて良いのか迷いもありました。竜 龍彦氏とは生前、直接語り合ったことは数えるほどしかありませんが、ＩＴ会社を設立、瞬く間に中堅企業に育て上げた経営手腕は業界で広く知られていました。私の仕事は由美ちゃんに聞いていると思われますが、かつてＭ銀行頭取、今は頭取を譲り顧問を務めています。その関係もあって竜 龍彦氏の事は同業者の集まりで自然に話題に上り知る事になりました。
ＲＩＹＵＵ株式会社は無借金経営の上、毎年規模を大きくしてきました（竜氏歿後成長が鈍化しているのが気になりますが）。竜氏在任中株式を上場していませんが、上場の場合、一株三万五〇〇〇円は下らないと予想されていました。株式上場の噂が真実味を帯びた矢先、竜社長の訃報があり立ち消えになりました。竜社長亡き後、現経営陣は守りの姿勢に舵を切り、成長戦略から撤退しました。凄まじいスピードで変革するＩＴ業界にあって、守りの経営に舵を切るようでは会社の将来は見えています。

竜さんの事は由美ちゃんにぽつぽつうわの空で聞いていました。「竜」の姓は珍しい、だけど由美ちゃんの知人の姓が「竜」であっても竜　龍彦氏と結びつけるには「竜　龍彦氏」が余りにも偉大で・・・竜　慎一さんには申し訳ないことをしました」

「改めて、ご両親を亡くされた竜さんにお悔やみ申し上げます。ご家族を亡くされ、聴覚も失ったと聞かされた時、神も仏もないのか？　と暗澹《あんたん》たる思いでした。話が横道にそれますが、奥様が海洋大学に合格されたと由美さんから聞きました。経済あるいは経営を学びＲＩＹＵＵ株式会社に入社する。あるいは、竜さんが大学院で経営学を学び、大株主として経営にタッチする。瑠璃さんは秘書兼通訳者として竜さんの耳の代わりをされる。現経営陣に能力がなくても、生前竜　龍彦氏が自ら面接して採用してきた若い社員は粒揃いだと考えられます。竜さんがトップに立てば、これらの社員が今以上に能力を発揮すると私は確信しています。私の銀行もＲＩＹＵＵ株式会社をバックアップ、お互い成長戦略を描けると思います」そう語り終えた立花さんは、高揚感と心地良い疲労感からグラスに手を伸ばし美味そうにビールで喉を潤した。

瑠璃が車を車庫に入れをすませると、瑠璃と腕を組んで石畳を玄関に向かった。エンジンの音を聞きつけたのか、玄関のドアが大きく開かれ、ドアを押さえた義母が手を振った。義母の後ろから義母に覆いかぶさるようにもたれた義父が右手を上げ、〝オオィ！〟と叫んだような気がした。この時、爽やかな風が吹いてぼくの頬を愛撫、瑠璃のスカーフと戯れた。

瑠璃が防寒コートをクローゼットにしまう間、ぼくは留守番させた義父母に石田さんの祖父に引き留められ食事した経緯を話した。

「食事はどうしたの？」戻って来た瑠璃が義母に聞いた。

「健と二人だから、雑煮を肴にビールを飲んですませたよ。ビールと雑煮の取り合わせも悪くなかったわ！」義母が幾分はしゃぎながら言うと「もう私の親ながら開いた口がふさがらないわ！」瑠璃はぼくに愚痴った。

「それに婿殿が不在、飲んでも酔えないからな〜・・・」そばで黙って聞いていた義父が戯れに呟くのが可笑しかった。

「愚痴を言うなんてお父さんったら・・・」と、瑠璃が珍しくむくれた。

「それでは飲み直しますか。瑠璃もジュースとお茶でモヤモヤしているらしいから・・・」ぼくも戯れに言った。

瑠璃と義母が簡単な肴を準備する間、ぼくはシャワーを浴びる。裸になって温水を頭から浴び、断続的に吐き出されるお湯に物足りなくなったぼくは湯船に浸かりたくなった。片面だけ蓋を上げ浴槽に入る。しばらく浸かっていると体の中からジワーッと温まって来る。眼を閉じていると一日の出来事が走馬灯のように流れた。立花さんの語る父が生きていた時の、ぼくの知らなかった父の像がフラッシュバックのように次々と流れていく。父が設立したRIYUU株式会社の名前を初めて知ったこと。父が亡くなった後、RIYUU株式会社が成長路線を放棄、守りの経営に舵を切った事など。だけど、会計事務所からの報告書を読む限りそれらの具体的な記載はなかった。

肩を揺すられ首を仰向けると瑠璃が心配そうに覗き込んでいた。

「シャワーがあまりにも長いから心配で来たのよ！　うつらうつらしていて溺れたら・・・瑠璃は、どうすればよいの？」と、べそをかく。

「あっ、ごめん！　瑠璃は世界で一番可愛くて美しくて、心優しい女だから・・・」と言いかけたら「慎さんの意地悪！」浴槽から出たぼくの胸を叩いて、ぽろぽろ大粒の涙を流す。

言い過ぎたと後悔したぼくは、瑠璃を抱き寄せ、ただ「ごめん、ごめん、ごめんね！」と耳元に囁き続ける。ぼくらはそのまま立ち尽くしていた。ぼくの胸に響く瑠璃の鼓動が、漣から凪に変わるまで・・・。

「お義母さんが呼びに来たら心配するから、瑠璃ちゃん顔を洗ってね」

「ん・・・」とうなずくと、瑠璃は洗面台のボウルに向かって顔にお湯をかけていた。パジャマに着替えたぼくは、瑠璃と共に浴室を出た。

リビングに刺身や煮物、蛸と胡瓜、ワカメの酢の物などが並んでいた。義母と瑠璃の手にかかると簡素な材料でも豪華な肴が出来上がり魔法にかけられた気分。義母と瑠璃はワイン、義父とぼくはバーボンロックで乾杯する。瑠璃は、瞬きする間もなくワインで頬をポワ〜ッと紅く染める。ワイングラスをテーブルに置いた瑠璃が、身振りと石田さんに教わったばかりのぎこちない手真似を義母に披露する。ぼくは今日一日の出来事を、バーボンと氷を撹拌しながら静かに義父に語る。ちょっと流れを堰き止め、ワインを一口口に含んでは、ぎこちな独り舞台を演じる俳優のように手真似と身振りを、いながら義母に伝える瑠璃を観ていた。瑠璃の物語から去来する意《おも》いは三者三様でも、あの日から六年の歳月を振り返ると、ぼくにとって今この瞬間は至福の時と思い至る。瑠璃とぼくの愛の形は漸く一つに、と確信しつつ蛸の酢の物を箸で口に入れた。

立花さんの語った事を再現する区切りがつきかけた時、ほろ酔い気分で聞いていた義父が穏やかな表情で「経営云々と慎一くんと瑠璃に提案した立花さんの話を、慎一くんと瑠璃がどんな風に受け止めたか聞きたいが良いかな？」義父の唐突な質問に瑠璃の身振りも手真似も急ブレーキを踏んだ車のように停止する。

「・・・」ぼくと瑠璃は即座に言葉が出てこない。俯いて消沈する瑠璃の様子に全てを悟ったぼくは義父に向き直った。

「立花さんの話を聞いて瑠璃なりに考えるところがあると思います。ただ誤解しないで欲しいのは、瑠璃の考えは純粋にぼくへの心配り（突き詰めて例えれば回復の見込みがない壊れた耳を背負うぼくへの思いから）から来ています。お義父さんに瑠璃なりの理想を語った後だけに辛いと察しています。理想とは語るそばから離れて行くし、受け止めた者からも離れていくとぼくは思います。何故なら思想は個と相入れない生き物だから。

さて、立花さんの話を振り返りつつ、ぼくが考えた事は、大学院で全く畑違いの経営学を専攻、ＲＩＹＵＵ株式会社を引き継ぎ、父の理想とする会社に成長させる、あるいは、父が目標に置いた一段も二段も上を行く会社へと改革する、それがぼくに可能かは疑問です。

多忙な会社経営に携わり定刻に帰宅、家族と食卓を囲み、母にこよなく愛情を、ぼくと陽子の話に真摯に耳を傾けることを怠らなかった父は、働く社員に対しても時間外労働を強いらなかったと、ぼくは父の膨大な書籍を前に想像します。若い優秀な社員の協力を得てもぼくに統率出来るかと問われたら即座に「ＮＯ！」と答えるでしょう。父の事、会社の事、路線変更の現状を憂う立花さんの思い。進路を捻じ曲げた航路の舵を切り替える。ぼくが経営あるいは経済学を学びＲＩＹＵＵ株式会社の経営にタッチする。先ほど風呂に浸かって考えて見ても堂々巡り、夢うつつにうとうとしてしまいました。瑠璃の生き方（夫婦は一心同体云々は理想ですが、ぼくらは日常生活以外、個々を尊重する考え方を理想としています）を犠牲にする事はあり得ません。勿論、二人で話し合わなければいけない事はたくさんありますけど・・・。でも、お義父さんの質問は別の所にあるとぼくは思っていますが・・・」

カラカラに乾いた喉が休息を求めていた。ぼくは語るのを一旦打ち切り、氷山の溶けたバーボンで喉を潤した。ぼくにもたれかかった瑠璃は、ぼくの掌を自身の膝に重ね柔らかな掌で愛撫していた。お義母さんはワイングラスを片時も離さず、時折チョコレートをつまんでは口に入れていた。静かに

（音のない世界の住人でも）、だけど春の風のように爽やかな沈黙がぼくら、新しい家族を包んでいた。ぼくが十七年間共にした家族と生きていた時と異なった風景がそこにはあった。いずれも幸せな家族（愚かなぼくは気づかなかったが）の形と改めて思う。

「さて、立花さんの提案に対して瑠璃もぼくも現時点では結論を出すまでに至っていません。ヨハネ福音書『太初に言葉あり　言葉は神とともにあり・・・』の問題がぼくの中でいまだに燻っていますが・・・。これから大学院に進み『神学』を学ぶか、ろうあ学校教職資格取得を目標に、あるいは立花さんの案を考慮して、経営あるいは経済を学ぶか。現状のぼくの心の中を覗いてみるなら宇宙のように混沌とする状況にあるでしょう。ぼくのささやかな望みを吐露すると、お義父さんと遊漁船に乗りたい。でも、ぼくの中で相反する意見の静かな戦いも・・・。そして、立花さんに邂逅したことは不思議っていうか、両親の導きと考えてみたりもします。現状は全て混沌としています。一つだけ現実のこととしてあるのは瑠璃さん、ご両親の平安につきます」。ぼくは唐突に話を打ち切った。寂寥感と自身に対する失意、得体の知れない怪物に拉致されそうな恐怖に捉われていた。瑠璃は混沌とするぼくの胸の内を察したのか、ぼくを守るナイトのように指を絡めてきた。

義父は唐突に打ち切られたぼくの話を回想しているように思える。掌に乗せたグラスを、ゆうらんゆうらん波に弄ばれる小舟のように揺らしながら、氷とグラスがぶつかる音に耳を傾け、バーボンをちびりちびり口に含んでは吐息を漏らしていた。それからぼくにジェスチャーで「おいでおいで・・・」と手招き、いったん考え、言葉を紡ぎ・・・「ポツンポツンと言葉を発っした。

「なあ、慎さん。瑠璃もそうだろうけど、大きな誤解をしているんじゃないかと思っている。俺と澪も二人に望むこと、否、ただ穏やかな家庭を築いて欲しい、それだけだよ。瑠璃が語った夢とか、慎さんが熱意を持って話していたことに路線変更があったとしても、俺にあーだこうだと説教する資格なんてこれっぽっちもありはしない。俺と船に乗りたい・・・気持ちは有難く引き出しにしまっておく」眼尻に皺を作って瑠璃とぼくに語った。一呼吸おいてから、「なあ、澪さん。ここにある飲料（まあ、ほとんどお酒だけど・・・）、澪さんと世捨て人になろうとも、ローレライの詩ほどにも蠱惑《こわく》的な生涯だったと澪さんに心から感謝の言葉を忘れないように・・・」

唐突な義父の言葉に、義母は〝ポカ～ン〟と・・・。でも、察しの早い義母は「そうね・・・。ここを占領しちゃおうかしら・・・。庭の芝生を剥がして畑にして、大きなガラス張りの温室を造って花を植えて卸したりして・・・。健がワゴンに積んで売り歩いてもそれなりに楽しいわね。毎朝、大丈夫かしら、ポンコツのエンジンは津波を切り裂けるかしら・・・。と、気もそぞろに小さくなる艫に手を振るのに比べたら、心的に楽だから・・・」義母が笑いながら言った。「慎さん、飲めよ！」義父はバーボンのボトルをぼくに突き出した。

「ハイ、いただきます！」ぼくは、グラスを差し出した。

義母はワインボトルを両手にそえて、瑠璃のグラスにトクトク注いでいた。

ぼくらの新しい家族はこんな元旦を過ごした。時計が午前のメロディーを奏でる頃まで至福の時が刻まれて行った。義母と瑠璃が入浴のため浴室に消えた後、義父とテーブルを片付けた。リビングの片付けが一段落した後、食器はぼくが洗うからと義父を寝室へ押し出した。食器を洗い終わってキッチンの椅子に座ったぼくは、調理台に頬杖を付いてしばらく考えるでもなく〝ぼ〜っ〟としていた。それから洗面所で歯磨き粉をブラシにたっぷり付けた。義母と瑠璃は浴槽に首まで浸かって、庭の電灯の光にぼーっと聳える森の壁に眼をやりながらどんな会話をしているのだろうか？　ただ、闇に灯る街灯を見ているのかしら？　今夜はあいにくの曇り空。月は雲に隠れていらっしゃる。

磨き終わったぼくは寝室のドアを閉めるとベッドに横たわった。スタンドを点けて「ノルウェイの森」を読む。

夢を見た。妖艶な女が裸体を押し付ける。誰だろうと抗い、女を見るが、簾《すだれ》のような黒髪に拒まれる。〝誰・・・〟と抗い追い払うが、裸体は梃《てこ》でも動じない。抗いのたうっていると、揺すられ目を開いた。片手で体を支え、眉間に皺を刻み、ぼくを覗き込む瑠璃の哀しげな眼が見えた。幼い乳首をさらしたまま・・・。

「変な夢を・・・」覗き込む瑠璃の項《うなじ》に手を回し、ぼくの傍らに引き寄せる。

一月四日、区役所に四人で婚姻届けを提出しに行った。空は透明の碧、陽は燦々と輝いていた。帰り道四人は手打ちそばを食べた。夜はなじみの寿司屋へ、カウンターに並んで座った。義母義父、瑠璃とぼくは小さな笹船に乗って川の流れのように下駄に置かれる寿司をつまんでいた。

翌朝、南房に帰るという両親を車で送って行った。電車で帰るという義父を宥《なだ》め、東関道から館山道をゆっくり走った。その日もぼくらの家族のように穏やかな陽が雲間にかくれんぼしながら差していた。時折、雲間の小さな隙間から一筋の曙光が路面に照射してはフーッと消えた。運転するという義父にハンドルを任せ、瑠璃とぼくは後部座席で肩を寄せ合って、東京湾の移り変わる海を眺めていた。

あくる日、南房総から帰宅したぼくと瑠璃は一日中そばを離れなかった。瑠璃の海洋大学、ぼくの大学院編入試験。それに先立ち立花さんの話をとことん話し合った。

「慎一さんが考えている「ヨハネの言葉」「経営・経済学」どちらも慎一さんにとって大事な問題でしょう」瑠璃はゆっくり言葉を区切りながら言った。

「ん・・・」

「あくまでも私の考えだけど・・・。立花さんの話に加え、慎一さんに新たな問題が発生。体が幾つあっても足りないのではと、瑠璃は心配しています・・・」

「どんなところが・・・」ぼくはチョット首をひねりながら言った。

「怒らないでね！」

「瑠璃がぼくのことを思って心配しているのは分かるけど、問題は瑠璃とぼくの未来のための設計だと思うが・・・」ぼくは、瑠璃の手を握りしめながら言った。

「でも、お父様が未完成のまま残された会社。慎一さんと一緒になりながら学生の身分を維持出来るのは、お父さまがIT会社を残して下さったおかげもあるから・・・」呟くように言った。

受験勉強の合間、瑠璃（慎一さんの通訳者になるわ・・・）と会計事務所に足を運び、父が会計事務所と契約した資産管理帳簿を徹底的に調べた。RIYUU株式会社を設立した時のメンバーは、現代表取締役社長倉田三郎氏を加えて五人（社員は除外）。発行株式数の過半数以上を父が保持、残りを四人に均等に分配。会計士の話では、専務取締役鳥谷 茂氏と倉田三郎氏は元々対立、株の分配状況から父の慎重な姿勢が窺え、ぼくの知らない父の一面を改めて考える。

資産管理帳簿に眼を通した限り、会計事務所の管理に不自然な所はなかった。銀行利息にはやや疑問を感じた以外は。遺産相続でかなりの額が税金に毟《むし》られたことを考慮に入れても、この程度の目減りですんだ事は郷田会計士の尽力の賜物であり、僥倖と考えなければならない。父の会社のことは郷田氏と相談することにして会計事務所の帳簿調査を終える。これからのことは大学院編入試験後に持ち越し、進路を瑠璃と真剣に考えようと思う。元M銀行頭取立花氏と知り合ったことも報告する。郷田氏は飛び上がるほどビックリ、しばらく沈黙していた。

瑠璃は資産に目を丸くしていたが何も聞かなかった。


梅の花が散り、桜の蕾に枝がたわみ始め、風が強く吹き荒れる寒気の強い四月初旬、瑠璃の入学式に付き添った。義父母の参列を瑠璃は電話で懇願していたが、乗込み鯛の季節、常連客の問い合わせが殺到、休魚は出来ないと涙ぐんでいた。

入学式の夜、行きつけの寿司屋で瑠璃と二人でささやかな海洋大学入学を祝った。

「瑠璃さん、入学おめでとう！」ぼくと瑠璃はビールで乾杯！

「慎一さん、ありがとうございます。これからてんてこ舞いになるけど、瑠璃をよろしくネ！」椅子を反転した瑠璃は膝に手を置いて頭を下げる。

「こちらこそよろしく！」瑠璃に倣ってぼくもお辞儀を返した。「お坊ちゃん、何のお祝い？」カウンターで寿司を握っていた店主が声をかけてきた。

「あっ、聞いていたのですか・・・。瑠璃さんは、ぼくの家内だけど海洋大学に入学したお祝い」と、返事する。

「ご家族のことは本当に残念だけど、綺麗な嫁はんを貰って・・・。良かった良かった・・・」目頭を押さえて言うと「今夜は俺におごらせな・・・」と、奥の方に声をかけた。主の声を聞きつけて暖簾をかき分け、還暦を終えたらしい白髪混じりの女性がぼくと瑠璃のカウンターの横に立った。

「あら、坊ちゃん、お久し振り。お元気でしたか？」と、ぼくに言った。

「おい、竜さんが、嫁はんをもらったそうだ」女将さんに言うとビールを持ってくるよう頼んでいた。女将さんは慌てて奥に引っ込んだ。女将さんが消えると「刺身を盛りつけるから待ってな！」大将が言うと包丁を取って魚を捌き始めた。小ぶりの皿に多彩な刺身の盛り付けを、瑠璃とカウンター越しに眺めていた。大将の手際に見とれていると肩をポンと叩かれ振り向くと岡本くんが立っていた。後ろに石田さんが片手を上げて立っていた。腕に水色のコートを下げ、菖蒲地に白い水玉模様のワンピースを着ていた。今夜の石田さんは健康そうな素顔をしていた。瑠璃はびっくりして慌てて椅子から立ち上がって二人に挨拶していた。瑠璃には黙って義父母が欠席する代わりに連絡したらしい。二人は瑠璃には黙って
「カウンターだと手真似では首が捩《よじ》れるから座敷に替えてもらおう」岡本くんの提案に、大将は親指を立てた。それから今夜はポケットマネーで清算しますと大将に伝えた。岡本くんと石田さんが壁を背にして座った。「石田さんに手真似を教えていただくから・・・」瑠璃は石田さんと対面の場所を選んだ。

「瑠璃さん、入学おめでとう！」ぼくが注いだビールをテーブルに置くと、石田さんが手真似でお祝いの言葉を言った。それから岡本くんの音頭で乾杯した。

「瑠璃さん、国立はすごいです。オールラウンドがこなせない私は私立以外選択肢がありませんでした」石田さんが手真似で表したら「石田さんの手真似は活動写真のパッパッのように早くて、目が回って良く分からなかったの、もう一度ね！」瑠璃が哀しい表情を向けて言った。石田さんはグラスを座卓に置くと懇切に教えていた。石田さんの巧みな教えに瑠璃も両手を使い真剣に真似していた。

　刺身も鰺の酢の物も美味しかった。料理の追加を頼み、岡本くんとぼくはビールから冷酒に変えた。瑠璃も石田さんの薫陶を受けて、普通の会話からぎこちない手真似を使っていた。石田さんの手真似指導が巧みなのか、瑠璃は真剣に石田

さんの手真似から言葉を紡いでいた。岡本くんは四月から企画部配属の辞令を受け、総務部雑用係から解放されるとうれしそうに言った。石田さんも主任の肩書がつき〝忙しくなりそう！〟と愚痴と欣喜雀躍の表情を隠そうともしない。聴覚障害者の初めての抜擢とあって内心満更でもない様子。虐げられてきた聴覚障害者のためにも、もっと喜んでも良いと思う。

「明日から成人の日を入れて三連休。予定がなければ泊まらない？」石田さんに聞くと、横で聞いていた瑠璃も「ぜひ泊まって！」と勧める。石田さんは隣の岡本くんに人差し指を立て左右に動かした。岡本くんはすかさず満面の笑みを浮かべて親指を立てる。

「この人、竜さんの家に泊まるのに目がないのよ！　遠慮ってものがないんだから・・・」とブツブツ言いながら、「私も竜さんの家なら気楽になれるけど、それに瑠璃さんと親しくなれて・・・」とまんざらでもなさそうに呟いていた。

「瑠璃さん、大将に握りを四人前包んで貰って」とぼくが言った。

「慎一さん、包むより桶がいいわ。私と石田さんが出来るまで待っているから、先に帰って岡本さんとお風呂に入っててね」

ぼくは〝ＯＫ！〟と親指と人差し指で○を作った。俎板《まないた》で忙《せわ》しなく寿司を握る大将に片手を上げて、「じゃ、また伺います」と言うと女将さんが暖簾をかき上げ、エプロンで手を拭きながら出てきた。

「お坊ちゃん、時々元気な顔を出してね」と言った。

「ハイ、瑠璃と連れ立って食べに来ます」と、ぼくは答えた。

岡本くんとぼくは先に寿司屋を出た。ガラス戸を開けて外に出ると、冷たい風がサーッと首筋を通りすぎた。慌ててコートの襟を立て暖簾をかき分けると後ろ手にガラス戸を閉めて外に出た。灰色の空は突風に薙ぎ払われたのか雲ひとつない天上に満月が煌々と輝いていた。ぼくらは住宅街から自宅へ森を目印に歩いて行った。玄関の石段を上がりフロアに立った時、〝ポン！〟と肩を叩かれて振り返ると、石田さんと瑠璃が腕を組んで笑っていた。

「お寿司は？」ぼくが聞くと「女将さんが後で配達するからと・・・」瑠璃はいたずらっ子のように石田さんの手を握って言った。

「瑠璃さん、お母様に聞いたけど、教会に通っているの？」石田さんと瑠璃が風呂上がりの火照った顔を向けてリビングで缶ビールを分け合って飲んでいたら、石田さんが唐突に質問して来た。

「エッ！　私が礼拝に行っていると、母が話していた？」瑠璃はコップを持ったまま訝しげに石田さんに問い質した。

「正確に言うと、あなたが幼い頃、お母様に連れられて教会に通って、皆さんと讃美歌を唱和、牧師さんの説教を聞いていたと・・・」

「ああ、そんなこと・・・」瑠璃はにこやかな表情を崩さず、石田さんが語る手真似まじりの話に耳を傾けていた。石田さんが語り終えると穏やかな表情で「その通りよ。でも母はともかく、私はキリスト教に全くといって良いほど影響は受けていません。旧約聖書の朗誦の時、母は私の耳を両手で塞ぎました。その時、何で耳を塞ぐのか理由が分かりませんでした。聖書を読めるようになってから母が私の耳を塞いだ意図を、私なりの解釈で納得しました。新約聖書の朗誦は少し大きくなってから教会で聞くようになりました。勿論、新旧約聖書は個人的に読破しましたが、中学の頃から母の懇願に負けてたまに礼拝に行きました。でも、石田さんに申し訳ないけど信仰の道を選ぶことはありませんでした。慎一さんと婚約して以後、母の頼みでも私自身が教会の扉を押すことはありませんでした」語り終わって一息つくと、瑠璃はキッチンの方へ歩いて行った。しばらく待っていると、両手にワインボトルとグラスを持って戻って来た。ボトルと栓抜きをぼくに渡し、グラスは石田さんに差し出した。その後キッチンに戻り、トレーに氷ポット、グラスを乗せて戻ってきた。洋酒ラックの扉を開けてバーボンと焼酎のボトルをテーブルに置くとぼくのそばに座った。グラスにポットの氷を落とし「岡本さんはどちらにしますか？　と尋ねた。一連の動作を能楽師のように動いた。

「ぼくは焼酎を・・・」岡本くんが手真似で答えると、瑠璃は焼酎のボトルをとって作り始めた。

ぼくらは静謐な短い沈黙を受容、グラスに注がれた琥珀色、透明な色彩、深紅の液体の香りをそれぞれ楽しんだ。

「母はあの頃、心を病んでいたというより・・・」グラスを置いた瑠璃は手真似と身振り、指文字（こちらの方が使用頻度が多かった）口話を操《あやつ》り、再び懐旧の時間を歩みながら、衒《てら》いも強調も偽りもなく淡々と語り続けた。

「母は津波にすべてを攫《さら》われ、心・肉体・過去・未来を喪失。戦場に放り出された女《ひと》では、と私は思っています。ギャンブル以外、生活費を稼ぐ手段を放棄した父は、一日一日と成長する母のお腹の命に直面しながら、命の〝ために〟と、自分を偽り、刃を突きつけ出奔、賭けに出ました。でも、母は未知の事態に混乱する精神を鎮め、対応することが難しかったと思います。すべてを放棄した母は実家に戻り、周りと両親の白眼、無言の非難に耐えるのは、たとえ選択した責任が自身にあったとしても屈辱だったのでしょう。孤立無援の状態に困り果て岸壁に立っていた時、偶然通りかかった女性に伴われ連れて行かれた所が教会でした。私は教会で産まれ、尼僧のお世話になりました。数年後、父が実家を探しあて、実家の物置小屋のようなところで母と暮らすまで、私は教会を遊び場にして育ちました。母の心の中は様々な考えや思いが錯綜し混乱、無意識の中で教会に通っていたのでしょう。

現在《いま》、母の心の中をかき分け、父に対する複雑な錯綜がいまどのように変わったのか私には分からないし理解できません。だからと言って強いて理解しようとは考えません。二人の問題の回復は母と父次第と考えています。でも、慎一さんの問題は本人の努力をあざ笑うかのよう不透明のまま。勿論、私が指をくわえ傍観しているわけではありませんけど・・・。初めて慎一さんが私の家にお泊まりになったとき朧《おぼろ》に理解しました。聖書の正しい解釈が出来るのは、ほんの一握りの人間に過ぎないと何かの本で読みました。聖書ほど様々に解釈され、解釈の異なる指導者は「自分こそ正しいキリストの路を・・・」と、別の教会を創りました。聖書がまとめられ二〇〇〇年に満たないその間、星の数ほど分裂しました。

聖書からなぜイスラム教が創設されたのか、カソリックとプロテスタントに分裂したのか私は知りません。


〝太初に言葉あり言葉は神と共にあり言葉は神なりき〟

新約聖書ヨハネによる福音書　第一章一節

さて、慎一さんに神の言葉は届かず、私の声も慎一さんに聞いていただけない。そんな慎一さんを蚊帳の外に、私が神と約束するのは罪なことでしょう・・・」

瑠璃が指文字を収めて終止したとき、頬を伝わって一筋の雫が膝に落ちた。哀しみとともに平安な安堵感が瑠璃の全身から漂っていた。瑠璃の瞼に透明な水玉があふれてくると指文字に休息を与えた。石田さんから優しい微笑が瑠璃に投げかけられた。瑠璃のグラスを静かに手に乗せた石田さんはボトルからワインを注ぎ入れて、〝ハイ!〟と、瑠璃に手渡した。

静謐な湖に横たわり、バーボンを呑み、鮪の握りを指でつまんだ。その刹那、瑠璃の瞳から放たれた自然なインスピレーションが、ぼくをある確信へ導く。そして、より深い愛を瑠璃に見い出す。

神もなくしるべもなくて
窓近くを婦の逝きぬ
　白き空盲ひてありて
　白き風冷たくありぬ

独りのころ幾度となく呟いた、中原中也の「臨終」を呟くことはないだろう、と。

石田さんはグラスを瑠璃に掲げ、静かに唇へ運んだ。それから視線は岡本くんに流れ、優しい微笑を送る。柔らかな空気がぼくらの頭上で優しく抱擁する。時計は刻々と秒針が動き、時は静かに流れた。この日から、ぼくが口ずさむ中原中也の歌詞は「臨終」から「湖上」に変化した。

海洋大学の講義が始まり、瑠璃もぼくもにわかに忙しくなった。大学院の講義が開始されると、瑠璃は五時過ぎに起きて朝食の支度、弁当の準備に忙しかった。朝食はご飯に味噌汁、鯵の干物に卵焼きが付いていて瑠璃はキッチンを駆け回った。

「和食は手間がかかるから朝はパンですませよう」キッチンを飛び回る瑠璃を見かねて声をかけると、「あらごめんなさい！　慎一さんに辛いと思われるようでは私って駄目ね！」とペコリと謝る。

「謝るほどではない、瑠璃が体を壊さないかと・・・」

「ありがとう、でも、辛いなんて思ったことはないの。慎一さんにご飯を作って上げられるのが嬉しいの！　だから心配しないで・・・」瞼に零れそうな涙を湛えていう。

朝食は美味しかった。味噌汁は出汁もしっかりして、具も三、四種類入っていた。一人暮らしが長かった割に料理も出来ないぼくには、ご飯とお新香だけでも充分。それに加えて、鮭の塩焼き、卵焼き、野菜サラダと旅館並みでは学業のある瑠璃は大変だろう。

「瑠璃の講義内容は想像するしかないけど、理系だと専攻が多彩だろうから・・・。船の操作技能、船舶資格試験と学習内容がハードだろう。それに加え、ぼくにかかりっ切りでは身が持たないよ」と卵焼きを箸に挟んだままぼくは言った。

「講義が詰まって大変だけど、瑠璃が選んだ講義を聞くのは楽しいヮ！　ただ、高校までの知識とはまるっきり異なる世界なので、一から始めなければならないの。勿論、基礎となる知識は高校で学んできたけど、講義が終わって図書室で参考書片手に首っ引きで調べないと頭に入らない。これって予想外に時間を取られちゃって料理に時間を割けないのが哀しいの」顔を歪めて手真似と指文字で言った。

「瑠璃が必要な参考書は図書室まで行かないで買っていいよ。それから講義などで遅くなるようなら連絡して頂戴！　瑠璃と外食するのも楽しいから・・・。一人暮らしで外食がほとんどだったから瑠璃の料理は楽しみだけど、無理して学業が疎かになってもいけないし・・・」

「分かったわ。慎一さんありがとう！」瑠璃はにこやかに答えた。

「しばらく教会と距離を置こうと考えたの・・・」石田さんが唐突に告白した。

石田さんが礼拝を欠かさなかったことは、折に触れて語っていたが、彼女がクリスチャンと告白したことも、ぼくには遠い記憶になりつつある。明石さんがぼくらと行動を共にしていた頃、石田さんの礼拝の事が俎上に上ることは往々にしてあった。また、ぼくが〝音のない世界とキリスト教（仏教）〟の問題（善悪でなく、音のない世界に生きているぼくらの問題として・・・）を明石さんと石田さんに提示した時も、石田さんの信仰と礼拝が俎上に上ったことがままあったけど・・・。

親から影響（あるいは、強制）・牧師の家庭・環境・・・から自然に信仰に浸かっている明石さんは、聖書の言葉そのもので武装しているとぼくは思う。そして、聖書を手真似に翻訳朗誦（聖書の言葉を手真似に翻訳することも、誤っていないが・・・）も神の言葉と。勿論、ラビと牧師の資格を有するが、手真似で朗誦する事も出来るよ、と明石さんは言っているが。

さて、石田さんのキリスト教信仰について述べたのは、岡本くんから「ぼくが、もし石田さんと結婚するとしたら、竜くんはどう考えるか率直な胸中を聞きたいが・・・」と携帯にメールが入っていたから。明石さんのことで懲りた岡田くんは、キリスト教の石田さんと生涯を共にすることに、太宰の言葉を拝借すれば「選ばれてあることの、恍惚と不安との二つ、我にあり」と湧いてくるのが一般的な心理と、ぼくは受け止めていた。「だとしたら、ぼくの家に石田さんと二人して泊まって、あくる日、石田さんの母の実家に揃って伺ったことの説明はどうする？」と問われるだろう。メールだけではことの経緯もぼくの憶測の域に過ぎないだろうから返事を先延ばししてきた。ぼく自身、大学院の講義は基礎知識がない経営課程を選択したツケから、下調べに復習にとてんてこ舞い。岡本くんのメールは、ぼくの記憶から薄れかけていた。メールを受け取ってから十日ほど経った頃、ポストに封筒が投函されていた。

【○月○日（日）岡本英介くん、石田由美さんの結婚式・披露宴のご案内】

瑠璃とぼく宛に招待状が送られて来た。「今週の日曜とは随分急いでいるなあ〜！」と呟きながら、結婚式に着る式服、瑠璃のドレスはどうする？　瑠璃が帰ったら相談しなくてはなどと考えていた。

石田さんは誰もが振り向かずにおれない美しく聡明な女性。育ちから想像出来ない品も備えており、素晴らしい女性だと思う。岡本くんも大学在籍中の四年間、大学当局に手話通訳・要約筆記派遣制度導入活動を精力的に行い、大学も一浪のすえ合格した努力家であり、ぼくのかけがえのない親友でもある。ただ、女性と交際する時、はたから見ても危なっかしいなあと思うことも。その岡本くんが石田さんと結婚するなんて、火花が散りそうな予感はぼくだけの思い過ごしであれば良いが・・・。

夕食の時、瑠璃に案内状を見せると「石田さんが・・・」と絶句した後、「良かった・・・」と箸と吸い物のお椀を持ったままぼくを見つめて言った。

「瑠璃さん、なんとなく喉に物がつかえたような言葉・・・」ぼくはビールを飲みながら言った。普段口紅をひくだけで化粧をほとんどしない瑠璃だけど艶のある肌に、おちょぼ口、愛嬌があり一緒にいて飽きることがない。その顔をにわか曇らせ、テーブルに置かれた結婚式の案内状を見つめていた。

「随分、焦っているような日程、私と慎一さんの知らない処で話し合ったように思うけど・・・」囁くように言った。

「彼らが結婚式の案内状を送るまでに決心した経緯を、瑠璃とぼくが憶測しても仕方がないよ。話は変わるけど、式に参列する瑠璃のドレスはどうする？　今まで式服なんて着る機会がなかったでしょ、これからのことを考えて揃えましょう」

「ありがとう！　嬉しいわ！　瑠璃も結婚式に招かれるのは生まれて初めてだから・・・。陽子さんの着物でも良いけど、あまり派手な服装では相手に失礼だから・・・。でも、瑠璃はドレスよりは慎一さんと出席出来るのが嬉しい！」先ほどと打って変わった微笑を浮かべて言う。

「瑠璃さん、明日の講義予定は？　時間が取れるなら日本橋で待ち合わせて買い物するのはどう!?　日本橋の百貨店なら揃えられると思うけど・・・」大皿に盛られた牛肉細切り炒めを小皿によそいながらぼくは尋ねた。

「ちょっと待ってね！　講義の予定表見て来るから・・・」椅子から立ち上がった瑠璃は書斎に駆けて行った。背中の中ほどまで伸びた黒髪をなびかせ駆ける瑠璃の後ろ姿を見つめていると、より一層愛おしくなった。

あくる日、日本橋で瑠璃と待ち合わせて式服を見繕った。

ぼくは式服と靴を揃えた。両親が生きていた頃、頻繁に祝いの席に呼ばれていたけど、体格も変わり靴の寸法も大きくなってとてもじゃないが用を足さなくなった。式服の生地を決め、デザインに移った時、シングルかダブルか瑠璃に相談すると、「慎一さんは若いからダブルは合わないでしょう。でも、華やかな席ではどちらのデザインが良いか担当者と相談してみては・・・」と。主任、売り場担当と相談の上シングルに決めた。主任に呼ばれた仕立て職人は四十代後半、無口で不愛想な職人肌の男性。ぼくの寸法を測り、実測に近い既製服を持って来ると着るように促された。着用後、全体の体格をノートに記入、問題のある個所にチェックを入れていた。遠慮なく指示を出し、てきぱきと測る職人の態度にぼくはいつしか好感を持った。測り終えた職人に「よろしくお願いします」と伝えると、職人はぼくに向かって始めてさり気ない微笑を浮かべた。紳士服フロアの売り場にワイシャツや靴も陳列してあり、細々した物もそこで揃えた。

瑠璃のドレス売り場は華やかな明るいフロアにあった。ウエディングドレスを選ぶようにスムーズにいかないのか、ハンガーラックに吊るされた数種類のドレスに見入り、珍しく瑠璃が思案している。

「瑠璃さん、珍しく苦戦しているね。迷った時は、初めに帰る！　と言うでしょ・・・」

「そうね、慎一さんがおっしゃる通り瑠璃の好きな色はネイビー。それと控えめな装飾のドレスだけど・・・」呟きつつハンガーラックに吊るされたドレスをラックから抜き取って掲げた。七部袖での襟ぐりも控えめな、肌の露出の少ない明るいネイビーのロングドレス。ハンガーを持って体に貼りつけるようにすると、ぼくの前に立った。裾は踵がすっぽり隠れるほど長く、派手さはないが幼さの残る瑠璃によく似合う。

「そのドレス試着してごらん!」と瑠璃に言った。試着室に瑠璃が入っている間、傍らの店員に「あのドレスに合う首飾りを揃えておいて下さい。靴も一緒に揃えていただくと助かります。色はドレスと同色、バックも同色系があれば・・・」と伝えた。店員は携帯電話で別のフロアに指示を出していた。待つまでもなくドレスに着替えた瑠璃が恥ずかしそうにぼくの前に立った。標準体型より少し大きい瑠璃がドレスを着ると、身体の特徴が強調され美しさが際立つ。ウエストが細く、胸が大きく強調され、ぼくの知らない瑠璃が立っているかのような錯覚を覚える。

「髪をアップにしてごらん!」ぼくが囁くとバッグから髪留めを取り出し器用に髪をアップした。美しい襟足がさらされる。「同色のハイヒールはありませんが、履いてみて下さい」店員が瑠璃の足元に靴を置いた。少し幼さの残る瑠璃が、ハイヒールを履いて鏡の前に立つ。ほんの二ヶ月前まで高校の制服を着ていた姿からは想像出来ない、一人の美しい女性が鏡越しに〝どうかしら?〟とぼくに問いかけていた。控えめなネイビーのドレスを着ても、花嫁に勝るとも劣らないだろうとぼくは思った。ドレスは胸元とウエストの調整、靴とバッグは式の前日までに揃える事を店員に念を押し支払いをすませた。「こんなに出費させて申し訳ないわ。陽子さんのロッカーを探せば気に入ったのがあったかも・・・」と瑠璃は申し訳なさそうに呟く。ぼくはあの手この手でなだめすかした。

「先ほど司会から紹介にあずかりました、竜慎一と申します。友人を代表してお話を、と当日会場で依頼を受けました。ということで祝辞の言葉を準備していません。従って言葉の不備がありましたら・・・と、前もって謝辞を申し上げておきます」ここで新郎新婦に向かって頭を下げた。ぼくの前置きを察し苦笑する岡本くんをチラッと見た石田さんは怪訝な表情で首を傾げる。

「さて、新郎新婦とぼくも音のない世界に生きてきました。したがって皆様の会話も祝辞も、全て演壇の右側と新郎新婦の正面の椅子に腰かけた手話通訳者を介し祝辞、司会者の進行が理解出来るように設定されています。

話が横道にそれましたので軌道修正をします。新郎岡本英輔くん、新婦石田由美さん、ご結婚おめでとうございます」

五十代後半の仲人が新郎新婦を挟むように緊張して座っていた。誰だろう、見覚えはあるがぼくの記憶は霞んでいる。

岡本くんの隣はお母さん、岡本くんの叔父さん？　石田さんの隣には、今年の正月にご挨拶したお母様の再婚相手（？）とお母さん、祖父の立花ご夫妻が座っていた。祖父が銀行の相談役を務めている事もあり、銀行関係者が半数近く席を占めている様子。岡本くんの仲間も数人テーブルを占領、手真似が姦しい。

「新郎の岡本くんはW大学卒で私の先輩にあたります。在学中、学生生活を行うにあたりぼくの道標でありました。大学の講義を受けるために、聴力を失ったぼくたちには手話通訳、ノート筆記者は絶対欠かせません。手話通訳・要約筆記者（ノート筆記者）の設置を岡本くんは大学当局に派遣設置を粘り強く交渉、二年後、W大学は手話通訳・要約筆記者派遣の設置にこぎつけました。それと並行して、手話・要約筆記サークルを立ち上げ、手話通訳・要約筆記者養成も行いました。現在、大手企業企画部に在籍、職務に励んでおられます。

新婦の石田由美さんは岡本さんのグループ活動で紹介され、中途失聴のぼくと家内の手真似の先生です。知識が豊富で情に厚い、面倒見の良い素晴らしい女性です。現在、生命保険会社営業課主任に在籍しておられます。秀才同士の縁は短命と言われますが、懐の深い岡本さん、情に厚い石田さんのこと、素晴らしいご家庭を築かれると確信しております。どうか皆様も温かいお気持ちで新郎新婦を見守っていただければ幸いです。改めて、岡本さん石田さん、ご結婚おめでとうございます！」

終わって着席すると瑠璃が拍手していた。ぼくは席に着席するとテーブルのビールで喉を潤した。ケーキカット、お色直しと流れるように式は進行していった。隣に座る瑠璃にもウェディングドレスを着せてあげなければと考えた。

経営学の講義を受けながら会計事務所に足を運び、郷田会計士にＲＩＹＵＵ株式会社へ二年後就職するにはどうすれば良いか相談した。ＲＩＹＵＵ株式会社の増資情報を集め、増資が発表されると郷田会計士は発行株を買い増しして来た。ぼくの保有するＲＩＹＵＵ株式会社発行株は買増しを繰り返すことで、発行株の６５％に達していた。しかし、株の発行を繰り返すことからＲＩＹＵＵ株式会社株単価の低下を招いてもいた。それに加え社長以下重役が保身のため成長路線を放棄した事もあり株価の低下というダブルパンチを招いていた。しかし、６５％を保有する株主であるぼくの入社が許可されるかは予測出来ない。

瑠璃と結婚したことで日用雑貨管理、室内の清掃、庭の管理など瑠璃と相談の上、会計事務所と契約を更新した。但し、瑠璃が大学を終えるまで日用雑貨の補充は瑠璃と密に連絡とる事を契約書に書き加えた。その後、資産運用の方法など継続的に意見交換する事も事務所と合意した。郷田会計士は、契約書更新をことのほか喜んでいた。

瑠璃とぼくが暮らし始めて瞬く間に半年が流れた。ぼくは瑠璃の手料理に舌鼓を打って体重が二キロ増えた。夜は濃密な交接にお互いの愛を確認しあった。瑠璃はどんな肢体をも拒まなかった。終わってからシャワーを浴びながら抱擁。二人で過ごす空間、ベッドが乱れても、社会生活の場では貞淑を保ち羞恥心は同年代の女性より勝っていた。

海洋大学に通う瑠璃の表情は開かれた森のように晴朗だった。朝早くから朝食の準備、二人の弁当作りと駆け回っていた。懶惰《らんだ》を毛嫌いする瑠璃は、味噌汁の出汁も昆布と鰹節でしっかりとっていた。夜は夜で食事の準備、掃除に洗濯と休む間もなく駆け回っている。ぼくが手伝おうとすると「これは瑠璃の役割だから・・・。慎一さんは勉強ね！」と背中を押し、ぼくがキッチンに入ることに頑なだった。義母からたまに送られてくる鰤と格闘する瑠璃を横で見ている自分が歯がゆかった。

「ネエ、瑠璃さん。ぼくらは学生の身分、手分けして家事を分担、ぼくに出来ることは手伝わせてね。頑張りすぎて瑠璃が床に臥したら困るのはぼくだから・・・」

「慎一さん、瑠璃はそんなひ弱な体ではないから・・・。慎一さんに手伝わせている事を母が知ったら、大目玉を喰います。大丈夫だから心配しないでね！」

「でもね、瑠璃がぼくの世話を焼きすぎて、ゆったりした晩餐にならないでしょ。ぼくらは新婚ほやほやだよ！　一日の他愛ない出来事を語り合い、将来の事など瑠璃としんみり話したいとぼくは常々思っている。話の途切れ間に、瑠璃の笑顔を眺める事はぼくの喜びでもある。それと一緒にベッドに横たわっても、ぼくが鼾をかき始めるとこっそり勉強している。最近、瑠璃は化粧を始めたね！　朝起きて〝おはよう！〟と言ったとき、瑠璃から〝慎一さん、おはようございます！〟と返ってくる時、すでに化粧をすませている。ぼくに分からないと思うの？」

「・・・」瑠璃は俯いて答えない。

「お義父さんから、《瑠璃を貰っていただけないか？》と相談を受けた時、ぼくは予想もしない事態にただびっくりしていた。その場では返事を保留したけど・・・。だから結婚したら瑠璃を大切に、一緒に出来る事は何でもやろうと自分に約束したの。天涯孤独なぼくにとって、瑠璃はこの世で高価な宝石よりもかけがえのない女《ひと》」

膝に重ねた掌に瑠璃の瞼から滴が〝ぽとぽと・・・〟落ちて掌を濡らしていた。

「瑠璃さん、おいで・・・」とぼくは手招きする。肩を揺って嫌々する瑠璃に、ぼくは立ち上がると、瑠璃の傍らに歩いて柔らかな黒髪に覆われたそれを両手で優しく包んだ。瑠璃は微動だにしなかった。

ぼくらは同じ姿勢でいつまでも佇んでいた。夜は次第に深まり、深淵の闇がぼくらを覆い始めていた。だけど、ぼくらの世界は明るい光輝にあふれていた。

この日を境に瑠璃と一緒に起床するようになった。予定より早く目覚めて天井を眺め、瑠璃の目覚めを、朝の接吻を待ち望んだ。柔らかい瑠璃の唇がぼくのひたい、時には唇にそえられ一緒に起きるようになった。瑠璃の化粧はぱったり消えて、口紅を軽く引くだけですませるようになった。時間の許す限り瑠璃と一緒に家を出て電車に乗った。講義の時間を待つ間（大抵待つ方が多かった）、大学前か駅のショップでコーヒーを飲みながら専門書を開いた。

ぼくは夜の食事時、ビールを飲み冷酒か焼酎をロックで飲んだ。瑠璃が付き合う時もあれば、一人で飲む時もあった。瑠璃は食事を終えて参考書をリビングに持って来ると、講義の復習と専門書で下調べを、ぼくが飲でいるテーブルに広げて勉強するようになった。化粧で隠していた眼の隈は綺麗に消え、まだ幼さの残る瑠璃の顔がぼくの向かいに座って専門書を開きノートをとっていた。時折、思い出したように顔を上げて微笑《ほほえ》みウインクする。分からない部分を人差し指で指しながら専門書をぼくの方に寄こして、「マーカーを引いたところ、どんな解釈があるの？」と聞いたりすることもあった。一時、経済・経営に鞍替えしましょうかなどと言っていたけど〝瑠璃が航海免許を取得すれば、大型ヨットを買って四人で、そのとき子供がいれば五人で空と海だけの太平洋へ！〟とぼくが言うと経済云々は瑠璃の口からぱったり消えた。

二人の夏季休暇中、牛肉やワイン、真澄、バーボンを詰めるだけベンツのトランクに詰込み南房の実家で過ごした。実家に行く前日から鼻歌を歌いながら着替えをトランクに詰める瑠璃に、「普段よりウキウキしちゃって妬けるな～」と言うとぼくに抱きついて「ごめんなさい、ごめんなさい！」と涙をぼろぼろ流してぼくのTシャツを濡らす。「ごめん、言い過ぎたから泣かないで・・・」と慰めもした。

初夏はとうに過ぎて紺碧の空、瑠璃色の海、瑠璃はうきうき運転していた。時折ぼくの方に顔を向けて微笑をウインクを送る。途中にわか雨に遭遇、慌てて幌のスイッチを押したけど時すでに手遅れに。車中も二人もバケツを被ったように頭からつま先までびしょ濡れになりもした。肌に張りついた瑠璃の白いブラウスを透かして乳首が透けて見える。ぼくが戯れに人差指で乳首を突くとブラウスを突き破るかと思うほど乳首が屹立。瑠璃は体を捩じりながら「んもう、慎一さんの意地悪！」と媚びるように言う。防風林で車を停め、細く曲がりくねった脇道を歩いて太平洋に出る。あたりに人影が見当たらないのを幸い、Tシャツもパンツも脱ぎ捨て海に飛び込む。

「瑠璃さんおいで、気持ちが良いよ！」

凪の海、蒼い青い空、白い入道雲が水平線を覆うように天空に広がる。水平線の彼方は・・・言葉が浮かばない。松林に隠れ全裸になった瑠璃が脱兎のごとく駆けてくると、凪の海に飛び込んで飛沫を上げる。

〝嗚呼！　開かれた下腹部の唇よ！〟自作の詩が頭をよぎる。他愛ない戯れがぼくらの愛を確かなものにする。

「瑠璃ちゃん、お義父さんの船が港に戻る時間だから港まで行こうよ！」

「ええ、慎一さんに言わなかったけど、私もそのつもりよ・・・」ハンドルを離して手真似で表現する。

「危ないよ！」と、肩を叩く。

トランクを持って砂浜に戻ったぼくは、トランクを開けて着替えを取り出す全裸の瑠璃を上から俯瞰する。シミひとつない肌理の細かい瑠璃の黒髪の張りついた背中を眺める。地球から人間が消えたアダムとイブの世界。ひと浴びした後の気怠《けだる》い疲労が心地良い。緩やかなカーブを描く砂浜の果てに、地球の裏から辿りついてきたのか節くれ朽ち果てる寸前の丸太に白い波の滴が跳ねていた。空は蒼く凪の海は透明な美しい青が水平線の彼方まで。南房総の海は汚染とは無関係のごとく瑠璃の海、打ち寄せる白波・・・。

港の岸壁に佇む美しい肢体を保つ義母が・・・。沖に向かって手を振るのが見えた。

「あっ、お義母さんがいるよ！」フロントガラス越しに見える義母を指して、ハンドルを握る瑠璃に言った。

「慎さんと暮らす前は、〝瑠璃行ってきて！〟って言っていたけど・・・」と、呟いて義母が立つ後方に車を停めた。

「お義母さん、お元気でしたか？」車の窓ガラスを下げると手を振って言ったら「かしこまって・・・嫌な慎一さん！」義母は近寄ってくると窓から手を差し込んでぼくの胸をつついた。

「お母さん、ただいま戻りました」瑠璃がぼくの肩越しに言った。

「お帰り！　慎さん、瑠璃ちゃん！」義母とぼくらが挨拶を返していると、護岸の入口から義父の船が波を立てて港に戻るのが見えた。岸壁に漁船を横たえた義父は艫に走り固定する綱を岸壁に投げた。車のドアを開けて駆け出したぼくは、岸壁に投げられた綱をボラードに結びつけ船を繋留する。ミヨシは義母がボラードに結んでいた。

「ただいま帰りました」義父に声をかけると、義父は片手を上げ「ヨッ！」と、ぶっきらぼうな返事。ぶっきらぼうは今に始まった事ではないけど、何となく懐かしさと温かな微風《かぜ》となってぼくに届く。ぼくは腕まくりすると釣客のクーラーボックスや竿を岸壁に下すのを手伝う。ずっしりくるクーラー、軽いクーラーから、釣り客の一日の釣果が知れる。全体的になんとなく渋い一日のようだと考えていた時、瑠璃がぼくの肩を叩いて義父の方に指差した。義父がぼくに行くか？と聞いた。義父の話では午後を予約した客がいるからついでにと言った。瑠璃の顔を見ると〝行ってらっしゃい！〟と手を振る。義父はぼくの許可を得るまでもないと白い長靴をぼくに放った。

「よし！」義父の合図を待ちかねた三人の釣り客を乗せて沖に出船する。

　ぼくは透き通る碧い海に仕掛けを投入する。船長（義父）の指示する棚まで仕掛けを落とし、竿を煽るまでもなく竿先が水面を叩いた。しっかり合わせたぼくは慎重にリールを巻き上げ、三キロ程度のピンク色の綺麗な真鯛を取り込んだ。親指を立て義父に釣り上げた真鯛を見せると、義父はまあまあだと言う顔をぼくに投げた。ぼくは生簀からすくった生き海老をハリスに刺し再び仕掛けを落とす。海面から十五メートル落としたぼくは仕掛けを一旦止め、一呼吸おくと海面から三十メートルまで落とした。その動作を錘が着床するまで繰り返す。この動作を繰り返すことで海老の動きが海底を遊泳する魚にアピールする。仕掛けが着床後一呼吸おいて底から五メートル、竿を上下に振る動作を繰り返し、仕掛けを指示棚まで巻き上げる。操船スイッチを操り艫でキーパーに竿を固定していた義父の竿先が突然、海面に向かって大きく弧を描きラインがリールからズルズル海中に没した。操船機器をベンチに置いた義父は、竿を四十五度の角度まで上げ慎重にリールのハンドルを回す。竿が大きく弧を描くと再び海面に突き刺さる。五分過ぎ、ぼくが差し出すタモに五キロ近い頭頂部がブダイのごとく発達した武骨な真鯛が甲板に横たえられバタバタ跳ねた。義父とハイタッチして生簀に入れた刹那、ぼくの竿がバタバタする。これも三キロに限りなく近い美しい魚体の真鯛。

　客だけ蚊帳の外ではサービス失格、ぼくは客に聞いた上で釣り座を交換「頑張って下さい！」と客を励ます。ぼくは移動した釣り座に竿をセット、限りなく透明に近い碧い海に再び向き合う。出船時白うさぎの跳ねていた海面は跡形もなく遁送、油を流したようなべた凪の海。時折、凪の海面に微笑を浮かべる瑠璃がフーッと映し出されては消えた。義父が両手で×の文字を描くのを横目にリールのバンドルを掴んだ刹那、釣り座を入れ替わった客とぼくの竿先がクンクンおじきを始め、竿は海面に向かって弓のごとく大きく撓《しな》る。青物と瞬時に察したぼくは竿を掴みオマツリを避けるべくミヨシ寄りに移動。ラインは美しい速度で海に消えていく。リールのスプールは悲鳴を放つ。

　隣の客は慎重にリールを巻き、二キロ弱の真鯛に笑みを浮かべる。

【俺はいったい何をしているのか？　眼の上の光芒を目指し遁走する海老をパクリと飲み込んだまでは良かったが・・・刹那、口蓋に鋭利な物で刺されたような激痛と強力な意思を備えた得体の知れない何者かに引きずられた。俺は鋭利な鰓《えら》の刃先で得体のしれない何者かを切断すべく、四方八方・縦横無尽に暴れるが、口蓋に刺さった異物は俺の肉を貫き、肉にがっしり喰いこみ口蓋にさらなる激痛が走る。痛みとともに、先輩が若い我々に諭した天然生き海老と紛《まが》い物の真贋の見分け方を説いていたことが浮かんできた。〃良いか、生き海老が縦方向に遁走するのは疑似《えせ》海老と覚えておけ! 生き海老は大抵横後方向か斜め後方向に逃走する。縦方向に逃げる海老を追いかけてはならん!〃 俺が飲み込んだ海老は縦方向に遁走していたな~? だが今となっては後の祭り・・・】

多分、透明なブルーの胴体に原色に近いレモンイエローのラインが口蓋から尾鰭まで芸術的に描かれた若いヒラマサと、海底を縦横無尽に走るラインを凝視しつつぼくは想像する。一旦竿を下げ、竿を上げながらのリールのハンドルを静かに回転させることで・・・。尾鰭の強靭な筋力を備える青年ヒラマサの疲労の度合いを探る。竿先が海面に突き刺さったまま微動だにせぬ若いヒラマサに刺激を与えないよう、スプールからラインを音もなく吐き出す。未熟な釣り人は周章狼狽、無理にラインを巻き上げハリスの切断を招く。釣り人に大事な心得は魚体の力量を読み、竿の弾力、リールのドラグ調整の理解に尽きると。

十五分後、ぼくの予想通り美しい透明なブルーの魚体が甲板に横たわった。一メートル、十キロの限りなく青年に近いヒラマサ。感激と共に今年もまた、巡り会うことの出来た幸いを凪の海面のごとく静かに受け止める。船窓から破顔する義父にVサインを送りながら・・・。

船長の「そろそろ沖上がりするが・・・」のマイクに三人の釣り人も寛容にも親指を立て賛同する。その心は錯綜しているだろうが・・・。結局、三人でワラサ二本、真鯛五枚の釣果にお客さんも相好を崩す。岸壁に着くと生簀の魚を選別した後、義父が血抜きをほどこし、それぞれのクーラーに収めた。生簀には人数の三倍強の魚が悠々と泳いでいた。義父に近寄ったぼくは「生簀のヒラマサはまだ青年に達していない、リリースしたいが・・・」と言った。

「そうか?・・・今まで、慎くんが釣った重量の半分に満たないからそれも良いだろう。明日にでも海に帰そう・・・」

義父は微笑を浮かべて言った。

お客さんを見送った瑠璃と義母が、岸壁から義父とぼくの会話に聞き耳を立てていた時、生簀付き小型トラックが義母の横に停まって、料亭「房総」の大将が窓ガラスを下ろして「釣れたかな?」と義母に話しかけた。

「娘の婿殿が乗った今日は、選り取り見取りですよ。大将生簀から選んで・・・」笑いながら義母が答えた。

甲板に水を撒く義父に断った大将が船に乗り込み生簀を覗く。「ん、真鯛にワラサ、小粒のヒラマサか・・・。よく見ると勘八も・・・」独り言を呟き、しばらく生簀の中を覗いていた。

義父に次いで風呂から上がったぼくは、座敷に用意された座卓に義父と向かい合って座った。座卓にはワラサと鯛、鯵の刺身が大皿に盛られ座卓の中央を占領していた。じゃがいもと豚肉の煮物、鯵と葱の酢の物、海老、ゴボウ、人参の天麩羅などのご馳走を見たぼくが戯れに、「お祝でも？」と言うと「嫌な慎一さん。それとは別に鯵を沢山いただいたから、瑠璃が山河焼を作っているよ。あと少し待ってね！」横からほうれん草の胡麻和えを座卓に置きながら義母が言った。

「すごいご馳走・・・」ぼくが言うと、「久し振りにみんな揃ったから・・・。普段は三品くらいよ。ところで娘の料理、慎一さんの口に合いますか!?」義母が聞いた。

「はい！　お義母さんに薫陶を受けたおかげで瑠璃さんは主婦と学生の二足の草鞋《わらじ》にかかわらず美味しい料理を作ってくれます。だけど、根を詰め過ぎて体を壊すようでは困ります。瑠璃とお義母さんは、ぼくにはかけがえのない大切な存在。たかが料理、体を壊してまで根を詰めて作るものではないと瑠璃に伝えたけど。こと、料理のことになると頑《かたく》なで・・・。時間がなければ外食か出前ですむことと言っているけど」

　しばらく緩《ゆる》やかな沈黙が流れた。

「慎さん、ありがとう！　俺も澪もそして瑠璃も慎さんを家族の一員として迎えることが出来て戯れでなく、涙が止まらないほど喜んでいる」義父は頭を下げながら言った。義母は目頭を押さえ俯いていた。

「お義父さん！　そんなことされたら身の置き所がありません。瑠璃さんと一緒になれた事は言葉で表せない。だから瑠璃がいつも健康でいること、別々な行動を余儀なくされる日中、事故に遭わないようにと・・・」と三人で話していると、鉄板皿を両手で持った瑠璃が顔をくしゃくしゃにして突っ立っていた。ぼくは立ち上がると鉄板を受取り座卓に置いた。瑠璃の肩に手を置いて洗面所へ連れて行った。瑠璃は洗面所でぼくの胸に顔をつけて嗚咽を漏らした。ぼくは腰に手を添えて瑠璃を引き寄せた。やがて嗚咽は潮が引くように静謐な凪に変わっていった。ぼくの胸から顔を離した瑠璃は、ぼくを上目づかいに見つめ「慎一さん、愛しています！」とつぶやいた。

　ぼくらに静かな平安な時が過ぎていった。瑠璃は成人式を迎えより美しく変貌した。化粧はいつもの通り真紅の口紅をつけるだけで講義に出席していたけど、並んで歩いていると誰もが振り返る美貌と肢体を備えていた。どこかで石田さんに会っているのか、手真似も上達していた。三年に進級すると、練習船で外洋に遠征する機会が多くなった。「ごめんなさい！」と言いつつ練習船に乗って遠征に行く日をカレンダーと睨めっこしては嬉々と語っていた。部活はヨット倶楽部を選択、休日は仲間たちとヨット操船に明け暮れていた。ただ、家事も手抜きせず講義も欠かさず受けている様子だから、ぼくはあえて口を挟まなかった。

　大学院を修了したぼくは、立花顧問と会計士郷田氏の根回しもあって、ＲＩＹＵＵ株式会社人事部人事課配属の社員として入社する。入社に当たって社長と専務の抵抗にあったらしいが立花顧問の人脈に助けられた。入社した日からぼくは精力的に動き回った。古くからいる事務員（入試担当）に立花顧問の部屋で、父が生前、特に採用した社員リストを作成するよう指示、集めた社員リストを徹底して審査の後、一人ずつ密かに立花顧問が面通しを行った。

ぼくが立ち会うときの通訳として要約筆記者を石田さんに紹介してもらった。玉城美知さん、梓貴子さんを立花顧問の権限で臨時採用。家庭の事情から要約筆記者登録はしていない玉城さんの技量はずば抜けていた。「玉城さんと梓さんは、秘密厳守、要約筆記者の守秘義務の履行は確かと保証します」と、石田さんのお墨付きが付いていた。

父が生前採用した社員の中から五ヶ月がかりで六人を選抜、全員の面接を終える頃、紅葉の季節も終わり冬の足音がそこかしこに見られ始めた。週末の夜、銀座の料亭に選抜した六人と立花氏顧問、郷田会計士、それと瑠璃、要約筆記者の玉城さん、梓さんの十人が密かに集まった。右側に瑠璃、ぼく、パソコンを持参した玉城さん。交代要員に梓さんが控え、選抜された六人は二手に分かれた。左側は立花顧問、郷田会計士、選抜の三人が着席した。進行を郷田会計士が引き受けた。二人の仲居が全員のコップにビールを注ぎ終わって立花顧問の音頭で乾杯。簡単な自己紹介と進んだ。

先頭を切って立花顧問が話し始めた。

「立花新次郎、Ｍ銀顧問です。今回集まった経緯は追々分かるだろうから自己紹介を・・・」

「会計士郷田功」「竜慎一の家内、瑠璃と言います。よろしくお願いします」の後、「人事部長糸井貴一、財務部長梶田凌平、営業部長中井由伸、営業次部長岬亘、企画部長所剛、渉外部長大谷大樹」と紹介が進んだ。父が採用した社員は若くして部長職に就いていた。

自己紹介の間に懐石料理が次々に運ばれた。初めての懐石料理に「美味しいわ！」と言いつつ、ぼくと瑠璃は舌鼓を打った。

「今日の集まりは、竜龍彦前社長が設立したＲＩＹＵＵ株式会社の現状を疑問視する、ご子息の竜慎一さんに私から提案しました。ＲＩＹＵＵ株式会社顧問兼Ｍ銀行顧問の立花新次郎です。私と会計士郷田氏（指さしながら）はＲＩＹＵＵ株を保有する株主の一人です。郷田会計士の尽力もあり、竜慎一氏の株も過半数以上保持されています。竜氏の持ち株減資を目的にＲＩＹＵＵ株式会社現社長と専務取締役が、増資を行いました。郷田会計士は二人の意図を察し、買増し過半数を維持してきました」ここまで語った立花顧問は喉が渇いたのか、一区切り説明を終えると傍らのビールで喉を潤した。それから隣の郷田会計士と小声で確認すると腹を決めたか、再び語り始めた。

「皆さんも知っていると思いますが、竜氏が事故で亡くなれた後、現経営陣は成長路線から現状維持の路線に進路変更を行いました。路線転換に役員の八名中三名が辞職、会社を去りました。竜氏が存命の場合、ここにおられる全員が取締役に名を連ねていたと私、立花と郷田会計士は認識しています。

ＲＩＹＵＵ株式会社は、皆さんも察しておられる通り経営次第でまだまだ発展する可能性を秘め、働く社員に夢と希望を与えることが出来ると考えています。竜氏亡き後、経営方針の改悪により株価が急落、会社及び株主に多大の損失を与えてきました。我々は竜 慎一氏を役員に推薦、来年の株式総会においてお集まりいただいた六名を取締役に昇格させる計画を立てています。今夜は皆さんと意思確認、統一を図る集まりと察していただきたい」

話し終えた立花さんはビールで一息つくと、テーブルの料理に箸をつけた。両側に控える六名は小声で意見交換をしていた。玉城さんと瑠璃が聞き耳をそばだてる仕草をとると、人事部長の糸井氏が玉城さんと瑠璃に掌で壁を作った。

六人の意見はなかなかまとまらなかった。立花顧問の話は一理あり魅力的であるけど、段階も踏まず竜 慎一氏が取締役の重責を負えるか不安が先立って、考える時間が必要と六人の意見が集約された。人事部長糸井貴一が代表の形で話した事は、竜 龍彦氏のリーダーシップ、企画力、決断力、全てに於いて竜 慎一氏に備わっておられるか、現段階では未知数であること。現経営陣に不満があり物足りないと考える六人の意見は一致している。同時に、竜 龍彦氏のご子息を代表に担ぎ上げたとして、かつてのような成長戦略が描けるか一抹の不安もある。

冷酒を飲み、里芋の旨煮を頬張っていた郷田会計士が、人事部長の話が終わるのを待って箸を置くと、立花顧問に断って語り始めた。

「竜 龍彦社長とは生前、竜 龍彦社長の資産管理を私の会計事務所が委託して来た関係から、竜 龍彦社長亡き後も慎一くんの資産管理を継続して引き受けさせていただいている。竜 慎一くんの耳が壊れていることは、皆さんが面接を受けたおり理解していると思う。経営戦略とは多少横道に逸れるが、厚生省は聞こえない者たちをひとくくりに聴覚障害者と決めつけているが、聴覚障害者ゆえに国の法律、社会の偏見など様々な差別を受けてきた。例として、運転免許は長い間、音を聞き分けられないことで取得出来なかった。

彼の耳が壊れた原因は一概には言えないが、家族を一瞬にして喪ったことから突発性難聴を発症、いわゆる音を聞き分ける神経が回復不能なダメージを受けた。彼によれば、耳が壊れたことを認識した刹那、異国に強制移住。マイノリティと蔑まれる境遇に陥った。高校を中退（生死との闘いに）、大学検定試験を受け一年後、Ｗ大学に合格。今年三月までＲ

大学院経営学に籍を置いていた。勿論、学歴イコール経営者として優秀とは別問題であるが・・・。皆さんも彼から面接を受け、竜 龍彦社長が面接採用した数人の中から竜 慎一氏独自の判断で今夜の集まりに招かれた。竜 慎一氏がＲＩＹＵＵ株式会社を今後大きく発展させる事が可能か私にはここで断定することはしない。但し、会社の永続的な発展はこの席に招かれた皆さんと、働く社員に負う事が大きい。働く社員が能力を発揮するのは環境次第と皆さんは認識していると思う。竜 慎一氏にはそのような環境を構築する資質が備わっていると、立花顧問と私は考えている」いかにも疲れたと、話し終えた郷田会計士は冷酒のグラスを右手に添え天を仰いだ。

途へ

二〇〇五年スマトラ沖、Ｍ八・七の地震発生、千人以上の死者。

瑠璃にヨットをプレゼント。新艇が出来るまでの間、練習用小型ヨットをリース。瑠璃は休日ともなると石田さんや大学時代のクルーズ仲間を誘いヨットハーバーに出掛けた。ぼくも特別な予定がない限り瑠璃と一緒に行動を共にした。この頃から瑠璃のお腹が目立ってきたが、普段と変わりなく家事などをこなしていた。ぼくらは家でも会社でも（瑠璃は卒業と同時にＲＩＹＵＵ株式会社入社、秘書課配属となった。勿論、手話通訳者兼任として）手真似を使って会話した。瑠璃の手真似が上達するにしたがい、口話よりも手真似で会話すると疲労感が少なく感じるのが不思議・・・。

一昨年、日経平均株価が七六〇七円八八銭の大底を記録。ＲＩＹＵＵ株式会社は役員一新の甲斐もあり、株価下落を微小に抑える事が出来た。立花顧問は今まで通りＲＩＹＵＵ株式会社顧問（銀行と兼任）、郷田会計士は外部役員に就任。副社長糸井貴一、専務取締役中井由伸、常務取締役梶田凌平を昇格。残る三名は取締役営業部長、取締役企画部長、取締役財務部長に昇格。旧役員に反発していた社員からそれぞれ部課長を選び配置した。

昨年後半からＲＩＹＵＵ株式会社の業績が上昇カーブを描き、会社改革の一環として業務のスピードアップ化のため、半年の移行期を経て残業を廃止（上司の許可を得ても一時間を限度）、定時退社を義務とした。それに伴い社員の収入アップを図り、残業廃止の収入減を補完する。残業廃止後、病欠社員が前年度の三分の一に減少。職場環境の改善により社員がテキパキ仕事をこなすようになった。メモリー・半導体工場は三交代に体制一新。休息時間も交代で取得出来るように人員を配置。福利厚生の充実も図った。改革は副社長、専務、常務の協議（社員の意見交換、投書も考慮）によって進められた。

三役からの連絡は瑠璃の携帯。在宅中は自宅のＰＣへ。勤務中は瑠璃の携帯、在宅中はＰＣで指示とシステムの改革を図りぼくの耳の代わりとした。

定時退社後、希望者を集めて手話講習会を開催。石田さんを講師に招いたことも付け加えたい。瑠璃の長女出産に伴い一年の産休中、石田講師と相談の上、手話通訳者を二名選抜、瑠璃への代替とした。それと三役に手話講習会出席辞令を配布すると三人は飛び上がって抵抗したが押し切った（今では片言の手真似の会話が出来るまでになった）。

会社の安定成長と共に、ぼくと瑠璃は米国の大学院で経営学を半年間ごとに学び四年かかって修士を取得した。この間、瑠璃の初産、二女児出産で南房の両親の家へ里帰り（瑠璃は操船するヨットで東京湾から南房へクルーズ、車より絶対安全と瑠璃の言い分）。三ヶ月の産休を取得したぼくも、南房で子育てを体験した。会議、得意先の接待に出席を要する時は父の外車でとんぼ返りをすることもあったが・・・。

義父と酒を酌み交わした折、義父に新造船を提案したら、跡継ぎがいないことを理由に固辞された。結局、瑠璃と義母を入れた三人で説得、新造船を建造する。

新造船の進水式を行うと連絡が入った日、南房に行ったぼくは義母に手を引かれたよちよち歩きの葵《あおい》、瑠璃に抱っこされた杏《あんず》の六人で港へ新造船を見に行った。岸壁に、遊漁船と似つかわしくない象牙色の大型クルーズが係留されていた。

「なんだ、この船は？」初めて見た新造船に義父はポカーンとしばらく棒立ちした。

「優雅な船ね！」瑠璃と並んでいた義母が叫んだ。

「クルーズ並みの設備、最新の電子機器、多少の嵐にもびくともしない堅牢さと安定感を備えています」営業マンと技師の説明に瑠璃も目を丸くしていた。新造船は旧遊漁船より一回り大型、乗船定員も十八名と倍増した。ここの魚港では一等大型遊漁船、ほかの船はかすんで見えた。常連客に連絡を入れると、新造船初出船初日の予約はあっという間に満席（乗船定員が十名に満たない旧船の時、予約客を断るのに苦労したと言っていた義母が、新造船の大きさに目を回し、「これから予約を断るのに苦労しなくて良いわ！　と言っていたけど、うわさを聞いてひっきりなしに電話が鳴るのに閉口したわ！」と義母の愚痴を瑠璃から聞かされた。

遊漁船進水に港は鈴なりの人だかり。家族の他に義母の親族数人も招待された。そのほか村長、助役、新聞記者ｅｔｃ・・・義父と義母が操船室に座り、ぼくらは休息室のベンチに座った。新造船は多少のうねりをものともせず波を切り裂き、静粛なエンジンの音とともに滑るように進んだ。葵と杏は船倉の窓ガラスに額を押しつけ食い入るように見つめていた。この船は義父義母の船、二人をそっとしておこうと考え操舵室を覗かなかった。

操舵室は視界が広く、重役室並みの革張り椅子。魚群探知器の鮮明な画面、ナビ、ポイント記録ナビ（方向指針計器）も備える。衛星位置情報システムを備え嵐に遭遇しても回避方策も備えていた。釣り客の椅子も個別に設置、コベリに番号が埋め込まれていた。営業と技術者の操船説明に義父は目を丸くして熱心に聞いていた。時折、ぼくを探して微笑を浮かべ親指を立てていた。

技術者の操船で沖合まで家族の他、親族関係者も乗り込み初クルーズ。静粛なエンジン、波を滑るように走る。船室には水洗トイレ、仮眠室が備え付けられていた。営業マンは途中から操船を義父にバトンタッチ、義父は説明に耳を傾け操船を楽しんでいた。いつものポイントに着いて流していた時、営業マンがぼくの傍らに来て「竿を出してみませんか？」と言った。

「えっ？　餌も仕掛けも準備していませんけど・・・？」と答えると、ぼくを手招きした営業マンが操船室に取り付けたロッカーを開けて新品の竿とラインセッティング完了のリールが五セット整然と立てかけてある。新造船を建造したお礼のプレゼントにと釣具屋で揃えたと営業マン。「生き海老と小鯵が生簀に泳いでいます」案内されて生簀を覗くと、ひと流しでも余るくらいの生餌が泳いでいた。

風呂から上がってリビングに入ると義父が杏を膝に乗せてあやしていた。食卓には大鉢に盛りつけた里芋と鶏肉の煮物から湯気がユラユラ上っていた。膝に座った杏がゆらゆら上る湯気をくりくりした瞳で追っていた。最後に瑠璃が運んできた大皿には、新造船で釣って来た鮃と真鯛の刺身、鯵タタキが体裁よく配列されていた。ビール瓶をお盆に乗せた義母が〝ポン！〟と栓を抜くと葵が手を叩いてはしゃいだ。

「慎一さんどうぞ・・・」義母が瓶をぼくに向けた。

「家主はお義父さんだから・・・」義母から瓶を受け取って「さあ、お義父さん！」と義父に向けた。義父がグラスをぼくに向けると、義母と瑠璃が「お父さん！」と睨んだ。ぼくは瓶を持ったまま突然「アハハハ～・・・」と笑うと、葵が手を叩いてはしゃいだ。義父母と瑠璃が葵のはしゃぎに〝きょとん・・・〟として葵を眺めた。葵が覚束《おぼつか》なげによた歩いて来るとぼくの膝にチョコンと座った。

「葵ちゃん！　ジジババ可笑しいよね・・・」黒い瞳を覗いてぼくが呟くと、葵が〝うん！〟とぼくを見上げてニコリと笑った。

「生きたお金の使い方が出来たから、ぼくは心から感謝している」瑠璃から瓶を取ってビールを義父のグラスに注いだ。

「慎一さんったら・・・」涙で頬を濡らした瑠璃が呟いた。

「泣くほどでもないのに・・・。遅くなったけど、葵と杏をありがとう！」と言って、瑠璃の頬に唇を押しあてた。

「・・・・・」瑠璃の瞳から涙が止めどもなく落ちていた。

義母と瑠璃にビールを注ぐと四人で乾杯！　膝の葵がジュースの入ったコップを小さな両手を添えて「β☆＠▲★・・」と言葉にならない声でグラスを前に出す。義母がグラスを葵に向けて「葵ちゃん、乾杯！」と葵のグラスに触れた。葵は義母に向かってニコリ笑った。どっと笑顔がリビングに反響する。ぼくの頬から流れた涙が一滴、葵の髪に落ちた。

葵と杏を年子出産にかかわらず、瑠璃は体形を落とすこともなく、美しい肢体を保っていた。瑠璃が三年かけて南房へ出産里帰りの生活の後、四人の生活に、忙しない、それでも楽しい日々が流れた。葵のおむつが終わるまで・・・南房に留まるよう義母と瑠璃の説得を試みたが、「離れていると慎一さんが心配で・・・育児放棄の状態だったのよ！　ここから慎一さんが自宅に無事にお帰りになるまで、携帯を握りしめてボーっとして、〝葵が泣いているよ・・・〟と母に怒られる。でも、離れていると苦しいの・・・」と、結局、ギリギリまでぼくのそばから離れなかった。

自宅で四人揃って暮らすようになって、ぼくも葵と杏のおむつを替えたり、お風呂に入れたりして瑠璃の負担が少しでも軽くなるように努めた。子供のおむつを替えたり、あやしたりしていると、ふと父のことが浮かんできた。「ああ、お父さんもこうして、ぼくと陽子をあやしていたんだ！」と。

会計事務所との契約は持続され、週に二〜三度清掃員を自宅に派遣してもらった。瑠璃と結婚する以前も、会計事務所の秘書の管理が的確で屋内も外周も清潔に保たれて来た。瑠璃と暮らし始めても瑠璃が大学を卒業、ＲＩＹＵ株式会社に就職。秘書課へ配属され、秘書として勤務の関係から契約を継続してきた。但し、食材・飲料の在庫管理、補充発注はすべて瑠璃が行った。「だって、冷蔵庫の中身を週ごとに入れ替えるなんて飢えに苦しむ子供たちに失礼でしょ。子育ての身には助かるけど・・・」が瑠璃の口癖。

子供の成長に合わせて瑠璃は会計事務所と契約の交渉を行った。ヨット、遊漁船建造費と出費が重なったけど家族が残した財産にほとんど手をつけなかった。

新体制移行後三年目、会社の業績が上昇カーブを描き、株価の上昇と共に会社も一流企業へ発展する。

業績の上昇に伴い、社員の賃金体系も役員会で検討され、会社の規模に相応しい賃金体系を作成。残業の廃止、濃密で合理的な働き方の提案。社員の能力を引き出す職場の改善は、巡りめぐって社員の余暇の充実、家庭の安寧、働く社員の健康面にも及んだ。

会社が上昇軌道を描くに従い、中断していた障害者雇用促進に全社をあげて開始する。但し、社長のぼくはタッチせず常務取締役に全権委任した。

車椅子通路幅の確保、スロープ整備、視覚障害者点字ブロック、精神医常駐など課題が尽きなかった。一番の難題は【自宅から会社へ通勤出来る】条件を加えるか？　移動手段に電車・バスの他、肢体不自由者に自家用車（自分で運転出来る条件）通勤を加えるか？　すべての障害者を無条件で採用するには難題が山積していた。手始めに一人で通勤可能な聴覚障害者（会社の代表が聴覚に障害を負っていても、障害者採用担当の常識はこの程度、と思い知る）・視覚障害者・精神障害者の採用に踏み切った。

しかし、聴覚障害者とコミュニケーションを行う手段の知識に乏しい（知らないことは悪いことではないが・・・）社員と職場内でトラブルが起こることを、人事課採用担当は理解も想像力も欠けていた。聴覚障害者とのトラブルは業務の停滞を招き、業績に支障をきたすことをどうにか食い止めるのが精いっぱいで、限界も見え始めていた。連日会議が開かれ解決を模索したが、聴覚障害者の理解に欠けた会議に、的確な意見の集約が出来るはずもない。こんな日、代表室に立花顧問が訪ねて来た。

「やあ！」秘書に案内され立花顧問が入って来るなり片手を上げた。

「お久し振りです。お元気そうで、八十歳を迎えたとは、とても見えません」ぼくは椅子から立ち上がりながら言った。

「ところで今日はどんなご用件ですか？」ソファーを勧めて言った。

「忙しい所を邪魔してすまないが、ちょっと相談があって・・・」立花顧問は苦笑しながら、勧めたソファーに座った。動作も五年前と少しも変わらなかった。秘書が持ってきたお茶を飲むと、焦げ茶色のダブルの裾を気にしながら話し始めた。

「障害者雇用促進法が制定され我社も障害者雇用に取り組んできたことは竜社長も認識されていると・・・」いつもの立花顧問らしくない語り口に訝しく思ったが黙っていた。

秘書兼手話通訳士の水野千絵さんが顧問の語る内容を手話で通訳していた。水野さんは瑠璃が一年の産休前に一ヶ月の見習い期間を経て石田講師の推薦で臨時に採用された。

「障害者雇用にあたって自宅から通勤可能な社員を対象に考えた場合、五体健全な聴覚障害者以外採用担当は想定出来なかった。雇用担当会議でもほぼ一致した意見。理解・想像力の不足と言われても仕方がない。そこで、聴覚障害者を優先的に採用（視覚障害者・通勤可能な肢体不自由者も併せて採用）。各部署に配属するまでは順調に進んで・・・」ここまで語った立花顧問が苦虫を噛み潰したような顔をぼくに向けた。それからわずかに残ったお茶をすすった。「竜社長、聴覚障害者の孫と暮らしながら、聴覚障害者を理解していたつもりの自分が恥ずかしい」と立花さんは苦虫を噛み潰すように言った。

「面接の上、採用、各部署に配属した聴覚障害者と社員の間に問題が起こった、という話で構いませんか?」立花顧問に尋ねた。

「・・・・・」

「わが社が採用した聴覚障害者社員にも失礼な話。否、愚弄した話ではありませんか。ぼくと立花顧問が対話するとき、また、ぼくが朝礼で全社員を前に社員から質問を受ける時、社員の質問を翻訳する手話通訳士兼秘書（家内）の存在がぼくには欠かせない。家内が育児休暇のために、水野千絵通訳士が代わりにいるが・・・。全社員は、ぼくが聴覚障害者である事を知っています。ぼくに手話通訳士が張り付いていなければ意思疎通がままならない、会議の進行も阻害される。この現実を雇用担当者が理解していないのが不思議です。わが社も聴覚障害者と社員のトラブルが頻発しています。そろそろ限界、ぼくがタッチしなければと考えていました。我が社の障害者雇用統括の担当は常務取締役です」ぼくは静かに言った。顧問は俯いて聞いていた。秘書に常務を呼ぶように伝えた。ぼくの全身に怒りが湧いていたが、あくまでも平常心を保っていた。

あれから社内手話講習会の参加者も増可。石田講師の厳しい指導もあり講習生の手真似の上達は早かった。石田講師の依頼からぼくも一度、講師を務め「ろうあ者とコミュニケーションの問題」に付いて講演を行いもした。ＲＩＹＵ株式会社の代表の講演とあって、三役以下役職者の出席、社員の聴講もあり会社の講堂は満員に膨れ上がった。

「・・・これから当社もアジアから世界へ進出する計画を検討している。言語の異なる世界に不特定多数の社員が単身赴任する可能性もある。異なる言語、異なる風習から単身赴任する社員も意思疎通の限界・疎外感を体験せざるを得ないと想像して下さい。ろうあ者も聴者の世界に配属され、コミュニケーションと情報不足から疎外感を受けるでしょう。同じ職場で働く仲間として、皆さんの正しい判断力や配慮を、わが身を顧み、想像し、考える必要を切望します。ろうあ者が職場においてコミュニケーションの不足や理解力不足から、差別や孤立を経験するとしたら経営的な損失ははかり知れない。知らないことは悪いことではありませんが、知っていながら無関心を装う社員はＲＩＹＵ株式会社から退場していただくことも考えます。Ｍ銀行もろうあ者を、言語の異なる人を差別、スポイルしない、同じ人間として社員として共に働く環境を整えるべきと考えます」

「・・・・」

「立花さん、繰り返しますが、知らないことは悪い事ではありません。但し、知りながら改革を放置してはわが社の旧経営陣と同じ轍を踏む事になります。そこで常務取締役梶田凌平をM銀行総務部長・障害者採用担当会議に出席させましょう。それと【聴覚障害者とコミュニケーションについて】M銀行主催講演会を開催、講師に石田由美手話講師派遣の依頼をしましょう。常務取締役梶田凌平と石田由美手話講師に基本的なことを学び、M銀行開催手話講習会で学んだ社員が各職場に散っていくに従って、ろうあ者が働く職場にトラブル絡みの駆け込み訴えが減少するでしょう。職場に手真似の会話が飛び交い、仕事の伝達は聴者同士でも手真似ですませる事が往々に見られ、手真似が職場に広がるにつれてろうあ者に対する情報保障も格段に向上していくでしょう。M銀行もRIYUU株式会社と同じ工程を進み、M銀行はろうあ者も聴者と遜色のない職場環境と噂が流れ、ろうあ者の就職希望が格段に増えて行くと思います」ここで一区切りつけテーブルに置かれたお茶でのどを潤す。立花さんは真剣に聞いていた。

「RIYUU株式会社は一般採用、身体障害採用を区別せず入社試験と面接を行いました。障害者が一般採用、障害者枠採用を選択するかは本人の自由であり、RIYUU株式会社はいずれの選択も受け付けました。障害者枠希望の聴覚障害者（身体障害その他）は、総務部・工場勤務を条件に採用して来た。職場配置は、本人の希望を優先するが心ならずも希望に添えない場合、再度面接の上採用の可否を決定しました。勿論、工場の情報保障・コミュニケーション伝達は手真似か筆談を必須と通達を出しました。

講習会を終え手話通訳者として社内登録した社員は、職場会議・部課長会議・役員会議にとランクを付け、派遣する制度を整えた。会議に手話通訳として派遣された社員には通訳手当を支給」ざっとこんなところです。

「具体的な指針を拝見して勉強になりました」いつもの立花さんに戻って言った。「具体的な方針は帰社後、担当者と相談することとして、不明な点は改めて相談に伺います。それにしても、竜社長がここまでRIYUU株式を発展させるとは私の不明のいたすところです」苦笑交じりに立花さんは言った。

「とんでもありません。すべて立花さんに負うところ。心から感謝しております」正直なところ立花さんの存在がなければただの株主に終わっていたと思う。

立花さんはしばらく他愛ないことを話し退出された。

話は飛ぶが、秘書兼代表取締役専任手話通訳士の竜 瑠璃は、ぼくにとって欠くべからざる存在だった。手話通訳者にも相性があり、RIYUU株式会社に入社以来、ぼくの専任通訳担当者と言う事もあるが、それ以前にぼくらの心は一卵性双生児のごとく相即不離《そうそくふり》の存在。瑠璃を通して相手の心を判断することも往々にあり、瑠璃の聴覚を通して相手の声が聞き分けられるような事が、空耳だろうけど偶然起こることも・・・。瑠璃は会社の保育室に子供をあずけ常にぼくと行動を共にした。

二〇〇八年　アメリカの嚔《くしゃみ》に翻弄され、日経平均株価がブラックマンデーに次いで史上二番目の下落を記録する。

　ＲＩＹＵＵ株式会社の経営もアメリカの嚔で一時的に下降線を描いたが、父の代から無借金経営を堅持してきた事もあり危機を乗り越えた。この間《かん》、役員会議の連続で深夜帰宅に及んだが全社員一丸となって取組み、徐々に上昇に転じた。半導体・フラッシュメモリー・ハードディスクドライブなど電子製品の品質管理に努め、北米・アジアへ販路を拡大、顧客の値引き交渉には一切応じない結果が幸いした。新製品開発に優秀な人材確保も怠らなかった。

　得意先開拓は専務取締役中井由伸以下営業部が一丸となり、開拓先を自動車関連会社に絞り、粘り強く売り込みを図って来た。終わってみれば、全社員一丸となった甲斐があって数社の契約にこぎ着けた。営業の努力と研究開発部のたゆまない研鑽に負うところが大きい。得意先のハードルの高い製品の要求にあっても即座に対応可能な開発部門。設計段階から製品開発に対応出来る技術陣、全てに対応可能な組織へＲＩＹＵＵ株式会社は発展して来た。ＲＩＹＵＵ株式会社を支える社員を見渡せば、生前、父が直接面接、入社させた社員の面々と改めて納得する。

　秋の取締役会は日経平均株価が乱高下する中で開催された。

「竜社長、取締役会開催にあたりご挨拶をお願いします」進行係に促されぼくは演壇に向かった。

「取締役会開催にあたり皆さんの先駆的働きに謝辞致します。国内は日経平均株価の乱高下に右往左往と混乱の状況にありますが、当社は役員及び社員の結束の元に成長を保ってきました。ＲＩＹＵＵ株式会社代表として皆さんに心から感謝の言葉を述べます。ありがとうございます。さて、私事でありますが、今回の取締役会において十年にわたる代表取締役社長を辞し、新社長の元に更なる発展を提案したい。後任の代表取締役社長及び取締役は、自動昇格を廃止、後任は立候補、推薦を取締役会の議題とします。社長・副社長及び専務・常務以下の役職選任はこれからのＲＩＹＵＵ株式会社発展に寄与出来る人選を行いたいと考えています。誤解のないように述べますが、現役員の皆さんに先駆的な経営戦略が欠ける、未来が描けないと考えるからではありません。

　私はＲＩＹＵＵ株式会社の創業者・竜 龍彦社長の急逝から後継者（一応）と、我社の取引銀行相談役以下に担がれ社長に収まりました。副社長以下取締役のご指導ご鞭撻によって曲がりなりにも会社を経営してきました。しかし、グローバルの時代にあたり社長以下を新規一新、新たな経営戦略を図らなければ、時代の波を完泳出来ないと考えます。そこで次期社長は時代にマッチした斬新な発想を備え、人望があり、代表に相応しい人選を行いたい。人選にあたって一つだけ皆さんに提案します。まず、社長以下の役職を名誉職と考える、派閥による持ち回りの立候補、推薦は厳に慎む。役員は常に襟を正し、社員の勤労によって私達も支えられている、と謙虚な心を備えている、常に先進の製品を提供出来る気概、全社員の幸福追求にたえず心魂を傾ける人選を望みたい。意見があれば議長立花新次郎氏に申し立てていただきたい」

話し終え着席すると十五人の取締役に動揺が走った。着席と同時に副社長糸井貴一が手を挙げ「今回の、竜 慎一社長の提案は日経平均株価が乱高下する現状を考えると承服出来ません。今一度熟慮いただきたい！」副社長が着席と同時に専務取締役中井由伸、常務取締役梶田凌平も副社長に同調して拍手した。向かいに座る通訳者の瑠璃は平静を保ち通訳しているが珍しく顔を曇らせる。議長の立花さん（社長職を辞することは事前に郷田さんと瑠璃を入れて四人で会食した時に伝えてあった）は郷田さんと目配せし、一同を見渡して話し始めた。「竜 慎一社長の提案に対して、副社長中井貴一の意見は提案として議事に加える。他に意見があれば挙手するように・・・」

取締役会は途中の休息を入れて深夜に及び、ぼくの会長職承認と社長以下の人事がまとまった。社長には平取締役の佐藤新次郎が選ばれた。副社長梶田俊平、専務取締役中井由伸、常務取締役は平取締役開発部長渡辺 亘が選任された。糸井貴一副社長は関西支社社長に就く人事が決定。相談役の立花新次郎氏は高齢でもあり引退、取引銀行からは外部取締役が派遣された。外部役員の郷田 功氏は相談役の人事が承認された。

二〇〇九年三月の株主総会の承認を得て決定した。

しどけなき、なれが頸《うなじ》は虹にして
ちからなき、嬰児《みどりご》ごとき腕《かいな》して
絃《いと》うたあわせはやきふし、なれの踊れば、
海原はなみだぐましき金にして夕陽をたたへ
沖つ瀬は、いよとおく、かしこしずかにうるほえる
「みちこ」 中原中也

中古のヨットを海原に浮かべ、風を読み波濤を読み巧みに舵を操る瑠璃を、小さなひも付き救命胴衣を着衣した葵と杏を両手に抱きながらぼくは眺める。碧い海原に青空に浮かぶ白い雲、風に乗って中原中也の「みちこ」の言葉が漂ってくる。

〝しどけなき、なれが頸は虹にして　ちからなき、嬰児　ごとき　腕して〟・・・二児の母となるも妖艶さの加わった瑠璃の肢体を飽くなく眺める。時折、ぼくらの方に視線を流し

て瑠璃は〝ニッコリ〟微笑む・・・。

これ以上何を望む・・・

ヨハネの言葉は、手話サークル【輪】の会で旧姓石田（岡本）さん達と顔を合わせた時、ふと、片隅にのぼることは・・・あるが。岡本夫婦とは相変わらず親交を保ち、お互いの家（立花相談役の庭に新築）を行き来していた。由美さんも男児をもうけて（二女の杏と同い年）頻繁に行き来するようになった。岡本くんは課長に昇進してからお腹が出て貫禄が付いていた。

去年ぼくの家族の十三年忌、お坊さんの読経にぼくは目くじらを立てなかった。瑠璃が手を回して、宗派仏典の寄進を受け、読経に合わせ、ぼくは佛典を黙読しているからでもあるが、ぼくには神でありマリアである瑠璃が存在する。これ以上何を望むことが在ろう。

社長を退任、会長に就いてからは瑠璃の操舵するヨットで南房に航路をとる事が多くなった。葵と杏も常にぼくの膝の上で女王のごとく座っていた。

新社長 佐藤新次郎は戦略を立てるのが巧みで、業績も上昇カーブを描いていた。ぼくは会長職に在りながら閑職状態、それに合わせ瑠璃の操るヨットに乗船、義父母を訪ねる機会が増えた。たまに岡本さんの家族を誘い太平洋の波と戯れ、義父母の家で痛飲する事も・・・。郷田会計士（秘書榊原恵子さんと所帯を構えた）の家族をヨットに招待し、義父に頼み釣りに親しんだ事もあった。岡本家族と立花家族を招待した折は、料亭「房総」で祝杯を挙げ、近くの民宿に泊まった。家族で釣り上げた真鯛や鮃、時には勘八やヒラマサが大皿に盛られて卓を飾る事もあり、皆さん歓声を挙げて箸を動かし地酒に舌鼓を打った。

岡本くん、石田さん、郷田さんに立花さん達は、ぼくにとってかけがえのない恩人であり親密な関係と往々にして思う。彼らの一人でも欠けていた場合、ぼくは、人生の半場にしてゆったり生きる事が適わなかっただろう。それから瑠璃がぼくと結婚することに反対どころか喜んで下さった義父と義母に深い慈しみを思う。

ヨットを巧みに操り、横風をスピンネーカーに誘い込みヨットは疾走する。水平線の彼方へと凝視する瑠璃を、ぼくは葵と杏を両腕に抱き寄せ頬ずりする。風をうけて戯れる瑠璃の黒髪、ヨットパーカーから突き出る天を向く乳房、一点の曇りもない瑠璃の心が愛おしい。時折、こちらを振り向いて微笑む瑠璃を、宇宙に神が存在するとしたら神に深い畏敬の念と感謝を祈るだろう・・・！

二〇一〇年、小惑星探索機「はやぶさ」は地球重力圏外に着陸、サンプルリターンに成功、地球へ帰還。

ＲＩＹＵＵ株式会社の、父が残した株の資産価値は二倍に膨れ上がり、ぼくの資産も数十倍となっていた。すべて瑠璃の資産管理のたまものと感謝している。将来、家族と洲崎に移住する事を想定、義父の自宅を取り壊し純和風檜造りに建て替えた。新築披露には岡本家族、立花家族、郷田家族も貸し切りバスで来ていただいた。ＲＩＹＵＵ株式会社から社長佐藤新次郎の他三役は社用車でお祝いに駆け付けた。社長と三役を新居に案内した後、来客用応接室で瑠璃を伴い義父、岡本夫妻、立花さん、郷田さんとリビングに集まった。

「遠いところを義父の新築祝いに来宅いただきありがとうございます」ぼくは立ち上がって皆に労いの言葉を言った。

「社長、役員一同の斬新な経営戦略のお陰もあって、新築家屋を義父母にプレゼント出来ました。みんなに感謝している」義父母・瑠璃・ぼくは畳に両手をついてお礼を言った。

「とんでもありません。会長、頭を上げて下さい！」と社長の佐藤が慌て気味に言った。立花さんは横で好々爺然とニコニコ見ていた。

「皆さんが揃ってお祝い駆けつけて下さり、社長以下三役がそろった機会に、ぼくが以前から考えていた会長職を辞任、引退したいがみんなの率直な意見を聞きたい」話の途中から、社長が腰を上げかけたのを制して、「ぼくも立花氏、外部取締役郷田氏も佐藤社長の経営手腕を高く評価している。ここ十年は佐藤社長の経営手腕によって中堅から大企業に発展すると見ている。もっと社長の経営手腕を発揮するためには、ぼくが会長職に留まっていては何かと支障があるのでないかと考えているが・・・」話し終えるとぼくはソファーに腰をおろした。

社長は腕を組んでぼくの話に聞き入っていた。話し終えるのを待って「会長も人が悪い！」と笑い出した。ほかの役員は〝ポカーン〟と、狐に包まれた顔で笑う佐藤社長を眺める。笑いを収めた佐藤社長はセンターテーブルのお茶を飲むと「会長！　半年でも一年でも休暇を取って構いません。副社長以下役員と社員が健在な限りＲＩＹＵＵ株式会社は安泰です。ただ、佐藤も完璧ではありません。連絡が届いたら即座にご返信いただきたい。瑠璃様も会長をよろしくお願いします！」と言うとソファーに〝ドカリ！〟と腰を下ろした。

暫く考えてから「佐藤社長了解した。位置情報は社長室のモニターに届くように設定しておく。じゃ、皆も待ちくたびれているだろうから宴会場に行こう！」佐藤社長の肩に手を置いて和室に向かった。佐藤新次郎社長は洞察力と素晴らしい人間性を備えていると改めて思った。専務取締役中井由伸と最後まで社長の座を争ったが僅差で平取締から社長の座を射止めた。あれから二年、誰が見ても佐藤新次郎は社長の器と思う。

発注して三年、スウェーデン製ヨットが瑠璃のもとに届いた。

余談となるが、義父の新造船進水から長い歳月が流れていた。中古ヨットで義父の家へ遊びに行くと、ところどころペンキの剝がれたヨットを見た義父が、「慎さん、すまない・・・」が口癖になった。その都度、瑠璃が「お父さん・・・」と叱っていた。

一夜が明ければ瑠璃の新造ヨットが進水する。ぼくはベッドの縁に背中をあずけ電灯の明かりのもと「ガープの世界上」を読みながら一月前、ヨットの船名のことで瑠璃とひと悶着あったことを回想していた。

「ねえ、慎一さん・・・」ぼくの傍らに両足を崩して座ると瑠璃は指先を使って話しかける。瑠璃が両手から言葉を紡ぐ動きに呼応するかのようにネールピンクネグリジェの乳房が悩ましいタンゴを踊る。葵と杏を出産してもハリを失わないお椀型の美しい乳房。葵と杏の育児、家族の食事の準備の傍ら、ぼくの手話通訳者とフル回転しているけど愚痴一つこぼさない瑠璃は、ぼくが初めて瑠璃の体に触れたころとほとんど変わらない艶と体形を保っている。

「どうしたの・・・」ぼくが尋ねた。

「今日の午後、瑠璃の携帯に「ヨットの名称はどうしますか?」と営業マンから連絡があったの・・・」しなだれかかるようにぼくに言った。

「いよいよ瑠璃のヨットが完成するんだね」瑠璃に笑みを向けたぼくが「ヨットの名称は瑠璃の船だからＲＵＲＩ号で良いと思うよ・・・」と空中に英文を書きながら言うと、今まで微笑みをうかべていた瑠璃の瞼から大粒の涙があふれ頬をつたい瑠璃の艶やかな膝に落ちて跳ねた。瑠璃から欣喜の表情がかき消えた刹那、瑠璃は撫で肩を震わせて嗚咽を漏らす。瑠璃の唐突な急変にぼくは訳が分からず狼狽「どうしたの・・・!?」瑠璃の肩においた両手でゆすった。肩をゆすられながら「イヤイヤイヤ・・・」瑠璃は激しい嗚咽を漏らす。初めて露わな瑠璃の慟哭の急変の理由がわからず途方に暮れる。ぼくは瑠璃をひきよせると「ごめんね、ごめんね・・・!」と耳元で囁き続けた。

愛おしい瑠璃を腕の中で抱擁しつつ、瑠璃に出逢ってから今に至るまでの様々な事柄が夜空に明滅する星のごとく、瑠璃の胸に響く鼓動と共鳴して悲痛なメロディーを奏でていた。瑠璃と出会い初めて接吻《くちづけ》した日のこと、ぼくから見ても高貴で美しかった乳房にさわるのを躊躇うぼくの手をとって導いてくれた初めての夜伽。学生結婚して勉学に慌ただしかった日々、義父の新造船宴会の席で、葵と杏が怖がってぼくに縋りつくほどにも義兄に対する凄まじい瑠璃の怒りと罵倒に宴会の参加者が一瞬！　凍りついた日のことが・・・。早送り幻灯機のごとくフラッシュバックする。

瑠璃が整えた紅絨毯の上を、瑠璃の心を理解しないまま安穏の日々をぼくは歩いてきたのではないか・・・!?

フィルムが切れた幻灯機が空回りするころ・・・。

愚かなぼくは、すべてを悟った

ぼくは、ぼくの胸にあらためて瑠璃をひしと抱きしめると、瑠璃の耳元に唇をおしあて「愛しているよ！」と心から囁いた。「宇宙に煌く星よりも、マリアナ海溝の深海よりも、ぼくにとってかけがえのない瑠璃を愛しているよ。いままで瑠璃がぼくを愛してくれることに甘受して、マリアのように慈しみ深い心をそなえる瑠璃の心に眼を背けていた愚かなぼくを許してね・・・」と、心底から許しを乞うた。ぼくの囁きに瑠璃の嗚咽がぼくの胸を烈しく叩いた。ぼくは瑠璃をひしと抱きしめ、あふれる涙をいつまでも流していた。瑠璃とぼくの合唱が静謐なメロディーを奏でていた。

ヨットの名称はぼくの机上のメモ用紙に殴り書きされた［竜の世界］の文字を、たまたま拭き掃除していて眼にとめた瑠璃が大事に保管していた。瑠璃の記憶から呼応された言葉のヒントを基に、慎一さん独りの［竜の世界］から、竜の家族⇔***RIYUU F***号としましょうよ・・・ね！

ヨット繋留先は自宅から比較的近く、施設管理の整った浦安マリーナに決定した。ヨットが届く日、瑠璃の運転するベンツに葵と杏をチャイルドシートに座らせて四人でマリーナに向かった。浦安マリーナの駐車場に車を停めると紺色ジャケット、胸に金色の錨マークのついたブレザーを着た三十代半ばの男性が駆け寄って来た。ヨット営業マンと即座にピンと来る身なりをしていた。営業マンはベンツに駆け寄ってくるとドアを開け瑠璃が下りる手助けをした。

営業マンから紅いリボンを結んだ鍵がぼくに手渡され、ぼくから瑠璃へ・・・。杏を左腕に抱え、瞼にあふれる涙をためた瑠璃が手真似で「慎一さん、ありがとう！　心から愛しています」ぼくの右手を握って囁いた。ママが泣いている顔を杏はキョトンと見上げていた。

瑠璃が涙を拭き終えるのを離れたところで待っていた営業マンが瑠璃に近寄って来ると「お待ちしていました」と瑠璃に改めて告げると名刺を差し出し「ヨットはトレーラーに積載してあり、これからビジターバースに降ろします」と言った。瑠璃は左手に杏を抱っこしたまま右手を巧みに操り口話と指文字でぼくに通訳する。ぼくらは営業マンの後ろからクラブハウスに歩いて行った。護岸には多数のヨット・クルーザー・ボートが係留されていた。空は碧く波は漣・凪の海・・・!?　係留中のヨット、クルーザーはほとんど揺れていなかった。

クラブハウスに岡本くんが長男を抱っこして待っていた。社長以下三役には今日の進水は伝えていない。

「由美さんは？」瑠璃が手真似で尋ねた。

「お義母さんと奥さんはお手洗い。義父も乗りたいと言うから一緒に来たけど構わないか?」岡本くんが困惑顔で言った。由美さんの事を〝奥さん〟と呼ぶ岡本くんを訝しく思いながらも黙っていた。

ぼくと瑠璃が営業マンとフロントに行くと、新艇はすでにトレーラーからビジターバースに移動してあると告げられた。営業マンは「皆さんが揃ったところでビジターバースへご案内します」と瑠璃に説明していた。横で見ていたぼくが「杏を見ているから葵の手を引いて・・・」と瑠璃に言った。少し考えていた瑠璃が杏をぼくにあずけ葵の手を握って「じゃ、お願いね。先に行っているから、岡本ご夫妻、立花さんを案内して下さいね」と、ぼくの腕に抱っこされた杏に「バイバイ!」と言って葵の手を引いて営業マンのあとを追った。ぼくの腕から解放された葵は瑠璃の左手を握りしめ、飛跳ねながらつれだって行った。入れ違いに水色のブラウス、ピンクのパーカー、白いジーンズで装った由美さんが近寄って来た。ぼくが抱っこしている杏の顔を覗き込み「女の子は可愛いわ! 由美にハグさせて・・・」人差指で杏の頬をつつきながら両手を差し出した。杏はニコニコ笑いながら由美さんに抱きついた。

由美さんに抱かれた杏を恨めしそうに見つめる、岡本くんの手を握った男の子の前にしゃがんだぼくが「君、名前は?」と聞いた。男の子は人見知りするのかすぐさま岡本くんの後に隠れる。岡本くんが子どもの頭に手を置いて「ぼくの名前をおじさんに言いなさい!」子どもをぼくに押しやるように言うと、逃げるように由美さんの方に駆けて由美さんの背後に隠れた。岡本くんは哀しみと苦渋の渦巻く表情で「壮太、壮大の「壮」と太いの「太」を合わせて〝壮太〟」と自分の掌をぼくに見せながら名前を書くと、子供を呼んでいた。「俺は読話が下手だから壮太もなつかない・・・」岡本くんは手真似で愚痴った。

「ん・・・その心、分かるよ。ぼくの読話も子供相手では君と五十歩百歩だから・・・。葵や杏に子ども言葉で話しかけられると分からなくて、子供を抱っこしたままぼくが首をひねっていると、瑠璃が飛んできてくれる。杏はまだ小さいからしどろもどろだけど、葵は早口になって可愛い唇が読めない。そんな時、瑠璃が料理の手をほっといて葵の前に正座すると、〝パパの耳は壊れちゃったの。壊れちゃった! 分かる!?〟といって、葵の耳を両手で塞いで話しかける。葵が首をひねると耳を塞いだ両手を離して再び話しかける。この動作を繰り返していると子ども心に【耳が壊れたことの意味を理解する】パパは耳が壊れちゃったから口を大きく開けてゆっくり言ってね! と諭すように説明してくれる。別に自慢する事でないけど・・・。ぼくのダメージを緩やかに・・・そんな瑠璃の気配りに心も穏やかに保てる」ぼくが語ると、岡本くんは寂しそうに頷いていた。

「君には話してないけど・・・。俺が三歳の時、高熱を発して入院したらしい。この後、少しずつ耳神経が壊れていった。おふくろは離婚したばかりで、小さな会社の事務職の傍らにスーパーでバイトをかけ持ちしていた。お袋が俺の耳の異常に気が付いたとき、回復不能の状態だった。慌てて大学病院で診療を受けたが、【お子さんの耳は生涯回復の見込みはありません。福祉事務所で相談して下さい】と宣告された」岡本くんは苦虫を噛み潰すように下を向いた。それから再び語り始めた。「学齢期までおふくろがパートから帰るのを待って食事、そんな生活が中等部を卒業するまで続いた。おふくろと会話する時間なんて全然なかったから読話訓練をすることなんて出来なかった。一人遊びを覚えたのもこのころ・・・。

福祉事務所で紹介された耳鼻咽喉科で聴能検査・障害者手帳申請・聾唖学校入学と厚生省の敷かれたレールに乗せられ、俺に刻印された身分帳【両側神経性難聴障害者等級二級】」

彼と話し込んでいると、葵の手を引いて瑠璃が歩いてくるのが見えた。米寿をすでに超えた立花さんが身体を引き摺るように由美のお母さんに支えられながら近寄ってきた。ぼくらは立花さんを出迎え「お久しぶりです。お元気でしたか!?」とぼくが尋ねると、立花さんは「見ての通りだ。ながく生きすぎたかな!?」奥様に支えられて笑いながらぼそっと言った。

営業社員を先頭に専用艇置場にむかった。濃厚な海の香りが次第に鼻を刺激する先に、ひときわ大きな船体が見えて来た。ゆっくり歩いても遅れがちな立花さんをぼくは立ち止まって待った。

「どうしました」ぼくが心配して尋ねた。

「いや少しごたごたもあって・・・。なに心配に当たらない」と言って遅れ気味なつれあいに視線をあてた。

立花さんの奥様も白いブラウスにパンタロン、首に紫のスカーフ。白い日焼け帽子と着飾っているけど、なんとなく憔悴していた。抱っこした杏をあやしながらはしゃぐ由美さんに違和感を持ったが、ぼくは黙って立花さんに肩を貸した。

ブルーのシートが取り払われ、象牙色の瑠璃の肢体のようにしなやかで優美なヨットがぼくたちに船体を晒した刹那、跳びあがった瑠璃が歓喜の声を上げ、ぼくに駆けよると飛びつき頬にキスの雨を降らせる。瑠璃の手を握った葵が、ぼくと瑠璃の抱擁を見上げ大きな眼をぱちくりしていた。立花ご夫婦、岡本夫妻も、瑠璃とぼくの抱擁を啞然と眺めていた。葵は瑠璃の純白のジーンズに両手を回して見上げたまま、ぼくらの抱擁に「ママ泣いているけど、パパに虐められたの？」と言った。「いいえ、ママはパパが大好きだから涙が出ちゃったの・・・葵も杏も大好きよ！」瑠璃が葵の頭をなでながら言った。

由美さんが近寄って抱いていた杏をぼくに戻した。

一時間後、営業マンを加えて十一人を載せた*RIYUU F*号は静かに浦安マリーナを離れ東京湾クルーズに出航した。風は爽やか、海は漣、空は青く陽は天空に輝いていた。出航時、緊張して舵を握っていた瑠璃も東京湾から横須賀を通過するあたりからリラックスして舵を操作するようになった。瑠璃の隣に立つ営業マンが無数に張り付いた計器類を説明しながら瑠璃の操船を見守っていた。ぼくと葵、杏は救命胴衣を着け、しなやかな腕を巧みに動かす瑠璃を見ていた。二人の娘は救命胴衣の背中に取り付けた輪に紐付きフックで繋がれていた。

瑠璃色の空に太陽が燦々と煌き、微風《かぜ》は海面と戯れ、漣はメロディーを奏でていた。太平洋へヨットは白い帆を張り、新艇は滑らかに疾走する。コンピュータはスピンネーカーの調整を自動的に行い、*RIYUU F*号は快調に波を切り裂き進んでいた。瑠璃は恍惚とした横顔を時折ぼくと二人の娘たちに向ける。海は広く空は限りなく蒼く・・・。一時間ほどの行程を瑠璃の巧みな操船でぼくらはクルーズを楽しんだ。ヨットの船室はスウェーデンの木で頑丈に組み込まれ、落ち着いた雰囲気を醸していた。ソファーと寝台もゆったりしたスペース、子供用二段ベッドも取り付けてあった。

瑠璃は均整の取れた肢体に純白のパンツ、真紅のヨットパーカー、碧のベースボールハット、濃紺のサングラス。陽は燦々と瑠璃色の空に輝き、切り裂く波が粉砕されたガラスのごとくギラギラ光っていた。時折、サーッと吹き抜ける風が瑠璃の黒髪と戯れ、疾走するサラブレットの鬣《たてがみ》のように流れていた。象牙のヨットは水面を飛魚のごとく飛翔《はね》、静粛に研ぎ澄まされた剣のごとく碧い海原を切り裂いて進む。跳ねあがる飛沫が操船する瑠璃の頬を愛撫する。

航路を横切る砦のようなコンテナに注意を払い、左右に目を凝らす瑠璃の視界の先に太平洋の大海原があるのだろう。

進水式には岡本夫妻と郷田家族、社長佐藤新次郎がＲＩＹＵＵ株式会社を代表して出席。救命胴衣を着けた招待客を乗せて一時間ほど東京湾を瑠璃の操船でクルーズ。

進水祝いはマリーナから近いホテルの会場を予約、着替えの部屋も確保。義母義父には事前に連絡してあったが遊漁船の予約が満杯で断念するとの連絡があった。社長家族とはホテルで合流。三役もホテルに来ていた。会場の正面スクリーンに象牙色の船体にローマ字で「*RIYUU F*」の映像が映し出されていた。円卓を囲むようにスクリーンを背に紫のイブニングドレス、髪をアップに結った瑠璃が着席、葵と杏を挟んでぼくが座った。ぼくの隣は岡本夫妻と男の子、瑠璃の隣に立花さん夫妻が着席。以下、社長夫妻と合流した副社長・専務・常務の家族と続いた。椎名さん夫妻も出席されていた(旧姓石田さんのお母さんは再婚)。式は佐藤社長の司会で進められ、乾杯は立花さんが引き受けて下さった。乾杯が終わり無礼講に移る前、社長が立ち上がった。

「ご出席者の皆様、部屋を予約してありますので、車で来られた方は飲酒運転禁止、飲酒された方は御宿泊をお勧めします。他の手段で帰宅される方は一応佐藤までご連絡下さい。くれぐれも飲酒運転はご遠慮願います」と言った。主催の瑠璃が通訳するのは場違いだけど、通訳者派遣依頼をしなかったぼくの手違い。瑠璃にはゴメンねと謝った。「慎一さん、瑠璃に謝るなんて嫌よ！　瑠璃こそ慎一さんに感謝の言葉がないから、ゴメンね！　なんて言わないで・・・」瞼に涙を溜める瑠璃に人目もはばからずぼくは抱きしめた。

　円卓に料理の大皿が次々と運ばれた。中華料理はどれも美味しく日本酒にも焼酎にも相性があった。岡本くんと由美さんはまだよちよち歩きの男の子にかかりっ切りの様子。岡本くんは少し由美さんに頭が上がらないように見えたけど幸せな家庭を築いていると思う。由美さんは教会に行っているのだろうか？　岡本くんのお母さんとは一緒に暮らしているのだろうか!?　瑠璃と一緒になって由美さんの情報はほとんど入らなくなった。岡本くんにビールを進め「仕事はどうだ？」と近況を聞いた。少し考えてから「新しい部署に変わって忙しくなった。俺たち共稼ぎだからちょっとすれ違いが多くなって由美に叱られっぱなし。だけど、由美の親と同居だから子供の事はあまり気を使わなくてすむが、子供が祖父母っ子になるのは困りものだな・・・」と苦笑交じりに言う。ぼくは勤務の時間を気にしなくてよいけど、家族の形は試行錯誤している。ぼくたち夫婦は会社の送迎車で通勤しているが、毎朝てんてこ舞いなのは岡本家族と変わらない。

　社長から毎朝「会長、おはようございます。今日は出勤されますか!?」とメールが来る。アメリカの嚔《くしゃみ》に備えて万全を期しているらしいが、平取締役から一飛びに社長に就任した不安も理解出来る。ぼくの見るところ佐藤社長は自身の経営手腕を今のところ半分程度しか出していないと思う。家族と大海原へ旅出つ前に、佐藤社長の隠れた経営能力を何としても引き出さなければならない。立花さんに来ていただくか・・・？


　五月中旬、どんよりした曇空、太陽は厚い雲に覆われていた。風はやや強く波頭の白兎《しろうさぎ》は、*RIYUU F*号に挑むかのように跳ねていた。午前十時、船外機が唸り*RIYUU F*号は外洋へ旅立つ。浦安マリーナの桟橋に岡本夫妻、佐藤新次郎社長が見送りに来ていた。ぼくらは外国式に抱擁しあい、差しさわりのない挨拶を交わし、船外機でビジターバースを離れた。ぼくは葵と杏を両手に抱いてみんなが見えなくなるまで見つめていた。

「東京湾を出るまで船外機で走行するよ！」昨夜ベッドで妖艶な肢体をぼくにさらした瑠璃の残り香は、朝目覚めると跡形もなかった。剣崎沖から帆走に切り替え、ぼくらのヨットはうねりを物ともせず、波をかき分け滑るように進んだ。象牙のヨットは滑空する。瑠璃は満面に笑みを浮かべ、時折ぼくと葵と杏に微笑を送る。純白のスピンネーカーはコンピュータの指令に風をうけ、海を滑りぼくらを旅へと誘う。

南房に向かい義父の家に三日ほど滞在、しばし別離の杯を酌み交わそうと、*RIYUU F*号のお披露目、遠洋航海へ旅立ちの報告をかねて里帰り。港に全長四十フィートのヨット停泊は漁港開設以来の事とあって一時小さな漁港は騒然としていた。瑠璃の親戚のみならず近隣からも手料理に一升瓶をぶら下げて根本家に押しかけた。義母が忙しなく駆けまわるのを横目に、瑠璃はどこ吹く風のごとくぼくのそばにくっ付いていた。宴が盛り上がった頃、義父の弟の亘さんがぼくの前に一升瓶をぶら下げて座った。

初めておんぼろヨットで洲崎を訪れたとき、義弟が一升瓶を差し出し「慎さん、受けてくれ!」と言った時、ぼくの隣に座って知合いとにこやかに話していた瑠璃がぼくに初めて見せる憤怒の顔を義弟に向け「慎さん! だなんて馴れ馴れしくしないで頂戴! あの時(結婚式)父に言った言葉は、十年一日のごとく私の胸に貼りついた咥のように剥がれません。男なら瑠璃の命よりも愛おしく大切な慎一さんに謝りなさい!」咬みつくように義弟をなじった。

「瑠璃さん、慎さんをなじり、兄貴を非難した事は、この通り謝ります」正座した義父の弟は「慎一さん! カタワだなんて兄貴に言って申し訳ない、この通り謝ります!」と畳に額をこすりつけた。

「亘さん、顔を上げて、ぼくはちっとも気にしていないから・・・」と彼の肩に手を置いた。瑠璃は怒りの表情を崩さず亘さんを睨みつけた。ぼくは瑠璃の手を取って胸に抱いた。その刹那、肩をゆすりながら瑠璃が号涙する。それを見た葵と杏が駆け寄って来ると「ママを虐めてはだめ!」と亘さんを叩く。彼はうな垂れて葵と杏の叩くままにされていた。ぼくは二人を義弟から引きはがし瑠璃と一緒にぼくの胸に抱きよせた。その場にいた皆が一斉にぼくらの方に振り向くと、辺りが一瞬〝シーン!〟と静まり返った。瑠璃と葵と杏の泣き声が姦しくぼくの胸を打つ。瞼に父と母と陽子が浮かんできた。この刹那! ぼくの家族は十人・・・と強く胸に刻んだ。やがて瑠璃の鳴咽がおさまるころ父母・陽子が森の湖の寂静《しじま》のごとく霞のように掻き消えていた。

ぼくはいつまでも瑠璃と葵と杏を胸の中に包んでいた。

三日のあと、夜明け前*RIYUU F*号は港を後にした。出航の日にちは秘密にしていたが港には近隣の人であふれていた。握手攻めに翻弄され錨を上げると、紅に染まった水平線の雲間から深紅の大きな太陽が昇り始めた。海はキラキラと真紅に輝き幻想的な風景はぼくらの旅立を祝福しているかのように思われた。

エンジンは力強く〝タンタンタンタン！〟とぼくの足元から響いていた。銀色のマストは刷毛で払われたごとく深紅に染まり、マストに日章旗と竜の旗がパタパタ泳いでいた。瑠璃は慎重に舵を操り防波堤の隙間を抜け太平洋へ・・・。

義父の純白のクルーザーがヨットの斜め後方から鋭く波をかきわけ追走する。

銀色のマストの白い帆が風をうけ大海原へぼくら家族を誘う。

*RIYUU F*号は四人の家族とともに旅立つ！

「竜の世界」へ、家族とともに・・・。

瑠璃色の空、紺碧の海原の太平洋へ・・・。瑠璃とぼく、葵と杏の*RIYUU F*号は、波を切り紺碧の海をしなやかに麗しい瑠璃の姿態とともに疾走する。瑠璃色の空は水平線を描き、紺碧の海原と融合する。陽光は燦々と煌き、霞む地平線の彼方に自由の文字を投影する。風を受けた純白のスピンネーカーは大きく弧を描き、水平線の彼方へ、ぼくらファミリーの未来へ疾走する。

銀色に輝くマストに日章旗と竜の旗が風をうけてはためく・・・。

完

あとがき

二〇一一年三月十一日、東日本大震災が襲うわずか四ヶ月前、ほぼ半世紀を過ごした都会に別れを告げ、大分の瘤（国東半島）に越してきた。ぼく自身、心ならずも生活に追われ、読書・執筆を断念してきたことの回復もあるだろう。差別・無視・蔑視の煩わしさからの逃避も・・・。それでもなお、ぼく自身の半世紀にわたるカタワとして生きてきた証しを、常に渇望してきた。社会に出て仕事に追われながらも、原稿にノートに向かい腱鞘炎を患うまで書き溜めてきたが原稿の末尾に「完」の文字を記すことは叶わなかった。この稿をいつごろ書き始め「完」の文字を記すに至ったのか記憶はないが・・・。

最初にお断りしておくが、ぼく自身ろう者であり、物語に書かれた考えなり思想は、あくまでもぼく自身の見解である。誤解のないように記載すれば、ろうあ者は多様であることを理解の上で読んでいただければ幸いである。

ヨハネによる福音書「太初にことばあり・・・」の解釈もまた、ぼく自身の見解に過ぎない。但し、天からの神の声の下り「ゴルゴタの丘を、母に手をひかれ・・・」の言葉に誤りはないことを書き添えたい。

「両神経性難聴　身体障害者 等級二級 一種」安松研二

竜の世界

2024年6月30日　初版発行

著　者　安松研二

発行者　三浦　均

発行所　株式会社ブックコム

〒160-0022 東京都新宿区新宿1-30-16 ルネ新宿御苑タワー1002
TEL.03-5919-3888(代) FAX.03-5919-3877

落丁・乱丁本は、お取り替えいたします。　Printed in Japan

ISBN978-4-910118-73-4 C0093